本书得到北京师范大学文学院出版经费、文理学院中文系人才培养质量提升计划专项2023年度经费资助。

比较文学教研论丛

第四辑

刘洪涛　姚建彬　主编

中国社会科学出版社

图书在版编目（CIP）数据

比较文学教研论丛．第 4 辑 / 刘洪涛，姚建彬主编．北京：中国社会科学出版社，2024．8．-- ISBN 978－7－5227－3951－9

Ⅰ．I0－03

中国国家版本馆 CIP 数据核字第 2024D2U535 号

出 版 人　赵剑英
责任编辑　郭晓鸿
特约编辑　杜若佳
责任校对　师敏革
责任印制　戴　宽

出　　版　中国社会科学出版社
社　　址　北京鼓楼西大街甲 158 号
邮　　编　100720
网　　址　http://www.csspw.cn
发 行 部　010－84083685
门 市 部　010－84029450
经　　销　新华书店及其他书店

印　　刷　北京君升印刷有限公司
装　　订　廊坊市广阳区广增装订厂
版　　次　2024 年 8 月第 1 版
印　　次　2024 年 8 月第 1 次印刷

开　　本　710×1000　1/16
印　　张　32.25
插　　页　2
字　　数　483 千字
定　　价　179.00 元

前　言

刘洪涛　姚建彬

2022 年 4 月 15 日至 17 日，“中国比较文学学会教学研究分会第七届年会暨学术研讨会”在美丽的北京师范大学珠海校区成功举行。本次会议由中国比较文学学会教学研究分会、北京师范大学联合主办，北京师范大学文理学院中文系、北京师范大学文学院联合承办。会议邀请到了来自北京师范大学、北京大学、中国人民大学、复旦大学、上海交通大学、华东师范大学、上海外国语大学、河南大学、福建师范大学、天津师范大学、湘潭大学、北京语言大学、华南师范大学、南方科技大学、深圳大学等 90 余所高校的 230 余位专家学者及研究生参会研讨。因为疫情的缘故，原本准备线下举行的会议改为线上线下混合模式，会议的开幕式、闭幕式和主旨发言均通过“学术志”“珠海云”及腾讯会议三个平台全程直播，至闭幕式时，累计逾 16 万人次观看了直播。

本届年会是在教育部倡导新文科建设的背景下召开的，所以主题定为“新文科视域下的比较文学课程与教学”。围绕这一核心议题，年会兼顾一般性和区域特色，设立了 9 个分议题：“新文科视域下的比较文学教学改革”“比较文学的课程思政教学探索”“比较文学视野下的中小学经典教学与研习”“世界文学教学：全球化时代的跨文化实践”“比较文学教材的继承与创新”“数字人文与比较文学课程、教学创新”“粤港澳大湾区人文价值提升与比较文学学科发展”“比较文学与跨文化研究：理论与实践”“比较文学视域下的区域国别学研究”。

在短短的两天时间里，16位专家作主旨发言，近200位代表在各分会场发言，9位代表作总结发言，还有62位老师担任开幕式、闭幕式、主会场和分会场的主持人或评议人。老师们都怀着高度的责任心，认真地履行了自己的职责，使我们的本届年会产出了高水平、高品质的内容，为学科、为社会，提供了一场精彩纷呈的比较文学学术盛宴。

此次大会还顺利完成了换届选举，新任理事长由北京师范大学刘洪涛教授担任，副理事长由葛桂录教授（福建师范大学）、李伟昉教授（河南大学）、陈义海教授（盐城师范学院）、郝岚教授（天津师范大学）、姚建彬教授（兼秘书长，北京师范大学珠海校区）担任。大会还选出了新一届常务理事会和理事会，并确定下一届年会在天津召开。

此次年会，得到了前辈学者、主办方领导和总会中国比较文学学会领导的大力支持。教学研究分会的首任会长、88岁高龄的陈惇先生，北师大文学院院长王立军教授、北京师范大学校长助理郑国民教授、中国比较文学学会会长叶舒宪教授、副会长曹顺庆教授在开幕式致辞，对年会的召开表示祝贺，并给予殷切勉励。中国比较文学学会副会长杨慧林教授、王宁教授、张辉教授、陈跃红教授、高旭东教授、宋炳辉教授分别作了主旨发言。本届年会还得到了北师大珠海校区由姚建彬教授领衔的会务志愿者团队的有力保障。从会前的准备到会中的保障，每一个细节都精益求精，他的团队还非常重视会议的传播推广工作，线上平台的转播，即时性会议信息的发布，都扩大了学会和年会的影响。此次会议受到学术界和国内各大媒体的高度关注，新华网、人民网、人民论坛网、中国社会科学网、红网、南方网、深圳新闻网、《中国社会科学报》、《光明日报》、《人民日报》（海外版）、《南方日报》、湖南卫视等30多家媒体，以及腾讯、网易、新浪等门户网站，对会议的概况、热点话题等做了充分的报道。

中比教学研究分会在停滞多年后，能够克服重重困难，恢复活动，成功举办此次大会，殊为不易。对此，我们的心中充满了怀念和感恩之情。1995年，中国比较文学学会教学研究分会的前身，即中国比较文学教学研究会成立。它是中国比较文学学会最早成立的一个二级学会，在乐黛云等总会历代领导层的关怀和大力扶持下，在陈惇、刘献彪、孟昭毅等前辈学者和前任会长的辛勤耕耘下，学会筚路蓝缕，砥砺前行。1995 年，学会在山东烟台大学召开了第一届年会；2003 年，在甘肃西北民族大学召开了第二届年会；2007 年，在福建师范大学召开了第三届年会；2009 年，在江苏盐城师范学院召开了第四届年会；2012 年，在位于古城开封的河南大学，召开了第五届年会；2015 年，在新疆石河子大学召开了第六届年会。2022 年，我们又在美丽的南海之滨、凤凰山谷的北京师范大学珠海校区迎来了第七届年会。学会以 27 年坚持不懈的努力，为中国比较文学事业做出了突出贡献。

即将进入而立之年的中比教学研究分会，有没有形成自己的传统？在对学会的前辈访谈和请教时，在和学会同仁们交流时，我们强烈地意识到，学会是有自己的传统的。比如它始终把推动具有中国特色的比较文学学科、课程与教学体系建设，作为自己的立会之本、发展之根。我们都不会忘记 1997 年比较文学与世界文学这两个独立的学科合并带给新学科的挑战和机遇。这一学科史上的重大事件，极大地激励了包括我们学会成员在内的广大高校专业教师，更加自觉、积极地吸收借鉴外来理论，在学术前沿不断开拓进取，同时又把前沿探索取得的学术成果应用到各个层次的教学和人才培养工作中；反过来，从各层次的教学和人才培养工作中获得的本土实践经验，产生的问题意识和学科意识，又进一步推动了中国比较文学学术的发展。正是二者不断地循环互动、相互促进，才逐渐建立起了具有中国特色的、完备的比较文学学科、课程和教学体系。

中国比较文学学会教学研究分会始终重视比较文学的推广和普及工作。我国的比较文学事业，既需要向学术的高端发展，努力打造学术精品，培养专业精英人才，同时也需要不断扩展参与基础，让更多的国人分享比较文学的成果。陈惇先生等前辈学会领导，在这方面都身体力行，做出了突出成绩，这既包括我们学会历来重视在全国各个省（区、市）、各种类型、层级的大学，发展会员和理事，使其具有更加广泛的参与性和代表性，还包括各个层级的比较文学教材的编写，普及读物的出版，开设各种社会公益讲座和课程，参与区域文化建设，甚至把比较文学延伸到中小学语文师资培训之中。而在当今“新文科”建设的视域下，我们学会的使命更不会仅仅局限于学科内部，而应该更广泛地参与到国家“一带一路”建设和人类命运共同体构建的实践中，为实现中华民族伟大复兴的历史使命，贡献比较文学独特而重要的力量。

还有就是学会对教学实践活动的高度重视。参加过本学会往届年会的老师们都知道，我们学会有一个保留节目，那就是在年会期间，举办教学观摩活动，请优秀教师登台做教学展示，而参会的代表们则在台下观摩。本来我们的比较文学教学研究分会，就是名师荟萃之地，老师们各有自己的看家本领，愿意在这里分享自己的教学技巧、风格和理念，这需要对比较文学教学怀有极大的热忱和自信。而参与观摩的老师们当中同样藏龙卧虎，在展示环节之后，都会积极参与切磋交流讨论，甚至发生争论，此种情形，犹如华山论剑，看头十足，真的是一场高水平教学的盛宴。原本在这次年会期间，我们也安排了教学观摩活动，只是因为疫情，没有办法在线下举行，最后只好忍痛取消。我们期待下一届年会期间，这个活动能够顺利进行。

熟悉本学会历史的老师们，都会对这些传统有深切的感受。我们衷心感谢为学会发展作出贡献的前辈学者和同人。时光飞逝，如今已经进入到21世纪的第三个十年。身处百年未有之大变局中，在发展新文科上升为国家战略的背景下，我们的比较文学学科又一次迎来了重大的发展机遇。我们每一个人都能观察到身边这些纷至沓来的变化。从国家战略层面看，“中国文化‘走出去’”“‘一带一路’建设”“构建人类命运共同体”等国家战略的提出；在学科层面，在外国语言文学一级学科之下，设置了“比较文学与跨文化研究”二级学科。而2022年年底，在国务院学位委员会发布的新的学科专业目录中，“翻译”和“区域国别学”等与比较文学极具亲缘关系的学科，升格为一级学科。从学术层面来看，比较文学学术研究正进入一个爆发期，新的学术增长点如雨后春笋般涌现，像数字人文研究、跨媒介研究、世界文学理论与实践研究、跨文化研究、区域国别学研究、古典学研究、海外汉学研究等。而从教育信息技术层面来看，线上教育突飞猛进的发展，虚拟教研室平台的建设，虚拟仿真技术在教学中的应用，电子化教材的大量涌现。上述从国家战略到学科到学术到教育信息技术的新变化、新趋势，为比较文学的跨界与融合、课程与教学体系的创新与发展、高素质国际化人才的培养，提供了历史性的机遇和重要的资源。正是在这样的新形势下，我们召开了学会的第七届年会暨学术研讨会。我们希望，学会的传统能够通过这些精心设置的议题的讨论，得到赓续和承传，同时，也能从中探索出未来比较文学课程、教材与教学的新方向、新思路、新方法。

《比较文学教研论丛》是中国比较文学学会教学研究分会的不定期出版物，一般选收年会论文，本辑是第七届年会参会代表提交论文的选集，这些论文切合会议主题，体现了会议的学术水准。本辑还收入了创会会长陈惇先生、各位总会领导在会议期间接受主办方安排的访谈，这些访谈必将成为学会的宝贵史料。北京师范大学文学院、珠海校区文理学院中文系为本辑《比较文学教研论丛》的出版，提供了经费支持。中国社会科学出版社的郭晓鸿老师为这一辑论丛的出版做出了贡献。朱璞、孙海军两位博士生同学，为书稿的编辑校对付出了心血。在此一并向他们表示衷心的感谢。

目　录

从研究范式看比较文学的教学方法与教材建设*

张同胜**

摘　要　从比较文学的学科史可知，比较文学作为一门学科是研究范式的块茎构成，从而研究范式可以成为这门学科发展研究的透视维度。作为研究范式的比较文学学科性质决定了比较文学的教学方法就是影响研究、平行研究、跨学科研究、跨文化研究等研究范式的个案教学及学术训练，也决定了比较文学开放的、与时俱进的教材建设，即一直吸纳新知识、新理论、新方法来建设比较文学的教材体系。

关键词　比较文学　研究范式　教学方法　教材建设

自 1978 年中国比较文学在大陆复兴以来，前贤时俊对比较文学这门学科的建设和发展殚精竭虑、出谋划策、积极作为，作出了巨大的贡献，并在比较文学这门课程教什么、如何教等方面做了大量细致而卓越的工作。尽管彼此看法可能不一致，但教学的目的、学科发展的初衷都是为了比较文学这门学科的茁壮成长。对于其间的争执，笔者不愿意妄加置喙。

鉴于笔者十余年来比较文学的教学实践，本着交流和学习的愿望，

---

* 基金项目：国家社会科学基金西部项目“中国古代文学阐释机制研究”（编号：20XZW003）阶段性成果。

** 作者简介：张同胜，兰州大学文学院教授，博士生导师，研究方向：中外文学与文化关系。

本文尝试着从研究范式的维度谈一谈比较文学这门课程的教法和教材建设。浅陋之见，望方家不吝批评指正。

一 作为研究范式的比较文学

从比较文学的学科史可知，比较文学经历了影响研究（法国学派）、平行研究（美国学派）的历史阶段，按照曹顺庆的观点，现在已经进入了第三阶段，即以中国学派崛起为标志的亚洲阶段。[①] 比较文学的学科史构成，与中国古代文学、中国现当代文学等的学科史不完全一样，不是树根、树干、枝叶的浑然一体的连续体，而是块茎式、板块式的空间叠合平台。这种空间平台之于文学研究其实是学术范式，也就是说它们实质上都是一种研究范式。

比较文学中的“比较”不是方法论意义上的 X + Y 之比较，而是同源关系、类同关系和跨学科关系之会通；然而，有的国家依然将比较文学之“比较”理解为方法论的比较，例如“韩国高校的比较文学研究多是运用比较的方法对来自不同国家的不同文学类型进行对比研究，韩国高校普遍很少开设‘比较文学概论’之类的比较文学理论课程”[②]。或许正因为韩国高校没有开设比较文学的课程，所以他们望文生义地将方法论之比较视作比较文学的研究范畴。比较文学中的“文学”指的不是文学作品，而是“文学研究”。既然如此，比较文学的教学就不能不涉及学术研究的范式、方法和理论等。

比较文学作为研究范式，具有学术上的共通性。比较文学研究范式的具体形态虽然不一样，但是，它们的研究对象都是“文学关系”。陈惇、刘象愚所著《比较文学概论》将“比较文学”界定为：“一种开放式的文学研究，它具有宏观的视野和国际的角度，以跨民族、跨语言、跨文化、跨学科界限的各种文学关系为研究对象，在理论和方

① 曹顺庆：《中国学派：比较文学第三阶段学科理论的建构》，《外国文学研究》2007 年第 3 期。

② 赵渭绒：《韩国比较文学的概貌和现状——来自一位中国学者的观察》，《中国比较文学》2018 年第 2 期。

法上，具有比较的意识和兼容并包的特色。”[①] 从而可知，具有跨越性的“各种文学关系”便是比较文学的研究对象。

比较文学具有三种属性，可比性是其中之一，也是比较文学的核心要素，其具体所指乃影响研究的同源关系、平行研究的类同关系和跨学科关系。卢康华与孙景尧在《比较文学导论》中指出，“把问题提到一定范围内”[②]，提出一个特定的标准，文学现象的可比性就会显示出来。

影响研究，具体地说，它的研究对象是“国际文学关系史”，属于事实材料间性关系；研究方法是实证，即采用考证的方法考察影响路径的证据链。无论是流传学、渊源学还是媒介学，只有考察出放送者与接受者之间的影响证据链，才能在学理上具有论证力。影响研究虽然被韦勒克批评为文学的外部研究，但是它毕竟开创了一种传统学术研究之外的新范式，烛照了一片新领域。

平行研究，具体地说，其研究对象是不同的民族文学文本内部彼此之间的文类、诗学、母题等在结构上的类同关系；研究方法一般是对类似性或相对应性背后的深层文化结构的理论性考察。从而基于现象学、结构主义等思潮之上的共同诗学（Common Poetics）、比较诗学便是平行研究的重镇。近年来，刘耘华“以‘不—比较’的观念为切入点”探讨了“超越比较”的平行研究方法论及其运作机制[③]，很有启迪意义。

跨学科研究，其研究对象是学科间性关系。跨学科作为比较文学的研究范式之一，首先是美国学者雷马克在《比较文学的定义与功能》中提出来的，他将“比较文学”定义为：“比较文学是超出一国范围之外的文学研究，并且研究文学与其他知识和信仰领域之间的关系，包括艺术（如绘画、雕塑、建筑、音乐）、哲学、历史、社会科学（如政治、经济、社会学）、自然科学、宗教等等。简言之，比较

① 陈惇、刘象愚：《比较文学概论》，北京师范大学出版社2000年版，第21页。

② 卢康华、孙景尧：《比较文学导论》，黑龙江人民出版社1984年版，第133页。

③ 刘耘华：《从“比较”到“超越比较”——比较文学平行研究方法论问题的再探索》，《文学评论》2021年第2期。

文学是一国文学与另一国或多国文学的比较，是文学与人类其他表现领域的比较。”① 雷马克将比较文学的研究范畴扩展到文学与其他学科的类型学相似性和跨学科交叉关系，从而开创了比较文学的一片新天地，形成了比较文学新的研究板块。

曹顺庆认为，跨文化、跨文明研究它是比较文学中国学派的一个基本特色。文学已经实现了文化转向，这是一个不争的事实，从而比较文学的研究在某种意义上来说就是比较文化的跨越性研究。“文学”这个概念的概念史告诉我们，文学的具体所指包括古代所有的书写文献、某一民族的书写文献、个人的创作篇什、作为现代文体意义的文类、当前的文化转向等，从长时段来看，其内涵和外延一直是在变动不居的。从这个意义上说，比较文学既然已经实现了文化转向，从而跨文化研究也就成了美国学派之后的一个新的研究范式。跨文化研究的方法不一，但都是探讨跨民族、跨语言、跨文化的间在及其间性关系。曹顺庆将其总结为：跨文化阐发法、中西互补的异同比较法、探求民族特色及文化寻根的模子寻根法、促进中西沟通的对话法、旨在追求理论重构的整合与建构法等。② 2003 年，曹顺庆正式提出比较文学的“跨文明”研究，并认为跨文明研究所着眼的异质性和互补性构成了比较文学第三阶段的方法论特色③。

2005 年，曹顺庆首次完整地提出了“比较文学变异学”这个概念。2006 年，他将其修订为：“比较文学变异学将比较文学的跨越性和文学性作为自己的研究支点，它通过研究不同国家之间的文学现象交流的变异状态，以及研究没有事实关系的文学现象之间在同一个范畴上存在的文学表达上的异质性和变异性，从而探究文学现象差异与变异的内在规律性所在。”④ 比较文学变异学中的异质性可比性问题，

① 北京师范大学中文系比较文学研究组选编：《比较文学研究资料》，北京师范大学出版社 1986 年版，第 1 页。

② 曹顺庆：《比较文学中国学派基本理论特征及其方法论体系初探》，《中国比较文学》1995 年第 1 期。

③ 曹顺庆：《跨文明比较文学研究——比较文学学科理论的转折与建构》，《中国比较文学》2003 年第 1 期。

④ 曹顺庆：《南橘北枳：曹顺庆教授讲比较文学变异学》，中央编译出版社 2014 年版，第 47 页。

是在比较文学影响研究和平行研究可比性基础之上的一次延伸和补充，也就是在具有同源性和类同性关系的文学或文化现象之间找出异质性或差异性。比较文学变异学委实是发展了比较文学的理论，它是跨文明研究的新拓展。比较文学变异学的主要研究方法具有中国学派的特色，即对变异性、差异性、他国化等进行理论考察。

中国学派，从之前中国台湾学者所谓的“阐发研究”到当下的“比较文学变异学”研究，夯实的科研实绩的确是完全可以独树一帜，不说是引领至少也是屹立于世界比较文学的学术丛林之中。中国学派的学术创新路径为“跨异质文化”“跨文明”“失语症”“变异学”“文学的他国化”“西方文论中国化”等①。

简言之，比较文学是打通古今、打通中外的文学会通研究，而对其作为研究范式的教学应该考虑到它的本体论、方法论和精神实质，以此把握它的学科独特性。迄今为止，比较文学既然是由影响研究、平行研究、跨文化研究等学术板块构成，那么我们的比较文学教学是不是就可以将其视作三大板块的研究范式予以展开？

二　作为研究范式的比较文学教学方法

从比较文学这门学科主要由影响研究、平行研究、跨学科研究、跨文化研究、变异学等板块构成的事实来看，如何讲授比较文学也应该考虑到研究范式的这一现实因素。也就是说，比较文学不仅讲授本学科的基本知识，而且讲授比较文学的研究范式；不仅授之以鱼，而且授之以渔。况且，“比较文学的研究方法始终是和一般的文学批评与文艺理论同步的”②。

从研究范式的角度考虑比较文学的教学方法，笔者以为最适合的教学方法就是案例分析教学法。“既有理论框架又有范文实例的教

① 曹顺庆：《中国学派：比较文学第三阶段学科理论的建构》，《外国文学研究》2007 年第 3 期。

② 张弘：《也谈比较文学学科理论的创新问题——王向远〈比较文学学科新论〉读后》，《中国比较文学》2004 年第 1 期。

材”，最为授课教师所看好。现有的比较文学案例教学法教材是高旭东主编的《比较文学实用教程》。但是，由于比较文学这门学科的开放性和与时俱进性，蒋丽提出来的“以一本教材为主，其他教材为辅”① 的教法恐怕也就成了国内比较文学这门课授课教师的一般做法。也有主张比较文学教学与文学史相结合的做法，如邹建军说：“我认为比较文学本科课程内容的‘文学史化’是解决比较文学学科与教学内容的‘空洞化’‘理论化’与‘边缘化’的主要方式与最佳路径。”②

笔者很赞同陈戎女提出来的“从研究个案带动研究类型的教学”。不过，她认为，比较文学课“应包括以下四部分的基本教学内容：第一，学科发展史；第二，学科的基本概念、意识、定位、方法；第三，研究领域或研究类型；第四，中西文学和诗学比较”③。这是比较文学传统教材的主要教学内容，作为研究范式的比较文学的教学在内容上与之并不完全相同。

毛泽东主席曾说：“读书是学习，运用也是学习，而且是更重要的学习。”诚然，书本知识的学习是学习，而对它的运用更是一种学习，因此讲授比较文学的基本知识，进行案例分析之后，以研究范式为主导的学术训练也是非常必要的。北京大学有一门课程非常好，它就是陈平原主讲的“‘学术文’的研习与追摹”。陈平原说：“学术论文到底该怎么写，如何展开思路、结构文章，怎样驾驭材料、推进命题，对于研究者来说，并非自然天成，而是需要长期的学习与训练。”④ 既然如此，鉴于比较文学这门学科的研究性，对比较文学的教学就应该有意识地侧重研究范式的研讨。

我们不应该忘记，比较文学中的文学指的是“文学研究”，不是文学作品，因此在这门课的教学过程中，学术文的研习就是这门课程

① 蒋丽：《本科比较文学教学存在的问题及对策》，《学理论》2012 年第 18 期。

② 邹建军：《论高校本科比较文学课程教学内容的“文学史化”》，《世界文学评论》2007 年第 1 期。

③ 陈戎女：《〈比较文学原理〉课本科教学的实验及思考》，《井冈山学院学报》2008 年第 2 期。

④ 陈平原：《“学术文”的研习与追摹——“现代中国学术”开场白》，《云梦学刊》2007 年第 1 期。

内的应有之义。只不过，与北大"'学术文'的研习与追摹"不同的是，这门课是对比较文学研究范式的研习与追摹。具体地说，就是参照、学习和运用影响研究、平行研究、跨学科研究、跨文化研究、变异学等学术范式、范文、方法来研究具有跨越性和可比性的文学文化现象、问题。

比较文学的教学既包括演讲式的满堂灌（主要针对比较文学的基本知识），包括如切如磋的师生对话（主要是对研究范式的分析和把握），包括若干代表性学术范文的阅读与讨论（学术文的研习），还包括作为学生作业的写作训练（学术文的追摹）。

在比较文学课程的讲授过程中，教师不仅要明晰要讲什么，而且还要分析为什么这样讲，不仅要讲述比较文学的基本知识内容，而且要有意识地讲清楚其间观点、知识和思想的生成及其论证。既要对教材上的知识进行还原、梳理、论证和反思，更要布置学生在课前课后大量阅读相关的文献资料，尤其是典范性的学术论文，以使学用结合。

在课堂讨论或 seminar 的时候，倡导学生要积极思考、主动发言、用概念言说、理性地辨析。因为，针对比较文学的具体问题的谈论，是一种学理上的对话、切磋、思辨，从而是一种较好的学术训练。学术探讨是研习学术文的一种重要方式。在这种探讨中，要提出自己的观点，进而推理论证，富有逻辑性的论证在这种训练中是非常重要的；在遇到分歧时，争论也是必需的，因为一旦达成共识，它就淡出学术的视野，进入知识的王国。

在比较文学课程论文的撰写过程中，让学生主动地多写、多改，因为人的能力是在"做"的实践过程中提高的。学术论文的写作，不仅需多读、多写，也要多改。修改的过程，就是提高的过程，也是地地道道的学术训练。

作为比较文学的研究范式，影响研究、平行研究、跨学科研究、跨文化研究等都具有鲜明的自家面目，与其他学科的研究范式不完全一样。在教与学的过程中，只要教师有意识地讲授这些研究范式，并对学生进行切实有效的学术训练，学生就不仅会收获知识而且能够学会论文的写作甚至是独立的学术研究。

比较文学的教学方法，除却研究范式与研究内容的学习与训练之外，也应该考虑到当前媒介生态的新技术性、网络性和国际化。时新性是比较文学这门学科的特征之一，从而教学也不能忽视教学媒介及其技术的现代化。在这方面，郝岚一直站在最前沿，她提出“建设比较文学专业学科门户”[①] 和大数据立体化教学[②]，都具有切实的指导性价值和意义。其他诸如莫莱蒂的“远读”理论及其在教学上的运用，王宁提出的“理想的文学研究应该是将远读与细读方法有机地结合在一起，形成一种互补关系”[③]，数字人文作为一种研究范式的兴起……所有这一些都应该引起我们的关注和学习。

三　从研究范式看比较文学的教材建设

20 世纪 30 年代，傅东华将洛里哀的《比较文学史》、戴望舒将梵·第根的《比较文学论》译介到国内，它们都是国内较早的比较文学教材。到了 80 年代，美国学派才通过张隆溪选编的《比较文学译文集》、干永昌等选编的《比较文学研究译文集》等介绍到国内。1984 年，卢康华、孙景尧合著的《比较文学导论》是中国大陆出版的第一本比较文学概论。

高校通常采用的教材，2015 年之前是陈惇、孙景尧、谢天振等主编的《比较文学》；2015 年之后，全国各大高校基本上都使用马克思理论研究和建设工程重点教材即曹顺庆主编的《比较文学概论》。当然，每所高校、每位教师在选用教材上都有所斟酌。在实际的教学过程中，笔者以马工程教材为主，同时参考高旭东主编的《比较文学实用教程》、赵小琪主编的《比较文学教程》、乐黛云等著的《比较文学

① 郝岚：《比较文学教学与科研资源的共享与整合——一个被忽视的话题》，《中国比较文学》2009 年第 4 期。

② 郝岚：《大数据与世界文学教学》，《中国比较文学》2016 年第 1 期。

③ 王宁：《科学技术与人文学术的辩证关系——兼论远读与细读的对立与互补》，《华东师范大学学报》2022 年第 4 期。

原理新编》、王向远著的《比较文学学科新论》、方汉文著的《比较文化学新编》等。当下比较文学的教材，可谓百花争艳、万紫千红、春芳秋菊、各有千秋。

在教材的编写过程中，陈惇认为，“我们编写的教材也难免存在一些问题，譬如，它们以介绍国外的理论为主，缺乏自己的理论体系和理论特色”①。因此，在陈惇看来，“结合中国实际，吸收国内研究成果”就成为我们编写比较文学教材努力的方向。王向远认为：“西方的比较文学有自己的特色，中国比较文学也应该有自己的特色。”②

日本渡边洋编撰的《比较文学研究导论》是值得我们借鉴的一部好教材，它的主要特点就是“以本国作家作品的解读来阐述比较文学的原理”。谢永新、耿海霞认为，“在迄今所出版的比较文学学科论著中，采用我国文学作品作为研究事例的也不多见”③。王向远撰写的《比较文学学科新论》是一部具有民族特色的中国比较文学教材的力作。

姚建彬认为，“近20年来，比较文学的教材建设大致经历了一个从模仿、吸收、借鉴、融汇到自创的发展过程。……从比较文学学科基本特点来看，比较文学的教材应该保持其应有的动态、开放态势”④。此诚为卓见。比较文学的开放性学科性质，决定了它的教材必须每隔几年就修订一次，以吸纳比较文学研究领域里的最新科研成果和研究范式。

比较文学是一门开放的、与时俱进的学科。平行研究与影响研究迥异，比较诗学与跨学科研究不同，它们几乎都是由种种板块式的研究范式所构成。自从中国台湾学者提出“阐发研究”作为中国学派的

---

① 陈惇：《比较文学事业兴旺发达的基本保证——在“中国比较文学教学研究会成立大会暨首届学术研讨会”上的发言》，《中国比较文学》1996年第3期。

② 王向远：《拾西人之唾余，唱“哲学”之高调，谈何创新——驳〈也谈比较文学学科理论的创新问题〉》，《南京师范大学文学院学报》2004年第1期。

③ 谢永新、耿海霞：《一本适宜于比较文学初学者的教材——对渡边洋先生〈比较文学研究导论〉的解读》，《广西师范学院学报》2009年第4期。

④ 姚建彬：《对中国比较文学教材观的反思——兼及王向远与夏景之争》，《社会科学辑刊》2013年第2期。

主要特色以来，历经风云变幻，随着科学技术和文化文明的进步，中国学派获得了长足的发展。“创建比较文学中国学派既是学科自身发展的需要，又是历史逻辑的必然。”[①] 那么，如何创建比较文学中国学派呢？正如王向远所言，“一切科学研究的不同因素是研究者的科研条件与环境，研究者的出发点、立足点、独特的思路、视角，以及由上述条件决定的独特的创新的成果，由大量创新的成果所体现出的整体的研究实力、学风和整体的研究风格，这就形成了‘学派’。‘中国学派’也只能在这些方面、通过这样的方式来形成”[②]。

笔者认为，有必要对迄今为止的中国学派的创新成果作一简要的梳理，将中国学派所产生的新知识、新理论、新方法纳入比较文学的教材之中。这些新知识，并不纯粹是当下的学术热点，如后人类、人工智能、虚拟现实技术等，而是也包括现有教材之外而属于比较文学范畴的新知识。

现有教材之外的比较文学知识，有外国比较文学学科史的新知识，如约瑟夫·戴克斯特写出了比较文学第一部博士学位论文，成为比较文学第一位学科教授；然而，戴克斯特对于比较文学学科的重要论述，中国大陆学者直到目前也没有对其进行翻译，在多部比较文学教材中，戴克斯特的贡献也被忽略了；法国学者戴克斯特在里昂设立讲座《文艺复兴以来日耳曼文学对法国文学的影响》成为比较文学学科史开始的标志。

“中国学派”学科史的新知识，有的已经引起了关注，例如，从19世纪末20世纪初到20世纪50年代的学术大家，如林纾、王国维、鲁迅、茅盾、郭沫若、陈寅恪、钱钟书、朱光潜、宗白华、梁宗岱、朱维之等，课堂上主要以重要人物管窥这段历史[③]。刘洪涛认为，“中国本土的世界文学资源异常丰富，如世界文学观念意识，世界文学史写作，大学中文系世界文学学科史等方面，都成就卓著，对其认真加

① 李伟昉：《文化自信与比较文学中国学派的创建》，《中国社会科学》2020年第9期。

② 王向远：《“阐发研究”及“中国学派”：文字虚构与理论泡沫》，《中国比较文学》2002年第1期。

③ 乐黛云、王向远：《比较文学研究》，福建人民出版社2006年版，第11页。

以提炼，将有可能构建新的比较文学理论体系”[1]。刘洪涛赞同世界文学与比较文学是一种建设性的互益关系，从而世界文学也是比较文学的内容之一。朱维之、崔宝衡、李万钧主编的《中外比较文学》，强调了“二希”文学（尤其是希伯莱文学）的世界影响。他们认为，“中国的比较文学应当显示出鲜明的中国特色、中国气派，中国学者应当在吸收、借鉴国外比较文学的先进理论和实践经验的基础上，走自己的路”[2]。

英美比较文学课程设计模式，分基础课程、理论批评和专题研究三类课型。上述中外比较文学新知识属于基础课程的教学内容，而本文所提倡的从研究范式编纂比较文学教材、从研究范式的维度进行比较文学教学则属于专题研究。

自从比较文学这门课程在1978年设立以来，比较文学教材讲授的内容就一直在发展。但是，实事求是地说，也存在着一些问题。例如，曾绍义、邹建军指出，“比较文学教材的编撰则呈现出一种‘抽象化’的倾向”[3]。这无疑是一个无可争辩的事实。有一部分比较文学教材，内容或者是西方文化理论的东拼西凑，或者是核心概念的支离破碎，或者是仅仅停留在数量庞杂的例证的层面上，结果导致学生不喜欢学习，教师如果完全按照教材的编排也难以讲述。对上述问题的解决，曾绍义、邹建军提出的对策是，“比较文学研究与比较文学教学的有机结合与相互促进是中国比较文学学科建设的最佳之路”[4]。

中国学派的比较文学研究，具有民族特色的有哪些呢？迄今为止，比较文学中国学派所包括的内容比以前更为丰富，主要有曹顺庆的“比较文学变异学”、叶舒宪的“文学人类学”、赵毅衡的“符号学与比较文学”、王宁的比较文学文化研究、谢天振的“译介学”等。有

① 刘洪涛：《文学关系还是世界文学？——对比较文学定义及其相关问题的几点浅识》，《北京师范大学学报》2003年第2期。

② 朱维之等主编：《中外比较文学》，南开大学出版社1992年版，第1页。

③ 曾绍义、邹建军：《以研究体验为基础，以教学实践为目标——以〈比较文学教程〉为个案谈比较文学教材建设》，《外国文学研究》2004年第6期。

④ 曾绍义、邹建军：《以研究体验为基础，以教学实践为目标——以〈比较文学教程〉为个案谈比较文学教材建设》，《外国文学研究》2004年第6期。

的已经进入了比较文学教材，如变异学、译介学；有的则还没有进入比较文学教材，如聂珍钊首倡的“文学伦理学批评”、中国当代文学的海外传播与接受、海外华人文学与海外华语文学、中西思想史、中外传记研究、比较神话学等。

即以聂珍钊创建的“文学伦理学批评”而言，这是中国学者在借鉴西方伦理批评和中国道德批评的基础上创建的具有中国特色话语特征的文学批评方法。它从伦理学的维度研究文学的伦理本质和教诲功能，本身就属于比较文学跨学科研究，同时又坚持文学批评的道德责任，具有鲜明的价值立场。作为当前学术的一种研究范式和比较文学的最新成果之一，文学伦理学批评毋庸置疑应该被纳入比较文学教材的体系之中。

比较文学中国学派的其他新知识、新思想、新理论和新方法，在此限于篇幅不再一一罗列。无论如何，它们也应该进入比较文学教材编写者的视域之中，作为比较文学第三阶段的内容进入比较文学的教材之中。在比较文学教材的编写、修订之后，让比较文学中国学派成为比较文学研究范式中的新版块。新的研究范式，建构着比较文学的新领域。

结　语

从比较文学的学科史来看，比较文学本来就是影响研究、平行研究、跨学科研究、跨文化研究等研究范式的板块式构成。从研究范式的维度透视比较文学这门学科的教学方法和教材建设，发现比较文学可以采用独具本学科特色的研究范式案例教学法；比较文学的学科发展，完全契合教育部新文科多学科交叉学科跨学科发展的时代要求。比较文学的科学研究日新月异，因此其教材建设也应该与时俱进，不断更新。上述比较文学中国学派的新知识之简要表述、新理论之创新性发展、新研究范式之创建，本身就带有比较文学学科的研究方法论意识，因此它们作为比较文学中国学派的新版块完全可以加入开放性的比较文学教材内容之中。如此一来，比较文学中国学派对国家“双一流”建设和“新文科”发展皆有助益，从而可以培养和提高民族文化自信力。

经典研读：新文科视野下比较文学研究生培养的重要路径[*]

邹　赞[**]

摘　要　新文科是对全媒体时代乃至“数智时代”文科学科体系、学术体系、话语体系的形象表述，充分表现出知识转型与人才培养和时代语境之间的关联共振。基于比较文学学科特质与新文科建设的契合度，比较文学研究生人才培养成为推进和检验新文科建设的一扇重要窗口。在新文科背景下，经典研读成为构塑具有人文情怀、批判意识和丰富想象力的比较文学高层次人才的重要路径。

关键词　新文科　比较文学　经典研读

2020年，教育部在山东大学威海校区召开新文科建设工作会议，会上发布《新文科建设宣言》，明确了新文科建设的任务目标：“构建世界水平、中国特色的文科人才培养体系；加强价值引领，落细落实思想建设；优化专业结构，促进多专业融合发展；夯实课程建设体系，培养学生的跨领域知识融通能力和实践能力；完善全链条育人机制，加

* 基金项目：国家首批新文科建设与实践研究课题“‘新文科’背景下新疆高校中国语言文学类专业改造提升的探索与实践”（编号：2021050091）；新疆维吾尔自治区2020年研究生教育教学改革项目“新疆大学中国语言文学学科研究生课程思政建设的探索与实践”（编号：XJ2020GY03）。

** 作者简介：邹赞，博士，新疆大学中国语言文学学院教授，博士生导师，研究方向：比较文学与跨文化研究。

强高校人才培养与产业部门的融合发展；全面建设文科特色质量文化。"[①] 次年教育部公布首批新文科研究与改革实践项目[②]。与此同时，部分高校秉承"产教融合、协同创新"的人才培养宗旨，尝试优化整合行业/区域资源优势，构建"新文科建设联盟"。这些标志性事件显示出"新文科"成为当下高校学科建设与人才培养的风向标。

作为教育领域的一个热词，"新文科"高频率出现在各种期刊专栏、学术会议与教研教改成果之中。学界针对这一新生现象展开持续讨论，从不同层面丰富了有关"新文科"的认知。因此，厘清"新文科"究竟"新"在何处，是我们立足新文科视域思考创新人才培养的逻辑起点。本文通过阐释"新文科"建设的内涵，全面检视比较文学研究生培养所面临的机遇与挑战，从"知识输入、学术创新和想象力构塑"三个维度以及经典选择的"五大原则"出发，探析"经典研读"对于培养高素质比较文学研究生的重要意义。

一

顾名思义，新文科的命名是相对传统文科而言，是对全媒体时代乃至"数智时代"文科学科体系、学术体系、话语体系的形象表述，充分呈现出知识转型与人才培养和时代语境之间的关联共振。新文科之"新"，"不是新旧的新，是创新的新，是整个发展思路、标准、路径、技术方法和评价等系列新变化。'四新'建设是要提升国家的元实力——经济硬实力、文化软实力、生态成长力和全民健康力"[③]。因此，新文科不是对传统文科的全面否定和全盘颠覆，两者在传播中华优秀文化、厚植家国情怀方面一脉相承，但是在学科图景、问题意识、价值属性、人才培养目标等维度存在显著差异。

新文科究竟"新"在何处？这一命题关系到人文学科在整个学科

① 参见教育部新文科建设工作组 2020 年 1 月 3 日在山东大学发布的《新文科建设宣言》。

② 教育部首批认定 1011 个新文科研究与改革实践项目。

③ 吴岩：《积势蓄势谋势　识变应变求变——全面推进新文科建设》，《新文科教育研究》2021 年第 1 期。

格局中的位置。首先，新文科即是要尝试重构学科图景，消解对学科特性的本质主义理解，弥合传统意义上文、理、工、商、艺等学科范阈之间的区隔，积极倡导学科间的跨越、交叉与互融。学科的出现与细分是“近代的历史变迁、文化讨论影响到知识分类的结果”①，深深烙上了科层制的印记，学科之间的跨越交叉是一种常态化现象。因此，对新文科建设而言，跨越性尚不足以勾勒其学科的生态格局，更确切地说，新文科建设从跨学科走向了融学科、超学科②。就中文学科来说，其与相关学科之间由跨越交叉走向互融已成为不可逆转的趋势。众所周知，在20世纪80年代的方法论热潮中，人文学科不但引入了信息论、系统论、控制论等理工科研究范式，还借用了“熵”“耗散结构”等自然科学理论术语。新形势下，信息技术迅猛发展，移动网络高度发达，大数据、人工智能、云计算、区块链等新技术、新介质推动传统知识传输及接受方式的转型，文学研究经历了文化转向、空间转向、身体转向乃至元宇宙转向之旅。人文学科的阐释模式和批评话语主动跨出疆界，融入其他学科的新知识和新技术，例如文学研究有机借鉴大数据技术，依托GIS技术绘制文学地图，采用虚拟仿真技术还原历史情境、复活文学叙事，开启读图读屏时代学术研究的数据化与可视化模态。语言学研究对高科技的需求尤其强烈，如计算语言学、语料库语言学、人机交互系统、机器翻译等。因此，新文科对于学科之间的融合创新，绝非停留在话语搬演或技术挪用层面，而是要在新的学科格局中重估人文学科的位置，“人文学科是要真正面对和走进新科技的疆场深处，去看明白文科在智能时代的真实处境，在文

① 汪晖：《人文学科在当代面临的挑战》，澎湃新闻，2016年12月28日，https：//www.thepaper.cn/newsDetail_ forward_ 1588934。

② 赵奎英指出：“‘超学科’不仅指学科与学科之间的交叉、跨越、融合，还包括学科与‘非学科’的交叉、跨越、融合，包括专业内与‘专业外’的各行各业人士的跨界合作。”参见赵奎英《试谈“新文科”的五大理念》，《南京社会科学》2021年第9期。此外，李凤亮等学者认为，“‘超学科’是为应对当前全球化、现代化、复杂化、个性化的社会问题而提出需要用跨媒介的方法、跨文化的思维去重构教育方针和教育体系；‘共同体’思维将世界作为一个难以分割的整体，将微观世界与宏观世界相结合，科学与人文相融合，以国际视野应对全球范畴出现的多样化、复杂化的局势，以减缓生态文明冲突、世界治理纷争和精神文明冲突等问题”。参见李凤亮、陈泳桦《新文科视野下的大学通识教育》，《山东大学学报》（哲学社会科学版）2021年第4期。

科的学科格局再造中，去探寻历史可能昭示的新生密码”[①]。

其次，新文科强调要重构人文学科的价值属性，妥善处理好“道”与“术”之间的关系。长期以来，人文学科被贴上了“软性学科”的标签，其学科价值主要界定为“提升道德修养”“形塑人文情怀”。在中国传统文化精神的脉络中，“观乎人文，以化成天下”（《周易》），人文教育的核心职能就是“以文润心、以德化人”。人文学科因其偏重精神陶冶、智慧启迪和心灵温润，与现实功利规则保持着一定的距离，容易被单向度地误解为“无用之学”。但是，值得注意的是，“如果承认以往的文科对文化的‘有用’相对忽视，对人文作为资本和生产力要素的关注不够，那么未来推进的新文科，就完全有必要突破‘无用之用’的围墙，从‘有用’的范畴去确立新的发展模式”[②]。简言之，新文科建设在价值属性上应坚持“守正创新”，一方面要传承人文学科厚德载物的核心价值；另一方面要保持与变动的现实之间的密切互动，将关注视角触及社会的丰富面向尤其是数字网络时代人类的精神生态，善于从现实生活中提炼问题意识，为“数智时代”人类的生存状况提供价值指引和实践支撑。

再次，新文科建设要凸显创新型人才培养目标。人才培养是学科建设的关键环节，新文科建设之“新”还体现在要“培养什么样的人才”。教育部高教司司长吴岩这样概括新文科的“四大任务”和“四大担当”：“新文科要培养知中国、爱中国、堪当民族复兴大任的新时代文科人才；培育优秀的新时代社会科学家；构建哲学社会科学中国学派；创造光耀时代、光耀世界的中华文化。”[③] 具体而论，在新文科的意义上讨论创新型人才培养，根本前提在于要牢固坚守中华文化立场、夯实中华民族和中华文化的主体性，以深挚的家国情怀和文化自信参与世界不同文明间的交流互鉴，打造具有中国特色、中国气派、中国风格的人文学科学术体系、知识体系和话语体系，培养具有中国

---

① 陈跃红：《新文科：智能时代的人文处境与历史机遇》，《探索与争鸣》2020 年第 1 期。

② 陈跃红：《新文科：智能时代的人文处境与历史机遇》，《探索与争鸣》2020 年第 1 期。

③ 吴岩：《积势蓄势谋势　识变应变求变——全面推进新文科建设》，《新文科教育研究》2021 年第 1 期。

情怀、中国担当和中国精神的高层次创新型人才。

最后，新文科建设要立足全球与地方、世界与本土等坐标，考量（后）冷战和（后）疫情时代国际地缘政治秩序的变迁，积极回应新秩序下人文学科的社会位置与知识转型，以“互为主体、平等对话”的跨文化姿态融入国际学界的思想交锋与学术论争，将极具中国智慧的“各美其美、美人之美、美美与共、天下大同”融入世界未来图景的构设，既要有能力、有信心讲好中国故事，讲好“亚洲命运共同体”和“中非命运共同体”视域下的区域治理故事，也能够放眼寰球，为推动构建人类命运共同体和新型全球治理体系提供创新动力。

二

比较文学作为一门以“跨越性、可比性、相容性”为基本特征的人文学科，其显著的批判性、自反性（self-reflexivity）以及对于外在现实世界的高度关切，使该学科领域呈现出鲜明的“新文科”特质。也正是在这一意义上，比较文学是名副其实的“朝阳学科”而非“夕阳学科”。[①] 随着“新文科”建设理念的提出，学界开始深入思考新文科背景下比较文学研究生人才培养面临的机遇与挑战[②]。

先谈机遇。新文科概念的提出得益于新技术的发展，新技术在很大程度上重构了知识图景及其传输方式。新技术的日新月异赋予了这个时代独特的文化意味，读图、读屏成为一种颇具症候的文化消费标帜。客观上讲，影视传播及网络传播较之传统纸媒，其知识传播的路径更加多元快捷，形形色色的学术公众号、网络短视频密集推送前沿信息、学术动态、专题讲座、电子资源库。受众不需要前往各类图书馆，即可在线共享诸多文化资源。学术资源在空间和时间上的区隔逐渐缩减，学术意义上的“地球村”“共同体”日益成为现实。如此一

① 有关比较文学“危机”与“焦虑”的分析，参见邹赞、朱贺琴主编《涉渡者的探索——中国语言文学学术名家访谈录》，社会科学文献出版社 2020 年版。

② 中国高校比较文学人才培养主要集中在研究生层面。首都师范大学文学院和华东师范大学国际汉语文化学院先后设立比较文学系，积极探索比较文学专业（方向）本科生培养。

来，研究者（学习者）只要熟练掌握搜索引擎技巧，即有望在有限时间内获取大量有效信息。浩如烟海的经典文本从象牙塔中脱离出来，借助跨媒介改编，开启“再经典化”之旅。美国学者亨利·雷马克在《比较文学的定义和功能》一文中这样辨析“世界文学”与“比较文学”，“世界文学主要研究那些历史悠久、脍炙人口、有永久价值的文学作品……比较文学并未被质量和感染力这个标准束缚到这个地步。对二流作家曾经进行过而且可以进行更多有启发的比较研究，因为他们比伟大作家更能代表他们时代为时间所局限的特征。”① 雷马克的论述虽然不无偏颇之处，但是，为我们思考比较文学的社会功用提供了有益参考，即比较文学的学科特性赋予其强烈的边缘观照，除了讨论莎士比亚、但丁、弥尔顿、巴尔扎克、聂鲁达等被文学史经典化的“伟大作家”，还注重发掘尚未进入“一流”行列的作家作品，为边缘作家、边缘文体及边缘文化现象的显影创造了契机。这一特性在新媒体新技术时代表现得更加明显，许多曾经湮没在古籍典藏或乡野田间的文本因各种机缘被激活，焕发出蓬勃生机。新技术新媒体为比较文学学习和研究者带来了便捷多元的文献史料获取路径，帮助他们在思考和分析边缘文本时能够有效跨越时空的障碍，推进学术研究的广度和深度。

此外，新媒体新技术使得教学手段更趋科学合理。比较文学对教学及研究者的知识视野和思维方法有着极高要求，这也提示我们在进行比较文学研究生人才培养时，要与时俱进更新教学理念，摒弃单向度的知识“输出—输入”模式，积极构建全方位多层次立体式的教学路径。近年来，一场席卷全球的新冠疫情加剧了世界格局的变迁，在很大程度上重构着国际地缘政治格局与文化生态，同时也催生了教育教学领域的范式革命。随着远程教学手段的渐趋成熟，比较文学研究生不仅能够在线聆听北大、复旦、耶鲁、哈佛等国内外名校的精品课程资源，还可以通过连线方式实时参与外校课堂教学，院校之间的虚拟教研室、在线学术工作坊、名师讲坛和读书会等活动也日益普及，学术资源及教学空间的共享进一步缩减了因外在因素导致的人才培养

① 干永昌等：《比较文学研究译文集》，上海译文出版社1985年版，第217页。

差距。更准确地说，当下比较文学研究生培养已经超越了传统意义上的导师制，互联网学术资源及跨院校、跨区域的课程共享与学术交流，使得研究生学术素养的形塑呈现出多维发散状态。

再者，科际间的融合创新成为一种趋势和潮流。学科是现代的一个发明，是知识分类精细化和科层制影响的结果，学科间泾渭分明的区隔已经日益显现出局限性，跨学科、融学科、后学科、反学科甚至超学科[①]等概念被提炼出来并广泛使用。跨学科是比较文学的一大特质，这种学科特性也使比较文学携带着鲜明的新文科气息。一方面，注重文学与哲学、心理学、宗教学、人类学、管理学等学科之间的话语转换与对话融通，诸如凸显语言文学与管理学和艺术学的交融，创造性发掘文学作品蕴含的风景文化资源，及时将学科之间长期以来协同完成的科研成果转化为"教学生产力"和高素质人才培养内驱力；另一方面，倡导文学与新媒体技术的深度融合，构建数字化时代"细读"与"远读"[②]相结合的人文学科知识传授模式，比如将世界名著创意转化为网络音视频资源，打造有声类阅读产品，推动"全民阅读与书香社会"建设。

最后，聚焦国际化的跨文化人才培养目标更加明确。只要略微梳理比较文学学科史，就会发现比较文学法国学派及美国学派都强调跨国文学关系或比较研究。[③] 新文科建设特别重视培养具有国际前沿视

① "'超学科'是为应对当前全球化、现代化、复杂化、个性化的社会问题而提出需要用跨媒介的方法、跨文化的思维去重构教育方针和教育体系；'共同体'思维将世界作为一个难以分割的整体，将微观世界与宏观世界相结合，科学与人文相融合，以国际视野应对全球范畴出现的多样化、复杂化的局势，以减缓生态文明冲突、世界治理纷争和精神文明冲突等问题。"参见李凤亮、陈泳桦《新文科视野下的大学通识教育》，《山东大学学报》（哲学社会科学版）2021 年第 4 期。

② "远读"由意大利马克思主义文艺理论家弗朗哥·莫莱蒂提出，该理论"旨在以新的时间、空间和形式差异等三个维度代替传统的高雅与低俗、经典与非经典、世界文学与民族文学的二元区隔，有助于重新纳入为细读所摒弃的一系列社会因素，扩大文学研究的场域"，参见徐德林《协商中的"远读"》，《山东社会科学》2021 年第 11 期。

③ 梵·第根在《比较文学论》中指出，对同一国家内部操不同语言写作的作家之间的文学文化关系研究，也应当归属于比较文学范畴。参见［法］梵·第根《比较文学论》，戴望舒译，吉林出版集团有限责任公司 2015 年版，第 38—39 页。但是，从整体上看，法国学派和美国学派都鲜明凸显比较文学的"跨国"性；鉴于中国历史文化情境的独特性，杨周翰、乐黛云等学者强调比较文学的"跨民族"性，"向内比"成为中国比较文学的一大特色。参见邹赞、张艳《从比较文学到世界文学——邹赞教授访谈》，《长江丛刊》2020 年第 31 期。

野和跨文化交际能力的高素质人才，“新文科建设不仅需要扣准新工业革命、新经济发展、中国特色社会主义新时代的脉搏，还需要结合高等教育跨国界、跨文化发展视点，审慎把握文科思维特质与学科属性，在跨区域教育合作、多学科交叉融合中推动传统文科的转型升级，培养一批更具国际意识、国际交往能力、国际竞争力和跨文化领导力的高素质国际专业人才”①。应当说，新文科建设的人才培养目标与比较文学研究生培养宗旨在深层次上达成了高度契合，如新疆大学比较文学博士生的培养目标设定为：“本学科方向以马克思主义文艺理论为指导，聚焦丝绸之路经济带核心区文化建设，既重视对学科前沿理论的把握，也注重凸显学术研究的在地化特色。在系统掌握中国文学与中华文化的基础上，培养具有世界眼光和跨文化意识，能够独立从事比较文学与跨文化研究的专门人才。”② 简言之，在新文科背景下，比较文学研究生培养要凸显国际视野、多语言、多文化知识结构及跨文化对话技能，在坚守中华文化主体性的前提下，为推进全球文化交流和现代治理体系提供人才支撑。

再看挑战。由于新文科尝试在理念和实践层面重构文科图景，因此对传统教育的“术”“道”关系和人才培养模式提出了新的要求，这在一定程度上给比较文学研究生培养带来了挑战，主要表现为以下几个方面：第一，比较文学研究生培养的终极目标是激发人文学的想象力，随着新媒体、新技术的突飞猛进，如何能够在坚守比较文学学科主体性的前提下，充分激发研究者和学习者的批判意识与创新精神？第二，如何妥善处理比较文学的“精英性”与“大众化”之间的关系？③ 第三，跨越性是比较文学的典型特征，一方面指向文学学科内部的“跨越”，主要表现为跨民族、跨国、跨文化、跨语言，如果综合考

① 潇潇：《国际化视野中的“新文科”建设与“一带一路”行动》，《黑龙江高教研究》2021年第6期。

② 参见新疆大学中国语言文学学科2021版博士生人才培养方案，由本文作者牵头制定。

③ 有关比较文学应该侧重“精英化”抑或“大众化”发展路径，一直是学界热议的话题。笔者认为，作为学术研究领域及高端人才培养的比较文学，应凸显精英化面向，但同时不能忽略比较文学与跨文化研究的实际应用价值，这又触及比较文学的“大众化”面向。

虑中西历史文化语境的差异性，或可表述为“跨民族、跨文化”两个要素是充分必要条件，“跨国、跨语言”为优先条件。另一方面指向文学与其他学科之间的关系，即“跨学科性”。“跨学科”是比较文学研究最具潜力的领域，在新文科鲜明提倡学科交叉融合的背景下，如何把握学科交叉间跨越的限度，再次显影为比较文学必须应对的难题。

三

随着社会历史情境的变迁，比较文学研究生培养也将迎来新一轮改革，除了教学理念和教学技术更新之外，经典研读将成为构塑具有人文情怀、批判意识和丰富想象力的比较文学高层次人才的重要路径。这既是新文科建设对比较文学研究生培养提出的新要求，也是比较文学积极回应时代挑战所采取的有效策略。

一般认为，“经典研读”是比较文学研究生培养必不可缺的环节，是关系到人才培养质量的重要前提。只有通过精研细读比较文学学科史、方法论及专题研究相关经典文献，研究生才能够构建起具有国际视野的比较文学与跨文化研究知识结构和理论图景。当我们尝试深入思考这一议题时，必须回应两个层面的问题：一是如何理解“经典”，哪些论著可以列入比较文学“经典”著作？二是遴选“经典”的原则是什么？

“经典”不应当被限定为某种本质主义的描述，它一方面特指经过漫长历史淘洗和检验并被赋予“永恒性”（eternity）的典范文本，如中国文学里的《诗经》《离骚》《文心雕龙》《红楼梦》，外国文学里的古希腊神话、荷马史诗、莎士比亚戏剧，等等；另一方面指向那些产生于某一特定时代并具有重要影响力的文本，此类文本的价值有可能持续绵延，也有可能昙花一现，注重凸显文本的“时代性”（contemporaneity）。因此，每个时代既有从远古历史传承而来的“共享”的经典序列，也有属于该时代特有的经典文本。据此思路，比较文学经典著作应当包括三个序列的文本：一是比较文学学科“前史”时期的文化史、思想史著作，如《歌德谈话录》《共产党宣言》等；二是在比较文学学术史上留下深刻烙印，对于推动比较文学学科发展产生过显著贡献的论著，如波斯奈特的《比较文学》、巴尔登斯伯格的《比较文学：名称与实质》、梵·第根的《比较文学论》、基亚的《比较文学》、韦勒克的《比较文学的危机》、亨利·雷马克的《比较文学的定义和功用》、王国维的《〈红楼梦〉评论》、鲁迅的《摩罗诗力说》与《文化偏至论》、钱锺书的《谈艺录》、杨周翰的《镜子和七巧板》、季羡林的《比较文学与民间文学》，等等；三是对特定时期比较文学发展状况进行综述、评估或者从跨学科角度为比较文学从困境中“突围”提供理论资源的论著，如北京大学比较文学与比较文化研究所编辑出版的《多边文化研究》、美国比较文学学会发布的五份学科发展报告①，等等。

在本科阶段，比较文学是中国语言文学类专业开设的专业核心课或选修课程，教材统一使用教育部“马克思主义理论研究和建设工程重点教材”，授课内容主要包括“学科史”、“方法论”以及“比较文学个案研究”三部分，侧重比较文学的基本原理与应用实践。相比而言，比较文学研究生培养则注重提升理论素养，主张将比较文学学术史和学科史放置到中外思想史、文化史的整体版图中加以观照，除了开设“比较文学专题研究”“马克思主义文艺理论专题研究”“西方文论原著精读”等课程，还常常依托工作坊、学术论坛和读书会，凸显“经典研读”在人才培养环节中的重要作用。

“经典研读”能否达成预期目标，关键在于“经典文本”的选择。笔者结合近年来为研究生开设“比较文学工作坊”的教研心得，总结出五大遴选原则。

其一，立足中国思想文化传统，解构长期以来将中国比较文学当作“纯粹舶来品”的叙事陷阱。任何一门现代学科的兴起、发展及演变过程，都是内部因素与外在机缘“耦合”的结果。如果完全忽视内部因素，那么学科发展就成为“无源之水”，失去了根基。因此我们

① 按照发布时间的先后顺序排列，分别是《列文报告》（1965 年）、《格林报告》（1975 年）、《伯恩海默报告》（1993 年）、《苏源熙报告》（2003 年）和《海瑟报告》（2017 年）。

在思考和言说中国比较文学学科史的时候，就应当自觉警惕对学科发展做历史线性的、化约论式的判断，且应返回历史深处，从厚实的文献史料爬梳中厘清中国比较文学的“前史”乃至“史前史”，例如《山海经》蕴含着丰富的文学人类学思想，“二十四史”收录了大量反映中国历代各民族文化交流、交往、交融的历史事实，汉唐佛经翻译折射出跨文化译介的实践经验，等等。选择若干中国文化原典，综合运用教师导读、学生做主题报告、集体研讨等形式，有利于帮助研究生建立起一种具有鲜明主体性的中国比较文学学科发展史。

其二，梳理知识谱系，将碎片化的知识点分门别类归纳概括，形成脉络清晰、逻辑严密的经典文本序列。如何从汗牛充栋的经典文本中确定阅读的先后顺序，如何在保持阅读量较大的前提下凸显文本之间的逻辑关联？诸如此类问题，成为教师在主持比较文学工作坊或者为研究生推荐阅读书目时常常会遇到的问题。阅读并不是越多越好，关键在于效果。教师可以引导和启发学生建立中外比较文学必读书单，然后按照主题、时代、思潮乃至关键词等分类原则，形成一个“阅读序列”。例如可以将国际比较文学学术史上赫赫有名的五份学科发展报告作为一个“阅读序列”，指导研究生从《列文报告》到《海瑟报告》展开系统研读，结合每份报告出台的历史文化情境，聚焦报告中的核心问题意识，或可有效推进研究生对于比较文学知识图景的深层认知。

其三，养成“复杂性思维”，重视发掘比较文学各学派之间的理论论争与思想交锋。摒弃线性思维和化约论的一个有效路径，就是着重关注不同学派（流派）在思维和观点上的分歧，呈现理论话语的褶皱和张力，例如二战后美国学派与法国学派之间的论争，这场长达数十年的激烈交锋可以追溯到20世纪50年代初，“1952年，当美国《比较文学与总体文学年鉴》转载法国比较文学家伽列（卡雷）为基亚的《比较文学》一书所写的前言时，韦勒克感到实证主义学风在美国有卷土重来的危险，立即在下一年的《年鉴》（1953）上撰文对伽列（卡雷）和基亚进行批判……”[①] 1958年，韦勒克在教堂山会议发

① 干永昌等：《比较文学研究译文集》，上海译文出版社1985年版，第15页。

表战斗檄文《比较文学的危机》，将这场硝烟弥漫的论战推至高峰状态。因此，如果对卷入这场论战的代表性文本展开细致研读，形成文本参照互比的效果，就能引导学生摒弃对法国学派或美国学派的刻板印象，认识到这样的事实：法国学派不等于影响研究，影响研究只是法国学派的主导研究范式；美国学派也不等于平行研究，部分美国比较文学学者也是影响研究范式的积极实践者。另外，法国学派常常被冠以民族文化中心主义甚或沙文主义的指责，美国学派容易被贴上西方中心主义的标签，这种表述显然不无道理，但它是从整体意义上的概括，并不排除部分学者对东方文学的关注热情。

其四，立足地缘政治的特殊坐标，重估世界比较文学的文化地形图，尝试探索“亚际比较文学”（Inter-Asian Comparative Literature）的可能。笔者曾指出：“在‘亚洲命运共同体’构建的框架下，思考‘亚际电影’或‘亚际比较文学’，坚守中华文化的主体性，由本土走向区域，由区域走向有中国声音参与的世界电影和世界文学新型图景，或许能成为一种可资参照的路径。”[①] 比较文学研究生培养应凸显区域特色，除了引导学生掌握学科基本原理，还应当立足区域发掘特色，如西南高校重视中国与东南亚国家之间的文学文化关系，东北高校凸显中国与日本及朝鲜半岛之间的文化交流，新疆高校则可发挥地处丝绸之路经济带核心区的区位优势，在中国与中亚国家之间的文学文化关系领域持续发力。笔者尝试提出“亚际比较文学”概念，旨在突破欧美比较文学的西方中心主义局限，将关注视野投向东方文学尤其是亚洲国家间的文学交流，同时弥补原先侧重东北亚国家之间的文化关系而忽略中亚、西亚文学的缺憾。

其五，前瞻性思考数字人文与比较文学的“联姻”。随着人工智能和大数据技术的兴起，数字人文成为一个热门话题。大数据、GIS技术等被应用到文学地图学、世界文学等研究领域，例如弗兰克·莫莱蒂（Franco Moretti）就颇具创意地采用大数据技术研究世界文学。

---

① 邹赞、金惠敏：《自觉·交流·互鉴——关于文化理论与文化自信的对话》，《文艺研究》2019 年第 8 期。

在这样的背景下，比较文学研究也必须认真考量数字人文对其传统研究范式带来的革新。有学者在相关领域已开展令人惊喜的实践，“以Web of Science核心数据库中比较文学主题论文为研究对象，采用Python编程及CiteSpace、VOSviewer、His Cite等工具，从研究热点与热点、研究者与文献、研究力量及合作关系等多角度，综合时间、空间、内容多个层次，进行分析并可视化呈现，全面分析近50年来国际比较文学的主题演化与研究热点变迁，把握核心研究者与重要文献，挖掘研究力量分布及合作扩散方式，力图提供理解人文学科的新方法”①。因此，指导学生阅读《数字人文指南》（*A Companion to Digital Humanities*）、《数字人文中的论争》（*Debates in the Digital Humanities*）、《数字科技与人文中的实践》（*Digital Technology and the Practices of Humanities Research*）、《批判性的数字人文：找寻一种方法论》（*Critical Digital Humanities：The Search for a Methodology*）等经典论著就显得非常有必要了。

结　语

基于比较文学学科特质与新文科建设的契合度，比较文学研究生人才培养成为推进和检验新文科建设的一扇重要窗口。在新文科背景下，比较文学研究生培养既要紧扣时代脉搏，主动适应新技术、新媒体给人文学科带来的挑战，又要始终坚持学科的主体性原则，凸显经典研读的重要地位，形塑学生的批判意识和想象力，培养“厚植家国情怀、彰显人文底色、回归经典研读、凸显多学科交叉融通、重视创新人才培养”的高素质跨文化人才。

（原文刊载于《兵团教育学院学报》2022年第4期）

① 冉从敬、何梦婷、黄海瑛：《数字人文视阈下的比较文学可视化研究》，《厦门大学学报》（哲学社会科学版）2020年第5期。

比较文学的课程定位与教学方法

宋德发*

摘　要　在中文专业的诸多课程中，“比较文学”作为“专业主干课”，是一门比较重要的课程，亦是一门重熏陶、重启迪，以人格塑造为核心目标的“为人类”课程。高水平的讲授对于传授比较文学知识，引发学生对比较文学的兴趣，塑造教师个人的美好形象都具有重要价值。但单纯的讲授无法让学生真正学到东西。任务驱动法刚好可以弥补讲授法的不足，因此，笔者从“讲”比较文学转向“教”比较文学，通过精心设计的四大教学任务，让学生真正动起来和累起来，进而培养学生的自学意识和自学能力。

关键词　比较文学　课程定位　教学方法　讲授法　任务驱动法

自2001年登上讲台至今，我从事比较文学的教学已有20年，有一些心得，也有一些经验，现形成文字，以便与各位同行交流。

一　一门比较重要的课程

在中文专业的诸多课程中，“比较文学”是一门比较重要的课。

中文专业开设课程数十门，每一门都是根据相应的教学理念和教学目标而精心设计的，换言之，中文专业开设的每一门课程都不是多

---

* 作者简介：宋德发，安徽庐江人，湘潭大学文学与新闻学院教授、博士生导师，研究方向：比较文学、高等教育学。

余的，因此，在中文专业的课程菜单中，“比较文学”能够赢得一席之地，说明它的重要性是获得一致肯定的。

笔者1996—2000年在长沙理工大学读中文专业的时候，课程菜单中还没有“比较文学”，而那时全省和全国开设“比较文学”课程的中文专业也不多。如今，不仅长沙理工大学的中文专业有了“比较文学”课，全国各高校中文专业也纷纷开设了“比较文学”课，这也说明，业内人士对于“比较文学”课增强中文专业的专业性非常有信心和底气。

但是，我不能因为自己是“比较文学”课的老师，就认为这是中文专业最重要的一门课。客观而理性地说，这只是一门“比较重要”的课。就中文专业而言，最重要的是几门“学科基础课”，包括：①古代汉语；②现代汉语；③中国古代文学；④中国现当代文学；⑤外国文学；⑥文学理论。

“学科基础课”是一个专业的立足之本，即没有这些课程，一个专业是不成立的，学生的专业能力、专业素养和专业气质都无法养成。在中文专业的“学科基础课”中，最重要的是四门，即“古代汉语”“现代汉语”“中国古代文学”“中国现当代文学”，学生如果将四门课程学好和学透，就可以信心满满地说自己是中文专业毕业的。如果要进一步选择，那么“古代汉语”和“中国古代文学”是最能显示中文专业“专业性”的两门课程，中文专业的学生如果能将这两门课程学好和学透，中文的底蕴和气质也是掩藏不住的。

中文专业次重要的是“专业主干课”，包括：①比较文学；②中国古代文论；③西方文论；④美学；⑤汉语史；⑥民间文学；⑦文献学；⑧普通话。“专业主干课”是对专业能力做进一步的拓展、对专业素养做进一步的强化、对专业气质做进一步的提升。它们很重要，但不是最重要的。

“古代汉语”“古代文学”没有学，就不能说自己是学中文的，但“比较文学”没有学，还是可以成为标准的中文专业毕业生——以前大部分中文专业没有开设“比较文学”课，并没有对人才培养质量产生根本性影响。通俗地说，“比较文学”课扮演的是“锦上添花”而非“雪中送炭”的角色。

在“学科基础课”和“专业主干课”之外，还有各式各样的“专业选修课”，这些课程有其各自的特色和价值，学生学了更好，不学也不会从根本上影响学科的专业性。理论上讲，学生学任何一门课程都是有用的，但是既然大学分了专业，那么，最能显示专业性的课程，其价值应该更大、地位应该更高。

对于“学科基础课”，如“古代汉语”和“中国古代文学”，学校不管设置多少课时，老师不管要求多么严格，同学们不管花费多少时间和精力，都是可以理解的，因为它们实在太重要，也实在太难了——课程的重要性和难度是成正比的。而“比较文学”作为一门“专业主干课”，是一门“比较重要”的课程，设计为48课时而不是96课时，教师在教学过程中要求比较严格而不是最严格，学生在学习过程中比较努力而不是最努力，都是实事求是的选择。

二　一门“为人类”课程

大学课程大致可以分为三类：一是“为实类”课程，如数学课、物理课；二是“为事类”课程，如体育课、计算机课；三是“为人类”课程，如文学课、哲学课、历史课以及各种思政课。

整体而言，“为实类”课程侧重知识传授，教学效果很容易检测和考核；“为事类”课程侧重能力提升，教学效果比较容易检测和考核；“为人类”课程侧重人格养成，教学效果很难检测和考核。当然，这样的划分是相对而非绝对的。像语言课，既强调语言知识，又强调语言运用，所以既是“为实类”课程又是“为事类”课程。像写作课，既强调写作技巧和写作能力，又强调写作者的观念、思想和情怀，所以既是“为事类”课程又是“为人类”课程。

“为人类”课程像其他课程一样，也暗含着知识目标、能力目标和素养目标。但归根结底，人格塑造才是其核心目标。但“人格塑造”的确是一种难以检测和考核的目标。比如，思政类课程是最典型的“为人类”课程，可是，那些得高分甚至满分的学生是否就是思政类课程学得最好的学生？当然不能这样说，因为一个人的思想政治素养更多体现为践行，即通过他在学校的行为，尤其是通过他毕业以后长久的、真实的行为才能做出判断。

常常见到有一种调查，问毕业生在大学期间学的课程能用上多少，回答是“基本上没用”。于是得出结论说：大学基本上是教给学生一些无用的东西。不少学生在回忆大学生活时，往往会说，那时所学的东西几乎全部忘记了。其实，大学的“为实类”课程和“为事类”课程，如果教得好的话，还是能够教给学生不少毕业以后立刻就能用得上的具体知识或能力，真正让学生感觉毕业以后“基本上没用”的主要是“为人类”课程。

“为人类”课程其实也是有用的，只不过它们培养的是学生的思维、观念、信念、情感。比如，“闻一多讲诗，刘文典讲《红楼梦》，潘光旦讲优生学，吴晗讲形势。讲到山河之痛，国破家亡，台上痛哭失声，台下群情激奋，昆明市民与北来的师生们，同仇敌忾，意气相逢”①。还有郑敏回忆冯友兰哲学课的教学效果时说：

> 西南联大给我的教育，特别是冯先生的关于人生宇宙的哲学教育已经成为我生命的一部分，遇事，遇人，遇问题，它总在不知不觉中影响着我的决定和反应，并且决定了我的科研和写作的道路。②

这些都说明，思维、观念、信念、情感等往往是无形的、潜在的、莫名的，但无形不等于无用，潜在不等于不在，莫名不等于不名。

“为人类”课程要实现“人格塑造”的目标，教师“讲得好”比“讲得多”更重要；如何讲比讲什么更重要；教师的才情比教师的学识更重要；教师无言的启迪比教师有声的宣讲更重要。

---

① 张曼菱：《序：“从传说”到寻觅》，张曼菱：《西南联大行思录》，生活·读书·新知三联书店 2013 年版，第 4 页。

② 郑敏：《忆冯友兰先生的“人生哲学”课》，郑家栋、陈鹏选编：《追忆冯友兰》，社会科学文献出版社 2002 年版，第 7 页。

"为人类"课程重熏陶、重启迪、重氛围、重感觉、重想象力的特性深得学生的认可和欣赏，因此，"为人类"课程是最好教的，教师如果能够遵循和展示这类课程的特性，就容易成为名嘴和名师。但"为人类"课程也最难教，因为学生的期望更高，一旦教师的水平不够，达不到学生的期望值，"为人类"课程往往成为最让学生失望的课程。

中文专业和哲学专业是"为人类"课程最集中的两个专业。中文专业也有"为实类"课程，如语言课（同时也算"为事类"课程），但语言的背后是文化，所以将语言课归入"为人类"课程也并不勉强。中文专业也有"为事类"课程，如写作课，但写作的背后是思想，所以写作课也算是"为人类"课程。不管划分的标准是什么，将"比较文学"归入"为人类"课程是没有争议的。

三　讲授法的意义及局限

常用的教学法有三种：示范法；讲授法；任务驱动法。

示范法非常考验教师的专业水平。比如篮球老师教篮球，绘画老师教绘画，写作老师教写作，经常要给学生做示范，如果教师业务水平不过关，示范法则无法付诸实践。

任务驱动法非常考验教师的教学设计水平。教师针对课程目标，针对学生的实际情况，设计出一些非常科学、合理又富有想象力的教学任务，让学生带着明确的目标学习，对教学效果至关重要。

讲授法非常考验教师的口才。讲授法是一种最传统、最经典、最常见的教学法。这些年，讲授法的"名声"不佳，不少教学专家提出讲授法是灌输法，应该退出历史舞台了。这是对讲授法的偏见。讲授法不等于灌输法。低水平的讲授才是灌输，高水平的讲授同样是启发式教学。

"比较文学"是基础原理课，亦是大班授课，所以，我主要采用讲授法进行教学。这自然涉及两个核心问题，一是"讲什么"；二是"如何讲"。

“讲什么”其实有两种选择，一种是讲得比较全面，另一种是讲得比较精深。有些大师讲课，往往选择后一种方式，比如刘文典讲了一学期《文选》，只讲了半篇木玄虚的《海赋》，但自从有了教学大纲和教学督导团之后，这种选择现在就很少见了。我们讲古代文学，不会一个学期只讲一个《诗经》，讲外国文学史，不会一个学期只讲一个莎士比亚。大师们讲课注重讲自己最有研究和最有体会的内容，我们普通老师讲课，还是按照教学大纲的指引，把该讲的都讲一遍，遇到自己最有研究和最有体会的内容，自然也可以多讲一些，比如有些“莎士比亚专家”讲莎士比亚会用8个课时。

我讲“比较文学”课，主流教材上有的内容基本都不会跳过或绕过，所以比较文学的概念、历史，以及影响研究、平行研究、跨学科研究、阐发研究、形象学研究、主题学研究等，都是重点讲解的部分。从“讲什么”的角度看，教师的创新是有限的。教师的创新主要体现为“如何讲”。同样是讲比较文学的概念，不同的“如何讲”会导致不同的听课体验。当然，不管教师如何努力，在有限的课时里，教师也是讲不完所有内容的。就算课时是无限的，教师也讲不完，因为教师的学术水平支撑不了，况且，教师也没有必要讲完。

听课体验源于听课的现场感，所以我无法用文字描绘我是“如何讲”的。在此不妨谈谈我对“讲课”的重视和理解。“讲课”不是“教学”的全部，但客观上是“教学”的重要组成，所以教师“讲”得好，对“教”得好是有直接帮助的。因为“讲”得好至少有三个看得见、摸得着的价值：一是更好地传递基础知识，帮助学生更好地入门，为更深入的学习打基础；二是更好地引发学生的兴趣，让学生对这门课充满好感、充满期待，继而萌生“自学”的冲动和激情；三是塑造教师个人的美好形象，为“讲”之外的教学环节的顺利实施奠定坚实的基础，也就是说，如果教师“讲”得好，学生就对教师的职业水平和职业态度产生欣赏和崇拜之情，就不会对教师“少讲”甚至“不讲”产生“这个教师在偷懒和敷衍”之类的怀疑，如果教师“讲”得不好，学生就对教师的职业水平和职业态度产生怀疑，继而不愿意配合教师“以学生为中心”的种种教学改革。

“比较文学”作为一门“为人类”课程，对教师“讲得好”还是很需要的。教师如何才能“讲”得好？一需要必要的学术底蕴；二需要必要的语言能力；三需要必要的讲课方法。对于讲课而言，方法不是万能的，但没有方法是万万不能的，关于这个问题，我已经在《如何走上大学讲台——青年教师提高讲课能力的途径与方法研究》（湘潭大学出版社 2013 年版）和《站稳讲台：大学讲授学》（浙江大学出版社 2021 年版）中有过详细的阐释。

根据我的观察，大学里最受欢迎的“讲课”就是“脱口秀式的讲课”，厦门大学易中天，中国政法大学罗翔，华中师范大学戴建业，深圳大学王立新，南京大学潘知常，湖南科技大学吴广平，等等，他们的讲课都属于此类。“脱口秀式讲课”之所以最受欢迎，因为它自然地融入了“幽默”的因素。而幽默恰恰是一种综合智慧，是非常高级的信息传播方式。

但讲授法有其局限，那就是很难让学生真正学到东西。讲授法可以充分展示教师的风采，可以充分引发学生的兴趣，但是学生听完后，总会有这样的感觉：我怎么什么都没有学会？

四　从“讲”到“教”

“任务驱动法”可以很好地弥补“讲授法”的局限。

我以前是一个特别迷恋“讲”的教师。我认为，大学老师把课“讲”好了，学生就满意了。的确，学生满意是教师的追求之一，学生满意也是“教学效果”的重要组成，但“教学效果”远不局限于学生满意。

教学的终极目标是让学生真正学到东西！只有当学生真正学到东西后，他们的满意才是长久的而不是暂时的，才是深层的而不是表层的。可是要让学生真正学到东西，仅仅老师“讲”得好是远远不够的，还需要接着各种“巧思妙想”，让学生自己带着明确的和坚定的目标，真正地自学起来，并且这样的过程中，进一步提升学生自学的意识和自学的能力。诚如陶行知所言：

> 热心的先生，固想将他所有的传给学生，然而世界上新理无穷，先生安能尽把天地间的奥妙为学生一齐发明？既然不能与学生一齐发明，那他所能给学生的，也是有限的，其余还是要学生自己去找出来的。况且事事要先生传授，既有先生，何必又要学生呢？①

教育本质上都是自我教育，学习本质上都是自学。这个特性在天才身上表现得尤为突出，即在人类文化的任何一个领域，那些做出重大贡献、创造性贡献的人物，往往都是自我教育的结果，而不是学校和老师教出来的。自我教育即一个人在目标和兴趣的指引下的自学。一个学生从小学、中学、大学直到毕业以后，看他优秀还是平庸，最关键的是看他是否具备这样的自我教育能力。和中小学相比，大学的自我教育应该更为充分、更为深入。如金耀基所言：

> 大学生不是中学生，大学对他（她）不再也不应提供保姆式的照顾，他应该也必然会自我寻求生命之意义和人生之目标。在最后的意义上说，人之成长（包括自我形象与自我认同之形成）是靠他（她）自己的。②

在大学，学生学习知识固然是重要的，然而，对于一个人的一生所需要的知识来说，学生在大学期间所能学到的知识是微乎其微的。换言之，一个人在大学期间所学到的知识远远不够未来之所需。加上新知识在不断涌现，所以，人不能靠大学期间习得的知识去应付一辈子。因此，大学的教学更应注重培养学生在未来更有效地获取新知识的能力，以及持续生产新知识的能力。

从教师的角度看，教是为了不教。大学教师重要任务之一就是引

① 陶行知：《教学合一》，陶行知：《陶行知全集（第一卷）》，四川教育出版社 1991 年版，第 22 页。

② 金耀基：《大学之理念》，生活·读书·新知三联书店 2008 年版，第 19 页。

导学生不断增强自学能力。特别是中文专业，自学在学生的成长过程中的作用更是举足轻重，换言之，中文专业的学生是能够自学的，也是应该自学的。这就很容易理解，为何大学期间经常逃课的汪曾祺还能成为杰出人才，因为他“逃课”但并没有“逃学”——他逃到图书馆里自学：

> 我不好好上课，书倒真也读了一些。中文系办公室有一个小图书馆，通称系图书馆。我和另外一两个同学每天晚上到系图书馆看书。系办公室的钥匙就由我们拿着，随时可以进去。系图书馆是开架的，要看什么书自己拿，不需要填卡片这些麻烦手续。有的同学看书是有目的有系统的。一个姓范的同学每天摘抄《太平御览》。我则是从心所欲，随便瞎看。我这种乱七八糟看书的习惯一直保持到现在。我觉得这个习惯挺好。①

基于上述的分析和理念，我对自己的教学观做了不小的调整，即从“讲”比较文学转向“教”比较文学。“教”依然保留了“讲”，即三节课连上，我一般讲两节课，在这两节课中，我需要“以我为主”，遵循讲授的基本规律，深入浅出、雅俗共赏、激情四射、幽默风趣地讲授。我希望借此帮助学生，用尽可能少的时间掌握尽可能多的专业内容，从而节省学习的时间。与此同时，我还要针对我的教学目标，针对学生的实际情况，精心布置教学任务，让学生真正动起来，累起来。

五　让学生真正动起来、累起来

“比较文学”既是独立的一门课程，有其独立的教学目标，又是中文专业众多课程中的一种，服务于整个中文专业共同的教学目标。中文专业共同的教学目标是培养既能“写”又能“说”的人才，这个

① 汪曾祺：《新校舍》，汪曾祺：《在西南联大》，四川人民出版社 2017 年版，第 255—256 页。

目标自然也是“比较文学”课的目标。为此，我化用“任务驱动法”，为学生精心设计了四项任务。

一是学术演讲。即三节课连上，专门留下第一节课的时间，让学生自己讲。“演讲”和“写作”一样，是所有大学生综合素质的必要组成，更是中文专业学生立足岗位和社会的两大“秘籍”。很遗憾，中文专业对学生“写作”能力培养明显不够，对学生“演讲”能力的培养更是缺乏。其实，中文专业学生需要培养演讲能力，并不需要开设专门的演讲课。每门课程的任课教师只要根据实际情况，在自己的课程中设计一个学术演讲环节，都可以起到演讲课的作用。“比较文学”课有属于自己的教学目标，如传授比较文学的基本知识，但“比较文学”课的教学目标和整个中文专业的培养目标是一致的。为此，我会让每一位学生准备好 8 分钟左右的一个学术演讲，然后在每次课的第一节课随机抽取四位学生，让他们上台演讲。学生讲完，我再做针对性的点评和总结。教师点评和总结关乎这个环节的成败。什么是好的学术演讲？学术演讲如何选题、如何结构、如何写作、如何做课件、如何运用演讲技巧？解答这些问题非常考验教师自身的学术演讲水平。设置学术演讲环节，既是检验学生学习比较文学的效果，亦是培养学生学术演讲的能力和意识。这个环节算是对“翻转课堂”“以学生为中心”等先进教学理念的积极回应。

二是撰写三篇学术随笔。有些老师喜欢让本科生写论文，还提出 5000 字以上、必须原创等基本要求。我认为这样做有些不妥，理由至少有四：一是大部分学生毕业以后并不从事学术研究，所以他们更需要的是基础写作能力而非论文写作能力；二是有专门的学年论文和毕业论文训练他们写论文的能力；三是本科生初学论文主要为了训练选题能力、综合能力、概括能力和有逻辑地表达的能力，原创这个目标并不适合大部分初学者；四是写一篇 5000 字以上且必须原创的论文谈何容易，有些教师自己在接受过严格的学术训练后，一年也才能写一二篇这样的论文，那本科生又如何做得到？考虑到其他老师已经布置了不少论文，学生已经苦不堪言，所以我决定降低作业的难度，让学生撰写学术随笔，即用散文的笔法写有关比较文学的话题。第一次作业，学生写八股文的较多，东抄抄西抄抄的自然也不少。我拿出一节课点评作业，并且亮出自己喜欢原创的“口味”。第二次作业，学生写八股文的减少，写学术随笔的增多。我再次点评作业，并且重点表扬了几篇想象力丰富、文采斐然的文章。在我的成功“诱导”下，第三次作业，学生没有写八股文的了，让人感到惊艳的文章陡然增加。在我看来，中文专业学生的写作，文字精准和有想象力才是训练的重点，从这个角度看，学术随笔比学术论文更值得推广。

三是阅读100篇学术论文。我推荐的学术论文同时具备两大特征：一是有好的思想（至少要有好的观点）；二是有好的文字（文字不仅精准，而且非常优美）。学生写论文其实是从模仿开始的。那么，模仿谁就很重要了。王向远先生的文章，我鼎力推荐的最多。当然还包括曹顺庆先生、曾艳兵先生、何云波先生的代表性论文，我也不遗余力地介绍一番。我还推荐了潘知常先生、刘再复先生、孙绍振先生、李建军先生、李美皆女士、徐岱先生等实力派学者的代表性论文。然后我告诉学生，期末考试的题目就从这些论文中产生。毫无疑问，大部分学生对这些论文的研读将会是无比的细致。我猜想，在这个过程中，他们不仅可以揣摩和领悟好论文的写法，而且消除了对学术论文的反感：原来学术论文也可以写得这般潇洒啊！

四是做两万字的读书摘录。再长的文章也是一句话一句话组合起来的（就像一部再长的电影也是一个镜头、一个镜头拍摄和剪辑出来的）。一篇好文章，多数情况下，就“好”在它里面有好句子。一篇文章中有一句话写得精辟，这篇文章就有亮点，有十句话写得漂亮，这篇文章就会在第一时间被转载和传阅。所以，写作其实就像一句歌所唱的那样：“慢慢的拼凑，慢慢的拼凑，最后拼出一个完全不同的我。”也就是说，要写出好文章首先要有好句子。如何将这些好句子组合起来是一门高层次的学问，可能需要一点写作的天赋，但积累更多的好句子则是所有人都可以做的工作。即是说，要想写出长文章，不妨先从收集更多的“一句话”“一段话”开始。我自身学习写作的经历告诉我，有时之所以写不出好文章，一是由于思想的匮乏——没有阅历和阅读，何来思想？二是由于语言的匮乏——就算想到了一个观点也找不到合适的话来表达。为了提高文字表达能力，我本人每年至少做20万字的读书笔记，效果是很好的。所以我也希望每位学生在一个学期的阅读过程中能够摘录两万字，一个学期结束了，我将全部学生的读书笔记编辑成册，那就有近300万字了，每个学生送一份，以后他们写文章时可以随时参考。

总之，我将“比较文学”课纳入中文专业的课程体系中加以定位，既考虑比较文学教学的独特性，又让比较文学教学服务于整个中文专业的教学目标。通过从“讲”到“教”的观念转变和教学，我的《比较文学》教学基本实现了教师讲授和学生自学的统一、学生课堂听讲和课外阅读的统一、学生知识的丰富和能力的提升的统一。当然，我还期待，在遗忘了《比较文学》教给的知识之后，他们还能够在血液深处流淌着比较文学的精神，浑身上下散发出比较文学的气质，这样别人一眼就能看出：这位女士/先生，您大学时学过《比较文学》吧?!

外国文学与公共关系学的关联式教学研究*

吴　童**

摘　要　此项教学改革研究是在“新文科”背景下的教学改革实验，立足于跨文化、跨学科趋向，使外国文学教学超越学科界限，破除专业壁垒，以践行推进学科之间的深度融通。重点针对外国文学教学存在的问题和学科的先天不足，尝试将实践性不够突出的外国文学与应用型学科公共关系学相结合，发掘探索二者之间的联系，给传统学科注入新鲜血液。主要研究在两门学科交叉、融合模式下的教学改革方案和措施，结合当今时代的特点和应用型公关人才培养的目标规格，尝试在课程体系、教学内容和教学方式等方面进行改革探索，注重在外国文学教学中融入公关理念，培养公关意识和技能，使外国文学教学在实践和应用性上得以加强和拓展。

关键词　外国文学　公共关系学　关联式教学

时值21世纪的当代中国，培养应用实践型人才已是大势所趋，目标即“培养专业基础扎实、知识结构合理、富有创新精神和实践能力、具有社会责任感的高素质应用型技术人才”①。培养方案的基本原

---

* 基金项目：内江师范学院教学改革项目“外国文学与公共关系学的关联式教学”（编号：jg202107）阶段性成果。

** 作者简介：吴童（1964—　），女，重庆人，内江师范学院文学院教授，研究方向：西方女性文学与中西方文学比较方向研究。

① 聂珍钊：《建构外国文学史新体系》，《光明日报》2016年8月18日第16版。

则亦很明确，“以更新培养理念、改革培养模式和优化课程设置为着力点，以推进教学质量国家标准和教学方法改革为支撑点，以提高学生的综合素质与创新创业能力为落脚点，深化教育教学改革”①。这必将使传统型高校面临转型的挑战，相应地，不少既定专业课的教学体系、内容和方法亦面临革新。尤其是随着当今社会主流媒体的不断演变、更迭，人们因循多年、习以为常的语言文字传播的形式和内容也悄然生变。在文学院的外国文学课程教学中，如果再沿袭传统教学模式，一味空洞说教，脱离实践，必然陷入被学生厌弃、被时代淘汰的困境危局。改革迫在眉睫、势在必行，专家同行们也尝试进行了不少教学改革研究和实践创新探索，但还没有将外国文学教学与公共关系学融合、交叉方面的尝试，笔者拟在这方面做一些探讨和研析。

一　研究背景与价值意义

此项教学改革研究是在“新文科”背景下的教学改革实验。当下，高校正在抓紧进行“新文科”与课程思政建设，这不仅是加快培养新时代拔尖人才、提升国家文化软实力的重要手段，更是落实立德树人根本任务的顶层设计和关键之举。当今倡导的“新文科”，具有综合性、融通性、科学性、创新性、发展性、引领性和战略性七大特征，尤其注重强调多学科之间的融通性，此乃新文科最重要的特征之一。“新文科”倡导人文社科大领域内学科之间的交叉、融合，抑或渗透与拓展，高校外国文学教学应该超越学科界限，破除专业壁垒，以践行推进学科之间的深度融通。专任教师应致力于课程教学内容的持续更新，教学方式的随时应变，不仅要注重对学生的跨学科知识融通能力的培养，更要注重学以致用实践能力的训练。从而打破被局限的学科认知和专业限制，提升学生的综合素养，强化“新文科”的通识传承和知识创新能力。新文科七大特征中的创新性，则要求新文科

① 袁盛财：《基于文本细读的外国文学课程教学改革思考》，《文学教育》（上）2015 年第 5 期。

建设通过新的学科增长点，针对传统学科模式，提出了改革转型、创新升级的要求，课程建设也必须进行更新迭代，要有新的学科增长点，力求教学模式突破创新。因此，“新文科”背景下的外国文学教学提倡跨文化、跨学科趋向，这一教学研究正是基于“新文科”这两大特点的改革尝试。

笔者从事外国文学教学三十多年，深感学生对这门课的疏离感，不少学生觉得外国文学知识空泛无聊、脱离现实、无实用性。如此状态的教学必须进行转型与改革，应该打破定式，立足于新文科的核心要义，注重学科交叉、融合，进行理念创新，才能更好地顺应时势，服务于国家战略。公共关系学作为一门实践应用性非常强的学科，状态、趋势与外国文学正好相反，越来越受到各行业人们的关注和重视，引发的兴趣度也远远超越不少传统专业学科。公共关系学起源于国外，改革开放初期传到中国，经公关专家艾维·李、伯内斯、卡特里普等的努力完善，早已在当今社会的组织管理与关系协调的各领域得以推广应用，也日渐彰显出这门学科特有的价值和功能，已然受到社会各界人士的广泛关注。出于社会对公关人才的需求，20 世纪 80 年代中期，公共关系学进入高等教育行列，并取得长足发展。尤其是步入 21 世纪后，公关教育更是稳步发展，公共关系学被设置为新闻传播、管理、人文等众多学院与专业的必修课，成为培养大学生基本素质的重要课程，学科呈朝阳上升的蓬勃之势；不少高校都有公共关系学协会等相关的团体，大学生普遍热衷这方面的活动，相对于专业界限较强的外国文学，普及性和关注度都更胜一筹。公共关系学历史不长，但公共关系活动和公共关系意识和理念却早就渗透、贯穿在人类的社会生活中，在文学艺术中也不乏这方面的内容，但很少有教师会发现两门学科之间的关联性，更缺乏将两者结合融通的教学先例。尝试外国文学与属于管理学范畴的公共关系学的关联式教学改革，以当前外国文学教学的跨学科趋势为导向，有利于学科间的交叉、融合。因此这项改革研究的价值与要核，正在于针对外国文学教学存在的问题和学科先天的不足，将实践性不够突出的外国文学与应用型学科公共关系学相结合，发掘探索二者之间的联系，给传统学科注入新鲜血液，以加强和拓展外国文学教学的实践性和应用性，为培养更适应21世纪需求的复合型、应用型人才尽一份力。

二　研究目标内容

根据此项教学改革的特点和重点，将致力于教学理念的更新、教学模式的创新和课程设置的优化，支撑立足于教学质量与方法的不断推进，最终目标落脚到学生综合素质及创业实践能力的提高。主要研究在两门学科交叉融合模式下的教学改革方案和措施，从理论分析到实践运用，重新定位教学目标，更新教学理念，优化课程设置、创新教学方法。结合当今时代的特点和应用型公关人才培养的目标规格，联系外国文学和公共关系学课程的实际情况，尝试在课程体系、教学内容和教学方式等方面进行改革探索，不断改进外国文学的课程体系，拓展新的教学内容。注重在外国文学教学中融入公关理念，培养公关意识和技能，以加强和拓展外国文学教学的实践性和应用性。本项教学改革的细分目标和具体内容主要包括以下几点。

（一）教学内容体系方面

面对教材越编越厚、知识框架越拉越大的问题，针对外国文学内容繁多而课时相对较少的矛盾，须研究这样一个关键问题：居于核心主导地位的教师如何处理教材与讲授选择的问题。一方面要立足于教材完成总体教学任务，另一方面又要通过自主选择确定侧重的内容，达成点面结合。在改革中致力于教学内容优选，讲授方向侧重，在课堂上有针对性选择偏重与公共关系学有关联的内容，把课堂讲解以外的内容分解给学生，比如文学史、作品文本、某些作家作品等，通过学生自我阅读和自主学习，完成有限的课堂教学任务。此外，还应注重教师的导向引领作用，将学生的专注点由对文本知识的被动死记，引导到对作家作品、文学现象的主动思考，尤其是引领他们以公关的视角和理念来解析作品内容和文学形象。

比如西方文学的基础和源头之一的古希腊罗马文学，就蕴含着不少公关意识，在希腊文学的三大成就（神话、史诗、戏剧）中体现出的尊重公众意识、塑造形象意识、创新审美意识等，都可以转换为学习讨论的亮点；而中世纪的宗教文学和人文主义文学、启蒙文学等，则可以从传播沟通、舆论导向方面去挖掘其公关内涵；再如骑士文学所张扬的骑士精神中的不少观念和行为表现，直接就是现代公关礼仪所倡导的女士优先、绅士风范的先导与雏形；文学形象的分析也可以结合公关意识和技能来分析，比如悲剧典型堂吉诃德和哈姆莱特，其悲剧成因可以从公关能力的角度来总结分析，他们所缺乏的影响表达能力、社交能力、协调沟通能力、应变创新能力都是全新的解析角度。两个人物一个行动先于思想，一个思想大于行动，也可以从敢为人先、实践行动、自控自律等方面来比较分析。

（二）教学方法模式方面

首先明确此项教学改革的指导思想和依据，以公关应用型人才培养的目标与规格为依据，然后确立改革研究的主要目标与方向，确定将要解决的难题，制定整体思路方案，计划实施步骤，最后改革实施。使外国文学教学成为专业人才与公关应用型人才结合培养的新型教学平台。在教改中，要充分体现“应用型、复合型、创新型”的定位，以“一种专业性通才教育”① 为目标，注重外国文学专业知识与公关理念和公关技能的结合，使学生成为以专业知识为主，以公关技能见长的应用型人才。

在两门学科的交叉、融合式教学中，力求使学生在知识、素质、能力上宽泛而全面，既要区别于理论研究型人才的专而深，也要区别于职业技术型人才的精而细，强调素质的全面性、能力的综合性和知识的通识性，即：专业+知识+能力。首先要立足于专业知识的学习，对于高层次应用型人才来说，专业知识的重要性在于，它是专业理论与职业技能实现有效衔接的基础，也是书本知识到实践应用和科研成果达成转化的重要前提，更是高等教育“专业性通才”教育特征的体现，是当今培养高层次应用型人才的重要保障。因此首先要以“专业”教育为基础，通过系统的专业知识教学，使学生掌握牢固扎实的

① 王宁：《中国的外国文学史》，《中华读书报》2015 年 11 月 25 日第 7 版。

理论知识；其次是强化素质教育，在知识的传授中，注重对外国文学所蕴含的丰富的多学科文化内涵的发掘，尤其是公共关系的思想理念、技能体现，使学生更广泛地了解其他学科信息，进一步拓宽视野，以此体现应用型人才培养宽泛而全面的原则，突现“通才教育”的理念①；最后落脚到公关能力的培养，能力既是素质教育的外在显现，也是一个人在实践中的条件禀赋的呈现。能力不仅指专业能力，还应包括除此而外的多种综合能力，其中公关能力是一个重要的部分。教学改革将致力于公关能力的培养，结合本专业学生的主要就业方向和择业趋向，以当下社会所需的职业技能培养为核心，在兼顾学生的差异化、个性化需求的基础上，突现应用型人才培养的核心标的。一方面向下游实践强化学生的公关能力，另一方面向上游突破拓展其专业技能。

外国文学作为汉语言文学专业主干课中的“三大文学”课之一，以往存在三大教学问题：一是学生不阅读；二是教师满堂灌；三是知识空乏、脱离实际。以课堂专业知识讲授为主的传统教学问题颇多，课前学生不预先阅读原著和自主思考，课堂教师全程宣讲灌输，学生被动记录收听结论性知识，课后学生死记硬背，从不自主思考，考试“复制粘贴”标准答案。这样的教学毫无文学课自主阅读、主观解析、饶有情趣的特质，流于单向灌输、索然乏味的应试教学。如此教学现状堪忧，既不能达成使学生系统扎实掌握课程知识理论的目标，也不能拓展学生的认知视野和应用能力，更遑论提升学生的通识性文化素养和综合素质了。如此教学环境中的教师不是引领、启迪、触发，而是代替学生阅读、感知、品评，一方面未能培养学生的独立文学鉴赏力和艺术感受力，甚至连激发他们的阅读兴趣都不可能；另一方面传授的知识空洞不切实际，更谈不上对学生实践应用能力的培养，因此本教学改革确定为以下三个层次目标。

1. 调动学生在外国文学现象、作家作品中发掘公关意识与公关技能，激发他们对两种学科的兴趣。比如一夜成名的作家毛姆的宣传广

① 高文：《教学模式论》，上海教育出版社2002年版，第71页。

告意识，雨果的亲民公众意识等；浮士德的追求进取精神，完善自我、不断自省的特点和造福大众的群体意识，都是新的分析亮点。

2. 促使学生在自主阅读感受的基础上，从公共关系学的角度去研读文学现象与作品的思想艺术价值。很多经典文学形象的解析都可以跳出传统因循的模式和角度，比如《鲁滨逊漂流记》中的鲁滨逊、《红与黑》中的于连所凸显的锐意创新意识、创造实践能力、随时应变力等都可与公关意识与公关技能结合关联。

3. 注重提升学生的专业、公关双重能力，尤其是化理论知识为实践应用的能力。从《浮士德》的第一个人生追求就可以引申出学以致用能力的重要性，浮士德知识追求的悲剧具有超前的现实借鉴意义，当今高等教育过于注重书本知识的传授，而忽略了实践能力的培养，从这个角度去解析作品与人物，使学生比较容易共情、共鸣，对于处于知识追求阶段的大学生来说，具有非常重要的借鉴意义。

三　思路步骤

本项教学改革拟分三个层次进行，侧重于教学内容、教学方式及考评体系上实施改革构想。

（一）教学内容

划分学科知识的重点，侧重与公共关系的起源、发展、公关行为、公关意识相关联的内容。

（二）教学方式

拟采用分解教学、参与性教学、情景体验、互动演绎的方式，根据教学内容难易程度和与公共关系学的关联性来分解教学，教师在课堂上主要是对重难点做示范性精讲引导，倾力调动学生的参与热情，使学生主动介入教学，全程参与教学情景体验，在身临其境中进行实践能力训练。将一些延展性问题和经典个案留给课后来做，要求学生通过跨学科比较思考，进一步拓展强化其理论与实践结合的能力；对于文学史、文学常识、部分作家作品等，主要交给学生课后自主学习，课前布置思考，课堂焦点讨论，课外主题活动，适时采用学生专题发言和教师提领总结相结合的方式。

拟采取的方法：借鉴融入公关工作的“四步工作法”，即调查研究、制定计划、实施传播、评估效果，确保教学工作高效有序地开展。(1）重点调整，依据公关人才培养的目标和特点调整教学内容；(2）点面结合，专业知识掌握与实践技能、公关能力训练相结合；(3）专题讨论，选择有现实性和实践性的问题重点研讨，尤其是文学作品中的公关案例；(4）问卷调查，在教学改革中适时收集反馈，进一步修改完善；(5）文案策划，拟定完整、周密的改革实施内容、步骤、方法、目标等；(6）目标检测，在教学改革过程中，定时检查，全程监测，及时整改；（7）评估总结，对教学改革的进展、效果等进行评估，检测实施情况。

(三）考评体系

卷面成绩记载与实际操作演练考评、书面考试与口头考试方式结合。

项目研究实施周期为一年左右，计划分四个阶段完成，每个阶段周期为三个月左右。

第一个阶段：确定总体思路布局，制定方案任务；

第二个阶段：构建更多的课外平台，重点完成师生互动平台的搭建；

第三个阶段：相关材料编撰整理，诸如：教案修订、阅读参考书目选择编写、教学短视频录制、外国文学与公共关系学网络课程链接采集、典型案例分析等；

第四个阶段：全面实施教学改革方案，在实践中进一步推行、检验、修正、完善。

四　主要特色和关键问题

外国文学所属的汉语言文学专业，俗称“万金油”专业，是以多种职业方向和分散就业为特征的，并不会与某一特定行业和职业一一对接，因此在教学中到底要培养哪方面的实践操作能力，并不像其他专业那样明晰确定。外国文学作为偏主观意识形态的人文类课程，其课程性质既不属于基础理论，也非实践类学科，在培养学生的素质能力方面呈现出片面化、碎片化、隐形化的特征，教师很难以知识模块分割对应的方式来特训学生某方面的专门职业技能，应用能力的培养也只能是一纸空谈。因此，在课程教学中怎样找寻培养学生公关意识与公关技能的最佳方法和最恰当模式，怎样将内容体系、方法模式、质量考评协调统一，怎样在改革中始终贯彻凸显“公关型、应用型、复合型、创新型”的人才培养理念和核心，形成点面结合、牵一发而不撼动全局的整一格局，应是本改革课题的难点和关键。

本项研究的着重点和创新处在于：通过两门学科的关联式教学改革，加强本课程的实践性和应用性，使单纯的文学课注入新鲜血液，更具跨越性与时代性，使外国文学不再是脱离现实、缺乏实用性的“空中楼阁”，使教学与时代接轨，调动学生的学习兴趣，淡化学生对于外国文学的陌生感和疏离感，进一步挖掘和彰显外国文学的现实价值，使“学以致用”确实落到实处。本项目致力于可行性研究，避免空乏与不切实际，每项改革举措都有具体可行的方法与步骤，努力在以下几方面体现此项改革的重点、新意与亮点。

（一）改良与更新外国文学的课程体系

引入公共关系学的内容，一方面适当削减课堂教学的确定性、结论性知识介绍，增加见识与实践性内容，淡化知识的纯理论性，强化问题解析的现实性与应用性；另一方面在课外开拓多种途径辅助学习，诸如举行案例讨论、成立公关社团与文学沙龙、建立专题公众号、交流互动微信群等。以此淡化学生对于外国文学课程的审美障碍和疏离感，使这门课不再是脱离现实的空中楼阁与无本之木，而是逐渐从风花雪月的纯文学圣坛中剥离，切实介入学生的现实生活，融入他们的情感空间。

（二）“从心出发”来拓展与更新外国文学的教学内容

在当今这个新媒体时代，教学内容更加注重直观性、情境性、互动性和参与性。这对传统的教学模式和内容提出了挑战，教材作为教学内容的主要“载体”，不再是教学活动的中心与主角，而需要有针对性地拓展与整改教材内容，从深层次去理解感知学生的“心灵诉求”[①]，诱

① 徐葆耕：《西方文学：心灵的历史》，清华大学出版社2002年版，第21页。

发学生的自主阅读兴趣，培养他们独立思考的习惯。在教学内容的拓展上，兼及知识的应用性与学生的兴趣取向。首先立足于课程专业知识，以此为信息辐射中心，尝试进行跨学科教学，进而挖掘外国文学的公关文化内涵；其次是在比较的视野下讲授外国文学，打破文学与非文学的公共关系学之间的界限，在二者之间寻求有机的内在联系。以“跨文化、跨学科”的理念为导向，使学生能够在更宏阔的文化视域下学习，进一步超越学科局限，挖掘外国文学的现实价值与实践意义；最后是引入具有代表性的案例和焦点问题，主要是与公共关系意识和公共关系技能相关联的文学现象、文学人物等，进行课堂专题论辩。其间不仅要注重培养学生的问题意识，还要竭力激发其参与论辩的积极性。在讨论中，教师可以适度诱导启发学生的思考，也可作为参与者摆明自己的观点，但不能以此为定论，更不能代替或左右学生的思辨，仅仅作为参考性观点。在论辩中，尽力张扬学生的个性，彰显其主体性，致力于培养他们独立思辨、越界解析与综合融通的能力。

（三）充分利用新媒体与网络资源，更新学习方式

在新媒体传播中，网络无疑是生力军，它不仅影响人们的生活方式，对学习方式也影响巨大。博客、虚拟社区、电子邮箱、网络电视、网络文学等成为学生交流和获取信息的重要渠道。比之传统，网络学习方式更具灵活性、主动性、互动性、快捷性和超时空性。尤其是公共关系学方面的网络资源非常丰富和完善，外国文学的信息资源亦日趋增加，其概念性知识和客观性命题几乎都能在互联网获取和解答，让学生在课堂外获取更全面、丰富的知识，及时更新知识信息，借助网络的开放性和共享性，使学生自主学习以辅助课堂教学。

（四）试行“四位一体”的教学模式，强调学生主体

尝试推行“教师引导 + 案例分析 + 重点调研 + 课堂讨论”的“四位一体”的教学模式，为引导学生自主性学习提供条件，充分发挥学生的主体作用，实现师生互动。提倡主动学习和有效率的学习，强调学生在学习中的主体地位，通过典型案例分析讨论，使学生充分发挥自主解析问题的能力，进而发掘领悟外国文学与公共关系学的核心知识点及其关联性。

如在介绍托尔斯泰时，先引出这样一个真实人物案例：公关小姐马天娜在其职业生涯起步阶段，曾代表公司与客商沟通交流，不料客商并不谈正题，而是天南海北扯了一大通，然后突然发问："您知道托尔斯泰吗?"然后让学生换位被提问者来尝试应对回答，最后再表明马天娜的回答处理方式，进行点评。

（五）尝试"建构主义"，倡导"情景学习"

卓有成效的教学绝非以灌输连篇累牍的事实性知识为标的，而是要注重学生的思维训练，尤其是行动力、执行力的提升与强化。将尝试把学生作为信息加工的主体，使他们成为观念、意识的主动建构者，而非被动接受者；同时倡导"情景学习"① 的理念和方式，设置一些专题情景模拟体验，使学生身临其境，感同身受地沉浸式学习，更易于他们在短时间内思考顿悟。为调动学生参与的积极性和思考的主动性，教师在教学中设置专项任务，提出疑难问题，构建开放的学习环境和问题情境，并引导学生进入这些逼真的情景空间，成为活动的主体。"情景"设置须注重真实性、开放性和挑战性，不能太浅白和简单，教师在其间的角色定位和作用应该是诱导者、驱动者和支撑者。

如：在分析于连形象时，引入一个真实情境的公关案例，在招聘公关经理的面试中，有一个这样的考题：在一个空旷的考室中，只有考官面前的一张桌子和一把椅子，但考官对每个进入考场的应聘者都说了同样一句话："请把你的外衣脱下，然后在我面前坐下。"然后让学生情景体验，或者扮演应聘者，或者换位考官，引导他们从不同角度去思考应对，从中引申分析人物形象身上所具备的创造力和执行力等公关能力。

（六）交叉与融合式教学

打破单一的外国文学知识传授，注重与公共关系学、公关礼仪知识的融合渗透。

比如在讲到浪漫主义诗人雪莱的诗作时，跳出常规模式，结合这

① ［美］J. 莱夫、E. 温格：《情景学习：合法的边缘性参与》，王文静译，华东师范大学出版社 2004 年版，第 4 页。

样一个具有公关内涵的实例来介绍分析：一个旅游公司招聘公关策划人员，在面试中提了这样一个问题：怎样说服游客在十二月份的严冬季节来寒冷的北方旅游？其中脱颖而出的一个考生在回答问题时，巧妙地用到了雪莱诗歌的名句："冬天来了，春天还会远吗？朋友，何不到冰天雪地的北国，来亲自感触春的气息！"将外国文学知识介绍与职场竞争中的公关技能相结合，发掘文学知识的实用价值，使学习有一个全新的视角。

以上就是笔者在外国文学教学改革中的一些实验性构想，已经在教学中付诸实施，以期在实践中不断验证、改进、完善。可望此项改革能凸显外国文学与其他学科之间的融合性，强化实践探索和素质教育，进一步实现求真务实、守正创新的教学理念，为达成"中外文化互鉴，科技人文融合"尽一份绵薄之力。

新文科视野下比较文学理念与汉语言文学专业发展关系探究

李红梅*

摘　要　作为一门仅有百年历史的人文学科，比较文学尽管自身还有许多不足需要弥补，但其开放、自由、不拘常规的学科理念不仅使其在汉语言文学专业中独树一帜，同时也使其与新文科多元文化时代的人文需求和知识需求具有一种天然的适应性。当前在汉语言文学专业中大力发掘和弘扬比较文学学科的正面价值和学科理念，无疑会使这一专业更能强化其在大学教育学科谱系中应有的地位，同时也更能确立文学学科在人类知识体系中不可或缺的作用。

关键词　新文科　比较文学　汉语言文学专业

在中国高等院校中，“比较文学与世界文学”作为一个新兴学科诞生于20世纪90年代，并作为汉语言文学专业（又称中文专业）的一个二级学科设置于中文系。其所诞生的时期，正值文学思潮在中国由热转冷之际。其后它不仅伴随着整个汉语言文学专业共同体验了文学研究在当代日渐边缘化的失落，同时其自身学科建设的一些天然性不足又使它额外地受到了更多的质疑。功底薄、根基浅、理论弱等众多指责使比较文学的身份、位置在汉语言文学专业中相较于其他

* 作者简介：李红梅，女，山东潍坊人，博士，潍坊学院教授，中国比较文学学会教学研究分会理事。研究方向：比较文学、英美文学。

二级学科来说，似乎颇为尴尬、模糊。而这些反而又使得比较文学所包含的许多正面价值、理念尤其是它对整个汉语言文学专业的发展本应所具有的促进意义长期以来并未得到真正有效的挖掘和重视。

但事实上反思汉语言文学专业在当代的弱化，除了时人经常关注到的当前重理工轻人文的时代通病，如社会世俗化、教育市场化、学术评估指标化的生存环境等不可逆转的外部原因外，笔者认为汉语言文学专业当前更应反思的是本专业的学术研究观念、人文传承方式和人才培养目标。浙江大学等高校的中文系在调查中曾发现，目前社会对汉语言文学专业最大的诟病是该专业学科知识的陈旧、封闭、僵化以及由此导致的人才培养的高蹈虚浮和与社会需求脱节等。这意味着目前汉语言文学专业的改革首要解决的应是学科边界的跨越问题、文化视野的开放问题以及人才培养的会通致用问题。而上述问题正是比较文学学科理念的独到之处，因此在新文科视野下重新审视比较文学学科理念对汉语言文学专业的意义，重新审视比较文学在汉语言文学专业的地位和作用，无疑对当前汉语言文学专业的成功转型及其未来发展有着极其重要的必要性和价值。

一　学科跨界与学术内容的扩充

新文科是美国希拉姆学院为了将新技术与老文科相结合而提出的概念，其核心特征之一就是基于现有传统文科的基础进行学科中各专业课程重组。从文学研究发展史的角度来说，跨学科问题是现代学科划分之后的事。在古代，无论是中国还是西方，从诗乐一体到柏拉图的学园，无一不显示了知识的整体性，以及学科无边界的状态。后来，随着工业化时代的到来，服务于现代化生产和管理的现代学科制度便逐步形成，随着学科分类的不断细化，学科之间的壁垒也日渐森严起来。然而，现代学科体制在使人类社会生产和管理效率提高的同时，学科间的严密划分所带来的局限性和危害性也日趋明显起来，如现代学科体制对于知识状态的人为划分，既破坏了知识自身的自然与整体，也严重地束缚了学科自身的长足发展，而且在一定程度上也屏蔽了知识创新所需要的新的问题域。这些都严重地束缚了文学研究的进一步发展。

学科边界问题的论争，其性质是学科体制内外两种不同的知识生产方式之间的一场正面交锋。学科体制之内的知识生产与学科体制本身总是保持一致的。学科体制之内的知识生产在有意无意之间维护着学科体制的“正常”运转。然而，任何学科体制也都不是铁板一块，学科体制中的异质性因素也始终都存在。学科体制是在与反学科体制的异质性因素的动态关系中维持平衡，并发展变化的。在学科体制的知识生产活动中，学科化的话语与非学科和反学科的话语共同构成了一个知识生产的话语空间。

在西方文学研究中跨学科问题大约出现于20世纪上半期，并尤其以比较文学界美国学者雷马克的主张而知名，他认为文学研究应该把“研究文学和其他知识及相关领域和信仰领域之间的关系”纳入文学研究的范畴中，即文学研究应包括文学与“人类其他表现领域的比较”。虽然雷马克的文学“跨学科研究”的主张在当时主要是针对比较文学法国学派的观点而言的，但其主张却在某种程度上反映了现代学者对现代学科体制的日益细分状态的不满与反拨。

在中国，文学研究中的跨学科现象，最早出现在20世纪70年代末80年代初，而此时也正是世界比较文学的重心开始明显转移到中国的时期。这一过程中新时期中国较早的一批比较文学学者（如钱锺书、季羡林、乐黛云、孙景尧等）也明显地充当起了“跨学科研究”主张的重要支持者与呼吁者。如钱锺书先生就曾指出：“文学之间的比较应在更大的文化背景中进行，考虑到文学与历史、哲学、心理学、语言学及其他各门学科的联系。”① 而要考虑这些联系的根本原因是因为“人文科学的各个对象彼此系连，交互映发，不但跨越国界，衔接时代，而且贯串着不同的学科”②。20世纪90年代末期随着比较文学正式被纳入汉语言文学专业中，其所极力推崇的文学的

① 张隆溪：《钱锺书谈比较文学与“文学比较”》，《读书》1981年第10期。

② 钱锺书：《七缀集》，生活·读书·新知三联书店2002年版，第150页。

“跨学科研究”的主张也随之产生了更大的效应，并被越来越多的人所认可。

众所周知，我国当前的学科门类的划分，除了沿用西方自然科学、社会科学和人文科学的三大部类学科群的划分之外，各学科群内部还有较为严格的细部学科划分，即所谓的一级学科、二级学科和三级学科等。这种严格的学科级别的划分，不仅体现在高等院校、科研院所的组织机构的设定之中，而且直接影响着大学教学的实施、科研项目的申报、科研成果的认定等几乎所有的学术活动。这种情况，反映到文学的跨学科研究中，就有一级学科内部各二级学科之间的跨学科研究，一级学科之间的跨学科研究，甚至跨部类的一级学科之间的跨学科研究等，对于第一种情况，学界的接受较为容易，认为汉语言文学一级学科内部各二级学科（如古代文学、现当代文学、文艺理论与批评、古代汉语等）之间的跨学科研究，毕竟还属于同一宗族范畴的交叉、繁衍，学术基因不会产生太大变异，不会真正威胁到汉语言文学专业的本来体系。但对于第二种和第三种学科差异尤其明显的学科之间的交叉情况，学界中的态度则普遍较为谨慎。许多人都认为，它们潜在地蕴含着消解汉语言文学专业作为一个学科独立性的可能。

但清华大学中文系原系主任徐葆耕教授在谈到中文专业在当代的“失宠”问题时曾经指出：“中文系的振兴与衰落，固然与学科内部的知识积累、方法改进有关，但更主要、更隐蔽的原因可能不在内部，而在外部。在自己的一亩三分地上努力耕耘自然有好处，但无救于中文”。这里徐葆耕教授所肯定的就是中文专业的跨学科研究恰恰却是指汉语言文学作为一门一级学科与其他一级学科之间的跨界，即学科差距较大或最大学科之间的跨界。事实上翻检近现代许多任教或出身于清华大学中文系的诸位学术大师的学历背景，如闻一多、杨树达、刘文典、钱锺书、季羡林等，他们的学术生涯大都有过中文专业与非中文专业的跨界经历。其中最让人称奇的是赵元任先生的学历，他本科读的是数学（康奈尔大学）、博士头衔是哲学（哈佛大学）、当过物理和心理学讲师（清华），唯独没有进过中国语言文学的科班，但他最终竟然成了中国的“现代语言学之父”，并开创了中国现代语言学研究的先河。

美国学者博兰霓先生认为，凡具原创型能力的专业人士，其知识分成两部分——直接知识和间接知识。属于专业范围的知识称为“直接知识”，与专业无关的知识称为“间接知识”。在人的创造过程中，间接知识作为直接知识的支援知识而发生作用。如果一个人只有专业知识，即直接知识，他的创造能力就很有限，只能局限于专业范围内的小修小改；唯有用专业知识之外的“间接知识”来打击你的“直接知识”（专业知识），才可能在专业领域取得大的突破。他把这种“支援”直接知识的间接知识看作激发创造力的源泉。

借用博兰霓的理论，如果我们仔细研究一下上述清华大学近百年在中国文学与文化上卓有创造的大师的知识结构就会发现，他们非中文专业科班出身的经历，事实上无形中使他们大多兼具了两种以上的深厚知识基础。他们创造的主体是中国文学与文化，这是他们的“直接知识”；而作为创造的“基本力量”却不仅于此，它可能是外国文学、哲学、历史、经济、法学或者物理、数学等。这也意味着，学科间催生创造性成果的动力往往不只在专业之内，而更多在专业之外。如果没有足够的“间接知识”，创造就会受到很大的局限，成果也就小了很多。正因如此，笔者认为，肯定并重视比较文学所首倡及其所着力推崇的文学与其他学科的跨学科研究对于目前汉语言文学专业的发展是有极大的启发性意义的。对于中文专业而言，强调学生踏实读书、掌握基本功是重要的，但就挽救中文专业的颓势而言，为学生创造自主选课、自由思维的广阔空间，引导他们把握多种间接知识和“支援意识”也许更为重要。创造，在本质上就是两种以上的知识体系、意识体系的自由撞击，唯有自由撞击才能够产生强烈耀眼的电火花。

二　互动认知与兼容意识平台的搭建

文学不同于文化，但它又是与文化密不可分的。毕竟文学研究在很大程度和意义上不只是研究文学，而是从不同的知识领域出发，从一个特定的侧面来观察文学的性质、特征；在有些情况下，甚至可以说是借文学的对象来表白某种理论观点或建构某种理论体系。因此文学研究专业的建设必须要立足一百年两百年、一千年两千年的未来视点，并要真正具备一种思想自由、兼容并包的胸襟与视野。而不能仅以当下的此视点或一己视点的坚守拒斥文学在不同文化和千年历史中的真实位置，否则许多历史上具体的文学事象将会变成永远也说不清的困惑。

当今时代是一个典型的全球化的时代，在这一语境中要想更新和发展自己的文学，都必须寻找他种文化参照系以反观自身，因此，异质文化之间的文学本就应具有一种互识、互证、互补的关系。

多元文化共存的本质和前提是对话，而要正确理解对话，实现有意义的文化交流，就必须妥善处理自我与他者之间的关系。互动认知是比较文学的一个重要方法论与认识论，它不以追求确定性为目标，而以一个个活生生的具体事物为感知对象，尊重每个个体的差异。同时它强调和凸显多极主体的平等性、对话性与共在性。在互动认知模式下，主体间的认识不仅必须依靠“他者”视角的切入，而且事物的意义也并非一成不变的，而是处于生生不息的互动变化之中。主体和客体必须都是在相互认知的过程中发生变化，重构自身，才能共同进入新的认知阶段。

研究20世纪90年代之前中国高校中文专业的课程设置，不难发现国别文学和单一文化背景的研究特色曾经非常突出。且不论中国古典文学、现当代文学这些明显以国别命名的学科，乃至于当时已经存在的“外国文学”事实上也主要是以“英国文学”“俄罗斯文学”“美国文学”等国别为分类而进行研究的。这一特点既明显地反映在汉语言文学专业各个学科二级学科的教材中，也明显地反映在各二级学科的具体教学中。但20世纪90年代末，中国的比较文学一开始就是从跨越异质文化的比较研究中逐渐成长起来的，“比较文学所研究的是不同文化文学的‘文学间性’。即各种文学聚集在一起时所产生的各种现象”。

比较文学不同于国别文学和一般文艺学，因为它研究的是不限于一种文化之内的多种文化的文学。比较文学研究多元文化中对不同文学的欣赏和辨析，使人们在对照中加深对不同文学的深入理解，增加阅读快感；从文学史发展的角度来看，比较文学通过研究不同国别的文学史、不同文类的文学史，可以发现各类型文学的生长点及其发展的谱系。比较文学的“文学间性”，使其具备了国别文学与一般文艺学不可取代的优势。“多种文学理论的‘文学间’研究也不是单一文学理论的研究所能代替的。因此，比较文学与国别文学和一般文艺学之间，是一种互动的关系。”①

另外，比较文学所强调的文学研究中的“互动认知”观念，与文学的“审美性”也是密切相关的。文学的审美特质是比较文学研究必须关注的重要问题，虽然目前比较文学所运用的理论和方法与一般的文艺学并无太大的差异，但是，作为交往诗学的比较文学旨在建立一种对话性的文学概念。这意味着，比较文学反对把文学定义成特殊的语言形式，把文学文本理解成孤立的产品，而是要求“把文本作为生产过程或互文过程”，也就是说，作为交往诗学的比较文学所理解的文学概念，就是要“打破一般文艺学隔离开个别文本及其语境的理论方式和批评模式，要求把文本作为独立的主体并置它们于主体间性中，使文本之间形成互文性，从而进行互文研究”。② 这种互文研究，要求把文本放到历史语境和社会语境中去寻求互文性，使文本与社会文本、历史文本之间相互参照，相互制约。因此，在互文性研究中，历史和社会是两条重要的线索。也正因为如此，比较文学有利于趋向一种多文化的总体研究。

“中国比较文学是现阶段中国文学研究的一个重要分支，百年中国比较文学发展的历史就是在传统中国文化的基础上不断重新诠释和反思中国文化与中国文学的历史，也是不断吸收、运用西方文学的经验和各种西方文学理论、语言学理论和科学理论，并在这些理论中不

① 季进、曾攀：《乐黛云传：面向世界的对话者》，江苏人民出版社2017年版，第129页。
② 季进、曾攀：《乐黛云传：面向世界的对话者》，江苏人民出版社2017年版，第130页。

断发展壮大自己的历史。"[①] 回顾历史，当初中国教育部将“比较文学”放在中文系，相对于放在外语系，确实是一个比较合理的决定。这既是因为中文系诸学科具有接受“比较文学”的学科基础，还因为这样做有助于整合中文系诸学科。外语系的文学科，仅仅是外国文学，而中文系的文学学科，既有中国文学，又有外国文学，还有文艺学等，在学科知板块基本设置上具备了在汉语语境下比较文学学科应该具备的基本知识结构。并由此使中文系诸学科在“比较文学与世界文学”学科规定的基本性质下相互作用转换生成一个结构整体，具有传统中文系原来所不具备的性质和功能。即通过具备了“世界文学”知识结构与视野，掌握了异质文化文学互照、互识的基本方法，而使中文系诸文学课程整体具有“世界文学”之整体性质。同时也使中文专业原有诸学科相互作用并转换为一个整体——培养具有世界眼光的中国语文工作者的载体，将使传统中文系培养的能说会道的“笔杆子”，具有当下语文工作者应当具备的“世界文学”基本知识结构和全球视野。

此外，比较文学所极力标榜的互动认知的理念，对当前汉语言文学专业的其他二级学科的自我转型的启发意义也是极为明显的。如王富仁针对中国现当代文学的转型所提出“新国学”的概念，既强调中国现当代文学与中国古典文学同属于中华民族学术的整体，也强调现代中国的文学，不仅包括中国的“新文学”，同时也包括章回体小说、旧体诗词，甚至戏曲文学等。他希望能借此将中华民族学术内部，许多长期被视为势不两立的各个派别，联系为一个整体，通过建立自我和自我对立面共享的价值和意义，重建中国文学研究的“整体性”。王富仁先生的这一观念就明显是运用整体与对话观念，突破了传统意识形态在文化与学科方面的定位思维，彰显了一种自觉的学术努力，也彰显了一种广阔的文化胸襟和学术眼光。对王富仁先生的这一主张，许多从事中国现当代文学甚至是中国古代文学研究的学者们纷纷表示赞同，认为这不但对矫正国学的偏差有好处，而且也对改善“传统”

① 乐黛云：《跨文化、跨学科文学研究的当前意义》，《社会科学》2004 年第 8 期。

与“现代”的关系有好处。这一事实也进一步提醒我们，中文专业只有彻底摆脱了新旧、古今、中外等简单对立的二元思维，并在现代兼容意识的平台上确立了多元融合的文化观，中文专业的学术才能真正进入宏通、圆融之境。

三　比较、汇通、转化与博雅致用型人才的培养

大学作为一个知识共同体，需要专业技能，也需要文化理想。21世纪的中国高等教育明显地呈现由精英教育向大众教育转型的态势。客观审视这种教育转型，其既非精英教育向大众教育的屈尊俯就，也非大众教育的投机得势。相反当下中国教育的这次转型是人类总体教育发展目标下，精英教育与大众教育的一种协调共进。这一过程，既是精英教育水平向大众教育的规模推广，也是民生活力对精英教育的一种输血改造。21世纪中文专业的发展必须要客观认清当前大众教育与精英教育之间的辩证互动关系，才能真正地定位好本专业的人才培养目标。辩证地说，尽管我们不能强行用实用理性与工具理性的思路去规范文学教育，但也应该看到社会对汉语言文学专业人才的特定期待。

事实上文学教育本身具有一个非常丰富的多层次的内涵：文学作为学科，其目标是以文学研究为主体的精英教育；文学作为专业，其目标是以从事文字工作为主体的职业教育；文学作为素养，其目标是实现传承文化、凝聚精神的通识教育。因此，分别强化文学作为学科、文学作为专业和文学作为素养的特性，并分别在精英教育、职业教育和通识教育上凸显其特色，中文专业就会获得生存和发展的可能。但从中国目前中文教育的发展来看，由于对学科的重视造成了对专业的相对忽视，使得当前中文系日益缺乏社会应对能力；其在通识教育改革中，由于过分强化了文学作为素养的功能，但忽视了其职业化的需要，这使得文学更加“无用”。因此恰切处理好文学教育过程中的“通识”教育与“技能”教育的关系，使之既能和谐并存又能相互转化，是当下中文教育必须要处理好的问题。

“通识”与“技能”的并存与转化，究其实质，它所强调的是一种超强的比较视域思维能力和较快的知识汇通转化能力。而作为一门学科与课程，比较文学教育的一项基本价值就是培养大学生的比较视域之思维习惯和对多种知识的“汇通”能力。在具体的比较文学课程教授过程中，比较文学老师注重引导学生通过区分不同的学派特点看到比较文学的发展性与开放性，掌握和运用文类学、主题学、形象学、类型学、译介学或跨学科研究等比较文学的基本研究方法，去寻找、分辨和归纳不同文化、不同文学的同异点，进而学会在文化全球化的背景下更好地应对民族文化或本土文化危机的问题，学会在比较视域中进行文学对话或文化对话。显然，“比较视域”的思维训练将有助于培养大学生成为时代与国家需要的博雅致用的复合型人才。正如著名比较文学学者李达三教授曾强调的那样：“比较文学是人文学科中最解放的一种，所以它颇能把我们从个人的心智形式与传统的思想模式中解放出来。比较的思维习惯使我们的心智更有弹性，它伸展了我们的才能，拓展了我们的视界，使我们能超越自己狭窄的地平线（文学及其他的）看到其他的关系。……比较文学的主要贡献在于创造个人与社会之间的新平衡，求得人与机器之间的协调，庶几乎建立一种新的人文主义。”①

诚然比较文学课程的设置，并非都是为了培养本学科的研究人才的学习，但其“比较视域”之思维习惯的培养及其对多种知识的“汇通”“转化”能力的强调无疑将会使学习该课程的学生终身受益。这恰如有学者已经指出的那样，“正如同我们不一定要成为数学家，但我们通过学习数学获得逻辑思维的能力；我们不一定要成为画家歌唱家，但我们通过学习绘画和歌唱获得形象思维的能力。比较文学高屋建瓴的严格训练能够让我们明白，这门学科的‘比较’不是对文学现象进行单纯、表面、外在的类比（不同于比较文化、比较哲学、比较艺术、比较法律等学科之‘比较’），而是‘一种汇通的学术视域’，

① 李达三：《比较思维的习惯》，黄维梁、曹顺庆编：《中国比较文学学科理论的垦拓》，北京大学出版社 1998 年版，第 52 页。

‘一种内在的汇通性透视’”。①

个性、创造性在传统社会是天才的专利，在后工业时代，却是世界公民的基本素质。它包括好奇心、怀疑精神和批判的探究精神。1995年颁布的美国国家科学教育标准曾经指出，现代教育“重点应是教育学生掌握人们每天使用的多种技能上，比如，创造性地解决问题、批判性思维和在工作中具有合作精神”。② 比较文学之所以强调不同文化与文学传统、不同学科知识的“汇通”，其最终目的也正是要通过纠正个人狭隘的、有限的“短视”与“近视”，发展出一种广阔多元的、世界性的“视域”，真正致力于不同体系的文化与文化之间、不同国家的人与人之间的自由发展和宽容理解。因此正是在这一点上，比较文学的教育相较于中文专业的其他学科来说往往具有显而易见的重要性。

综上所述，作为一门仅有百年历史的学科，比较文学尽管自身还有许多不足需要弥补，但其开放、自由、不拘常规的学科理念不仅使其在汉语言文学专业中独树一帜，同时也使其相对更为适应于时代的需求和社会的需要。当前在汉语言文学专业中大力发掘和弘扬比较文学学科的正面价值，无疑会使这一专业更能强化其在大学教育学科谱系中应有的地位，同时也更能确立文学学科在人类知识体系中不可或缺的作用。

① 刘燕：《比较文学的教学与比较视域的培养——评杨万乔主编的教材〈比较文学概论〉》，《中国比较文学》2004年第3期。

② 蔡克勇：《21世纪中国教育的走向》，广东高等教育出版社2004年版，第164页。

新文科背景下比较文学专业与课程设置

——始于伯恩海默报告的探索

冯　涛*

摘　要　自从比较文学诞生后，其学科界限和专业设置的合理性一直都存在较大争议。1993年发表的伯恩海默报告强调了比较文学的研究和教学应摆脱欧洲中心主义并且引入文化研究，这意味着该学科从"精英性"向"普及性"的转型，但是这样的转型并非易事。伯恩海默报告发表以来，比较文学的生存环境不断演变，学界的认识也在不断加深。"新文科"理念的提出为比较文学的发展提供了新的契机，为了实现比较文学专业的价值，做到既维护其主体地位又不与时代脱节，需要兼顾"精英性"和"普及性"，综合考虑多方面的因素，灵活地制定课程规划，在多样化的基础上促进学科发展。

关键词　新文科　比较文学　伯恩海默报告　学科界限　专业设置

一　引言

2020年11月，教育部新文科建设工作组发布了《新文科建设宣言》，对新文科建设做出了全面部署。2021年3月，教育部公布了

* 作者简介：冯涛，江苏扬州人，美国达拉斯得州大学文学博士，扬州大学外国语学院副教授，硕士研究生导师，研究方向：比较文学与跨文化研究。

《新文科研究与改革实践项目指南》，开展新文科研究与改革实践项目立项工作。这些举措标志着国家层面对新形势下文科建设的重大革新，这对于比较文学而言是一个重要机遇。王宁指出，“新文科的理念与比较文学有着许多方面的重合。新文科的四个特色——国际性、跨学科性、前沿性和理论性——也正是比较文学学科的特色”①。新文科强调多学科交叉和深度融合，借此促进文科领域的突破和创新，而比较文学的特点正是兼容并蓄，不断随着时代发展和学科理论的发展而演变。但这一特点是一把双刃剑，其包含的不确定性也造成了专业定位和发展方向的困境。在此形势下，新文科的理念给中国比较文学的学科建设带来了新的启示，有助于该学科的进一步健康发展。

比较文学这一名词的出现，已有大约两个世纪的历史。但是，比较文学作为一个学科一直都在受到质疑，尤其是关于其学科界限和专业设置的合理性，人们争论不休。从 20 世纪 50 年代开始，比较文学进入美国学派时期，美国人亟须建立相应的学科规范，因此成立于 1960 年的美国比较文学学会决定每隔十年左右发布一份报告，分析比较文学面临的形势和未来发展方向，为制定学科标准提供建议。从 1965 年至今，已有五次报告得以发表（1985 年的报告因故未能提交），学界的一些资深专家学者也针对这些报告各抒己见，就比较文学领域的前沿热点问题发表看法。纵观这五份报告，就其学科界限和专业设置而言，前三份报告，尤其是第三份发表于 1993 年的伯恩海默报告，着墨相对较多。因此，本文从该报告出发，梳理分析它探讨的主要问题和引发的讨论，并借此进一步探索当前新文科背景下中国比较文学的学科发展和专业课程设置的合理模式。

二　伯恩海默报告的主要关注点

伯恩海默报告产生于 20 世纪 90 年代初，当时西方人文社会科

---

① 王宁：《比较文学与中国的新文科建设》，《燕山大学学报》（哲学社会科学版）2022 年第 2 期。

学处于始于70年代末的“理论热”之中，解构主义、女性主义、后殖民主义、文化研究等各种理论层出不穷。曾经聚焦于作家和作品的文学研究观念和修辞审美等传统研究课题，也遭到这些新思潮的冲击，从而产生了各种各样研究热点的“转向”，让人目不暇接。伯恩海默在起草报告时，不得不将当时的社会大环境考虑在内，并力图做出合适的回应。与此同时，伯恩海默还需考虑的是如何给自己的报告以准确的定位。他发现，之前的两份报告（即1965年的列文报告和1975年的格林报告）虽然也鲜明表达了对比较文学学科设置和研究方向的立场，但毕竟时过境迁，已不再适用于本领域的实践。而且伯恩海默和他的学界同人们还认为，他们的报告应该引起人们对该话题的关注和讨论，而不能简单地制定所谓的“标准”[①]。因此，伯恩海默的报告与前两份报告相比，在观点和立场方面都有较大的区别。

该报告首先回顾了前两份报告涉及的主要问题。为了维护比较文学的学科地位，前两份报告对某些方面做了明确的要求，如比较文学的研究领域、研究者需要掌握的外语水平等。然而，这种为了捍卫学科的“精英性”而制定的标准，在现实中面临着重重挑战。伯恩海默归纳了格林报告中反映的对比较文学学科地位的三种威胁：教师不懂原文而越来越多地使用译文教学；跨学科项目的增多；学者们热衷于理论研究而忽视作品[②]。1975年以来，这些变化给该学科带来的危险有增无减，因此伯恩海默决定重新审视学科的目标和方法，以适应新形势的需要。在第二部分，伯恩海默用非常简练的语言概括了比较文学领域业已发生的流变。这种变化的主要特征在于，比较的内容已大大突破了文本本身，将文学置于文化政治的环境中，从社会关系和意识形态视角来分析、评价作品。伯恩海默认为，将文化研究与比较文学的传统领域合并，“可以使比较文学走向人文学科的前沿，生产出

① ［美］查尔斯·伯恩海默：《序言》，［美］查尔斯·伯恩海默编：《多元文化时代的比较文学》，王柏华、查明建等译，北京大学出版社2015年版，第1—2页。

② ［美］查尔斯·伯恩海默：《世纪之交的比较文学》，［美］查尔斯·伯恩海默编：《多元文化时代的比较文学》，王柏华、查明建等译，北京大学出版社2015年版，第43—52页。

更多的学术成果”①。基于这样的认知，伯恩海默对比较文学专业研究生和本科生的培养提出了一系列建议。其中包括扩展研究领域，重视文本意义生产的文化语境，鼓励欧美学生掌握至少一门非欧洲语言，警惕民族文化内部的深刻差异，关注欧洲内部的少数族裔文学，从不同话语传统之间互相理解的层次看待翻译实践，进行不同媒介之间的比较，教学队伍应来自不同学科，实施团队教学，等等②。这些建议是对文学研究向多元文化、全球化和跨学科的课程方向发展的应对之策。

三 比较文学学科发展方向的困境

从上文可见，伯恩海默报告反映了比较文学学科方向的一个重要转折点，即从“精英性”向“普及性”的转型。该学科是应该维持“精英性”还是侧重“普及性”，学者们各抒己见。这个问题也引起了中国学者的思考，其中孟华的观点具有代表性，她认为比较文学属于“精英”学科，同时也需要兼顾普及发展，应在不同类型的学术和教育机构开展不同模式的教学研究③。学科定位是一个不容易解决的难题。如果维持精英性，学科的发展道路可能越走越窄，最终会变成少数爱好者或能力出众者自娱自乐的精致的小圈子，外人对此要么不感兴趣，要么一无所知。如果侧重普及性，门槛降低，参与者会更多，但与“比较”和“文学”沾边的研究都可能涌入，学科也会失去其明确的边界，甚至连核心领地也变得模糊不清。“比较文学的每一次转向，其合理性都能得到证明，但是全球化和文化的两个转向，导致了这个学科范围无所不包：要研究全世界各种各样的话语和文化产品，

① ［美］查尔斯·伯恩海默：《世纪之交的比较文学》，［美］查尔斯·伯恩海默编：《多元文化时代的比较文学》，王柏华、查明建等译，北京大学出版社2015年版，第43—52页。

② ［美］查尔斯·伯恩海默：《世纪之交的比较文学》，［美］查尔斯·伯恩海默主编：《多元文化时代的比较文学》，王柏华、查明建等译，北京大学出版社2015年版，第43—52页。

③ 孟华：《比较文学的“普及性”与“精英性”》，严绍璗、陈思和主编：《跨文化研究：什么是比较文学》，北京大学出版社2007年版，第66—67页。

听起来完全不再像是一个学术领域了。”① 可见如何在两者之间找一个平衡点，既能够保持学科的主体地位又能够吸引、培养更多人才，促进学科积极、健康的发展是比较文学需要解决的根本问题。尤其当今文学研究在学术界和文化界都不断衰退的大环境下，比较文学作为文学研究有发展前途的一个重要方向，其学科建设更需引起重视。

在“精英性”和“普及性”的两难选择中，学者们不得不面对一些问题和冲突，其一是欧洲中心与非欧洲中心（或者西方中心与非西方中心）的矛盾，其二是文学研究和文化研究的关系。一般而言，以欧洲为中心或专注传统比较文学的研究主题属于精英性的范畴，而摆脱欧洲中心和引入文化研究可大致归入普及性的范畴。很明显，伯恩海默支持摆脱欧洲中心主义，并且支持将比较文学扩展为一种文化研究。但是现实情况并非那么简单。关于第一个问题，欧洲中心主义当然应予摒弃，但非欧洲中心并不一定就能摆脱文化霸权的影响，因为世界其他地区也存在相对强势和相对弱势的文化群体，即使欧洲内部也有强弱之分。因此，摆脱欧洲中心主义只是比较文学需要迈出的第一步，要实现真正的多元文化研究还有很长的路要走。同时，比较文学的师生在研究和教学中，是强调使用多种语言还是较多地依靠翻译，这也是一个悖论。从是否以欧洲为中心的视角来看，强调掌握多种语言（尤其是相对弱势文化的语言）更有助于摆脱欧洲中心，因为欧洲语言和文化在全世界范围内处于强势地位，人们一般倾向于更多地学习欧洲语言（包括美国英语等）而非其他民族语言。但是，如果强调多种语言，大多数人首先要过语言关，这会阻碍很多学习者。另外，如果依靠翻译文本，译文和原文相比在意义表达上必然会有一些缺失，研究者不能完全体会原文的风貌和文化氛围。而且，周蕾有洞察力地指出“掌握多种语言并不能就没有固执偏见，同样的，掌握一种语言也并不意味着某人的思想就是狭隘的”②。所以，如何保持对多语种的

① ［美］乔纳森·卡勒：《比较文学何去何从?》，查明建等译，《中国比较文学》2009 年第 3 期。

② 周蕾：《以比较文学的名义》，［美］查尔斯·伯恩海默编：《多元文化时代的比较文学》，王柏华、查明建等译，北京大学出版社 2015 年版，第 127 页。

要求和适当地采用译本也是一个需要仔细斟酌的课题。

至于比较文学是应继续专注传统文学研究方式还是应拓展到文化研究的问题，自从伯恩海默报告发表以来，中外学者也有很多思考。随着时代的变迁和人们视野的扩大，尤其是全球化的影响，比较文学必然要涉及异质文化之间的联系和区别，也需要进行跨学科的探索。早期的比较文学研究课题往往包括一些历时性的文本比较分析，是一种针对文学的内部研究；而在文化研究的思潮中，比较文学不得不卷入共时性的理论建构，演变为以文学为背景的文化和政治诉求的表达。然而，文化研究所牵涉的理论和研究对象相当繁杂，对于文化研究而言，文学只是其关注的人类社会和思想的产物之一，而且文化研究往往将经典作品作为批判对象。因此这里也有一个矛盾，即一方面比较文学的研究与教学如不将文化的因素考虑在内，其视野过于狭隘，就会跟不上历史潮流，可能被淘汰。严锋指出："在文化研究之后，就文学谈文学是再也不可能了。……研究文学必须要打破界限、必须要超越文学"[①]。但另一方面，如果比较文学纳入文化研究，则其研究范围过于庞大，可能失去重心和核心价值，被文化研究吞噬甚至取代，同样会走向末路。如王宏图所言，"将比较文学向文化研究靠拢的做法实际上并无助于化解这一学科的危机，相反有可能使它的边界线更趋模糊、更无法形成相对稳定的研究对象，从而陷入更深的泥沼而不能自拔"[②]。另外，比较文学的学科性质要求它具有一些跨学科项目，跨学科本是比较文学的特色，使其能够脱颖而出产生创造性成果。但是，跨学科本身也具有自我颠覆性，过于强调跨学科可能意味着比较文学这个学科始终无法定型，甚至逐渐消解。跨学科引起的担忧在2003年苏源熙起草的报告中仍未消退："假如比较文学研究领域的理论要用外部的术语来阐明，那它就有丧失独立性的危险，从而沦为框定它的那些学科的应

① 严锋：《在固守和超越之外》，严绍璗、陈思和主编：《跨文化研究：什么是比较文学》，北京大学出版社2007年版，第48页。

② 王宏图：《坚守文学性与文化研究》，严绍璗、陈思和主编：《跨文化研究：什么是比较文学》，北京大学出版社2007年版，第42页。

用领域。”[①] 而且如何跨学科也是一个问题。文学研究是否能够随意引进其他学科的理论并与之结合，从而产生有洞察力、创新性并且具备一定价值的成果，这一点同样需要谨慎对待。彼得·布鲁克斯指出：“真正的跨学科不是把这和那混合起来……只有当一种思想在某一学科的边界内无法呈现、它的内在逻辑要求它必须跨越边界时，它才是跨学科。”[②] 关于这一点，张辉也有过深入思考，他最关心的不是比较文学是否能够学习和汲取相关学科的理论和方法，而是能不能从比较文学和比较文化的角度解决真正的学术问题[③]。以问题为导向，或许才是比较文学跨学科研究的出路。

总之，比较文学从一开始就是一个尴尬的存在，因为它不像国别文学（如英国文学、日本文学）有一个确定的研究对象的界限，甚至连翻译研究都不如，因为翻译既有明确的客观存在（如译文、译者），也有明确的研究领域（如翻译理论、译者行为）。而世界上不存在一个“比较”的文学，既没有人从事名为“比较”的文学创作，也没有人将名为“比较”的文学作为研究对象。因此，比较文学更像是一个研究的方法，而非实体。如彼得·布鲁克斯所言，“或许比较文学根本就不是一个学科，而是与文学研究相关的、学科被转化为概念的一个领域”[④]。研究对象的模糊和不确定给学科定位带来了极大的困难，也是人们不断重提比较文学危机的主要原因之一。同样，如果比较文学系的教师们各有其不同的出身和研究领域，只是为了要“比较”文学才凑到一起，那么这个学科会缺乏核心领地。人们会发现，不同大学的比较文学专业在其机构设置形式和课程教学内容上大相径庭。比较文学的跨学科性和跨文化性带来的不仅是大学之间的巨大

---

① ［美］苏源熙：《新鲜噩梦缝制的精致僵尸》，［美］苏源熙编：《全球化时代的比较文学》，任一鸣、陈琛等译，北京大学出版社 2015 年版，第 31 页。

② ［美］彼得·布鲁克斯：《我们必须道歉吗?》，［美］查尔斯·伯恩海默编：《多元文化时代的比较文学》，王柏华、查明建等译，北京大学出版社 2015 年版，第 116—117 页。

③ 张辉：《“无边的比较文学”：挑战与超越》，严绍璗、陈思和主编：《跨文化研究：什么是比较文学》，北京大学出版社 2007 年版，第 53 页。

④ ［美］彼得·布鲁克斯：《我们必须道歉吗?》，［美］查尔斯·伯恩海默编：《多元文化时代的比较文学》，王柏华、查明建等译，北京大学出版社 2015 年版，第 116—117 页。

差异，甚至在同一所大学内部，从事比较文学的教授们可能都难以互相理解，更不用说形成有效的沟通与对话。因此，比较文学的研究对象和学科定位一直都无法确定，这既源于该学科自身先天的缺陷，也源于20世纪文学理论、创作和研究的巨大变迁造成的影响。

四 新文科背景下比较文学课程建设的策略

要解决上述问题并突破困境，不能简单将比较文学专业等同于其他文科或文学专业。概而言之，比较文学有四个突出的特点：一是人文主义精神；二是普遍联系的思维方式和互文意识；三是跨文化性；四是跨学科性①。这些特点正与新文科的建设理念相契合。20世纪80年代以来，中国的比较文学学者们以上述四个特点为导向，致力于构建比较文学的中国学派。新文科理念的提出将更加有力地推动比较文学打破学科壁垒，实现跨文化、跨媒介、跨学科的研究，使比较文学处于人文学科领域新文科建设的前沿。

乐黛云认为“比较文学所研究的是不同文化、文学的‘文学间性’，即各种文学聚集在一起时所产生的各种现象，这不完全是‘比较’，也不完全是‘关系’所能涵盖的”②。探讨比较文学学科界限和专业设置应首先基于两个前提：一是比较文学既是一种研究的方法，也有其特定的研究对象；二是比较文学既有其不变的核心领域，也应随着时代发展而不断开拓创新，如涉足文化研究。有了这样的认识，才能保障学科生存的合理性和发展的可能性。罗兰·格林的一段论述可以较好地诠释上述两个前提所包含的四个方面内容：“比较文学所比较的不只是文本，还有语境，不只是文学作品，甚至还有阅读、书写、思考这些作品的方式——换言之，这是一种普遍意义上的文学。此外，该学科广泛地致力于使文学研究成为文学研究的各种实践如语

① 查明建：《比较文学之于外语学科的意义》，《中国外语》2022年第2期。

② 乐黛云：《继续双边对话，拓展“文学间性”研究》，严绍璗、陈思和主编：《跨文化研究：什么是比较文学》，北京大学出版社2007年版，第7页。

文学、历史主义和历史编撰、批评和文学理论、文化研究，但又不把它们包含在内，这时候它能达成最高的效率。”① 这段话的意义在于，它区分了比较文学研究对象的不同层次或范畴。如果把文本阅读和文化研究看作内部研究和外部研究的两个端点，那么实际上在两者之间还有一系列有价值的比较文学研究对象。其中越关注文学作品的则越可纳入比较文学的核心领域，越借鉴文化研究理论的则越可纳入比较文学的外围区域。由此可以看出，比较文学的核心领域相对确定，而其学科界限则会随着时代发展而不断变化，其外围区域和核心领域也会互相影响，推动整个学科动态地向前发展。

上述区分不仅有助于确立比较文学的学科界限，而且也可以指导其学科建设和课程设置。曾艳钰指出，我国比较文学教学中仍然存在着不少问题，其中包括课程性质的界定、教学内容选择以及比较文学研究繁荣与教学边缘化的矛盾问题②。有鉴于此，我们需要精心研究比较文学的课程设置，使其更加科学化、合理化。在新文科背景下，就课程设置和要求而言，需要兼顾“精英性”和“普及性”，考虑如下几个方面。

第一，核心课程和外围课程相结合。核心课程包括比较文学的历史、研究方法等基础课程，也包括跨文化视域下文学文本的比较分析课程等；外围课程包括各种理论思想和文化研究指导下的比较研究等。根据学校的开课能力和学生不同的兴趣或研究方向，进行合理搭配组合，以达到最佳教学和研究效果。

第二，文学文本和思想文化相结合。比较文学的教学既要分析文学文本的语言，也要深入探讨文本所反映的文化。“作为人文学科的比较文学，不是把不同文学作品简单地比较，而是通过不同语言和文化传统的文学作品之比较，来探讨超出单一语言文化传统文学发展的

---

① ［美］罗兰·格林：《他们那一代》，［美］查尔斯·伯恩海默编：《多元文化时代的比较文学》，王柏华、查明建等译，北京大学出版社2015年版，第160页。

② 曾艳钰：《〈教学指南〉背景下英语专业比较文学与跨文化方向人才培养研究》，《外语界》2022年第1期。

模式、潮流、互动影响等多方面问题。”①

第三，强势文化和弱势文化相结合。既要关注传统西方文化背景中的文学，也要有意识地开发研究非西方文化中的文学，促进多元文化的教学。对于中国的比较文学而言，要加强中国文学融入世界比较文学的教学研究，让处于发展中的中国学派在世界比较文学中占有一席之地。

第四，课堂教学材料原文和译文相结合。根据具体的课程特点和学生水平，有针对性地灵活决定是使用原文还是采用译文。同时依靠外国语学院的师资，鼓励比较文学方向的学生进修第二外语甚至第三外语，根据学习和研究的需要，加强多语种外语教学，为比较文学研究奠定坚实的语言基础。

第五，主修课程和辅修课程相结合。在学校层面的协调安排下，比较文学的课程向其他专业开放，如可在大学英语或者大学语文通识教育中探索比较文学的课程设置和教学，培养非文学专业学生的人文精神和素养；比较文学专业的学生也可有计划地辅修其他学科的课程，由此促进跨学科研究和创新性成果的产生。

第六，实体课堂和网上课程相结合。除了本校师生的面对面教学，还应充分利用慕课、在线学术会议和讲座等网络资源。在2020年开始的新冠疫情影响下，有更多的学术会议和讲座采用远程和网络形式，比较文学的教学研究更应顺应这样的时代潮流。当然，网上课程不能完全取代实体课堂，需要探索一条两者有机结合的有效方式来促进教学研究。

第七，纸质文本和电子媒体相结合。在当今以互联网为基础的电子通信时代，文学的载体在发生变化，跨媒介研究应是比较文学的一个重要方向。可以研究文学的网络化，纸质文学的影视、戏剧甚至网络游戏改编等主题，也可研究经典文本与新兴网络写作的互文性与流变等，并在教学中充分体现，增加课堂的生动性和趣味性。

第八，本科阶段和研究生阶段相结合。比较文学专业的教学还

① 张隆溪：《后理论时代的中西比较文学研究》，《中国比较文学》2022年第1期。

需要考虑课程的阶梯性，根据学生的不同层次和水平，在课程难度、范围、授课方式等方面要体现出差异。本科阶段主要涉及比较文学基础知识、基本概念、学科的历史变迁和发展现状等，鼓励学生广泛阅读，对本专业有一个基本了解，并为进一步研究寻找兴趣点和立足点。在研究生阶段则进一步深化专业知识和强化专业训练，鼓励学生涉猎前沿性的知识，深入思考、勇于开拓，力争取得原创性的成果。

第九，学术训练和就业指导相结合。纯比较文学的学生就业相对困难，应适时帮助学生进行就业培训，掌握与本专业相关的实用技能以及就业所需的各种资质。扩大学生视野，拓宽就业途径，可以对学生从事文学批评、创意写作、师范技能等方面进行培训。在学生选择毕业论文主题时，也应将未来就业方向考虑在内，让论文成为未来职业的基础。

比较文学是一个多样化的学科，也处于不断发展变化过程中，并无普遍适用的章程，上述几点只是初步的探讨。在充分考虑上述几个方面的前提下，每所大学应该根据自身特点和实力确定合理的课程形式和规模，并随着环境的变化适时做出调整。

五　结语

总之，伯恩海默报告充分考虑到时代的变迁，提出应扩大比较文学的研究领域和转变其研究重点，这是比较文学自我革新、化解危机的一个重要转折。在此基础上，中外比较文学的学者们就该学科的定位和设置进行了深入探讨，他们的论述给我们厘清学科边界和完善课程设置提供了有益的启示。在中国学者致力于创建比较文学的中国学派时，新文科理念的提出提供了新的指引。我们要依据新文科的理念，积极探索并形成较完善的教学和研究的基本策略，引导比较文学这门学科的健康发展，使其能够在大学教育中发挥应有的作用。

学科沿革视域下比较文学课程思政及其教学原则探讨

王艳凤*

摘　要　比较文学学科与社会历史、文化政治关系十分密切。比较文学教学中落实课程思政，必须充分挖掘教学内容中的思政教育案例，通过阐释中国学者在比较文学理论上的贡献，增强学生的文化自信；通过文学实践的比较研究，使学生了解本民族文学在世界文学史上的地位，认清西方文学中的中国形象是由他们的好恶决定的；比较文学教学中的课程思政，要坚持以本学科特点为主的原则、实事求是的原则和潜移默化的原则。

关键词　课程思政　比较文学　教学

习近平总书记在全国哲学社会科学工作座谈会上的讲话中指出：文科生是“我国哲学社会科学后备军，如果在学生阶段没有学会正确的世界观、方法论，没有打下扎实的知识基础，将来就难以担当重任。高校哲学社会科学有重要的育人功能，要面向全体学生，帮助学生形成正确的世界观、人生观、价值观，提高道德修养和精神境界，养成科学思维习惯，促进身心和人格健康发展”①。在新的历史时期，面对

* 作者简介：王艳凤，女，硕士，内蒙古师范大学文学院教授，研究方向：比较文学与东方文学研究。

① 习近平：《在哲学社会科学工作座谈会上的讲话》，新华网，http：//www. xinhuanet. com，2016年5月18日。

多元文化的碰撞与纷纭复杂的国际形势，高校在教育教学过程中有责任引导学生树立正确的人生观、价值观，特别是培养学生的爱国主义思想，坚定民族文化自信。比较文学是中国语言文学专业的基础课，是培养国家哲学社会科学人才的重要课程，在教学中落实课程思政具有重要意义。比较文学教学中落实课程思政，应把握比较文学学科本身融入思政理念的优势，充分挖掘比较文学教学内容中的思政教育元素，遵循符合学科特点的教学原则，帮助学生在学习过程中树立正确的人生观、价值观，提升思想境界，坚定文化自信。

一　中国比较文学学科发展与社会历史变革的关系

作为一门独立学科，比较文学出现于19世纪后半期的欧洲，20世纪20年代引入中国并迅速发展起来。比较文学学科与社会历史、文化政治有着密切的关系。而在中国，比较文学是与中国革命的发展相伴相生的，可以说这门课程具有天然的思政教育因素。“比较文学是由于世界主义文学的觉醒而产生的，它兼有历史地研究世界主义文学的意愿。”[①] 比较文学工作者首先“应该是或应该成为一位历史学家——当然，应该是一位文学的历史学家”[②]，这些阐释都说明，比较文学学科从一开始就以开阔的视野，将世界各国文学关系纳入自己的研究范畴。然而，我们看到的比较文学从一开始就是半个世界的文学比较，无论是以法国为代表的影响研究学派，还是以美国为代表的平行研究学派，几乎都是西方各国文学之间的比较。虽然比较文学相继出现了两次危机，但遗憾的是，这两次危机并没有从根本上解决比较文学的生存之道，也就是说，这两次危机没有认识到比较文学的致命问题，只是在研究内容或方法上展开论争，例如可比性的问题以及法国学派与美国学派的论争。可见，比较文学研究视野的偏狭是何等严重，如果照此发展下去，比较文学必将走向死亡，因此，20世纪80

① ［法］马·法·基亚：《比较文学》，颜保译，北京大学出版社1983年版，第1页。
② ［法］马·法·基亚：《比较文学》，颜保译，北京大学出版社1983年版，第4页。

年代，比较文学出现了第三次危机。

比较文学的第三次危机是“西方中心论”长期统治比较文学研究领域的结果，美国著名比较文学学者韦斯坦因就认为不同文明之间的文学比较是不可行的，是没有可比性的。他在《比较文学与文学理论》中说：“我不否认有些研究是可以的……但却对把文学现象的平行研究扩大到两个不同的文明之间仍然迟疑不决，因为在我看来，只有在一个单一的文明范围内，才能在思想、感情、想象力中发现有意识或无意识地维系传统的共同因素。……而企图在西方和中东或远东的诗歌之间发现相似的模式则较难言之成理。”[①] 他认为，不同文明之间的文学找不到相似性，找不到共同性。这里出现了两个误区，即东西方文学不可比和没有相似性可比。韦斯坦因的偏见不是个别学者的想法，在西方是带有普遍性的，这就不能不让我们深入思考背后的原因了。16 世纪以来，随着西方国家向海外不断进行殖民掠夺，大量财富源源不断地流入他们的口袋，西方列强由此越来越富有，西方人的优越感也越来越强烈。他们在军事上不断入侵，经济上不断掠夺，文化上不断渗透。长期以来形成的优越感必然会影响到与社会历史、政治密不可分的文学。当今，虽然通过武力征服的殖民主义活动已经停止，但是，通过文化霸权在思想上征服第三世界以攫取资源，进行经济、政治、文化和意识形态等方面的奴役的后殖民活动却有增无减，新的“殖民主义者”通过文化霸权牢牢地统治着东方（第三世界），奴役着东方人。所以，萨义德在他的《东方学》中指出：“东方学”是一种西方人藐视东方文化，并任意虚构“东方文化”的一种偏见性的思维方式或认识体系。东方主义属于西方建构产物，旨在为东、西建立一个明显的分野，从而突出西方文化的优越性；而在法国和英国要让东方国家（如阿尔及利亚、埃及、印度）成为殖民地的时候，这种思想形态便在政治上有利用价值。总之，西方比较文学学者的偏见是长期以来西方人对东方社会文化存在偏见的显现，由此也说明比较

① ［美］乌尔利希·韦斯坦因：《比较文学与文学理论》，刘象愚译，辽宁人民出版社 1987 年版，第 5—6 页。

文学与社会政治有着密不可分的联系。

从中国比较文学的发展历程来看，这个学科与政治的关系更为密切。严格来讲，中国比较文学的形成、发展与繁荣和中国革命的发展历程紧紧相伴。随着新文化运动的出现，比较文学作为一门学科正式引入中国。新文化运动中倡导文学革命，而这一运动又是以中外文学的比较为基础的。在新民主主义革命时期，特别是抗日战争和解放战争时期，各政治团体由于政治的需要，外求于不同的理论主张，这就给国内带来文化的多元状态。文化的多元促进了比较文学的发展，一方面，不同政治团体对外来思想的需求使翻译事业蓬勃发展；另一方面，当时的文化阵营出现了解构与重构的现象，而这一解一构是在文学与文化的对比中形成的。中华人民共和国成立以后，比较文学一度消沉，而在1978年改革开放以后，中国走向世界，也让世界走进中国，中国比较文学迎来复兴与繁荣发展。可见，中国比较文学的发展始终与中国社会历史的变革相伴随。2021年第十三届中国比较文学学会年会暨国际学术讨论会上，中国比较文学学会会长王宁先生谈到，比较文学能起到人文外交的作用，例如，虽然目前因美国的霸权主义，使中美两国关系日趋紧张，但中美两国的比较文学研究交流依然频繁，这在一定意义上起到了人文外交的作用。总之，中外比较文学发展历程清晰地表明比较文学学科与社会历史和文化政治的密切关系，将课程思政与比较文学学科联系起来也就有了天然的优势。

二 比较文学教学课程思政的落实

比较文学以其开放的视野，跨越语言、跨越民族、跨越学科，将世界文学纳入研究范畴。这使比较文学比某个民族的文学更具广泛的内涵、更蕴含丰富的信息（特别是文化历史以及政治方面的信息）、更具包容性。作为教育工作者，在教学过程中应该充分利用学科优势，深入挖掘教学内容中的思政因素，培养学生的文化自信和爱国主义思想。

(一) 在比较文学理论的阐释中增强文化自信

目前，我们的理论话语如习近平总书记所说：“在国际上的声音还比较小，还处于有理说不出、说了传不开的境地。”[①] 因此，必须要加强话语体系构建，“每个学科都要构建成体系的学科理论和概念”[②]。作为从西方引进的学科，比较文学理论自然是以西方学者的观点为核心，所以比较文学教学的问答逻辑自然也就围绕西方的理论进行阐释，举一些我国文学的例子进一步证明西方理论的正确性，这种操作在教学中似乎已经成为常态。但深入反思就会发现，由于中国文学理论的缺席，很容易使学生对中国的理论建设产生怀疑，转而崇拜西方。

可喜的是，近年来中国学者在比较文学理论研究方面做出了巨大贡献，打破了西方学者“一言堂”的局面。例如，曹顺庆先生的“比较文学变异学”理论已经引起国际比较文学界的广泛关注并获得一些专家的高度评价，认为其不仅弥补了法国学派影响研究理论的缺憾，也弥补了美国文学平行研究理论的缺憾。变异学理论还可以解释当前许多令人困惑的学术问题。如果说法国学派和美国学派重视“同”的研究，那么变异学重视的就是“异”，是“变异”，即对不同国家、不同文明的文学现象在影响交流中呈现出的变异状态的研究，对不同国家、不同文明的文学相互阐发中出现的变异状态的研究，通过研究文学的变异现象，探究比较文学变异的规律。实际上，文学的变异现象早已存在，只是之前没有明确的理论对这种现象进行阐释（如曾经游历过中国的日本作家芥川龙之介的历史小说《杜子春》就是中国唐传奇《杜子春传》的变异；日本动漫《我的孙悟空》《七龙珠》《犬夜叉》等是中国古典小说《西游记》的变异）。目前中国学者率先对这一现象进行理论总结，指出具体的研究方法，充分反映出中国学者对世界比较文学研究的贡献。再如，中国比较文学学会会长王宁先生在国际权威刊物上发表的论文《比较文学研究中的技术问题》，充分说

① 习近平：《在哲学社会科学工作座谈会上的讲话》，新华网，http://www.xinhuanet.com，2016年5月18日。

② 习近平：《在哲学社会科学工作座谈会上的讲话》，新华网，http://www.xinhuanet.com，2016年5月18日。

明中国比较文学学者在探讨全人类共同面对的普适性话题上的引领作用。对此，我们的教师在教学中应该让学生了解中国学者的理论内涵及其意义，使他们能够运用这些理论进行文学的阐释，从而增强民族的自豪感和文化的自信心。

（二）在文学实践的比较中增强文化自信

比较文学从诞生之时就定位在文学实践的比较研究之上，文学实践的比较研究是教学的重要内容。教师应尽力挖掘其中所蕴含的思政因素，使学生在文学比较研究中提升思想高度，加强人文修养，增强爱国意识，提高文化自信。

1. 在对文学缺类现象的研究中增强文化自信。缺类现象是比较文学的重要内容。黑格尔说："中国人却没有民族史诗，因为他们的观照方式基本上是散文性的，从有史以来最早的时期就已经形成一种以散文形式安排得井井有条的历史实际情况，他们的宗教观点也不适宜于艺术表现，这对史诗的发展也是一个大障碍。"[①] 长期以来，以黑格尔为代表的西方学者以及国内的一些学者认为中国没有史诗。但是，事实并非如此，且不说以什么样的观点定位史诗，即使按照西方的观点，中国也有自己的史诗。中华优秀文化是中国各民族共同创造的，中国的文学也是中国各民族文学的汇聚。我国最著名的三大史诗（即藏族的《格萨尔王》、柯尔克孜族的《玛纳斯》和蒙古族的《江格尔》）便是中国史诗的代表，这些作品在世界史诗史上占据重要地位，其中《格萨尔王》是目前已知的世界文学史上最长的史诗，作为活态史诗目前还在继续传唱。持"中国没有悲剧"论者，其实是在用亚里士多德的悲剧观念衡量中国的悲剧，结果自然会认为中国没有悲剧。事实是，我们不仅有悲剧而且数量还不少，有学者就整理出包括《窦娥冤》《汉宫秋》《赵氏孤儿》等在内的中国十大悲剧。关于中国没有悲剧论，究其原因，是中西悲剧观存在较大的差异，从悲剧人物来看，按照亚里士多德的观念，悲剧是对于比一般人好的人的模仿，因此往往取材于神话传说，其主人公多是出身高贵的大人物，但中国的古典

① ［德］黑格尔：《美学》（第三卷下），朱光潜译，商务印书馆 1981 年版，第 170 页。

传统悲剧并不注重人物的出身，而是更关注人物的正义性、无辜性以及道德的崇高性，因此主人公大多是小人物；从悲剧结局来看，亚里士多德认为，悲剧的目的是引起人的恐惧与怜悯，因此，西方悲剧的结局大多是主人公从顺境转入逆境，在极其恐怖的结局中引起观众的怜悯之心，进而使灵魂得到净化，如看到俄狄浦斯王刺瞎双眼流放自己时在心中泛起一种崇高的感受。中国的悲剧则不然，中国的悲剧往往是大团圆的结局，正如鲁迅所说，中国古典戏剧必令“生旦当场团圆”才肯罢手。通过对比可见，中国不是没有悲剧，只是中西悲剧观不同而已。

中国文学不仅不缺类，而且每一种文学类型都成就斐然。中国的山水诗就早于西方出现。朱光潜先生在对中西自然山水诗进行对比研究中指出：“这件大事在中国起于晋宋之交约当公历纪元五世纪左右；在西方则起于浪漫运动的初期，在公历纪元后十八世纪左右。所以中国自然诗的发生比西方的要早一千三百年的光景。”① 朱光潜先生在尊重文学史实的基础上得出的这一结论，充分证明中国文学的成就并不逊色于西方，相反某些方面的成就还早于他们、高于他们。所以教师在教学中要充分重视这样的文学现象，要向学生进行阐释，让他们在充分了解中国优秀文学成就的前提下，对中华文化充满信心。

2. 在对他者眼中的中国形象辨析中树立文化自信。形象学专门研究一国文学中的他者（异国）形象，是比较文学的重要研究对象之一。古往今来各国文学中都有异国形象，这个异国形象属于对一种文化或一个社会的想象，是“社会集体想象物”。例如，西方文学中的中国人形象，从13世纪初欧洲人通过游记了解了亚洲人之后，对亚洲人的态度就是游移不定的，或认为野蛮凶残，感到恐惧；或认为高度文明，值得尊敬。进入17—18世纪，西方人对中国发生极大的兴趣，他们也幻想着能将中国基督教化，因此宣扬正面的中国人形象。但进入19世纪后由于中西力量关系的变化，西方人“从热爱中国到仇视中

① 北京大学比较文学研究所编：《中国比较文学研究资料一九一九——一九四九》，北京大学出版社1989年版，第210页。

国”，特别是1840年鸦片战争以后，西方出现了大量描写中国的文学作品，其中充斥着对中国的厌恶、诋毁和蔑视，在他们眼里的中国人是丑陋的、不诚实的、虚伪的、冷漠自私的，甚至他们还常用动物，如蚂蚁、猴子等来类比中国人，他们对中国人的如此诋毁与蔑视完全出于他们经济实力和武力的强大，出于他们因此而产生的优越感。在教学中，面对西方文学中的中国形象，一方面要研究他们所描写的形象特征，更重要的是要挖掘背后的原因。我们看到，西方人眼中的中国完全是按照他们的想象与好恶来定义的，当他们认为中国人可以被教化的时候便赞美你的文明，当他们敌视你的时候，便极尽诬蔑诋毁。因此，教学中要让学生认清西方人对中国的态度不是因为我们的文化落后，而是西方人侵略与傲慢的本性使然，是他们企图奴役中国的野心驱使的结果。特别是当前全球性疫情流行的大背景下，以美国为首的西方发达国家对中国的诋毁，他们将公共卫生事件政治化，其目的就是要遏制中国的发展，这种做法与当年如出一辙。总之，对于西方文学中的中国形象，教学中应深挖形象特征背后的根源，使学生树立民族文化自信心，立志使中华民族强大起来。

三　比较文学学科落实课程思政的教学原则

比较文学教学落实课程思政，虽然有着天然的优势，但是，任何教学都要遵循规律、坚守原则。唯其如此，才能在完成教学任务的同时真正做到教书育人，行之有效地培养学生的爱国情怀和文化自信。

（一）立足于本学科特点的原则

“比较”是比较文学学科的思维方式、基本理念和特点，比较文学学科本着开放与跨越的姿态，将世界文学及其相关学科纳入自己的视野，这就使比较文学的研究内容丰富且具有包容性。比较文学教学必须立足于以“比较”为核心的学科特点，在中外文学、中外诗学、文学与其他学科的比较中融入思政因素。如中西诗学比较研究，目前中国的文学理论在很大程度上受到西方理论的影响，但这并不等于中国没有自己的理论，中国多位学者在诗学领域的研究成果表明，在文学的本质、起源、思维、风格以及鉴赏方面中国均有自己独特的见解。让学生了解中国诗学特点的最好方法就是比较。曹顺庆先生对中西诗学中意境与典型、物感与模仿、神思与想象、文气与风格以及滋味与美感等方面的比较研究，充分证明中国文学理论的独特之处，也反映出世界诗学理论的相通之处。通过比较研究，使学生抛弃“欧洲中心论”想法，知晓自己民族的文学理论成就，进而培养自己的民族自豪感和文化自信。

（二）实事求是的原则

在信息化时代，“互联网+”使青年学生能在较短的时间内获取他（她）所想得到的信息，这就要求教师在教学中一定要坚持实事求是的原则，使青年学生在事实中得到教育，试想如果在教学中用虚假的材料证明某种观点，结果一定会适得其反。在中外文学交流史的教学中，必须坚守以史实为依据的原则。中华文化源远流长，中国文学成果丰硕，中国文学的对外交流中，一方面，对其他国家和地区产生了重大影响；另一方面，也不断汲取外来养分，中外交流可谓相当频繁。例如，古代的中国文学在文学样式和表现手法上都受到印度文学的影响，季羡林先生对此有深入研究；古代中国文学又在很大程度上影响了日本文学，严绍璗先生深入探究日本古代文学中的中国因素，证明了日本古代文学深受中国的影响。近代以来，由于西方列强对中国的武装侵略愈演愈烈，相应的文化渗透也日渐深入，因此，中国文化深受西方影响。五四运动以后，中国学习西方的热潮有增无减，这就使中国文学中的西方元素十分明显，如在西方文学思潮的影响下，中国相继出现现实主义文学、浪漫主义文学等。因此，比较文学的中外文学交流史教学，首先要厘清中外文学影响的路径、内容与特点，然后实事求是地阐释中国文学对外国文学产生的重要影响以及中国文学对他国文学的接受。如此教学的目的是让年轻的学生不再盲目崇拜西方，增强本民族的文化自信。

（三）潜移默化的原则

思想教育绝不能用说教的方式进行，特别是对当代喜欢独立思考的大学生，教学中教师应该以“润物细无声”的方式，潜移默化地将爱国主义思想、坚定民族文化自信的观念渗透给学生。比较文学的教学内容大都可以成为培养学生民族文化自信心的案例。例如，中国文化对周边国家产生的重要影响：日本进入文明阶段远远落后于中国，他们如饥似渴地学习中国文化，日本文学中的中国因素也非常普遍，无论是日本古代神话、抒情短诗还是古代小说中都存在着中国文化影响的因子。

在中日文学比较研究中，学生也会自然而然地感受到中国文化、文学的成就与影响力，这就在无形中产生了作为中国人的自豪感。再如，中国的抒情诗、史诗、小说等成就斐然，王国维先生在《〈红楼梦〉评论》中将曹雪芹的《红楼梦》与歌德的《浮士德》进行比较研究，结果发现《红楼梦》与《浮士德》一样是一部伟大的悲剧。总之，比较文学教学中随处可以落实课程思政，但是教师不必生拉硬拽，而是要坚守潜移默化的原则，深入挖掘学科课程内容中的思政元素，以实事求是的态度，通过正常的教学阐释，使学生掌握完整的学科知识体系，深深感受中华优秀文化的魅力，获得思想素质的提升，增强民族自豪感和文化自信心，进而为中华民族的伟大复兴贡献青春力量。

［原文刊载于《内蒙古师范大学学报》（教育科学版）2022 年第 1 期］

面向与路径：高校外国文学“课程思政”的再思考[*]

曹晓东[**]

摘　要　高校外国文学课程是近代以来中国高等教育的产物，始终服从于为社会培养人才的大目标，从本质到内涵都与“课程思政”的内在逻辑及育人目标相契合。本文在梳理和观照外国文学课程思政研究成果及相关文献的基础上，基于课程目标、课程内容和教学策略，对当前高校外国文学课程的教与研问题进行再思考，以期切近课程思政的价值内蕴和实施路径。

关键词　外国文学　课程思政　再思考

新时代高等教育提出了“大思政课”的总体要求，“从思政课程到课程思政是思想政治教育的一次重大转折，是实现立德树人根本任务的关键任务和重要措施”①，课程思政由此成为高校各专业课程教学的核心目标和发力点。自 2017 年以来，国家对课程思政建设的指导思

* 基金项目：甘肃省哲学社会科学规划项目“‘一带一路’视野下的中亚文学在中国：汉译、传播与接受研究”（编号：2021YB044）阶段性研究成果；甘肃省教育科学“十四五”规划“一带一路”教育国际合作交流专项研究项目（编号：GS［2022］GBHZXZ003）阶段性研究成果；2021 年甘肃省省级本科一流课程建设项目“线上线下混合式课程《外国文学》”（编号：SJYLKC2022200），2020 年西北师范大学“课程思政”示范课程项目“外国文学”（编号：2021［10］）。

** 作者介绍：曹晓东，女，文学博士，西北师范大学国际文化交流学院副教授。研究方向：比较文学、中华文化海外传播。

① 《教育部关于深化本科教育教学改革全面提高人才培养质量的意见》，http：//www. moe. gov. cn/srcsite/A08/s7056/201910/t20191011_ 402759. html，2019 年 10 月 8 日。

想日趋明确和具体，高校专业课程的思政改革建设也逐步走向拓展和深化。2021 年 12 月,《教育部高等教育司关于深入推进高校课程思政建设的通知》指出应准确把握课程思政建设内涵，“帮助学生塑造正确的世界观、人生观、价值观”；2022 年 2 月，教育部高等教育司吴岩司长再度强调课程思政的纵深推进有助于“深化新教态，打造新形态，提高新质量”。以上种种，都表明课程思政将在很长一段时期内成为高校专业课程建设与改革的重要内容。从政策导向上看，“课程思政”的提出具备很高的育人站位，它要求教师在教书的同时铭记育人，做到既培养专业人才，又引领他们成为有家国情怀的良知者①；在方法路径上，课程思政要求教师紧扣当前的新形势和新问题，“善于把时代不断发展的新变化、新理论、新要求、新形势、新发展、新热点等思政元素有机融入教案课件，形成课程思政教学的源头活水”②，并依托课堂教学这一主渠道和主阵地，将教书育人与国家的立德树人总要求紧密结合起来。

当前国内学界对“课程思政”概念的内涵和外延已有诸多阐发，大多围绕教育部的指导意见做出进一步说明。在高等教育体系中，由于“哲学社会科学具有显而易见的知识性、学术性和意识形态性等基本属性”③，课程本身即内嵌了或隐或显的价值性元素，有利于发挥习近平总书记所说的“面向全体学生，帮助学生形成正确的世界观、人生观、价值观，提高道德修养和精神境界，养成科学思维习惯，促进身心和人格健康发展”④ 的重要育人功能，故而应特别承担起课程思政的重任。然而，当前的高校专业课程思政建设也存在普遍性问题，主要体现在育人目标的同质化、思政元素的集中化、课程实施的套路化、教学内容的狭窄化等方面。只有立足教学但超越课堂，从教

---

① 薄萌萌:《高校教师在“课程思政”改革中的元认知过程——质性研究的视角》,《教育学术月刊》2020 年第 4 期。

② 蒲清平、何丽玲:《新时代高校课程思政教学提质增效的实践路径》,《思想教育研究》2022 年第 1 期。

③ 闵辉:《课程思政与高校哲学社会科学育人功能》,《中国高等教育》2017 年第 Z3 期。

④ 习近平:《在哲学社会科学工作座谈会上的讲话》,《人民日报》2016 年 5 月 19 日。

育的高度去提出问题和解决问题，才可能在素材择取、内容阐释和话语表达上摆脱功利化、刻板化的误区。高校的外国文学课程是近代以来高等教育的产物，具备知识性、文化性和意识形态性等基本属性，尽管随着时代语境的改变，其课程内容和范围设定不断发生改变①，但目的始终服从于为社会培养人才的大目标，因此从本质要义到价值内涵，都同课程思政的内在逻辑与要求相契合。围绕外国文学教育教学的理论内涵和操作路径，国内学界已有诸多探讨。从研究主题分布上看（如图1），有关外国文学教育理念、课程设置及教学改革的研究早已有之，近年来更随着“课程思政”的理念提出和政策推动，催生出一系列有价值的思考和论述，并借助学术会议的召开、专题论文的刊载等，初步形成了对话性、探究性的研究氛围和学术态势。

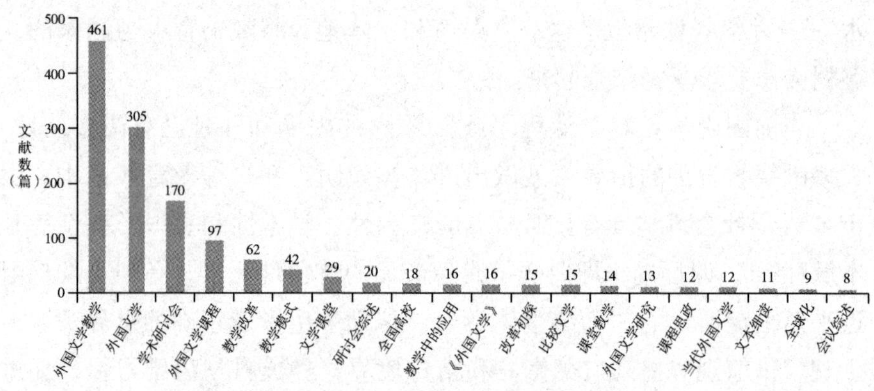

图1　“外国文学”研究主题分布情况

一　问题缘起与成果回溯

中外文学自诞生之日起，就凭借“动之以情，晓之以理”的文化特性而承担了显在的教育功能。诚如鲁迅先生所说，“文艺是国民精

① 温华：《“外国文学”课程设置与学科发展：从清末到民国》，《中国图书评论》2011年第10期。

神所发的光，同时也是引导国民精神的前途的灯火”[①]，文学具备天然的意识形态属性，有着扎根于自身文化身份的品格和价值观，因此，高校文学类课程的教育目的不仅在于传授人文知识和传统，让学生体味人生、学习为人、增加阅历、训练逻辑思辨和话语表达能力等[②]，还内嵌了思政教育的诸多要素，如国家意识、民族精神、爱国主义、公民意识等。“外国文学课程”是一个复杂多义的概念，其框架、内容和范畴伴随学科观念、教育制度、历史沿革的流变不断调整，如中文系的“外国文学”课程更具宏观性、整体性，强调对文学发展史的线性呈现，外文系的外国文学类课程则指向以各语种为基础的国别文学或区域文学[③]，更加倾向作品细读和文本分析。时至今日，外国文学课程已成为高校汉语言文学、汉语国际教育、外语等专业的常规课程，有着隶属各自学科的教学内容和教学模式，在教材的择取上也各有千秋。尽管不同系别的课程设置及教学目标令“外国文学课程”的内涵与外延显得含混而驳杂，但承担的育人功能和理念却大致相同，即让学生在潜移默化中受到价值观念、情感意识的淘漉，注重涵养他们的全球视野、家国情怀和人类命运共同体意识，故而蕴含了丰富的思政元素。因此，如何沟通传统的外国文学教育与当下的课程思政新需求、新目标，是外国文学课程思政建设及研究面临的首要问题。

为了解外国文学课程思政的研究背景及现状，找到研究问题，本文拟先对高校外国文学教育教学的整体研究历程加以考察，通过文献统计和分析，为外国文学课程思政建设与实施提供思路。在国家哲学社会科学文献中心、“读秀学术搜索”和中国知网分别以“外国文学教育”“外国文学教学”为主题进行检索，可发现知网收录文献数量最多，因此本文所引的发文量及数据统计均出自中国知网，并将“外

---

① 鲁迅：《论睁了眼看》，《鲁迅全集（第1卷）》，人民文学出版社2005年版，第254页。

② 刘意青：《当文学遭遇了理论——小议近三十年我国外国文学教学与研究》，林精华等主编：《外国文学史教学和研究与改革开放30年》，北京大学出版社2009年版，第7页。

③ 张珂：《通向世界文学之路：民国时期中文系与外文系的世界文学课程设置与沟通》，《中国比较文学》2017年第3期。

国文学课程思政”的检索项定为“篇关摘”，以确保文献搜集的高相关度和有效性。

（一）“外国文学教育”研究文献数量与特征

在中国知网以“外国文学教育”为主题检索文献，可查到高相关度论文158篇，构成了外国文学教育研究的基本面向。如图2所示，从1982年至2022年的四十年，有关外国文学教育的期刊论文总体呈增长趋势，成果跨度时间长，分布范围较广，研究热度虽有所波动，但从1982年直至2022年的40年总体呈上升趋势，表明国内学界对该领域抱有一贯的关注。

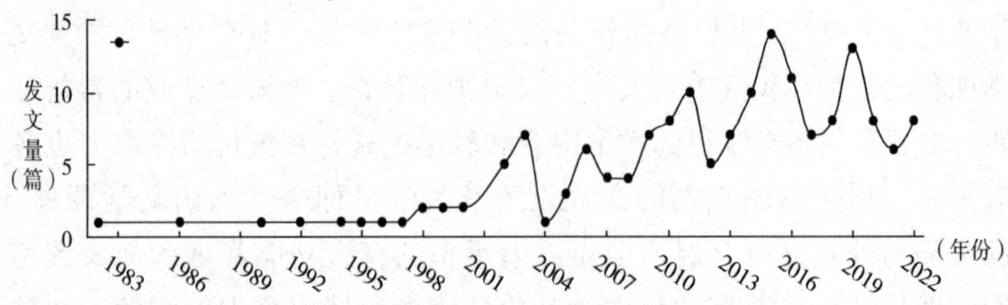

图2 “外国文学教育”专题研究文献逐年分布情况

“外国文学教育”研究的理论基点在于，教育功能是文学与生俱来的本质属性之一，文学特有的社会属性、文化特性和审美诗性与教育的人本目标两相呼应，形成唱和。中国自古就有“文以载道”的文化传统，“在中国文化中，文学不仅具有‘美教化、移风俗’的作用，还具有传承历史、文化和民族精神的作用”，并且“西方文化对文学的教育和社会属性也有相似的表述”，即认可文学想象和个人道德提升以及捍卫社会正义之间的同构性关系①。现有的外国文学教育研究大致有三个面向：一是学理论析，论者提出并确立文学教育学的重要性和可行性，如王卓、石坚、杨金才等将外国文学纳入文学教育学的学科建构体系，探讨并论证隶属人文科学的文学和隶属社会科学的教

① 王卓：《新文科时代文学与教育学跨学科融通的学科意义、路径及发展构想》，《山东外语教学》2022年第1期。

育学这两者融合的重要性和可行性；二是注目现实，或论证包括外国文学在内的文学教育的价值性和功能性危机，从现有学科知识体系的角度反思文学教育的封闭化、形式化[①]，或强调平衡文学的知识教育、道德教育、审美教育三者间的关系，找回当前文学教育中缺失的人文精神[②]；三是教育本位，探讨开展外国文学教育的方法和路径，如提出“把思想教育作为外国文学教学的主要任务之一，把外国文学课视为意识形态战线上的一个主要阵地”[③]，或是在外国文学教学中进行爱国主义教育[④]，或强调要在外国文学教学中实现批判性思维培养和创新教育实践[⑤]等，此类论述涵盖了40年来外国文学教育研究的总体历程，带有明显的时代烙印和历史经验论色彩。

此外，笔者虽然未对相关论著进行统计，但国内学界对外国文学所承担的教育功能已有共识，如近年有刘建军的《外国文学经典中的人生智慧》[⑥]、蒋承勇的《文学与人性：外国文学面面观》[⑦]等专著陆续问世，刘作强调从问题出发，重新构筑外国文学的知识形态，提升学习者特别是青少年的人文素养，提升他们的人生智慧，蒋作则紧扣“人性”二字，指出无论是西方文学的人文传统还是东方文学的道德规范，都有着悠久的历史渊源和当下的宝贵价值。总体而言，外国文学教育研究从文学的教诲功能、审美属性这一双重属性出发，或突出其中之一，或强调二者的融汇，或突出文学本位，或注目教育命题，显示出清晰的跨文化和跨学科色彩。

---

① 周晓风：《文学教育的学科定位与当代文学教育的人文缺失》，《重庆师范大学学报》（社会科学版）2021年第3期。

② 郭彧：《学科知识的建构与文学教育的困境》，Proceedings of 2021 6th International Conference on Education Reform and Modern Management（ERMM2021），［出版者不详］，2021年版，第421—425页。

③ 王文彬：《谈外国文学教学中的思想教育》，《山东外语教学》1982年第2期。

④ 叶继宗：《在外国文学教学中进行爱国主义教育》，《外国文学研究》1990年第4期。

⑤ 陈静：《外国文学教学中的批判思维培养与创新教育实践》，《江西社会科学》2003年第11期。

⑥ 刘建军：《外国文学经典中的人生智慧》，江苏人民出版社2017年版。

⑦ 蒋承勇：《文学与人性：外国文学面面观》，浙江工商大学出版社2019年版。

（二）“外国文学教学”研究文献数量及特征

在外国文学教育的宏观理念统摄下，又产生了诸多外国文学教学研究成果。相比前者更强调学科视野下的外国文学教育属性和功能发挥，后者更多基于课程教学实践与方式方法的互动共生。鉴于外国文学课程思政本质上属于教学改革，为更好梳理外国文学教学研究的状貌、热点和面向，笔者在国家哲学社会科学学术期刊数据库检索关键词为“大学外国文学教学”的论文441篇，在“读秀学术搜索”上检索到期刊论文623篇，在中国知网检索到期刊论文2771篇，其中，篇名、关键词或摘要中包含“大学外国文学教学”的高相关度论文有580篇，包含“高校外国文学教学”的论文有437篇。鉴于知网对文献的收录和分类更加齐全，本文主要依据CNKI的《中国学术期刊网络出版总库》的收文情况为数据来源，筛选统计和分类整理高校外国文学教学研究现状及类型。

同“外国文学教育”这一研究主题相比，外国文学教学更多聚焦中观层面，而对标高等教育领域的“外国文学教学”的研究成果，其研究面向和路径更为繁复驳杂，除了学理探讨和意义辨析，更多是基于课堂教学实践的具体路径探查。

从知网收录的文献数量看，国内学界大体保持稳步上升的研究热度，无论是有关“外国文学教育”还是“高校/大学外国文学教学”的研究，都是从20世纪80年代初起步，历经40余年的发展，大体保持了稳步上升的研究热度，特别自2005年后，开始呈现出波动中逐渐增长的特征，特别在2020年，文献数量呈现跳跃式增长的态势，2021年虽然有短暂回落，但2022开年即已然呈现出回归态势。（见图3、图4）可以预见的是，伴随高校专业课程思政相关政策及理念的落地生根、持续夯实，以及“新文科”建设背景下外国文学教学改革的生成和推进，在高校领域对外国文学教育教学问题进行思考和探讨会进入更多学者的研究视野，文献仍会以一定的规模和数量增长。正是在外国文学教育教学研究的广阔背景和历史脉络下，响应政策要求和国家导向，又催生了有关外国文学课程思政的研究成果。

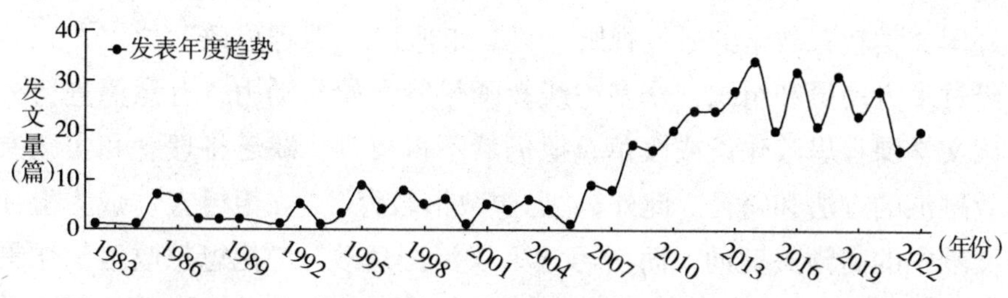

图 3 “高校外国文学教学”专题研究文献逐年分布情况

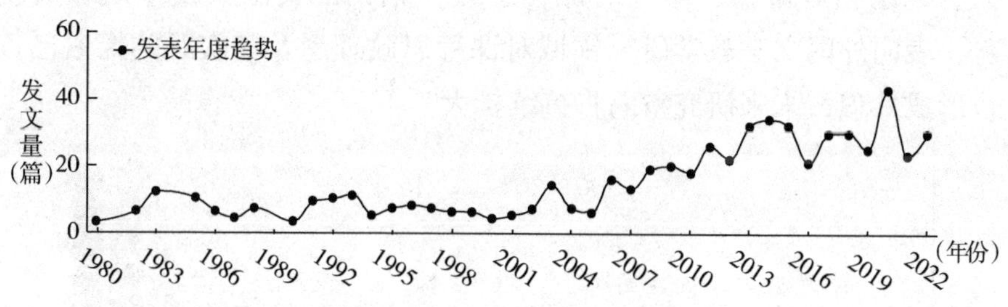

图 4 “大学外国文学教学”专题研究文献逐年分布情况

二 外国文学“课程思政”研究取向与成果分析

有关“外国文学课程思政”的主题研究与时代需求、政策导向高度呼应，而有关“外国文学课程思政”的文献自 2019 年开始出现。为更好梳理“外国文学课程思政”研究成果的样态、热点及面向，笔者以“外国文学课程思政”为主题，以“篇关摘”为检索项，在中国知网数据库进行高相关度查询，显示收录期刊论文 24 篇。经过逐条分析，笔者将其中 17 篇文献视为“有效文献”，即和本论题有直接相关性的文献，其余 7 篇则视为“无效文献”。

（一）文献数量及特征

如图 5 所示，文献发表数量呈现逐渐增长的态势，2019 年 1 篇，2020 年 3 篇，2021 年 6 篇，2022 年 7 篇，但目前还处于较低水平。究其原因，一是“课程思政”的提法始于近年；二是类同研究早已进入外国文学教育教学的研究视野，只是未假以“课程思政”之名；三是经过多方动员和组织，众多一线教师尽管开始有动力、有意愿进行外国文学课程思政建设或改革，但仍然不得要领，缺乏将理念和实践有效融汇的方法和路径。此外，“思想政治教育”“立德树人”成为上述文献中的高频关键词，而《习近平谈治国理政》“把思想政治工作贯穿教育教学全过程　开创我国高等教育事业发展新局面”等论著或政策表述成为统摄上述文献的核心主旨。从研究主题分布上看（如图6)，论题相对聚焦，彰显“课程思政”话语的文献数量呈现显著优势，表明外国文学教学研究领域对课程思政理念及其实践的探索已逐步形成共识，未来研究空间将持续扩大。

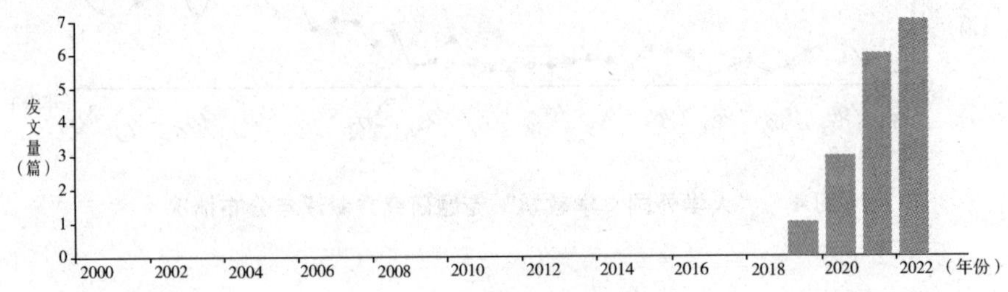

图5　“外国文学课程思政”有效文献发表趋势

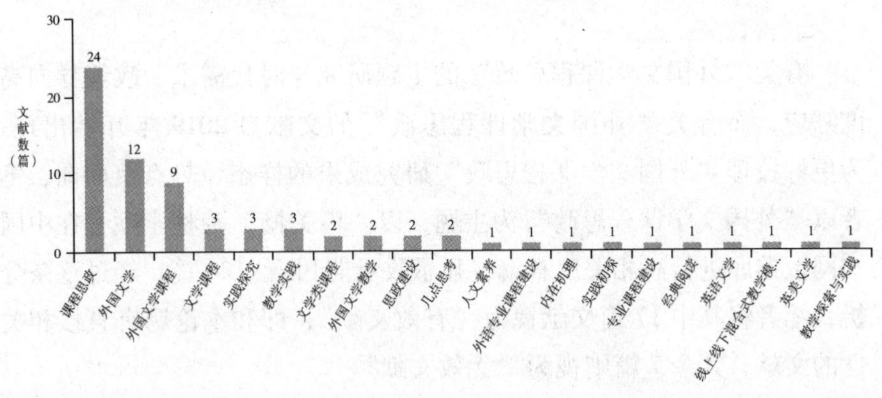

图6　“外国文学课程思政”研究主题分布情况

（二）刊载文献的期刊类别和作者构成

依照北京大学图书馆出版的《中文核心期刊要目总览（2022)》

和南京大学《中文社会科学引文索引来源期刊（2022）》，可看到现有17篇有效文献中，有5篇文献被刊载于《外国文学研究》《外语教学理论与实践》《当代外语研究》等核心期刊，比重为29.4%，有12篇文献被刊载于非核心期刊，比重为70.6%。从期刊类别看，国内的外国文学课程思政研究尽管刚刚起步，但该领域已经出现了数篇高质量的文献，作者如王卓、陈晞、杨金才等都是在外国文学领域深耕多年且成果斐然的专家学者，表明课程思政已成为新时期高校外国文学教育教学研究的又一学术增长点。鉴于外国文学教学和研究领域的从业人员众多，希冀有更多人能够投身于这一研究领域中。

（三）研究取向与成果分析

从现有研究文献可以看到，同全国高校响应政策号召，全方位展开专业课程思政建设、通过各种举措大力推进课程改革的热度和力度相比，对外国文学课程思政的学理论析目前还处于起步阶段。课程思政并非思政课程在专业教学领域的延伸和拓展，但同样切近习近平总书记强调的“‘大思政课’我们要善用之，一定要跟现实结合起来，要以立德树人为宗旨，将思政教育向思想强化、向实践延伸、向社会空间拓展”。现有文献的研究取向主要体现在两个方面：一是理念阐释，二是经验借鉴，尝试从课程体系、价值内涵和教学路径等方面给予思考和新的阐释，此外，对学生的跨文化能力及批判性思维的培养也是论者普遍关注的问题。

（四）“外国文学课程思政”研究述评

综合文献情况来看，当前的“外国文学课程思政”研究仍处于起步阶段，成果数量偏少，但其中不乏高质量、高水准的专家之作，表明学界对该议题具备较高的关注度和较强的学术敏感性，此种理论思辨和问题探讨也对高校外国文学课程思政的具体实践给予了指导。从研究取向看，大致集中于两种类型。

一是理念阐释类。论者侧重宏观架构外国文学课程思政的理论体系和价值，从内涵、价值和路径等入手，或条分缕析，或理念先导，旨在昭示外国文学课程思政的重要性、必要性和有效性。如王卓提出“课程思政”是一种“关注人的精神成长”的全新教育观，其要义在于挖掘外国文学的精神价值、培养学习者的批评性思维，同时也是知识观和课程观的重构和再认识，前者立足于外国文学蕴含的人文精神、伦理道德、思想审美等价值性知识，后者则体现在对“深度教学”的理解和实施上①。陈晞则将外国文学的“精神向度”和“价值性知识”具体化，建议将“文学伦理学批评提出的文学教诲作为课程思政的中心”②，彰显伦理选择在思辨导向教学中的作用。还有论者认为高校课程天然服务于国家的意识形态，“国家意识”和社会主义核心价值观才是外国文学课程思政建设的核心要素，应在确保中国立场和多重对话的基础上，实现对学生理想信念、政治方向、家国情怀等的价值引领③。上述研究都是以某种教育理念为根本，以教学手段为举措，强调二者的融合方能令外国文学课程思政顺利实施、有序推进。

二是经验借鉴类。此类研究多采取案例分析法，如研究者以某种具体的课程教学为范例，结合自身的教学实况，从教学内容、教师实施、学生评价及教材建设等方面展开研讨④，或从教材出发，论证课程思政的实施背景。此类研究的问题在于，个案如何证明具有普遍性、推广性和可操作性。另外，此类研究中的案例设计大多周到全面，但论者往往从社会主义核心价值观入手，彰显外国文学课程的思想引导和政治教化功能，对作品的主题、内涵、意象和隐喻等难免存在主题先行、强制阐释的情况，尽管在课程体系建构、教学方法等方面呈现出新的维度和深度，但也有着明显的理念先行痕迹，对课程思政的政策性理解和个性化实施仍有待匡正。

三　面向与路径：外国文学课程思政的再思考

梳理外国文学教育教学的研究状况、面向和路径，能够发现在某

① 王卓：《高校外国文学“课程思政”的内涵与外延》，《当代外语研究》2020 年第 4 期。

② 陈晞：《文学伦理学批评与外国文学教育》，《外国文学研究》2021 年第 6 期。

③ 刘爽：《国家意识视域下的外国文学“课程思政”体系初探》，《当代外语研究》2021 年第 4 期。

④ 王卉、杨金才：《外国文学课程思政的理论思考和实践探索》，《外语学刊》2021 年第 6 期。

种程度上，当前的“外国文学课程思政”这一提法可谓“新瓶装旧酒”，不但早有外国文学教育的学理生发，在实践中也和外国文学教学研究相去不远。因此，笔者理解，当下的外国文学“课程思政”是在政策制定、社会需求、教学改革的多重推动下应运而生的概念和样态，其研究理路和实践范式都可在汲取前人成果的基础上进行进一步探讨，并避免出现自说自话的情况。所谓教无定法，教材的择取、内容的生发，都可在教师自身的理解和教学目标以及与学生的双向互动中得以体现。理论是宏观而抽象的，实践则是个性化而鲜活的，这取决于我们怎样理解“外国文学”课程以及“思政”内蕴这两个问题，并从教学内容、教学方法、教学研究三个面向完成分析与判断。

（一）教学内容

梅贻琦曾言，大学教育之重，在于人格。教师不仅要专长明晰知识的传授，还要为学生的修养、意志和情绪树立楷模。[①] 外国文学课程的“思政化”意味着教师在遵循教育规律的同时，根据变化的学情、教情和社情，不断调整教学内容，不断创新，具备灵活应变的教学能力以及超越自我的意愿和决心，做到对外国文学课程之“思”与“政”的全面辨析、深刻理解和有效传达。

文学的本质是故事，好的故事中蕴含着深刻的人生道理和社会问题。香港教育学院人文学院院长陈国球教授认为，“文学有一种力量，可以帮助自己安顿心灵，也可以透过文字去影响他人”。外国文学课程思政之“思”既是人生体验，也是跨文化视野中的“文化共性”，打通文学故事与现实生活的诸多关节，才可能最大程度上发挥外国文学的价值引导和伦理教诲功能。

外国文学课程之“思”，还应从当下社会热点及痛点的裂隙处入手，拓展学习的深度与广度，并和学生的生命经验发生勾连。陶行知先生提出，教育是工业，不是农业。农业培养的是动物、植物，是生命体，体现的是教育思维，工业产品是制造品，对人的关怀、对生命的关怀才是教育的主旋律。课程思政中“思”的维度应体现外国文学

① 梅贻琦：《清华一解》，《清华学报》1941 年第 1 期。

的“精神向度”，立足当下世情、国情，透视历史、现实和未来，打通文学知识与现实生活、课程学习与个人发展的桥梁，帮助学生树立正确的是非观、道义观和理想信念，对学生汲取精神养分、励志成长发挥关键作用。例如，研究表明，当下我国高校课程思政存在显著的“脱嵌”问题，究其根源，还是因为教育者对当今大学生及青年群体的心态了解、心理把握和精神定位不足。当前的高校大学生群体是生活成长在网络时代、读图时代以及消费时代的“Z 世代”或“Z0 世代”群体，他们一方面面临“小镇做题家”“绩点为王”的内卷化困境，另一方面又很容易沦陷在互联网的混沌斑驳中，在生命体认知、价值观念等方面存在困惑甚至迷失。与此同时，青少年的极端行为频次越来越高，强度越来越大，也不断牵动着社会的神经，撕扯着当下的舆论场，而这些行为和青少年“一删了之”的极端思维方式有关，即轻易否定自我与他人的生命价值，以及轻易放弃努力和改善的行为，此种思维方式的形成是内外多种因素共同助长的结果。[①] 外国文学课程思政能够分担生命教育的责任，帮助学生在同理心、同情心的塑造中，对生命产生透彻而清醒的认识，在潜移默化中重构学生的认知与思维，实现知识传授和生命教育的有机统一。因此，可以借助外国文学教育的“思政化”，将人类生存的哲学智慧与生命关怀传递给学生，帮助他们在漫长人生中进行自我经历、自我塑造乃至自我救赎，帮助学生获取生活智慧，以此传播生命关怀。

外国文学课程之“政”，从字面意义上看，更多与国际政治、国际关系密切相关。在“后冷战”时期的全球化浪潮中，文化差异再次作为政治问题凸显出来，文化文明的交流互鉴成为人们的共识与时代主题。党的十八大报告提出“倡导人类命运共同体意识”，为世界发展和文明进步、解决全球矛盾和国际冲突提供了基本思路。东西方文明具备各自的特点与成就，借助他者，一个文明可以更好地审视自身，并在与世界的对话中获得文明发展的新动力。传统的外国文学教学方式是将作家作品封闭在某一时空中进行孤立的解析，而此种模式无法给学生提

① 刘宏森：《青少年极端行为的一种解读》，《中国青年研究》2016 年第 10 期。

供新的视角和开放意识，无法帮助学生构建世界文学的坐标系①。今天的外国文学课程应注重对学生世界眼光、思辨意识的培养，树立本土文化意识，拓宽精神边界和价值边界，即从中国经验、中国立场出发，淬炼中外文学所折射出的民族思维方式、价值观念及社会结构异同，加深对不同文明差异性的认知，增强对中国传统文化的理解，做到鉴史知今、以他观己，帮助学生树立以文明交流超越文明隔阂、文明互鉴超越文明冲突、文明共存超越文明优越的人类命运共同体意识，启发学生辩证审视自我和他者的历史、社会与文化，努力提升民族自信心和自豪感。

（二）教学方法

众所周知，完整的教学包括知识、课程、教学与学习四个核心要素，并相应地划分为四个环节，即知识生产、课程生成、教学实施与学习转化。② 课程思政的根本在教育，目的是帮助学生塑造正确的世界观、人生观、价值观，以符合人才培养的应有之义。

在外国文学课程思政的践行模式上，笔者基本认同刘爽提出的"多维对话"理念，即教师应自觉开展多层次的对话，通过与时代对话、与自身对话、与学生对话、与课程知识对话、与不同学科和课程对话，建构一种共情与自洽的教学态势③。学者刘建军也指出，课程思政本来就是外国文学研究和教学的应有之义，说到底是教师的新的职责、新的任务和新的使命。教师的思想高度和学术能力，决定了课程思政的实施效果。④

除了教师的自我提升，教师与学生的互动和反馈也应被纳入外国文学课程思政的研究视野和反思范畴。好的或者说是有效的教学是双

① 王春景：《外国文学教学与比较文学》，《河北师范大学学报》（教育科学版）2009 年第 11 期。

② 王丽、李雪、刘炎欣、陈理宣、刘小平：《高校教师"课程思政"意识与能力现状的调查分析及建议》，《高教探索》2021 年第 9 期。

③ 刘爽：《国家意识视域下的外国文学"课程思政"体系初探》，《当代外语研究》2021 年第 4 期。

④ 刘建军：《"新文科"还是"新学科"？——兼论新文科视域下的外国文学教学改革》，《当代外语研究》2021 年第 3 期。

向互动的创造过程，而非教师表演的单面舞台，需要师生达成共识并一起发力。这是因为，教学效果取决于师生双方是否产生良好的化学反应，而不仅仅依赖于教师的学识素养、教学水平乃至执教良心。所谓教无定法，外国文学课程思政也是如此。

（三）教学研究

综合文献情况来看，当前的“外国文学课程思政”研究仍处于起步阶段，成果数量偏少，虽然不乏高质量、高水准的专家之作，表明学界对该议题具备较高的关注度和较强的学术敏感性，但仍有很大的探讨空间，也存在以下几点问题。

第一，经验汲取。从文献整理和分类统计来看，外国文学教育及教学研究一直是近40年来文学教研领域的重要议题，对外国文学教学承担的思想教育和价值观塑造功能更多有探讨。某种程度上，当前的“外国文学课程思政”可谓“新瓶装旧酒”，虽然话题看似新鲜，实际却并非一个新问题。早在1982年，就有论者提出思想政治教育是外国文学教学的主要任务之一，要把外国文学课程视为意识形态上的一个阵地，而“据守阵地的研究工作者和教师便是意识形态战线上的战斗员”[①]，而30多年前，也有论者强调要在外国文学教学中进行爱国主义教育，以此作为政治思想教育的基础和出发点。[②] 因此，今天进行外国文学课程思政的建设和研究，不妨在领会政策和纲领性文件指导要求的基础上，反向回溯外国文学教学的研究历程，汲取前人的优秀研究成果，再结合当下的时代需求、教学思路和教学模式进行创新性的实践和阐发。也就是说，要在历史发展的非连续性中考虑教学和学术的连续性问题。

第二，拓宽思路。“课程思政”的核心理念是“学校课程应当首先满足学生精神成长的需要，而不是单单关注学生理智能力的培养，或是仅仅注重知识和技能的传递；围绕课程的教育活动在传递知识、培养能力之外，必须要让年轻学生具备扎根于自己文化身份的品格与

---

① 王文彬：《谈外国文学教学中的思想教育》，《山东外语教学》1982年第2期。

② 叶继宗：《在外国文学教学中进行爱国主义教育》，《外国文学研究》1990年第4期。

价值观”[①]。那么，什么是扎根于自身文化身份的品格与价值观？又如何在外国文学课后课程的教学中加以呈现并传递？价值性知识的提取和阐述是见仁见智的问题，而改造人的思想和灵魂也是最难和最隐蔽的。尽管课程思政的关键是教师，但实施对象是学生，其目标是帮助学生树立正确的世界观、人生观和价值观。因此，外国文学课程思政不能只是单纯的外国文学“思政化”，无论是在教学实践还是学术阐发中，都不宜过度窄化外国文学的价值立场和教育功能，如过于强调课程蕴含的国家意识、中国立场、爱国主义、政治认同等政治教化手段等，此种将外国文学课程“思政化”的泛政治认知，可能会把外国文学教学研究及实践拖入形式主义的泥潭。

第三，拓展教学研究的路径和方法。现有的外国文学课程教学实践以及少量研究仍停留在“有观点无论点，有经验无实验”的阶段，从课程到课程，从文学到文学，缺少教育科学的理论指导和研究范式，对学生批判性思维培养的关注度不够，导致课程建设的应用性、普遍性和推广性不强。尽管对外国文学教育教学的研究可谓长时段、全方位、多角度的，但对外国文学课程思政的研究却仍显薄弱，特别是在缺少社会科学研究方法和分析工具的情况下，容易陷入自说自话及理论和实践“两张皮”的状况。

由此，我们应更加期待兼具科学性、客观性和思辨性的研究成果。“课程思政意味着从单纯的教学活动向教育过程的转变，从教师中心向学生中心的转变，注重传递课程的文化、思想和精神维度”[②]，因此是基于专业课程教学实践而展开的教育命题。外国文学课程思政是以教育为本位、以外国文学课程为依托的教育教学创新，属于文学和教育学的跨学科融合。由于“文学属于人文科学，教育学属于社会科学，两者在研究对象、研究方法、研究成果、研究价值等方面均存在明显差别”，“文学教育跨学科视野下的文学研究范式应积极引入社会

① 伍醒、顾建民：《“课程思政”理念的历史逻辑、制度诉求与行动路向》，《大学教育科学》2019 年第 3 期。

② 王卉、杨金才：《外国文学课程思政的理论思考和实践探索》，《外语学刊》2021 年第 6 期。

学研究方法，如问卷调查、定量定性、数字人文研究方法等，方法的创新才能从根本上确立新学科的研究路径”①，故而外国文学课程思政研究不应只停留在理念阐释、经验借鉴的层面，而是应该进一步拓展到“问题解决”和“调查研究”层面，以动态的、联系的、发展的观点看问题，将定量研究和定性研究相结合。总之，课程教学是一个系统动态的过程，开展外国文学课程思政研究，需要根据学科定位来明确研究取向，尽可能多地了解和掌握文学教育研究的面向、路径和方法，做到在文献梳理、经验研究的基础上，重视开展实证研究和行动研究，才可能在课程建构、教学方法等方面呈现出新的维度和深度，令论证过程和研究结论更具备说服力、普遍性和参考性。

“外国文学课程思政”这一概念是单数还是复数？也就是说，在教学科研领域，存在放之四海而皆准的外国文学“课程思政”理路和范式吗？或许不是。教学研究的成果永远产生于具体化、个性化的教学实践之后，同时与课程所在的大环境息息相关。譬如，高校外国文学课程思政的实施路径既取决于国家社会的现实需求，也和不同学校、不同专业的课程定位、育人目标密切相关。但外国文学课程旨在培养学生的辩证思维和世界眼光、理性认知与审美体验，倡导文明对话与世界视野、哲学智慧与生命关怀，在理念层面上又达到了相通。此外，今天强调文学教育，应当以文学为本位，不能让其成为历史、社会、文化乃至政治教育的附庸。或许，高校外国文学课程思政改革与建设还得从问题中来，到实践中去，而与之相关的研究也将一直在路上。

---

① 王卓：《新文科时代文学与教育学跨学科融通的学科意义、路径及发展构想》，《山东外语教学》2022 年第 1 期。

数字人文视角下比较文学课程的教学实践：以庞德《神州集》为个案[*]

刘 燕 周安馨[**]

摘 要 “数字人文”（Digital Humanities，DH）是指将计算工具与方法运用于诸如文史哲等传统人文学科研究领域。在比较文学的课程教学实践中，“数字人文”带来的数据化、可视性研究方法为我们重读经典文本、阐释世界文学现象提供了一种新的视角，激发了师生的学习热情与科研潜力。本文以庞德《神州集》的题材偏好、关键词的词频分析、词汇统计等数量化的研究为教学个案，归纳了数字人文研究方法在比较文学课程中的运用策略与过程；总结了数字人文对于比较文学和世界文学的教学模式、实践流程与科研创新等方面具有的意义，并进一步反思数字人文对于人文学科研究的挑战、机遇与前景。

关键词 数字人文 比较文学课程 教学实践与创新 《神州集》

“数字人文”（Digital Humanities，DH）是指将计算工具（computational tools）与相关方法，运用于诸如文学、历史与哲学等传统人文学科的学科领域。① 简而言之，其主要内涵包括：（1）源于人文计算

* 基金项目：本文系2022年北京第二外国语学院研究生教育教学改革研究立项“数字人文在世界文学与比较文学课程中的教学实践与创新”之成果。2021年校级研究生教育教改项目（项目编号：11122025507）。

** 作者简介：刘燕，女，文学博士，北京第二外国语学院文化与传播学院教授，研究方向：世界文学与比较文学、女性文学、国际汉学；周安馨，女，北京师范大学文学院在读博士生，研究方向：世界文学与比较文学。

① 郭英剑：《数字人文：概念、历史、现状及其在文学研究中的应用》，《江海学刊》2018年第3期。

(Humanities Computing)的数字人文方法;(2)将计算工具与方法运用于诸如文学、历史与哲学等传统人文学科的研究之中;(3)在传统质性研究为主的人文学科研究基础上,引入客观数据及技术手段,将定量分析与定性分析融为一体。这种新型复合学科将新的技术工具与数字方法运用到传统的人文学科的教学、科研、服务或其他创造性工作中,有助于比较文学与世界文学的研究者借助科学手段研究文学,尤其是面对海量文献、大规模文本和极其复杂的文学语言现象时,与传统的文学研究方法相比,其优势不可同日而语。在具体的比较文学与世界文学教学实践中,教学者与研究者可以利用文本挖掘(Text Mining)[①] 等数据挖掘、文本分析方法,针对某个具有一定语义含量的文本(文学作品、网页、期刊)或数据库进行分析、整合数据,从而获取相关信息、摘取知识、提炼意义。相关方法包括文本分类、聚类分析、数据挖掘、信息检索、信息抽取、自动文摘、计算机模拟、自动内容分析以及探索性数据可视化,等等。“在以传统感性为主的人文学科研究基础上引入理性技术手段,将定量分析与定性分析融为一体。”[②] 随着大数据、网络化时代的到来,数字人文的研究方法逐渐运用在人文学科领域的教育实践与科研中,其观察视域与数据化、可视性研究方法为我们重读经典文本/重释世界文学现象提供了多种可能性与创新点,同时也大大激发了老师与学生互动的学习热情与科研潜力,带来了文学课堂的新气象与创新活力。

一　比较文学课程中“数字人文”的教学实践及意义

在为中文系研究生设置的世界文学、比较文学、东方文学以及中

---

① 据 M. 赫斯特(M. Hearst)教授所言:“文本挖掘是通过计算机发现以前未知的新信息,从不同的文本资源中自动提取信息。其中一大关键环节是将所提取的信息链接在一起,形成新的事实或新的假设,以便通过更传统的实验手段完成进一步探索。”参见 David M. Berry eds, *Understanding Digital Humanities*, Basingstoke: Palgrave Macmillan, 2012: 300。

② 潘雪、陈雅:《国外高校数字人文课程设置结构分析——以 iSchools 联盟为例》,《数字图书馆论坛》2017 年第 10 期。

国现代诗歌等课程中，笔者与时俱进，尝试运用数字人文的研究方法进行教学实践，重释世界经典文本，加深了师生对某些文学现象的深层次认识，开拓了一些新的文学研究议题与洞见，赋予课堂教学和科研实践以更多元而丰富的可能性。

本文以20世纪初英美意象派的开拓者庞德（Ezra Pound，1885—1972）《神州集》（*Cathy*，1915）① 为教学研究个案，从数字人文的研究视域出发，管窥庞德在编译这部诗集时的题材偏好、主题与意象选择及艺术革新，以此说明中国古典诗歌的“愁苦”（sorrow）题材与“流水”（river）意象，契合了庞德在异国他乡的流亡状态及其逐渐形成的现代诗学观。在此教学实践与科研个案的基础上，我们逐渐归纳了数字人文对于比较文学的教学模式、实践流程与科研创新等方面具有的重要意义，进一步反思数字人文为人文学科研究带来的挑战、机遇与前景。

（一）探寻新的议题：英译本《神州集》的编译策略

庞德是一个对不同于欧洲的东方诗歌饶有兴趣、极具实验精神的先锋诗人，这具体生动地体现在他编译、改写后出版的中国古诗英译本《神州集》中，该集在1915年4月出版后引发了英语文学界的轰动。1908年8月，庞德开始旅居伦敦，结识英国“诗人俱乐部”（Poet's Club）一些诗人，与大英博物馆的东方艺术鉴赏家比尼恩（L. Binyon，1869—1945）成为好友，常去参观博物馆中陈列的东方艺术品。1913年，庞德接受了曾在日本教学与生活的美国东方学家费诺罗萨（Ernest Fenollosa，1853—1908）的遗孀之托，整理费诺罗萨的日译中国古诗手稿以及论文手稿《作为诗歌手段的中国文字》（*The Chinese Written Character as a Medium for Poetry*，1919）②。在此过程中，庞德比

① 或译《华夏集》，该书的英文全名为：*Cathy*，*Translations by Ezra Pound*，*for the Most Part from the Chinese of Rihaku*，*from the Notes of the Late* Ernest Fenollosa，and the Decipherings of the Professors Mori and Ariga，London：Elkin Mathews，1915。

② 费诺罗萨有关中国诗的笔记只有原文、日文读音及每个字的解释与理解，缺少英译。在英译《神州集》时，此时还不懂中文的庞德得到了两位日本学者森海南（Kainan Mori）、有贺长雄（Nagao Ariga）的帮助。

较深入地了解到中国古诗迥异于英美诗歌传统之处，同时挖掘了自己诗歌创作的创新点，收获颇大。实际上，《神州集》并非完全复制费诺罗萨的英译原稿而成，庞德在该手稿的基础上进行了大量的删节与改写，在许多英语读者看来它并非忠实于原文的译作，反而是译者再创作的诗歌成果。因此，T. S. 艾略特称庞德为“我们时代（约为20世纪初）的中国诗歌的创造者”。①

批评家肯纳指出，《神州集》第1版中的14首诗，是从费诺罗萨手稿约150首诗中精选而出。② 赵毅衡指出，费诺罗萨原稿的选译诗材非常广泛，囊括了屈原、宋玉、班婕妤、陶潜、白居易等诗人的多首作品，如屈原的《渔夫》《离骚》《九歌》；白居易的《琵琶行》《游仙记》等。③ 此时的庞德并不懂得中文，为何他在有逾百首诗的译稿中只选择了十余首诗歌，他是基于何种诗歌标准选择其个人偏爱的中国诗人及其诗作，这种改写方式又如何体现庞德正在探索中的意象派（现代主义）诗歌创新点？庞德研究学者曾从跨文化交流、译介学、影响研究、文化误读等视角对此进行剖析研究，有大量相关论著或论文。在此基础上，我们尝试运用数字人文的方法探讨与此相关的议题，拓展国内庞德研究的新视角。

作为授课老师，笔者与研究生在讨论《神州集》这一文本时，发现庞德编译的诗歌在题材上多以战争漂泊、离愁别恨、女性情志为主，他钟爱以情为主的王维、李白等的唐诗。如何证明这一看似合理的阅读感受呢？我们发现，数字人文的方法提供了一种有效的研究路径，通过对该文本的主题偏好、关键词词频、词语修辞、句式等进行统计数据、图式图表、整合分析等，我们总结出庞德对中国古诗的创造性翻译与改写，这一创新对于他正在主导的意象派诗歌运动具有的启示

① T. S. Eliot, “Introduction”, *Selected Poems of Ezra Pound*, London: Faber and Faber, 1959: 14.

② 1916年第2版《神州集》新增了5首英译中国诗，编译标识是18首，实际是19首，这是因为庞德把李白的《江上吟》和《侍从宜春苑奉诏赋龙池柳色初青听新莺百啭歌》合译为1首。参见 Hugh Kenner, *The Pound Era*, Berkeley: University of California Press, 1971: 198。

③ 赵毅衡：《诗神远游：中国如何改变了美国现代诗》，上海译文出版社2003年版，第164页。

不容忽视。在此过程中，我们也进一步思考了庞德在20世纪中西诗歌跨文化交汇的历史进程中的主导地位，探索中国古诗在现代主义诗歌运动中所具有的现代性意义及其反馈效应。

（二）运用计算工具：《神州集》编译选材的偏好分析

为进行数字人文研究，比较文学与世界文学的教学者、研究者需要熟悉数字人文研究方法以及部分相关工具，应熟悉 Python 等计算机编程语言，学习 SAS、SPSS、ROSTCM6 等工具软件，了解词频统计、网站分析、浏览分析、流量分析、聚类分析等内容，借助 N-gram Viewer 等免费词频检索服务。上述内容均为人文课题的研究提供了传统人文学科研究难以想象的便捷手段。我们在对《神州集》进行数据分析时，主要通过统计数据、图式图表等，定量定性地分析庞德的选材偏好与主题特征，呈现“sorrow”“river”等关键词及相关词汇或意象星丛的词频统计，通过正反情感倾向的词频对比等路径，考察庞德在编译与改写原诗过程中的主观偏好，探寻庞德诗歌创作及其诗学观念的创新之处。

其一，我们的研究以1916年第2版《神州集》所收录的19首中译诗为蓝本，以图表方式归纳、呈现了庞德在选诗时的题材及主题偏好（见表1）。

表1　《神州集》选诗信息概览

序号	题名	作者/出处	朝代	体裁	主题
1	《采薇》	《诗经·小雅》	西周	诗经四言	戍卒返乡之苦
2	《汉乐府·陌上桑》	《相和歌辞》	汉末	乐府五言	美人忠贞之愁
3	《古诗十九首·青青河畔草》	《文选》	汉末	文人五言	闺怨思妇之怨
4	《游仙诗·翡翠戏兰苕》	郭璞	两晋	五言古体	山水游仙之思
5	《停云》	陶渊明	东晋	四言古体	思亲怀人之苦
6	《长安古意》	卢照邻	唐	七言歌行	咏史怀古之悲
7.1	《江上吟》	李白	唐	自创歌行	山水纪行之思
7.2①	《侍从宜春苑奉诏赋龙池柳色初青听新莺百啭歌》	李白	唐	七言古体	奉诏应制之思

① 注：其中，编号为7.1和7.2的两首诗歌合译为同一首诗歌。

续表

序号	题名	作者/出处	朝代	体裁	主题
8	《长干行·其一》	李白	唐	乐府旧题	商贾思妇之怨
9	《玉阶怨》	李白	唐	乐府旧题	宫怨思妇之怨
10	《送友人》	李白	唐	五言律诗	挚友送别之伤
11	《送友人入蜀》	李白	唐	五言律诗	挚友送别之伤
12	《黄鹤楼送孟浩然之广陵》	李白	唐	七言绝句	纪行送别之伤
13	《忆旧游寄谯郡元参军》	李白	唐	杂言长诗	忆旧赠友之悲
14	《登金陵凤凰台》	李白	唐	七言律诗	纪行怀古之悲
15	《古风六·代马不思越》	李白	唐	五言古诗	边塞戍卒之苦
16	《古风十四·胡关饶风沙》	李白	唐	五言古诗	边塞战争之苦
17	《古风十八·天津三月时》	李白	唐	五言古诗	抚今吊古之悲
18	《渭城曲/送元二使安西》	王维	唐	七言绝句	挚友送别之伤

由表1可见,《神州集》编译的诗歌囊括五言古体、七言歌行、四言杂言、律诗、绝句等,但更偏重古体诗与唐诗。其中,李白占据主导地位,庞德选用了12首李白的诗歌,足见庞德与李白遥隔时空却神会心契,这绝非偶然:“庞德这个当时激进的前卫诗人感觉到这个中国8世纪的自由诗人与自己的秉性、气质上如此相像……庞德也是愤世嫉俗、狂桀不羁,完全是个反叛社会成见、文化教条,具有鲜明酒神精神的现代派诗人。”① 庞德选录的李白诗往往凸显了“哀”(sorrow)与“怨”(grief)的主题,以及简洁含蓄、隐晦委婉的诗歌风格,这都契合了庞德对“人间诗”(human poetry)的偏好。

《神州集》的诗歌主题大致可分为四类:战争边塞诗3首,分别为《采薇》《代马不思越》《胡关饶风沙》;闺怨宫怨诗4首,分别为《陌上桑》《青青河畔草》《长干行》《玉阶怨》;赠友伤别诗6首,分别为《送元二使安西》《送友人》《送友人入蜀》《黄鹤楼送孟浩然之广陵》《忆旧游寄谯郡元参军》《停云》和山水纪行诗(即咏怀主题)6首(实译为5首),分别为《游仙诗·翡翠戏兰苕》《长安古意》

① 陶乃侃:《庞德与中国文化》,首都师范大学出版社2006年版,第82页。

《登金陵凤凰台》《天津三月时》《江上吟》和《侍从宜春苑奉诏赋龙池柳色初青听新莺百啭歌》（后2首被误译为1首），参见图1。

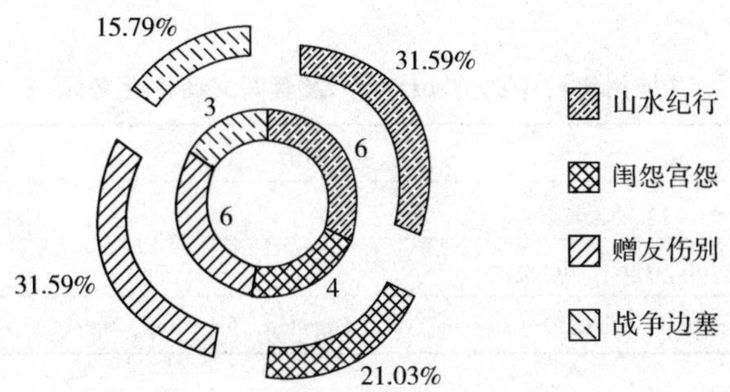

图1 《神州集》主题数量及比例

其二，词频分析方法是以数据统计为手段，对文本进行挖掘，利用能揭示核心内容的关键词、主题词在文本中出现的频次高低来分析该文本的倾向。通过统计《神州集》的实词词频分析，我们发现，上述四类主题均可统摄于“sorrow”主题与“river”意象，如表2所示。

表2　《神州集》实词词频前十位

排序	词语	数量（次）	百分比
25	white	13	0.41%
26	thousand	13	0.41%
31	river	12	0.38%
34	sorrow	11	0.35%
38	go	10	0.32%
47	men	9	0.29%
50	be	8	0.25%
51	horses	8	0.25%
52	blue	8	0.25%
53	now	8	0.25%

除去冠词“the”、连词“and”等虚词及“we”“you”等人称代词外，《神州集》中词频最高且可指代主题的名词为“sorrow”，多达

11 次；与“sorrow”同义、近义或相关的词汇更多，如“sorrowful，grief（grievance），regret，care，pain，sad”等均多次出现，如表3所示。

表3　《神州集》中的“sorrow”及其同义词、近义词

频次	词语
11	sorrow
2	sorrowful，regret，thirsty
1	sorry，grief，grievance，lament，sad，forgotten，forgetting，tremble，hungry

词频较高且可被视为主导意象的名词为“river”，多达12次：3次直接出现在诗名中；且与“river”相关的词语water、sea等出现频率也较高，如图2。

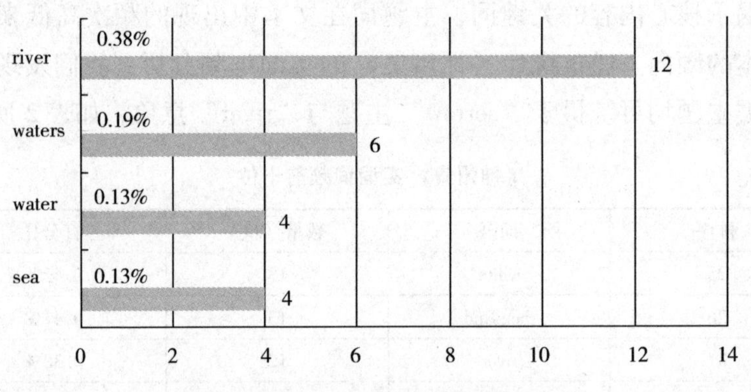

图2　《神州集》中的“river”及相关词

此外，还有描写流水状态的词语（本段落词语后括号中的数字表示该词出现次数）。有表现“river”等流水意象动态的词语，如：drift（1）、drifting（2）、flows（1）、floating（3）、spread（3）、hang（5）等；有与水或河流有关相关的人、事、物，如：seamen（1）、fountain（1）、dam（1）、bridge（5）等。如果将水的意象扩大到与之相关的水体等意象，还包括描写天气的mist（3）、snow（3）、rain（1）等词，描写离别的酒（wine）、眼泪（tear）等词。中国古典诗歌常把

“愁”与“水”（河流、酒、泪水）关联在一起，将之逐渐沉淀为诗人对离别、怨恨、伤悲、苦楚、漂泊等日常情感的呈现：The River Song（《江上吟》等2首）中的“the waters of Han”（汉水），Poem by the Bridge at Ten-Shin（《天津三月时》）中的“the gone waters”（逝水），Separation on the River-Kiang（《黄鹤楼送孟浩然之广陵》）中的“the long Kiang”（长江），都有类似作用。从情感倾向看，与“joy”一类积极（正向）情感词相比，“sorrow”一类消极（反向）情感词占绝对优势，两者的比例约为1∶8，如图3所示：

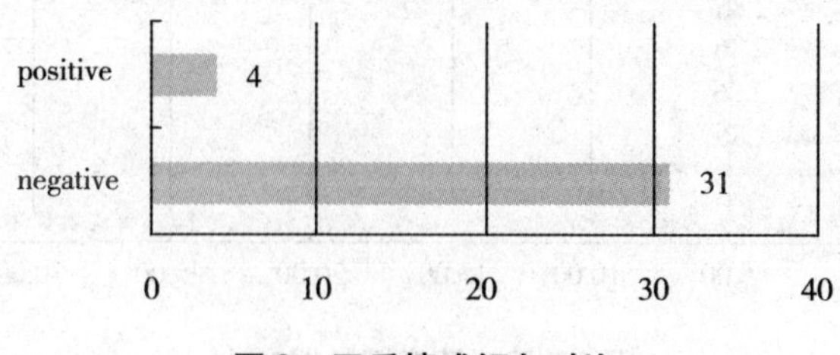

图3　正反情感倾向对比

《神州集》中消极（反向）情感词语的比例、数量和种类，都远超积极（正向）情感词语。结合图1中对庞德选材类型的概括，可见："sorrow"能形象地概括《神州集》选材的主题偏好。我们继续统计“bitter”“tired”等形容词，“crying”等动词，《神州集》选材及正反情感的选词倾向便一目了然了（见图4）。

“white river”（“白水”）更是中国诗歌所独有的与离别相关的、色彩独特的意象，以此也可暗示黄昏时因光线折射而使水面泛白的特殊视觉效果，诗歌所构建的画面如渐次渲染的积墨山水，由淡而浓、反复点染，使各类物象具有苍辣厚重的立体感与特殊质感。在翻译《神州集》时，庞德最为偏爱的颜色词即为“white”（详见图5）。中文原诗中并未出现“白”色，他却想象性地加入了“white”，如“右拍洪崖肩”译文中的“the great white sennin”，“浮云游子意”译文中的“a floating white cloud”。这说明庞德对中国文学中的白色或空白（及其审美内蕴）的某种痴迷。

水运是中国古代常用的运行与迁移方式，成本较低，四通八达。

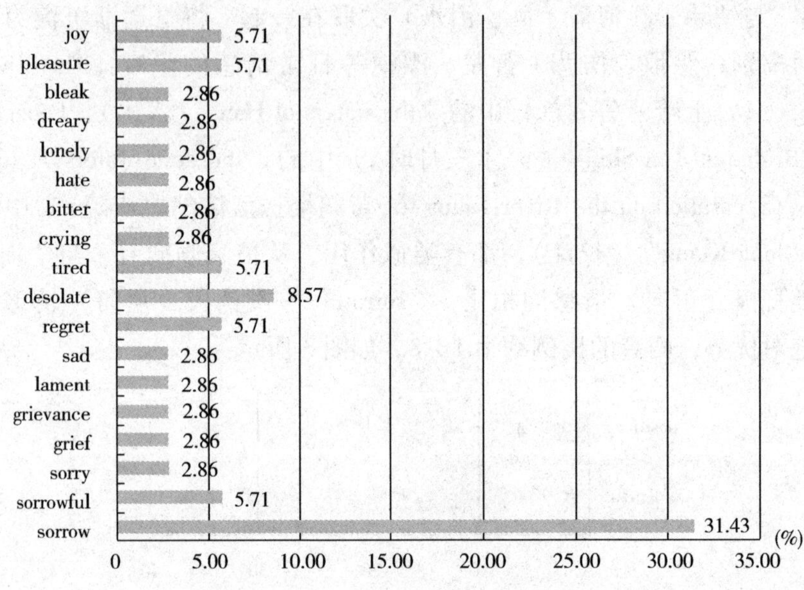

图 4 正反情感词数据对比

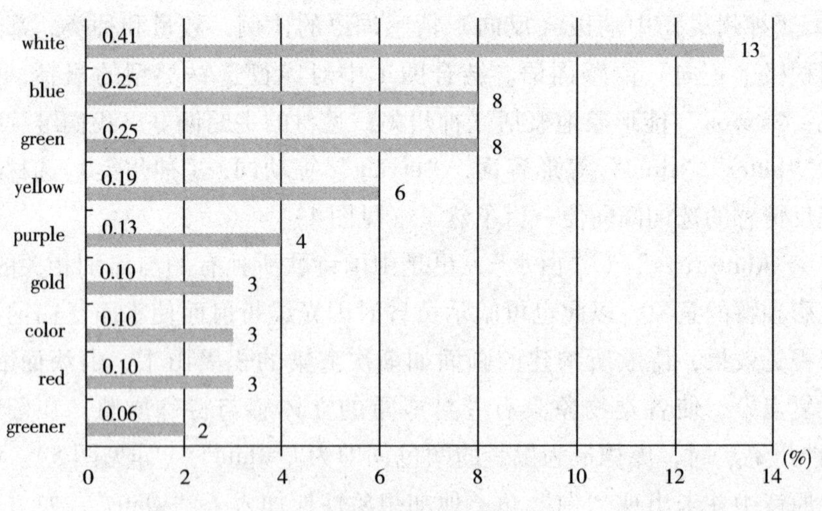

图 5 《神州集》中的色彩词频

因此，在《神州集》选用的诗材中，“river”意象常与离别、远行紧密联系，承载着“羁旅离别”的“sorrow”主题，有关离别的动词频率较高，表达形式丰富多彩。此外，与“离开”动作相反的到达、返回、聚集类动作，如隐含对“归返”向往的“returning”“return”，表现对“相聚”期盼的“gathered”，反复出现6次的“house”意象，以及羁旅途中所必需的“horse”（horse/horses共出现11次，是仅次于“river”的名词性意象）。“roads”“miles”“distance”“east”“south”等空间词汇也共同完成了羁旅漂泊的离别叙事。

通过各种图式、图表与词频统计数据，我们不难看出，“sorrow”（愁）所指涉的情感倾向、主题选择与“river”（流水）所代表的系列意象（雾、雨、雪、酒、泪等）在《神州集》编译中得到庞德的偏好，构成统摄于“sorrow”主题下的词汇星丛，体现出中国古典诗歌的审美意蕴。中国古诗所呈现的平凡生活中的离愁别恨与日常意象，触动了此时寄居异国他乡的庞德，使其遥隔时空在诗歌情感上构成了具有同构性的特殊关联。

（三）数字人文思考：考察《神州集》编译的内因与影响

数字人文的研究方法多种多样，如“作家用词列表与作家用语索引有助于学者更加仔细地去观察文本特征。……文学计算（Literary Computing）还为研究文学风格与文学理论提供了实实在在的洞见”①。因此，我们对《神州集》进行“文学计算”式处理（词频数据与图表分析）后，有必要继续追问：为何在主题选材上，庞德偏好与“离愁苦别”有关的汉诗或与流水相关的动态意象？这与庞德此时正在挖掘的意象派诗学标准与创新又有何关联？探寻此类问题，有助于洞察20世纪初中西诗歌跨文化交流过程中的互补求异、灵感激发等交互现象。换而言之，数字人文研究过程中，文学计算只是研究的有效工具，其背后的问题意识，才是人文学科研究的核心。

庞德从费诺罗萨译稿的众多中国诗歌中，仅选用19首加以翻译、改写与发表，彰显了其编选时的个人偏好、是时心境以及意象派诗歌创新的内在需求。通过词频统计得知，庞德将情感基调定位于以

① 郭英剑：《数字人文：概念、历史、现状及其在文学研究中的应用》，《江海学刊》2018年第3期。

“sorrow”为核心的主题“星丛”之中。如其选用的战争诗中出现的“sorrow”词汇星丛的频率较高。以《采薇》为例：“sorrow”“be full of sorrow”出现了2次；“sorrow is strong”“sorrow is bitter”“dreary sorrow”等分别展现伤怀之情的强烈与悲苦。实际上，译者的心境氛围与弥漫欧洲的第一次世界大战的社会背景有关，“这些愁离恨、厌战愁的主题可以震撼欧洲人的心灵。第一次世界大战爆发于1914年，庞德正是在该年英译这些汉诗”①。肯纳也认为《神州集》“基本上是一本战争之书”：“其中背井离乡的弓手、弃妇、崩溃的王朝、远征、孤独的戍边将士，以及来自远方的荣耀、珍藏的记忆等，都是从内容不同的丰富笔记中挑选出来的；这种挑选出于其对四分五裂的比利时、混乱的伦敦的敏锐感知。”②

1913—1915年，在庞德接触到费诺罗萨的手稿之前，他根据翟理斯《中国文学史》中的汉诗英译进行了诗歌改写，并将其收入《仪式》(1916)中。1914年第一本《意象派诗集》(*Des Imagistes*: *An Anthology*)收入了庞德的4首中国译诗：《仿屈原》《刘彻》《扇，致陛下》《蔡赤》。这也体现出庞德依据中国古诗英译的“改写”长期兴趣。旅居伦敦期间，庞德携带着革新英语诗歌诗风的诚挚愿望和“期待视野”，在对费诺罗萨手稿中的中国诗歌进行编选、处理时，必然呈现出他自己的生活处境和诗学理念。因此，《神州集》的选材偏向于友谊、别离、伤怀、流水等主题，与庞德是时处境息息相关，在诗题选择上偏好抒发个人情感的爱情诗、友谊诗、咏史怀古诗等，如Old *Idea of Chaon by Rosoriu*(《长安古意》)、*The City of Chaon*(《登金陵凤凰台》)、*Poem by the Bridge at Ten-Shin*(《天津三月时》)，皆为以今观古之作。意象派的诗歌原则，也在某种程度上激发了庞德对中国古典诗歌之主题与艺术技巧的吸纳。这既折射了庞德此时的生活心境和一战时期欧洲文化的危机感，同时也促进了他主导的意象派和旋涡主义诗歌运动，中国古典诗歌成为激活英美诗歌现代性的催化剂

---

① 蒋洪新：《庞德研究》，上海外语教育出版社2014年版，第171页。

② Hugh Kenner, *The Pound Era*, Berkeley: University of California Press, 1971: 202.

之一。

此外，“庞德在对从对维多利亚时期生涩怪诞的翻译措词的批判中形成了自己独特的诗歌翻译语言观”[①]。庞德强调：在诗歌翻译时，要以现代的眼光看待过去，用当代语言翻译古诗。因此，在编译《神州集》时，庞德并非逐字逐句地忠实于原文，而是打破了英语诗歌自斯宾塞、莎士比亚以来的格律传统，用现代英语表现其所认知的独特“中国味”，译诗句法革新、意象并置、用词简洁、通俗易懂、近于口语。正是在编译《神州集》的文化误读与叛逆性的偏离中，庞德完成了汉诗英译的创造性翻译，找到了革新英美现代诗歌的部分依据。这种借助“异”（他者）文化来刺激、革新本土文化的做法，在庞德等现代主义者身上体现得十分明显，庞德也毫不讳言此种特征：“只要读一下我翻译的中国诗，就可以明白什么是意象主义。”[②]

运用数字人文的工具方法，笔者总结了《神州集》的主题偏好、关键词词频以及正反情感词数据对比。加以实证研究与阐释发展，我们发现并印证了庞德所译中国诗歌的情感结构与表达方式，其与正在推动中的意象派诗歌运动几乎是同步共振的。由此可见，《神州集》不仅是一本重要的、有深远影响的诗歌译本，也成为英美现代诗歌创作的代表作之一。“就《神州集》中的诗歌而言……无论是作为诗人还是作为翻译家，庞德都达到了最佳状态”“令人惊叹的是，他把中国诗人的世界打造成了自己的世界”。[③] 这种戴上“他者”面具、探索自我声音的现代诗歌技巧，呈现出现代主义诗人化“中”为“西”、中西契合的跨文化交流，及其复杂融汇与创新之路。

综上所述，数字人文研究方法的运用，为我们思考中国古典诗歌与英美诗歌的“现代化”之关系提供了全新的观察视角。

---

① 王贵明：《论庞德的翻译观及其中国古典诗歌的创意英译》，《中国翻译》2005 年第 6 期。

② D. D. Paige, Ezra Pound to Wyndham Lewis, June 24, 1915, *The Letters of Ezra Pound, 1907 – 1950*, New York/London: Harcourt Brace and Company, 1950: 83.

③ Hugh Kenner, *Ezra Pound: Translations with an Introduction*, New York: New Directions Publishing House, 1963: 13.

二 比较文学课程中“数字人文”教学实践流程与困难

在教学过程中，笔者尝试与该领域相关的研究者交流，了解国内外数字人文资源库建设进展，邀请该领域的学者为研究生开设数字人文领域的讲座，尽可能革新比较文学课程的教学模式，让学生们逐渐了解并掌握数字人文的一些基本操作方法。复而言之，本文以《神州集》的研究个案为例，总结了数字人文方法在世界文学与比较文学课程教学中的经验，据此概括教学研究实践中的具体流程，主要有如下六个步骤。

1. 奠基。在授课之始，由任课教师梳理该学期学习所涉及的文学脉络，鼓励师生一起研讨、共同对话，并运用多样化的教学方式，其中就包括数字人文的研究方法。在具体的教学过程中，教学者应引入新方法，调动学习者的积极性，让学习者初步了解数字人文的研究程序，熟悉具有代表性的计算工具。

2. 聚焦。在比较文学的教学过程中，在教学者与学习者交流的过程中，师生共同商议、合理选择部分重要作家作品（例如莎士比亚、庞德、乔伊斯等）作为数字人文分析的研究对象，筛选具体研讨问题（如庞德与意象派诗歌），最终聚焦、定位于主题偏好及诗歌创新等研究内容。

3. 采样。确定适当体量的文本作为研究对象。由于一个学期的教学时间有限，教学者与学习者大致选择2—3个经典文本（如庞德的《神州集》），分工合作，由学习者在主题、文类、词频等方面进行统计或数字分析。在对研究文本的词频统计或语言风格进行归纳的过程中，逐步发现隐藏的复杂知识表征或易被遮蔽、忽略的文本意蕴。

4. 互补。在教学过程中，除了介绍新批评、形式主义与叙述学、结构主义、神话原型批评、女性主义、形象学研究、翻译研究、后殖民主义批评、生态批评、伦理批评等多种文学理论方法外，教学者与学习者重点关注了数字人文的研究方法对于以上方法的补充与强化，借用主题分析、词频分析、情感色彩等文本挖掘手段，为具体研究教学实践提供强有力的文本证据与数据支撑。

5. 协作。采纳文本细读（close reading）与远距离阅读（distant reading）相结合的视域方法，利用统计数据来理解文学传播及文学影响的研究实践。一方面，培养学习者的文本细读能力尤显必要，这是教学者的基础工作；另一方面，结合文本细读与远读。弗朗科·莫莱蒂（Franco Moretti）倡导“远读”法，借用地图（map）来理解文学文本中的空间利用；莫莱蒂还使用统计数据，对7000部英语小说标题进行量化研究，描述了小说的主题、类型及其传播影响，提出“计算批评”（Computational Criticism）给比较文学与世界文学的研究者以极大启发。需要提醒注意的是，“文本细读仍然是远距离阅读取得效果并证明其有用性的基础”①；研究工具、论证方法只是辅助，不断挖掘、探寻、讨论、理解各种复杂问题，才是文学教学及研究的真正目的。

6. 实践。最后，以数据统计等方式对文本进行研究，教学者指导学习者完成研究生学期论文的写作。在此过程中，师生合作，一起撰写论文，不断进行修改与完善。正如前文的教学案例所述：从具有说服力的数字人文视角出发，通过对《神州集》的“sorrow”主题和“river”意象及相关词汇的数据分析，重新揭示了庞德在编译时的题材与主题偏好、意象选择、意象叠加等创新技巧。在这个过程中，数字人文方法与翻译学、文化误读、形象学、东方主义等其他理论互相融合，这样我们才能较好地阐释庞德的现代主义诗歌创新与其编译中国诗的尝试之微妙互动关联，在全球化的视野中理解现代主义文学运动的内在动力与创新机制。结果证明，这一科研成果是积极有效的，获得了肯定与认可。②

① Shawna Ross，James O'Sullivan，eds.，*Reading Modernism with Machines*：*Digital Humanities and Modernist Literature*，London：Palgrave Macmillan UK，2016：73.

② 刘燕、周安馨的合作论文《“愁”之“流”：〈神州集〉中sorrow与river的词频数据分析》（《翻译界》第11辑，外语教学与研究出版社2020年版，第56—76页）荣获首届“外研社杯”全国高校外语学科优秀学术论文评选活动二等奖。

概言之，数字信息技术对人文学科研究的资源类型和研究方法产生了巨大的冲击。数字人文正是数字技术与人文学科交叉而形成的跨学科研究领域、工具方法，两大研究领域互补融合，得以创新发展。可见，在世界文学与比较文学（以及古代文学、现代文学等课程）的教学与科研中，数字人文的研究以可视化（Visualization）的计算图式，达到了传统的文学研究方法无法达到的数据呈现效果，为人文学科的发展提供了强有力的理论思考和工具方法，丰富了人文科学研究的数据来源，同时也极大地拓展了人文科学研究的问题场域。

与此同时，数字人文教学实践对教学者及参与课程的学生提出了较高的技能要求：他们需要熟练掌握、灵活运用数字技术工具，进行数字人文的科研实践，在此过程中面临着如下诸多的困难。

1. 技能掌握。数字人文现有的应用工具虽在不断发展简化，但往往存在一定技术门槛。纯人文学科背景的教师及学生，可能没有经过必要的数字信息技术基础知识系统训练。如若在数字人文实践过程中遭遇技术难题，例如信息收集与处理、数据库搭建与运作、计算机语言应用等方面的问题，较难有效利用数字工具来解决本学科的学术问题。因此，比较文学与世界文学领域的研究者、教学者、学习者，不仅需要了解数字人文的实时进展，还应熟悉、掌握能应用于本学科实践的计算工具；不断拓展自己的知识结构，融合数字人文学习与具体教学实践，而非断然拒斥文学领域之外的新技术、新方法。

2. 技术误差。利用数字人文技术工具对文学语料（尤其是中文语料）进行语义分析、情感分析、数据统计时，所得出的结论可能存在数值偏差，需要另行核对调整。因此，研究者不能过于依赖单一的数字手段，而应与其他文学理论方法互补。

3. 材料限制。现有的数字人文研究常本于体量较大的数据库，因知识版权等原因，相关数据库可能无法向所有比较文学与世界文学的研究者、学习者开放，数字出版物也存在一定传播限制。如《复制、撕毁、烧毁：版权主义和开放源码》一书就曾探讨数字媒体时代知识产权与获取信息之间的张力。[①] 因此，比较文学课程的教学者、学习者想要获取相关材料、捕捉有效数据、拓展研究范畴，具有一定难度与门槛；且相较于纸质出版物的引用，数字资源的引用多见于论文，其他类型的数字资源引用规范也尚待进一步完善。

4. 时效问题。在以数字人文为路径的比较文学研究与教学过程中，还存在数字人文即时性与文学文本经典性之间的效用张力。数字资源的挖掘与数字信息流的引用往往具有一定时效性，其更新速度常较传统人文学科更为迅疾。许多数字人文著作也面临着时间的悖论与困境：经过完整出版流程得以面世，却可能已然落后于是时的数字人文研究最新进展。与此同时，世界文学的课堂仍普遍重视经典、回归原典，教学者需要给予学习者较为稳健的知识意涵。因此，即时性与经典性的平衡，便成为数字人文研究者面临的重要问题。

5. 试点局限。在具体教学过程中，因课程的教学时间、场所、技术等方面的限制，数字人文教学的实践个案常常是局部零星的、有限的，无法覆盖人数较多或更大规模的教学活动。若需开展更大范围的课题研究，则需要更具模型化、更为强大的技术支持与团队合作。例如，斯图尔特（Spencer Stewart）、朱吟清、吴佩臻、赵薇等人合作完成的《“新文类”、比较文学研究与数字基础设施建设：以“民国时期期刊语料库（1918—1949），基于 Philologic4” 为例》[②]，即是多人团队协作、颇具规模的研究硕果。

三　比较文学课程中“数字人文”教学实践的趋势与反思

依托以庞德的汉诗英译为中轴的数字人文引用与研究教学案例，思考数字人文应用于教学时所产生的各类问题，可延伸出有关数字人文在比较文学课程中基本作用与呈现方式等方面的反思。如今，各类

① David M. Berry, *Copy, Rip, Burn: The Politics of Copyleft and Open Source*, London: Pluto Press, 2008.

② 斯宾塞·斯图尔特等：《“新文类”比较文学研究与数字基础设施建设：以“民国时期期刊语料库（1918—1949），基于 Philologic4” 为例》，《数字人文》2020 年第 1 期。

文本数据库、数字人文研究方法等，均为世界文学、比较文学以及其他人文学科绘制了广阔的发展前景。伴随着计算机与互联网的普及和数字化时代的到来，数字人文在比较文学教学实践与科研中的应用，是一种必然发展趋势，大略如下。

1. 应对数字浪潮，与时代接轨。研究者应选择体量适中的文本为研究对象，在小范围课堂实践中推进师生课堂互动与合作研究，以小见大，从易到难，不断探索。霍弗（Stefan Hofer）及鲍尔（René Bauer）等学者便关注人文学科与文化研究对定性分析和话语分析的偏重，并讨论如何利用文本机器、不同媒体的灵活组合完成文学教学实践中的虚拟模拟。[①] 比较文学教学应与数字时代接轨，循序渐进地开展数字人文的教育实践与研究。

2. 教学相长，师生（团队）协作。在文学专业课程中融合数字人文方法，教学者指导学习者进行论文写作实践，将数字人文素养的培养融入以技能培养为主的短期教学任务中，从而促进教学过程中的师生合作、教学相长、协作共进。

3. 平衡大规模数字人文实践与小范畴数字人文教学。如前所述，当前的数字人文实践如文学地图绘制、文本数据库建设，往往依赖于较大规模的团队支持。但比较文学教学过程中，课堂主体却多为个体教学者与学习者，在有限课时、有限班级体量的背景中，小范畴的数字人文教学需要更为精微、深入的理论与实践。

4. 理论探索与实践探寻并举。应充分利用数字化、信息化、智能化时代的特质与优势，培养学生跨学科的研究思维，助其进行理论探索与科研实践。如《文学教育和数字学习：人文研究的方法与技术》一书的第一章“作者身份归属与数字人文课程”，就利用专用计算机程序（JGAAP）进行文本分析，统计作者写作时在文本中展现的特定“风格偏好”（stylome），借此较为准确地确认作者身份。[②] 理论探索与

---

① Willie van Peer etc，ed.，*Literary Education and Digital Learning*：*Methods and Technologies for Humanities Studies*，New York：Information Science Reference，2010：102－129.

② Willie van Peer etc，ed.，*Literary Education and Digital Learning*：*Methods and Technologies for Humanities Studies*，New York：Information Science Reference，2010：4－5.

实践探寻并举，可使抽象的数字人文视域转化为论文写作实践与思考的生产力。

5. 数据共享与跨界合作。借鉴其他国家、地区及学科的数字人文培养教学方法，在本科、硕士及博士研究生等不同培养阶段，创制适应世界文学学科发展的数字人文人才培养体系，建立国内高校共享的世界文学数字文献文本数据库。

6. 融合视听手段、图表数据，丰富教学方法，探索虚拟美学。多媒体教学已然发展成熟，教学者也常结合幻灯片、视频放映，从而具象化、清晰化讲授内容。萨克罗夫斯克（Jon Saklofske）试将互动视频游戏融入大学文学教育，用参与式游戏来丰富传统的文学课堂。[①] 博林（Lars Borin）和迪米特里奥（Dimitrios Kokkinakis）则“论述了语言技术应用于文学研究领域的可能性”[②]。语言技术等视听手段在比较文学研究与教学中的应用仍有较大发展空间。

7. 利用媒体平台，寻求网络社区协作。十余年前，埃尔博德（Gabriel Bodard）、西蒙·马奥尼（Simon Mahony）所编纂的作品《数字化在古典学研究中的应用》[③] 提及其主导的“数字古典学者”（Digital Classicist）社区。在社交平台融入日常生活的当下，文学写作与阅读可面向社交虚拟空间不断发展；文学研究也不应故步自封，而应利用当下越来越发达的媒体平台，促进跨国界、跨地区的人文学者的网络社区协作。

综上所述，计算机与数字思维挑战了探索文化、社会、文学与人的存在方式等内容时的传统思维。人文学科如何借助数字人文的方法拓展和丰富自身，文化思考与批评如何应对数字人文所带来的冲击，成为数字人文主义者关注的核心关键议题。毕竟，数字人文实践中的任何工具都只是一种“解释学的工具”（如编码系统、决策程序、推

---

① Willie van Peer etc., ed., *Literary Education and Digital Learning*: *Methods and Technologies for Humanities Studies*, New York: Information Science Reference, 2010: 130 - 156.

② 崔凤娇等:《探索数字人文》,《跨文化研究》2019 年第 2 期。

③ Gabriel Bodard, Simon Mahony, *Digital Research in the Study of Classical Antiquity*, Burlington: Ashgate Publishing Company, 2010.

理原则、知识表示等)。中外学者不约而同地呼应、反思了数字人文所具有的积极与消极的“双刃剑”功效，对于“数字”与“人文”之间的复杂而辩证的关系展开了不断更新的理性探索与诗性思考。

其一，在人文学科研究领域开展数字人文研究时，对科技工具“反身性”“工具性”的思考与探寻尤显必要。青年学者赵薇在《作为计算批评的数字人文》中提及：“在关于方法论的思考中，一个尚待突破的方向在于承认数字人文的阐释本质，并通过可操作的批评性环节的介入，来唤醒一种针对工具本身的反思和解释。在这方面，只有少数图情学者，出于理论化和引介的需要，注意到了国外数字人文界对哲学中‘反身性’(reflexivity，也译为自反性、反思性)思考的重视。”[①] 在人文学科研究领域，这种对科技工具“反身性”的思考与探寻尤显必要，并且仍具有较为广阔的阐释空间。

其二，应合理界定数字人文的学科边界，更好融合传统文学研究与新兴数字工具，避免数字时代对人文学科的彻底消解。大卫·M. 贝里与安德斯·费格约德在其合编的《数字人文：数字时代的知识与批判》一书中，提倡数字思维应向人文批评开放：“持续不断的争论意味着‘数字人文的版图边界还有待商榷’。”[②] 人文学科面临着数字时代所带来的巨大挑战，美国学者刘艾伦(Alan Liu)倡导一种“批判的数字人文研究”(Critical DH Studies)：“虽然数字人文主义者拥有实用的工具和数据，但除非他们能在文本分析和文化分析之间无缝衔接，否则他们永远无法与莫雷蒂、卡萨诺瓦等人同台竞技。……数字人文学科在目前能够对文化批评做出的适当而独特的贡献，是利用数字技术的工具、范式和概念，来帮助重新思考工具性的概念。”[③] 数字工具固然能助研究者一臂之力，但人文学科必然要求研究者联结作者与读者、文本与世界，从而依托数字技术，拓耘人文之思。

---

① 赵薇：《作为计算批评的数字人文》，《中国文学批评》2022 年第 2 期。

② [英] 大卫·M. 贝里、[挪] 安德斯·费格约德：《数字人文：数字时代的知识与批判》，王晓光等译，东北财经大学出版社 2019 年版，第 5 页。

③ Alan Liu, “Where is Cultural Criticism in the Digital Humanities?”, M. K. Gold eds., *Debates in the Digital Humanities*, Minneapolis: University of Minnesota Press, 2012: 501.

其三，应协调质性阐释与量化研究的张力，注重数字人文思维与比较文学视域、诗性原创思维的融合。比较文学课程中“数字人文”教学实践可以从单维度的传统定性研究向多维度的质性阐释、定量研究相结合研究发展；积极开展数字人文视域下的世界文学研究，拓展人文学科的研究边界。胡继华等学者曾指出：

> 数字技术是一副药，既补且毒，既增益于我们的生命又残害我们的灵魂。数字技术给予我们的挑战在于：动员人文精神深度干预数字技术，抑制药物的毒性而释放补性，激进地增强生命而真挚地关爱灵魂。回应这些挑战，数字人文主义将存在论的人文主义推至极限，同时提出数字时代的审美救赎使命：以理智灵魂的复活来拯救技术心理学的偏枯，以生命精神化来克服象征的贫困，以诗性原创思维来超越人工智能的愚拙。①

在新的数字时代，仅囿于传统研究方法、思考视域的比较文学研究与教学，可能较难给予教学者、研究者与学习者更为完善广阔的研究视域；但与此同时，统计量化等数字人文研究方法虽然快捷便利，却又可能侵蚀研究者主体思维，使部分文学研究缺失质性阐释的深刻性。坚守人文场域核心，灵活应用数字人文方法，才能避免所谓的“系统性愚拙”（functional stupidity），也即：由于数字自动化的拓展，人类思维的审议质询能力受到侵蚀，人文学科的独特性也可能随之消泯。② 我们认为，人文学科不应被数字工具所遮蔽，数字人文的研究者、教学者与学习者，应着力避免人类智慧在数字技术前的功能性瘫痪，使文学研究不必局限于扁平化、数据化、狭隘化的单一外在表达，而是深入文学之灵魂深处，探索全新的数字人文领域。

---

① 胡继华、孙立武：《古典的数字人文主义：从柏拉图哲学看数字技术时代人类精神的重构》，《河北师范大学学报》2021 年第 3 期。

② Bernard Stiegler, *Automatic Society: The Future of Work*, Cambridge: Polity Press, 2016: 25, 117。斯蒂格勒讨论了“系统性愚拙”与自动化设备取代人工劳动的现象，他认为这可能导致一系列问题。

小 结

无论是对进行授课的教学者而言，还是对参与课堂的其他研究者及学习者来说，数字人文作为一种与时俱进的研究工具，都具有很强的吸引力、有效性、可行性与发展潜力。我们已经无可避免地生活在一个被网络、数字、计算充盈的全新时代，数字技术带来的改变与发展已成为人文科学领域必须直面的重要事实。乔治·斯坦纳在《语言与沉默：论语言、文学与非人道》中发出感慨："今天，在我们面临的经验的地貌中，词语只占据着中间一块岌岌可危的地盘，它的周边都是数字的疆域。"[①] 在某种程度上，当"数字的疆域"不断拓展，必然与人文学科领域产生交叉、融合；不断更新、继续发展的数字信息技术，也可能引发部分人文学者的不安与焦虑，甚至有部分学者对数字技术在人文学科的应用产生疑虑与抗拒心理，或感觉数字技术的广泛使用是对人文学科研究的威胁、焦虑、冒犯与背叛。

置身于计算机等智能设备不断更迭、大数据算法与实时数据流融入生活、数字档案与社交网络交织变化的一个时空之中，比较文学与世界文学的学科教学模式与课题研究方法也因之发生了各种变化；数字人文为传统的人文学科提供了一种新的研究范式与学术视角。无论是微观的词汇、意象检索统计，还是宏观的体裁、类型和写作风格分析，都体现出数字人文研究不同于传统文学研究的全新视域与方法；这使得定性、描述和批评的传统研究，与量化的、可视的和非主观的数字成果融合互生。本文以小见大，通过课堂实践与科研探索，旨在促进我们深入思考数字人文为高校人文学科的教育模式和研究范式之转型所带来的挑战与机遇，避免师生对数字技术本身抱有的固有偏见，激发大学教学课堂的多元化与丰富性。

概言之，在运用数字人文方法进行教学实践与研究的过程中，我

---

① ［美］乔治·斯坦纳：《语言与沉默：论语言、文学与非人道》，李小均译，上海人民出版社2013年版，第297页。

们既要坚守以人文为核心的教学模式与研究目标，尽可能地避免人文学科踏入扁平化、数据化、狭隘化的陷阱；又要努力尝试着在“数字”与“人文”之间寻求一个较好的平衡与发展之道，突破学科之间的边界与障碍，建构“新文科”背景下的多样化文学研究。

语文教学中的比较文学知识及应用[*]

胡春梅[**]

摘　要　未来语文课程建设的基础是语文知识体系的重建，比较文学的相关知识是其重要组成部分。本文试从文学比较、文学接受以及文学阐发三个方面，为语文教学提供理论知识与教学策略。

关键词　比较文学　文学比较　文学接受　文学阐发

中华人民共和国成立以来的初高中语文教材中，或多或少会有一些外国文学作品。在高等教育的中文学科体系中，这些作品可划作外国文学，在后来称为比较文学与世界文学。在从前外国文学的基础上，增加了比较文学的内容。美国的比较文学耆宿亨利·雷马克说："简言之，比较文学是一国文学与另一国或多国文学的比较，是文学与人类其他表现领域的比较。"① 比较文学作为一门新兴的学科，受到国内高校与专家的重视。比较文学最基本的四个理念：比较的理念、跨越的理念、整体的理念、变异的理念②，作为语文学习的重要知识与方

* 基金项目：北京教育学院2020年度重点关注课题"基于知识维度的阅读教学内容研究"（课题编号：ZDGZ2020－21）。

** 作者简介：胡春梅，女，文学博士，北京教育学院中文系副教授，北京教育学院人文与外语教育学院副院长，研究方向：语文教学研究和外国文学。

① 陈惇、孙景尧、谢天振主编：《比较文学》，高等教育出版社1997年版，第5页。

② 邹建军、胡雅玲：《比较文学基本理念与中学语文教育改革——邹建军访谈录》，《语文教学与研究》2010年第11期。

法，可以为语文教学提供借鉴。

目前，中学语文教学大致存在如下几个问题。第一，知识基础陈旧、零散、单一，新时期学习外国文学作品，需要知识的更新、分类、多元。第二，比较文学的知识存在空缺，文学接受、文学传播以及文学作品的阐发在语文教学中应用不足。第三，新课程改革之后，群文教学、整本书阅读教学、专题教学等教学组织形式受到鼓舞，更多地出现在语文课堂。如何组织群文教学与专题教学？如何进行外国文学名著的深度学习？各种问题扑面而来，而增加比较文学的相关知识是解决这些问题的重要途径之一。

未来语文课程建设的基础是语文知识体系的重建。从语文学科知识入手关注能够促进学生言语实践能力发展的知识，实现其结构化，是合理的研究切入点。中学语文学习需要的语文知识，可分为语言学（语音学、文字学、词汇学、语法学、语用学）、文学（各类文体作品、中外文学史）、文艺理论等知识类型，比较文学与世界文学属于其一。这里强调知识，但并不是主张在语文课上只讲授知识。语文学科知识包括材料、经验和策略三个维度。材料，即语言材料，包括事实性知识与概念性知识。经验，指语言学习经验，主要是关于语言运用的程序性知识。策略，一个是做事的策略，一个是对己的策略，即自我监控的反思性知识。语文知识的系统是开放的，是在材料、经验和策略整合的过程中螺旋上升的。① 以此观点而论，语文教学中的比较文学知识应该包括：（1）比较文学中的事实性知识与概念性知识；（2）语言运用的程序性知识；（3）学习的策略。

如何将比较文学这一高等教育中的专门学科与基础教育中的语文教学相对接，需要经历三类知识的筛选和转化（见图 1）。第一，学科知识，即高等教育中的比较文学专业知识，它是基础教育语文学科的上位学科之一。不是所有的比较文学专业的知识都需要进入语文教学，这与基础教育的目标与要求不符。第二，语文课程内容包含的知识。即以《语文学科课程标准》和《统编语文教材》为代表的课程内容中

① 此结论为北京教育学院“语文学科知识教学论”创新平台的阶段性成果。

所包含的比较文学知识，以此对比较文学的学科知识进行筛选。第三，语文教学内容需要的知识。经过相关语文教学的文献梳理、专家的理性思考以及名师的课例研究，将筛选出的比较文学知识转化为可操作的语文教学方法。下文便是团队经过阶段性的研究，提取了比较文学中的文学比较、文学接受以及文学阐发三个关键词，论述语文教学中的比较文学知识及应用。

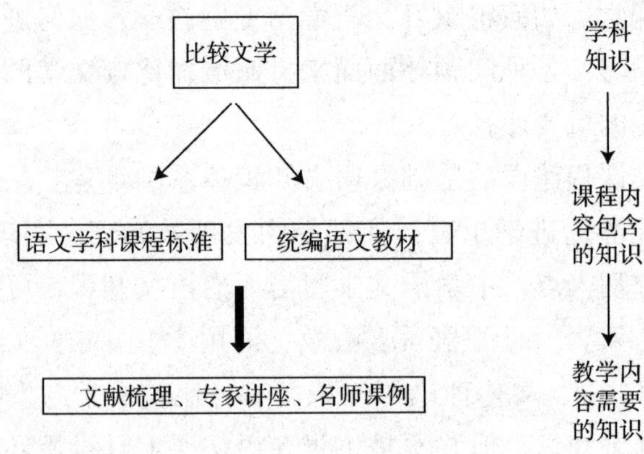

图1　三类知识的筛选和转化

一　文学比较

比较是一种方法，古今中外许多文学作品都可以放在一起作比较。但是作为比较文学的对象，应具备跨越性、可比性和文学性三个特征。跨越性，是指文本跨越四个界限——民族、语言、文化和学科。可比性是比较文学的关键。我们往往将具有相似性的文本作比较，但文本间的相似点并不等同于可比性。可比性在于同中有异、异中有同。文本间“同”的比较，一般称为类比；文本间在“同”的层面上又有“异”，一般称为对比。无论是类比还是对比，最为关键的是通过文学现象的比较，能够揭示呈现为“同”的共同规律或是表现为“异”的深层原因。比较不仅仅是现象层面的寻找异同，更为重要的是解释文学现象背后的深层原因，这也是运用比较的目的所在。作为比较的对象，有的文学作品确有直接影响，在比较文学中称为影响研究；有的文学作品跨越时空，只是存有某些方面的共同点，因而称为平行研究。

（一）影响研究

如统编语文教材七年级上册第二单元第 7 课《散文诗二首》，选取了泰戈尔的散文诗《金色花》与冰心的散文诗《荷叶·母亲》，均是以母爱为主题。母爱是文学作品中一个永恒的主题，不同国家的人都会深情地咏赞母爱。但是，由于不同的文化传统、不同的社会环境等，使同主题的作品也体现出不同的风格。教材所选的《金色花》轻快活泼，冰心的《荷叶·母亲》就显得哀婉深沉。其中托物寓情的写作手法，散文诗精致、抒情的文体，对于母爱主题的关注，两位作者可谓不谋而合。冰心曾在《遥寄印度哲人泰戈尔》中写道："你的极端的信仰——你的'宇宙和个人的灵中间有一大调和'的信仰；你的存蓄'天然的美感'，发挥'天然的美感'的诗词，都渗入我的脑海中，和我原来的'不能言说'的思想，一缕缕的合成琴弦，奏出缥缈神奇无调无声的音乐……你以超卓的哲理，慰藉我心灵的寂寞。"[①] 可见，不同作家之间的影响是文学领域常有的现象，因而每个国家的文学都处在世界文学的生态圈中。诸如此类的，还有高一必修下册第六单元第 14 课《促织》与《变形记》。

（二）平行研究

除了直接影响之外，还有一些作家作品在历史上没有发生过实际关联，而是在文学的主题、题材、文体类别、人物形象、风格特点等文本因素存有相同点。统编语文教材七年级上册第六单元第23 课《女娲造人》，阅读提示这样写道：很多民族都有关于人类起源的神话传说，找来读一读，看看先民们的想象有什么相同和不同之处。可能学生会找来希腊神话或者是巴比伦神话，通过比较发现不同民族的原始先民关于人类起源的想象，有共同之处也有鲜明的差异。通过原始先民神话的比较，突出不同文化之间的差异，在中西方文化的比较中更好地理解我们自身的文化传统，向不同文化讲好自己民族的故事。

---

① 冰心：《遥寄印度哲人泰戈尔》，《燕大季刊》1920 年第 9 期。

仔细阅读新教材，有很多天然的可以比较的课文，编者将它们放在同一单元甚至是同一课。教材九年级下册第四单元第13课培根的《谈读书》与马南邨的《不求甚解》，两篇短文谈的都是读书。高一必修下册第六单元第13课《林教头风雪山神庙》和《装在套子里的人》，二者属于现实主义风格的不同时期、不同国家的小说。运用比较教学，结合精讲与自读，充分调动学生的参与和思考，在高中语文教学中尤为提倡。

在教学当中，做到跨民族、跨语言、跨文化和跨学科相对比较难，但是比较文学所强调的“可比性”对于语文教学如何选择学习资源、确定教学内容非常有意义。群文教学或是专题教学，常常围绕一位作家、一个主题来组元，引领学生集中学习一组文章，“比较”无处不在。但是往往走向“为比较而比较”的歧途，没有实现运用比较的方法走向深度阅读的最终目的。例如，有老师选择了杜甫不同时期的同主题诗歌设计一节语文课，分别是《望岳》《登高》和《登岳阳楼》。三首诗依次讲授，效果几乎等同于1+1+1=3。文本解读是语文学习的基础，但是文本比较不能止步于每一篇文本的理解，而应该进一步探究其为“同”的共同规律或是其为“异”的深层原因，这才是专题教学的真正价值。对于杜甫的这组“登高”诗歌而言，登高作为古典诗歌的文化意象、不同时期杜甫“登高”诗歌蕴含的情感变化及其原因，乃是该节课最为核心的教学内容。

《普通高中语文课程标准》(2017年版)提出了以“学习任务群”组织语文教学的要求。学习任务群力图打破传统单篇教学的弊端，寻找文学作品之间的内在关联，在语感和语料积累的基础上，通过梳理和探究，发现文学现象之后的本质与规律。通过文学比较，在辨异的基础上探究其深层原因，发现独特的文学价值与文化意义。这一点对于学习任务群的设计与实施具有一定的启示作用。

二　文学接受

文学接受是比较文学领域的一个重要内容。除了作者与文本以外，接受理论更为重视读者群体。文学接受可以分为垂直接受和水平接受。垂直接受是指不同历史时期的读者对于文学作品的认识与观点，水平接受更多地指不同地域、不同群体对于文学作品的认识与观点。对于语文教学而言，更为重要的是垂直接受理论。

接受理论认为，文本被创作出来后，只有读者阅读了才能成为作品。而每个时代的读者，都是在每个时代的文化语境之中理解文学作品。对于读者接受起到重要选择和导向作用的中介，比较文学中称为“接受屏幕”。接受屏幕，即由于不同的社会文化环境和心理结构，以及接受主体具体条件所决定的读者审美价值取向。[①] 尤其是被译介而来的外国文学作品，不同时代的接受与理解有很大不同。接受过程如图 2 所示：

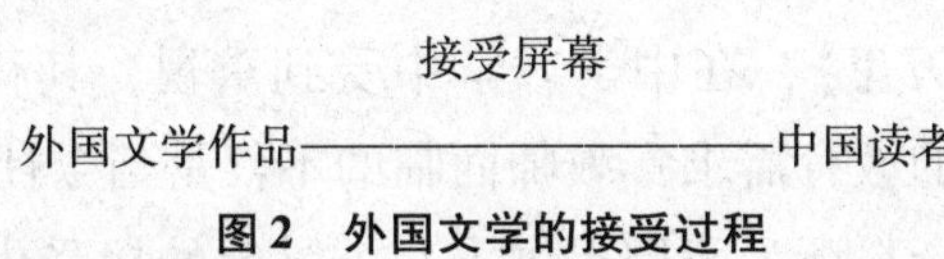

图 2　外国文学的接受过程

近代以来教育话语的变迁，从清末时期的“中体西用”到五四前后的“启蒙话语”，外国文学作品经过文化精英们的译介背负着不同时代的教育使命进入中国的语文教材。经过中华人民共和国成立以及“文革”十年，在改革开放时期，外国文学作品译介逐渐恢复，更多的外国文学作品为我们打开精神世界的一面窗，带领孩子们面向世界、认识不同的民族与文化。在 21 世纪的今天，语文教育担负起立德树人的重大责任，语文教学指向学生的语言建构与运用、思维发展与提升、审美鉴赏与创造、文化传承与理解四个核心素养。学生在语文学习中，继承和弘扬中华优秀传统文化，增强文化自觉；同时理解和借鉴不同民族和地区的文化，拓展文化视野。培养开放的文化心态，发展批判性思维，增强文化理解力。在现代社会，通信网络的便捷与交通的便利，人们的视野早已不局限于我们生活的城市。教材中的外国文学作

① 陈惇、孙景尧、谢天振主编：《比较文学》，高等教育出版社 1997 年版，第 489 页。

品，能够让孩子们知道，在其他国家，不仅有肯德基的炸鸡、阿迪达斯的运动鞋、iPhone 和 iPad，也有许许多多历史留下来的文化遗产。而这些作品，同中国历史上创作的文学作品一样，是各民族文化的杰出代表，是世界文学的组成部分。借用雨果在《就英法联军远征中国给巴特勒上尉的信》中的一句：岁月创造的一切都是属于人类的。

对于外国文学作品的解读与评价需要更新，教师们应该在文学接受的视域和历史的语境中认识外国文学作品。在过去的年代曾经带有阶级批判色彩的莫泊桑的经典短篇小说《项链》《我的叔叔于勒》，在今天应该怎样解读？美国作家理查德·巴赫的小说《海鸥乔纳森》在整本书阅读中日益走红，可是曾经也被批判为资产阶级的个人主义思想，那么在今日应该怎样解读？长达 30 万字、内容并不吸引读者的凡尔纳的《海底两万里》，在中学教学中受到重视，其科幻小说的特质如何体现了时代的教育需求？教师面临的不仅是当今社会的接受屏幕，浩如烟海的文献资料还为我们提供了一个纵向的接受史。“一般而言，中学语文教材中所有的外国文学作品主题，都可以从三个层次去理解：经验和人性的层次，社会批判的层次，命运或象征的层次。”[①] 刘洪涛教授的观点，为我们解读语文教材中的外国文学作品指明了道路，下文以《我的叔叔于勒》为例加以阐述。

第一，社会批判的层次。小说中突出了菲利普夫妇对于勒态度的变化。变化的原因并不是因为于勒与父亲的血缘关系，而完全取决于于勒的财富，以此批判当时社会的拜金主义与人与人之间的冷漠无情。

第二，经验和人性的层次。作为底层市民的菲利普夫妇，为了生存与孩子们的未来，只能遵从社会的规则，甚至违背自我的内心。

第三，象征的层次。亲情与金钱的选择，这是文学当中的一个重要母题。无论是在莫泊桑生活的 19 世纪法国，还是在学生们生活的当下，其中的意义不言自明。

---

① 刘洪涛：《中学语文中的外国文学问题》，《北京师范大学学报》（人文社会科学版）2001 年第 1 期。

这三个层次，由浅入深，由文学的特指功能到普遍意义。因而，文学经典在不同地域、不同时期都可以一读再读，意义也随之不断融合不断生成。另外，在我们阅读外国文学作品时，还有一种现象难以避免，即误读。因为读者是以每个时代的接受屏幕来理解外国文学作品的，尤其是渗透在我们血液之中的传统文化基因，使得读者往往从中国文化的语境来理解外国文学作品。例如，歌德享誉全球的抒情诗《浪游者的夜歌》：

群峰一片
沉寂，
树梢微风
敛迹，
林中栖鸟
缄默。
稍待你也
安息。

（钱春绮　译）

此首诗中，有自然：群峰、树林、群鸟，有情感：沉寂、缄默、安息，我们自然而然地联想到陶渊明的诗歌，从而认为《浪游者的夜歌》也是一首远离社会、隐居世外、热爱自然、追求本性的田园诗。但是，如果更多地了解歌德的创作背景，就会明白此首诗表达的情感并非如此。此首诗歌是1780年9月2日至3日之夜，在伊尔美瑙的吉息尔汉山山顶木屋题壁之作。30多年后，在1813年8月29日（歌德诞辰之次日），歌德再游时曾将壁上题诗的铅笔笔迹加深。又近20年后，1831年8月27日，歌德生前最后一次诞辰，又游该山，重读旧题，感慨无穷，自言自语道："稍待你也安息！"然后拭泪下山。次年3月22日，诗人与世长辞，果然永远安息。诗歌贯穿了诗人的一生，见证了生命从勃发至衰亡的历程。在宇宙的沉寂和缄默之中，万事万物终有"安息"的一刻。该诗为歌德诗中的绝唱，舒伯特、采尔特、李斯特都曾为该诗作曲，据称该诗被谱成各种乐曲达200次以上。[①]不同地区、不同国家的人以此咏唱生命、缅怀逝人。在不同的文化背景下，误读现象时有发生。中国读者读元曲《赵氏孤儿》，普遍认为是忠与奸的矛盾斗争和善恶有报的因果报应思想。但法国思想家伏尔泰阅读了马若瑟的译文之后，根据自己的理解改写为《中国孤儿》，用来表达文明对野蛮的胜利，弘扬道德与理性，以突出18世纪法国需要的理性精神。

各国读者因为文化背景和心理需要的原因产生误读，对误读现象的分析有助于对于不同文化的理解。误读现象也启示我们，在进行外国文学作品的教学时，不应以我们熟悉的思维方式与阅读方法先入为主，而应该试图了解作品的创作背景与作者的创作思想，怀着尊重与平等的文化立场进入一部作品。

三 文学阐发

比较文学领域中的中国台湾学者，最早提出了文学作品的阐发研究。阐发研究是用一种民族文学的理论和批评方法去解释另一种民族文学的理论和作品，它可以是理论对作品的阐发，也可以是理论与理论之间的相互阐发，甚至是其他学科与文学之间的相互阐发。[②] 阐发使得文学名著焕发新的生命力，阐发也是读者进一步理解文学名著的重要方法。

在《普通高中语文课程标准》（2017年版）中，规定了整本书阅读与研讨学习任务群的学习目标与内容："在阅读过程中，探索阅读整本书的门径，形成和积累自己阅读整本书的经验。重视学习前人的阅读经验，……读懂文本，把握文本丰富的内涵和精髓。"许多教师在教学时，认识到通过阅读整本书形成学生自己的读书经验，探索读整本书的门径。这里的经验和门径，不能只靠教师讲授，关键在

① 北京市高中课程改革实验版，《语文》必修教材第三册，北京出版社2007年版，第68页。

② 陈惇、孙景尧、谢天振主编：《比较文学》，高等教育出版社1997年版，第72页。

于学生在读书时运用教师提供的阅读方法与阅读策略，在逐渐积累的学习经验中形成自己对于文学作品的阐发路径。因而，理论对作品的阐发，其他学科与文学之间的相互阐发，对整本书阅读教学非常有意义。

（一）文学作品的理论阐发

每一位卓越的文学家都是伟大的思想家。通过作家匠心独运的文学创作，表达其文学思想。有些作家公开发表过自己的创作理论，这些理论无疑是阐释其作品的最好方法。例如，运用“美丑对照原则”解读雨果的《巴黎圣母院》，运用“冰山原则”解读海明威的《老人与海》，运用“魔幻现实主义”解读马尔克斯的《百年孤独》。当时代发展，人们理解文学作品的范式日益更新，也会出现作者创作时完全没有意识到、但是读者运用新的理论加以阐释从而生成新的意义。例如，运用女性主义的观点分析雨果小说《悲惨世界》中的人物形象，运用后殖民主义理论解读笛福的代表作《鲁滨逊漂流记》。这样的阐发，对于学生思维能力的发展与提升很有裨益。

还有更多的文学作品，特色鲜明、寓意深刻，掌握了阐释的理论与方法，便是真正学会了阅读文学作品。小说、散文、诗歌和戏剧，只是最为基础的文类四分法，每一文类都有不同的分支。目前学生们阅读小说，在脑子里仅有人物、情节和环境三个要素，这对于解读各种类型的小说远远不够。沈从文的《边城》被称为诗化小说，小说中的各色人物都如同存在于田园诗中一般，即使结局不太圆满也让读者感受到无尽的美感。如果借用叙事学理论，从叙事内容、叙事话语和叙事动作三个角度分析小说，犹如为学生们开辟了一条通往《边城》深处的道路。[①] 因为阐释，阅读才会津津有味；因为阐释，文本才与个人体验完全结合。

（二）文学作品的跨学科阐发

跨学科是比较文学的特征之一，尤其是人文学科之间的跨界与相互阐发。文学与其他人文学科，可能存在主题、题材、人物、形式、

① 吴欣歆主编：《高中经典阅读教学现场》，教育科学出版社 2018 年版，第 341 页。

意境等方面的借鉴和影响，而形象思维、想象力，是文学与其他人文学科审美理想方面的一致。文学作品与其他学科作品的跨界阅读，以及文学作品内部跨学科内容的阐发，是深入解读一部文学名著的有效方法。

《红星照耀中国》《三国演义》《海底两万里》的整本书阅读教学，教师有意识地从历史、地理以及科学等不同学科的视角，挖掘其教学内容，这与整本书的语文教学相得益彰。而有些作品，只有深入了解文本产生的社会背景，才能更全面地理解其文学价值。例如，被称为英国长篇小说之父的笛福的代表作品《鲁滨逊漂流记》，小说以其人物形象、故事情节、社会环境，再现了18世纪启蒙运动时期，人们追求自由生活、肯定个体价值；张扬理性精神，回归世俗世界；依托科技文明，摒弃蒙昧枷锁的时代特征。只有了解了时代特征与社会思潮，才能深入理解人物形象与小说主题，这便是文学作品与社会思潮的互相阐发。

另外，一些伟大的文学家通过其著作中的思想和观点，对社会产生深远影响，雨果的《巴黎圣母院》便是代表。雨果对于建筑艺术情有独钟，据有关资料记载，雨果半年之内便一气呵成完成《巴黎圣母院》手稿，而动笔之前准备资料却花去三年的时间。他读过许多历史著作、编年史目录索引和文献资料，研究了路易十一时代的巴黎，考察过当时的古老建筑遗迹。《巴黎圣母院》的意义旨在表明建筑的文化内涵，它不只是人类的居住场所，它还包含所在地域的文化信息，体现传统习俗，代表城市性格，关乎人们的意识形态、价值取向以及社会文化的形成。在雨果心中，建筑是神圣而不可侵犯的，他在《巴黎圣母院》定刊本附记中表明了自己的态度："假若可能，就让我们把对于民族的建筑艺术的热情灌输给我们的民族吧。"① 作者宣告，这就是他的这部作品的主要目标之一，这就是他毕生追求的主要目标之一。年久失修、摇摇欲坠的巴黎圣母院，因为雨果的身体力行，促成了法国政府成立文物保护组织对其和一大批古建筑开始修复工作；巴

① ［法］雨果：《巴黎圣母院》，陈敬容译，人民文学出版社1982年版，第3页。

黎圣母院也是因为小说《巴黎圣母院》而深入人心、享誉全球。是雨果的《巴黎圣母院》“发现”了巴黎圣母院，拯救了巴黎圣母院。[①]

文学阐发是指导学生深度阅读的行之有效的方法，在语文教学中应关注以下四点：

第一，考虑文本本身在其原初的语义层面上说出了什么；

第二，追问文本在与当时的语境关联中产生了什么意义；

第三，当时形成的意义在与历代的视域融合过程中，隐退了什么又生长出什么；

第四，从现代的视域融合上述三层意义，进行现代阐释。

语文教学中的文学阐发，不能止步于上述四点中的第一步语义解读。只有通过第二步的横向关联、第三步的纵向对照以及第四步的现代阐释，文学阅读才可深入至不同层次。

① 程曾厚：《程曾厚讲雨果》，北京大学出版社2008年版，第159页。

论湾区人文建设中科幻文化的引领作用*

江玉琴**

摘　要　生物技术与信息技术的飞速发展，正在挑战我们现有的生活方式与世界认知。我们将正确认识并应对这种新技术挑战。科幻以文学叙事方式让我们对已有和将有的技术产生预判并拓展科技人文的新视野。科幻在湾区人文建设中将起到以下作用：认识技术发展中的都市空间新界面，帮助建构一种共生的新世界观；理解科技产生的都市新流动形态，帮助建构一种进化的新社会观；以“后人文主义”精神引导都市文化新建设。

关键词　湾区人文　科幻文学　都市空间　后人文主义

一　当前湾区人文主张与建设现状

2017年全国两会上，《政府工作报告》正式提出建设“粤港澳大湾区”。2019年2月，中共中央、国务院印发实施《粤港澳大湾区发展规划纲要》（下文简称《规划纲要》），由此，建设粤港澳大湾区正式成为国家重大战略。《规划纲要》中明确提出，要“共建人文湾区”。2020年12月24日，《粤港澳大湾区文化和旅游发展规划》（下

---

* 基金项目：广东省社科规划课题“后人类理论生成机制与批评范式研究”（编号：GD19CWW07）。

** 作者简介：江玉琴，女，博士，深圳大学人文学院教授，研究方向：比较文学跨学科研究、后人类理论与科幻文学。

文简称《规划》）出台。《规划》明确，到2025年，人文湾区与休闲湾区建设初见成效；到2035年，宜居、宜业、宜游的国际一流湾区全面建成。从中央政府到深圳政府，全面开启大湾区发展建设。

基于《粤港澳大湾区发展规划纲要》与《粤港澳大湾区文化和旅游发展规划》，众多学者纷纷进行政策解读并建言献策。针对“人文湾区”的内涵，曹峰做了三个层次的理解，即人文湾区首先呈现湾区人文精神的层次。“人文湾区”的核心是文化，而文化的核心是精神。精神层面的要素是构成“人文湾区”最基础且最高层次的要素。“人文湾区”的精神内涵应该是湾区人文精神。人文精神突出体现作为人的价值、意义和尊严等基本要素。同时，湾区人文精神属于现代中国人文精神的一种形态，是传统文化与现代文化、中国文化与西方文化、中华文化与地方文化等碰撞、交融、再创造的一种新的综合性精神形态。湾区人文精神是人文精神和中国现代地方精神的有机统一体。其次，湾区人文载体的层次。人文载体是人文的具体承载平台，倾向于“可见的”物质形态。湾区人文载体应该包括湾区内一切承载文化的具体物质形式、可见形态、表现平台等，如湾区城市的标志性建筑与场馆、名胜古迹、代表性街道与社区、固态文化品牌等，这些载体体现湾区城市共同拥有的独特精神面貌、民俗传统、气质气度等，是湾区独特的品牌和标识。最后，湾区人文行动的层次。人文行动是“人文湾区”的动态标识，体现“主体性人文”，集中展现湾区公民的文明素养和精神面貌。人文行动还体现在群体性行动如各类大型音乐及体育活动、志愿者活动等，和个体性行动如公民个体参与的以践行人文精神为宗旨的行动①。因此“人文湾区”概念内涵走向的建设目标也有三个层面：湾区人文精神深厚并成体系；湾区人文载体丰富并能出彩；湾区人文行动频繁。《粤港澳大湾区文化和旅游发展规划》编制研究专家组组长刘伟全面解读了这一政策，在接受采访时指出：相较于世界上已有的纽约湾区、旧金山湾区与东京湾区等“以经济为导

① 曹峰：《人文湾区的内涵及建设目标》，http：//www.workercn.cn/34198/202108/06/210806095643095.shtml，2021年11月28日。

向”等湾区，中国的粤港澳大湾区是饱含“人文”发展理念的，包含了人的发展、环境的优化、整个社会的和谐发展。粤港澳大湾区迅速崛起背后是产业持续的转型升级。未来人文资源将转化为旅游资源。“文化+科技”是文化产业发展亮点①。

上述学者从政策方面做了规划层面的阐述。陈伟军则聚焦在岭南文化特点，提出以岭南文化夯实大湾区人文底蕴。他指出，岭南文化中的广府文化、客家文化、潮汕文化等，是在开放、多元的海洋文化背景中孕育的。“历史文化的丰富性、厚重性以及现代文化的开放性、创新性水乳交融，为广东可持续发展提供了内驱力。”② 田丰则强调，弘扬岭南人文精神是建设人文湾区的必然要求，从岭南人文精神的历史沿革建构当代岭南人文精神，以此推动粤港澳大湾区成为建设充满活力的世界文化高地③。因此应该彰显岭南文化独特魅力，推动大湾区文化繁荣发展。蒋明智与樊小玲则从文化遗产保护的角度，强调以非遗保护来建构大湾区文化认同，提议建立粤港澳大湾区非物质遗产协同保护机制，在国家政策加持下，进行科学规划，整合非遗业态，对接新媒体，最终夯实粤港澳大湾区的文化认同，实现“粤港澳湾区未来发展、促进国家文化认同、构建社会主义和谐社会形成推动力”④。还有学者提出搭建思想交流平台，共创湾区文艺共同体⑤；以及以粤港澳大湾区电影构建文化共同体叙事策略⑥，粤港澳大湾区文化旅游融合的主张⑦。

基于上述国家政策红利与湾区社会经济发展的利好趋势，本文认

① 刘伟：《人文理念是粤港澳大湾区建设战略思维》，https：//new. qq. com/omn/20210424/20210424A017TM00. html，2021 年 11 月 28 日。

② 陈伟军：《以岭南文化夯实大湾区人文底蕴》，《人民论坛》2019 年第 19 期。

③ 田丰：《岭南人文精神与人文湾区》，《学术研究》2022 年第 2 期。

④ 蒋明智、樊小玲：《粤港澳大湾区非物质文化遗产的协同保护》，《文化遗产》2021 年第 3 期。

⑤ 《粤海风》编辑部：《共塑湾区人文精神建立区域文化共同体——“首届粤港澳大湾区文艺合作峰会”综述》，《粤海风》2021 年第 6 期。

⑥ 温立红：《粤港澳大湾区电影构建文化共同体叙事策略研究》，《电影文学》2022 年第 4 期。

⑦ 周建新、王青：《粤港澳大湾区文化旅游融合：现实需要、发展基础和优化路径》，《福建论坛》2021 年第 6 期。

为，在上述学者的建议基础上，我们可以发挥科幻文化在建设湾区人文精神和人文载体的具体作用，尤其是发挥科幻文化对科技圈和文化圈的引领作用。粤港澳大湾区已经成为引领中国科技发展的前沿高地，科幻文化正在粤港澳大湾区繁荣发展，科幻产业也正强力推动湾区经济建设。因此科幻文化正在形成新的热点，势必成为引领粤港澳湾区人文建设的新阵地。

二　科幻文化发展与湾区人文建设

根据有关学者梳理的各国湾区文化建设经验以及与粤港澳大湾区的对比来看，粤港澳大湾区与世界三大湾区如旧金山湾区、东京湾区、纽约湾区相比，具有“中国创新要素和资源要素聚集的重要地区之一”，“注重科技创新，并且在这方面成就尤为突出”，湾区内交通巨型枢纽促进沿线经济要素流动，“带动湾区各城市之间的资源整合”，同时具有产业优势，产业规模大、产业集聚极具优势以及第三产业发展很快等特点①。因此在粤港澳大湾区的优势情境下，我们可以发挥科技优势，推动科幻产业与科幻文化的大力发展。

（一）科幻文化的科技特性

科学是否建构了一种特殊的文化形式？这一直是科学家与人文学者论辩的问题。阿兰·格罗斯（Allan Gross）梳理了科学与文化之间的关系，认为在西方历史上有三次科学与文化的交织。第一次是在公元前 7 世纪希腊殖民地上生活的泰勒斯（Thales）预测了日食，这一事件在希罗多德和亚里士多德那里都有记载。这一记载表明在古希腊那里开启了对物理事件与物质结构的调查，这也意味着科学的开始。但在希腊科学与我们的科学之间概念的连续性并不是一个历史性的连续，亚里士多德和阿基米德等古希腊科学家的探索精神并没有在西方历史上得到关注。第二次科学的诞生发生在中世纪晚期的西欧。但他

① 林贡钦、徐广林：《国外著名湾区发展经验及对我国的启示》，《深圳大学学报》2017 年第 5 期。

们都没有成为一个（如军事工程学、学校管理学等）建立完好的文化实践。第三次科学发生在16世纪的西欧，在这时科学被紧紧抓住，而且在17世纪开设了很多科学课，如物理学、化学、地理学、生物学、天文学、数学等，也产生了大量科学家。到1840年“科学家”一词开始作为语言词语取代“自然哲学家”第一次出现。到19世纪末，科学在西方已经成为体系完备的文化实践。工业革命改变了西方，但它只是技术而不是科学。瓦特是工程师而不是科学家。

格罗斯发现，曼哈顿计划改变了所有，也是第一次将科学与技术糅合起来，物理原理上让原子弹成为可能，技术上让它变成事实。除此之外，科学还与政府管理联合起来，拥有顶级权力的国家政府可以掌控足够的资源让实业获得巨大成功。科学也因此成为布鲁诺·拉图的一种适应性的术语，即技术—科学——一种数百亿的“大”：大科学、大医药、大政府和大工业。“对我们而言，技术—科学并不是一种文化实践；它是特定的文化实践，是具有起源上的欧洲中心主义，美国建构的特色，全球分布的文化实践。”①

相较于格罗斯定义的科技文化特性，奥特（Richard van Oort）进行了科学文化的探索。他提出这样的问题：“科学本身不是一种文化吗?”在他看来，科学家们必须与其他科学家产生关联，他们使用的概念对他们所居住的研究社群来说也是具有高度特殊性的。“我们因此可以确定地指出科学家作为推进一个不同的文化，这种文化并不必要为不熟悉科学社群的特定知识的外来者熟悉。”② 他同时举例C. P. 斯诺在1959年剑桥大学举行的讲座“两种文化”中已经讨论了科学文化是一种不同且特殊的文化。斯诺认为科学家讲一种语言，人文学者讲另一种语言，因此其实是有两种不同的社群。盖尔纳（Gellner）则在《思想与变化》（1964）一书中，将科学与人文之间的不同看作特点上的鲜明和清醒的时尚。他认为科学概念是技术性的，很难为非

① Alan Gross, *Science and Culture*, American Literary History, 1995, 7 (1): 170.

② Richard van Oort, *Science and the Idea of Culture*, *Kris Rutten*, Stefaan Blancke, Ronald Soetaert ed., Perspectives on Science and Culture, Purdue University Press, 2018: 54.

专业人士所理解，但他们本身在认知上是强有力的。人文概念则是非技术性的，相对容易理解，但他们是“认知虚弱无力的”，尤其是人文知识在揭示和掌控物理世界的时候就更没有力量。但人文知识的基本概念很容易为人所获得，因为他们与所有的人性相关。

本文认为，科幻文化首先建立在科学文化的认识与认同基础上，认识到科学不仅包含技术发展，更是影响并生成人类生活方式的一种文化表现。这也是吴福仲等所指出的，科幻文化既包括具象的科幻产品和服务，也包含了与之相关的价值信念及生产生活方式。作为一种文化形态，它嵌入未来社会生活的各个面向，并发挥着特定的社会价值。因此科技文化呈现技术面向是科技预言、文艺面向是社会批判、产业面向是幻想消费等几个特点①。科技文化的这种特性呈现在文学创作与文学阅读中。因此科幻文学反映了科技文化的想象力与社会批判性。

（二）科幻文化的青年特性

20 世纪 60—70 年代是西方青年文化最风起云涌的时代。青年社群开始在社会生活中发挥重要作用，并积极参与政治文化建设。以斯图亚特·霍尔为首的英国伯明翰学派将青年活动与社会现象纳入学术讨论范畴，开启了青年文化研究新领域。他们把青年群体的生活方式、时尚风格、语言口号等作为研究对象，并将青年群体纳入社会、政治、经济、文化等社会结构中，探讨了青年群体在形象表征背后的阶级、种族、性别的反抗与诉求。这个时期的科幻创作也将这种青年文化反抗机制带入叙事作品中，“赛博朋克小说”成为这一形态的突出载体。

“赛博朋克”本身就是技术文化与青年文化的结合体。“赛博”指向控制论指导下的高科技发展，技术带来的生活方式与生活品质的改变。“朋克”则指向反叛与不服从性。“对一些人而言，朋克意味着反抗服从性或者反抗父母、学校、工作和社会。……对其他一些人来说，

---

① 吴福仲、张铮、林天强：《谁在定义未来——被垄断的幻想与“未来定义权”的提出》，《南京社会科学》2020 年第 2 期。

它意味着控制自己的生活，并无须等待别人的帮助或赞同你的想法而做某些事情。对另外的人来说，朋克是一种大声的、快速风格的音乐，有最少的装饰或生产，但有很多的用心和忠心。”① 赛博朋克基于计算机技术和信息网络想象了人类未来的生活方式与人类主体的变异。在赛博朋克小说中的网络朋克牛仔则往往是突破网络规范与资本权力的底层技术员。因此就如赛博朋克运动的推动者之一布鲁斯·斯特林所认为的，赛博朋克是科幻小说在信息时代、都市和跨国公司蔓延的时代合乎逻辑的发展结果②。但它本身也呈现出对技术与跨国公司的霸权批判。

（三）科幻文化的网络交互特性

计算机技术的发展催生了网络媒介与网络文化。电子邮件、网站、博客、社交软件等新媒介技术正在剧烈改变我们的生活。网络文化也是数字文化，网络空间就是数字化空间，具有虚拟现实与虚拟主体能动性。穆尔将网络文化看作赛博空间的一部分呈现，因为赛博空间可以“作为一种创制可能的世界的本体论机器来加以理解”③。我们正在走向赛博社会，我们的身体也越来越与赛博空间关联在一起，人类智能和信息编程建构的模型所生成的感觉、想象和智能都因无须受到生理的和地理的局限，而产生认识论的突变。我们的身体也正在成为可以渗透的屏幕，“我们正在成为元一有机体”④。我们每一个人都在人类—计算机—信息演进的过程中重叠并进入彼此，赛博空间将人类活生生的存在紧密关联在一起。青年群体对赛博空间的使用并以网络传播平台为载体发展并演绎自己的文化，生成“网络青年亚文化”。

以哔哩哔哩为例，哔哩哔哩是中国年轻人聚集度最高的文化社区和视频平台。这个网站成立于2009年6月26日，2018年3月28日在

---

① Sharon M. Hannon，*Punk*：*A Guide to an American Subculture*，Santa Barbara & Denver& Oxford：Greenwood Publishing Group，2010：1.

② 方凡：《美国后现代科幻小说》，浙江大学出版社2012年版。

③ ［荷兰］约斯·德·穆尔：《赛博空间的奥德赛——走向虚拟本体论与人类学》，麦永雄译，广西师范大学出版社2007年版，第31页。

④ Ollivier Dyens，*The Emotion of Cyberspace*：*Art and Cyber-Ecology*，Leonardo，1994，27（4）：327.

美国纳斯达克上市。因年轻人的喜爱，哔哩哔哩也被称为 B 站。B 站早期是 ACG（动画、漫画、游戏）内容创作与分享的视频网站。目前已经成为涵盖 7000 多个兴趣圈层的多元文化社区。生活、娱乐、游戏、动漫、科技是 B 站主要的内容品类和业务板块。B 站成为年轻人分享日常生活、知识、游戏的平台，甚至以弹幕的方式成为文化狂欢的场所。黎杨全认为弹幕文化呈现的是人类社会正在兴起的新的视听环境。弹幕文化盛行是社交媒体深入发展的结果，呈现了“社交型”文艺场景，群体性讨论生成了文艺作品本身不具有的艺术效果，但同时也肢解了作品，在文化象征形式上呈现了文艺由传统叙事而走向网络时代数据库的趋势①。金雪妮发现在网络文学中科幻主题和修仙文有机结合起来，如网络文学《C 语言修仙》，由此金雪妮提出如果我们将科幻的流行视作未来的心灵之旅，将修仙的流行视作与神秘过去的重新联结，那么这两者被嫁接起来创造出与现实世界不同的或然世界，科幻或许也可以被当作一种当代的神话建构②。这表明科幻文化已经糅合了多种艺术表现手段，成为青年社会生活与文化思想的一部分。网络科幻小说集合了玄幻、魔幻等元素，成为建构类和推测类等科幻小说，而且在文本特征上呈现为元素的多样性、乌托邦等特点。

三　科幻文化在湾区人文建设中的引领作用

（一）以科幻文化凝聚青年奋斗精神、引领青年创造力

中国科幻文化发展一直与中国科技兴邦的理想紧密结合在一起。贾立元曾在中国科幻与科幻中国的概念辨析中指出，科幻中国最大的特点在于“它变形现实和叙述未来的能力”③。科幻一方面帮助我们认

① 黎杨全：《走向交往诗学：弹幕文化与社交时代的文艺变革》，《南京社会科学》2021 年第 4 期。

② 王侃瑜：《海外中国科幻研究：“科幻中国：异形，异次元，异托邦”工作坊实录》，公众号《四十二史》，2021 年 4 月 29 日。

③ 贾立元：《中国科幻与“科幻中国”》，《南方文坛》2010 年第 6 期。

识现实世界中荒谬的事物，达到社会批判和启蒙的功能；另一方面以富于想象的未来形象感召国民建设一个进步强盛的未来中国。“可以说，文化批判与梦想复兴这两大主题在科幻中获得了独特的表达，并主宰和塑造了中国科幻的历史命运和现实面貌。”① 从20世纪初期到今天中国科幻的发展无一不在呈现出这一特点。针对当代中国科幻作家的写作特点，贾立元的认识非常深刻，他指出“科幻作家虽试图超越民族国家的限制，从宇宙的宏观视角去审视人类文明，尽可能打开无限想象空间，但中国人的身份则驱使他们去延续20世纪中国文学构建现代民族国家的主旨，试图以写作促进民族精神的革新，而世俗凡人的身份又使他们视科幻为自我救赎的良方”②。这其实也是科幻作家兼学者的吴岩在他的专著中指出“科技乌托邦”是中国当代科幻小说的中心母题③。宋明炜在梳理中国科幻文学史时也认识到，“自从20世纪初开始，‘中国将会变成超级大国’便成为中国科幻小说的中心母题，这在一定程度上是清帝国崩塌前夜在晚清知识分子中广泛弥漫的危机感所诱发的文学想像”。④ 从20世纪初梁启超的《新中国未来记》（1902）到刘慈欣的《三体》无一不是在更迭这一主题。而发展神话则是中国当代科幻小说的另一重要母题。

中国当代科幻小说就在这种期待下努力前行。任一江将中国当代科幻小说归纳为四幅面孔，认为这四幅面孔分别是人类文学、科技文学、观念文学和推演文学，并指出中国当代新科幻文学“不再是漂浮于现实世界之上的空洞所指，亦不再是臣服于传统文学之下的归顺子民，它以其独特的叙述结构和思维方式在传统文学主流之旁另立门户”⑤。但中国科幻文学的发展始终与中国科幻文化发展的特殊语境与社会期待密切相关。王瑶认为西方科幻小说诞生于现代资本主义所开

---

① 贾立元：《中国科幻与“科幻中国”》，《南方文坛》2010年第6期。

② 贾立元：《中国科幻与“科幻中国”》，《南方文坛》2010年第6期。

③ 吴岩：《科幻文学论纲》，重庆出版社2011年版，第107页。

④ 宋明炜：《中国当代科幻小说的乌托邦变奏》，毕坤译，《中国比较文学》2015年第3期。

⑤ 任一江：《文学新境与审美路标：论中国当代新科幻小说的四幅面孔》，《北京社会科学》2018年第9期。

启的工业化、城市化与全球化进程，科幻作品中的一些素材也往往来源于现代科技的真实历史进程，而中国科幻文学是受到西方科幻文学的影响而产生的，且在20世纪初将科幻文学中的科技与想象看作一种现代化的幻梦，“督促‘东方睡狮’从五千年文明古国的旧梦中醒来，转而梦想一个民主、独立、富强的现代民族国家”①。这在某种程度上仍然延续的是科技兴邦的理想。科幻文学始终承载了中国20世纪初科学与启蒙的重任。

青年科幻爱好者在青年文化中积极建构科幻话语。中国科幻小说的发展也呈现了中国力图在想象力与科技发展的路径中获得未来领导权的期许。张卫在讨论中国科幻片的发展时就提出，我们应在观念、奖励、战略与舆论上全面推进中国科幻事业。他强调，我们应该在观念上以科技战略引领科幻创作，科技成为科幻的现实土壤，科幻为科技发展开启想象空间，推动科技的发展和创新；在社会现实层面制定专项奖励，在荣誉及之上推动产业升级，即在国家级电影奖项上设置科幻专项奖；在战略布局上要给予多渠道的政策导引；在舆论上则应该积极鼓励，理性批评呵护前行②。这也导致中国中青年学者敏锐意识到科幻文化的意识形态特性并提出中国的“未来定义权”概念，即“以科幻文化定义未来的‘权力’与‘权利’”③，力图在科技预言、社会评判和产业激活等方面发挥重要作用。这一概念显然彰显了中国科幻作家与科幻批评家致力于中国科幻参与全球科幻创造进程并致力于其领先地位的意图，认识到科幻文化生产中的意识形态争夺，以未来阐释权和建构权来实现科技发展与文化发展的前沿性。

（二）以科幻本土资源创建科幻人文话语与理论体系

科幻小说作为一种文学类型产生后就有学者不断归纳其文学特性，

---

① 王瑶：《火星上没有琉璃瓦吗？——当代中国科幻与“民族化”议题》，《探索与争鸣》2016年第9期。

② 张卫：《中国科幻片的前行痕迹与未来发展》，《电影艺术》2020年第4期。

③ 张铮、吴福仲、林天强：《“未来定义权”视域下的中国科幻：理论建构与实现路径》，《南京社会科学》2021年第1期。

力图挖掘科幻小说作为文学叙事的独特性。萨姆尔·德拉尼（Samuel Delany）认为“科幻小说不是关于未来……它是在建立此地此刻的对话，一种作家能达到的尽可能丰富和错综复杂的对话”①。托马斯·迪斯科（Thomas Disch）也指出，“科幻小说并不是预示未来，而是检测现在”②。科幻理论家苏文认为科幻是“一种认知陌生化的文学”，“一种虚构性‘新异’是其叙事的主导”，“科幻叙事的特征和内在价值体现在认知、陌生化和乌托邦三个范畴”③。这里苏文主要针对科幻小说的美学特征进行了勾勒与描摹，他的这一认识也普遍为科幻研究者所认同并接受。克拉森（Thomas D. Clareson）则明确提出，科幻小说呈现了现实主义的另外层面，即幻想就是现实主义的另外层面，“科幻小说的幻想已经与我们称之为主流的‘现实主义’表征化地存在于一体——贯穿在现代小说中”④，但科幻小说并不只是文学现实主义或文学自然主义，它更是科学新时代的文学回应。西方学者还力图辨识科学现实主义对于科学对真理的追寻，他们认为，科学理论与哲学论辩都致力于认识科学探索是接近于真理，科学目的是对现实世界进行描述和解释，科学现实主义就是致力于认识科学革新，超越现象表象，认识事物的真相⑤。这也是萨提发现的，“科学现实主义者根据科学知识、进步或者无法直接观察到的现实特性来为现实主义辩护”⑥，因此科学现实主义是一种科技哲学论辩。

相对于西方学者将科学现实主义作为一种哲学认知来辨析，将科幻的幻想作为与现实相伴随的一种认知层面，中国学者则将科幻

---

① S. R. Delany, *Shorter Views: Queer Thoughts and the Politics of the Paraliterary*, Hanover, NH: Wesleyan University Press, 1999: 343.

② Thomas Disch, *The Dreams of Our Stuff Is Made of: How Science Fiction Conquered the World*, New York: Simon and Schuster, 1988: 91.

③ 转引自黎婵《认知陌生化：赫·乔·威尔斯科幻小说研究》，科学出版社2019年版，第7页。

④ Thomas D. Clareson ed., *Science Fiction: The Other Side of Realism*, Bowling Green: Bowling Green University Popular Press, 1971: 3.

⑤ 参阅 Stathis Psillos, *Scientific Realism: How Science Tracks Truth*, London and New York: Routledge, 1999。

⑥ Juha Saatsi ed., *The Routledge Handbook of Scientific Realism*, New York: Routledge, 2018: 1.

小说置于现实语境中进行观照，从批评视角提出科幻现实主义的观点。

姜振宇梳理发现，中国科幻作家郑文光是最早提出科幻现实主义观念的人。1981 年，郑文光在文学创作座谈会上正式提出科幻现实主义概念，认为“科幻小说也是小说，也是反映现实生活的小说，只不过它不是平面镜似的反映，而是一面折光镜……采取严肃的形式，我们把它叫做科幻现实主义”[①]。科幻现实主义就是社会性的科幻小说，用科幻小说的形式来表现我们的社会现实，或者是“提倡写现实主义的科幻小说”，通过幻化、变形来呈现比现实主义作品更真实的现实。姜振宇认为郑文光的这一科幻现实主义概念既有误区也有启示。误区在于科幻现实主义对现实主义和浪漫主义的理解都存在系统性的问题，导致作者消解了预言性的要求后，仍然深陷在科学性的魔咒中。但这一概念也给中国科幻小说创作以启发：在描写对象上，郑文光等以关注现实问题来突破科学主题、科学构思的垄断；在科学的阐释上，郑文光将其视为理想化乃至幻想的工具，从而悬置了对于科幻小说科学性的要求。这其实集中反映了一代科幻作者深刻的现实焦虑与强烈的自我认同欲望。他们所试图传达的基本理念，也成为中国科幻的理论与实践发展的重要资源[②]。陈楸帆将科幻现实主义解释为“科幻在当下，是最大的现实主义。科幻用开放性的现实主义，为想象力提供了一个窗口，去书写主流文学中没有书写的现实”[③]。中国的科幻现实主义糅合了西方幻想与现实二元整合论、科学现实主义的探讨，但更具中国本土特性，以文学作为认识现实与预言甚至警示现实的类型，实现科技与文学的社会功用。

（三）建构新科幻人文美学

哔哩哔哩网站作为新型青年文化虚拟社区，在科幻文化与青年文化

---

① 郑文光：《在文学创作座谈会上关于科幻小说的发言》，《科幻小说创作参考资料》1982 年第 4 期。

② 姜振宇：《贡献与误区：郑文光与“科幻现实主义”》，《中国现代文学研究丛刊》2017 年第 8 期。

③ 陈楸帆：《对“科幻现实主义”的再思考》，《名作欣赏》2013 年第 28 期。

的交融中呈现出新的特色，本文认为他们正在建构“伊托邦”美学。

B站主要用户群体为“Z世代”人群，“Z世代”是源自美国、欧洲西方世界的流行用语，意指在1995—2009年出生的人，这一代人是digital native数字原住民，一出生就接触互联网、即时通信、智能手机和平板电脑等科技产品，并伴随科技一起成长，自身有着强烈的科技使命感①。据KANTAR《Z世代消费力白皮书》显示，中国是拥有世界上最庞大Z世代人群的国家，而B站作为Z世代聚集的基地，被誉为最大的年轻人文化社区。作为互联网原住民的Z世代人群，天然地具有对科技的亲密感与青睐性，在伴随科技急速发展起来的新世代文化中，Z世代人群所追求的娱乐与过去截然不同，其所代表的青年亚文化反对传统的一元性，强调自我和多元观点表达，追求新奇与高科技。

伴随科技成长起来的Z世代人群，从小便享受着科技带来的种种便利，他们对科技的想象多呈现出乐观态度。在B站发布涉及科幻情节探讨、科技文明发展和人工智能时代的想象的视频内容保持理性的向往姿态。发布者将真实生活、大型游戏、现实科技等融入视频剪辑中，展示出一种接地气的科幻想象和全新的美学视角——“伊托邦”美学。“伊托邦”（E-topia）的概念于2001年由威廉·J. 米切尔提出，是由电子（Electronic）和乌托邦（Utopia）组成的，简单来说就是未来人类电子社会。不同于以往人类与机器人处于两极对立的赛博朋克想象，伊托邦更加平和、中性，既没有极端浪漫，也没有绝望荒野，趋近于科技极端发展下的未来社会形态。VR虚拟实境、无人驾驶汽车、随身智能手表等，这些曾经只存在于科幻文学作品中的科技产品，真实地被现代人不断实现着。并且只要人们有幻想，就存有实现的可能性，故科幻文化逐年来随着青年文化不断成长壮大，拥有了一席之地。

二十年前，“伊托邦”还只是科幻概念，而如今，“伊托邦”已成

① 一诗二画：《2020年bilibili内容营销报告》，https：//blog. csdn. net/m0_ 37586850/article/details/105337243。

为Z世代群体致力于构建的未来科技世界。科幻电影、文学的兴起，也让科技有了成长和讨论的空间：人们从造人的欲望中走出，力求摆脱细胞束缚，探索意识上载，想要延长生命——像影视剧《西部世界》和《黑镜》中所探讨的；人工智能也不再局限于躯体性存在，尝试以更高级的意识存在融入人类社会，比如在电影《Her》中的Samantha、尼尔·史蒂芬森的《雪崩》中的"Metaverse"——超元域想象，到了这个阶段，人类本身对身体的关注度开始降低，人与科技也许能够开启全新的融合发展阶段，在这种自然共生状态下，也许人类才得以摆脱主体思想，完成去人类中心化的进程，进入后人类时代。"伊托邦"也许是一种怀有希望的未来社会形态，这也是Z世代群体在科幻文化中所展望和致力于构建的未来可能性。

不仅如此，Z世代群体强调自我和多元观点表达，追求的是新奇、轻松和简单的诉求。他们反对宏大叙事，以后现代主义审美模式消解权威和中心，用荒诞和嘲讽寻求新的狂欢。科幻文化中蕴含的对传统权威和人类中心主义的批判性思考，实际上就是新世代人群所寻求的解构和反抗的表现。德里达、德勒兹等后现代主义哲学家们提出了新的哲学话语，而Z世代群体则围绕后现代哲学话语展现出新的美学视角和时代想象，他们在讨论科幻的同时，也依托B站平台产生和建构起自己的话语，不论是鬼畜视频、弹幕互动还是一键三连，其中交织着青年文化、网络亚文化和科幻文化的底蕴、共通与成长。

结语：走向湾区科幻人文——一种建设性目标

科幻文化作为当前中国青年文化最喜爱且最积极参与的领域正在焕发出勃勃生机。但科幻文化也不乏对未来预言的消极主义和虚无主义。我们应该建立积极的科幻文化体系，积极引导青年文化的未来理想与话语表达，力图在全球科幻文化中呈现自己的未来定义权和领导权。

本文认为科幻文化可以从以下两个方面建构更适应青年文化发展的路径。

(一) 以科技想象建构乐观的科技文化

生物技术与信息技术的发展在更新与急剧改变人类的身体与生存状态。我们在互联网中的生活(赛博空间)彰显了这一新的生存模式。人类已有的智能在信息编程建构的模型中,感觉、想象和智能都超越生理和地理的局限而发生生物学和认知论的突变,这形成一种突变认识论革新。我们的身体正在变化成为可以渗透到屏幕的物理存在,我们也正在成为元一有机体。智能人文针对这一现状,即机器渗透我们、我们也在渗透机器并由此联结创造出赛博身份,理解这种人—计算机—信息演进重叠并彼此进入的新形态,讨论这种新生态学。这种研究将打破内在个体的疆界,同时也打破机构、领域与时区的疆界,颠覆个体的想象与思想,以一种看不见的方式达到持续的扩张并包容新的思想可能性和新的现实模仿。以乐观现实主义精神审视新的交互存在状态,以新认识论、新方法论来重新认识这个技术与人文交叠的世界。

(二) 建立智能人文观念

万维网的盛行已在巨大改变我们现有的生活方式。我们居住的世界与空间也在发生变革。赛博文化成为一种新文化形态,“是一种探讨人们和电子技术怎样交互在一起的思考方式,我们怎样生活在一起”①,在这里成为一种嵌入式的实践和表征母体。因此赛博文化包括思考表征、意义、意象,即我们集结起来叙述新技术怎样发生了变化或正在发生变化,或将怎样改变我们的生活,这也意味着这些表征与意象在建构“我们”。同时这些象征性故事也为我们包裹赛博文化提供了意义的框架和定义的集结。贝尔认为,赛博文化研究是一个复杂的领域,不仅利用多样化学术传统和理论视角,而且反映出研究方法的多样性②。赛博文化已经将技术与人紧密联系在一起来构建一种新生活方式与文化形态。智能人文就是对这种新文化形态的审视与探索,

---

① David Bell, *Cyberculture Theorists: Manuel Castells and Donna Haraway*, London & New York: Routledge, 2007: 5.

② David Bell, *Cyberculture Theorists: Manuel Castells and Donna Haraway*, London & New York: Routledge, 2007: 9 – 10.

是面向电子自然而生发的技术—文化记忆屏幕化的深思。在这里，“不仅技术概念产生了突变，技术本身也被看作一种突变的过程或者逻辑”[①]，因此去理解技术生活的奇幻所表征的不确定主体与客体，认识当代人类主体与工具化世界的关联，用新的方式来想象世界、人类与技术的关系。

① R. L. Rutsky, *High Tech*: *Art and Technology from the Machine Aesthetic to the Posthuman*, Minneapolis & London: University of Minnesota Press, 1999: 17.

新时代世界文学课程教学观念创新及其教材实践探索

刘洪涛*

摘　要　世界文学经典选本是大学中文专业外国文学类课程的重要参考教材，长期采用“东西二分”或“合二为一”的组织模式，其潜能和价值已经被挖掘殆尽。新编《世界文学作品选》以“同心圆”的世界文学观念指导经典的筛选和组织工作，它以地理单位的“洲”和“跨洲际”作为分册单位，以与中国文学、文化发生联系之先后强弱，以及体现世界文学的整体结构和发展前景等因素，作为建构的标准和依据，体现了以中国文学为中心的世界文学建构。这一体系架构具有广阔的应用前景，对于打破世界文学研究中的西方中心主义迷思，构建有中国特色的比较文学与世界文学话语体系，重塑世界文学经典，都有重要的意义。

关键词　《世界文学作品选》　世界文学　同心圆　外国文学教材

一　世界文学经典及其选编问题

在大学中文专业的外国文学课程安排中，文学史+作品选是最常

---

* 作者简介：刘洪涛，北京师范大学文学院教授，博士生导师，中国比较文学学会教学研究分会会长，研究方向：世界文学理论、西方文学史、中国文学海外传播。

见的模式；而在世界文学名著选读类的通识课程中，作品选也是重要的参考教材。这是因为无论什么课程、哪种模式，都不可能让学生直接面对总量如浩瀚星河的世界文学本身，必然要依托经过筛选和组织的经典作品。大家所熟悉的各种体量、各种类型的世界文学、外国文学选本，就是这种筛选和组织工作的成果。

筛选就是去粗取精、删繁就简。艺术水准高、在本国文学传统及世界文学传统中占据突出地位、享有崇高声誉的经典作品，当然是入选的首要标准。但经典的标准常常会因时代的变化而变化。在漫长的历史过程中，一些作家经受住了这种“变”的考验，逐渐成为超级经典，不动如山，如荷马、但丁、莎士比亚、托尔斯泰，也有很多作家，虽红极一时却昙花一现，然后就湮没在历史的尘埃之中。此外，经典的标准也会因为国家和地区不同，而有差别。这部作品在这个国家是经典，到别的国家，可能就不认。这其中涉及文化认同，涉及文学大国与小国的文化资本的竞争，涉及世界文学空间中心与边缘地位的不平等。总之，诸多因素造成了经典标准的差异和变化。①

对经典作品的组织也不是随意的，要依照某种体例和规制。以历史线索和所属时代编排作品，是世界文学作品选本最常见的组织模式；依照国别、区域、断代、体裁、主题类型等，也可以组织作品。我们在大学课堂接触到的世界文学选本，都是学者们按照某种体例和规制组织起来，以体现特定意图的经典作品。毫无疑问，一种新的筛选标准的出现，一种新的组织模式的出现，就能够给读者带来全新的世界文学景观。②

自中华人民共和国成立以来，大学的世界文学经典教学内容和组织模式几经嬗变，适应了不同时期的社会需求，代表了各个时期中国的世界文学视野和范围所达到的限度。20 世纪 50 年代前期，世界文学经典主要由两大板块构成，即欧美文学与俄苏文学。这两大板块通

① 刘洪涛：《新时代世界文学教材观念创新》，《中国社会科学报》2020 年 7 月 13 日第 6 期。

② 刘洪涛：《新中国世界文学学科的创生与发展：1949—1979》，《中外文化与文论》2021 年第 2 期。

常是分开教学，教材也分别编写、互不包含，由此形成了两大板块并立、并重的局面。50 年代后期，随着不结盟运动的兴起，东方文学逐渐进入大学中文系外国文学教学体系，与欧美文学、俄苏文学形成三足鼎立的局面。1961 年，由周煦良主编的《外国文学作品选》出版。这部作品选共 4 卷，分为古代部分、近代部分上、近代部分下、现代部分，上起“荷马史诗”，下讫 20 世纪 20 年代，将欧美文学、东方文学、俄苏文学三大板块贯通于一个时间序列中，这是所谓“一条线”模式。改革开放之后的 40 年，世界文学经典的组织框架大致有两种模式：东西二分与合二为一。所谓东西二分，指东方和西方两大板块所形成的结构；所谓“合二为一”，是把东西方文学合并，按照一条历史线索贯穿下来。这两种组织模式各有其优势，前者凸显了东方文学的地位，在现阶段更方便教学；后者则整体感更强，也更能体现歌德的世界文学理想。

进入 21 世纪以来，历史发展到了一个新的重要节点：全球化进程加速，中国综合国力和世界影响力大幅提升，中国文学持续繁荣；尤其是近年来，国家相继推出“中国文化‘走出去’”战略，提出合作构建“一带一路”和人类命运共同体的倡议。在此新形势之下，重塑世界文学格局、重构世界文学经典的呼声也日益高涨。有鉴于此，我们没有因循传统模式，而是改用以中国文学为中心的“同心圆”世界文学观作为组织模式，编选了这部全新的 5 卷本《世界文学作品选》。①

二　“同心圆”的世界文学观及其教材实践

在此，笔者对以中国文学为中心的“同心圆”世界文学观以及据此组织模式编选的这部《世界文学作品选》做简略介绍。“同心圆”原本是一个数学概念，指若干个圆心相同而半径不同的圆，层层环绕。用在这里，可以引申为以中国文学为中心的世界文学架构。此处的中心，不是作为“领袖”“统御”意义上的中心，而是基于与中国文学

① 刘洪涛主编：《世界文学作品选》，高等教育出版社 2021 年版。

的关系，以这种关系作为考量的主要依据，来安排同心圆的结构顺序。在这个同心圆结构中，作为中心的中国文学作品并不入选，以谨守学科分际，便利于教学，也避免因为“选”而带来的各种问题；它只是一种隐性的存在，但因为中国文学是这个同心圆关系结构的枢纽、标准、尺度，因此它又无处不在。

中国文学源远流长、枝繁叶茂。在汉魏时期，佛教从南亚的印度大规模传入中国，对中国文学产生了漫长、持续的影响；从隋唐开始，中国文化逐渐向邻国扩张，到明清时期，基于汉儒文化的东亚文明共同体形成，还传播到东南亚及更远的地区。伴随着这一过程，中国文学深刻影响了东亚文学；对东南亚文学、欧洲文学、美国文学也产生过重要影响。近代以降，中国文化的发展态势从输出型转变为输入型，由此引起中国文学的性质、成分、格局等产生剧变。这种变化现在仍在持续中。而与此同时，中国当代文学也逐渐壮大，正深刻地参与全球化的进程当中，成为塑造区域文学乃至世界文学的重要力量。

在中国文学发展的历史过程中，其与域外文学逐渐建立起了持久的、多样态的联系。而这种联系的先后、强弱，主要是依地理空间的远近来决定的：先是亚洲，然后依次是欧洲、美洲、非洲和大洋洲，最后是全球化时代的跨洲际文学。这一点，又与世界文学起源与发展的历史过程大体一致；这样的一个过程，还体现着中国文学逐渐扩展的世界文学视野。在此构架之下，这部《世界文学作品选》共分五卷，以地理单位的“洲”和“跨洲际”作为最大的分卷单位，以与中国文学、文化发生联系之先后强弱、体现世界文学的整体结构和发展前景等因素，作为排序标准。五卷书依次为：“亚洲文学”“欧洲文学”“美洲文学”“非洲与大洋洲文学”“流散文学、族裔文学、语系文学”。以下对五卷书的选编依据和内容做简要介绍。

第一卷：亚洲文学。在世界最古老的四大文明体中，有三个位于亚洲——巴比伦、印度、中国，它们连同非洲的埃及，经过漫长的分合演变，在中古时期形成了三大文化体系：印度文化体系、汉文化体系、阿拉伯—伊斯兰文化体系。在此过程中，孕育出辉煌灿烂的亚洲古代文学，并对环地中海的欧洲和非洲地区产生了重大影响。近代亚洲大多数国家先后沦为西方列强的殖民地或半殖民地，与此同时，也开始了反抗殖民侵略与统治、争取民族独立解放的斗争，以及汲取西方先进思想、批判封建专制与礼教的启蒙运动和现代化历史进程，这也成为亚洲近现代文学的主要内容。二战结束至80年代，苏美两大阵营的冷战、反殖民主义和帝国主义、争取民族独立和解放的斗争，塑造了这一时期亚洲文学的基本面貌。80年代至今，亚洲文学受到现代主义、后现代主义、后殖民主义和全球化浪潮的巨大影响，着力表现人的精神困境和危机、民族身份的构建，也反映不同文化的冲突。[①]中国是亚洲国家，与其他亚洲国家在地理空间上最近，中国文学与其他亚洲国家文学发生联系、相互影响也最早，彼此分享更多相同或相似的文化价值。所以，亚洲文学理应居于“同心圆”的第一圈。

第二卷：欧洲文学。欧洲的主体民族是白人，属于欧罗巴人种。若按照使用的语言类型来划分，则属于印欧语系族群，主要是希腊语族、拉丁语族、日耳曼语族、斯拉夫语族、凯尔特语族等，他们是欧洲文学的主要创造者。作为欧洲文学源头的古希腊文学，起自公元前8世纪的“荷马史诗”，之后又有萨福的抒情诗，埃斯库罗斯、索福克勒斯、欧里庇得斯的悲剧，阿里斯托芬的喜剧，等等续其辉煌。古希腊文学以其强烈的世俗人本意识、深具哲理意味的题材人物，以及诸多体裁类型，对后来的欧洲文学乃至整个世界文学产生了深远影响。摧毁西罗马帝国后逐渐定居的各个蛮族部落的生活，湮没后又被重新发掘的古典传统，产生于西亚巴勒斯坦地区、随后成为欧洲人主要信仰的基督教，共同塑造了西欧中世纪文明，孕育了欧洲中世纪四种主要文学类型：教会文学、英雄史诗、骑士文学和市民文学。从文艺复兴时期开始，随着资本主义的萌芽、发展、危机，民族国家的产生、壮大、分合，在吸收古希腊文化传统和希伯来文化传统的基础上，近现代欧洲文学历经人文主义、古典主义、启蒙主义、浪漫主义、现实主义、现代主义、后现代主义等思潮运动，不断发展嬗变，并对近现

① 刘洪涛、周淑瑶：《全球化时代的世界文学理论与实践——评达姆罗什等主编〈朗文世界文学作品选〉》,《中国比较文学》2014年第3期。

代世界文学产生持续、重大的影响。欧洲文学居于同心圆的第二圈。

第三卷：美洲文学。美洲地区的原住民主要是印第安人，在数千年历史中，创造了灿烂的美洲古代文明。在地理大发现时代，欧洲人开始殖民美洲，欧洲文明随之逐渐在美洲扎根，印第安文明被灭绝。其后数百年，美洲绝大多数地区先后摆脱欧洲殖民统治，建立了独立国家，民族文学不断发展壮大。美洲文学主要包括北美的加拿大文学、美国文学和拉丁美洲的西班牙语文学、葡萄牙语文学。二战之后，美洲文学成为世界文学中一支举足轻重的力量。美洲文学虽有族群、语言和文化之别，但有许多共同特征：(1) 美洲文学是“新大陆文学”，其文学的形成与发展，与美洲民族的形成与发展息息相关，与美洲各民族的建构与文化认同息息相关；(2) 都吸收了印第安文化的成分，这种影响深刻地反映在文学之中；(3) 美洲文学的发展过程，是“欧洲性”逐渐减弱，“美洲性”逐渐增强的过程；(4) 美洲文学发展在时间维度和历史周期上具有一致性。虽然北美文学与拉丁美洲文学也有差异性，只不过这种差异性很大程度上是北欧文学与南欧文学差异性的迁移，是由人种差别（日耳曼人和罗曼人）、地域差别（南欧与北欧）、宗教差别（新教与天主教）等因素共同作用的结果。而这种差异性，服从于更大范围的共同性（欧罗巴人种、基督教、美洲地域文化）。美洲文学的产生晚于亚洲文学和欧洲文学，地理上距离中国较远，对中国文学的影响，在20世纪后半期才形成声势，因此美洲文学居同心圆第三圈。

第四卷：非洲与大洋洲文学。非洲文学植根于非洲大陆古老的说书和表演传统，主要包括用非洲本土语言创作的口头文学、书面文学及非洲作家用欧洲语言（英语、法语、葡萄牙语等）创作的文学作品。非洲的历史传统可以追溯至古埃及文明、迦太基文明、麦罗埃文明、诺克文明等古代文明。20世纪后，殖民化进程生产出的“现代非洲文学”大多用欧洲语言写就，并自20世纪后半叶成为学院机构辩论“非洲文学”相关议题的主体。现代非洲文学在诞生之初希望通过欧洲语言传达和维护非洲人的“人性”，质疑殖民主义理论的核心主张，书写遭遇奴役与暴力的历史，以寻求人的独立和解放。20世纪五六十年代盛产的民族主义文学庆祝新独立国家和民族身份的建立，但这种洋溢着乐观和期待的文学很快消逝于60年代末后逐渐浮现的新殖民主义危机。全球化时代，非洲文学继续关注和讲述不平等的世界政治经济格局下改头换面了的殖民主义和种族主义暴力，同时也通过不断回溯文学传统与历史记忆重建文化身份。这些既“古”又“新”，对人性与权力始终抱以深刻反思的作品，无疑构成了世界文学史上最为振聋发聩的声音。大洋洲文学主要是新西兰文学和澳大利亚文学，它们虽然都有古老的本土口传文学传统，但书面文学是从英国移民到来后才逐渐产生的。早期文学从宗主国视角和风格写殖民地生活与风物，具有殖民主义色彩。进入20世纪，随着民族主义运动的兴起，民族文学开始发展。二战之后，大洋洲文学出现繁荣兴旺的局面，并产生了世界影响。非洲文学与大洋洲文学不是一个整体，只是因为其近代历史较短，与中国文学相互影响的程度低于另外三大洲文学，所以将其合并，居同心圆第四圈。但20世纪下半期以来，非洲文学和大洋洲文学正在发生深刻的变化；而随着中国移民的大量增加，“一带一路”建设在非洲的实践获得巨大成功，中国文学与非洲文学、大洋洲文学的关联性逐渐加强，理应受到重视。

第五卷：流散文学、族裔文学、语系文学。作家因种种原因离开母语文化环境，到异文化区域生活、创作，此种现象，从古至今，连绵不绝。但直到20世纪，其所引发的文化冲突与选择、身份的疏离与重构，才唤起作家普遍的自觉，并在20世纪后半期发展成为世界文学的重要潮流；21世纪以来，这股潮流愈演愈烈。甚至有不少学者，用“新世界文学”来定义这股文学潮流。这股世界文学潮流发展如此迅猛，究其原因，不外是战争、饥荒、种族或政治迫害，以及加速发展的全球化进程，引发了世界范围内人口大规模、频繁的流动和迁徙。同时，全世界反抗帝国主义、殖民主义的浪潮不断高涨，前殖民地国家纷纷独立，以及后殖民主义理论的流行，这些都成为推动流散文学、族裔文学、语系文学潮流的力量。事实上，这三个概念所指的文学群体或类型互有包含、交叉，只不过流散文学强调作家及其创作失根、飘零、无所归属的身份和情感状态；族裔文学更关注作家的族属及其与主体民族的关系；语系文学泛指使用同源语言，体现跨国、跨文化经验的作家作品，主要包括英语语系文学、法语语系文学、华语语系文学、西班牙语语系文学等。尽管不同语系文学产生的历史语境有别，却都包含了源语国与所在国共同的文化信息。这三种按照文化性属的三个向度进行分类的概念，又都具有跨界的共同特点，即在洲际和国别之间流动或散居，在不同族群之间寻求理解、对话和认同，在不同文化之间往返穿梭，其身份和创作具有了文化上的多元与混杂性；同时，这些文学又都表现了强烈的世界主义情怀。收入该卷的这三类作家的作品，代表了世界文学的最新发展趋势；又因为其突破了前四卷“洲”的界限，因此居于“同心圆”的第五圈，即最外围。

5 卷本的《世界文学作品选》，按照排列的先后顺序，体现了同心圆的世界文学观；同时，5 卷书的每一卷，又都具有相对独立性和完整性，可以任意选取其中一卷来阅读，不必顾虑谁先谁后。这意味着不同区域和形态的世界文学，从起源到当代，又是以并列的形式加以呈现的。这种呈现方式，无疑扩大了世界文学经典的范围，增加了对世界文学多元、多线起源和发展的理解，使许多被传统组织模式遮蔽的优秀作品能够浮现出来。尤其是第五卷的内容，反映了世界文学经典的最新面貌。这是传统选本无法大规模呈现的。

三　《世界文学作品选》如何以中国文学为中心？

这部 5 卷本的《世界文学作品选》，除了组织模式的创新，选文方面也有许多惊艳之处。5 卷书共选入多达 200 多位作家的 300 多部（篇）代表性作品，近 300 万字，数量之多、篇幅之大，在国内同类选本中，即便不是绝无仅有，也是极为罕见的。当然，我们并没有因为数量多，就降低入选作品的质量，而是坚持经典的高标准；这不仅指原作，对译本也严格把关，采用有定评的名家或优秀译本。如果同一个译本有多个版本，则选择出版质量有保障的最新版本。

世界文学有 5000 多年的历史，经过漫长时间的淘洗，产生了许多超级经典。对于这些超级经典，我们遵从学科约定俗成的规则，照单全收，同时又力求在具体选文上有所出新。因为经典作家的代表作往往是长篇巨制，而且不止一部，可供选择的篇目和章节的空间其实很大。我们从当代审美趣味出发挑选作品，在深刻理解全书的基础上，截取其中最精彩、较重要、相对完整的部分。此外，很多经典作家都是多面手，例如雨果是杰出的小说家，也是杰出的诗人；契诃夫的短篇小说与戏剧俱佳，且都对20世纪世界文学有深远影响，我们在选文时就兼顾了他们两个方面的成就。

在保持超级经典基本阵容的同时，我们还对那些表现异域文化文明的作品、表现中国形象的作品、或者在中国有极为重要影响的作品，给予了适当关注，以体现本书“同心圆”的构想。例如莎士比亚传奇剧《暴风雨》、蒙田散文《话说食人部落》、笛福的《鲁滨逊漂流记》、康拉德的《黑暗的心脏》等，涉及欧洲殖民历史以及对基督教文明之外原始文明的认识；卡夫卡的《中国长城建造时》、博尔赫斯的《小径分岔的花园》、卡尔维诺的《看不见的城市》塑造了形态迥异的中国形象。拜伦的《哀希腊》与比彻·斯托的《汤姆叔叔的小屋》，在近代中国产生了深远的影响。

本书还扩大了选入作品的文体类别。其他的同类选本，一般都只是选入诗歌、小说、戏剧三大文类，我们却还选入了一些散文、文论作品。除了前述文艺复兴时期法国随笔作家蒙田的散文《话说食人部落》，还选了19世纪德国思想家尼采的《查拉图斯特拉如是说》，20世纪初期英国女作家弗吉尼亚·伍尔夫的《一间自己的房间》，这些作品以其文辞优美、内涵深刻、地位重要而入选。

本书对每位入选作家及其作品，都撰写了介绍文字，包括作家的生平和创作概貌，所选作品的主要情节或基本内容、时代和社会背景、人物形象、主题思想、艺术形式和特色等。若是节选文本，也会对节选部分及前后关联做简要介绍。这些为读者理解作家作品，提供了导引。撰稿人都是世界文学研究领域富于经验的教师或博士，所撰文字言简意赅，融入了对作家作品的独到理解。那些在中国产生重大影响的作家作品，其影响也会被提及。

本书在每位作家作品的导读文字之后，还附有供拓展阅读的文献目录，一般包括选文所出的译本、作家传记、研究著作，还有部分优秀论文，供读者进一步学习之用。我们还会从部分入选作家的拓展阅读文献中，挑选一部（篇）学术著作（论文），从中节选出5—6页的文字，作为二维码资源，放在线上。这种安排，不仅是为读者提供物超所值的福利，缓解选本定价与世界文学经典丰富性之间的矛盾，同时，还试图拓展世界文学的纵深，勾连世界文学内在的脉络，加强跨时空、跨文化文本之间的联系。为此，列入二维码资源的选文，就不全是一般学者的研究著述，有很多是与入选作品关联度极高的文化思想及文论名著，例如在索福克勒斯的《俄狄浦斯王》选文后，我们节选了亚里士多德的《诗学》，在巴尔扎克的《高老头》之后，节选了他的《〈人间喜剧〉前言》，易卜生的《玩偶之家》之后，有鲁迅的演讲《娜拉走后怎样》；此外，还节选了文学理论家巴赫金分析《罪与罚》、作家博尔赫斯读《堂吉诃德》、作家残雪读《看不见的城市》的文字。读者在学习作品时，可以与这些二维码资源互相参照，加深理解。

四　新编《世界文学作品选》在新时代的价值

按照“同心圆”的世界文学观编选的《世界文学作品选》，具有重要的学术价值和现实意义。首先，这是一部全面融入中国经验，从中国视角出发，体现了中国主体性的世界文学经典选本。如前所述，它以与中国文学联系的先后、强弱，以及中国人的世界文学视野展开之次第过程，来安排同心圆的结构顺序。除此组织模式之外，在选文方面，对那些受中国影响和影响过中国的作品以及表现中国形象的作品，给予了适当关注。其次，还重视华裔文学和华语语系文学作为世界文学重要力量的崛起。在导读和二维码资源中，也见缝插针，编织与中国文学的关系网络。如此选择、组织、评点世界文学经典的模式，既是对同类选本中普遍存在的偏重欧美文学倾向的纠正，也是对刻意凸显东西方文学对照、对等、对立之二分格局的超越。它所描绘出来的世界文学图景，既是多线、多维、多元的，又是聚焦于中国、以中国文学为中心的一个整体；既合乎世界文学发展的内在规律，又满足了中国新时代现实的需求。

这部《世界文学作品选》不仅描绘了以中国文学为中心的世界文学图景，还是对现实中的世界文学力量与格局的重构。众所周知，法国19世纪文学史家和批评家丹纳在其《艺术哲学》一书中，把种族、环境、时代，列为影响文学艺术最大的三个外部因素。这三个因素中，排在首位的当是环境。大家都知道一方水土养一方人，以及“橘生淮南则为橘，生于淮北则为枳”的道理。即便原本是同一种族，因为迁徙等原因分居到不同地域之后，也会逐渐分化。因此，地理环境因素，对区域文学的影响是最大的。以“洲”作为基本的区分单位，以此来提炼、聚焦、放大“洲”内文学的共同特性，正是基于对世界文学这一特性的体认。此外，20世纪以来，国际局势风云激荡，很多社会运动以及国际政治力量的博弈和斗争，都是以“洲”作为基本单位展开的，像“亚非拉”概念、“第三世界”概念，都是如此。这种斗争不仅带来了洲范围内国家数量的增减和变化，洲文化、洲文学的归纳与认同，也此起彼伏，并不断变化。本书以“洲”作为前四卷划分的依据，是对这种现实政治和文化板块位移的一种响应。例如我们把北美、中美、南美洲文学都编入“美洲文学卷”，把属于美洲的美国、加拿大、墨西哥、巴西、阿根廷、秘鲁等国家的文学，都放到这一卷里。而传统同类选本的做法，都是将北美文学（主要是美国文学）和拉丁美洲文学区别对待；虽然都纳入所谓“西方文学”的范畴，却有“先进”和“后进”之分。如此处理方式，把美国文学特殊化，壮大了“西方文学”阵营，却使得这块新大陆的文学与欧洲文学之间巨大的差异性被忽视，其基于“美洲”的共同特征被遮蔽。而新的划分，把美洲文学近200多年的发展，看成世界文学在疆域上的一次重要扩展，标志着世界文学走出了“欧洲轴心时代”。同时，“美洲文学”的观念让美国文学回归常态，淡化了西方价值观和意识形态的凝聚作用，凸显了美洲地区地域性和民族性的底色，更壮大了美洲文学作为世界文学一极的重要力量。

再如“亚洲文学卷”。苏联解体之后，许多前加盟共和国就不再随苏联遗产的继承者俄罗斯一起，算作欧洲国家，而归入了亚洲国家，如塔吉克斯坦、哈萨克斯坦、吉尔吉斯斯坦等。因此，这些国家的文学，理所当然属于亚洲文学。我们在本书的“亚洲文学卷”中，就选入了吉尔吉斯斯坦享誉世界的大作家艾特玛托夫（1928—2008）的《一日长于百年》。这一改变，不仅壮大了亚洲文学的力量，也意味着对俄罗斯文学，乃至整个西亚、中亚地区文学认识的一种转变。事实上，俄罗斯本质上是一个亚欧国家，它的大部分国土在亚洲，文化上也兼具亚欧的属性。但长久以来，俄罗斯努力在脱亚入欧，它的亚洲性这一面往往就被遮蔽了。尽管我们在此书中，仍然把俄罗斯文学归入欧洲文学，但以“洲”作为分卷的依据，以及把艾特玛托夫等苏联作家的作品入选“亚洲文学卷”，希望唤起人们对于“亚洲文学”的自觉，重塑人们看待世界文学的视野。

中国和美国，可以说是最重视世界文学经典教学的两个国家。美国大学的世界文学课程最早由菲洛·巴克（Philo Buck）于20世纪20年代在威斯康星大学开设。第二次世界大战结束时，世界文学课程开始激增。主要原因是战争结束后大量退伍老兵进入大学和学院学习，他们渴望进一步了解战争期间在国外接触过的文化。此外，在战后美国的扩张政策影响下，美国社会普遍希望更好地认识自己已经在其中扮演重要角色的全球社会。最近20多年，美国的世界文学教学迎来了一个新的高潮，它的背景则是加速发展的全球化进程：美国社会从人种到文化，都越来越多元，尤其是亚裔人口激增，与亚洲的关系越来越密切。在此过程中，美国人的世界文学视野也在不断变化。最初学习世界文学，是以欧洲文学为中心，借以巩固美欧之间文化、精神的联系，而现在转向认识世界多元文化与文明。从不断改版的《诺顿世界文学作品选》，以及21世纪出版的《朗文世界文学作品选》《贝特福德世界文学作品选》三大选本，可以清晰地看到这种变化。

中国百年来的世界文学经典教学与美国有很大不同，它与追求现代化的启蒙教育和阶级教育联系在一起。在此过程中，孕育、产生、发展出来一个庞大的世界文学知识系统，约定俗成了一些规则和惯例。随着全球化的加速推进和中国的崛起，世界文学的格局和中国文学的全球使命发生了巨大变化。[①] 我们相信,“同心圆”的世界文学观念以及据此构建的《世界文学作品选》,能够在中国与世界之间建立起一个有强力的纽带,并将世界文学与中国文学编织到一个休戚与共的命运共同体之中,以呈现新时代中国的世界文学视野,满足中国文学日益增长的全球抱负与需求。在当今全球化时代,人们越来越清晰地认识到,“世界文学”是一个复数,并没有一个一成不变、定于一尊的世界文学观念。[②] 对于中国学者而言,我们要意识到世界文学观念产生的根源和相对性,要确立我们自己的主体性,从中国立场和自身需要出发,建构我们自己的世界文学观念,并把这种建构,落实到具体实践中。我们希望这部《世界文学作品选》在这方面的努力,经得住时间的考验。

(原文刊载于《广东外语外贸大学学报》2023 年第 1 期)

① 刘洪涛、张珂:《全球化时代的世界文学理论热点问题评析》,《清华大学学报》2014 年第 6 期。

② 刘建军:《“To be or not to be”的困境与破解——兼论当下外国文学批评的方法论问题》,《广东外语外贸大学学报》2021 年第 5 期。

新世界文学：比较文学的“后理论”形态

郝　岚*

摘　要　“新世界文学”的起点被定位在20世纪90年代，它是比较文学在“后理论”时代的新形态。“后理论”面对的资本主义“全球化”问题使“民族”“族群”等单一概念无法概括和命名最新的现象，新世界文学积极回应时代提出“全球本土化”等跨界的概念，理论界也认识到大数据的兴起和认知方式的改变。新世界文学引领了“远读”和“缩放阅读”讨论：它们都受惠于解构主义对语言和文本的关注，因此都体现出对语文学回归的热情。“后理论”的多元主义，与新世界文学的视角主义也有同构关系。

关键词　新世界文学　比较文学　后理论　缩放阅读　语文学　视角主义

自20世纪末以来，关于“世界文学”理论的话题获得了新的历史语义，成为比较文学新的学科增长点。近年来围绕与此相关的讨论相继有《什么是世界文学?》、《世界文学猜想》以及《文学世界共和国》等作品。事实上近年来，“新世界文学”无论在理论还是实践上，都显示出强劲之势，涌现了一批新的学术成果。尽管它仍在讨论和实践探索之中，但经过了近三十年的沉淀，我们不妨尝试对新世界文学

* 作者简介：郝岚，女，文学博士，天津师范大学文学院、跨文化与世界文学研究院教授、博士生导师。研究方向：世界文学理论、比较文学与翻译研究。

的理论背景进行适当的观察与分析，以获得对该研究趋势更深的理解。

21 世纪的第三个十年是以全球性疫情“大流行”为开端的，它加剧了“碎片化”世界的不确定性。2020 年上半年达姆罗什出版了新书《比较多种文学：全球化时代的文学研究》(*Comparing the Literatures: Literary Studies in a Global Age*)，书的副标题正是“全球化”。上半年由于禁足令，他开启了“八十本书环游世界”(Around the World in 80 Books）系列的写作。在中文学界，2021 年，张隆溪教授《什么是世界文学》在罗志田主编的“乐道文库”中出版，由于该丛书是“为年轻人编的一套真正有帮助的‘什么是……’丛书”，因此张隆溪的专著仅以一个问号之差，采用了几乎与达姆罗什广被征引的名著相同的名字。还未得到充分关注的包括日本东京大学比较文学教授沼野充义编著的五卷本《东大教授世界文学讲义》、姚达兑的《世界文学理论导论》等。以上最新的介绍与思考，接续了 20 世纪 90 年代开启的“新世界文学”范式转移[①]，是“后理论”时代学术实践的持续性结果，值得认真对待。

彼得·巴利（Peter Barry）在《理论入门：文学与文化理论导读》一书中，曾将重要学术会议、代表性专著、热点讨论与公共事件等作为考察点，通过讲述“一个有主题贯穿的叙述”，按时间梳理了成为思想史重要里程碑的“理论的轨迹”[②]。巴利的研究方法和考察点给了我们启示：可以用同样的方法考察自“理论的危机”或“比较文学”陷入困局以来出现的重大文学“事件”，回溯“新世界文学”和“后理论”出现的同步性特征及其缘由，以及它们面对全球化问题的应对之道和重生之路。这有助于我们反思理论乃至整个文学研究的未来。

“新世界文学”的起点被定位在 20 世纪 90 年代：阿普特认为，从卡迪尔（Djelal Kadir）20 世纪 90 年代初主持编辑《今日世界文学》(*World Literature Today*)，开始发表不同国别与族裔的当代小说算起，

① 关于“新世界文学”在本体论、认识论及方法论方面的重要变化，参见郝岚《“新世界文学”的范式特征及局限》，《文艺理论研究》2021 年第 6 期。

② Barry, Peter, *Beginning Theory: An Introduction to Literary and Cultural Theory*, Manchester: Manchester University Press, 2009: 262。文中未标注译者处皆为作者自译。

后殖民主义视角被有效纳入了世界文学，这已经可以称之为“文学批评和学术人文的学科集结点”（a disciplinary rallying point）[①]。后面随之而来的是耳熟能详的被称为“圣三一体”学者群（a “Holy Trinity” of scholars）：“帕斯卡尔·卡萨诺瓦（Pascale Casanova）、弗朗哥·莫莱蒂（Franco Moretti）、大卫·达姆罗什（David Damrosch）。”[②]

新世界文学理论的讨论与后理论时代的到来同步，都伴随着对“全球化”问题和比较文学重重危机的回应，为文学研究注入了新活力。正如华裔美国学者谢平（Pheng Cheah）在《何为一个世界？——作为世界文学的后殖民文学》中所言，这完全可以称为一个“新世界文学”（The New World Literature），因为“在过去20年里，全球化的加剧导致文学研究重新创造了比较文学学科与世界文学子领域的争论，它是以伦理上对文化差异和当代地缘政治复杂性的敏感为形式的”[③]。

值得特别指出的是，在新世界文学领域中国学者的角色和声音。毕竟“新世界文学”崇尚多元性共存，特别关注边缘、半边缘的领域和文学：这样的理论背景下，缺乏中国身影的“新世界文学”将无法真正称为“世界”。

中国的“新世界文学”研究与国际学术的互动包括国际刊物编纂、学术会议的组织参与和著作的出版：前文所言对新世界文学有起点意义的英文杂志《今日世界文学》，创刊于1927年，由美国俄克拉荷马大学主办，是英语世界中历史最悠久的世界文学杂志之一。该杂志主要刊登各语种的当代文学作品英译和评论，俄克拉荷马大学2006年设立了美中关系研究所，2009年，该所倡导每两年一届评选“诺斯塔特国际文学奖”（Neustadt Prize），该奖项有“美国的诺贝尔文学奖”之称；每年举行“普特博学术研讨会”（Puterbaugh），这两项活动在世

① Apter, Emily, *Against World Literature*: *On the Politics of Untranslatability*, London, New York: Verso, 2013: 1.

② Forsdick, Charles, “*World Literature*, *Littérature-Monde*: *Which Literature*? *Whose World*?”, *Paragraph*, 33, 2010 (1): 138.

③ Cheah, Pheng, *What is a World*? ——*On Postcolonial Literature as World Literature*, Durham, NC: Duke University Press, 2016: 184.

界文学界都有一定影响，也已有多个中国当代作家获奖。俄克拉荷马大学与北京师范大学、孔子学院（汉办）建立了合作关系，2010—2020年，半年刊《今日中国文学》（*Chinese Literature Today*）英文本作为《今日世界文学》的副刊创办出版，十年间该杂志成为将中国文学引入世界文学的国际阵地。

此外，2011年由达姆罗什在北京大学举办的世界文学会议上宣布，哈佛大学“世界文学研究所”（Institute of World Literature，IWL）成立，这标志着中国学术参与了新世界文学的全球化，成为某些历史时刻的起点之一。该研究所每年暑期举行为期四周的项目，将“新世界文学”的理念、方法与实践推行到世界各国年轻学者中。2015年10月，北京师范大学举办第三届“思想与方法”国际高端对话暨学术论坛，会议主题为：“何谓世界文学？地方性与普世性之间的张力”，分为对话与论坛两部分，邀请了达姆罗什和张隆溪等在内的二十位中外著名学者，最终结集《思想与方法：地方性与普世性之间的世界文学》，中文本2016年由北京大学出版社出版，英文本2018年由Palgrave Macmillan出版（*Tensions in World Literature*：*Between the Local and the Universal*）。

如果将中国学术话语的真正“影响”理解为双方的互动，并非只是“在场”，那么中国话语要被不同文化学术背景的对方征引、理解和认识才有意义，因此观察国际学界“新世界文学”的最新著作中的中国就是有价值的。在2020年达姆罗什出版的新书中，《思想与方法》一书与阿普特、穆夫提等学者的一系列新作一起，被称为“思考后殖民主义和全球或世界文学研究之间相互作用的尝试之一”[①]；曹顺庆教授“变异学理论”被认为“明智地选择外国文学和理论来丰富和修正”[②] 了跨文化的比较文学。值得关注的还有，达姆罗什的新书封面选取了中国当代油画《与但丁讨论神曲》，这其中的微妙张力留在

① Damrosch，David，*Comparing the Literatures*：*Literary Studies in a Global Age*，Princeton：Princeton University Press，2020：338.

② Damrosch，David，*Comparing the Literatures*：*Literary Studies in a Global Age*，Princeton：Princeton University Press，2020：312.

下文讨论。

一　对时代命题的强烈回应：全球本土化

新世界文学的实践普遍关注当下议题，相较于之前时代的世界文学更关注古老文明，就经典文本而言，新世界文学不排斥古典，但无疑对当下时代命题与当代文学的兴趣更为强烈。

日本学者沼野充义的《东大教授世界文学讲义》中文译本刊行于2021年，但全书完成于2011年，日文初版于2012年。在书中，他作为主持人访谈不同作家提出的问题相当具有代表性：他谈到“历史学家善于挖掘过去，科学家醉心于探索未来，宗教家则希冀死后的天堂”，读者很想看到与自己同时代的作家们如何回应这些命题，因为“对任何人来讲，没有什么比活在当下更重要了”①，因此当代文学尤其受关注。而关于“所谓的世界文学，不是看大家读了多少作品，而是应该看大家如何选择作品、如何阅读作品”，沼野教授赋予普通人以合法权：“读者应该通过自己的方式拣选属于自己的‘经典文本（正典目录）’”，那是因为每个人都是在“自己当下的社会现实中来阅读文学作品的，所以读者本身也嬗变成了文学世界真正的主人公”②。这或许也是在这个剧烈变化的时代里，当代文学相对于经典文学更受关注的原因之一。

众所周知，美国比较文学学会自1960年成立以来，每十年对比较文学的发展进行评估和预测。多年来，这些报告的主题，超出了比较文学，成为人文学科的指南针：例如1995年伯恩海默报告《多元文化时代的比较文学》和2005年苏源熙的报告《全球化时代的比较文学》；然而相比起前两个鲜明的主题，2014年集稿、2017年出版的“海斯报告”《比较文学的未来：美国比较文学学会学科状况报告》则

① ［日］沼野充义：《东大教授世界文学讲义：1》，王凤、石俊译，浙江文艺出版社2021年版，第78页。

② ［日］沼野充义：《东大教授世界文学讲义：1》，王凤、石俊译，浙江文艺出版社2021年版，第2—3页。

未引起充分重视。报告负责人厄休拉·海斯（Ursula K. Heise）另一重身份是作为环境与可持续发展研究所的研究员。海斯将比较文学跨学科的领域延伸到了环境人文主义、动物研究和气候变化上。她指出，在过去二十年里，生态批评和环境人文在人文和社会科学领域的重要性，对于比较的生态批评学者来说，它们的出现为人类学家、地理学者和历史学家之间的交流开辟了多样的领域。随着环境人文主义新研究的展开，“未来比较文学学者最艰难的任务之一，是再次审视文化、社群、政治、语言、意义、记忆、叙述、权利和自我等概念，超越它们纯粹的人类含义”①。达姆罗什的新著也被他自己描述为“对一个极端相对主义世界中文化归属的不确定性的深刻反思结果”②。他用一贯雄辩而流畅的文笔提醒我们：这个全球化的世界正“不断变化”：“当我们用文学来探讨移民和流离失所、生态危机、各类族群—民族主义（ethno-nationalisms）以及普遍存在的政治论辩的粗鄙化时，值得回味一下贺拉斯的格言：文学应该甜美而有用（dulce as well as utile）”，而“全球化时代的文学体验既令人生畏，又极其不完整”③。

达姆罗什对这种破碎化与断裂化的外在表达，是使用了一幅由当代中国油画家戴都都、李铁子、张安君2006年集体创作的巨幅油画《与但丁讨论神曲》作为《比较多种文学》英文本封面来实现的。由于该幅画跨越时空，也许典型代表了达姆罗什对世界文学的阅读方式：一百个人物画面平铺，无焦点和中心，连桌子都有两张，中间是代表着平等的圆桌。他列举了画面上崔健、白求恩、萨马兰奇等，认为“这是从对中国人明显有利的角度可以看到的世界”④。达姆罗什是敏锐的，该画作的确尽显个人特点和中国特色。一位中国记者采访画家

① Heise, Ursula K., eds., *Futures of Comparative Literature: ACLA State of the Discipline Report*, London & New York: Routledge Taylor & Francis Group, 2017: 299.

② Damrosch, David, *Comparing the Literatures: Literary Studies in a Global Age*, Princeton: Princeton University Press, 2020: 19.

③ Damrosch, David, *Comparing the Literatures: Literary Studies in a Global Age*, Princeton: Princeton University Press, 2020: 341.

④ Damrosch, David, *Comparing the Literatures: Literary Studies in a Global Age*, Princeton: Princeton University Press, 2020: 343.

时写道：“他们的选择其实也很有主观色彩：……尽量使每个人物都有形象根据。而宗教传说色彩较浓的或以往史实或创作中形象相对模糊的人物，尽量不选。”[①]

达姆罗什认为这幅画作有趣之处在于：这幅画上五行八作、纵贯千年、融汇中外的人物“每一个是（或曾是）任何人，似乎都在他们的视觉长卷中获得了15厘米的名声。当然，‘每个人’又都不在‘这里’；毕竟这一百个人只是世界历史和文化的小样本……它们完全是大杂烩（mélange）。这三位艺术家在试图理解这个场景时，看起来相当沮丧（rather depressed）”[②]。达姆罗什所言的“沮丧”可以视为视角主义的主观体验，因为在笔者眼中，三位艺术家把自己画在了画面右侧一角的矮墙里，如同漫画版的长城。三个画家与15世纪桑德罗·波提切利（Sandro Botticelli）画的著名的红袍但丁戴着桂冠的形象在一起，他们脸上呈现的并非“沮丧”，而是当代中国画作中常常带有的审慎与超然。

但丁的《神曲》本来的强烈的宗教和信仰色彩几乎被刻意抹除：当代中国是一个“祛魅”的时代，没有历史深度的、扁平的世界；但丁本来被代表理性的维吉尔带领穿越炼狱与地狱，亲身体验、浸淫其中感受精神的洗礼，而在当代，艺术家作为艺术主体超然于历史之外，与被描绘的世界审慎地隔着一段矮墙。在笔者看来，这的确是全球化时代世界文学呈现的极佳比喻：艺术家看着眼前徐徐展开的全景式长卷，无须逻辑、并非相关、取消深度、并置杂烩，它的场景宏大，看似全面，但“各说各话”、自我展示，与周边人物与场景很少发生共鸣。

新世界文学必然涉及对全球性和地方性的文学动态关系的考察，正如达姆罗什注意到的这幅画，它既是世界性的样本，也带着本土眼光和特色。随着当代全球化的不断加速，对作品的评估也成了政治、

---

① 王波:《100位名人跨越时空的聚会——巨幅油画〈与但丁讨论神曲〉震动画坛》,《甲壳虫》2007年第1期。

② Damrosch, David, *Comparing the Literatures: Literary Studies in a Global Age*, Princeton: Princeton University Press, 2020: 343.

经济、出版商、市场选择等多方面因素共同作用的结果。面对文学全球化带来的“标准化”威胁，达姆罗什曾在《如何阅读世界文学?》(*How to Read World Literature*?)一书中为作者和读者开具了方案：一是“去地方化”(delocalized)：不以本地的习惯、风物、人和事为唯一标准；另一种则截然不同，即“全球本土化”(glocal)[①]，其主要有两种形式：向全球读者展现本土背景，作为一种向外的推广，或是将外部世界引入本土，将地方作为全球交流的缩影。世界的本土化，也即达姆罗什所说的“把全球带回家”。在2017年的“海斯报告”中，达姆罗什通过博尔赫斯与科塔萨尔、叙述者与美西螈、卡夫卡与里尔克、巴黎与布宜诺斯艾利斯、吞噬者与被吞噬者，以及民族身份与文化记忆的交融碰撞重构了民族与世界、现代与传统的动态转化，这些内容在2020年的“八十本书”计划中再次被书写，以地理坐标为基点，用文学经纬重塑了一个精神世界。

《比较多种文学：全球化时代的文学研究》出版发行期间正值新冠疫情，达姆罗什本意要仿照凡尔纳《八十天环游地球》(*Around the World in Eighty Days*)的形式重塑世界文学的真实旅行计划，因疫情的限制，该计划不得已而成为一场虚拟的旅程。困居疫情中心——纽约布鲁克林家中的达姆罗什从塞维尔·德·梅伊斯特穿着粉色睡衣完成的《卧室环游记》(*Voyage Around My Room*)获得启发，决定完成一场文学之旅。要知道，《卧室环游记》正写于18世纪西方的全球探险年代，法国人梅伊斯特在游历了不少地方之后，决定换一种眼光打量自己的卧室。疫情期间的人们被动选择了这一方式。从2020年5月11日到8月28日止，达姆罗什在十六周的时间里通过阅读十六个地区的八十本书进行了以书为帆的世界文学航行：“八十本书环游世界”。其实达姆罗什的形式比较而言，不像是这位法国人换种眼光在日常之景的卧室沙发中体会出新意，更像中国艺术传统中的“卧游”：

---

① Damrosch, David, *How to Read World Literature*? MA: Wiley-Blackwell, 2009: 109. glocal名词是Glocalization(由globalization加localization组合)，曾流行于20世纪90年代，指寻求进行“全球化的思考，本地化的行动”(think globally and act locally)的非政府组织的个人、团体、机构等。

文人在室内把玩展开长卷——从物质性的艺术描绘中想象出一个无限展开的精神世界。

达姆罗什在他的新书中举证了传统的比较文学以语言作为民族文学划分标准的无效：他以尤瑟纳尔的写作经验为例，证明她在美国旅行中用法语写作，地理疆域和民族语言无法涵盖这样的作家，因为这样的作家也许身处“科罗拉多群山”，但是不忘他们共同面对的是“头顶亘古不变的星图”——那属于“世界”，“民族性与全球性绝不是针锋相对的领域，……我们会发现本土产品与国际进口货分享了书店的货架，而民族文学究其根本是一座仓库，里面存放着所有真实存在于民族市场的文学作品”①。达姆罗什在这场旅行的开场白中就强调了他选择文本的标准“尤其是‘世界’的作品，这些作品的写作，源于它们的作者在反思围绕他们的世界，以及种种边界之外的更宽广的世界”②。

张隆溪的新著《什么是世界文学》的结语也采用了开放式的判断：“尚待发现的世界文学”。他不仅借由伽达默尔强调了文学经典的“无时间性”，也让大家意识到：当本土经典与“非西方文学和欧洲文学中‘小’传统中重要的作家和诗人”被全世界读者熟悉时，“世界文学才名副其实”③。

事实上，新世界文学模式也在讨论与修正之中。④ 在写完广被征引的《什么是世界文学?》之后，达姆罗什也有变化。他在一次接受中国学者的访谈中说，他开始越来越少关注世界文学的流通，反而是关注“民族市场”：“看当时国内生产和阅读的所有东西，包括翻译的外国文学，以及国内用不同语言写成的作品，才能更好地理解民族文

---

① Damrosch, David, *Comparing the Literatures: Literary Studies in a Global Age*, Princeton: Princeton University Press, 2020: 222 - 223.

② Damrosch, David, “Introduction to the Project”, https://www.thepaper.cn/newsDetail_forward_7544185，达姆罗什在该文中介绍了进行这场旅行的原因和意义（宋明炜译）。

③ 张隆溪：《什么是世界文学》，生活·读书·新知三联书店2021年版，第242—244页。

④ 例如有人批评世界文学仅以小说文类为核心的西方标准的帝国式覆盖，提出还有一种类似“陆地帝国”的缓慢不完全方式，参见苏源熙《陆地还是海洋：论世界文学的两种模式》，曲慧钰译，《天津师范大学学报》（社会科学版）2021年第3期。

学”，而他也注意到更多人只是关注当代文学，比如胡适学习了但丁、马丁·路德、乔叟之后，发现他们各自对民族俗语文学的意义，转而在中国现代文学中投注热情①。他非常赞赏胡适这样“拿来主义、为我所用”的作家，这是另一种的全球本土化。

二　大数据时代的计算批评与“缩放阅读”

达姆罗什注意到比较学者面临着两个几乎无法调和的限制：“现存早期抄本文学的有限和现代作品的大量涌现。”② 的确如此，从印刷文化，特别是数字化之后的新世界文学，必然注意到文学文本数量的过剩。

沼野教授谈到2002年以来日本每年图书出版量超过7万部，2008年7.6万部，他用自己儿时集邮的梦想类比，以前天真地认为自己参照美国一部《斯科特标准邮票目录》就一定可以收集到全世界所有邮票。“而现在，当真正了解到所谓‘全世界所有邮票’这个收集对象庞大规模时，任谁都会感觉到无能为力吧。”③ 正是在这样的逻辑下，弗朗哥·莫莱蒂在《世界文学猜想》中谈到即使是英国19世纪的小说，也不可能读完，“读得‘多’是件好事，但不是解决问题的办法”，因此“远读”就非常必要。在他看来，文本细读“必定依赖于一个极其狭窄的经典”，我们需要接受“贫乏”而掌握更丰富的现实，“这也就是为什么少事实上即为多的原因”④。这一依靠分析单位（例如形式妥协）对作品进行分类阅读的方式与今天大数据的主题阅读相似，即通过对数据的分类处理和信息整合完成材料分析，以此实现世

① 陈礼珍、大卫·达姆罗什：《再论中国文学与世界文学：大卫·达姆罗什访谈录》，《外国文学研究》2020年第2期。

② Damrosch, David, *Comparing the Literatures: Literary Studies in a Global Age*, Princeton: Princeton University Press, 2020: 343.

③ ［日］沼野充义：《东大教授世界文学讲义：1》，王凤、石俊译，浙江文艺出版社2021年版，第87页。

④ ［美］弗朗哥·莫莱蒂：《世界文学猜想》，［美］大卫·达姆罗什、刘洪涛、尹星主编：《世界文学理论读本》，北京大学出版社2013年版，第123—137页。

界文学阅读的“高远志向”。大数据为世界文学带来的，如同在库恩那里常规科学重要的仪器和解释——例如望远镜观测天体，然后获得分析的材料和数据；但“给定范式之后，探究这一范式事业的中心就是数据的诠释”①，这其实就是认识论的转变。纽约城市大学教授理查德·麦克斯威尔曾表示：“莫莱蒂的《欧洲小说地图》关键并不在于他所说的一切都正确无误，而在于它开启了讨论的空间。”②

在2017年“海斯报告”中，莫莱蒂接续了对数字人文的思考，在回答海斯“过去十年中文学研究出现了何种新变式”的问题时，莫莱蒂将答案定位于大数据领域，并对当今数字人文发展存在的问题提出了担忧：由于文本研究对统一语言的需求，新的革命性工具与其应用领域中存在的地方主义衍生为共存的矛盾体，“大数据为比较文学带来了巨大而不幸的后果，数字人文科学基本上是在文学领域内发展起来的，而这些文学领域几乎都集中于英语语料库，即美国的英语”③。此外，数字人文在发挥强大存储能力的同时也面临着“理论不足”的难题。

莫莱蒂的数字人文使用了机器，但这远远不够，对其理论的研究更多地要从概率论、语言学、实验检验的角度进行考量，并以统计学这门既古老又年轻的数理科学为中介。而对于实操意义上的世界文学模型的建立和检验，以及如何释放这一工作所蕴含的批评潜能等问题，则需要国别文学的批评家、统计学者和计算语言学家的合作方能展开。“机器所无法做到的，是如何去解释新的发现——它无论如何无法在多样化的语义选择和更广阔的社会文化背景之间建立起有意义的联系。所以，在人机交互的实验发现和文学解释相遇时，计算批评诞生了。”④

---

① ［美］托马斯·库恩著，［美］伊安·哈金导读：《科学结构的革命》，金吾伦、胡新和译，北京大学出版社2012年版，第110—111页。

② 参见Serlen，Rachel，*The Distant Future? Reading Franco Moretti*，Literature Compass，2010（3）：215。

③ Heise，Ursula K.，eds.，*Futures of Comparative Literature：ACLA State of the Discipline Report*，London & New York：Routledge Taylor & Francis Group，2017：273.

④ 赵薇：《数字时代的“世界文学”研究：从概念模型到计算批评》，《外国文学动态研究》2020年第3期。

莫莱蒂的文学实验室之后，斯坦福大学人文领域的十余位学者共同组建了一个名为“Humanities + Design”的研究实验室，尝试一种数据驱动和算法支持的人文研究。这种研究范式下，不完全抛弃传统的文学批评体系和细读方法，而是在原有体系基础上建立分析模型，以计算机为辅助技术，进行定量文学批评研究，从而消解了文学阐释和经验研究之间由来已久的敌意[①]。新媒体的确融合进了“新世界文学”，不仅是研究，实践也一样，更别说传播方式了。

美国比较文学的“海斯报告”不同以往，甚至在出版前的2014—2015年创建了一个可供提交论文（短评或实践报告）的网站进行公开征稿。在提交期结束后，编写团队在网站上选取不同主题的文章并加入5篇对话和访谈重新组稿，2017年由劳特里奇出版社以纸质印刷本的方式出版，借助数字化平台，利用信息共享和编读互动，显示了比较文学研究对大数据时代的学科叙述方式新变革。新冠疫情期间达姆罗什的“八十本书环游世界”计划也是采用社交媒体进行网络首发的。他在Twitter和哈佛大学官网同步更新，且提前做好了规划，实现了包括汉语、阿拉伯语、土耳其语在内的八种语言的同步翻译和网络传播。之后网络下架，进入纸质出版通道，这在某种程度上真正体现了这场旅行的世界性。不过这还不是最彻底的，达姆罗什的阅读计划毕竟还是文字占上风，要知道大数据在文学研究中的应用更体现在对作品被选择和阅读的变化上。因为历史地看，在可供支配的消遣时间内，大众更倾向于选取电影电视而非小说，“后现代小说的主要叙事功能已经转移到其他媒介之上，其带来的不是‘哥特式小说和历史小说之间的竞争’”[②]，而是影像、游戏、短视频带来的阅读观念和研究范式的转变，以及对于观众在短时间内获取所需信息和快速反馈心理的满足。

当然，大数据并非无所不能，它也面临信息甄别的难题：“当研

---

① 赵薇：《从概念模型到计算批评——Franco Moretti之后的世界文学研究》，《西南民族大学学报》（人文社会科学版）2020年第8期。

② Heise，Ursula K.，eds.，*Futures of Comparative Literature*：*ACLA State of the Discipline Report*，London & New York：Routledge Taylor & Francis Group，2017：280.

究者通过数字工具对研究对象进行量化时，必须对量化的实体进行精准的定义，我们必须以更大的怀疑态度来看待所使用的概念。"[①] 随着技术带来的"数字人文"研究的不断深入，在喧嚣的背后，也有许多质疑的声音，认为这种研究将丰富的文本减缩为一系列的图表数据，丧失了人文研究的温度，结论并无创见，甚至常有错误。哈罗德·布罗姆（Harold Bloom）在《纽约时报》上曾言称莫莱蒂是"荒谬的"[②]，或者说文学研究的定量研究是荒谬的。因为在他看来，小说、诗歌、戏剧等文学带给我们的不是冷冰冰的数据，而是指引我们走向充满智慧的哲理性的思考，而定量研究将文学从人的智慧贬低为数字信息。佳亚特里·斯皮瓦克（Gayatri Spivak）也认为文学史不是一大堆事实性数据的罗列，而是像百科全书一样复杂。许多学者认为莫莱蒂主张放弃对单一文本的阅读是"见林不见木"[③] 的做法，他们担心远读会取代文本细读的乐趣。甚至莫莱蒂本人也曾在2016年的访谈中感叹："数字人文研究的成果要低于预期……数字人文研究自称是一大新的研究领域，而且我觉得到目前为止，我还没有拿出什么证据来证明这一点。"[④]

正因如此，日本现代文学研究者霍伊特·朗（Hoyt Long）和美国和亚太地区文学研究学者苏真（Richard Jean So）建立的芝加哥大学文本实验室，在"远读"的基础上提出一种"可伸缩阅读"（Scalable Reading）的概念，即利用一系列工具和阐释方法，通过多尺度的"透镜"来阅读和分析文本文档[⑤]，这部分有效地调和了"远读"和"细读"各执一端的弊病，进一步将"数字人文"推向"计算批评"。

① Heise, Ursula K., eds., *Futures of Comparative Literature: ACLA State of the Discipline Report*, London & New York: Routledge Taylor & Francis Group, 2017: 276.

② 参见 Serlen, Rachel, "The Distant Future? Reading Franco Moretti", *Literature Compass*, 2010 (3): 218。

③ 参见 Lesjak, Carolyn, "All or Nothing: Reading Franco Moretti Reading", *Historical Materialism*, 24, 2016 (3): 191。

④ 梅丽莎·丁斯曼、弗兰科·莫雷蒂：《人文研究中的数字：弗兰科·莫雷蒂访谈》，向俊译，《山东社会科学》2017年第9期。

⑤ 赵薇：《从概念模型到计算批评——Franco Moretti 之后的世界文学研究》，《西南民族大学学报》（人文社会科学版）2020年第8期。

“海斯报告”中也曾反复指出，当前的比较文学研究更加多元、更加接近世界文学，未来的比较文学面临的最大挑战是人文研究版图的快速重塑，这个学科“最令人兴奋的增长可能性”是“在新媒体文化的研究以及新兴的跨学科研究领域”[①]。

三 “后理论”与新世界文学的同构

“后理论”也是自20世纪90年代开始的，它承续的是80年代以解构主义为核心的“理论的胜利”[②] 和高歌猛进。这里的后理论并非只是时间性的“After theory”；而是带有对理论热和大理论（大写的Theory，或者Grand theory）的警醒、怀疑与否定，表达的是与之前无所不包的理论的刻意保持距离。

在20世纪90年代至世纪之交，多个著名学术出版机构出版的学术著作值得注意：1990年，托马斯·道切蒂（Thomas Docherty）的《理论之后：后现代主义/后马克思主义》（*After Theory*：*Postmodernism / Postmarxism*）一书就以“After Theory”为名；伊格尔顿的《理论的意义》（*The Significance of Theory*，1990）、斯蒂芬·恩肖（Steven Earnshaw）的《文学理论的方向》（*The Direction of Literary Theory*，1996）、让·米歇尔·拉巴特（Jean-Michel Rabaté）的《理论的未来》（*The Future of Theory*，2002）等。1996年7月，英国格拉斯哥大学举办“理论”衰落之后状况的研讨会，会议论文集以《后理论：批评的新方向》（*Post-Theory*：*New Directions in Criticism*，1999）为名出版，这是理论界较早以“后理论”命名的著述。这次会议讨论的问题是“理论死亡”、“理论终结”以及“理论”的危机与转折等。该论文集主编之一马丁·麦克奎兰（Martin McQuillan）用“这已经不是第一次理论被宣告死亡”来表达对“理论死亡论”的不满，强调后理

---

① Heise，Ursula K.，eds.，*Futures of Comparative Literature*：*ACLA State of the Discipline Report*，London & New York：Routledge Taylor & Francis Group，2017：7.

② J. 希利斯·米勒在1986年就任美国现代语言协会（MLA）主席时以此为题作的报告名称，这代表了“理论热”的全胜。

论无止息的探索精神：他认为后理论是一种持续思考、延异的状态，是“一种反思的姿态以及一种质疑的体验中，总是将自身置于与理论悖论的纠缠中”，无论它是否“有用”，作为一种思想立场，后理论会发出“自己的声音”[①]。

2003 年是后理论的重要一年。伊格尔顿出版名著《理论之后》断言说：“已然消失的只是文化理论的黄金时期，而不是理论已经彻底消失；它肯定仍将继续存在下去，而且可能还会活得很好，只不过会失去曾经备受尊崇的优势地位。”[②] 达姆罗什出版《什么是世界文学?》英文本同一年，美国《批评探索》（*Critique Inquiry*）杂志在芝加哥大学召开主题为“理论的未来”的大规模学术研讨会，最终指出“最新的理论是理论无关紧要”（The Latest Theory is that Theory Doesn't Matter）[③]。至此，20 世纪 90 年代开始出现并蔓延的“后理论”话语掷地有声地凝结一个重音，宣告了后理论已到来的共识。

英国学者拉曼·塞尔登、彼得·威德森、彼得·布鲁克合著的《当代文学理论导读》（英译本初版于 1985 年，汉译本 2006 年出版），是为英语世界的读者撰写的一部导读性质的著作。该书初版至 2005 年的 20 年间有过 5 次修订。第 5 版修订引人注目的是增加了“后理论”一章：

> 然而，新千年开端的一些著述却奏响了新的调子。似乎引发上述焦虑的那些理论岁月已经过去了。一批论著（其中的一些下文将论及）的标题告诉我们，一个新的“理论的终结”，或者说得模糊一点，一个“后理论”（after-or post-Theory）转向的时代开始了。于是，我们读到了瓦伦丁·卡宁汉（Valentine Cunningham）的《理论之后的读解》（2002）、让-米歇尔·拉巴泰

---

① McQuillan, Martin, Macdonald, Graeme, Purves, Robin and Thomson, Stephen, “The Joy of Theory”, *Martin McQuillan and Graeme Macdonald eds.* Post-Theory: New Directions in Criticism, Edinburgh: Edinburgh University Press, 1999: XIV.

② ［英］特里·伊格尔顿：《理论之后》，商正译，商务印书馆 2009 年版，第 3 页。

③ 见《纽约时报》2003 年 4 月 19 日刊相关报道的标题。

(Jean Michel Rabaté) 的《理论的未来》(2002)、特里·伊格尔顿的《理论之后》(2003) 以及《后理论：批评的新方向》(1999)、《理论还剩了什么?》(2000)、《生活：理论之后》(2003) 等文集。且不论我们能不能有意义地进入“后理论”，我们最终发现，这一预告更像是在重定方向，而不像一个戏剧性的启示录。因为大家的共识是，理论的时代已经结束，消失的不仅是理论那个权威的大写字头，还有和它紧密联系的一群明星的名字，特别是与结构主义、后结构主义、后现代主义的种种变体联系在一起的以法国知识分子为主体的那些人：巴尔特、阿尔都塞、福柯、拉康、德里达、波德里亚、利奥塔德、克里斯蒂娃、西苏、斯皮瓦克、芭芭和詹姆逊，这些人主宰了20世纪70和80年代的思想。[①]

后理论“更多带有观念、方法、主张、知识学模式的性质，是（后理论语境下）众多（小写的）理论对待理论的一种态度，它本身却不构成一种理论形态或理论思潮”[②]。它所孕育的新世界文学，和那些分化出的众多小理论（theories）如新历史主义、后殖民主义、酷儿理论、身份研究、文化研究等一样，“都具有了一种共同的知识态度或批评气质”[③]，也就是对所有的理论与材料都要进行审慎的反思。他们都从解构主义那里继承了对语言和文本的关注，是一种以反思姿态揭示世界的非确定性、未完成性、杂糅性、不可简约性以及自我否定的动态机制。

史蒂芬·纳普和瓦尔特·迈克尔斯在他们著名的《反理论》一文中重点探讨了三个在“理论”中十分重要的概念组：意图/意义、语言/言语、知识/信仰。在他们看来“在本体论一边，意义与意图、语言与话语行为被分割开了，在知识论一边，知识与真实的信仰被分割

① ［英］拉曼·塞尔登、彼得·威德森、彼得·布鲁克：《当代文学理论导读》，刘象愚译，北京大学出版社2006年版，第326—327页。

② 邢建昌：《后理论及其相关问题》，《河北师范大学学报》（哲学社会科学版）2021年第1期。

③ Hunter, Ian, “The History of Theory”, *Critical Inquiry*, 33, 2006 (1): 81.

开了”，而“理论”就是围绕这些人为分割的二元对立组展开的辩论，这将导致“理论”的无用，因为它探讨的不是真正存在的问题。① 后理论与新世界文学出现的同步性并非偶然，这是世界政治格局、经济转型和文化发展逻辑的必然结果。只有理解这一点，才能看清新世界文学兴起的理论脉络和重要背景。

自 20 世纪 90 年代以来，传统的冷战二元格局走向终结，地缘政治与区域政治渐趋多元；资本主义并没有出现晚期资本主义逻辑上的死亡，美国反倒因为经历了金融危机之后重大的救助计划和组织原则的调整，使“市场”成为打破经济僵局密钥的同时，也为文化艺术领域带来市场主导和消费主义的重大变化，引起人文主义的危机和对传统经典的再讨论。资本主义发展到一个“全球化”的新阶段，它为追求利润最大化，使各个国家、民族、种族、性别的人群为这一目标共同协作，由此主动或被迫跨越了传统界限，使以上单一概念无法概括和命名最新的现象。在新世界文学领域的表现就是，传统的由民族语言定义的民族文学（national literature）无法涵盖所有状况，出现跨界的多元概念，例如法语语系（Francophone）、华语系（Sinophone）、英语语系（Anglophone）、“克里奥尔化”（creolization）、流散（diaspora）等，他们各自开始新的关于争取“认同”（identity）、“肯认”（recognition）的思考。全球大流行的新冠疫情，加剧了不确定性，促使人们更加关切世界的急剧变化、自身感受和当代文学命题。

新世界文学的讨论是后理论时代孕育的必然结果，它们都受惠于解构主义对语言和文本的关注，特别是对语文学的讨论。在对“理论”的反思中，文学部分回归到审美的有机整体形态，表现出对“理论”过于强调文本的开放性、诠释的无限性以及经典的相对性的反弹。经典价值的重构以及美学问题的回归也反映出文学本身的再获重视，强调了主体间的互动性。早在 1982 年，解构主义者保罗·德曼便在《理论的抵抗》一书中也收入《回归语文学》一文，短文针对哈佛

① Mitchell, W. J. Thomas, *Against Theory: Literary Studies and The New Pragmatism*, Chicago: University of Chicago Press, 1985: 11 -30.

大学著名的英语文学教授、《济慈传》的作者贝特（Walter Jackson Bate，1918—1999）先生发表在哈佛校友会会刊《哈佛杂志》（*Harvard Magazine*）1982年9/10月号上的一篇题为《英文研究的危机》（The Crisis in English Studies）的文章的回应。在那篇文章中，贝特批评法国理论的虚无，带来了当代文学研究的破产。保罗·德曼讨论对于作为人文科学的一个重要分支学科的文学教学（teaching of literature）和文学研究（literary studies）应当如何处理好与当代文学理论（literary theory）的关系，方法就是“回归语文学”——引导人们关注语言的修辞或隐喻维度，因为文学研究所要讨论的主题不再是意义和价值，而是生产这些文本以及其意义和价值被接受的方式①。不是解构主义摧毁了文学经典，而是因为语言的本性决定了经典和意义的不稳定性。由解构主义引起的关于经典的讨论和对学校教育中“文化资本”的关注深刻影响了新世界文学研究，特别体现在教材编写、作品选择和编排上。

新世界文学研究者也非常关注二战后德裔罗曼语文学家的研究，奥尔巴赫的《世界文学的语文学》对全球化可能带来的语言和文化的标准和单一化，会使“世界文学的概念在实现的同时又被毁坏了”②，这已成为新世界文学研究者的座右铭。与此同时，不仅是上文所言的保罗·德曼，萨义德也曾写作同题文章《回归语文学》，意味着新世界文学研究者对语文学回归的热情。杰弗里·哈芬认为：两人都对批评界的现状不满，文学研究失去目标是“因为专业训练上语文学技巧的衰退”，使它成为披着职业外衣的消遣娱乐，成为不着边际的空洞言论。但是正如经过语言哲学洗礼的“后理论”的复杂多面一样，萨义德和德曼虽然都选取“语文学”作为拯救文学研究的方向，却也颇为迥异：“对萨义德来说，它意味着亲密、抵抗、解放和历史认知，而在德曼看来这只是对人文主义幻象的严格纠正。两人都是借用‘语文学’这一术语来实现自己的目的，而并未将这一词汇原意纳

① De Man, Paul, *The Resistance to Theory*, Minneapolis and MN: University of Minnesota Press, 1986: 19-20.

② ［德］埃里希·奥尔巴赫：《世界文学的语文学》，［美］大卫·达姆罗什、刘洪涛、尹星主编：《世界文学理论读本》，北京大学出版社2013年版，第81页。

入考量。”①

此外，理论界也认识到电子媒介的兴起和人们认知方式的改变，对社会和文学研究本身都产生了颠覆性影响。希利斯·米勒在他高龄之年非常关注媒介革命，他很早注意到，文学研究过去的巨大价值，“在这个新的电子通信统治时代，再也没有那么确信了”②。如果文学原本所具有的三个最主要功能——实用指导、道德教诲和审美愉悦，都受到电子媒介和综合感官体验的冲击，而对大众失效，那么传统的“纯文学”领地必定越来越小，因此文学研究必须跨越边界，开放领地，去试着理解那些交叉和融合的艺术形式中的文学意义。世界文学作为比较文学最为激进的部分，当仁不让，它需要试图寻找超越类似民族/世界、全球/地方等两极概念的另一种方式。

新世界文学在认识论上的多元主义，决定了它的视角主义（perspectivism）。罗伯特·所罗门（Robert Solomon）曾把视角主义描绘为：“一种奇特的观点，常常被冠以认识论上的虚无主义，是相对主义的一种形式，它认为只有存在着对某种类型的创造物或某一社会而言的真理，而没有真理本身这类东西。”③ 虽然新世界文学理论不一定同意他的批评，但是新世界文学的确非常关注这一问题。《朗文世界文学作品选》中专门开辟一个主题小节“视角”（Perspectives）来统辖可能毫不相干的作品④。新世界文学正如达姆罗什新书中的“文学”（Literatures）一般，是一个复数，差异带来可能和多样，尊重每一个个体带来的视角主义，以对抗“全球化”可能的一体化单一性。同时

① Harpham, Geoffrey Galt, “Roots, Races, and the Return to Philology”, *Representations*, 106, 2009: 34 - 35.

② Miller, J. Hillis, “Western Literary Theory in China”, *Modern Language Quarterly*, 79, 2018 (3): 351.

③ Solomon, Robert, *Continental Philosophy since 1750: The Rise and Fall of the Self*, Oxford: Oxford University Press, 1988: 116.

④ 例如“启蒙时代”部分自我寻求之旅（Perspectives: Journeys In Search of the Self）这一视角统辖了无影响关系的文本：包括奥斯曼土耳其帝国著名的《切莱比游记》（*Celebi's Book of Travels*）、松尾芭蕉《奥州小路》以及孟德斯鸠《波斯人信札》。此外它还设有“共鸣”（Resonance）栏目，用于选择与上一作品有类似之处的其他文章，例如《红楼梦》的“共鸣”是《浮生六记》。

特别强调地方性的价值，展示了新世界文学延续性和丰富性的同时，又显示出文学本身的自我更新与重生，为读者理解不同民族作品带来了新的体验。达姆罗什认为贯穿他新书的一个主题是："发现的不同的比较线索长期以来一直交织在一起"，但是对于深刻的比较学者来说，我们需要的是勇气来保持他们在"档案、方法和视角"（in archives，approaches and perspectives）① 方面的多样性。

"新世界文学"的兴起，无论对比较文学还是当代人文学科，都具有重要的典范意义，因为借由它，可见 20 世纪末以来，全球化与"后理论"反思为社会科学和人文学科带来的范式转换。作为一种新范式的"新世界文学"，是由一群致力于阐释、重审当今世界文学现象的学术共同体组成的，关于它蕴含的"学科主题"开拓还正在不断进行中，也许会一直持续更新下去，因为毕竟"后理论"时代文学研究的特征之一就是"未完成性"！

---

① Damrosch，David，*Comparing the Literatures*：*Literary Studies in a Global Age*，Princeton：Princeton University Press，2020：336.

作为学科的比较文学与20世纪80年代的世界文学观*

张　珂**

摘　要　20世纪80年代是世界文学观在中国发展的一个极其重要和具有标志性意义的年代。从学术史层面来看，这与比较文学作为一种学科建制和研究范式在中国的复兴有着密切关联。世界文学观在20世纪80年代的演进既是新时期以来时代文化心理诉求的一种表征，又是中国文学与世界对话过程中产生的问题意识的必然反映。它所表征的"世界文学热"也直接影响了21世纪以来我们对世界文学的理解和思考。从比较文学的学科视角出发，联系当今的世界文学理论热潮，聚焦和反思20世纪80年代中国语境中的世界文学观，可以更好地理解世界文学观在当代中国的演进历程及其与世界的对话关系。

关键词　世界文学观　比较文学学科　20世纪80年代　中国语境

引　言

近年来，全球化时代的世界文学定义、世界文学的评价标准、世

* 基金项目：本文为教育部人文社会科学研究青年项目"民国时期外国文学与国民教育关系研究"（编号：19YJCZH249）阶段性成果，同时受中央民族大学校级科研项目"作为知识生产的外国文学与现代中国国民教育"（编号：2022QNPY20）资助。

** 作者简介：张珂，文学博士（后），中央民族大学外国语学院副教授。主要研究方向：比较文学理论、外国文学学术史。

界文学与翻译的关系、世界文学与中国等前沿话题引起了国内外学术界的广泛讨论。西方学者丹穆若什、卡萨诺瓦、莫莱蒂等的世界文学观在中国大行其道，关注者甚多。对于中国自身世界文学观念与实践的历史回溯和理论反思则相对较少，而这一问题不仅是厘清世界文学与中国这一话题的重要理论基础，也是中国学者在这股讨论热潮中能够贡献于世界文学的宝贵经验。“作为比较文学研究的一个重要课题，世界文学这个话题曾在上世纪 80 年代就吸引了中国学者的关注。”① 1980 年代是世界文学观在中国发展的一个极其重要和具有标志性意义的年代。随着外部政治环境的变化，中国文学发展迎来了一个生机勃勃的新时期，并再次汇入世界文学发展的大潮，在某种意义上延续和呼应了五四时期对世界文学的期盼。人们常常用“春天”“黄金时代”“文艺复兴”等充满希望的词来描绘 1980 年代中国的人文学术生态，自此开启的历史阶段也成为今天中国思想、文学与文化研究最具活力与深度的领域之一。从学术史层面来看，这一时期的“世界文学”观的形成与兴起，与比较文学作为一种学科建制和研究范式在中国大陆的复兴有着密切关联，由此传播的比较文学与世界文学观念也成为某种程度上的公众知识。它所表征的“世界文学热”也直接影响了 21 世纪以来我们对世界文学的理解和思考。本文从比较文学的学科视角出发，联系当今的世界文学理论热潮，聚焦和反思 1980 年代中国语境中的世界文学观，以期更好地理解世界文学观在当代中国的演进历程及其与世界的对话关系。

一　中国比较文学复兴与“世界文学”话语

作为一种跨越国别或语言的文学研究，比较文学在国际范围的兴起本就与世界文学有着密切关系。从比较文学在欧洲的历史来看，近代世界意识的出现和世界文学观念的产生是比较文学学科萌芽的重要前提。世界文学概念的主要创制者歌德也被认为是比较文学的远祖。

① 王宁：《当代马克思主义的世界文学叙事》，《人民论坛·学术前沿》2020 年第 21 期。

比较文学从诞生起就承担了发现不同民族与国家之间文学交往与联系、沟通与对话的使命。它扩大了国别文学史的研究范围，将各国、各民族的文学交往有机地联系起来，揭示了世界文学在普遍联系中发展的必然规律与趋势。20世纪初，中国比较文学学术意识的萌生也与近代以来知识分子世界文学观的获得密不可分。在“西学东渐”的历史背景下，民国时期已有部分知识分子从中外文化、文学交流的角度运用和阐释世界文学观念，作为知识的比较文学也获得了初步的传播，个别高校甚至开设了比较文学性质的课程，但由于历史条件限制，真正从比较文学的学科视角对世界文学观念进行的自觉讨论仍然相对较少。

进入1980年代，伴随着文学研究领域里的“改革开放”，当时的中国学界尤其是人文学科领域发生了一种“向外看”的知识转向。这种现象的出现与比较文学在这一时期被大力提倡和呼吁有着不可忽视的关联。陈平原在研究中国小说史时谈到，1980年代与西方文学理论的引入同步，海外中国学的研究成果也令人大开眼界，这一现象的出现很大程度上是因为“‘比较文学’在其中扮演了开路先锋的角色”①，而小说这种文体最容易成为中西比较文学家的实验园地。他特别指出80年代出版的比较文学丛书，如《普实克中国现代文学论文集》(1987)、谢曼诺夫《鲁迅和他的前驱》(1987)、温儒敏主编《中西比较文学论集》(1988）等对于小说研究的关注，肯定了比较文学知识的兴起对于学界打破僵局和解放思想所起到的无可替代的积极作用。可以说，比较文学在中国的重新兴起带来的更多的是一种研究思路和观念的变革，这种变革广泛惠及学界，也为世界文学问题重新获得讨论空间提供了必要的知识储备。

在追溯中国比较文学学科历史的时候，学界常把赵毅衡1980年发表在《读书》杂志上的《是该设立比较文学学科的时候了》一文视为比较文学在中国复兴的一个较早呼吁。其实，赵先生的文章里已经以大量例证说明此前比较文学在中国早已有不少文学研究的事实积累，

① 陈平原：《中国学家的小说史研究——以中国人的接受为中心》，葛兆光主编：《清华汉学研究（第三辑）》，清华大学出版社2000年版，第123页。

学科的建立只是“瓜熟蒂落”。比较文学在中国独立设科的紧迫意义不仅在于与国际学术交往的便利，更在于沟通中国文学研究和外国文学研究这两个几乎互不干涉的“行业”，建立起两者之间的桥梁。这也呼应了世界文学提倡者歌德的理想。[①] 事实上，在该文呼吁之前，早在1978年召开的全国外国文学研究工作规划会议上，杨周翰在发言中就以马克思的世界文学研究为例，特别谈到了外国文学研究中需要“提倡比较法”的问题，指出要进行“有意识的、系统的、科学的比较”[②]。他甚至还简略回顾了比较文学作为一门学科在欧洲、苏联和现代中国的不同境遇，辩证地指出了比较文学的研究意义，认为中国可以在马克思主义基本原理的指导下开展比较文学研究。这应该是中国大陆比较文学复兴的最早呼声，也是中国学者在马克思主义指导下自觉运用比较文学的方法和视角主动研究世界文学的一种立场和态度的见证。

作为学科的比较文学常常与世界文学形成一种互动伴生的关系，这在1980年代的中国语境下是颇为典型的。在人们热情呼吁建立独立的比较文学学科的同时，不能忽视的是，作为学科的世界文学实际上已经在中国有较长时期的历史实践。1918年，周作人在北京大学讲授“欧洲文学史”课程，并编纂相关教材，常被研究者认为是中国的世界文学或外国文学学科的一个发端。中华人民共和国成立后，在苏联教育模式的影响下，世界文学学科开始在中国高校获得更为体制化的大规模建设。这在以北京师范大学为代表的高等师范院校尤为突出。应该说，在作为学科的中国比较文学重新兴起之前，长期以来世界文学在中国的学科化实践为之奠定了必要的知识体系和体制基础。比较文学与世界文学之间彼此不可分割的内在联系最终使两者在20世纪90年代末合并为一个学科，这实际上反映了学科发展的必然。正是在这种语境下，伴随着比较文学学科的蓬勃发展，作为文学概念或术语的“世界文学”开始获得更为理论化的学术品格，获得了更为充分的讨论，成为比较文学这门学科最重要的关键词，世界文学观念也伴随

① 赵毅衡：《是该设立比较文学学科的时候了》，《读书》1980年第12期。

② 杨周翰：《攻玉集·镜子与七巧板》，上海人民出版社2016年版，第18页。

着比较文学知识和方法的普及获得了更具学术意义的传播。

在1980年代比较文学的学科理论话语中，最先受到关注的是歌德和马克思这两位“世界文学”概念早期创始者的相关论述。歌德在其与爱克曼的谈话中多次提及世界文学时代的到来及对其美好的憧憬，马克思则在《共产党宣言》中论述了世界文学形成的必然趋势。这并非中国学者第一次接触他们的世界文学话语，因其世界文学观念在中国的传播由来已久。尤其是在20世纪二三十年代，伴随着对马克思《共产党宣言》和歌德等著述的译介，陈望道、陈西滢、梁实秋、茅盾等中国学者就不同程度地涉及过他们的世界文学思想[①]。世界文学与民族文学的关系自五四以来一直是中国文学界关注的热点问题，1980年代对歌德和马克思世界文学观的探讨也主要围绕这一核心展开，显示出与五四传统的接续与对话关系。朱光潜在1970年代末翻译《歌德谈话录》，出版《西方美学史》，率先对歌德的世界文学观进行了深入阐释。这不仅开启了1980年代世界文学讨论的先河，也为此后比较文学的学科建设提供了重要理论基础。在朱光潜看来，歌德不仅第一个预见到并欢迎世界文学时代的到来，而且对民族文学的产生及其与世界文学的互动机制亦有着清醒的认识。朱光潜以历史辩证唯物主义的态度看待歌德和马克思的世界文学，认为两者的基本区别在于，“歌德从唯心的普遍人性论出发，而马克思主义创始人则从经济和世界市场的观点出发”[②]。这一说法奠定了此后学界讨论两者之间世界文学观差别的一个立论基础。从1983年起，钱念孙在国内较早从比较文学视野出发，专题论述了马克思的世界文学思想。他认为马克思的世界文学坚持了普遍联系原则，指向“一种国际性的文学现象”，揭示了“世界文学”与“世界历史”“世界市场”“世界贸易”“世界经济”等因素之间的互动关系，在生产力的发展和由这种发展所引起的整个社会结构的变化中，精辟论述了世界文学的成因。[③] 他的论述还

---

① 张珂：《中国的“世界文学”观念与实践研究（1895—1949）》，中央民族大学出版社2016年版，第123—132页。

② ［德］爱克曼辑录：《歌德谈话录》，朱光潜译，人民文学出版社1978年版，第104页。

③ 钱念孙：《马克思“世界文学”思想初论》，《百家》1983年第1期。

涉及世界文学时代的划分、世界文学与民族文学的关系、研究世界文学的意义等问题，视野宏大，理论色彩鲜明。特别值得提出的是，两位学者的讨论充分重视了马克思主义基本原理在文学研究中的运用，能够历史地、辩证地看待经济基础与上层建筑、社会存在与主观意识之间的关系，显示出中国学者在研究世界文学问题时的重要立场和特色。今天看来，这种以马克思主义为指导的、具有中国特色的世界文学研究立场的表达，正是1980年代以来中国的马克思主义世界文学话语开始逐渐形成的重要标志。

伴随着文学理论界对世界文学的持续讨论，1980年代国外的重要比较文学论著也被陆续译介至国内，成为比较文学学科繁荣的一种表征。这些著作大多对“世界文学”的含义做出了专节论述[①]，这也成为此后许多比较文学教材或专著对世界文学进行术语讨论的一个重要参照。正是由于比较文学学科带来了视野和方法的更新，人们对中国文学与世界文学的关系、世界文学的含义等问题进行了更加深入和自觉的理论思考。1984年，卢康华、孙景尧出版《比较文学导论》作为1980年代我国介绍比较文学这门学科的第一本理论专著，明确讨论了世界文学问题，并梳理出它的三个主要含义。第一种理解是歌德提出的世界文学和其后各国学者的阐释，指向通过文学交流来增进各民族和国家间的相互了解，是一种伟大的文学理想。马克思的世界文学指向正在发展的文学事实。第二种理解是全世界各民族最优秀的作品。第三种理解由第二个含义派生，可以指讲授这类文学作品的世界文学课程。论者尤为关注中国语境下世界文学的阐释，特别指出在中国不称它为“世界文学”，而称“外国文学”。论者还从空间因素、实践因素、质量和感染力因素的差别诸方面来区分比较文学和世界文学，认为在这个意义上，世界文学还指世界文学研究。[②] 这实际上是对长期以来世界文学在中国的特殊实践问题上的一种回应和总结。

① 如大塚幸南《比较文学原理》（陕西人民出版社1985年版）、约斯特《比较文学导论》（湖南文艺出版社1988年版）等著作都专门探讨了世界文学的含义。

② 卢康华、孙景尧：《比较文学导论》，黑龙江人民出版社1984年版，第89—94页。

在论述比较文学历史、给比较文学尝试下定义的过程中，中国学者尤为重视比较文学的出现与世界文学的关系问题。如乐黛云强调："比较文学的出现不仅要有民族文学的确立，而且要有世界文学意识的觉醒。……比较文学就是适应世界文学时代的要求，在各民族文学相互往来，相互影响不断加强的情况下发展起来的。"① 在借鉴和吸收国外学者观点的基础上，国内学界逐渐形成了作为"全人类文学作品的总和"，作为"具有世界声誉的优秀作品"，以及"人类文学广泛的联系性"这样三条"世界文学"基本含义。但正如比较文学的定义充满争议性，难以取得一个一致的意见，复兴期以来的多数比较文学论著对世界文学含义的论述也是探讨性质的，并非追求其严格的本质意义。这种处理带有一点模糊化的倾向，也影响到了此后学界对于世界文学概念的使用。由于这一时期中国比较文学的重心在于厘清中外文学关系，尤其是中国现代文学与外国文学之间的关系，世界文学作为比较文学学科中的一个关键词，正如此后研究者所指出的那样，更多的是作为一种"重要的术语"存在的，其在学科建设中的应有作用并没有完全体现出来。②

二　"走向世界"与世界文学观的演进

比较文学学科中对世界文学概念的引入，由它而生发的世界文学的理想图景，加之中国文学自身发展的强烈渴求，给了1980年代中国学界极大的渴望与期许，人们充满希望地接受歌德和马克思的世界文学预言。1980—1983年，由钟叔河主编的"走向世界丛书"陆续出版，影响极大，从某种程度上反映了当时人们接受世界文学话语的心理背景。"走向世界"成为联结历史和现实的一种时代呼声。正如李怡所指出的，"走向世界"代表的是刚刚结束十年内乱的中国急欲融

① 乐黛云：《中西比较文学教程》，高等教育出版社1988年版，第21页。

② 刘洪涛：《文学关系还是世界文学——对比较文学定义及其相关问题的几点浅识》，《北京师范大学学报》（社会科学版）2003年第2期。

入世界、追赶西方先进潮流的渴望，是中国社会对冲出自我封闭，迈进当代世界文明的诉求。[①] 这一时期人们欢迎世界文学，拥抱世界文学的感情是真诚的、热烈的、主动的。人们相信，中国走向世界的过程，也是世界走向中国的过程。因此，中国文学更应该主动“走出去”，这有利于民族文学遗产的保存，也有利于提高民族自信。这样的声音今天看来颇具预见性。

“走向世界”赋予了文学研究新的视角与活力，带动了比较文学的具体研究实践。1985 年，随着曾小逸主编的《走向世界文学——中国现代作家与外国文学》一书出版，文学研究领域走向世界的热情达到一个高峰。“走向世界文学”遂成为 1980 年代中国文学界最具有标志性的口号。该书的长篇导言《论世界文学时代》论述了人类文学发展的四个时代与世界文学的关系。在民族文学时代，近代意义上的世界文学概念诞生；在近现代文学时代，西方文学与东方文学空前地接近、交流和融合；在总体文学时代，民族文学的多元发展与交流融合此消彼长；在世界文学时代，人在审美意义上不断解放，审美个体化时代由此诞生。[②] 这种划分和总结实质是对世界文学发展历程、特质及未来趋势的宏观描绘，也是 1980 年代中国学者世界文学观的一次主动阐发与理论建构。该书的实际内容汇集了不少中国现代文学与外国文学关系的研究论文，更多地属于比较文学影响研究的范畴。今天来看，它的学术史意义不仅在于为复兴期的中国比较文学做出了很好的研究示范，更在于其中的具体案例突出了中外文学交流与联系之于世界文学实现的必要性和重要性。这恰好印证了世界文学现象在世界范围内兴起的原因与历史，如詹姆逊所言：“歌德心目中所设想的世界文学在很大程度上是一个信息或交流的概念。”[③] 应该承认，强调文学

① 李怡：《走向世界、现代性与全球化——20 年来中国现代文学研究的三个关键语汇》，《南京大学学报》（人文社会科学版）2004 年第 3 期。

② 曾小逸主编：《走向世界文学——中国现代作家与外国文学》，湖南文艺出版社 1985 年版，第 3—72 页。

③ Fredric Jameson, “New Literary History after the End of the New”, *New Literary History*, 2008, 39 (3): 380.

之间的相互联系，世界性的文学交流和融合，至少从歌德开始，正是世界文学的一种表现形式。这种精神既是编者所阐述的“世界文学时代”来临的必然要求，也是中国语境下基于民族文学历史发展得到的宝贵经验，经历了长期文化隔绝的1980年代的知识分子对此更是体会颇深。

这一时期，围绕走向世界文学的话题，不同学科背景、不同学术立场的学者纷纷以极大热情参与讨论，讨论范围早已不局限于比较文学学科，从中也可见出人们世界文学观的演进与发展，其中不乏真知灼见。中国学者在讨论中普遍主张文学之间的平等对话，认为中国文学与世界文学的关系应该是双向的交流互动关系。如黄国柱认为，20世纪文学的发展表现出一体化与多样化并存的面貌，各民族文学相互影响的加强与强烈寻根意识的勃发同时并存。一方面，由于文化和语言、政治差异，走向世界的过程必然是漫长的、曲折的；另一方面，走向世界必须以对世界和人类命运的关心为前提，必须以具备和世界及其文学进行平等对话的能力为前提。[①] 李俊国等认为，中国文学走向世界文学的基点在于中国社会历史发展的现实需要，在于对民族文化传统的批判性认同。[②] 蒋卫杰指出，世界文学既影响民族文学的发展变化，又从中获得反馈与回赠。“走向世界文学”不仅包含把外国文学介绍到中国，也包括让中国文学走到国外。因此，对于研究者而言，既要研究本国文学接受外国文学影响的现象，也要研究本国文学影响外国文学的现象。[③] 这些观点在今天看来仍具有重要的理论价值和现实意义。

难能可贵的是，当时已经有学者不仅从学术价值，还从行为价值上反思了文学领域“走向世界文学”的文化内涵。如孟悦所言，从广义上讲，“走向世界文学”可以被看作一种选择、一种行为，透

① 黄国柱：《〈橄榄〉：世界意识和世界眼光——兼谈中国文学走向世界》，《小说评论》1987年第1期。

② 李俊国、张晓夫：《寻求、建构走向世界文学的基点——也论二十世纪中国文学》，《文学评论》1986年第4期。

③ 蒋卫杰：《走向世界的沉思》，《外国文学评论》1987年第1期。

露出一代人在摆脱历史印象和自身潜藏的“集体无意识”时所遇到的艰难和痛苦。这种表达不仅有它所表达的意义，更有表达本身深远的意义。两种意义在中国从来就是交织在一起的。这种研究有助于我们走出自身观念、文化意识的历史阴影，真正走向世界与未来。[①] 在世界文学的话语热潮中，还诞生了对中国文学发展历程的新的认识。陈思和《中国新文学整体观》（上海文艺出版社 1987 年版），黄子平、陈平原、钱理群《二十世纪中国文学三人谈》（人民文学出版社 1988 年版）等对此后中国文学研究影响深远的著作都将世界文学作为谈论中国文学发展不可或缺的一种视野。中国新文学作为一个整体不仅在世界文学框架的观照下被激发出了新的生机与活力，20 世纪的中国文学也被理解为走向并汇入世界的一个历史进程。人们对世界文学的重视与五四时期的世界文学热遥相呼应，世界文学所带给人们的整体性思维和系统性方法不断更新着人们对中国文学的认识。至此，世界文学观念在中国的接受可以说达到了前所未有的深入程度。

由于政治地位与经济状况等因素的差异，中国文学与西方文学不仅存在评价标准的差异，语言差异带来的翻译问题也是中国文学走向世界亟须考量的问题。近年来，美国学者丹穆若什的世界文学观点被学界广为传播，他指出世界文学是在翻译中受益的作品。[②] 世界文学与翻译关系的讨论也是今天世界文学热潮中的焦点问题之一。回顾 1980 年代中国关于世界文学的讨论，可以看到翻译在走向世界文学中的作用在当时已经是中国学者相当重视的一个话题。如在研究文学从民族走向世界的外因条件时，大量的实例被用以证明翻译是民族文学走向世界文学的桥梁：用西班牙语写作的马克尔斯真正轰动西方主要得力于美国杰出翻译家格雷戈里·拉巴萨的英文翻译；福克纳在世界文学中的声名鹊起，得益于著名翻译家莫里斯·库安德罗的法译本，

---

① 孟悦：《〈走向世界文学〉——一个艰难的进程》，《读书》1986 年第 8 期。

② ［美］大卫·丹穆若什：《什么是世界文学?》，查明建等译，北京大学出版社 2014 年版，第 309 页。

得益于萨特、加缪等法国作家的推崇。翻译不仅是一个作家走向世界的前提之一，也是民族文学走向世界的前提之一。离开翻译，再优秀的文学也无法被广大异域读者所感知。翻译的好坏能直接决定作品在外国的命运。① 不少人已经意识到了中国文学尤其是当代中国文学在世界文学中的尴尬地位，意识到外国人“似乎只认识我们死了好几千年的祖宗”②。因此，不仅在实践中有必要培养和建立高水平的翻译队伍，在思想认识上，也要有主动“走出去”的意识，不能完全被动地等待外国翻译家翻译中国当代的文学作品。为提高新时期文学在世界文学格局中的地位，甚至有学者提出，中国作家不应该仅仅满足本国读者，还要争取世界读者，应该主动为“世界人民”服务。③ 这些讨论与21世纪以来对世界文学与翻译问题的讨论遥相呼应，是倡导中国文学“走出去”的一种先声，也是比较文学亟须重视与挖掘的学术史资源。

在走向世界文学的话语热潮中，争议与反思并存，其关切焦点在于：走向世界文学这一说法有没有问题，什么是世界的，走向哪个世界，文学走向世界的具体标准是什么，中国文学应该如何走向世界，相关讨论一直延续至当下。不少学者注意到“走向世界文学”这一说法中可能存在的西方中心主义倾向。作家冯骥才明确反对“中国文学走向世界”的提法，认为这是急于追求西方认同的表现，反映了文化心理上的劣根性。中西方之间不存在谁走向谁的问题，在文化渗透的世界建设自己更为重要，中国文学的理想目标是实现与世界文学的对话。④ 不少学者也对这样的口号保持了警惕，认为将世界文学作为一种新的价值尺度也有其偏执的一面，“反映了当代中国文化心理的不成熟性和追求大一统价值尺度的传统性”⑤，会使世界文学沾满实用主

① 钱念孙：《文学由民族走向世界的外因条件》，《文艺理论研究》1988年第3期。

② 邓刚：《走向世界的忧虑》，《世界文学》1987年第1期。

③ 陈辽：《走向世界以后——谈新时期文学在世界文学格局中的地位》，《文艺评论》1986年第4期。

④ 冯骥才：《冯骥才杂文随笔自选集》，群言出版社1994年版，第64—66页。

⑤ 陈泓、熊黎辉：《关于“走向世界文学”及其他》，《文学评论》1989年第1期。

义的污泥。吴元迈认为，世界文学早已不再是各个民族文学的加和或汇集，而是表现为世界文学发展中所形成的重要过程、重要思潮、重要倾向和重要特点。没有任何一个国家的文学发展能自立于世界文学发展的某些主要过程和主要思潮之外。只有主动去参与和揭示世界历史进程中和世界文学进程中的重要方面，才有可能走向世界，才有可能让世界走来。因此，走向世界和让世界走来是一个二而一的统一过程。[①] 在比较文学的学科观照下，文学的横向发展问题也得到了充分的重视。钱念孙这一时期首次在国内提出建立“世界文学学”的构想，主张应用系统方法，研究世界文学史和世界文学理论，并预测“21 世纪将是诞生世界文学史和世界文学理论的世纪”。[②] 这已经为当今国内外学界热烈的世界文学讨论所印证。这些见解充分显示出当时的中国学者在思考民族文学与世界文学关系时的主体意识，归根结底反映了建设富有中国文化精神、鲜明民族意识和独立审美价值的现代文学体系的时代诉求，体现了中华民族独特的心理结构和思维模式，值得从学术史角度认真总结与反思。

三　比较文学与全球化时代的世界文学观

比较文学与世界文学的紧密联系为 1980 年代的中国学术话语所验证，显示出比较文学观念与方法极强的理论辐射力和渗透力。今天看来，1980 年代关于世界文学的这些讨论所提供的更有普遍意义的结论还在于：强调世界文学应该是相互交流、互动复合的良性循环系统，中国文学走向世界的前提是具有与世界平等对话的素质和能力。中国文学走向世界的道路是漫长的，不能以功利主义的眼光（如是否获得诺贝尔文学奖）简单视之。不管讨论具体内容如何，这种讨论或行为本身的意义实质上再次证明了中国文学与世界文学早已形成了离开彼此就无法完整言说的话语格局。

---

① 吴元迈：《“走向世界”和“让世界向我们走来”》，《文艺争鸣》1986 年第 5 期。

② 钱念孙：《文学横向发展论》，上海文艺出版社 1989 年版，第 397—402 页。

1990年代以后，世界范围内全球化进程加快，学界对此前走向世界文学的讨论和反思也显示出新的价值和意义。王一川在20世纪末发文指出，“走向世界”这个口号实际上反映了中国人特有的文化无意识即“文化中心主义”。无论其意义是走向西方中心，还是走向或重建中国中心，两者都以为西方所承认和容纳为主要标志。他认为，中国文学与西方文学之间的差异问题才是具有根本性意义的问题。在世界文学的格局中，中国文学需要的是在文学交往过程中保持和发展自身的文化审美特性，为世界文学的多样性和丰富性做出自己的贡献，承担相应的责任。尤其值得注意的是，他提出，随着我们身处其中的世界格局的变化，“世界”与“中国”的形象也在变幻着外表与内涵，“世界”不再是梦中的“神圣幻象”，而就是文化交往的平常对象和环境。① 这一反思是相当有见地的，有利于从自身民族特点出发认识世界文学热的来由与根源，并表达出一种与时俱进的世界意识与主体担当。全国权、徐东日两位学者认为对中国文学来说更有建设意义的是将“世界文学走向中国”与“中国文学走向世界”结合起来，创造“世界中的中国文学”这一氤氲完美的文化世界。② 这里所提出的“世界中的中国文学”这一说法虽然有一定的限定性，在全球化时代的今天看来，它却有意无意指向了一个更为广阔的世界文学空间。与这一思路形成对照的是，2017年哈佛大学出版的《新编中国现代文学史》长篇导言正是由主编王德威撰写的《“世界中”的中国文学》。该书以编者提出的“华语语系文学”为比较视野，实质上将传统意义上中国文学的内涵与外延推向了更广阔的时空领域，提供了一种新的世界文学视角。③ 在世界文学观念的不断更新下，人们已经意识到，世界文学的发展演变不仅有历时性的一面，也有其空间层面的意义。随着全球化进程的加快，跨国文学流动的加强，世界文学的这种空间性特征

① 王一川：《与其“走向世界”，何妨“走在世界”？——有关一种现代文化无意识的思考》，《世界文学》1998年第1期。

② 全国权、徐东日：《“中国文学走向世界”之质疑》，《延边大学学报》（哲学社会科学版）1995年第1期。

③ 王德威：《“世界中”的中国文学》，《南方文坛》2017年第5期。

越来越引发人们的关注。

不难看到，随着东西方物质文明与精神文明交流的日益深入和广泛，中国文化软实力和世界影响力的增强，今天的世界文学热，其时代语境早已与1980年代不可同日而语。从20世纪过渡至21世纪，“全球化”成为理解“世界文学”不可或缺的一个关键词。从某种程度上看，全球化也是走向世界的一个过程。在全球化语境下，马克思的世界文学思想获得了新的生命力，被认为是“文化全球化”的一种预言，暗含着对文化侵略的批判。全球化营造的是一个宽阔的思考背景，提示我们对当下生存的关注，世界文学的问题也置身其中，成为具有导向性的一个问题概念。[①] 马克思主义与世界文学研究之间的关系，马克思主义世界文学话语的历史传承与当代发展也越来越受到中国学界的重视，成为构建新时代中国特色世界文学话语的重要依据。[②]

就比较文学而言，比较文学学科在世界范围内的发展经历了从单一文化内部文学影响关系的研究，到无影响关系的平行研究，再到跨越异质文明的比较研究。中国比较文学从1980年代开始的蓬勃发展是推动世界比较文学进程、化解比较文学学科危机的重要力量。当下中国比较文学的发展相较于1980年代而言已经进入一个全新的历史阶段。在文化自信与人类命运共同体等具有新时代中国特色的理论视域下，比较文学中国学派的倡导与建立越来越为世界所瞩目。中国比较文学不仅在影响研究、平行研究、跨学科研究等传统学科领域取得了显著成绩，而且在比较文学学科理论领域实现了重大突破与创新。对跨文化研究、阐发研究、比较文学变异学等核心理论和问题的讨论，不仅是比较文学学科意识走向自觉和成熟的体现，也形成了比较文学中国学派的鲜明特征。[③] 在具体学科建制层面，继1997年比较文学与世界文学成为中国语言文学下属的二级学科之后，2017年，隶属于外国语言文学学科之下的比较文学与跨文化研究二级学科也开始建立与

① 王宁：《作为问题导向的世界文学概念》，《外国文学研究》2018年第5期。

② 王宁：《当代马克思主义的世界文学叙事》，《人民论坛·学术前沿》2020年第21期。

③ 李伟昉：《文化自信与比较文学中国学派的创建》，《中国社会科学》2020年第9期。

发展，成为外语学科五大发展方向之一。这一学科变革实际上也是全球化时代对外交往和人才培养诉求的必然反映。中国比较文学更加注重东西方文学的沟通与对话，注重异质性与互补性，为打破西方中心主义，构建和谐共生的世界文学做出了重大贡献。世界比较文学发展的历程既是比较文学全球视野与对话意识不断扩展、深化的过程，也是世界文学从乌托邦理想到审美现实的实现过程，更是人类命运共同体理念在文学研究领域的生动体现。因此，比较文学或世界文学的根本理念与人类命运共同体理念实质是相通的，在这个意义上甚至可以说比较文学在今天前所未有地接近世界文学。

当下，中国已跃升为全球第二经济体，在走向世界中央舞台的同时，中国对外交往与看待世界的心态也更加成熟、自信、稳健。习近平总书记在2021年3月指出，“70后、80后、90后、00后，他们走出去看世界之前，中国已经可以平视这个世界了”。[①] 从古代中国的“俯视世界”到近代中国的“仰视世界”，再到如今真正意义上可以“平视世界”，应该说，人们对世界和世界文学的理解在不断演进的时代语境中大大向前推进了。如今，伴随着中国综合国力的增强、国际地位的提高以及国家“一带一路”建设的展开，如何正确处理传统文化与外来文化之间的关系，如何实践中国文化或文学“走出去”的文化策略、如何重新看待中国文学与世界文学的关系等仍是新时代思想文化建设的重要关切所在，其实质也是中国面临的世界文学问题的新演化。比较文学作为具有国际性的一门人文学科，在发挥与世界文学的对话方面仍然有它不可替代的作用与价值。随着国际上更多的世界文学理论的兴起，中国学者理应更加积极地参与到世界文学的理论对话中，并在这一过程中主动作为。

无论是1980年代还是今天，中国学者对世界文学的思考始终以中国的具体国情和中国文学的发展为立足点，坚持马克思主义的指导地位，探讨世界文学概念对中国的积极意义，思考界定世界文学的标准，力图重构世界文学的中国版图。如果说1980年代的“走向世界文学”

---

① 习近平：《“大思政课”我们要善用之》，《人民日报》2021年3月7日第1版。

更多追求文学的同一性、一体性、人类性等内涵，伴随着比较文学在中国的新发展，全球化语境中对世界文学的理解则又增添了差异性、多样性、动态性、变异性、过程性等色彩。今天的中国，与其说是走向世界文学，毋宁说是以更自信和主动的姿态参与和推进世界文学的互动。伴随着持续的讨论，可以说，世界文学问题在今天的中国激发出前所未有的学术活力。

结　语

总之，世界文学话语热潮在1980年代的出现离不开比较文学在中国复兴的时代语境，离不开中国文学自身发展的诉求。它的兴起既是新时期以来时代文化心理诉求的一种表征，又是中国文学与世界对话过程中产生的问题意识的必然反映。“走向世界”等命题背后所反映出的世界文学观念，既是20世纪以来中国人思考世界文学问题的一种历史延续，也是世界文学观念在中国发展深化的重要表征。今天学界对世界文学的持续讨论，对歌德和马克思的再次征引，仿佛又让我们回到了那个高呼“走向世界”的年代。在新时代中国特色文艺思想的指引下，这一次中国文学与世界文学的关系从注重吸收、引进转向注重文学的交流与域外传播，乃至重新思考世界文学语境中的中国文学，实现真正平等的文明互鉴与对话，这样的问题导向毫无疑问正在重构着当下的世界文学。

方法的焦虑：比较文学可比性及其方法论构建

李伟昉*

摘　要　“同源性”、“类同性”和“差异性”研究标志着比较文学发展进程中可比性探寻的三个重要阶段，它们不仅共同奠定了比较文学的可比性基础，而且充分证明了比较文学方法论构建是在可比性基础上进行的，没有可比性意识，就难以形成比较文学的方法论。对方法论构建的焦虑和探索始终贯穿于比较文学发展的各阶段。我们以法国、美国和中国比较文学研究为中心，从可比性入手考察比较文学方法论构建的历程，并从中领悟留给我们的价值启示，以便于更好地聚焦问题意识，寻求研究新领域、新方法的不断拓展。

关键词　可比性　比较文学方法论

完成世界第一部《比较文学》专著的波斯奈特曾经指出，“获得或者传播知识的比较方法一如思想本身一样古老”，但它又是“19 世纪的特别荣耀”①，“有意识的比较思维是我们 19 世纪的伟大荣耀”②。“比较思维”与“比较方法”何以成为作为一门新兴学科的比较文学的“伟大荣耀”或“特别荣耀”呢？这主要是基于对“比较”一词

---

* 作者简介：李伟昉，文学博士，河南大学莎士比亚与跨文化研究中心主任、文学院教授，河南大学学报编辑部主任、主编。研究方向：比较文学与英美文学。

① ［爱尔兰］哈钦森·麦考莱·波斯奈特：《比较文学》，姚建彬译，中国社会科学出版社 2015 年版，第 70 页。

② ［爱尔兰］哈钦森·麦考莱·波斯奈特：《比较文学》，姚建彬译，中国社会科学出版社 2015 年版，第 73 页。

内涵的特殊理解，因为“比较”在比较文学展开的过程中已经不再局限于仅仅确定事物同异关系的一般意义，而是具有了跨越性的视域融合的开阔眼界与宏大目标，这种跨越性涵盖了跨语言、跨国家、跨民族、跨学科与跨文化。离开了这种跨视域融合，比较文学也就丧失了其存在价值。不过，正是这个看似容易理解的跨越问题此后却变成了被强烈质疑的重要方面，伴随着比较文学走过了100多年不平凡的发展历程。其中最遭质疑之处是，比较文学因跨越而缺失了独有的研究对象与专门方法。然而，比较文学的历史进程表明，自其诞生始的每一个发展阶段都有着自己特定的研究对象以及与其相适应的研究方法。比较文学对象与方法的确定，又都有赖于这种跨视域融合的可比性价值的确立。可比性是比较文学学科理论的一个基本问题，它“并不是一种纯粹的客观存在，而是作为一个范畴，反映人们对客观事物或对象的本质与关系的一种概括，一种思维结果，因而它是主客观的统一”[①]。探求可比性的比较方法的实践和意义就蕴含在比较文学不同发展阶段所呈现出的不同的可比性之中，而且整个过程中无不充满着独特方法论探寻的焦虑。我们主要以法国、美国和中国的比较文学研究为中心，从可比性入手来考察比较文学方法论构建的历程，并从中领悟其留给我们的价值启示。

一

比较文学能诞生在19世纪后期的法国，除去客观原因外，与法国学者对比较文学方法论的焦虑密切相关。他们无不迫切希望为比较研究找到可比性的确凿的学理依据及其方法路径。正如法国学派第一位代表人物巴登斯贝格不满于此前150年里人们对文学“比较什么”和“如何比较”的问题时所说的那样：“仅仅对两个不同的对象同时看上一眼就作比较，仅仅靠记忆和印象的拼凑，靠一些主观臆想把可能游移不定的东西扯在一起来找类似点，这样的比较决不可能产生论断的

① 曹顺庆等：《比较文学论》，四川教育出版社2002年版，第58页。

明晰性。”这种比较不会产生任何价值，只是“那些隐约相似的作品或人物之间进行对比的故弄玄虚的游戏”[①]。显然，在巴登斯贝格看来，比较文学不能沦为不着边际的空谈和没有原则的滥比，于是他开始尝试着对欧洲不同国家间有渊源与影响关系的文学作品展开实证性研究，以期得出符合实际的可靠结论。伽列也特别强调，“并非随便什么事物，随便什么时间地点都可以拿来比较”，只有在“曾存在过的跨国度的精神交往与实际联系”的不同国家和民族的作家作品之间才能进行比较，所以从这个意义上说，比较文学不是简单的“文学的比较”[②]。梵·第根同样指出：“‘比较’这两个字应该摆脱了全部美学的涵义而取得一个科学的涵义。”[③] 可见，巴登斯贝格、伽列和梵·第根都是在要求比较文学者不能单纯凭个人主观意志随便拿来两部不同的文学作品进行比较，必须依靠科学的实证方法，能够发现两者之间客观存在的而非主观想当然的跨国事实影响与精神联系，即发现两者之间因影响而产生的相同性事实存在的时候，才能进行比较研究。这就是法国学者规划的“同源性”可比性。这种“同源性”的可比性成为法国学派构建其方法论的基础。

于是，梵·第根在已有学术研究成果的基础上对比较文学研究的范围予以限定，以影响研究理念为指导，用实证方法作统领，规划并总结出了流传学、渊源学和媒介学的具体研究领域及其配套方法模式，分别从三个不同的观察点进入来探讨具有“同源性”的不同作家作品之间具体的跨国度的精神交往与事实联系，三者之间既相互区别，又彼此联系，形成了有效支撑影响研究的更为具体的理论与方法体系。流传学以放送者为中心，考察作为放送者的作家作品、思潮流派等跨国后的命运历程、声誉成就及其深层次文化成因。具体操作方式可选择从诸如个体间的影响、个体对整体的影响、整体对个体的影响、整

① 干永昌等编选：《比较文学研究译文集》，上海译文出版社 1985 年版，第 31—49 页。

② 北京师范大学中文系比较文学研究组选编：《比较文学研究资料》，北京师范大学出版社 1986 年版，第 42 页。

③ ［法］梵·第根：《比较文学论》，戴望舒译，吉林出版集团有限责任公司 2010 年版，第 5 页。

体间的影响等路径展开。渊源学以接受者为终点，通过文字的渊源、口传的渊源、旅行的渊源、孤立的渊源、集体的渊源等途径回溯其可能受到影响的来源探寻。媒介学则以接受者与放送者之间的传递者作为考察中心，通过文字媒介（如译著、译介文字、评论文章、杂志与日报等）、个人媒介（如译者）、团体媒介（如文学团体、学会等）探讨其在接受者与放送者之间所起到的重要中介沟通作用。当然，还包括从贝茨、梵·第根、伽列，特别是基亚等法国学者主张中派生出来的，后来同样产生广泛影响的形象学研究。

应该说，法国学派为避免大而无当、似是而非的空泛之论与不着边际、难以判断的主观臆测，制定了以跨越不同国家和民族的曾经具有内在精神交往与事实联系的作家作品作为比较文学研究的特定对象，贡献了一套以实证为核心的宏观与微观兼具的方法论体系。影响研究在比较文学发展史上不仅作为第一个发展阶段而存在，更是作为一个重要研究类型而存在。作为研究类型存在的影响研究，其影响意义的广度与深度更为持久，它不仅告诉人们比较文学是什么，而且让人们知道比较文学影响研究该怎么进行。就连美国学派的代表人物雷马克都不得不承认，法国学派“有一套特殊的方法”①，并知道“在美国发表的比较文学研究著作中有许多实际上是符合法国学派的观念的”②。正是这一套“特殊的方法”，构建起了体系严密、行之有效的影响研究学术规则，确保了作为独立学科的比较文学的存在价值，其方法论也被广泛传播运用于其他相关人文社会科学学科的学术研究中，赢得了在不断的危机声浪中难以被颠覆的巨大的国际影响力。

二

1958 年，美国学者韦勒克针对法国学派所做的“比较文学的危

① 北京师范大学中文系比较文学研究组选编：《比较文学研究资料》，北京师范大学出版社 1986 年版，第 11 页。

② 北京师范大学中文系比较文学研究组选编：《比较文学研究资料》，北京师范大学出版社 1986 年版，第 70 页。

机”的报告，同样与对方法论的焦虑密不可分。他批评法国学派的三大弊端之一中就有未能确定“专门的方法论”[①]。在另外一文中更明确指出，他的批评“所针对的不是一个国家而是一种方法”[②]。韦勒克为何对法国学派构建的方法论视而不见，并且显得非常焦虑，甚至有些激愤呢？主要原因有二，一是影响研究是只局限于两国文学间“贸易交往”而缺乏关注文学性的外部研究，采用的是“陈旧过时的方法论”[③]，完全偏离了作为艺术本质的美学评价；二是影响研究是为法国“争夺文化声誉的舌战”，是“民族借贷的统计”“民族心理的指示器”[④]，体现出了“为自己国家摆功的强烈愿望”，若以这样的方法进行比较研究，则“美国值得炫耀的东西比人家少”[⑤]，只能处在被动接受的尴尬位置。这让韦勒克难以接受。但是，尽管韦勒克在不安的焦虑中否定了实证方法，却未能给美国学派提供新的专门的方法，只是说明“比较的方法并不是比较文学独有的”，还应该运用“再现、分析、解释、推导、评价、概括等等方法”[⑥]。

能代表美国学派方法论构建意图的标志性成果，是雷马克的《比较文学的定义和功用》这篇著名的文章。在该文中，雷马克给出了美国比较文学定义，明确提出了美国学派平行研究与跨学科研究的范畴和方法。首先，雷马克的跨国研究包含了法国学派影响研究，但重要差别在于更为强调被法国学派“颇为蔑视”的“‘仅仅’作比较、‘仅仅’指出异同的研究”[⑦]，即无影响关系的平行比较，由此指出“纯比较性的题目其实是一个不可穷尽的宝藏，现代学者们几乎还一点也没有碰过”，并强调“这门学科的名字叫‘比较文学’，不是‘影响文学’”[⑧]。其次，

① 干永昌等编选：《比较文学研究译文集》，上海译文出版社 1985 年版，第 122 页。

② 干永昌等编选：《比较文学研究译文集》，上海译文出版社 1985 年版，第 164 页。

③ 干永昌等编选：《比较文学研究译文集》，上海译文出版社 1985 年版，第 124 页。

④ 干永昌等编选：《比较文学研究译文集》，上海译文出版社 1985 年版，第 134 页。

⑤ 干永昌等编选：《比较文学研究译文集》，上海译文出版社 1985 年版，第 129 页。

⑥ 干永昌等编选：《比较文学研究译文集》，上海译文出版社 1985 年版，第 27 页。

⑦ 北京师范大学中文系比较文学研究组选编：《比较文学研究资料》，北京师范大学出版社 1986 年版，第 1 页。

⑧ 北京师范大学中文系比较文学研究组选编：《比较文学研究资料》，北京师范大学出版社 1986 年版，第 2 页。

倡导跨学科研究是美、法学派之间“阵线分明的根本分歧”[①] 所在，因为法国学派“不认为这类研究属于比较文学的范围”[②]，但它可以“把文学与人类知识与活动的其他领域联系起来”，“从不同领域的方面扩大文学研究的范围”，进而“能更好、更全面地把文学作为一个整体来理解”[③]。那么，雷马克给出的具体的比较文学方法论是什么呢?

我们常常认为，平行研究、跨学科研究就是美国学派给出的比较文学研究方法，笼统言之，这是不错的；但严格说来，平行研究和跨学科研究都是特定研究理念的抽象概括，其中虽蕴含着方法思路的倾向性引导，我们姑且称这种倾向性引导为宏观方法论意识，但其本身无法作为具体的、微观的方法来使用，还必须借助其他更为具体的方法才能进行研究。在常识范围内，我们经常把理论与方法混同在一起说，或者说理论即方法，方法即理论，但说到底，理论与方法是不同的。理论是一种形而上的认知理念，方法则是实现这一认知理念的具体路径。平行研究和跨学科研究的具体路径是什么呢?

雷马克在阐释跨学科研究时，三次提到了“比较性”。他指出：“假如的确存在某一题目的‘比较性’难以确定的过渡区域，那么我们将来必须更加严格，不要随便把这种题目算作比较文学的范围。”[④] 正是这个“比较性”，让我们敏锐地感觉到雷马克讨论的比较文学也不是随便什么内容都可以比较的，同样有其限定性。那么，这个“比较性”又如何确定呢？他认为：“讨论金钱在巴尔扎克的《高老头》中的作用，只有当它主要（而非偶然）探讨一种明确的金融体系或思维意识如何渗透进文学作品中时，才具有比较性。探讨霍桑或麦尔维尔的伦理或宗教观念，只有涉及某种有组织的宗教运动（如伽尔文教

① 北京师范大学中文系比较文学研究组选编：《比较文学研究资料》，北京师范大学出版社 1986 年版，第 4 页。

② 北京师范大学中文系比较文学研究组选编：《比较文学研究资料》，北京师范大学出版社 1986 年版，第 2 页。

③ 北京师范大学中文系比较文学研究组选编：《比较文学研究资料》，北京师范大学出版社 1986 年版，第 7 页。

④ 北京师范大学中文系比较文学研究组选编：《比较文学研究资料》，北京师范大学出版社 1986 年版，第 6 页。

派）或一套信仰时，才可以算是比较性的。”[①] 这就是说，只有当文学和某个与文学有一定关联的学科进行系统比较且以文学问题为中心的研究，才具有“比较性”。这个“比较性”显然是指两者间有影响关联的相同性。而雷马克所说的“纯比较性”，则指的是没有“同源性”关系的“类同性”。这种相似或相同的“类同性”正是平行研究和跨学科研究的可比性基础。而这种可比性，正如雷马克在《比较文学的法国学派和美国学派》一文中说的那样，主要是通过“类比和对照”[②]的方法来展开研究。类比着眼于无影响关系的作家作品间共性特征的比较，对照则是对作家作品间不同点的比较。雷马克虽然同时谈到了类比和对照，但其关注的重点还是寻找相同性的类比。他强调说：“这种分析类比研究不仅像对属于不同国度的两部或多部杰作进行平行比较可能做到的那样有助于认识作品的美学价值和提供一般性解释，而且有助于从文学史的角度进行研究并做出结论”[③]，同时还可以把这些“有意义的结论”“集中起来”“贡献给别的学科，贡献给全民族和全世界”[④]。所以，雷马克的平行研究与跨学科研究都旨在通过“类同性”寻找来实现综合，进而获得对文学整体的认识。可惜的是，雷马克缺乏对甄别、确定“类同性”的原则与标准的进一步探讨，其结果只能凭研究者的主观感觉去见仁见智了，这种容易造成似是而非的感觉让不少中外学者都对之不以为然。

因此，我们把雷马克和韦勒克反复强调的类比、对照、再现、推导、解释、分析、评价、概括等方法，与法国学派精细、系统、操作性强的微观方法论构建相比，即可看出，美国学者虽然为比较文学方法论问题所焦虑，但给出的方法都属于通用的方法，缺乏法国学派那

① 北京师范大学中文系比较文学研究组选编：《比较文学研究资料》，北京师范大学出版社 1986 年版，第 6 页。

② 北京师范大学中文系比较文学研究组选编：《比较文学研究资料》，北京师范大学出版社 1986 年版，第 73 页。

③ 北京师范大学中文系比较文学研究组选编：《比较文学研究资料》，北京师范大学出版社 1986 年版，第 71 页。

④ 北京师范大学中文系比较文学研究组选编：《比较文学研究资料》，北京师范大学出版社 1986 年版，第 3 页。

样的建树。而且，他们倡导的平行研究和跨学科研究根本无法绕开其所反对的实证方法。不过，需要特别指出的是，美国学派能够成为继法国学派之后又一个世界性的著名学术派别，关键并不在于微观方法论的创新，而是在于其敢于挑战权威，致力于锐意打破法国学派影响研究的学术樊篱，更新观念，明确地把被法国学派完全排除在比较文学影响研究范围外的平行研究和跨学科研究正式纳入比较文学研究范围内，进而极大地丰富了比较文学研究的学科内涵，彰显出了美国学者对比较文学学术理念及其宏观的方法论意识的探求与开拓精神，这才是美国学派成功的最重要原因所在。

三

自然，无论是起于影响思维、强调实证的法国学派的“同源性”研究，还是起于平行思维、注重审美批评的美国学派的“类同性”研究，它们都是基于“同”的研究，这种“同”的研究又主要是在同一文明系统内进行的，并且旨在把这种同一文明系统内的相同性推广至其他文明圈，形成所谓欧洲中心主义或西方中心主义的普世价值。这种普世价值的推广不仅客观上遮蔽了不同文明间的差异性特征，而且事实上流露出了一种居高临下的文化优越感，也必然造成跨文明沟通和对话的心理障碍。最初西方学者多不认同差异性之间的比较，例如美国著名比较文学学者韦斯坦因就认为，“只有在一个单一的文明范围内，才能在思想、感情、想象力中发现有意识或无意识地维系传统的共同因素”，“而企图在西方和中东或远东的诗歌之间发现相似的模式则较难言之成理”。[①] 后来包括韦斯坦因在内的不少西方学者的态度渐渐地发生转变，认为确实需要“优先考虑文化差异，而不是去回避”。[②]

① ［美］乌尔利希·韦斯坦因：《比较文学与文学理论》，刘象愚译，辽宁人民出版社1987年版，第5—6页。

② ［英］苏珊·巴斯奈特：《比较文学批评导论》，查明建译，北京大学出版社2015年版，第53页。

而中国比较文学则格外注意以跨越东西方异质文化为特色的研究，其创新价值就在于鲜明地提出了区别于法、美学派求同思维的求异思维。中国学者意识到了跨文明研究首先面对的就是明显的差异，承认、尊重这种差异，才会唤起沟通、了解的欲望和动力。正是基于对异质性比较的重要性的认识，中国比较文学才不是因为相同而是因为相异而比较，并通过差异双方的比较来寻找彼此的共同点，在异中有同、同中有异中搭建沟通对话、宽容理解的桥梁，进而实现互补皆荣、平等共处的和而不同的文化共同体。因此，“差异性”的确立意味着中国比较文学从原来法国学派和美国学派的求同思维推进到求异思维的学科理论的新构建。特别是谢天振和曹顺庆分别创立的译介学理论与变异学理论，创造性地弥补了法、美学派的短板，开辟了国际比较文学研究中卓具特色的两个新领域。作为中国比较文学的创新话语，它们是对“差异性”研究的进一步细化与深层次探究，是比较文学学科理论新构建的重要里程碑。

当然，毋庸讳言，改革开放40多年来中国比较文学界一直被独特方法论的探究隐隐地纠缠着、困扰着，所以同样表现出对微观方法论孜孜以求的焦虑与渴望。这种困扰和焦虑是因20世纪70年代台湾学者提出用西方文学理论来阐发中国文学理论的阐发法而引起的。围绕阐发法能否作为比较文学中国学派的特色方法，引发了学术界持久、广泛而激烈的争论，也成为中国比较文学复兴以来围绕学科理论及其方法论构建引发的重要焦点问题之一。这一点，只需在中国知网检索一下40多年来发表的相关论文，便可了然于胸。为了消除阐发法西化倾向的不足，中国大陆学者不仅提出“双向阐发”的主张，而且强调阐发“是一种反思性的阐释”，其核心是“跨文化的文学理解”，为“对话提供可交流的话语”①；曹顺庆也指出，阐发法之所以能成为中国学派独树一帜的比较文学方法论特色，关键原因就在于对中西文化之间巨大差异的阐释，“这种跨文化的阐释就在这文化背景的鲜明差异之中产生了类似比较文学的效果；尤其当阐释者怀有一种对西方理

① 杜卫：《中西比较文学中的阐发研究》，《中国比较文学》1992年第2期。

论加以‘调整’加以‘考验’和‘修正’之目的时，这种基于文化差异的比较意识就更为鲜明和强烈。”所以阐发就是“跨文化意义上的对话和互释”①。

尽管学界对阐发法的看法依然众说纷纭，见仁见智，但是，它似乎又从来未被冷落、放弃过，实际上一直被自觉或不自觉地普遍运用于比较文学的研究实践中。近来，刘耘华通过对几个有代表性的欧美汉学家学术论著的深入探讨，从中总结出“以两极对比”“以特定命题、范式或解释框架为中心”“以问题意识为线索”② 的三种平行比较方法，这一有价值的探索不仅有益于弥补以往平行比较方法论构建方面的不足，而且有效发挥了阐发法在跨文明差异中的互释、沟通、对话和互补的积极功能。

四

从以上梳理中不难看到，法国学派的方法论特征是以“同源性”为基础，由实证统领的流传学、渊源学、媒介学、形象学等一系列创新方法模式的运用；美国学派的方法论特征是以“类同性”为基础的平行类比、跨学科、审美批评等方法的继承性运用；中国比较文学的方法论特征不妨说是在广泛吸收法、美学派研究方法为我所用基础上的深入探寻跨文明“差异性”之间沟通对话的求异法与阐发法等方法的具体运用。“同源性”“类同性”和“差异性”标志着比较文学研究进程中可比性探寻的三个重要阶段，不仅共同奠定了比较文学的可比性基础，而且充分证明了比较文学方法论构建是在可比性基础上进行的，没有可比性意识，就难以形成比较文学的方法论。

从方法论继承、创新与影响的层面看，上述各家虽然都有自己的亮点，但法国学派无疑是其中最为突出的。法国比较文学学者倡导的实证方法，受到了 19 世纪 30 年代以来孔德实证主义哲学的影响，但

① 曹顺庆：《阐发法与比较文学“中国学派”》，《中国比较文学》1997 年第 1 期。

② 刘耘华：《欧美汉学与比较文学平行研究的方法论建构》，《中国比较文学》2018 年第 1 期。

运用实证方法本身并不能成就法国学派，况且实证方法既非来源于法国，也不为法国学派所独有。法国学派之所以能形成奠基性的世界性影响，主要是因为它在实证思维的主导下规划出了属于自己的跨国事实影响与精神联系的“同源性”的研究领域及其一套行之有效的方法体系。美国学派如前所述在方法论创新方面大大逊色于法国学派，因为平行研究和跨学科研究的观点与方法都并非其首倡。早在启蒙运动时期，法国著名思想家和作家伏尔泰在其《论史诗》中就已经提出了这样的平行研究设想：“一个研究文学的人考察一下产生于互不联系的各个时代和国家的不同类型的史诗，这不仅能得到很多乐趣，而且也会得到很大的好处。”[①] 而法国著名文学批评家朗松1895年在《文学与科学》一文中也以古典主义和自然主义文学为例，详尽地分析过科学对文学的跨学科影响，指出“近三百年以前，文学发展就因科学发展而有所改变”[②]。美国的跨学科研究实际上“仍然是一种影响研究，或者说是一种跨学科的影响研究”[③]。但是，美国学派在比较文学学科所取得的拓展研究新领域的创新成就，令其国际学术地位同样不可撼动。

因此，中国比较文学研究运用的求异法、阐发法等方法虽未必独特，却一样不失为有效可行的研究方法。我们不用回避采用一切可资利用的方法，只要所用方法与自己所要解决的学术问题具有关联性与融合度，就可以拿来为我所用，不必一味纠结、焦虑于方法独特上。聚焦问题、继续深入探索并开辟出属于自己的研究领域，才是最重要的。这也是美国学派给我们的一个重要启示。当然，能像法国学派那样同时跟进方法的创新自然是我们所盼望、所渴求的，但无须刻意求新。方法创新只有在已有积累的基础上通过对问题别开生面、严谨细腻的阐释与追问过程中才有可能产生。正如我们讨论阐发法方法论的意义固然重要，但更为重要的是我们运用阐发法时必须心无旁骛地聚

① 伍蠡甫主编:《西方文论〈上卷〉》，上海译文出版社1979年版，第324页。

② ［法］朗松:《朗松文论选》，徐继曾译，百花文艺出版社2009年版，第85页。

③ 李伟昉:《论跨学科研究与影响研究的关系——从美国比较文学定义谈起》，《汉语言文学研究》2013年第2期。

焦问题意识，尤其是聚焦中国问题意识，坚定阐发立场，找准阐发角度，从自身所处的文化语境出发去阐发，而后还要自觉地回到自身，最终实现对自我的重构与丰富，而不是把自身阐发到西方理论的文化逻辑和价值观念之中，从而丧失自我的主导性和能动性。陈思和在研究中外文学关系、厘清外来思潮在中国近代以来的译介传播与影响时，意识到法国学派单向度的影响—接受研究模式所存在的缺陷，故提出“中国文学世界性因素”的概念，并以此为基点主动思考在“大规模、共时化的外来文学与文化思潮”裹挟的创作发生语境中，中国现当代文学的“创造性是如何体现、该怎样阐释的问题”，进而“重新确立世界多元语境中发生的中国新文学的创造性和世界性意义”[①]。这就是中国学者本当坚守的阐发立场及其应该发挥的创造性能动作用。

总之，中国比较文学只要坚持自己的问题意识，不断细化深耕自己的研究领域，继续从差异思维、变异思维等多角度、多层次进行跨文明的阐发与对话，终究会更多地创新出自己有特色的学术命题、术语概念、研究范畴与研究方法，并为世界不同民族文化的友好交流、互补、融通，为尊重差异、减少隔阂、增加包容，真正实现平等相待、和而不同的文学和谐整体，以及世界的持久和平与和谐发展做出自己应尽的学术贡献。

（原文刊载于《中国比较文学》2021 年第 3 期）

① 宋炳辉：《学术史观照与中国比较文学学科的话语建构》，《山东社会科学》2019 年第 1 期。

比较文学的教材多样性与学科主体定位

吕　超*

摘　要　比较文学的教材多样性与学科的主体定位紧密相关。从知识考古的角度来看，当文学研究从基础知识演进到专业知识，并和民族的体认并进时，比较文学必然应运而生。从法国学派到美国学派，再到中国学派，每一次学科定义的修改，都体现出研究者主体的认知演变和跨界视域的升级过程。相对于其他以客体定位的学科，比较文学更多体现研究主体的自觉性。“比较的视域”作为该学科最重要的学理基础，兼具方法论和本体论的属性。

关键词　比较文学　教材　多样性　主体定位

自1984年中国大陆出版第一部比较文学教材《比较文学导论》①算起，至今已有近四十年的教材出版史。粗略统计，其间用中文撰写的各类教材多达百余部。与“天下一统”或“南北割据”的其他学科教材相比，比较文学现阶段的教材尚处于“群雄逐鹿”的局面。不少初学者对教材的取舍颇感困惑，不知该如何抉择。更有人借此质疑比较文学的学科立基不稳、学理欠缺、标准模糊。然而，在笔者看来，这恰恰体现了比较文学独特的学科定位，即主体定位。基于比较文学

---

* 作者简介：吕超，文学博士，天津师范大学文学院教授，研究方向：比较文学、科幻文学。

① 卢康华、孙景尧：《比较文学导论》，黑龙江大学出版社1984年版。

是文学研究的学科属性，本文将借助知识考古学的思路，梳理文学研究作为一种知识系统的演变过程，进而探究比较文学的发生学背景，以及学科演变的基本脉络，以彰显比较文学的主体定位特质及本体论意义。

一

比较文学自诞生至今的一百多年间，其定义是不断演变的。对于其学科归属问题，学界也多有争议。中国学者吴锡民曾梳理出三个主要类型：其一为“文学史”，其二为“文学研究”，其三为“比较文艺学”。[①] 关于比较文学的各类代表性定义，吴锡民教授所讨论的资料是颇为全面的，基本覆盖了中文译本和本土原创的主流定义。但如果进一步探究，这三种类型其实可以归为一类，毕竟无论是“文学史”，还是“比较文艺学”的文学板块，都属于文学研究的范畴，只是研究的出发点和角度不同罢了。就连吴锡民教授本人在论文的最后也对三种类型说提出了质疑，认为其多有交叉重叠之处。

传统意义上的文学研究主要覆盖三个领域，分别是文学史、文学批评和文学理论。其中，文学史是按照时间的序列，总结各个时代的国家或民族的文学发展历程；文学批评则具体分析和评论作家、作品及各种文学现象；文学理论以文学史提供的丰富成果和文学批评的实践经验为基础，专门研究文学的性质、特点、类型、基本规律等。三者相辅相成，组成了文学研究的完整、有机系统。从历史角度来看，比较文学是文学研究演进到一定阶段的必然结果。如果按照文学研究的既有分类标准来细化比较文学学科群，则可像美国学者韦斯坦因那样，将其“进一步分成‘比较文学史’‘比较文学批评’‘比较文学理论’三个小分支”[②]。但笔者以为这种分类略显不妥，其模糊了比较

① 吴锡民：《关于比较文学学科归属的定位》，《广西师范学院学报》（哲学社会科学版）2006 年第 2 期。

② Ulrich Weisstein, *Comparative Literature and Literary Theory*, Bloomington & London: Indiana University Press, 1973: 10.

文学隶属于文学研究的学科属性，容易让人误解成二者并立。更恰当的表述应该是：比较文学作为文学研究的独特领域，坚持跨界精神，要求研究者立足于文学史，运用文学批评，最终达到融会于文学理论的高度。“振叶以寻根，观澜而索源”，要探究比较文学的发生背景及主体定位特征，就应首先厘清文学研究作为一门知识系统的演变轨迹。

借助历史语义学的研究成果，我们不难发现，在西方文化语境下，文学研究的认知定位大致经历了从“基础知识”走向“专业知识”的演进过程。诚如美国文学理论家乔纳森·卡勒所言：“literature 的现代含义——文学，才不过二百年。1800 年之前，literature 这个词和它在其他欧洲语言中相似的词指的是‘著作’，或者‘书本知识’。”[①] 在漫长的中世纪，文学大体被视作一种基础知识，主要是指对文法、逻辑、修辞的研习，对应中世纪教育中“自由七艺”的“三科”[②]。在这样的学科分类体系下，“文学科毕业是进行专业研究的共同前提，它对于神学研习而言，通常是必需的，有志于成为律师或医生的学生有时也要先获得文学学位”[③]。很明显，此种意义上的“文学”只是一种为修习其他专业知识奠基的语言训练，以便让人能够逻辑清晰、语言流畅地表述观点，属于一种文法或修辞技能。

直到 19 世纪，文学一词才逐渐获得现代意义上的含义，开始指小说、戏剧、诗歌、散文等“纯文学”（Belles-lettres）作品。经过对浩如烟海的文献梳理，乔纳森·卡勒认为，西方学术界将文学与“感性经验”相挂钩的研究著述，以法国作家兼评论家斯达尔夫人的《论文学》（1800）一文为发端。由于尚处在新旧认知更迭的时期，斯达尔夫人并没有完全摒弃传统的文学观念，她还相对保守地认为：“文学包括哲学著作和出自形象思维的作品，即包括所有运用思维的作品

---

① ［美］乔纳森·卡勒：《当代学术入门：文学理论》，李平译，辽宁教育出版社 1998 年版，第 21—22 页。

② 除了文法、逻辑、修辞之外，还有算术、几何、天文、音乐“四艺”。

③ ［美］查尔斯·霍默·哈斯金斯：《大学的兴起》，王建妮译，上海人民出版社 2007 年版，第 29 页。

在内。”[①] 半个多世纪之后，学术界对于文学的认知进一步专业化，法国学者泰纳的《英国文学史》(1864—1869) 可以视作代表成果。泰纳认为：“文学的真正的使命就是使感情成为可见的东西。”文学作品最根本的价值是表现“美”。“它们是美的；它们的功用随它们的完美而增加。”[②] 对比而言，在斯达尔夫人所处的时期，文学研究的对象依然是绝大多数的“思维产品”，尚未与哲学等科目分道扬镳。但到了泰纳的阶段，文学研究则基本锁定一个核心标准——“美”。通过对审美价值的强调，泰纳将文学归入艺术的范畴，从“感性经验”的维度区分了文学与其他思维产品的不同，认为只有具备“美”元素才算是严格意义上的文学，这一判断可谓后世“纯文学”观念的雏形。

随之而来的，便是关于文学的研究逐渐从基础性技能转变成专业性的学术问题，在日渐彰显主体色彩的同时，发展为动态调整的知识体系。诚如雷纳·韦勒克所言：文学研究者“必须将他的文学经验转化成理智的形式，并且只有将它转化成前后一贯的合理体系，它才能成为一种知识”[③]。历史证明，在不断演进的学术轨迹中，文学研究范式的生成和同时期关于“民族”(Nation) 问题的探讨息息相关。细细考究，文学的专业化研究与民族的体认有着诸多相通之处，这可以从三个主要维度来理解：历史渊源 (时间)、区域性生存 (空间)、情感认同 (美学)。当民族成为学术研究的对象时，人们一般会从历史渊源、区域性生存以及共通的情感认同三个维度强调民族作为一个实体存在的必然性。民族研究所设定的这种学理模式，深深影响着文学研究的思路。通过上文的分析，读者不难从斯达尔夫人和泰纳的文字中看到这种影响的印迹，他们对于文学的论述已经离不开对所属地域和时间范畴的探讨，更注入了必不可少的情感认同。在此之后，与民族的体认并进，三维视域 (时间、空间和审美) 的文学研究，成为主要

---

① [法] 斯达尔夫人：《论文学》，徐继曾译，人民文学出版社 1986 年版，第 12—13 页。

② [法] 泰纳：《〈英国文学史〉序言》，伍蠡甫等编：《西方文论选 (下卷)》，杨烈译，上海译文出版社 1979 年版，第 241 页。

③ René Wellek & Austin Warren, *Theory of Literature*, New York: Harcourt Brace Jovanovich, 1977: 1.

学术范式。

当然，文学知识体系的建构过程是不断破旧立新、自我扬弃的。随着文学的跨民族交流日益频繁，以及人类认知维度的不断拓展，强调跨界（跨越上述三维视域，尤其是空间维度）的比较文学便应运而生了。1827 年维尔曼在巴黎大学开设的具有比较文学色彩的讲座，持续了三年时间，曾主讲“18 世纪法国作家对外国文学和欧洲思想的影响”，并出版《比较文学研究》一书。尽管讲座并非常设性的，研究也缺乏理论的自觉，多止步于琐碎事实的罗列，但毕竟初步展现了难能可贵的跨界视域。到了 19 世纪后期，比较文学在欧美学界受到的关注越来越多，逐渐作为一门新兴学科登上历史舞台，先后出现了专业杂志、常设论坛、讲席教授。直至 1899 年，比较文学系在美国哥伦比亚大学创立。至此，比较文学作为一门独立的学科方才基本确立。回顾上述历史，我们能够发现，比较文学的出现是文学研究越来越注重主体自觉的必然结果。此后，比较文学内部关于学科定义的争论，也是研究主体跨界视域不断拓展的体现。

二

1886 年，爱尔兰学者波斯奈特出版《比较文学》，该书被视作世界范围内第一部比较文学理论著作。由于深受斯宾塞学说和社会达尔文主义的影响，波斯奈特非常重视从进化论的角度来考察文学研究的发展历程，认为文学发展与社会演变之间存在千丝万缕的联动关系。①这种进化演变的认知，在后世的学科定义变化史上，有着非常鲜明的体现。从法国学派到美国学派，再到后来的中国学派，每一次观点的交锋和定义的修订，无不体现出研究主体的认知演变和跨界视域的升级过程。

推崇影响研究的法国学派，其理论代表当推卡雷和基亚。1951

① Hutcheson Macaulay Posnett, *Comparative Literature*, London: Kegan Paul, Trench & Co., 1886.

年，卡雷在为其高足基亚的专著《比较文学》作序时强调：“比较文学是文学史的一个分支；它研究……在属于一种以上文学背景的不同作品、不同构思以至不同作家的生平之间所曾存在过的跨国度的精神交往与实际联系。”① 如今看来，卡雷对比较文学的界定不仅局限于欧洲中心主义，甚至有法国沙文主义的倾向，在研究方法上也过于强调实证，忽视了文学性和审美价值。基亚则从“文学史”的维度将老师卡雷的观点进一步细化，认为：“比较文学就是国际文学的关系史。比较文学工作者站在语言的或民族的边缘，注视着两种或多种文学之间在题材、思想、书籍或感情方面的彼此渗透。”② 显而易见，师徒二人建构的学术范式都是立基“史”的维度，主张跨越空间范畴（民族、国家）来审视文学交流，在研究方法上则有着鲜明的实证主义倾向。

后起的美国学派因文化立场不同，以及学术认知的变革，对法国学派的研究范式提出质疑是历史发展的必然。在韦勒克、雷马克、奥尔德里奇等代表人物的推动下，美国学派不仅突破了法国学派侧重的“文学史”维度，强调文学的审美批评和艺术价值，还主张打破学科的壁垒（跨学科研究）。其中，雷马克的定义颇具代表性，其在《比较文学：定义与功能》（1961）一文中总结道：“比较文学是一国文学与另一国或多国文学的比较，是文学与人类其他表现领域的比较。”③ 很明显，雷马克主张的这两个学术领域，已大大拓展了卡雷和基亚划定的研究边界，将比较文学的跨界视域进一步彰显。

经过法、美两大学派的论战之后，西方学界一般不再给予比较文学边界明确的定义，而是更倾向给出一种朦胧的价值描述。譬如，1963 年，法国比较文学家艾田伯发表论著《比较不是理由》，提出了“比较文学是人文主义”的观点，认为比较文学是一项能够促进

---

① ［法］卡雷：《〈比较文学〉出版序言》，北京师范大学中文系比较文学研究组：《比较文学研究资料》，李清安译，北京师范大学出版社 1986 年版，第 43 页。

② ［法］马·法·基亚：《比较文学》，颜保译，北京大学出版社 1983 年版，第 4 页。

③ Henry Remak, *Comparative Literature: Method and Perspective*, Carbondale: Southern Illinois University Press, 1971: 3.

人类相互理解和团结进步的事业。[①] 1969年，时任美国比较文学学会会长的勃洛克在演讲中强调："任何给比较文学下精确、细致的定义，……都是不妥当的"，"比较文学究其本质而言，是广阔的、开放的。"在经过层层"预警"之后，勃洛克最终"勉为其难"，给出了一个模糊的界定："比较文学主要是一种前景，一种观点，一种坚定的从国际角度从事文学研究的设想"。[②] 显然，这些对比较文学定义的朦胧描述和动态阐释，体现出学科的不断跨界成长以及学者的开放胸襟，毕竟任何一种自我限定的认知，都难免有画地为牢、故步自封的风险。

20世纪80年代以来，比较文学的中国学派迅速崛起，相关的研究论著层出不穷，教材出版也是如火如荼。众多学者对比较文学的界定虽然大体相仿，但在细节方面却又不尽相同，相关论争持续了四十多年。囿于篇幅，笔者在此仅以时间为序，列举四个最具代表性的定义。1982年，乐黛云教授为《中国大百科全书》撰写比较文学条目，给出的定义是："文学研究的一个分支，它是历史地比较研究两种以上民族文学之间互相作用的过程、文学与其他艺术形式以及其他意识形态相互关系的学科。"[③] 大陆首部比较文学教材，即由卢康华、孙景尧所著的《比较文学导论》(1984)，给出的定义是："比较文学是跨越国界和语言界限的文学研究，是研究两种或两种以上民族文学彼此影响和相互关系的一门文艺学学科。"[④] 集众多学者之力合著的"高教版"《比较文学（第三版）》（2014）给出的定义是："一种跨民族、跨语言、跨文化、跨学科的文学研究。"[⑤] 教育部"马工程"重点教材《比较文学概论》(2015) 给出的定义是："跨国、跨学科与跨文明的文学研究。"[⑥] 不难看出，这四个定义虽然都认同比较文学归属文学研究的学科属性，但在细节表述方面还是有明显差别的。值得肯定的是，

① 干永昌等选编：《比较文学研究译文集》，上海译文出版社1985年版，第102—103页。

② 干永昌等选编：《比较文学研究译文集》，上海译文出版社1985年版，第198页。

③ 《中国大百科全书·外国文学（1）》，中国大百科全书出版社1982年版，第135页。

④ 卢康华、孙景尧：《比较文学导论》，黑龙江人民出版社1984年版，第76页。

⑤ 陈惇、孙景尧、谢天振主编：《比较文学（第三版）》，高等教育出版社2014年版，第7—8页。

⑥ 《比较文学概论》编写组编：《比较文学概论》，高等教育出版社2015年版，第31页。

中国学者在承袭法国学派和美国学派合理观点的基础上，在学科定义里大胆融入了个人学术新见（如“跨文明”）。此类定义无疑彰显了研究主体的学术自觉，主体定位的学科特征显而易见。也正因为如此，该学科所强调的“比较的视域”已经超越了基础的方法论（methodology）层面，上升到了本体论（ontology）的高度。

三

通过上文对文学研究的知识考古，以及比较文学诸多定义的考辨，我们认识到，比较文学是文学研究跨界演进的必然结果，也是人类认知维度不断精进的体现。相对于其他以客体定位的传统学科（诸如以空间框定的国别文学，以时间区隔的断代文学等），比较文学更多体现研究主体的自觉性，是对传统学科研究范式的突破。那么，“比较的视域”作为学科最重要的学理基础，到底是单纯的方法论，还是属于本体论，抑或是二者兼而有之呢？

众所周知，人类的认知模式根据方向的不同，大致可以分为三类：从一般到特殊的演绎推理、从特殊到一般的归纳推理、从特殊到特殊的比较推理。它们作为人类的基本认知模式，也是学术研究的常用方法。毋庸置疑，比较文学作为一门学科，在建立伊始，便与比较方法有着直接的关系。在发展过程中，不论是以影响研究为特征的法国学派，还是以平行研究为特征的美国学派，以及后来的跨文化研究范式，都离不开比较这一基本方法。譬如，法国学派的代表人物基亚，在其专著《比较文学》问世二十六年后（1977）的再版前言中坦言：“比较文学实际只是一种被误称了的科学方法。”[①] 此时的基亚已不再固守“国际文学关系史”的概念，而是着重从方法的层面来界定该学科。

当然，比较文学并不是比较方法的简单运用，必须上升到方法论的层面来审视。在中文语境里，方法论一词有两个含义：其一，关于

① ［法］基亚：《比较文学》，颜保译，北京大学出版社 1983 年版，“前言”第 1 页。

认识和改造世界的根本方法的学说；其二，在某一学科领域所采用的研究方法综合。本文所要讨论的方法论当属第二个含义。我们不妨将其与方法一词对照，如果说方法是指为了解决问题所采用的手段、策略、工具或程式，那么方法论则是对各种可能方法的理论统筹和体系化。可以说，每个学科的方法论都是该学科对自身发展状况、思考方式、认知手段的反省。在笔者看来，比较文学同诸多学科一样，并不拥有自己独占的方法，却拥有颇具特色的方法论，即“比较的视域”。它要求在文学研究时，应以问题为导向，跨越民族、语言、文化或学科的边界，通过“自我”和“他者”间的互识、互动，“来探索新的生长与超越之可能性”①。

但是，如果“比较的视域”仅仅停留在方法论的层面，而不涉及本体论范畴，还不足以构成一门自足的学科体系。所谓本体论，源于西方的传统哲学观念，特指针对世界的基质或本原的研究。对于一门学科而言，则是指该学科的本质属性，是学科得以成立的形而上学的基础。讨论比较文学的本体论，必然要追溯其产生的历史。比较主义作为思潮在19世纪欧洲的流行，不仅是特定方法的普遍使用，更是思维模式和学科理念的推陈出新。并且，这种学科理念还会在主体的认知升级时，不断调整既有的研究范式，或迭代微调，或大破大立。前文提到，比较文学是对一般意义上文学研究的深化，并不断开拓其研究疆界。以19世纪下半叶为例，文学从基础知识转变成专业知识后，研究者开始侧重审美维度，而当时的一些比较文学家则站在“科学”的立场来反思“审美”的文学研究，波斯奈特便是代表人物。他在其专著《比较文学》中试图调和文学与科学的逐渐疏离趋势，在序言中写道：“文学有一天会‘得到更加理性的研究’，……如果目前这种将历史科学运用于文学的做法能够得到普遍的认同，……就能够极大地确保这一学科的推广和平稳进步。”②此后，法国学者梵·第根也秉承

① 刘耘华：《从“比较”到“超越比较”——比较文学平行研究方法论问题的再探索》，《文学评论》2021年第2期。

② Hutcheson Macaulay Posnett, *Comparative Literature*, London: Kegan Paul, Trench & Co., 1886, preface.

这一思路，他在《比较文学论》（1931）中认为：“‘比较’这个字应该摆脱了全部美学的涵义而取得了一个科学的涵义。”① 联系当时文学研究的学术动态，我们可以发现，波斯奈特和梵·第根的观点都是对当时文学研究“审美”倾向的反拨。同样，美国学派对法国学派的反拨，以及文化研究对纯文本研究的反拨，都是研究范式的更迭行为，其背后均反映出研究主体的学术自觉。

从发生学的角度来审视，比较文学体现了方法论和思维模式的深度融合，它根源于人们均具有的比较意识，这种意识伴随着人类的诞生而萌发，演变到文明时代则成为人类获取知识的基本能力。在19世纪产生的冠以“比较”二字的诸多学科（如比较史学、比较法学、比较政治学等），都是比较方法和比较思维相融合的必然结果。正是方法和思维的汇流融合，使得“比较的视域”成为此类学科的本体论根基。有鉴于此，我们不难推导出这样的结论：比较文学作为一门学科，自其诞生之日起，就先验地以研究者的比较视域（包括问题意识、研究能力等）为本体。这也就意味着，“比较的视域”作为该学科最重要的学理基础，兼具了方法论和本体论的双重属性。

最后谈一谈比较文学的学科边界问题。我们强调研究主体的学术自觉和跨界视域，并不意味着研究主体可以任意、无限扩展学科的边界。相关研究必须坚守文学初心，以问题为导向，在解决问题的过程中，水到渠成地拓展学科边界。换句话说，跨界的文学问题涉及哪里，比较文学的学科边界方能随之拓展到哪里。历史已经证明，正是在19世纪各民族文学交流日益频繁的大背景下，引发了在民族文学内部难以解决的新问题，方才导致比较文学的产生：无论是跨语言、跨国家，还是跨文化、跨文明，都可依凭此类发生学的背景来推导。至于跨学科研究，则是因为某个学科碰到的问题，其答案很可能在别的学科那里。毕竟，人类之所以将知识分科，是因为个体很难具备全面理解复杂世界的能力。学科分设虽然有助于知识的专业化，但也将世界本来的整体性割

① ［法］梵·第根：《比较文学论》，戴望舒译，吉林出版集团有限责任公司2010年版，第4—5页。

裂到分散的各学科，这便导致学科内部的某些问题，如果局限于学科自身，很可能得不到圆满解决。我们常说，文学来源于生活，而生活及其所处的世界是复杂的。比较文学主张的跨学科研究就是要以文学问题为核心，调动相关学科知识，重新理解生活的复杂性与整体性。

综上所述，比较文学作为跨界的文学研究，应建基于文学史，运用文学批评，最终达到融会于文学理论的高度。相对于其他以客体定位的传统学科，比较文学更多体现主体的学术自觉，要求研究者必须具有“比较的视域”，并将其视为该学科最本原的学理基础和最重要的价值取向。当下教材的多样性正是这一主体定位的体现，毕竟研究主体无论是文化立场、学术视野和学养积淀等都是多样性的，要求教材的“天下一统”明显是与学科的本质属性相抵牾的。

我国比较文学概论著述中的“不正确理解”等现象疏解

刘耘华*

摘　要　本文对新时期以来比较文学概论类著述中三种常见问题择要加以疏解，其中，“不正确理解”和“不充分理解”主要涉及该学科的一些重要知识点，而“学科方法论根基不稳”则事关该学科能否成立的逻辑依据。对于前二者，本文基于事实予以辨正；对于后者，本文认为处理好学科之本体论与方法论、方法与方法论之间的联系和区别，就能找到基础牢靠并更加具有说服力的学理依据。

关键词　比较文学概论著述　“不正确理解”　“不充分理解”　学科方法论

新时期以来，比较文学因切合改革开放的时代精神，故得到有目共睹的巨大发展。仅就比较文学概论著作而论，自卢康华、孙景尧二先生于1984年合撰并出版首部著作以来，我国学者撰写并出版的同类专书不下100种（不含港澳台地区）。这些论著大都是用心费力之作，读来受益匪浅。不过，其中似乎也有一些关于学科知识点的“不正确理解”“不充分理解”以及“学科方法论根基不稳”等问题。因上述著述多用于本科生教学，直接关涉该学科的未来前程，故不怕谫陋，特从上述问题之中择取若干予以发布并略作疏解①，正误然否，一并

---

* 作者简介：刘耘华，比较文学博士，复旦大学中文系教授，博士生导师，研究方向：近现代中欧思想文化互动、中西比较诗学、海外汉学、基督教与中国文学关系。

① 按：所述问题为学科的重要知识点，又在教材中较为常见，故本文引证时概不出注。

求教于方家。

一 概论著述中若干“不正确理解”现象疏解

首先，对于早期法国学派的重要观点“比较文学不是文学比较”的认知不到位、解释不全面。我们知道，这个观点是由时任巴黎四大（索邦）比较文学教授的卡雷（Jean-Marie Carré）在给基亚（Marius-François Guyard）《比较文学》一书作序时正式提出来的。不过，这个思想早已非常明确地表现在卡雷的老师——巴登斯贝格（Fernand Baldensperger）和梵·第根的论著之中了。有些教材对这些法国学者的这一观点的陈述与其本意存有偏差。择要而言：其一，罗列一些先于比较文学诞生的其他学科，如“比较解剖学”“比较语言学”“比较地理学”“比较神话学”“比较历史学”等，以为早期法国学派也是采用这种“比较”来建构“比较文学”的方法；其二，在诠释梵·第根关于比较文学的著名界定时，认为这时比较文学的研究对象和目标是要找到“不同语境之下文学现象的共同性和差异性”。实际上，不管是巴登斯贝格，还是梵·第根，都很鲜明地反对比较文学采用这种罗列同异的“比较”。让我们来看看他们的原话：

> 有人说：“‘比较文学’文学比较！这是毫无意义又毫无价值的吵闹！我们懂得，它只不过是在那些隐约相似的作品或人物之间进行对比的故弄玄虚的游戏罢了。……”不消说，一种被人们这样理解的比较文学，看来是不值得有一套独立的方法的；
>
> 人们不厌其烦地进行比较，难免出现那种没有价值的对比，（因为）仅仅对两个不同对象同时看上一眼就作比较，仅仅靠记忆和印象的拼凑，靠主观臆想把一些很可能游移不定的东西扯在一起来找类似点，这样的比较决不可能产生论证的明晰性。①

① 巴登斯贝格：《比较文学：名称与实质》，干永昌等编选：《比较文学研究译文集》，徐鸿译，上海译文出版社1985年版，第32—35页。

> 那“比较”是只在于把那些从各国不同的文学中取得的类似的书籍、典型人物、场面文章等并列起来，从而证明它们的不同之处和相似之处，而除了得到一种好奇心的兴味、美学上的满足以及有时得到一种爱好上的批判以至于高下等级的分别之外，是没有其他目标的。这样地实行的“比较”，在养成鉴赏力和思索力是很有兴味而又很有用的，但却一点也没有历史的涵意，它并没有由于它本身的力量使人向文学史推进一步，反之，真正的“比较文学”的特质，正如一切历史科学的特质一样，是把尽可能多的来源不同的事实采纳在一起，以便充分地把每一个事实加以解释是扩大认识的基础，以便找到尽可能多的种种结果的原因。总之，“比较”这两个字应该摆脱了全部美学的涵义而取得一个科学的涵义的。①

意思再清楚不过了：两位早期比较文学的最重要奠基人都反对仅仅罗列同异的“比较”，同时，“不同语境之下文学现象的共同性和差异性”也不是他们认定的比较文学研究对象和目标。那么，什么才是他们认定的真正目标呢？就是找出解释关于本民族文学作品的“尽可能多的”原因，以便确认不同（两个）民族文学之间的相互“假借”和“影响来源”。有些教材将其概括为“同源性”或“亲缘性”，这合乎巴登斯贝格、梵·第根等人的本意。

其次，关于“格义”与“合本”。在谈到古代中国比较文学发展史的时候，这两个问题是几乎所有人都喜欢征引的案例。

“格义”较早的记载见于《高僧传·竺法雅传》：“法雅，河间人，凝正有器度，少善外学，长通佛义，衣冠士子，咸附咨禀。时依（雅）门徒，并世典有功，未善佛理。雅乃与康法朗等，以经中事数拟配外书，为生解之例，谓之格义。及毗浮、昙相等，亦辩格义，以训门徒。雅风采洒落，善于枢机，外典佛经，递互讲说。与道安、法

① ［法］梵·第根：《比较文学论》，戴望舒译，吉林出版集团有限责任公司2009年版，第4—5页。

汰每披释凑疑，共尽经要。”它对于早期佛教在中土的传播起到过重要作用。我国学者在讲述格义的时候，汤用彤、吕澂、陈寅恪等人的研究成果是最常被引用的。其中，陈寅恪认为，格义“实为赤县神州附会中西学说之初祖”①，不仅早期被广泛运用，而且“自北宋以后援儒入释之理学，皆‘格义’之流也。佛藏之此方撰述中有所谓融通一类者，亦莫非‘格义’之流也。即华严宗如圭峰大师宗密之疏盂兰盆经，以阐扬行孝之义，作原人论而兼采儒道二家之说，恐又‘格义’之变相也”，“以其为我民族与他民族二种不同思想初次之混合品，在吾国哲学史上尤不可不纪”。② 可能正因此，今日比较文学学者在讲述“格义”与“合本”的问题时，大都片面地强调前者而忽视后者，以为陈寅恪表彰“格义”代表了早期中国比较文学研究的重要实践。

实际上，在陈寅恪看来，格义造成的不良后果很严重，这种方法不值得、也不应该加以揄扬。就佛经翻译而言，格义不惟“牵引附会”“空泛不切”，偏执者甚至“用格义之法伪造佛经”③。陈氏主张，格义与合本表面看来所重都在于“文句之比较拟配”，“实则性质迥异”，不可不辨：

> 夫“格义”之比较，乃以内典与外书相配拟。“合本”之比较，乃以同本异译之经典相参校。其所用之方法似同，而其结果迥异。故一则成为附会中西之学说，如心无义即其一例，后世所有融通儒释之理论，皆其支流演变之余也。一则与今日语言学者之比较研究法暗合，如明代员珂之《楞伽经》会译者，可称独得“合本”之遗意，大藏此方撰述中罕觏之作也。④

---

① 陈寅恪：《与刘叔雅论国文试题书》，陈寅恪：《金明馆丛稿二编》，生活·读书·新知三联书店2009年版，第252页。

② 陈寅恪：《支愍度学说考》，陈寅恪：《金明馆丛稿初编》，生活·读书·新知三联书店2009年版，第170页。

③ 陈寅恪：《支愍度学说考》，陈寅恪：《金明馆丛稿初编》，生活·读书·新知三联书店2009年版，第171页。

④ 陈寅恪：《支愍度学说考》，陈寅恪：《金明馆丛稿初编》，生活·读书·新知三联书店2009年版，第185页。

在《与刘叔雅论国文试题书》一文中，陈氏进一步提出了真正"比较研究"的要求："以今日中国文学系之中外比较一类之课程言，亦只能就白乐天等在中国及日本之文学上，或佛教故事在印度及中国文学上之影响及演变等问题，互相比较研究，方符合比较研究之真谛。盖此种比较研究方法，必须具有历史演变及系统异同之观念。否则，古今中外，人天龙鬼，无一不可取以相与比较。荷马可比屈原，孔子可比歌德，穿凿附会，怪诞百出，莫可追诘，更无所谓研究之可言矣。比较研究方法之义既如此，故今日中国必先将国文文法之'格义'观念，摧陷廓清。"[①] 所以，真正的比较研究，应限定运用于"同系语言"之内，方可纵贯地"剖别其源流"，横通地"比较其差异"，而对于超出同系语言或文化的"格义"式"比较"，则须先予以"摧陷廓清"，且"羞于"操用，否则，轻则"穿凿附会，怪诞百出"，甚则"认贼作父，自乱宗统"（出处同上）。陈寅恪对于"格义"与"合本"的抑扬态度判然有别，十分醒豁。

在"不正确理解"方面，"类型学"的问题是最严重的，不过要把它讲清楚，需要另文专论，这里就不赘述了。

二 概论著述中若干"不充分理解"现象疏解

从学科方法论的层面来衡论比较文学的发展，20世纪早期的一些法国学者和20世纪中期的一些美国学者无疑占据了巅峰和核心的位置。为了表彰他们的贡献，我们的教材在方法论的意义上分别将其表述为"法国学派"和"美国学派"，不过，关于这两个"学派"的阐述，汉语教材常常存在两方面的"不充分理解"。

其一，对相关重要文献掌握不充分，以至于关于两派之关系的阐述流于简单化。中国教材讨论两派关系的文献主要限于以卡雷、基亚、布吕奈尔（Pierre Brunel）、艾田蒲（René Etiemble）等为代表的少数

① 陈寅恪：《与刘叔雅论国文试题书》，陈寅恪：《金明馆丛稿二编》，生活·读书·新知三联书店2009年版，第252页。

法国学者和以韦勒克（René Wellek）、雷马克（Henry Remark）、奥尔德里奇、韦斯坦因（Ulrich Weisstein）等为代表的少数美国学者的论著以及20世纪八九十年代相继出版的若干译文集。只关注这些对立性比较强烈的文献，就会造成把两种学术观念简单对立起来的后果：似乎在20世纪五六十年代国际比较文学界围绕"影响和实证"以及"非影响和非实证"（美学或文学性的综合研究）等焦点问题存在立场与观点截然不同的两个阵营。而实际上，无论是基亚还是雷马克，都曾很自觉地指出，关于这些问题的看法事实上是很复杂的，法国学者中有美国学派，美国学者中有法国学派，这不是单单凭"护照"（国籍）便可解决的。的确，韦勒克、雷马克等人通过反复强调文学研究本身的价值，把不同民族文学之间非事实联系的文学关系（甚至是文学与其他学科的系统性整合关系）划归为比较文学的阵营，从而大大地丰富和扩大了比较文学的研究对象和范围，但是无论是谁，都没有否认比较文学因果关系（即"事实联系"）研究的价值。而且，除了韦勒克等极少数学者之外①，也罕见有人否认从社会与经济等"外部视角"来探讨文学作品的意义（例如，姚连兵曾借助一些原始文献雄辩地指出，被称为"美国学派的重要代表"的雷马克却对"新批评"切断作者、读者与文本之关联的做法颇多质疑，他所祭出的理论大旗恰恰是重视社会与经济等"外部因素"的马克思主义和注重整体相关性和内在有机性的结构主义②）。

先师孙景尧（1942—2012）先生自21世纪初以来，让门下博士生胡燕春、李琪、段周薇、姚连兵等分别对韦勒克、韦斯坦因、雷马克、艾田蒲等人一一进行个案研究（这些选题不仅全部顺利地通过了博士学位论文答辩，而且大多数已经作为学术专著正式出版），其用意主要在此：只有充分掌握、深入阅读和领会了相关文献，我们才能够对早期比较文学发展中的一些重要事件做出合乎事实本身的深入而到位

① 韦勒克把跟"文学性"没有关系的材料考证研究称为"外贸关系"，认为这类研究应该归属于"历史研究"，而非"文学研究"。

② 姚连兵：《亨利·雷马克与比较文学关系研究》，中华书局2018年版，第40—43、52—57页。

的解释。

其二，对相关重要人物未能做到知人论世，因此关于“平行研究”兴起之原因和基础的阐述流于片面化、甚至表面化。中国的教材在追溯“平行研究”的发生原因时，常常将其归之于彼时美国学术风气的重要批评思潮——“新批评”。认为在这一思潮所主张的“文学性”及“内部研究”倾向与重视材料实证的“法国学派”之间，具有内在的、本质上的不一致，因而是美国学派非难法国学派“唯事实主义”“唯科学主义”“唯历史主义”的理论基础和主要原因；此外，往往还会提到，美国作为一个新的熔炉国家，不具备在欧洲大陆广泛存在的、基于单一种族或共同来源而形成的民族主义历史积淀，也即，这个国家的“民族主义”或“爱国主义”情感与观念基础较为薄弱，缺乏为增进民族自豪感而罗列本民族曾经施惠于他民族之历史记录的强烈动机（正如韦勒克批评一些法国学者所做的那样）。

笔者当然不反对上述原因的合理性。但若深入作者的切身经历与生存环境，则对于此一问题的讨论实可达到更深一层的认知推进：首先，在反对民族主义和爱国主义的心理动机方面，最直接的资源应该追溯到20世纪30年代初以来被纳粹意识形态（核心内涵是基于种族史学的雅利安民族主义）激发出来的反对的声音，如库尔提乌斯（Ernst Robert Curtius，1886—1956）所撰、在当时造成很大反响的《岌岌可危的德国精神》等论著。库尔提乌斯采取“整体的眼光看欧洲”，肯定欧洲“大同思想”的连续性和统一性及其所蕴含的人文主义与启蒙主义理念，并大胆指责“种族意识形态”是一种基于“非理性崇拜”与“蒙昧主义”（barbarism）的“邪恶的爱国主义”。[①] 两位与之同时代的德国犹太裔学者列奥·施皮泽尔（Leo Spitzer，1887—1960）和奥尔巴赫（Erich Auerbach，1892—1957）对此做出了自己的回应。施皮泽尔通过一系列书评对库尔提乌斯的论著进行评论，指明后者所撰包括《欧洲文学与拉丁中世纪》在内的系列论著，其核心意识便是

---

① 阿维胡·扎卡伊（Avihu Zakai）：《德国语文学危机的两种应对之策——论库尔提乌斯与奥尔巴赫》，林振华译，《北京第二外国语学院学报》2018年第4期。

忧虑“非理性主义崇拜”和“纳粹蒙昧主义”势必造成德国精神传统的“断裂”与“危机”;① 奥尔巴赫的惊世之作《摹仿论》所念兹在兹的，则试图以普遍性与理想主义来驯化并统领特殊性与地方性的桀骜野性，以防在此基础上滋生某些种族自我膨胀的例外论、优越论等信念。②

这些都对20世纪五六十年代美国比较文学界产生了很大影响。何以如此？大家只要稍稍留心便可发现，在20世纪五六十年代对法国学派最先发难并予以积极响应的人，如韦勒克、雷马克、韦斯坦因等，他们大都是犹太人，且基本上都是在“排犹”风气最为剧烈的20世纪30年代离开德国或无法摆脱纳粹统治阴影的东欧国家，（有些人经过曲折辗转才）来到美国，他们（与其家人）都是希特勒统治时期雅利安种族优越论（在“二战”之前的欧洲，“种族”与“民族”的内涵基本上是一致的）的受害者。身怀着对于特殊种族（民族）优越论的恐惧，这些犹太裔的美国比较文学家无论个人选择了何种理论立场，其对于整体性和普遍性的重视以及相应地采取反种族优越论、反民族主义的立场则都是殊途同归的。这绝非偶然的巧合！因此，也正是这些具有独特经历的学者才能够敏锐地辨识出，原来孜孜矻矻于跨越边界去探寻不同民族文学之间“事实联系”的法国比较文学家，其目标（撰写内容更全面的民族文学史）、方法（科学实证主义）和对象范围（排除美学内涵之后两种民族文学间的事实联系）仍然带有浓烈的民族主义或者欧洲中心主义的色彩。我们现在来讨论“平行研究”的起源，只有经过这样的知人论世，才会较为真切地体认到其倡导者的苦心孤诣。这批美国学者对于普遍性和理想主义的重视（延伸到对共同诗学的强调和追寻），很大程度上是受到反民族主义之心理动机的激发。当然，其中还有一些别的重要因素也在同时发挥影响和作用，如对在人文领域应用科学方法的反思与质疑，再如19世纪末以来愈益重

① Leo Spitzer, “Review of Curtius”, *Europäische Literatur and lateinisches Mittlelalter*, *American Journal of Philology*, 1949 (70): 425 – 26.

② 张隆溪：《比较文学的新时代》，《中国比较文学》2016年第4期。

视语言因素的“形式主义”风潮（如“结构主义”“新批评”等）的流行，等等。

三 概论著述中“学科方法论根基不稳”现象疏解

这里要讨论的是概论著述中的一个基础理论——学科成立的依据问题。这是本学科最重要的核心问题，所以历来受到很多学者的关注。这个问题，以前集中表现在名称与实质之间的关系上面。笔者认为，学科史上围绕学科依据所产生的多次激烈论争，有些是因为攻守双方彼此都有误解，因此属于所谓“错位的争论”，如早期发生在克罗齐(Benedetto Croce）与梵·第根之间的争吵就是如此。克罗齐从多方面对比较文学发动攻击，有些内容与后来韦勒克对“实证研究”的抨击是大致相近的，即，他们都主张文学艺术的本质是“直觉”“表现”与“形式”，这些才是文学研究和文学史书写的中心和重点，回避这些内容，将会使“比较文学研究”没有多大价值，但是梵·第根认为，“直觉”“表现”与“形式”之类的“美学涵义”在跨民族、跨语言的影响传递过程中很难予以科学的实证，因此不仅不能成为比较文学的中心任务，而且还应该从比较文学的范围中加以剔除；此外，还有一个关键点，即，克罗齐认为“比较”是人人通用的方法，不能拿来作为比较文学成立的“独特”依据，而如前所述，梵·第根等所否定的学科依据恰恰也是这种层面上的“比较”。

在西方比较文学界，新近的对学科依据的攻击似乎全部都来自比较文学教授们。此择要而言。

一是巴斯奈特（Susan Bassnett）在其《比较文学：批评性导论》(1993 年初版）一书中指出的，随着其边界“愈益云雾笼罩和松散无靠（more nebulous and loosely defined)，比较文学正在丧失（其赖以成立的）根基”，它的学科位置应该由翻译研究取而代之。[①] 比较文学从

① Susan Bassnett, *Comparative Literature: A Critical Introduction*, Oxford, UK: Blackwell Publishers Ltd., 1993: 11.

属于翻译研究之下，也就没有必要搞什么学科理论和方法论了。

二是斯皮瓦克（Gayatri C. Spivak）的《一门学科之死》（2003 年初版）所断言的、并如她所愿产生了不小轰动效应的“谶言”——“比较文学已死”。不过，这并非危言耸听，因为在她看来，随着本质主义哲学被彻底解构而发生崩毁，传统意义上的寻求共同“文心”“诗心”的“比较文学”也已“死去”。面对着变动不居的文学文化和无法抵达的“他者”，她要求“新的”比较文学以变应变、唯变所适，总是处于“逾越边界”（crossing borders）的状态，保持一种面向“未来”的“先到性”（anteriority）“莅临性”（a“to come”-ness）和“确然性”的品格（a“will have happened”quality）。[①] 根据美国学者大卫·费里斯（David Ferris）的说法，以动态过程式的“逾越边界”为己任的比较文学压根儿就不是一门“学科”。以变应变、唯变所适的比较文学，天性就抵制“界定”，它是一门“非学科”（indiscipline），一种向“不同种类的他异性”（a species of alterity）保持开放姿态的“不可能性的可能性”（the possibility of its impossibility）；“不可能性”，以及对于“不可能性”的欲望，就是“新的”比较文学的守护神（guardian，即，基础和依据）。[②]

三是目前大多数业内学者的态度，就是对整个学科理论问题都意兴索然。因为对他们来说，比较文学的“未来”不在于如何确定标准、划定边界或探讨方法论的问题，而是取决于“如何去做具体的探索”（doing with CL）[③]；达姆罗什也持这个看法，即：比较文学是跨界探索的平台，是不断地“牵线搭桥”（bridge-building），而非在抽象学科理论上“空费口舌”（vain polemics）。[④]

需要进一步指明的是，这些学者在欧美比较文学界极富声望。不

---

① Gayatri C. Spivak，*Death of a Discipline*，New York：Columbia University Press，2003：6.

② David Ferris，“Indiscipline”，Haun Saussy，ed.，*Comparative Literature in an Age of Globalization*，Baltimore：Johns Hopkins University Press，2006：78 –95.

③ Ursula K. Heise，ed.，*The Futures of Comparative Literature*：*ACLA State of the Discipline Report*，London and New York：Routledge，2017：1 –2.

④ David Damrosch，*Comparing the Literatures*：*Literary Sttudies in a Global Age*，Princeton and Oxford：Princeton University Press，2020：334 –47.

过，他们一方面对于重寻学科依据失去信心，另一方面却也承认，作为一种“不断越界”的尝试，比较文学在“具体的探索”方面负有存在的必要性与合理性。换言之，我们的工作意义在于去寻找并解决一个个“越界的个案”，至于“学科的理论建构”则实在没有必要，因为这是“不可能的”。

笔者以前曾就“比较文学危机论”的问题提出过一个看法：对于一个在全世界主要大学和知识生产体系中均居有事实上的重要位置的“比较文学”，“比较文学危机论”尽管高频率地反复出现，但它仍然可能只是一个“修辞性表述”——我们在理论诠释方面未能跟上这个“事实”。笔者的意见是，我们不能只是消极地看待“危机论”，更不能只是把“危机”视为处于这个学科之“外”、必须最终消除它才算把它解决了的“事物”，而是要辩证地、积极地、内在构成性地看待它和接纳它。[①] 这个看法，似乎同样适用于“学科理论建构不可能”的问题，也即，迄今为止西方比较文学学者之所以找不到这个学科的基础，那是因为他们在理论诠释方面未能跟上比较文学发展与变化的“事实”。

要解决这个问题，窃以为需要先厘清两个关键问题的区别和联系：一是“何谓比较文学”与“如何比较文学”的问题，二是作为“方法”的比较文学与作为“方法论”的比较文学之问题。

先来回答第一个问题。“何谓比较文学”属于本体论，“如何比较文学”则属于方法论。根据深受德里达解构思想之影响的西方学者意见，给予“何谓比较文学”一个本体论的答案已经不可能了，可供我们行走的只剩下一条路：去“如何比较文学”（how to Comparing the Literatures）（按：“to”作介词用）。如此一来，本体论与方法论就被阻断为彼此各不相干的两个问题了。这显然于“理”（逻辑）不合。

在比较文学学科理论建设方面具有重要贡献的杨乃乔教授曾经提出过与上面看法截然相反的一个论断——“比较文学属于本体论而不

① 刘耘华：《从“比较”到“超越比较”：比较文学平行研究方法论的再探索》，《文学评论》2021 年第 2 期。

属于方法论”，并论证这个本体叫作“比较视域”（Comparative Perspective）。[①] 我们且把他对这一概念的界定引列如下：

> 比较视域是比较文学在学科成立上安身立命的本体，是比较文学研究主体在两种国族文学关系之间或文学与其他相关学科之间的深度透视，这种透视是跨越两种以上国族文学的内在汇通，也是跨越文学与其他相关学科知识结构的内在汇通，因此“四个跨越”必然成为比较视域的基本内涵，其中跨民族与跨学科是比较视域中的两个最基本因素，在具体的研究过程中，由于比较视域的展开，使“三种关系”成为比较文学研究的客体。[②]

此将其要义归纳如此：其一，比较视域是学科成立的终极依据，即“本体”；其二，比较视域是比较文学研究主体的主观修养，比较视域（必定）产生“学科意识”，所以，比较文学研究是否成立是由主体定位并确认的；其三，比较视域需要“两个学贯”——学贯古今和学贯中西；其四，比较视域具体地显示为“四个跨越”；其五，比较视域的具体展开，必然形成研究的客体（对象），即“三种关系”：事实影响关系、美学价值关系和学科之间的交叉互渗关系；其六，“内在汇通”（又被表述为“汇通性和体系化”）是主体透视客体（对象）的目标。

笔者认为杨教授为比较文学找到的这个本体论依据，是迄今为止最具有理论底蕴和诠释可能性的一个学理尝试。不过，这个概念似乎仍然具有进一步讨论的余地。从以下三方面做一补充性的论述。

首先，被视为“终极本体”的“比较视域”具有高度的本质化内涵，即，似乎要等到我们完成了“两个学贯”并将其沉淀为主体自身的客观学养之后，我们才有资格去实现“汇通性和体系化”的目标（按：杨教授主编的《比较文学概论》又设“视域论”一节，其中指

① 杨乃乔主编：《比较文学概论》，北京大学出版社 2014 年版，第 139—148 页。

② 杨乃乔主编：《比较文学概论》，北京大学出版社 2014 年版，第 132 页。

出“多元性”“开放性”是“比较视域”的特点，这与作为“本质”和“本体”的“比较视域”形成一定程度上的内在矛盾）。若如此，则“比较文学研究”势必难以从“可能性”转化为“现实性”（因为作为主观先决条件的“比较视域”与作为客观本质学养的“比较视域”，其间存有极难逾越的“本体论鸿沟”）。所以，作为先决条件的比较视域，其内涵应该是主客体互动性的、开放性的和不断变动的。

其次，关于研究的目标——“汇通性和体系化”，也需要进一步地厘清。“体系化”大概是指比较文学论著要有结论上的完整性和逻辑上的自洽性；“汇通性”则需要做出更清楚的疏解：一般意义上的“汇通”是指因“同”而“通”，即黑格尔意义上的“汇通”。他虽提出“同中之异，异中之同”的同异实然关系，但是“异”被视为始终处于被吸收、转化、收纳于“大同”（绝对理性）之中的“大同”之“异”，是需要加以克服或征服的“他者”，而“大同”之“一”（自我）才是真理和绝对。在这一层面上来衡量，则一心一意力求“打通中西”的钱钟书先生其实也算一个黑格尔主义者（即本质主义者）。众所周知，钱先生批评黑格尔以“老师巨子的常态惯技”，“无知而掉以轻心，发为高论，……遂使东西海之名理同者如南北海之马牛风”之类的做法，只能产生“谬论”，[①] 这种谬论，指的就是不知道中西文化是“名异实同”的，换言之，“文心”“诗心”，四海皆“通”。而钱先生所力求的“打通”，终极的依据就在这儿——“东海西海，心理攸同；南学北学，道术未裂”。这句话虽出自1942年初版的《谈艺录·序》，但其精义始终贯穿于《管锥编》等后期论著。“《管锥编·周易正义》”第22则“系辞（六）”对此又做了进一步的阐述：“心之同然，本乎理之当然，而理之当然，本乎物之必然，亦即合乎物之本然也。”[②] 即，天下事，皆如是。

但是，也有很多人（包括笔者在内）认为，“汇通”并非比较文学研究的唯一目标，与“汇通”正向反对的“别异”也应该是最终的

① 钱钟书：《管锥编（第一册）》，中华书局1986年版，第2页。

② 钱钟书：《管锥编（第一册）》，中华书局1986年版，第50页。

目标之一。一些西方现代思想家（常被归类于所谓“后现代主义者”或“解构主义者”）对这种研究做了非常深入的讨论。笔者曾以列维纳斯（Emmanuel Levinas）之反本质主义的“他异性”概念来阐发这一问题，指出“他异性”是跨文化文学比较研究中更加值得重视的层面，因为不可转化与消除的“他者”及其“他异性”才是确立并认知“自我”的不二法门。① 中国古代文化中也有类似的思想资源，如《庄子》的“两行”、《周易》中的“阴遇阳则通”等，值得认真开采。

再次，杨教授教材中关于“比较文学不是文学比较”以及“比较文学不属于方法论”的论断，尚未有意识地在作为“方法”的比较文学与作为“方法论”的比较文学之间做出区分。窃以为，对这两个概念做出区分性认知，事关比较文学之成立依据的重新反思和重新建构之根本。这就需要我们来回答第二个问题。

何谓方法？“方法”是指用来通向“目标”的手段、工具、途径、视角等；何谓方法论？“方法论”是在世界观或本体论的牵引和约束之下对方法问题的整体规划和综合考量，它是一种思想理念，而非单纯、自在的客观手段。比较文学虽无独特方法（哪一门学科又能够断言它独占了某种或某些方法呢?)，但它拥有独特的方法论，简言之，即跨越“自我”的边界，航行到最遥远的“他者”世界，以此来探索新的生长和新的超越之可能性。“比较文学”之所以难以界定，最重要的原因就在于，借助“方法”来捕获“方法论”，本来就是一项不可能完成的任务。在前揭拙文里，笔者提出比较文学作为一种“之间诠释学”，其要义与关键便在于方法论的重新认知与建构。

总之，笔者的基本观点如下：只要处理好学科之本体论与方法论、方法与方法论之间的联系和区别，就一定能够找到基础牢靠并更加具有说服力的学理依据。具体叙述如下。

（一）比较文学作为“文学”研究的一个分支，从根本上说是一种方法论。其学术的整体定位应从属于“文学”的本体论，在此基础上可进一步研究民族的文学与其他民族的文学以及与其他学科的复杂

① 刘耘华：《“之间诠释学”：比较文学方法论新探索》，《中国比较文学》2021 年第 3 期。

关系，由此可推论：比较文学的学科汇聚点是探索各种“文学”之发生与发展的独特内涵及共通规律的比较诗学。

（二）前揭“不可能性的可能性”，实际上是关于本体论与方法论的相互关系，自我同一的本质“本体”虽然是一种“不可能性”，但是既动态开放又凝结汇聚的“本体”仍然是各种“可能性”之具体显现的方法论之“欲望目标”。

（三）问题的关键在于，如何探索并打开各种方法论的“可能性”。这需要人文学界所有学者，特别是青年学者的共同努力。

这样的时代已经到来并应该更进一步了吗

——论国际比较文学第三阶段中国比较文学的学术空间及其使命*

纪建勋**

摘　要　本文首先从20世纪90年代两个外国文学期刊上的专题谈起。“越是民族的越是世界的”，这句流行语并非出自鲁迅。它周身包围着重重迷雾，裹挟着近代以来我们国家积极融入世界却又渴望固守本位的复杂心态；它还与近百年来中国的文学发展以及民族性与世界性的大讨论、改革开放以来中国外国文学与比较文学研究的繁荣、全球范围内“世界文学”理念的复兴等思潮深刻纠缠在一起。“越是民族的越是世界的”，这一极富哲学意蕴的“悖论”与“伪命题”，背后却隐藏着“真历史”，我们可以借此进路厘清国际比较文学第三阶段中国比较文学的学术空间。文章进一步经由“外国文学研究方向与方法探讨”专题梳理中国比较文学与外国文学的发展并界定“三个阶段”划分及其意义，明晰“第三阶段”中国比较文学的使命及其困境；兼及讨论民族文学、外国文学、比较文学、世界文学诸种概念之间的关系及它们在新时代面临的诸多挑战。“这样的时代已经到来并应该更进一步了吗”，作为一种方法/一门学科，当今全球—地方化的

---

* 基金项目：本研究得到教育部重点研究基地上海师范大学都市文化研究中心的支持，国家社科基金重点项目（编号：21AZJ003）、上海市浦江人才项目（编号：17PJC080）阶段性成果。

** 作者简介：纪建勋，上海师范大学人文学院教授、博士生导师，研究方向：比较文学、中外交流史。

比较文学，必定会直面“世界文学难题”，并在文化间性的游走中激发出真正有价值的问题意识与独特的研究方法。

关键词 越是民族的越是世界的　比较文学　外国文学　第三阶段　话语体系建设

题记：

当歌德创造了“世界文学”这个术语之时，人文主义和世界主义依然是每个人都尊崇的观念。然而在十九世纪的最后几年，一种更为强烈且更具嫉恨性的民族情感却使得实现这些思想的热情在世界各地慢慢消退。今日之文学越来越具有民族性，但我不认为民族性和世界性是不相容的。未来的世界文学必将更加吸引世人瞩目，越是民族的，越是世界的。

——勃兰兑斯《世界文学》

也许这样的时代已经到来，它应该更进一步，也必须更进一步了。在这样的时代里，这个大陆的睡狮开始睁开惺忪睡眼，它给这世界带来期盼已久的奉献，这奉献远胜于机械技巧的运用。我们依赖他人的日子，我们向其他大陆学习的漫长学徒期，就快要结束了。周遭成百万涌向生活的同胞，我们不可能总是用异邦干枯的陈粮来喂养他们。新的事件和新的行为在涌现，我们要对他们高唱赞歌，他们也要自我歌唱。谁也不会怀疑诗歌将会重生，并将引领一个新的时代。

——爱默生《美国学者》

从20世纪90年代的两个专题谈起

无疑地，我们的比较文学与外国文学研究在新时期将迈入“第三阶段”，本文将主要围绕此问题展开论述。首先梳理改革开放以来中国比较文学与外国文学的研究并界定所谓的“三个阶段”划分及其意义；然后在探讨两个“三阶段”之间辩证关系的基础上，明晰比较文学与外国文学研究“第三阶段”的诉求、任务及其困难；兼及讨论民族文学、外国文学、比较文学、世界文学诸种概念之间的关系及它们在新时期面临的诸多挑战。本文的论述首先要从两个专题谈起。

1994 年《外国文学评论》推出“外国文学研究方向与方法探讨”专题，共有 5 篇文章。目的是使从事外国文学教学和研究的人士对自己所务进行“一点反思”，找到外国文学研究作为一门专业“存在的理由”。不料甫推出第一篇文章《超越殖民文学的文化困境》，其作者易丹就招致批评声一片，其后的四篇文章都是“围绕后殖民话语”与其展开言辞颇为激烈的商榷。[①] 可以说，仅有黄宝生的《外国文学研究方法谈》没有跑偏，正面围绕专题的主要任务展开，但还是采取了有所迂回的“没有正面与易文交锋”，是“针对性很明显”的“有感而发”。[②] 此种现象的发生，在当时很容易将其与“当前西方正流行的后殖民主义和东方主义”挂起钩来进行批判。[③] 一个讨论起来“有些偏离了主题”的专题研究，为什么还需要在今天拿出来专门分析？是因为它背后反映了中国比较文学与外国文学的某些历史发展规律。如若我们再将其置于改革开放以来比较文学与外国文学的发展脉络之中来看的话，问题就会变得越发有趣起来。可以说，《外国文学评论》的一个小专题，背后对应着比较文学与外国文学研究“第三阶段”的大问题。

无独有偶，1997 年的外国文学研究界也发生了一件小事：《外国文学》杂志在该年的第三期上组织了一个名为“越是民族的越是世界的”专题讨论，共有 6 篇文章。至于为什么会开设此专题，编者在按语中并没有给出解释。我们只能从该刊前后两期的专题分别为“小说死了吗?”“诺贝尔文学奖与中国”来推测这些专题所讨论的无疑都是

---

① 《编者絮语》，《外国文学评论》1995 年第 4 期。

② 赵炎秋：《民族文化与外国文学研究的困境——与易丹先生商榷》，《外国文学评论》1995 年第 2 期。

③ 张弘：《外国文学研究怎样走出困惑：和易丹同志商榷》，《外国文学评论》1994 年第 4 期。

当时学术界的热点问题。开辟专栏来讨论“越是民族的越是世界的”，说明这个问题在当时引起了外国文学研究界的重视。置身其中，或许很多学者在当时并没有充分意识到此命题之于中国外国文学研究史的意义。放在改革开放以来这一比较长的历史时段中去回顾与反思，此事件的意义却越发意味深长起来。在当时的时代背景下，这个问题尽管作为热点被提了出来，却还是没能解决问题，或者说问题迄今还在继续讨论之中。① “越是民族的越是世界的”，这一极富哲学意蕴的“悖论”与“伪命题”，背后却隐藏着中国比较文学与外国文学研究发展的“真历史”，值得学界深长思之。

实际上，沉下心来仔细梳理与观察，此类命题的出现不仅仅限于20世纪90年代。关于民族性与世界性的讨论基本上贯穿了改革开放以来的外国文学发展史。一直到2010年，甚至在2016年，《中国比较文学》期刊还陆续组织了“世界文学与比较文学”“世界文学理论：起源与发展”“世界文学与民族语境（民族主义）”“世界文学与比较文学的关系”“全球（本土化）时代的世界文学”等多个议题对此进行专门研讨。②“越是民族的越是世界的”与“外国文学研究方向与方法探讨”两命题及其经由两家刊物呈现给学界的十多篇文章，它们并非毫不相干而是很有关联，实际上讨论的都是中国的比较文学与外国文学到底在哪里等方向性的大问题。类似命题，在20世纪以来的外国文学研究发展史上起伏流转，从未真正断绝。并且与“民族文学”“比较文学”“世界文学”三个概念间的辩证关系、全球范围内“世界文学”理念的复兴、中国文学文化如何“走出去”、中国的外国文学与比较文学研究繁荣发展的“第三阶段”等几个重大事件的发展纠缠在一起，具有深刻的意义。

另外需要就文章中经常使用的几个概念稍加说明，就“比较文

① 乔国强：《1978—2018：外国文学研究40年的回顾与反思》，《南京社会科学》2018年第10期。

② 除以上专题外，还有：方维规：《理不胜辞的“世界情怀”——世界文学的中国声音及其表达困境》，《探索与争鸣》2016年第11期；方维规：《何谓世界文学?》，《文艺研究》2017年第1期。以上对世界文学概念的详细梳理，展示出“世界文学难题”的多维面向。

学”概念而言，因为在比较文学史上长期以来存在一个“名”与“实”的问题，此处的“比较文学”照例是指“比较文学研究”而言，因为根本不存在一种叫作“比较文学”的文学；同样，“外国文学”概念似乎也有类似的“名实不副”困扰。此处的“外国文学”也是指“外国文学研究”而言，尽管确实存在一种叫作“外国文学”的文学，但我们的“外国文学”较为被广泛接受的蕴涵，一是指翻译之后的外国文学作品，但经过翻译的“创造性叛逆”而成的二手“外国文学”已经不是我们通常叫做“外国文学”的文学，因为此时译文已经进入了研究的范畴；“外国文学”的另外一种含义正是“外国文学研究”。针对后者，只消去看一看国内专门刊发外国文学研究论文的一种著名期刊，其名称正是《外国文学》，就不难理解此处标题中的“外国文学”实际上是指“外国文学研究”或其缩略而言。下面分别就两个专题与以上问题的联系及其启示展开论述。

一　“越是民族的越是世界的”？透过争议见历史

《外国文学》1997 年的专题“越是民族的越是世界的”，其中有一篇文章《越是民族的越是世界的：一个悖论》直指其为一个大悖论，“‘越是民族的’限制它成为‘越是世界的’，而‘越是世界的’也就取消了‘越是民族的’可能”[①]，可谓一语切中肯綮。实际上它的影响也更大，这句话在当下俨然已经成为“经典”。它作为“语录”在中国广泛传播，频繁见诸报章杂志甚至官方语言，几乎人人皆知，已达熟视无睹之境地。其变种也极多，诸如“只有民族的，才是世界的”“越是民族的就越是国际的”“越是具有民族性，也就越具有了世界性”“只有中国的才能是世界的”等；甚至也有不少人主张“反经典”更为“经典”，取以上说法的逆命题，如“越是世界的越是民族的”“只有世界的，才是中国的”，为这句“名言”放之四海而皆准、甚至包括其双向格义在内的普适性感到兴奋。

① 王逢振：《越是民族的越是世界的：一个悖论》，《外国文学》1997 年第 3 期。

笔者目力所及，“越是民族的越是世界的”及其类似变种，在中国各级政府的官方网站涉及对外交流的宣传中频繁出现，它也是国家招录公务员和研究生等人才的高频考点，还是国家干部培训教育知识题库的常备试题。这句“经典语录”如此普及，它看起来是那么天经地义，根本不值得讨论。实则不然。“越是民族的越是世界的”（为便于行文，以下一般简称为“越民族越世界”）类似说法及其变种，在艺术的各个方面都产生了很大的分歧，如木刻版画、音乐、文学、建筑艺术甚至是旅游、外交、国际关系等诸多领域都曾就此话题引发大讨论。①

这一方面说明此语录影响之大，已有变成全民皆知的标语化、经典化的趋向；另外更重要的一方面却也是说明大家对它态度上的暧昧，它的背后牵连着很多重要的问题。对其正本清源已经是刻不容缓的任务。实际上，它本质上首先是一个“伪命题”，甚至连出处都不能确定，其危害却不浅。类似“伪经”，必有不少，其最为典型的一个特征就是自带准确性光环，并且鼓动宣传与心理暗示的能力却是一流的。譬如那句“不能让孩子输在起跑线上”，人人都知道其有些问题，毋庸讳言，这句“伪经”甚至已经玷污了我们的整个教育。

关于此经典语录，坊间流播最广的说法是出自鲁迅。首先已经有多人做过查考，鲁迅并没有说过这句话；其次，鲁迅倒是说过一句与此有些相近的话，然而即使这句相近的话也并不在很多人所指称的《民族的脊梁》一文中。因为《民族的脊梁》一文压根儿就不是鲁迅所写，在很多爱国主义读本中把不少英雄人物称为“民族的脊梁”，如林则徐、钱学森等，鲁迅也是其中的一个“脊梁”，且往往被人称为“中华民族的脊梁”。当然，“中华民族的脊梁”甚至也并不专属于鲁迅，如有文章就把此称号封给了其他人甚至是长城。另外，鲁迅自己确也说过有关“中国的脊梁”的论断。如鲁迅在杂文《中国人失掉

① 此“语录”在各行各业被普遍使用并引起广泛争议的例子不胜枚举，读者只需稍加检索就会发现，这里仅列举建筑和音乐中的两例：陈谋德：《一个值得商榷的建筑创作命题——“只有世界的，才是中国的”》，《新建筑》1999 年第 4 期；薛维恩：《只有民族的，才是世界的——谈中国钢琴作品的民族性》，《艺术研究》2005 年第 1 期。

自信力了吗》中指出“我们从古以来，就有埋头苦干的人，有拼命硬干的人，有为民请命的人，有舍身求法的人，……虽是等于为帝王将相作家谱的所谓‘正史’，也往往掩不住他们的光耀”，这些人就是“中国的脊梁”[①]，鲁迅在另一篇文章《最先与最后》中又有“优胜者固然可敬，但那虽然落后而仍非跑至终点不止的竞技者，和见了这样竞技者而肃然不笑的看客”，乃正是“中国将来的脊梁”等语。[②]

最后，关于“越民族越世界”，人云亦云的种种说法已经和真相相距太远了。事情的真相是，鲁迅所说与“越是民族的越是世界的”有些接近的一句话是在一封《致陈烟桥》的信中：现在的文学也一样，有地方色彩的，倒容易成为世界的，即为别国所注意。打出世界上去，即于中国之活动有利。[③]

继吴其尧较早对语录作者为“鲁迅说”提出质疑并发现问题源头之后，鲁迅研究专家袁良骏查考了《鲁迅全集》，指出“越是民族的越是世界的”并不是鲁迅的原话，其本身却是一句以讹传讹的“大笑话”，并对鲁迅的原话“有地方色彩的，倒容易成为世界的”进行了分析，认为必须拨乱反正，把鲁迅的还给鲁迅，把别人强加给鲁迅的还给别人，希望这句假语录早日“寿终正寝”。也就是说，“越是民族的越是世界的”，至今还不知是何人所创说，尽管它很可能是鲁迅说法的“演变与发挥”，[④] 又或者是后人对鲁迅这番话的一种格言式“概括”乃至“发展”，[⑤] 但它无疑是一句已经被歪传的“伪经”。仔细查考起来，这句“伪经”与百年来国人直面西方文化时的心态与做法紧

---

① 鲁迅：《中国人失掉自信力了吗》，《鲁迅全集（第6卷）》，人民文学出版社2005年版，第122页。

② 鲁迅：《最先与最后》，《鲁迅全集（第3卷）》，人民文学出版社2005年版，第153页。

③ 鲁迅：《致陈烟桥》，《鲁迅全集（第13卷）》，人民文学出版社2005年版，第81页。

④ 陈谋德在一篇与叶廷芳商榷国家大剧院建筑风格应该是民族性还是世界性的短文中理出了鲁迅在1933—1934年通过评论木刻创作来论“中国色彩”“地方色彩”与“世界性”的文字，指出“越是民族的越是世界的”说法或是鲁迅思想的演变与发挥。但并没有展开来论鲁迅的“地方色彩与世界性”思想及其发展，这当然也不是陈氏这篇短文所能容纳的讨论内容。陈谋德：《一个值得商榷的建筑创作命题——“只有世界的，才是中国的”》，《新建筑》1999年第4期。

⑤ 吴其尧：《文学的民族特性和外来影响——对一种“说法”的否定》，《外国文学》1997年第3期。

密关联。

至于为什么“越民族越世界”与鲁迅联系在一起，且又易与“民族的脊梁”同框，这与鲁迅本人文学艺术的民族性与世界性思想以及社会对其思想品格的形成密切相关，再进一步来考察，国人对鲁迅的看法有没有随着整个民族对西方这个他者的变化而变化？实际上“越民族越世界”口号之形成与鲁迅还真的不无关系，如若把鲁迅的原话放之于其人生思想历程发展形成的整个阶段来看，会有更多新的启示。

近读丹麦的乔治·勃兰兑斯在1899年讨论世界文学概念的《世界文学》一文，在文中，勃兰兑斯强烈地意识到了代表本土文学特性的民族文学与代表国际市场流行趋势的世界文学之间的张力，敏锐提出了弱国作家与大国作家相比而言的天然劣势问题。没错，这个勃兰兑斯，正是深深影响了青年鲁迅思想尤其是鲁迅文学史观之形塑的“勃阑兑斯”![①] 勃兰兑斯的系列著述如《波兰印象记》《俄国印象记》等，以及勃兰兑斯的思想尤其弱国文学观、19世纪欧洲文学潮流等对于鲁迅的著述，譬如比较文学研究之作《摩罗诗力说》等,[②] 以及鲁迅终生呼吁弱小民族之文学，致力于改变国人的思想，成为精神界的斗士，奔走呼号于引领积贫积弱的中国走向自由与解放的道路等思想的形成，其影响可谓大且深刻矣。[③]

在勃兰兑斯的《世界文学》文中，有这样一段话，由于原始且比较重要，兹引用原文并译文如下：

> When Goethe coined the term “world literature,” humanism and cosmopolitanism were still ideas that everyone held in honor. In the last

① 朱建国：《勃兰兑斯对鲁迅文学史研究的启发性意义》，《鲁迅研究月刊》2014年第2期。

② ［日］北冈正子：《〈摩罗诗力说〉材源考》，何乃英译，陈秋帆校，北京师范大学出版社1983年版，第118—180页。

③ 张钊贻：《早期鲁迅的尼采考——兼论鲁迅有没有读过勃兰兑斯的〈尼采导论〉》，《鲁迅研究月刊》1997年第6期；姚锡佩：《滋养鲁迅的斯堪的纳维亚文化——安徒生—克尔凯郭尔—易卜生—勃兰兑斯—斯特林堡—汉姆生》，《鲁迅研究月刊》1990年第10期。

> years of the nineteenth century, an ever stronger and more jealous national sentiment has caused these ideas to recede almost everywhere. Today literature is becoming more and more national. But I do not believe that nationality and cosmopolitanism are incompatible. The world literature of the future will be all the more interesting, the more strongly its national stamp is pronounced and the more distinctive it is…①
>
> 当歌德创造了“世界文学”这个术语之时，人文主义和世界主义依然是每个人都尊崇的观念。然而在十九世纪的最后几年，一种更为强烈且更具嫉恨性的民族情感却使得实现这些思想的热情在世界各地慢慢消退。今日之文学越来越具有民族性，但我不认为民族性和世界性是不相容的。未来的世界文学必将更加吸引世人瞩目，越是民族的，越是世界的……②

再来对比鲁迅在1934年所说与“越是民族的越是世界的”有些接近的一句话：现在的文学也一样，有地方色彩的，倒容易成为世界的，即为别国所注意。打出世界上去，即于中国之活动有利。③

勃兰兑斯在19世纪末提出的世界文学思想显然受到了国内比较文学与外国文学界的普遍而长期的忽视，然而身处20世纪初，“长的非常的中国”又非常的“五四”的鲁迅就未必了。④ 比较上述三段话，有没有一些思想与表述上的相近呢？勃兰兑斯的话是否应该翻译成“越是民族的，越是世界的”还是一个见仁见智的问题，更何况现在

---

① Georg Brandes, “World Literature (1899),” in David Damrosch, Natalie Melas and Mbongiseni Buthelezi eds., *The Princeton Sourcebook in Comparative Literature: From the European Enlightenment to the Global Present*, Princeton: Princeton University Press, 2009: 61-66。勃兰兑斯的《世界文学》一文原载德国的《文学回音》杂志1899年第2卷第1期，由苏源熙（Haun Saussy）由德文译成英文。

② 此处的译文参考大卫·达姆罗什编《世界文学理论读本》，刘洪涛、尹星译，北京大学出版社2013年版，第47—52页。

③ 鲁迅：《致陈烟桥》，《鲁迅全集（第13卷）》，人民文学出版社2005年版，第81页。

④ 陈丹青：《笑谈大先生》，广西师范大学出版社2011年版，第11—38页。

已经很难考证鲁迅是否读到了勃兰兑斯的这段话，鲁迅此观点有无受到勃氏的直接影响。即便是鲁迅受到了这种影响并将其体现于文字，那么，又是谁将勃兰兑斯的这段话转译成“越是民族的，越是世界的”还是一个更大的谜。比较文学“影响研究的神话化”与“平行研究的妖魔化”的魔影在此又隐约显现了。[①] 然而，不能否认，弱国文学的相同遭遇，民族文学之于世界文学的张力，彼时的勃兰兑斯之于当时的鲁迅有着相同的遭际与共鸣。

鲁迅的说法“有地方色彩的，倒容易成为世界的”，其产生不是偶然的。其主张当然最鲜明地体现在《拿来主义》一文中，认为对于无论是传统文化还是西洋事物，都要做到不抛弃、不害怕，按需所取，且取其精华，去其糟粕，最终创出新文化。无论如何，各种说法的萌蘖始于“五四”，在其后的一百年间里，其源流伴随着我们国家对西方文明浪潮的因应而跌宕起伏。“新文化运动”时期，社会上打倒孔家店、全盘西化与发扬国粹、抵制洋货本就是针锋相对的两极。

20 世纪 80 年代以来，积极融入世界成为众流，传统文化与民族文学处于弱势地位。世纪之交，长期快速发展与国力极大增强的中华民族面对民族性与世界性问题——大国崛起前的争鸣——1997 年，当时，“越是民族的就越是世界的”不仅在官方与民间两个层面上都产生了普遍的影响，学术界在 1997 年由《外国文学》编辑部在该刊第 3 期还专门约请了一批专家就“越是民族的越是世界的”进行专题研讨，就是这股思潮第二阶段的一个集中体现。

21 世纪初，伴随着达姆罗什、莫雷蒂等美国学者全面探讨“世界文学”理论（这场讨论实际上自 20 世纪 90 年代就已经初现端倪），“世界文学”成为时髦，比较文学成为“显学/险学”。2012 年莫言获得诺贝尔文学奖，一些学者感到丧钟已经为西方比较文学而鸣，[②] 中国文学俨然已经成为世界文学的重要一极，甚至开始主张比较文学可

① 纪建勋：《中国比较文学复兴四十年学科方法论整体观》，《学术月刊》2018 年第 10 期。

② 王宁：《丧钟为谁而鸣——比较文学的民族性和世界性》，《探索与争鸣》2016 年第 7 期。

以挺进到法国学派、美国学派之后的第三阶段——中国学派开始了。[1]

“越是民族的越是世界的”，它周身包围着重重迷雾，裹挟着近代以来我们国家积极融入世界却又渴望固守本位的复杂心态；与以上两点相应，“越是民族的越是世界的”还与近百年来中国文学的发展以及民族性与世界性的大讨论、近四十年来中国比较文学的繁荣[2]、全球范围内“世界文学”理念的复兴等思潮深刻纠缠在一起。质言之，这句“伪经”，背后却隐藏着“真历史”。[3] 它与改革开放以来中国比较文学与外国文学研究的历史与方法论建构上的努力纠缠在一起。

二　外国文学与比较文学研究方向与方法探讨：永远在路上的拷问与挑战

《外国文学评论》在1994年推出的“外国文学研究方向与方法探讨”专题是一个拷问与挑战，它对中国外国文学研究路径做着无终极的拷问，同时也对中国外国文学研究方法论建构做着无休止的挑战。颇为吊诡的是，为什么这场拷问与挑战在实际的研讨当中演变成了中国外国文学“是否殖民文学”之争，陷入了“越是民族的越是世界的”怪圈？

换个角度来看，全球化以来，为什么对于“世界文学”的讨论一直风靡云蒸？“越是民族的越是世界的”明明是伪经与悖论，为什么对其的论争在中国的近代史上一直沉浮流转、藕断丝连而从未真正断绝？一部改革开放以来比较文学与外国文学的发展史，就是一部“越民族越世界”的论争史，一部“世界文学”的进阶史。从本质上来讲，“越是民族的越是世界的”，正是显出了“世界文学”的多重涵蕴

---

① 曹顺庆：《变异学：比较文学学科理论的重大突破》，《中山大学学报》（社会科学版）2008年第4期。

② 纪建勋：《中国比较文学复兴四十年学科方法论整体观》，《学术月刊》2018年第10期。

③ 处于社会急剧转型期的中国社会，面对普世性和地方性之间的张力，思想界和学术界遭遇了不少类似的“伪命题”，如：葛兆光：《穿一件尺寸不合的衣衫——关于中国哲学和儒教定义的争论》，《开放时代》2001年第11期。

及其与全球化的复杂纠葛，尤其是将所谓优势文明的普遍性与同一性以及所谓劣势文明的特殊性与多样性一一解剖给大家看。

用今天中国的比较文学与外国文学研究在世界上的地位来看，1994 年《外国文学评论》推出的“外国文学研究方向与方法探讨”专题还是一个永远在路上的拷问与挑战，它意味着外国文学研究经过改革开放近 20 年的艰苦努力，“终于迎来了从对西方文化、理论的无条件服膺到开始追问中国文化在哪里的艰难转型”。[①] 其中黄宝生的《外国文学研究方法谈》开篇就提出质疑：“从国内中外文学研究现状来看，似乎不存在外国文学的研究方法和中国文学的研究方法这样两种不同的文学研究方法。中国文学和外国文学只是两种不同的研究对象，在研究方法上没有根本的区别”，质言之，“不存在外国文学和中国文学‘各自为政’的研究方法”。[②] 这简直是消解了“外国文学研究方向与方法探讨”的合法性与意义。然而，相信大多数学者并不会否认外国文学研究方向与方法探讨的重要价值，那么，从根本上来讲，这一重要价值主要体现在哪里呢?

简单讲，我们探寻外国文学研究的方向与方法实际上就是在摸索中国自己的文学研究方法与方向，因为从根本上来说，中国的外国文学研究在本质上正是中国文学研究的一个重要组成部分。“这既是中国文化欲以西方文化分庭抗礼的一种表现，也是中国文化将要参与到全球化中来的一次预演。”[③] 这需要从两方面来看，一是表明中国的文学研究需要通过中国的外国文学研究之桥向西方学习、摸索与发展；二是中国的文学研究还需要注重本来民族原有传统之发扬与新方法论的建构。也正是从此角度而言，“外国文学研究方向与方法探讨”永远在路上。在 1934 年，陈寅恪提出“其真能于思想上自成系统，有所创获者，必须一方面吸收输入外来之学说，一方面不忘本来民族之地

① 乔国强：《1978—2018：外国文学研究 40 年的回顾与反思》，《南京社会科学》2018 年第 10 期。

② 黄宝生：《外国文学研究方法谈》，《外国文学评论》1994 年第 3 期。

③ 乔国强：《1978—2018：外国文学研究 40 年的回顾与反思》，《南京社会科学》2018 年第 10 期。

位”。60 年后的 1994 年《外国文学评论》推出此专题的意义也正是在强调中西整合以创新中国文化。对此命题的努力探求，与“越是民族的越是世界的”所引起的关于民族性与世界性的大讨论一样，也一直贯穿于改革开放以来比较文学与外国文学的发展史。

改革开放历经 40 余年，国家的各个方面发生了天翻地覆的变化，中国的对外开放还要继续深化，中国的外国文学研究还要继续发展，然后才能分区放手倡导建立在此基础上的中国传统文化创新再造。鲁迅在跨文化交流中提出“拿来主义”，疾呼“要进步或不退步，总须时时自出新裁，至少也必取材异域，倘若各种顾忌，各种小心，各种唠叨，这么做即违了祖宗，那么做又像了夷狄，终生惴惴如在薄冰上，发抖尚且来不及，怎么会做出好东西来”。鲁迅倡导“汉唐气魄”，认为“汉唐虽然也有边患，但魄力究竟雄大，人民具有不至于为异族奴隶的自信心，或者竟毫未想到，凡取用外来事物的时候，就如将彼俘来一样，自由驱使，绝不介怀”。[①] 中国现在发展了，气象就应该更加宏大，继续努力推动比较文学与外国文学研究的深入发展正是谋求中国文学研究的跨越式发展与接受新挑战的前提之一。

说到汉唐气魄之于中外交流，鲁迅是从弱势民族“取用外来事物”的心态与做法而发出呐喊，而鉴真东渡可说很有另一个层面上的代表性，这一事件启示着我们今天的中国文化如何“走出去”。鉴真六次东渡，历经十二年，具有深刻的文化史意义。鉴真在日本弘扬佛法，始创日本佛教“律宗”一派；在开辟日本佛教新文化的同时，也把包括唐诗、书法、建筑、绘画、雕刻、医药等唐代文化全方位地介绍给日本，在中日交流史上留下了浓墨重彩的一笔，为传播唐代文化和促进日本社会诸方面发展做出了不可磨灭的重大贡献，其影响迄今不衰。[②]

从呼吁中外交流中的“汉唐气魄”出发，这里我们重点讨论鉴真东渡之于中华文化“走出去”的意义。鉴真东渡其真相是“走出去”，

---

① 鲁迅：《看镜有感》，《鲁迅全集（第 1 卷）》，人民文学出版社 2005 年版，第 209 页。
② 严绍璗、刘渤：《中国与东北亚文化交流志》，北京大学出版社 2016 年版，第 70—75 页。

还是“请出去”？8 世纪的日本，佛教已经有了一定的基础，但存在着律法短缺，尤其是戒律不明带来度僧受戒混乱的严重现象，这带给了日本宗教界和国家僧尼管理上的困难局面。鉴真东渡，正是因应日本遣唐使到中国求学或者延请高僧大德至日本讲学的新形式。因此鉴真东渡其性质上是被“请出去”首设戒坛，播扬律学，日本政府诚心礼聘鉴真的目的是弘扬佛教、传播先进的唐文化。鉴真无疑超乎预设、极其出色地完成了任务。日本人民直到今天还称鉴真为“天平之甍”，鉴真的成就立起了日本天平时代文化的屋脊，是一座象征着中日友好交流历史的跨文化之桥与标志着日本文化最高成就的世界屋脊。

鲁迅是中华民族的脊梁，“越是民族的越是世界的”在当下的语境中也多与“民族的脊梁”联系在一起，而鉴真因其东渡弘法，成就了自己“天平之甍”这一日本文化“屋脊”的地位，不免让后人生出许多钦敬。慨叹之余，另有两个层面的启示，一是忠告我们面对欧美的强势文明，不必自卑，“取用外来事物的时候，就如将彼俘来一样，自由驱使，绝不介怀”，采用辩证合理的“拿来主义”；第二个层面的含义在鉴真东渡的光环投射下会映照得更加清楚。遣唐使屡请而不得，六次东渡终于完成鸿业，被“请出去”的鉴真作为一种跨文化交流范式说明“汉唐气魄”还具有一种很难企及的雍容气度与自信。因此，两相对照，必须认识到今日中国创新文化还与我们能否对广大传统整合再造，进而熏染凝练出新时代的“汉唐气魄”成正相关。否则，急匆匆“走出去”，硬要大干快上，硬要“送出去”，其本质还是难掩一种“影响的焦虑”与“深层次自卑”。

打铁还需自身硬，我们在物质、经济上有了很大发展以后，需要练好内功，精神、信仰层面的建设就需要跟上。必须承认中国自己的文化创新严重不足，学了一百年西方，做了一个世纪以西释中的功课，哪能这般迅速做一个一百八十度的大转弯，就地调转黑板的朝向，向西方开讲以中释西的教材？自身的精神建设还严重滞后，没有很好转型，如此急匆匆“走出去”，难免盲目，就会变味成“送出去”。“走出去”“送出去”与“拿出去”三者之间存有很大的差别，其成效也截然不同。尤其是前两者，我们有些模糊了两者之间的差异和界限。

“送出去”在外国人看来，有硬塞与夹带私货之嫌，容易产生一种本能的抵触情绪。我们送出去的中国文化，在中国国内都尚是学者们的案头之物，在西方国家还未必是汉学家的研究对象，它们带给西方学者的只会有窃窃私语或者低头不语。

我们需要扪心自问一句：这些“走出去”的中国文化是西方社会真正需要的吗？因为冷战结束后，异质文化交流的主要模式还是按需所取。坦白说一句，中国的文化强大了，真正需要的话他们是会来拿的。正如同中国在过去这一百年所做的那样。中国文化当然必须要“走出去”。然而我们如此这般急切，似乎有些颠倒了“弘扬创新中国文化”与“走出去”的先后顺序。顺序一经颠倒，其效果截然不同。其背后暴露的，还是百年来所累积的文化不自信与民族性焦虑，再度陷入“越是民族的越是世界的”泥淖而不自觉。三千年来我们的华夏文明有多博大精深，这一百年来我们的自卑和焦虑就有多积重难返。在鉴真东渡这一中华文化“请出去”的范例映照之下，“越是民族的越是世界的”反而成了一个众说纷纭的“伪命题”。① 其一经产生，旋即被解构，化身成蝶，消解于百年来中华民族的既渴望融入世界又冀望固守本位的无边旋涡之中。

需要强调的是，真的是“越是民族的越是世界的”吗？未必！对中国文化“走出去”的借鉴意义就是，中国还需要做好自己的“内功”建设抑或人家需要的话会被“拿出去”的。特别是有着比较文学领域“奥运会”之称的国际比较文学学会（ICLA）年会，其第22届年会已经于2019年7月25日—8月2日在中国的深圳—澳门两地联合举行，此次大会既创造性地开辟了“一会两地”的新模式，还是“越民族越世界”以及“世界文学难题”在中国学界的又一次“爆棚”。在当下，“越是民族的越是世界的”，在一定程度上呼应了大国复兴、伟大崛起等政治符号所指涉的中华民族重大关切。这让我们很容易想

① 围绕“越是民族的越是世界的”专题，刊登在《外国文学》1997年第3期上的这一组笔谈文章有王逢振《越是民族的越是世界的：一个悖论》、刘康《90年代的文化民族化和全球化》、陈众议《民族性与世界性——崛起前的争鸣》、王丽亚《走向终极的危险——试论“越是民族的越是世界的”》、张中载《民族的，时代的，才是世界的——关于民族文化的思考》。

到杨瑞松所著《病夫、黄祸与睡狮:“西方”视野的中国形象与近代中国国族论述想象》书中所揭示的“中国形象与近代国族共同体建构”所具有的丰富意涵。[①] 只不过这一次完全是相反意义上的,中国强大了,其关切也有所不同。

三　迈向何种比较文学与外国文学研究“第三阶段”

在迈向“第三阶段”之前,首先要对于三个阶段给出清晰的界定与划分。此问题之于国际比较文学而言,相对明了。中国比较文学领域泰斗级的乐黛云教授撰有《比较文学发展的第三阶段》一文明确指出“如果说比较文学发展的第一阶段主要在法国,第二阶段主要在美国,那么,在全球化的今天,它已无可置疑地进入了发展的第三阶段”,[②] 而中国比较文学则又是“继法国、美国比较文学之后在中国本土出现的、全球第三阶段的比较文学的集中表现”。[③] 另外,曹顺庆、王向远等也先后发表《比较文学学科理论发展的三个阶段》《比较文学学术系谱中的三个阶段与三种形态》,从“中国学派”与“跨文化诗学”两个方面,将三阶段说上升至比较文学系谱学建构的高度进一步做了理论与实践上的双重准备。[④]

无论如何铺陈,他们都认为国际比较文学的发展轨迹可以做出如下清晰划分:第一阶段的萌蘖始于20世纪初期,其高峰的形成是在欧洲尤其在法国,围绕文学史所开展的影响研究;第二阶段始于20世纪50年代的比较文学“危机之争”,以美国为主,40年代兴起于欧洲的“新批评”思潮逐渐在美国成为主流,比较文学开始转向审美批评的平行研究,其标志则是1960年美国比较文学学会的成立,意味着“美

---

① 杨瑞松:《病夫、黄祸与睡狮:“西方”视野的中国形象与近代中国国族论述想象》,(台湾)政大出版社2010年版。

② 乐黛云:《比较文学发展的第三阶段》,《社会科学》2005年第9期。

③ 乐黛云:《比较文学发展的第三阶段》,《社会科学》2005年第9期。

④ 曹顺庆:《比较文学学科理论发展的三个阶段》,《中国比较文学》2001年第3期;王向远:《比较文学学术系谱中的三个阶段与三种形态》,《广东社会科学》2010年第5期。

国学派”开始形成；第三阶段的根本特征则是以发扬多元文化交流为旨归，且就目前的发展态势而言，国际比较文学研究的重心将不可避免地转移至中国。其重心已经转换完成的一个显著标志，则是于 2019 年 7 月在中国澳门召开的第 22 届国际比较文学学会年会。简直可以说一个崭新的“中国学派”已经呼之欲出了。[①] 质言之，迈向国际比较文学第三阶段的中国比较文学是否可以建立“中国学派”，正是未来一段时期内中国人文学界话语体系建设的重大使命，任何一个学派的建立都不是自封的，它呼唤着学界真正的理论创新。

相较于国际比较文学三个阶段的划分是从世界范围内比较文学学科诞生、理论衍变及其发展史的系统述评与整体研判而来；因为研究对象的囿限，外国文学三阶段的划分则只能是从中国的外国文学研究出发了。结合学界已有的总结，本文理出中华人民共和国成立 70 多年来外国文学发展的三个阶段脉络大致如下。第一阶段是中华人民共和国成立之后的第一个 30 年，时间上为 1949—1978 年，这段时期为中华人民共和国外国文学学科的发展初期，30 年的外国文学研究“峥嵘岁月”，[②] 外国文学的作品通过翻译开始大量进入国人视野，而研究动向上与政治风向的关系较为密切。俄苏文学一度占据统治地位，英美文学受到忽视，东欧与亚非拉的文学译介取得不俗成绩；第二阶段是中华人民共和国成立之后的第二个 30 年，时间上为 1978—2010 年，这段时期为中国外国文学学科发展的“黄金时代”。[③] 随着改革开放的不断深入，体现出两个显著特征，特征之一即为绵延到 20 世纪 90 年代以前一直还没有真正断绝的关于民族性与世界性的大辩论，其最早的源头甚至可以上溯至清末民初，如“中学为体，西学为用”“中学西源”等即为其滥觞。在外国文学界，一个标志性的事件就是《外国文学》1997 年发起的对于“越是民族的越是世界的”专门讨论。特征之二为对于外国文学研究方向与方法探讨的摸索，即鲁迅所言“权衡

① 纪建勋：《改革开放 40 年中国比较文学的复兴之路》，《中国比较文学》2019 年第 1 期。
② 陈众议：《外国文学翻译与研究 60 年》，《中国翻译》2009 年第 6 期。
③ 陈众议：《外国文学翻译与研究 60 年》，《中国翻译》2009 年第 6 期。

校量”阶段。《外国文学评论》推出的“外国文学研究方向与方法探讨”专题虽然同样是在20世纪90年代，但正如上文所说，此专题的研讨发展被“后殖民理论”带偏，实际上仍然没有走出“越民族越世界”的怪圈。但不能否认，此专题的问题意识相当强，提出的外国文学研究方向与方法论建构问题统摄与覆盖了其后20余年的外国文学实践，可以说迄今为止，我们的外国文学方法论建设还是在路上。第三阶段，2010年迄今的“发现中国”阶段，也即在外国文学的镜鉴之下整合创新，别立新宗的中国文学研究的复兴阶段。发现中国，任重而道远，中国归根结底还是“世界的中国”[①] 而不是世界文明长河中的一个另类。它需要我们面对强势文化不自卑，更不必要刻意追求中国文化的普世性，因为那是另一种打磨得更加圆润、光滑、细腻的“深层次自卑”。它需要我们不唯外，也不唯中，既要“西化”，还要“化西”，对整个中华文化进行系统还原与更新，重塑“汉唐气魄”，真正从“世界与中国”“多样性与同一性”“民族性与世界性”的二元模式中走出来。

鲁迅在《文化偏至论》中论证了一个世界上文明演进的普遍规律。“文明无不根旧迹而演来，亦以矫往事而生偏至，缘督校量，其颇灼然，犹孑与躄焉耳。”由鲁迅所揭橥的这一规律，揭示出一种文明，无论曾经如何辉煌灿烂，它在历史长河中的发展都会不得已而生偏至，就像独臂跛足那样难免偏颇。其以欧洲与中国为例的连续两个反问在今天看来意义尤为重大：“特其见于欧洲也，为不得已，且亦不可去，去孑与躄，斯失孑与躄之德，而留者为空无。不安受宝重之者奈何？顾横被之不相系之中国而膜拜之，又宁见其有当也？”所以鲁迅面对文化偏执开给国人的一副药方就是“掊物质而张灵明，任个人而排众数”。

对于中西文明整合之后的创新，鲁迅主张“外之既不后于世界之思潮，内之仍弗失固有之血脉，取今复古，别立新宗”，[②] 这无疑于把

① 刘康：《世界的中国，还是世界与中国?》，《文艺争鸣》2019年第6期。

② 鲁迅：《文化偏至论》，《鲁迅全集（第1卷）》，人民文学出版社2005年版，第57页。

这样一种道理揭示给国人看：既然文明的偏颇无论欧美中甚至任何一种文明都在所难免，那么我们就应该彻底从“越民族越世界”的怪圈中走出来，不自卑，不膜拜，而是作为“明哲之士必洞达世界之大势，权衡校量，去其偏颇，得其神明，施之国中，翕合无间”。鲁迅对于中西文化的深刻认识及其解决方案，这种文明更新路径背后对于中国比较文学与外国文学研究三个阶段具体划分及其走向等问题具有重要的参考价值。

回到文章的起点，如果说透过“越是民族的越是世界的”这一“伪命题”的讨论让我们见到了背后的比较文学与外国文学“真历史”，那么经由上文对于国际比较文学与中国的外国文学研究各自第三阶段的厘清则让我们见到了今后的努力方向。鲁迅发表自己对于中国木刻的看法以及发展建议，用之来观看中国的比较文学与外国文学三阶段发展史，有异曲同工之妙。第一步，民族性与世界性的大辩论，“现在的文学也一样，有地方色彩的，倒容易成为世界的，即为别国所注意。打出世界上去，即于中国之活动有利”。[①] 第二步，外国文学研究方向与方法探讨，“采用外国的良规，加以发挥，使我们的作品更加丰满是一条路；择取中国的遗产，融合新机，使将来的作品别开生面也是一条路。”[②] 第三步，“仗着作者历来的努力和作品的日见其优良，现在不但已得中国读者的同情，并且也渐渐的到了跨出世界上去的第一步。虽然还未坚实，但总之，是要跨出去了。不过，同时也到了停顿的危机。因为倘没有鼓励和切磋，恐怕也很容易陷于自足。”[③] 历时40多年的改革开放，中国的比较文学与外国文学研究，应该比当年鲁迅先生的努力与愿望更要往前走。沿着三个阶段，“如果作者都不断的奋发，使本集能一程一程的向前走，那就会知道上文所说，实在不仅是一种奢望的了”[④]。

① 鲁迅：《致陈烟桥》，《鲁迅全集（第13卷）》，人民文学出版社2005年版，第81页。

② 鲁迅：《〈木刻纪程〉小引》，《鲁迅全集（第6卷）》，人民文学出版社2005年版，第50页。

③ 鲁迅：《〈木刻纪程〉小引》，《鲁迅全集（第6卷）》，人民文学出版社2005年版，第49—50页。

④ 鲁迅：《〈木刻纪程〉小引》，《鲁迅全集（第6卷）》，人民文学出版社2005年版，第50页。

以上所论大致是梳理比较文学与外国文学的三个阶段，可以看到国际比较文学与外国文学研究都已经处在了“第三阶段”这样一个比较重要的关节点上。对于比较文学来说，“第三阶段”意味着世界比较文学的重心已经转移到中国，对于外国文学来说，“第三阶段”意味着学科话语、学术话语与理论话语的创新与再造。实际上，此种“第三阶段”，无论对于比较文学，还是对于外国文学，甚至对于中国的文学乃至哲学社会科学而言，理论的创新已经到了刻不容缓的地步了。但如何创新，则绝不仅仅是几句口号与标语可以解决的问题，学界对此确实是已经谈得太久了，但真正的创新却似乎迟迟拿不出来，可以说一直“难产”。

然而“谈创新”与“中国学派”日久，不免就会自信满满，认为“中国学派”已经箭在弦上，只是朝夕之间的事情了，带出两种不良倾向的苗头来。第一，对于改革开放，对于向外国虚心学习的氛围有所变化。尤其是对于“别国所有中国所无的学说”“本来应该取来补助”，却“学《格致古微》的口吻，说别国的好学说，中国古来都现成有的”，[①] 这对于比较文学与外国文学“第三阶段”的发展是极为不利的，简直可以说就是倒退回到了第一阶段“越民族越世界”的“殖民心态”。不坚持改革开放，不坚持向外国文学学习，就是一种历史的倒退。第二，就是横看竖看，“看自国的人，是野蛮人；看自国的学问，是野蛮学问”，章太炎反诘“一任他看成野蛮何妨”，[②] 鲁迅的文化偏至论对此可以说做了很好的回应。毕竟西方的理论再好，它隔靴搔痒，未必能解决中国的实际问题，必须要经过“第三阶段”方法论的摸索，这其中很重要的任务就是要由“西化”过渡到“化西”，把双脚踩在中国的土地上，发现中国，变中国为“世界的中国”。此“中国”与世界同呼吸共命运，他也必然会为世界贡献出“中国智慧”。

说到底，“中国本来有学说，只恨现在的学者没有心得，到底中

① 章炳麟：《论教育的根本要从自国自心发出来》，汤志钧编：《章太炎政论选集（上册）》，中华书局1977年版，第517页。

② 章炳麟：《论教育的根本要从自国自心发出来》，汤志钧编：《章太炎政论选集（上册）》，中华书局1977年版，第509—510页。

国不是古来没有学问，也不是近来的学者没有心得，不过用偏心去看，就看不出来”。[①] 章太炎所讲的两种不利于中国文化复兴的两种偏心，第一种偏心为“只佩服别国的学说”而“一概不采”本国的学说，第二种偏心为“治了一项学说”就认为“其余各项，都以为无足重轻，并且还要加以诋毁”。[②] 就笔者的观察而言，第一种偏心的警醒比较适合当下的外国文学界，第二种偏心的警醒则比较适合当下的比较文学界。整个中国正在发生广泛而深刻的社会变革，“第三阶段”的文化创新已经到了关键的转折点上，“不偏心”，既不盲目拔高自己（自己专攻的学问以及自己国家的传统），又不随意贬抑他人（他人专攻的学问以及其他国家的文化）。“一任他看成野蛮何妨”，就是一种“既不唯中，又不唯外”，“既可西化，又能化西”的“汉唐气魄”，正是中华文化系统还原与整体更新的起点。

四 这样的时代已经到来并应该更进一步了吗

“也许这样的时代已经到来，它应该更进一步，也必须更进一步了。在这样的时代里，这个大陆的睡狮开始睁开惺忪睡眼，它给这世界带来期盼已久的奉献，这奉献远胜于机械技巧的运用。我们依赖他人的日子，我们向其他大陆学习的漫长学徒期，就快要结束了。周遭成百万涌向生活的同胞，我们不可能总是用异邦干枯的陈粮来喂养他们。新的事件和新的行为在涌现，我们要对他们高唱赞歌，他们也要自我歌唱。谁也不会怀疑诗歌将会重生，并将引领一个新的时代。”[③]

1776 年美国建国，1837 年爱默生（Ralph Waldo Emerson，1803—

① 章炳麟：《论教育的根本要从自国自心发出来》，汤志钧编：《章太炎政论选集（上册）》，中华书局 1977 年版，第 506 页。

② 章炳麟：《论教育的根本要从自国自心发出来》，汤志钧编：《章太炎政论选集（上册）》，中华书局 1977 年版，第 506 页。

③ ［美］爱默生著，查尔斯·艾略特编：《爱默生文集·美国学者》，孔令翠、蒋橹译，北京理工大学出版社 2014 年版，第 4—6 页；［美］R. W. 爱默生：《美国学者：爱默生讲演集》，赵一凡译，生活·读书·新知三联书店 1998 年版，第 1—4 页。关于此处的引文翻译，笔者在参考以上国内有关译文的基础上略有修改。

1882年）在全美大学生联谊会上发表著名的《美国学者》演讲，它后来被誉为美国思想文化领域的“独立宣言”。由美国建国的1776年到1837年美国思想文化领域的“独立宣言”，时间跨度为61年；由中华人民共和国成立的1949年到2020年，时间跨度为71年，作为中国思想文化领域“独立宣言”的“中国学者”却还没有出现。因此，“这样的时代已经到来并应该更进一步了吗”，将无可避免地成为“中国学者”终究必须面对的一个问题。

让我们通过爱默生的演讲先回溯欧美的“陈粮”及其“喂养”问题再来进一步反观中国。美国是一个移民国家，几乎没有民族传统与固有束缚可言，而中国却有着几千年的悠久历史，民族的文学如何融入世界并为世界文学做出贡献却是一个绕不开的沉重议题。与美国又有所不同，欧洲的民族主义就是在全球流通的背景下形成的，所以民族主义崛起的历史同时也是全球主义开始崛起的时期，都是在18世纪和19世纪这个时期。从这个意义上说，或许民族性与世界性的辩证理解在西方也有与东方异曲同工之处。但有一点深刻地烙在了几代中国人的血脉里，那就是落后就要挨打，中国人所要表彰与强调的“民族的就是世界的”始终难以摆脱一种反殖民视角在里面，这是欧洲人与美国人都没有的。由此思路，以中国的比较文学与外国文学“三个阶段”之说，对比以非洲文学为代表的第三世界的诉求，不难发现其理路与关切和中国会有很多亲近与相像的地方。此种情况下，相较爱默生笔下的美国学者，中国学者所要肩负的责任可谓任更重而道更远，他要直面传统中国与现代性的矛盾与挑战。与其临渊羡鱼，追问“这样的时代已经到来并应该更进一步了吗”，不如归而结网，他更应该的状态是作为“大写的人在思考”，不“成为他人思想的学舌鹦鹉，把学者当作大写的思考着的人，他的责任所在明确无误”。①

毋庸置疑，“越是民族的越是世界的”这句语录在中国的外国文

① ［美］爱默生著，查尔斯·艾略特编：《爱默生文集：美国学者》，孔令翠、蒋橹译，北京理工大学出版社2014年版，第4—6页；［美］R. W. 爱默生：《美国学者：爱默生讲演集》，赵一凡译，生活·读书·新知三联书店1998年版，第1—4页。

学发展史上之所以如此流行，就在于它凝练地凸显出了中国的文学研究遭遇全球化背景下民族性与世界性之间的张力。“如果我们能够在以往视为世界中心，带有普遍性的西方文学中发现差异性和特殊性，而在以往视为差异性、特殊性的中国文学以及非西方文学中发现普遍性和同一性，那么，我们就可能重新构建世界文学的新格局”。[①] 普遍性与特殊性的张力，同一性与差异性的困境，这正是世界文学理念、比较文学与外国文学发展“第三阶段”无法回避的学术空间与学科使命。作为一种方法的比较文学，它从纵向上经历了早期全球化以来400多年的时间跨度，从横向上经历了东西方交流冲撞的文化跨度；作为一门学科的比较文学，它在诞生之日起就天然具备游走于“自我”与“他者”的“文化间性”，[②] 国际比较文学“第三阶段”的中国比较文学因而有着广阔的学术空间，它必将凭借中国悠久独特的人文学传统加持，在一种真正跨越学科界限“大文科”式的比较研究中激发出“真正有价值的问题意识与独特的研究方法”。[③] 就此角度我们再来回应“中国学者”的问题，“这样的时代已经到来并应该更进一步了吗”，将来或可能形成比较文学的“中国学派”，它既前途远大，也任重而道远。这也决定了中国的比较文学与外国文学要在“第二阶段”上历经一个比较长的时期，也就是要在民族性与世界性上纠缠很久，要在研究方向与方法论建构上遭遇长久的拷问与挑战，[④] 这势必就要在“第三阶段”上面临长期彷徨与艰难转型。

“第三阶段”注定要经历一个较长时期的“迷惘的一段/代”。在这个艰难的转型期，先扎扎实实做好自己，在没有做好自己的前提下，直面“影响的焦虑”与“深层次自卑”，不要急于调转黑板的方向。

---

① 李庆本：《跨文化阐释与世界文学的重构》，《山东社会科学》2012年第3期。

② 王一川：《基于文化间性的“美美异和”：中国现代美学家的异文化互通意识》，《南国学术》2020年第1期。此文提出了异文化互通的四种行动，其第四种行动，达成“美美异和”理想之境的“获认同”，一如当下中国比较文学的学术空间，既前途远大，更任重而道远。

③ 杨慧林、吴剑：《比较文学研究的问题域和方法论——杨慧林教授访谈录》，《国际比较文学（中英文）》2019年第2期。

④ 汪介之：《外国文学研究：理论的困扰与批评的呼唤》，《江西社会科学》2018年第9期；纪建勋：《中国比较文学复兴四十年学科方法论整体观》，《学术月刊》2018年第10期。

仍然需要坚定不移地搞好改革开放，坚定不移地做好外国文学的绍介与评论，坚定不移地汲取与借鉴外国理论中好的方面。通过做好以上工作，为中国自己的文学研究方法论建构服务，端正心态，面对中华文化传统与外国的理论方法做到两“不偏心”。我们在复兴路上的中国文化“走出去”“讲好中国故事”，中国哲学社会科学话语体系建设应该是一件水到渠成的事情。

有人认为异质文明从根本上存在着不可通约性，实质上，这只是本质主义一厢情愿的想象。从大历史的时间维度来看，即便全球化进程被政治因素与民族主义屡屡绑架，实际上不同文明间人类的跨文化交流越来越频繁，“地球村”日益变成一种常态。在中国崛起与学术话语建设亟须创新领航的道路上，外国文学也将永远发挥着无可替代的重要作用。熟悉“世界文学”概念的人都知晓歌德说过“民族文学的意义现在已经不大了，世界文学的时代已经开始，每个人都应促进其发展进程”①，但歌德还强调“每个民族文学如果局限于自身，不通过外国文学的滋养而得以更新，它自身的活力就将枯竭”，② 因为“只有各民族了解了彼此之间的关系，整体意义上的世界文学才会发展”③。换言之，外国文学对于一种异质文化来说，它具有普世性与特殊性，多样性与同一性的辩证统一。这也正是外国文学的独特魅力，也是导致比较文学研究之所以成为全球化浪潮里一门显学（险学）的根本原因。

在笔者看来，塞缪尔·约翰逊的那篇关于《莎士比亚戏剧集》的序言之所以著名，就是因为他说透了比较文学与外国文学的这种独特与险要：“他的人物不受特殊地区的世界上别处没有的风俗习惯的限制；也不受学业或职业的特殊性的限制，这种特殊性只能在少数人身上发生作用；他的人物更不受一时风尚或暂时流行的意见所具有的偶然性所限制：他们是共同人性的真正儿女，是我们的世界永远会供给，我们的观察永远会发现的一些人物。他的剧中角色行动和说话都是受

---

① 歌德：《歌德论世界文学》，查明建译，《中国比较文学》2010 年第 2 期。

② 歌德：《歌德论世界文学》，查明建译，《中国比较文学》2010 年第 2 期。

③ 歌德：《歌德论世界文学》，查明建译，《中国比较文学》2010 年第 2 期。

了那些具有普遍性的感情和原则影响的结果，这些感情和原则能够震动各式各样人们的心灵，并且使生活的整个有机体继续不停地运动。在其他诗人们的作品里，一个人物往往不过是单个人；在莎士比亚的作品里，他通常代表一个类型。”①

因此，世界文学也是跨文化理解之桥②，比较文学与外国文学“第三阶段”的任务及其特征也体现为民族文学、外国文学、比较文学、世界文学等诸种概念的理解及其辩证关系。广义上的民族文学是一国族之文学的总称，在一定程度上可以把民族文学看作一个原点；比较文学是一种方法、研究与沟通方式，在一定程度上可以把比较文学看作一条道路；世界文学是超越时代与国族被世人广泛阅读的经典作品，在一定程度上可以把世界文学看作一个目的与遥远的终点。

中国的比较文学与外国文学研究诞生于20世纪初，观察百年来的发展史，它始终与知识分子的时代诉求相牵连，与中国改革开放的浪潮相呼应，与世界文学的发展历程相协调。民族文学、比较文学、外国文学，三者偕行，在世界文学的康庄道路上迂回前进。多样性与同一性，民族性与普适性正是在这种动态的矛盾中得到统一与圆满。任何一种文学都首先是民族文学，即便在全球化的时代里，民族文学也始终作为根基与出发点，但“世界文学也并不是全世界的民族文学的总汇。凡是能够成为世界文学的民族文学作品，首先必须能够被其他民族所理解。凡是伟大的世界文学作品，一定是那些表达了人类普遍价值的民族文学作品”，③ 就像约翰逊论莎士比亚戏剧所指出的那样。为什么比较文学与外国文学永远充满危机？为什么“世界文学”概念永远充满争议？何谓世界文学？或许世界文学从一开始就“并不存在，但是它正在发生”。④ 看起来世界文学更像是一个充满生机与希望

---

① ［英］塞缪尔·约翰逊：《莎士比亚戏剧集·序言》，李赋宁、潘家洵译，中国社会科学院文学研究所编著：《文艺理论译丛（下）》，知识产权出版社2010年版，第834—835页。

② ［美］大卫·达姆罗什：《世界文学是跨文化理解之桥》，李庆本译，《山东社会科学》2012年第3期。

③ 李庆本：《跨文化阐释与世界文学的重构》，《山东社会科学》2012年第3期。

④ 杨慧林、吴剑：《比较文学研究的问题域和方法论——杨慧林教授访谈录》，《国际比较文学（中英文）》2019年第2期。

的理想原野，它是一个美在路上并逐渐“美美异和”的过程，是全人类文学苍茫大海里的指路灯塔，是一个似乎触手可及的文学梦，却又或许永远无法抵达而需要全人类为其实现付出不竭努力的欧米伽（omega）点。世界文学这种危机与生机间的无限张力，其解决之道就存在于今日全球—地方化的比较文学研究之中。

中外戏剧经典的跨文化研究：双向思维促进多元文明互鉴

陈戎女*

摘　要　中外戏剧经典的跨文化研究是比较文学研究在当代的重要组成部分，但在跨文化的双向思维和戏剧的系统研究方面还有待提高。本文提出，应该以双向思维推进中外戏剧经典的影响与接受的互为补充、交叉互渗，重视不同民族戏剧经典的跨文化性，找寻变异，总结通律，同时重视智能科技、新媒体与全球传播对戏剧跨文化过程的影响，最终使戏剧的跨文化对话促进多元文明互鉴。

关键词　戏剧　跨文化研究　双向思维

中外戏剧经典的跨文化研究，就是考察一国的戏剧在跨越语言、国别、文化、媒介等界限后，如何进入异域文化语境或数字空间，获得他者文化的理解和新的跨文化阐释，从而产生有别于它们在本土文化中的意义、影响和传播。

1935 年梅兰芳访苏成功演出后，与苏联各界专家举行了座谈，梅耶荷德、爱森斯坦等无不赞赏京剧艺术的典范性，但中国戏曲程式性、虚拟性的特点明显有别于当时苏联提倡的现实主义文艺，于是京剧被解释为一种象征的现实主义戏剧。这件极具代表性的个案，充分说明

---

* 作者简介：陈戎女，女，北京语言大学文学院教授，国家社会科学基金重大项目“中外戏剧经典的跨文化阐释与传播研究”首席专家。

了跨文化解读中戏剧事件的特征和中外双向影响与接受的不同。

新冠疫情发生以来，各类戏剧的线下演出大受影响，这反过来促生了线上展播和“线上戏剧”等传播和观演形式：2020 年国家大剧院院藏剧目云展播，上海京昆沪越淮评弹六大院团在抖音、西瓜视频、B 站等五大平台同时开启“云传播”模式；王翀导演的《等待戈多》(2.0 版) 以线上首演的三无方式（无剧场、无对手演员、无观众）打破了传统的戏剧观演关系；2020 年柏林戏剧节成立 57 年来第一次举办线上艺术节，大部分剧目在线上直播，每部作品保留 24 小时，艺术家与观众在“云端”进行传统的演后谈环节，交流想法和创意……这些被疫情所催生的数字人文现象，既传达出振奋人心的“演出仍在继续”的信息，又演变为中外戏剧从物理空间跨入虚拟空间所引发的跨媒介、跨文化交流的全球现象。

这些现象亟待我们用戏剧的跨文化研究视角进行阐释和理解。近年来，对中外戏剧的跨文化研究，戏剧界和文学界均取得了一定的成绩，但在跨文化的双向思维和戏剧的系统研究方面，还有待进一步提高。

双向思维：中外戏剧经典的影响与接受

每一部经典剧作的跨文化传播和阐释，都是具有跨越性的文化现象，但并非所有的跨文化戏剧都值得关注和研究。研究哪些现象和事件，要视特定的研究指向性而定：其一，指向那些有跨文化交集、与异国文化发生了“事实联系”的戏剧，比如在新疆出土，反映梵剧东渐的多语戏剧文学《弥勒会见记》剧本；其二，指向戏剧经典，中外戏剧经典本身携带着本土戏剧传统的丰富蕴藏和文化符码，当它们与异国文化发生碰撞和交流时，这些蕴藏的理念、美学和价值在另一个符号系统和表演体系被激发、被折射，产生另一种魅力和特殊的传播效应；其三，指向具有影响力的“跨文化阐释和传播”事件，即那些得到更丰富立体的跨文化阐释，更体现跨文化传播规律的戏剧现象。比如，民族戏剧经典在进入世界戏剧体系时，其中的民族特点如何在他者文化中赢得共鸣，产生新的阐释空间，从而将民族戏剧传播到外国受众耳中、眼中、心中，仍然亟待跨文化研究者揭示其中的关键性环节和国际传播效果。

双向思维是指将研究按由外向中、由中向外两个互为补充、交叉互渗的路向展开，把中外戏剧及其文化既视为一个整体，又区分为两个进路。由外向中反映的是域外戏剧（尤其是西方）对近现代以来中国剧坛的影响，以及中国从模仿学习到创造现代化戏剧/话剧的过程，由中向外指的是中国戏剧/戏曲进入世界、影响世界的历史和细节。这两个路向看起来相反，但实际上很多时候是一个历史过程的两个侧面，一枚硬币的两面。两个路向共同驱动，才能形成完整视域下的中外比较戏剧的历史认知。

戏剧受众的双向性接受研究，也是双向思维的关键一环。跨文化阐释与传播的效果较多取决于接受者，接受者不会被动接受，他们往往在影响传播过程中发挥着积极的、创造性的作用。跨文化戏剧的受众，既有研究者、编导演员等专业人群，也有普通观众。跨文化戏剧受众的双向性，是指他们对异域戏剧的接受过程，呈现出不同文明和戏剧传统的交叉、碰撞和交融。中外受众的接受重点和趋向都不一样。20 世纪 30 年代，欧美观众惊讶于梅兰芳访美、访苏带来精湛的东方艺术，戏曲的“假定性”舞台原则启发了现实主义传统的西方戏剧。与此同时，中国的接受者正致力于引入易卜生等西方现实主义“社会问题剧”启蒙民众。双向性研究需要深入阐释中外受众的差异性需求和结果。

戏剧的跨文化研究，还需要按照戏剧自身从案头到剧场的延展规律，遵循跨文化交流和传播的规律，建构“翻译改编—阐释研究—舞台演出—传播效果”的全方位、全过程系统研究。系统研究一方面重视戏剧性，打破从案头研究到剧场研究的学术壁垒，有机结合从剧本到舞台的跨学科研究，另一方面重视跨文化过程中的译、编、演、传等重要环节，深究其中发生的转变，以文明互鉴的智慧和眼光洞悉中外戏剧经典在各个环节创造的新价值、新意义。

变异和通律：中外戏剧经典的跨文化性

是否具有“跨文化性”，是确定跨文化研究对象和衡量其价值的标尺。那些在中外戏剧史上产生了特殊跨文化影响力的经典，是戏剧跨文化研究的重点对象。戏剧跨文化的过程，是一个个复杂且充满隐微细节的案例：它可能是一本藏于国外图书馆积满灰尘的戏曲典籍译本，等待有心的研究者去发掘；它可能是一场杂糅了古典与现代、西方元素与东方元素的多语剧场表演，观众的评价毁誉参半；它还可能是网络虚拟空间中聚集的一群戏剧发烧友，用短视频、视频直播的新媒体形式翻唱、翻演经典。无论哪种情况，只要涉及语言、国别、文化、文明、媒介等界限的跨越，具有跨文化、跨国族、跨地域的特点，就可进入比较视域的戏剧研究空间。

在中外戏剧的历史长河中，最具有文化交互属性、传播效果的戏剧经典，往往携带着本族文化的精髓，经过剧本翻译或域外舞台表演成为跨文化戏剧史上的高光时刻，产生了既远且广的国际传播效应。18 世纪 30—50 年代元杂剧《赵氏孤儿》在欧洲的译、编、演，就是中国戏剧国际传播的一个高光时刻，《赵氏孤儿》不仅是 18 世纪在欧洲被译、编、演，广为流传的中国戏剧，而且开启了中西戏剧近三百年的交流史。以欧洲戏剧为傲的欧洲人第一次看到了中国戏剧的模样，还尝试在西方舞台上体验了中国戏剧的人物故事与孔子之道。

我们不必苛责汉学家马若瑟对《赵氏孤儿》的删译，更不必苛责伏尔泰的误读和他的《中国孤儿》对原剧脱胎换骨的改编，因为中外戏剧的交流中复杂的变异无处不在，经过跨文化阐释和传播，戏剧文本、舞台表演必然由于文化差异发生或大或小的变形，也会因为戏剧对人性和文明的洞察而获得普遍意义。这其中的同中之异、异中之同、通律中的变异、歧异中的会通，就是跨文化研究的难点。

因此，研究和毕现戏剧跨文化的完整过程，需要分析问题和细节，研判历史事实，贯通理论分析，归纳通律和变异，得出经验教训。中外戏剧跨文化研究的重点是影响与传播过程本身，即西剧东渐与中剧外传两个过程在不同时代、多重语境下的变异，以及两者的变异有何不同，进而运用跨文化戏剧理论，对具有重大影响力的历史事实做出研判，辨析中外戏剧跨文化过程中的共通规律和独特变异。在纷繁复杂的戏剧现象及其细节之外，也要拨开现象的迷雾，总结和归纳戏剧跨文化阐释和传播中的规律和变化，打通淤点、堵点，疏通中外戏剧交流的渠道。

智能科技、新媒体与全球传播的影响

随着全球化和智能科技的发展，新技术、数字人文介入剧场艺术，在国内外的先锋戏剧、后现代剧场实验中形成了跨学科、跨媒介的潜流。大数据和新媒体深刻改变着21世纪人们的生存方式，它们也对戏剧的跨文化交流与传播带来新的契机与挑战。

第一，戏剧舞台层面。早期的多媒体技术将舞台、布景、音效、灯光、影像等不同形式灵活切换和组合，极大丰富了舞台的视听觉元素。21世纪数字技术的渗透对舞台艺术产生了深远的影响，如人工智能植入与应用剧场后，人机互动的舞台创造力和表现力有了更多可能性。与此相应，智能技术与剧场艺术的交叉研究成为新的学术增长点。

第二，观演关系层面。科技不断革新表演手段与观看形式，运用VR（虚拟现实）技术的沉浸式剧场实验改变了舞台演出空间，逆转了表演与观看的主次关系，颠覆了传统的剧场观念。互联网中涌现的网络虚拟剧场的实践热潮，更是将表演与观看的互动关系推向数字化、虚拟化方向，网络观演引发了科技与剧场、互动性等一系列关于何为“戏剧”（Theater 的希腊文词根意为“观看”）的核心问题的探讨，戏剧表演的新技术体验与传统剧场的生命力如何延续等新老问题不断被抛出，中外戏剧经典面临着前所未有的挑战。

第三，资源共享与全球传播层面。网络科技的高速发展有利于形成中外戏剧的大数据信息，如挪威易卜生中心的“易卜生全球舞台数据库”（IbsenStage），其利弊同时存在：全球用户可资源分享，但网络资源善用者和不善用者的数字鸿沟日益明显。同时，社交媒体等新媒体打开了前所未有的戏剧数字空间，既部分拯救了因新冠疫情影响而萎缩的剧场，又在全球网络社区形成了戏剧全球传播的新路径。比如话剧爱好者和戏曲戏迷们利用新媒体聚集于数字空间，TikTok、Youtube、Instagram、Facebook、Twitter等海外视频、社交新媒体应用与网站的一些用户，自主制作或上传中国戏剧文化的数字资源，展开延伸性评论，进行直播表演，利用不受时空限制的网络，自发自觉地传播了中国戏剧文化。这些数字传播现象和网络年轻传播群体的出现，为中外戏剧跨文化研究提供了最鲜活的素材。

21世纪的戏剧跨文化研究不仅应该关注戏剧的数字人文现象和全球传播路径和方法，揭示其内在规律，更需要扩大中外戏剧经典在舞台艺术、虚拟空间和大众媒体文化等多层面的交流互通。

戏剧的跨文化对话：多元文明互鉴

中外戏剧经典的跨文化对话与双向交流，承担着促进多元文明共生共存，助力构建人类命运共同体的重大责任。一言以蔽之，认知中外异同，建设话语体系，构筑自我形象，传播多元文明。

对中外戏剧传统的研究，有利于我们进一步认知东西方不同的舞台美学和表演体系，揭示中外戏剧的相通性和差异性。对于中外戏剧经验的异与同，如果仅站在本身的戏剧传统观之，很难得到准确的认知。而站在跨文化和比较戏剧的视域审视戏剧的本体、结构乃至整个演剧体系，能更准确地认知东西方差异化的戏剧经验和历史走向，进而洞悉它们相通的戏剧性内核和歧异的理念与形式的内在缘由。

中国戏剧亟待构建自主的理论话语体系。以跨文化戏剧的视野考察中外戏剧经典剧目的交融、多元剧场文化交织，应深挖背后的学理依据，即从戏剧学本体、表演理论、剧场理论以及跨文化阐释和传播理论，透视戏剧跨越文化边界、跨越类别边界的价值和意义。在理论范式上，中国的跨文化戏剧研究要突破二元对立模式，包括西方中心与非西方边缘、强势戏剧文化与弱势戏剧文化、西方行动式戏剧观与中国表达式戏剧观、原典与替补、本源与衍生等基于二元模式的思维定式，利用多元化的戏剧理论资源，批判性地建构戏剧理论研究范式。在中国戏剧的学术话语体系构建方面，应以研究中国特色的戏剧经验和探索学术话语表达为己任，一方面汲取本民族戏曲传统的营养，另一方面主动取用外国戏剧宝藏的精髓，在完善戏剧研究的学科、学术体系的基础上，构建戏剧跨文化阐释与传播的话语体系，对世界讲好中国戏剧的历史脉络、概念术语、特点优势，为中国戏剧的理论和实践开拓有价值、有意义的未来发展空间。

对戏剧的跨文化研究还有利于推动中国戏剧经典的现代学术建设和对外传播，综合构建国家形象。无论在中国存在千年之久的戏曲，还是有百年历史的话剧，既有现代学术建设的必要性，也有对外传播的需求。对内，20 世纪以来，中国的戏剧学术研究面临着现代化转型的压力，应借鉴外国戏剧经典的跨文化研究，促进中国传统戏曲和话剧的现代性转型。对外，中国戏剧经典的跨文化研究可以向海外传播中国的传统戏曲文化、现代话剧以及先锋戏剧文化，有利于中国戏剧文化“走出去”。

在建构国家形象方面，戏剧有形象直观性、感受直接性的优势，戏剧的跨文化研究有助于促进国家形象多维度的综合建构，塑造提升中国国际形象，这在当下无疑具有重要的意义。

中外戏剧经典是东西方文化的瑰宝和活化石，是人类的共同财富。用双向思维促进对中外戏剧经典的跨文化研究，不仅可以召唤深藏于其中古老的文化记忆，而且可以沟通中外文化，促进多元文明互鉴，价值重大，意义深远。

（原文刊载于《光明日报·理论版》2021 年 10 月 20 日第 11 版）

跨文学形象学的中国方法：超越后殖民“压抑假说”

周云龙*

摘　要　由后殖民主义文化批评主导的意识形态分析方法，在跨文化形象学领域已耗尽其理论能量。既往对形象学观念与方法的反思，没有就理论本身进行学理性考察，而是从其“西方”属性出发，对形象学援引的后殖民理论的合理性提出质疑。从理论本身和学科建制的角度，可以看到解构文本形象对某个文化区域的遮蔽或压抑，成为该学科领域的基本任务和学术动力。“压抑假说”重置了形象学的学术范型，构成所有异域形象研究的共享基点，但它也促使学术研究向话语转换。“压抑假说”召唤着有待于从形象的“压抑”中揭示的、本真的族群文化特性。“压抑假说”支撑的形象学学科话语成为福柯意义上的自我言说的鼓动机制。后殖民意识形态分析所依赖的外在支点并不存在，我们需要构建其他更为有效的形象研究方法。

关键词　形象学　后殖民　学科建制　压抑假说　研究范式

作为比较文学的传统研究领域之一，形象学在当代中国的处境颇为尴尬。这主要表现在，曾经成为该领域“新”学术范型的后殖民主

* 作者简介：周云龙，博士，现任福建师范大学文学院教授，博士生导师，副院长，研究方向：比较文学形象学和跨文化戏剧研究。

义文化批评，如今似乎已经很不合时宜。近二十年来，人文研究的总体认知状况发生了很大改变，但形象学的观念与方法并没有对此做出明确回应。在形象学领域，我们甚至看不到对既有研究范型的深刻且有效的反思。这种状况导致的局面就是：一方面，研究成果琳琅满目，另一方面却是观念思路千篇一律。尽管偶尔也不乏精致细腻的研究个例，但大部分成果间的差异，仅体现于研究对象的不同。既有研究对整个学科领域在观念和方法上的推动显得乏力，批量发表的形象学成果给同行带来的是强烈的疲惫感。这些迹象很大程度上意味着，形象学领域由后殖民主义文化批评主导的意识形态分析方法，正在耗尽其理论能量和批判锋芒。

形象学与后殖民批评的结合，曾经实现了一次学术范型的转换。同样，形象学未来的学术推进，势必仍然需要以吸收、整合其他人文研究的理论方法为契机，继续在学科之间的边界上促生新的学术生长点。比如，旅行书写研究、族裔文化批评、概念史等，都是新兴的边缘或交叉领域，反而恰恰是这些看似外在于形象学的研究，内在地为异域形象研究带来了诸多可能与新的空间。因此，当代形象学大可不必背着沉重的学科包袱，在既有的领域边界或阐释框架内踟蹰不前，而应该勇于在多个不同学科的边界上开疆拓土。但在此之前，对当前学术范型所存在的问题进行深度反思则是必要的，也是不可回避的起点性工作之一。

一 “西方”理论在中国?

以往有关形象学观念与方法的批判性反思，从不缺乏真诚，但也从未触及问题的根本，以致这类反思性的工作仅留下了一个可敬的姿态，最终成为现有分析框架的再一次确认。笔者在此将从周宁对自己的形象研究反思开始，进入相关问题的论析。之所以选择周宁的形象研究作为出发点，是因为周宁的一系列成果比较具有典范性，其成绩或缺憾都可以作为我们探讨形象学观念与方法的适切案例。在国内外肯定性的学术评价①背后，周宁的形象研究中也存在诸多令人困惑的层面，而且，这些困惑也是为今天的形象学及跨文化研究所共享的。对此，周宁有着充分的自觉：“当种种‘后学’的文化批判理论已经成为中国学术界一种‘理所当然’的流行方法，同时也成为跨文化形象学运用的‘熟能生巧’的惯用方法时，我们就有必要反思其作为方法的‘合理性’了。”②“任何一种方法都不能剥离开其理论语境，否则其意义可能变异甚至完全相反，所谓‘橘逾淮而北为枳’。……如果将后殖民主义文化批判理论从西方思想体系中剥离出来，移植到中国思想体系中，其批判的立场可能帮助中国思想摆脱西方思想霸权，但其批判方法却不足以帮助重建中国思想主体。”③ 这段自我反思既恳切又深刻，但也因为迂阔而空泛，最终使其思考落入了老生常谈。

首先，周宁的自我反思没有对理论本身进行学理性考察，而是从理论的外围（“西方”）属性出发，在“橘逾淮而北为枳”的假设下，对形象学借用的后殖民主义文化批判的合理性提出质疑。周宁对西方理论的特定生成脉络的关注是敏锐而正确的，因为西方理论的确在今天的文学学科建制过程中产生了体制化的后果，在高校的一系列出版、发表、晋升、考核中，被不严肃的研究者当成了一门生意。但仅“反思”到这一步还远远不够，根本的问题在于，周宁忽视了后殖民主义文化批判作为形象学方法的复杂性。周宁对形象学方法的反思仍然建立在中国和西方二元对立的基础上，他预设的前提是，当代中国形象学的方法论困境源自西方理论的水土不服。

① 比如，国内高校目前通用的《比较文学概论》教材，把周宁对西方的中国形象研究作为形象学学术范例介绍，并给予很高的评价；在英文学界，具有研究指南性质的《形象学》一书中，周宁的《天朝遥远：西方的中国形象研究》是被收入其中的唯一一部中文学术著作。参见《比较文学概论》编写组编《比较文学概论》，高等教育出版社 2015 年版，第 149—150 页；Manfred Beller and Joep Leerssen（eds.）*Imagology*：*The Cultural Construction and Literary Representation*，*A Critical Survey*，Amsterdam：Rodopi，2007：131.

② 周宁、周云龙：《他乡是一面负向的镜子：跨文化形象学的访谈》，北京大学出版社 2014 年版，第 258 页。

③ 周宁、周云龙：《他乡是一面负向的镜子：跨文化形象学的访谈》，北京大学出版社 2014 年版，第 252 页。

这其实是一个模棱两可又大而无当的判断，几乎适用于描述任何一种知识的跨语境流动。在此，我们不得不回到萨义德（Edward W. Said）对“旅行中的理论”的论述。在这个被广泛引用却又严重简化了的表述中，萨义德反复强调的观念流通过程中的“一系列条件”①，往往被很多引用者视而不见。萨义德所谓的“一系列条件”是观念“可能引进或得到容忍”的前提，这些条件使观念“在新的时空里由它的新用途、新位置使之发生某种程度的改变了”②。萨义德“旅行中的理论”的要点不在于“橘逾淮而北为枳”，而在于理论或观念的跨文化流动时，所遭遇的各种抵抗与理论本身的互动过程，因为地理空间并不必然产生各自对应的“理论类型”③。虽然知识的跨语境流动图式未必就像萨义德描述的那样清晰直接，但萨义德的观察的确把握到了该问题的窾要所在。

“西方”“东方”这些模糊、笼统的概念，遮蔽了“旅行中的理论”的复杂维度。“西方”或“东方”都不是铁板一块，且不说后殖民主义文化批判理论本身就是“法国理论”（French theory）美国化的重要收获之一，越来越多的研究也已经证明，所谓的“西方”（后学）理论其实也曾受到过东方哲学思想的滋养。任何知识或理论若不能在全球流通并介入全球性议题，其有效性在今天都是可疑的。认为“西方”理论仅适用于西方，本身就是一种充满了文化势利与知识傲慢的西方中心主义。简化“旅行中的理论”的后果就是，把西方理论与中国问题视为水火不容的两个绝对整体或“理论类型”，拒绝把二者叠合并还原至中国脉络，进而寻求、落实其中的诠释合法性。正是因此，周宁对后殖民主义文化批判的思考，基本上未能真正超越20世纪八九十年代该理论方法“旅行”至中国后所引发的论争框架。比如，后殖

① ［美］爱德华·W. 萨义德:《世界·文本·批评家》，李自修译，生活·读书·新知三联书店2009年版，第400—401页。

② ［美］爱德华·W. 萨义德:《世界·文本·批评家》，李自修译，生活·读书·新知三联书店2009年版，第401页。

③ ［美］爱德华·W. 萨义德:《世界·文本·批评家》，李自修译，生活·读书·新知三联书店2009年版，第417页。

民理论不适合曾经是半殖民地的中国，后殖民理论容易沦为“第三世界”的保守主义意识形态，西方理论导致中国思想主体性丧失，等等[①]一系列人们耳熟能详的观点。这种知识上的文化相对主义，出发点在于理论的生物学身份标签或后天的社会历史对应性，而理论本身的学理性问题和阐释的有效性在很多论者那里却被不予考查。仅盲目地指认“西方”理论不适用于中国，而无视“西方”也有可能是中国的“西方”的事实，就使其论述显得空洞又缺乏说服力；而且，仅用一个“西方”的标签把后殖民主义文化批评影响深远的分析框架轻松打发掉，[②] 还体现为一种知识上的懒惰。至于另一种拒绝理论、退返实证主义和经验主义范式的天真言论，就自郐无讥了，而实证主义和经验主义也可以说是“西方”理论。

为了缓解方法论上的（身份政治）焦虑，周宁在自己的学术工作中，曾经通过刻意张扬西方跨文化表述系统中的“另一种东方主义”，即“肯定的、乌托邦式的东方主义”，以此“超越后殖民主义文化批判”[③]，并小心翼翼地在自己的形象研究与萨义德的东方主义批评框架之间画下了一条分界线。但这条分界线其实是不存在的。无论是卡尔·曼海姆（Karl Mannheim）的知识社会学，还是周宁本人的形象研究，都把意识形态与乌托邦处理为一组可以相互依存转化的动态知识状况。所以，不管是哪一种东方主义，都在把东方构建为西方的知识客体或话语对象，它们是一体两面又相反相成的范畴，在哲学前提和意识形态基础上并没有实质性的区别。如果我们把否定的东方主义视为对他者（other）的污名化（stigmatization）行为予以批判抵制，而把肯定的东方主义作为美德进行强调，不仅是一种双标的做法，还会带来智识上的混乱。因此，“另一种东方主义”不可能“超越后殖民

---

① 王宁、生安锋、赵建红：《又见东方：后殖民主义理论与思潮》，重庆大学出版社 2011 年版，第 214—246 页。

② 尽管萨义德是一位比较文学学者，而且其《东方学》的研究对象主要是中东地区，但《东方学》的方法论意义远远超越了这些“外在”的局限。关于该问题的梳理和例证，参见［美］J. J. 克拉克《东方启蒙：东西方思想的遭遇》，于闽梅、曾祥波译，上海人民出版社 2011 年版，第 32—33 页。

③ 周宁：《另一种东方主义：超越后殖民主义文化批判》，《厦门大学学报》2004 年第 6 期。

主义文化批判”。结果，周宁对形象学方法的批判性思考，不但未能有效地推动，反而陷入了更深的困惑：“如果后殖民主义文化批判理论是可疑的，那么什么理论才是可靠的呢？”[①] 笔者在此绝非要否定周宁的思考的价值，毕竟，困惑而不是清晰，才是迈向澄明的开始或动力。

其次，周宁在反思形象学方法时，虽然提供了具体的历史条件和问题脉络，即20世纪90年代中国知识场域的关切从“个人”置换为“中国”[②] ——尽管这在深度上超越了很多研究者，但他没有从（国际/中国）比较文学学科建制的角度展开。虽然“问题”（意识）大于学科甚至反对学科（建制），但后殖民主义文化批评的确是从比较文学中产生的，尤其是在反向思考既有的形象学方法论时，学科建制的知识谱系就必须要纳入考量。对学科体制化力量的忽视，使周宁的思考与根本问题擦肩而过。

二　学科建制与习以为常的“压抑假说”

反思形象学的观念与方法，理论本身（而不是理论出身）和学科建制（而不仅仅是一般性的历史语境）是笔者特别强调的两个切入点。这两个点有助于我们克服那些来自被大而化之了的诸如理论旅行、中西之辨之类的泛泛而谈的诱惑。

根据巴斯奈特（Susan Bassnett）的观察与梳理，20世纪70年代，西方比较文学转向文学理论和文化研究，但在亚洲，比较文学却致力于建立“民族文学的特殊性”，但这仍然是比较文学，因为这是从“外部对西方的审视”，对“‘民族’文学话语的重估”和民族文化身份的确认。特别是萨义德提出东方主义概念后，“正值比较文学这门学科在西方面临危机和衰微之际，世界很多其他地方，随着民族意识

① 周宁、周云龙：《他乡是一面负向的镜子：跨文化形象学的访谈》，北京大学出版社2014年版，第189页。

② 周宁、周云龙：《他乡是一面负向的镜子：跨文化形象学的访谈》，北京大学出版社2014年版，第249页。

和超越殖民文化意识的增强，比较文学取得了积极进展”，到20世纪90年代，“后殖民”已经成为“换个名称的比较文学”[①]。中国比较文学思想是国际比较文学思想的组成部分，其学科发展有着深远的国际连带。从20世纪80年代后期开始，直到21世纪初，后殖民理论的翻译、研究和运用在中国学界逐步推向深入，主导这些知识活动的学者大部分来自比较研究领域，所以有研究者提出后殖民批评是继“影响研究”和“平行研究”之后的第三种比较研究模式[②]。比较文学形象学是国际文学关系研究的子领域之一，同样密切回应着比较研究模式的转变：形象学“……借鉴了人文、社会科学中一切有用的新观点、新方法，特别是接受美学、符号学和哲学上的想象理论，对研究的侧重点及方法论进行了重大改革”[③]。这段写于2000年的文字对形象学知识资源的梳理比较简略而模糊，也没有提及后殖民主义文化批评，主要原因是论者仅参考了欧洲的学术动态。但是，这段文字所在的译文集《比较文学形象学》在2001年的出版，仍然是对后殖民研究模式的潜在呼应。

《比较文学形象学》和1999年出版的《东方学》中译本[④]成为当代中国比较文学形象学高引核心理论文献，二者在学科层面有着深刻的“互文性”。这两本书里面交叉出现的一些术语，一直都是当代比较文学形象学的高频词汇，诸如表述（representation）、话语、权力、东方主义、殖民、他者、想象、套话（或刻板印象）、身份、意识形态/乌托邦等。这些共享的术语显示了两本书在思想资源——尤其是后结构主义路径上的一致性，而且，萨义德的《东方学》还被作为异国形象研究的经典案例，出现在《比较文学形象学》收录的法国学者巴

① ［英］苏珊·巴斯奈特：《比较文学批评导论》，查明建译，北京大学出版社2015年版，第6—12页。

② 陈燕谷：《新帝国治下的比较研究》，《郑州大学学报》2003年第6期。

③ 孟华：《比较文学形象学论文翻译、研究札记（代序）》，孟华主编：《比较文学形象学》，北京大学出版社2001年版，第3页。

④ 萨义德的《东方学》首个中文译本1999年出版，被列入北京生活·读书·新知三联书店的“学术前沿”丛书系列，译者是王宇根；同年，其繁体中文版由王志弘、游美惠、庄雅仲合译，以《东方主义》为题，在中国台湾立绪文化事业有限公司出版。

柔（Daniel-Henri Pageaux）的《形象》一文中。迪塞林克在20世纪60年代回应韦勒克（René Wellek）对形象学的责难时指出：“尽管‘异国形象’研究处在学科边缘地带，……从今天文学研究的总的情况来看，这一研究已在某些层面上显示出存在的必要性，而且，当它超出民族文学研究范畴时，还大大加强了比较文学存在的必要性。”①迪塞林克以及其欧洲同行在20世纪60年代以来的努力，彰显出形象学作为一个曾经式微的学术领域，在比较文学转型之际，努力探索并重构自身独立的研究特色，以获取学科建制的合法性的过程。

韦勒克在批评法国比较文学学者的异国形象研究时，认为这些已经不算是“文学学术研究”，而“更像是一种公共舆论研究”，造成这种现象的原因是“梵·第根以及他的前辈和追随者们用十九世纪实证主义的唯事实主义观点看待文学研究，把它只作为来源和影响的研究，才造成了这些错误，……”②。虽然说形象学后来转向后结构主义哲学，在研究方法上汲取自我更新的营养，不能全部归于韦勒克的刺激，但抛弃实证主义、引介“法国理论”——正如《比较文学形象学》译文集中的诸篇论文所暗示的那样，的确成为形象学构建自身的学科身份的基本倾向。借用孟华的说法，就是“经过多年的努力，形象研究终于被推进到了前所未有的体系化阶段，形成一个独具特色的研究领域”③。周宁也指出，后殖民主义理论使异域形象的跨文化研究“获得某种观念与方法上的自觉”④。在这个重要的变革环节，形象学的理论前提发生了变化，研究范式也得以重置——形象即主体镜像，其知识立场从此前的现代的、经验主义的形象真伪区分，转向一种后现代式的表述分析。异域形象开始作为文化他者出现在研究者的视野中，此

① ［德］胡戈·迪塞林克：《有关“形象”和“幻象”的问题以及比较文学范畴内的研究》，王晓珏译，孟华编：《比较文学形象学》，北京大学出版社2001年版，第88页。

② ［美］勒内·韦勒克：《比较文学的危机》，沈于译，北京师范大学中文系比较文学研究组选编：《比较文学研究资料》，北京师范大学出版社1986年版，第53页。

③ 孟华：《比较文学形象学论文翻译、研究札记（代序）》，孟华主编：《比较文学形象学》，北京大学出版社2001年版，第3页。

④ 周宁：《后殖民主义文化批判与中国形象研究·主持人的话》，《东南学术》2005年第1期。

类研究不再关注文本中的形象与其对应的文化群体是否一致，而是去探讨在形象中投射（projected）了观察者的何种文化心理。形象学的问题不再是赛珍珠（Pearl S. Buck）《大地》（*The Good Earth*）里的中国形象，与现实的中国相比，哪里是对的或哪里是错的，而是要在中国形象与中国现实无关的前提下，去追问文本里的中国形象的生产机制和欲望投射为何。后结构主义精神分析、话语理论、知识社会学等成为形象学最常援引的理论资源。既有的真伪之辨，逐渐转向表述的政治的探讨，而且，性别、族裔等议题也被耦合（articulated）在异域形象中得以观照——形象学转向了（跨）文化批评。

然而，真正启发并推动当代形象学的，还是巴斯奈特所谓的“换个名称的比较文学”的后殖民主义文化批评，而《东方学》则是其中的“里程碑”式的著作[①]和最杰出的研究范例。按照巴斯奈特的说法，“民族文化身份的确认”是亚洲比较文学的基本命题，20世纪90年代以来，因应中国的经济崛起与中国进入全球化国际秩序引发的文化焦虑，域外的中国形象研究遂成为中国人文学界的学术热点之一。“形象”作为当代中国诸人文研究领域的重要理论问题，是学术研究对时代命题的一种回应。萨义德在《东方学》“绪论”中所直言的“我的出发点乃下面这样一种假定：东方并非一种自然的存在”[②]，对当代形象学的观念与方法有着直接而深远的启迪和影响。特别是萨义德在东方学研究中，对福柯（Michel Foucault）话语理论的创造性运用，启发了当代形象学的提问方式：从以前的经验主义立场的“真实的东方是什么”，转换为“（欧洲）如何并为何如此表述东方”。萨义德之后的形象学开始把形象视为一种话语（而不是某一文化的真实或虚假反映），在异域形象的生产过程中，形象同时制造出了其对象；而且，在形象的全球跨文化流通中，形象本身还被包装成商品大批量复制，回流到其对应的地理区域兜售，进而形塑那里的文化认同。

---

① 杜赞奇：《后殖民史学》，金富军译，刘东主编：《中国学术（第9辑）》，商务印书馆2002年版，第94页。

② ［美］爱德华·W. 萨义德：《东方学》，王宇根译，生活·读书·新知三联书店2013年版，第6页。

萨义德的《东方学》是“法国理论”美国化最成功的案例之一。在比较文学学科层面，它对第二次世界大战后美国学派倡导的“新批评”等非历史主义和形式主义研究方法，构成了有力的质疑和拓展。更为有趣的是，后殖民主义文化批评又在原本诞生于法国的比较文学形象学领域得以“返销”，成为其最主要的研究方法。然而，“后殖民主义一直试图解构常常源于启蒙主义进化观的帝国和民族历史的宏大叙事，以便揭示或指出被压制、打败或被否定的历史和故事”①。因此，当后殖民主义文化批评作为方法进驻形象学时，尽管关注的重心不再是某个文化区域的真实形象如何，但这种研究方法的基本假设就是：文化形象对某个文化区域而言，是一种压抑和遮蔽，某个形象所对应的文化区域永远不可能在形象中得以真实呈现。这也正是萨义德《东方学》的一个重要结论：“一种表述本质上（*eo ipso*）乃牵连、编织、嵌陷于大量其他事实之中的，唯独不与‘真理’相联——而真理本身也不过是一种表述。”② 依循萨义德的观点，某种“表述”压抑了“某个东西”，这显然与萨义德所假定的东方的“人为建构”性质之间有所矛盾，似乎仍然有一个原初的、真实的东方存在于某处，有待于从欧洲的压制中发掘出来。就像《比较文学形象学》一书收录的大部分论文所呈现的那样，解构文本形象对某个文化区域的扭曲、遮蔽或压抑，成为形象学这一学科领域的基本任务和学术动力——某个文化区域被形象/话语压抑了，是所有异域形象研究的共享基点。一种暧昧而莫名的乡愁始终尴尬地萦绕在这一类研究中，与其旨在解构起源神话的基本出发点格格不入。

从比较文学学科建制的角度，很容易解释上述矛盾。如果说当代比较文学在与民族文化和民族身份问题挂钩之时获得了新的生命力，那么，压抑就必然会成为比较文学学科话语的基本条件和主题，因为“现代的身份观念推崇本真性价值，它建立在对内在性（inner being）

① 杜赞奇：《后殖民史学》，金富军译，刘东主编：《中国学术（第9辑）》，商务印书馆2002年版，第93页。

② ［美］爱德华·W. 萨义德：《东方学》，王宇根译，生活·读书·新知三联书店2013年版，第349页。

不允许被表达的确认上”[①]。萨义德在解释《东方学》的主旨时，曾明确断言：“表述（故而也是简化）他者的行动几乎总是包含着某种针对表述对象的暴力，以及在表述某事物的行动的暴力与表述本身之间的对比，即表述对象的形象——言语的、视觉的或其他方面的安静外表。……表述的行动或过程暗示了控制、积累、监禁以及表述者这一方某种特定的疏远或迷失。”[②] 萨义德访谈中使用的“控制”“监禁”等，完全可以作为压抑的代名词。借鉴了后殖民主义文化批评的形象学方法，把异域形象的生产视为一整套福柯意义上的话语实践，但在另一个层面，形象学的观念与方法又不得不以压抑为前提，把想象的压抑作为学科话语持续抨击的标靶。因为接下来本文解释该话语的运作机制时需要援引福柯，所以笔者此处借用福柯在《性史》中所使用的“压抑假说”（repressive hypothesis）来指称隐藏在后殖民主义文化批评[③]和当代跨文化形象学背后的学科话语。分析至此，我们可以说，推动形象学学科范型从经验主义式的真伪之辨，向后现代主义式的超越真伪的意识形态分析转换的神秘力量，正是被研究者所习以为常的“压抑假说”——被假定的压抑本身进一步生产了揭示遮蔽、反抗压抑的知识冲动和学术实践。

三　形象学，或自我解释学

萨义德曾毫不避讳地说，“大约在 1970 年代中期《规训与惩罚》出版的时间，我已经从福柯那里学到我该学的东西了”，并且在写作《东方学》的时候，“对福柯已经开始失去兴趣了”[④]。萨义德的直白里

① Francis Fukuyama, *Identity: The Demand for Dignity and the Politics of Resentment*, New York: Picador, 2019: 25.

② Gauri Viswanathan, *Power, Politics, and Culture: Interviews with Edward W. Said*, New York: Vintage Books, 2001: 40 – 41.

③ 有关后殖民研究的种族形式与性压抑的弗洛伊德范式之间的呼应关系，参见 Lisa Downing (ed.), *After Foucault*, Cambridge: Cambridge University Press, 2018: 110。

④ Gauri Viswanathan, *Power, Politics, and Culture: Interviews with Edward W. Said*, New York: Vintage Books, 2001: 267, 288.

面暗示着他对《规训与惩罚》及其后的福柯思想颇不以为然，因为他在这个时期的福柯那里看不到“反抗”。的确，必须要先有一个“压抑”在那里，才能言说“反抗”，但福柯从《规训与惩罚》开始，就开始质疑有关压抑的想象和预设。

虽然“压抑假说”的概念是在1976年出版的《性史》中提出并展开的，但1975年的《规训与惩罚》就已经显露出福柯对“压抑假说”的间接批评。在《规训与惩罚》里，为了分析监视社会的型构，福柯描述了一个著名的“全景敞视建筑”意象。虽然这是一个人们耳熟能详的概念，但为了讨论其中的“压抑”想象，在此仍然有必要引用福柯的描述：“边沁（Bentham）的全景敞视建筑(panopticon)……在被囚禁者身上造成一种有意识的和持续的可见状态，从而确保权力自动地发挥作用。这样安排为的是，监视具有持续的效果，即使监视在实际上是断断续续的；这种权力的完善应趋向于使其实际运用不再必要；……总之，被囚禁者应该被一种权力局势（power situation）所制约，而他们本身就是这种权力局势的载体。”① 我们在阅读这一段落时，关注点常常落在监控机制的形成和效应方面，即“全景敞视建筑”如何完美地利用自身的结构设计，在被囚禁者那里实现“可见状态”的内化，最终达成被囚禁者的有效自我管理。但福柯想表达的远不仅限于此。

笔者认为，福柯在此还隐而不彰地批评了被囚禁者关于自我被监控的想象和假设。正是因为这一假想的被持续监视状态或受害情结，保证了这架权力机器无休止地成功运转——是被囚禁者构成了权力金字塔无比坚实的底座或福柯所谓的“权力局势的载体”。帝国遍及全球的殖民网络及其话语机制似乎也构成了另一种意义上的“全景敞视主义”。正如萨义德用“监禁”来形容欧洲“表述”东方的行为的话语效果，当地方面对全球主义、殖民主义意识形态生产的本土形象时，就会产生被西方目光围绕的假想。此刻的本土已经内化了帝国无远弗届的眼光，就像“全景敞视建筑”中的被囚禁者，其被监控的认知可

① ［法］米歇尔·福柯：《规训与惩罚：监狱的诞生》，刘北成、杨远婴译，生活·读书·新知三联书店2007年版，第224—226页。

能有着虚幻甚至盲目的性质。但是，这恰恰构成了本土控诉殖民主义的“压抑”并生成自我的主体性/身份意识的源动力。来自本土被“压抑”的想象和文化身份诉求，正是殖民权力得以无限渗透、散布的成果之一。

在《性史》第一卷中，“压抑假说”及其批判已明确地成为福柯的主题之一。福柯反对从“压抑”角度去界定性与权力的关系的习惯性认知。他认为，从这个角度看西方历史上的性问题，性与权力是截然对立的关系，权力对性是必然的压抑。福柯称这种认知模式为“压抑假说”。对此，福柯质询道：“我要提出的问题，不是我们为什么会受到压抑，而是为什么我们会说自己受到了压抑?”[①] 福柯的提问方式避开了“压抑”是否存在的无谓争论，而是把焦点转移到我们对被“压抑”的坚信不疑，何以“成为权力的一种较为迂曲而审慎的形式”[②]。福柯通过考察古典时期以来的性话语发现：“然而更重要的是在权力自身使用的范畴之内关于性的话语的增殖：法律本身便鼓动着人们去谈性，越多谈越好；权力的代表机构下定决心要听到人们谈它，并且要让性自身以清晰的发音巨细无遗地谈。”[③] 这种对谈论性的激励和鼓动，在福柯看来，是一种把性向话语转化的手段，而性本身，在这种巨细无遗、没完没了的谈论中，其隐秘性不是得到揭示了，而是被强化了[④]。福柯就“压抑假说”作为一种有效的话语模式的批判，对反思当代形象学的观念与方法有着深刻的启迪意义。

如果说西方对非西方的表述行为，生产了扭曲的非西方形象，那么，也同时生产了非西方被监禁、压抑的自我想象。被监禁、压抑的自我想象正是后殖民主义文化批评、也是当代形象学主流研究的经典

---

① ［法］米歇尔·福柯：《性史（第一、二卷）》，张廷琛、林莉、范千红等译，上海科学技术文献出版社1989年版，第9页。

② ［法］米歇尔·福柯：《性史（第一、二卷）》，张廷琛、林莉、范千红等译，上海科学技术文献出版社1989年版，第12页。

③ ［法］米歇尔·福柯：《性史（第一、二卷）》，张廷琛、林莉、范千红等译，上海科学技术文献出版社1989年版，第16页。

④ ［法］米歇尔·福柯：《性史（第一、二卷）》，张廷琛、林莉、范千红等译，上海科学技术文献出版社1989年版，第34—35页。

预设——无论是萨义德本人的东方主义批判①，还是当代形象学对民族文化身份、民族国家思想主体的“拯救”/“文化自觉”②，都清晰地显示了这一点。这才是当代比较文学形象学观念与方法中不曾被触及的根本问题或集体无意识。我们不否认全球后殖民时代西方对非西方的“压抑”，也不承认新自由主义背景下曾经的宗主国对昔日殖民地的“包容”已然超过了“压抑”。但是，当代比较文学形象学中的“压抑假说”，的确在鼓动着我们把学术研究向话语转换。因为“压抑假说”预设了已然存在着本真的事物形态，只是被另一事物遮蔽了，故而只能以虚假的形象呈现。具体到跨文化情境中，形象学意义上的“压抑假说”的核心内容就是，某种本真的民族特性被西方“压抑”（或监禁/表述）了，有待于研究者们把这种本真的民族特性从西方的形象生产过程中揭示出来。这就是“压抑假说”前提下的形象学背后的学术冲动和文化抱负，但它们的实现途径，只能像福柯论证的那样，对象征着权威的西方，“巨细无遗”地言说有关自我的“真理”。“压抑假说”总是必然导向喋喋不休的自我陈述，这个过程中，西方的权威性不断被陈述者强化，而被言说的自我形象却越加模糊、神秘。

当代跨文化形象学的（后殖民）意识形态分析，一方面在竭力走出辨析形象确真与否的旧范式，另一方面却又在研究中不断地召唤着本真的自我（身份）——这正是对全球主义、殖民主义话语的增殖和巩固，后者的秘密武器就是在殖民地贩卖人为的异己性。在这个意义上，比较文学学科建制中批量生产的形象学成果，就像弗洛伊德式的诊所里病人对医生的自我坦白，一而再地挖掘着自我民族的本真性且乐此不疲。“压抑假说”前提下的形象学成果越是丰富，民族的文化身份越是缥缈，这类研究成为全球后殖民主义意识形态话语的载体，其支

① 萨义德说他在《东方学》中试图说明话语是与征服、统治工具的创造以及监禁技术携手而来的。参见 Gauri Viswanathan，*Power*，*Politics*，*and Culture*：*Interviews with Edward W. Said*，New York：Vintage Books，2001：269。

② 周宁认为：“如何从现代性话语体系中拯救中国的思想体系？……分析中国形象参与构筑西方现代性经验的过程与方式，目的在于解构西方的中国叙事，从西方话语霸权中拯救中国思想的主体性。”参见周宁、周云龙《他乡是一面负向的镜子：跨文化形象学的访谈》，北京大学出版社 2014 年版，第 250—251 页。

撑的比较文学形象学学科话语也成为福柯意义上的开口言谈的鼓动机制。

“压抑假说”的话语模式及其运作机制是如此隐蔽而微妙，它能够隐而不彰把后现代主义式的意识形态批判锋芒化为自身的组成部分且不为研究者所意识到。这个前提在形象学中之所以难以察觉，首先是因为反抗“压抑”具有道义上的正当性，这使很多研究者认为“压抑”的前提是不证自明的，所以，当我们面对（后）殖民主义历史语境中的西方的异域形象，总是不假思索地认为，“我”已经被“西方”的监控目光所围绕，从主体镜像的方法视野去分析异域形象就变得恰如其分。另外，则是因为在全球殖民主义网络中，本土被西方目光环绕、被监控、被“压抑”，自我可见的想象无从证明。“隶属于这个可见领域并且意识到这一点的人承担起实施权力压制的责任。他使这种压制自动地施加于自己身上。……他成为征服自己的本源。”[①] 这就是为什么被“压抑”者认为是反抗形式的“开口言谈”，反而却能够得到权力机制的大力鼓动。当代比较文学形象学学科话语分配的知识，使形象的后殖民表述分析本身成为“征服自己的本源”，而（后）殖民主义意识形态只需要袖手旁观即可坐享其成。所以福柯说“可见性就是一个捕捉器”[②]。“压抑假说”前提下的形象学后殖民意识形态分析，像是陷入了“无物之阵”，其批判的锋芒越是锋利，（后）殖民主义意识形态基础在其被批判过程中反而不断得到巩固。化用萨特(Jean-Paul Sartre）的那个形象的比喻[③]，可以说以“压抑假说”为前提的形象学的后殖民主义文化批评范式是一个危险的回旋镖，而且，在它发出的那一瞬间就即刻折返了。

“压抑假说”主导的话语模式有着强大的收编能力，既往对形象

---

① ［法］米歇尔·福柯：《规训与惩罚：监狱的诞生》，刘北成、杨远婴译，生活·读书·新知三联书店2007年版，第227—228页。

② ［法］米歇尔·福柯：《规训与惩罚：监狱的诞生》，刘北成、杨远婴译，生活·读书·新知三联书店2007年版，第225页。

③ Jean-Paul Sartre，“Preface”，Frantz Fanon，*The Wretched of the Earth*，Trans. Richard Philcox，New York：Grove Press，2004：liv.

学的后殖民主义文化批评范式的反思，也不得不在此前提下展开。周宁曾提出形象学“方法上的疑问”：“相关的‘后学’理论途径，是否可能通过中国思想主体的建构？在中国思想主体与西方文化霸权二元对立的思维框架内，是否能够赢得中国现代性主体身份？”① 周宁对形象学中普遍使用的“后学”理论的质疑集中于其“西方”属性无法承担拯救“中国思想主体”的重任，所以他认为今天形象学的方法是“搬弄西方理论附会中国问题”②。周宁对形象学观念与方法的反思立足于“中国思想主体”已然失落的假定之上，这一假定暗示了西方“压抑”的叙事。根据前文的论析，作为学科的当代比较文学形象学的问题意识在于重审民族文化身份，那么，被援引为方法的“西方”理论就再次强化了“中国思想主体”的失落/“压抑”想象。问题与方法在此诡异地合二为一，后者的“西方”属性成为形象学学科思想确认自身遭受匮乏与阉割的证据。因此，对形象学观念与方法的反思就成为弗洛伊德式的病人的自我审查和自我坦白。种种努力追寻某种“可靠”的方法路径的努力，也在沦为一种永无止境又神秘莫测的“自我解释学”③，有待确认的民族文化身份在此过程中则越来越显得空洞无物。如果说“西方”理论真的具有某种西方（中心主义）性或者文化帝国主义的嫌疑，那么，这种嫌疑只可能体现于其悄然布置的“压抑假说”的陷阱层面，而绝非其“西方”的生物学出身。

四　结语

根据我们在前面对比较文学形象学中的“压抑假说”的解析，可

① 周宁、周云龙:《他乡是一面负向的镜子：跨文化形象学的访谈》，北京大学出版社2014年版，第243页。

② 周宁、周云龙:《他乡是一面负向的镜子：跨文化形象学的访谈》，北京大学出版社2014年版，第258页。

③ 福柯意义上的“自我解释学”，“就是我们必须在我们自己身上找到一个被深深隐藏的真相，必须破解它，就像破解一本书，一本神秘的书，一本预言书，一本神圣的书，我认为必须摆脱这样的假设”。参见［法］米歇尔·福柯《自我解释学的起源——福柯1990年在达特茅斯学院的演讲》，潘培庆译，西南师范大学出版社2018年版，第107页。

以看到后殖民主义文化批评针对的始终是意识形态如何询唤（interpellation)、规训、压抑某个文化形象的对应物或承担者，进而制造“他者性”。但是，当全球—（后）殖民权力之网无处不在、“全景敞视”的时候，意识形态分析所依赖的外在支点必然是子虚乌有——总是能够被（后）殖民权力成功地收编、吸纳并最终用于强化自身。

批判当代比较文学形象学中的“压抑假说”本身不是目的，本文的根本意图在于进一步检讨和推动形象学的观念与方法。后殖民主义文化批评理论曾经是、如今仍然是人文研究领域批判性质询的重要形式之一，它在处理全球化进程中知识跨文化传播的复杂性时尤其有着得天独厚的优势，一度促成了形象学从经验主义到意识形态分析的方法论转型。然而，既往的大部分研究对其中的“压抑假说”长期以来的无意识依循，致使其推论过程既理所当然又在预料之中，整个学科领域的知识结构显得简化、梗滞而疲惫。是时候把研究方法的焦点从后殖民主义文化批评式的意识形态分析模式移开了！我们需要积极构建其他更为有效的异域形象研究方法，以取代“压抑假说”前提下的后殖民意识形态分析框架。

埃里希·奥尔巴赫《喻象》中的语文学*

王晓燕**

摘　要　本文以奥尔巴赫流亡伊斯坦布尔时期创作的第一部作品《喻象》为研究对象，探讨其中的语文学传统。奥尔巴赫的《喻象》继承了德国的语文学传统，注重对书面历史资料中“喻象”的词源学的研究，并结合文学、历史和语言学来阐释了“喻象”的历史性内涵。伊斯坦布尔的流亡经历，开阔了奥尔巴赫的学术视野，也使他意识到通过语文学来与他所处的邪恶世界抗争。他不仅从语文学的角度对其流亡生涯的开始进行了回应，而且也对20世纪30年代《旧约》在社会、政治以及宗教中所面对的“质疑”给予了回击，进而捍卫了《旧约》在宗教中的地位。在伊斯坦布尔时期，奥尔巴赫将语文学与意识形态相关联，使其成为他反抗雅利安语文学的重要工具，并以一种文化的形式来反对纳粹的种族主义。

关键词　埃里希·奥尔巴赫　《喻象》　语文学　反抗性

一　奥尔巴赫与德国语文学

语文学(英文 philology，希腊语 philologia，中译为“语学”“言语

* 基金项目：2021年度天津市哲学社会科学规划项目“伊斯坦布尔时期埃里希·奥尔巴赫的文学批评研究”（编号：TJww21－001）。

** 作者简介：王晓燕，博士，天津师范大学文学院、跨文化与世界文学研究院讲师。研究方向：比较文学、海外华文文学。

学”)，是一门古老而深厚的学问，从词源结构来看，源自古希腊语，是由“爱”(philo)和“语文”(logos)构成。该学科通常以文学文本为研究对象，是“对作者的解释和对语法、修辞学、历史以及与特定语言相关的批评传统的研究”①。语文学起源于古希腊，但在不同的历史时期，具有不同的责任与意义。18 世纪以前，语文学主要着重于对古老文本与原始史料的分析与校勘。到了 19 世纪，随着社会学科的发展，语文学以其自身在语言文字、历史、文学等多方面的融合性特点，成为可与数学、物理学等自然科学相媲美的一门学科而具有崇高的学术地位。

语文学虽然有着悠久的历史传统，但 19 世纪到 20 世纪前半叶却是德国语文学的天下，这主要归功于“从文克尔曼(J. J. Winkelmann)到荷尔德林的浪漫派作家和诗人们对希腊文化的迷恋和认同；而具体到古典语文学上，那一两代人中没有谁比弗里德里希·施莱格尔(Friedrich Schlegel)对于启发和促进特别是希腊的古典语文学起了更大的作用……步施莱格尔的后尘，德国古典语文学在十九世纪直至二十世纪前半期产生了一批里程碑式的成果”②。作为对古典语文学的继承和发展，在 19 世纪中期，罗曼语文学也随之兴起。所谓“罗曼语言”(Romance languages)主要是指，“欧洲中世纪时期以来，以通俗拉丁语为基础演化形成的各早期民族语言，主要包括古法语、普罗旺斯语、加泰罗尼亚语、卡斯蒂亚诺语、(古)葡萄牙语、(古)意大利语、罗马尼亚语等，至今日的现代罗曼语言主要包括法、意、葡、西及罗马尼亚语。”③ 在此基础上形成的罗曼语文学主要以研究这些语言、文学及历史文化的同源性为主要内容，并通过文本间的互文、比较等方法来拓宽文本研究的历史内涵。

---

① Avihu Zakai, Erich Auerbach and the Crisis of German Philology, *Springer International Publishing Switzerland*, 2017: 37.

② 刘皓明:《从好言到好智:德国的语文学传统》, http://blog.sina.com.cn/s/blog_76b8f4a50100stka.html, 新浪微博, 2011 年 6 月 12 日。(注:该引文中的“文克尔曼”即“温克尔曼”,刘皓明原文如此)

③ 成沫:《奥尔巴赫与〈罗曼语文学入门〉:罗曼语文学研究初探》,《中世纪与文艺复兴研究》2019 年第 2 期。

19世纪德国罗曼语文学得到快速发展，在很大程度上得益于德国浪漫主义和民族主义的推动，与德国民族主义精神相契合，以恩斯特·R. 库尔提乌斯（Ernst Robert Curtius，1886—1956）、斯皮策、奥尔巴赫为代表。库尔提乌斯注重从诗学与修辞角度研究中世纪文学，完成了关于中世纪文学的巨著《欧洲文学与拉丁中世纪》；斯皮策试图通过对文体的研究来解释一个作家乃至民族的心理特征，他的《文体研究》是西方诗学中关于文体研究的重要著作；奥尔巴赫则聚焦于比较文学，从早期创作的《但丁：世俗世界的诗人》到流亡伊斯坦布尔创作的《摹仿论》，乃至移民美国后撰写的《世界文学语文学》，都显示了他作为一个罗曼语文学家深厚的知识功底与广阔的学术视野。

奥尔巴赫偏爱罗曼语文学而非古典或德国语文学，首先与他自身教育背景有关。由于较为优越的家庭条件，奥尔巴赫年少时曾在柏林接受“强大的古典课程，学习流利的法语和有力的写作”训练①，完成了初级教育。这一时期的学习对于奥尔巴赫之后的语文学奠定了基础。奥尔巴赫对于罗曼语文学的系统性学习开始于1914年。这一年，经历了一战的奥尔巴赫意识到“罗曼语文学有着无与伦比的前景”，因为它“有潜力展示欧洲文化的基本统一”②。战后，他继续在柏林研究罗曼语文学，将研究领域集中于“意大利和法国文艺复兴早期的中篇小说”，获语文学博士学位。

其次，奥尔巴赫的罗曼语文学离不开他自身所处的学术圈。在海德堡大学时，奥尔巴赫遇到了和他同时代的其他犹太学者，包括卢卡奇、本雅明（是奥尔巴赫一生的朋友）和雅斯贝斯。这些哲学家对于历史、宗教、文学的哲理性思考，显然影响了奥尔巴赫的学术观。从1930年开始，奥尔巴赫任职于马尔堡大学。当时，德国哲学家汉斯-格奥尔格·伽达默尔、卡尔·洛维斯和神学家鲁道夫·布尔特曼都在

① R. Evans Jr.，Erich Auerbach as European Critic，*Romance Philology*，1971（2）：212-213.

② Erich Auerbach，*Literary Language and Its Public in Late Latin Antiquity and in the Middle Ages*，Traps. Ralph Manheim，Princeton：Princeton University Press，1993：xvi.

马尔堡大学任教（后两位是亲密的同事）。此时的马尔堡大学也被认为是拥有相当自由的语言文化氛围的场所。在马尔堡的奥尔巴赫是一名全职教授（ordinarius），周围围绕着才华横溢的学生和同事。杜克大学（Duke University）的历史学家玛拉基·哈伊姆·哈科亨（Malachi Haim Hacohen）曾将这一时期的马尔堡称为“黄金时代”。可见，即使流亡于伊斯坦布尔，奥尔巴赫也始终置身于一个人文主义的学术圈。正是这样浓厚的学术氛围，成就了奥尔巴赫的博学，也使他成为重要的罗曼语文学家。

再次，奥尔巴赫的罗曼语文学还离不开斯皮策的引领。斯皮策与奥尔巴赫之间的学术渊源，是影响奥尔巴赫的罗曼语文学之路及人生经历的重要因素。早在1930年，奥尔巴赫便接替斯皮策成为马尔堡大学的教授，担任罗曼语文学系主任[①]。1935年夏末，奥尔巴赫在意大利旅行时，斯皮策从伊斯坦布尔来到博洛尼亚（Bologna），当面与他谈及关于在土耳其就职的机会。他与奥尔巴赫的会面，是因为他将要移居美国，提议奥尔巴赫来接替他在伊斯坦布尔大学的职位。可见，无论是在德国还是伊斯坦布尔，斯皮策都引领着奥尔巴赫不断迈向罗曼语文学之路。

虽然德国罗曼语文学在19世纪得到大力的发展，但并不否认罗曼语文学与古典语文学在学科和方法论上的共通性。奥尔巴赫的罗曼语文学正是在传统古典语文学的基础上发展起来的。他的罗曼语文学在继承传统语文学通过对文本的原始语言的文词、句法以及其所处的历史语境、社会背景的分析，探寻文本深厚的内涵的基础上，“对语文学历史维度的高度关注”[②]。在奥尔巴赫这里，语文学并不局限于对文本的相关文献校勘与阐释，而是与历史及现实相关联。他以自己所面对的世界为研究对象，对德国的语文学内涵进行了开拓，将语文学推向前所未有的一个阶段：一方面他将语文学与意识形态相关联，以此

① 此时的斯皮策在科隆大学（University of Cologne）任职。

② 成沫：《奥尔巴赫与〈罗曼语文学入门〉：罗曼语文学研究初探》，《中世纪与文艺复兴研究》2019年第2期。

反对纳粹的种族主义。另一方面，他语文学中的批判性，甚至破坏性的特质，使他处于斯宾诺莎和尼采的传统中①。在此，可将奥尔巴赫的创作视为一部关于西方文化的思想和精神史研究，并通过犹太或犹太语文学而达到的一种真正的世界观（世界历史）②，即，奥尔巴赫的罗曼语文学可被称为“世俗的、内在的、世界的和犹太人的：这是一门赞美这种丰富性的语文学，世俗的生活以超然的抽象为代价，历史高于末世论，生活经验高于感官之前从未经历过的事物。他对历史现实的看法，以其俯冲的垂直和无情的水平向前运动，充满了恐惧，同时也充满了美丽的潜力。从最好的意义上说，这是一种反语文学——一种世界的语文学”③。因此，奥尔巴赫的语文学最终指向世俗的、世界的、整体的语文学，这是对德国传统语文学最大的超越。而从学者知识素养层面而言，奥尔巴赫不仅具有哲学、语言学、思想史的深厚性，更具有独特的“东—西方灵魂”，这在他笔下关于帕斯卡、蒙田、拉辛和但丁等作家的各种著作中都有详尽的记录，这些都深刻体现了他在伊斯坦布尔时期重要的思想和学术成果。

二 《喻象》中的语文学

《喻象》创作于1938年，是奥尔巴赫抵达伊斯坦布尔创作的第一篇作品，不仅蕴含着他对流亡生涯之始的一种回应，也是对传统语文

① 尼采在《荷马与古典语文学》中谈道：“语文学的确是历史的一部分，同样是自然科学和美学的一部分。”因此，语文学只有科学化是不够的，还需要审美的部分，否则语文学将缺乏统一性而呈现出支离破碎的状态。奥尔巴赫的语文学所强调的历史性、现实性与人文性的综合，与尼采对于语文学“审美性”要求是相通的。斯宾诺莎在他的《神学政治论》《政治论》等著作中，对于旧约圣经的考证与研究中，采用了语文学技巧。尤其是他对圣经的批判性释义与解读，与奥尔巴赫语文学中的批判性色彩有异曲同工之处。参见 James I. Porter，“Old Testament Realism in the Writings of Erich Auerbach”，In Shai Ginsburg，Martin Land，Jonathan Boyarin，Jews and the Ends of Theory，Fordham University Press，2019：189；吴树博《阅读与解释：论斯宾诺莎的历史观念及其效用》，上海三联书店2015年版。

② James I. Porter，“Introduction”，*in Time*，*History*，*and Literature*：*Selected Essays of Erich Auerbach*，Jane O. Newman，Trans. Princeton University Press，2013：Ix－xlv.

③ James I. Porter，Erich Auerbach's Earthly（Counter-）Philology，*Digital Philology*：*A Journal of Medieval Cultures*，2013（2）：259.

学的一种直观表达。《喻象》虽然只是一篇文章，却在奥尔巴赫的流亡创作中占有重要的地位。甚至可以说，在奥尔巴赫的语文学中，《喻象》有着承前启后的意义：既衔接德国传统语文学，又开启了他的罗曼语文学之路。

（一）“喻象”的词源学追溯

一般而言，传统语文学主要是对“特定语言和文本的所有研究”[①]，其宗旨主要涉及两方面内容：一是对特定语言的分析；二是对特定文本的阐释。在《喻象》中，奥尔巴赫从词源学的角度考察了figura这一单词的起源、流变及发展，梳理了figura“如何在其语义发展的基础上发展成为一个历史情境（historical situation），产生深远的影响”[②]。奥尔巴赫对“喻象”的词源追溯，实则是对其“历史原点”的追溯，即指回到历史最初的起点，强调对文本解读的历史起点及具体语境的重视。因此，《喻象》中的“历史原点”首先体现在，对“喻象”这一词语出现的历史源头的追溯。

figura原与fingere、figulus、factor和effigies同属一个词干，皆指“塑料模型”（plastic form），引申为“可塑的形状”。该词最早出现在古罗马戏剧作家泰伦斯的（Terence，约公元前190—前159年）《宦官》（*Eunuchus*）一书中，“那个年轻女孩儿有一张‘奇怪的脸’”［a young girl has a nova figura oris（“unaccustomed form of face”）］[③]。后经罗马共和国末期诗人、哲学家卢克莱修、西塞罗等人的开拓，出现许多变体，最终在罗马修辞学家昆蒂利安[④]的使用中成为一种抽象的修辞手段。奥尔巴赫对于“喻象”词源学追溯及其历史发展，与传统语

① James Turner，*Philology*，Princeton University Press，2014：x.

② Erich Auerbach. Figura，*In Scenes from the Drama of European Literature*，Theory and History of Literature，University of Minnesota，1984：76.

③ Erich Auerbach. Figura，*In Scenes from the Drama of European Literature*，Theory and History of Literature，University of Minnesota，1984：11.

④ 提图斯·卢克莱修·卡鲁斯（Titus Lucretius Carus，约公元前99—约前55年），罗马共和国末期的诗人和哲学家，以哲理长诗《物性论》（De Rerum Natura）著称于世。马尔库斯·图利乌斯·西塞罗（Marcus Tullius Cicero，公元前106—前43年），是古罗马著名政治家、哲人、演说家和法学家。昆蒂利安（Marcus Fabius Quintilianus，公元35—95年）是西班牙籍的罗马公民，罗马教育家和修辞学家，在中世纪的修辞学流派和文艺复兴时期的写作中被广泛提及。

文学对于语言材料的真实考据的要求相契合，体现了奥尔巴赫传统语文学的思想。

（二）“喻象”的历史化发展

传统语文学所强调的对文本原始性、历史性的阐释与研究，在奥尔巴赫的《喻象》中尤为凸显。奥尔巴赫对喻象历史化过程中的作家、神学家们的贡献进行了梳理，显示了语文学的历史化意义。他认为卢克莱修的贡献“虽然不是历时性的，但却是最辉煌的”，他指出，“模型”“复制”“虚构”“梦的形象”等含义都依附于“喻象”这一主体；与之相反，西塞罗的开拓性意义则相对较小。[①] 昆蒂利安意识到喻象在修辞学中的重要性，并通过大量的例证对此进行研究。昆蒂利安也因此而成为中世纪和文艺复兴时期被重视的修辞学家。[②] 而喻象在基督教世界里第一次被使用是由基督教著名的神学家和哲学家德尔图良（Tertullian，或译特图里安、特土良）开始的。德尔图良认为，喻象“是真实的和历史的，它揭示了另一个同样真实和历史的东西。这两个事件之间的关系是通过一致或相似性来揭示的”[③]。在奥尔巴赫看来，德尔图良是一个坚定的现实主义者。他的现实主义在“人物形象与完成（figure and fulfillment）的关系上更为突出，因为两者有时似乎具有更高程度的历史具体性”[④]。也是由他开始，“基督确认他的形象”。[⑤] 奥尔巴赫由此进入基督教神学中的形象解释，深入分析神学中的喻象及其意义。

奥尔巴赫从具体的文本出发，通过区分喻象与寓言之间的不同，进一步阐释喻象所具有的历史意义及内涵。在他看来，“在寓意阐释

① Erich Auerbach, “Figura”, *Scenes from the Drama of European Literature* (Theory and History of Literature), University of Minnesota, 1984: 17 - 18.

② Erich Auerbach, “Figura”, *Scenes from the Drama of European Literature* (Theory and History of Literature), University of Minnesota, 1984: 27.

③ Erich Auerbach, “Figura”, *Scenes from the Drama of European Literature* (Theory and History of Literature), University of Minnesota, 1984: 29.

④ Erich Auerbach, “Figura”, *Scenes from the Drama of European Literature* (Theory and History of Literature), University of Minnesota, 1984: 32.

⑤ Erich Auerbach, “Figura”, *Scenes from the Drama of European Literature* (Theory and History of Literature), University of Minnesota, 1984: 30

中，符号或者图像本身并不重要，重要的是它的象征意义，喻象阐释则在象征意义之外，还强调形象本身的物质性和历史性”①。在《喻象》中，他从文学和艺术形式方面，对喻象的历史进行梳理，以公元前1世纪罗马教育的希腊化及将希腊文学和哲学观念传播到罗马开始来研究喻象，并指出，从共和时代的诗人卢克莱修和西塞罗到帝国时代的诗人维吉尔、卡图卢斯和奥维德，喻象这一词汇的内涵及外延都得到了充分的发展，其中，喻象的修辞学意义最为丰富，因为这些诗人对“模型与复制品之间的意义的隐喻，形式的变化，幻影的虚假”最感兴趣②。他从一个词语研究出发，重新审视寓言和中世纪文学中的喻象，并由此介入了中世纪的研究，敦促学者区分寓言和喻象，寻求文学隐喻的多样性。他针对《圣经》和但丁《神曲》的个案研究，更是明确了喻象在中世纪文学，乃至整个神学历史中的意义。

总体来看，奥尔巴赫对喻象的解释并非单纯的词源解读，而是通过对原始词语、文本的考察与校勘来探寻文本的历史意义。他以喻象为切入点，在词源学的基础上介入《旧约》文本，结合历史学、宗教学、修辞学等学科，指出《旧约》及其形象的存在，代表着“古代犹太人的历史现实被保存下来，而不是被取代”③。这一发现不仅是奥尔巴赫《喻象》写作的启示，更是之后《摹仿论》创作的重要主题。

三 《喻象》的语文学意义

奥尔巴赫的《喻象》不仅从语文学的角度对其流亡生涯的开始进行了回应，也对20世纪30年代《旧约》在社会、政治以及宗教中所面对的“质疑”给予了回击，捍卫了《旧约》在宗教中的地位。其语

---

① 路程：《从透视法隐喻看奥尔巴赫〈摹仿论〉的文学史书写》，《华东师范大学学报》2020年第5期。

② Erich Auerbach, “Figura”, *Scenes from the Drama of European Literature* (Theory and History of Literature), University of Minnesota, 1984: 21.

③ John David Dawson, “Figural Reading and the Fashioning of Christian Identity in Boyarin, Auerbach and Frei”, *Modern Theology*, 1998 (2): 186.

文学的意义主要体现在以下几个方面。

（一）对流亡生涯的回应

奥尔巴赫在抵达伊斯坦布尔之后，曾于1937年的夏天回德国度假（在此期间，他在柏林的住所被纳粹检查）。他在返回伊斯坦布尔的途中，同家人穿越萨尔茨堡（Salzburg）、的里雅斯特（Trieste）和雅典（Athens），“坚持他们所居住的德国欧洲文化，拒绝接受他们的流亡”①。在经历一系列的屈辱与排斥，定居伊斯坦布尔的奥尔巴赫最终还是被迫接受自己的流亡状态，于1938年出版了他在流亡期间的第一篇作品《喻象》。一定意义上而言，流亡是促进奥尔巴赫创作《喻象》的重要动因，这也奠定了《喻象》的流亡主题。社会学家诺伯特·埃利亚斯（Norbert Elias）于1940年在英国拘留所创作的《可怜的雅各的歌谣》（*The Ballad of Poor Jacob*）中，以寓言的形式向全世界的难民讲述了流浪犹太人的故事：“他又一次身无分文地向广阔的世界走了一段路。”② 奥尔巴赫也曾称，“雅各真的成了流浪汉”③。在此，他的这一论断显然是有其深意的：一方面，他有意在伊斯坦布尔（尤其是他所聚居的犹太区）阐述自己的观点（这是他在德国不可能做的）；另一方面，他在此也为处于流亡中的犹太人寻得了一种精神上的安慰，即，犹太人可以向他们流浪的祖先雅各求助，在他的艰难困苦中寻求安慰和教训。恰是这种流亡的经历把奥尔巴赫和他的犹太血统联系在一起，使他在流亡期间创作《喻象》以表达他对流亡经历的一种回应。因此，奥尔巴赫在《喻象》中强调对文本的历史原点的追溯与发展，是他自己的一种创作理念和精神追求：一是通过语文学研究将文本置于具体的历史语境，使其成为一种“积极地建构历史和现实的力量，向世人展示不同时代中人们的生活气息。这就是奥尔巴赫所说的

① Clemens Auerbach，“Summer 1937”，In M. Treml，K. Barck，*Erich Auerbach*，Berlin，2007：495 –500.

② 参见 Henriette Beese，*Michael Schröter*，Los der Menschen，Frankfurt am Main：Suhrkamp，1987：87 –98。

③ ［德］埃里希·奥尔巴赫：《摹仿论——西方文学中现实的再现》，吴麟绶、周新建、高艳婷译，商务印书馆2018年版，第22页。

‘喻象’世界的一面”[①]。二是奥尔巴赫“身在流亡之中，而心怀归国之情；反抗着所谓‘神圣世界’的不公正，而渴望着尘俗世界的重生”的创作精神，也被视为另一种现实的“喻象”[②]。因此，《喻象》作为奥尔巴赫流亡期间创作的第一部作品，奠定了他之后作品的主题、感情基调，开创了他文学研究的世俗化倾向。

（二）对《旧约》宗教地位的捍卫

奥尔巴赫《喻象》对于《旧约》文本的历史解读及其价值探讨，最直接的目的是捍卫《旧约》的宗教地位。

20 世纪 30 年代，德国的许多宗教领袖诋毁《旧约》的权威，试图剥夺犹太人最初的历史信仰。1933 年 12 月，在希特勒正式就任德国总理不到一个月的时候，慕尼黑大主教迈克尔·福尔哈伯（Michael Faulhaber）在圣迈克尔大教堂（St. Michael's Cathedral）举行了一系列布道。他通过观察早在 1899 年，在汉堡举行的反犹太游行示威时所倡导的“将犹太教与基督教彻底分离，并要求从基督教中消除所有犹太元素”[③] 来开始他的布道内容“《旧约》的宗教价值观及其在基督教中的实现”。他指出，此时更让他担心的是在 1933 年，1899 年的那种“单一声音”已经“合而为一：抛弃《旧约》!”（swelled together into a chorus：Away with the Old Testament！）[④]。众所周知，批判犹太人和犹太教与批判《旧约》是完全不同的两件事。尤其是，由批判《旧约》上升为对德国基督教的攻击，这对于德国教会而言是不可容忍的。福尔哈伯并不赞成“一个仍然坚持《旧约》的基督教与德国人民的精神不可调和”[⑤] 这一观点。他宣称，“当当今对犹太人的对抗延伸到《旧约》的圣书中，基督教因其与基督教前的犹太教有渊源关系而受到谴

① 石天强：《两种批评：奥尔巴赫与布鲁姆》，《书城》2020 年第 8 期。

② 石天强：《两种批评：奥尔巴赫与布鲁姆》，《书城》2020 年第 8 期。

③ Cardinal Faulhaber, *Judaism, Christianity, and Germany*, Trans. Rev. George D. Smith, New York, Macmillan, 1935: 1.

④ Cardinal Faulhaber, *Judaism, Christianity, and Germany*, Trans. Rev. George D. Smith, New York, 1935: 2.

⑤ Cardinal Faulhaber, *Judaism, Christianity, and Germany*, Trans. Rev. George D. Smith, New York, 1935: 2.

责时”，“主教不能保持沉默”[①]。但福尔哈伯并没有阻止基督徒与犹太教徒之间的对抗，而是不温不火地（tepidly defended）为《旧约》辩护，说《旧约》比《新约》神圣[②]。他认为，“对今日犹太人的对抗不能延伸到前基督教和犹太教的书籍中”[③]。他在布道中对《旧约》的解读主要基于“《旧约》不是犹太人写的，而是‘受到圣灵的启发’而形成的”这一假设，由于摆脱了与犹太教的认同，这一观点克服了《旧约》文本的特殊性，以使其符合“德国人民的精神”。总体而言，福尔哈伯主要是将《旧约》当成一种宗教文本来探讨其价值的，其中所蕴含的“犹太元素”对他而言意义不大，而他对“反犹”形势“不温不火”的态度，却助长了德国“反犹”势力的发展。而纳粹宣传者阿尔弗雷德·罗森博格（Alfred Rosenberg）的言论则将德国“反犹”势力推上了热潮。罗森博格曾抨击《旧约》把普通人变成了“精神上的犹太人”（spiritual Jews），并声称没有“丝毫理由相信”耶稣基督有犹太血统。与前两者相比，宗教改革神学家卡尔·巴特（Karl Barth，1886—1968）虽然强调《新约》与《旧约》的统一性，但对他来说，《旧约》作为一本关于古代以色列的书也没有什么价值，“对我们来说，《旧约》只有与《新约》相关时才有效”。[④] 由此可见，德国的宗教界对《旧约》的解读，出现两个趋势：“一种解释将犹太教的一个教派转变为一个新的、世界性的宗教；另一个则试图将世界宗教转变为一个没有犹太人的世界”[⑤]。这两个方面归根结底，都是以“否定《旧约》的犹太性”为前提的。他们一方面否定了《旧约》在宗教中的地位，另一方面，又将其与纳粹主义相联系，成为德国种族

① Cardinal Faulhaber，*Judaism*，*Christianity*，*and Germany*，Trans. Rev. George D. Smith，New York，1935：2.

② Malachi Haim Hacohen，Typology and the Holocaust：Erich Auerbach and Judeo-Christian Europe，*Religions*，2012（3）：612.

③ Cardinal Faulhaber，*Judaism*，*Christianity*，*and Germany*，Trans. Rev. George D. Smith，New York，1935：14.

④ Karl Barth，*Homiletics. Geoffrey W. Bromiley*，*DonaldE. Daniels*，Trans. Louisville，KY：Westminster John Knox Press，1991：80.

⑤ John David Dawson，Figural Reading and the Fashioning of Christian Identity in Boyarin，Auerbach and Frei，*Modern Theology*，1998（2）：184.

主义的一种“意识缘由”，借此在宗教精神层面来压制犹太人。在此背景下，《旧约》以及与此相关的犹太人便成为纳粹民族主义的重要反抗对象，催生了1938年11月的“大屠杀”事件的发生。此次“大屠杀”中：

> 至少91名犹太人被杀害，3万名犹太人被逮捕和监禁在集中营。犹太人的家庭、医院和学校被洗劫一空，建筑物被大锤拆毁。超过1000个犹太教堂被烧毁，仅在维也纳就有95个，超过7000家犹太企业被摧毁或损坏……希伯来《圣经》作为欧洲基督教文明最神圣的象征之一，被“公开焚烧”。在纳粹德国，同样的事情到处都在发生。纳粹分子于1938年11月9日至10日燃烧了希伯来《圣经》。不是一本而是数千本，不是在一个地方，而是在整个帝国的数百个社区中……通过大火和其他手段，对《圣经》的销毁是在克里斯塔纳赫特（Kristallnacht）的中心，一千四百个犹太教堂被纵火。[①]

奥尔巴赫对此深感沮丧，他《喻象》中的语言词源学分析及历史演变，既是他语文学的重要内容，也是他对《旧约》历史价值的重申，更是他对德国此背景的回应。与此同时，纳粹对于犹太人的言语方式也进行了限制，宣称：“犹太人只能以犹太人的方式思考。当他用德语写作时，他说谎。我们要消除谎言。犹太作品只能在希伯来语中发表。如果它们以德语显示，则应将其标识为翻译。德语文字应仅适用于德国人。”[②] 这也激发了奥尔巴赫通过语言来对抗纳粹意识形态的创作观，使其成为他语文学的重要内容。

（三）对“犹太—基督教”传统的建构

奥尔巴赫的《喻象》通过《新约》与《旧约》之间的关联性建构

① Avihu Zakai, *Erich Auerbach and the Crisis of German Philology*, Springer International Publishing Switzerland, 2017: 23 – 24.

② Confino, A., *A world without Jews: The Nazi imagination from persecution to genocide*, New Haven: Yale University Press, 2014: 3, 115, 56.

了一种“犹太—基督教”传统，并使其成为贯穿他一生的重要主题。

> 喻象的解释在两个事件或人之间建立了联系，第一个事件或人不仅表示自身，还表示第二个，而第二个则包含并实现了第一个。这两个极点在时间上是分开的，但无论是真实事件还是人物，都被包含在历史生命之流的时间之内。摩西和基督……与人物和成就相关联［但是］摩西在历史上也同样真实，因为他是……基督的喻象，而现实的基督不是抽象观念，而是历史现实。①

奥尔巴赫将《旧约》与《新约》的原典文本作为研究对象，通过对历史事件之间的关联性来阐释《旧约》作为《新约》“前史”的重要性。在他看来，在历史事件中，第一个事件“不仅意味着自身，而且意味着第二个事件；第二个事件又包含并完成了第一个事件”。由此，他对《旧约》中的事件及其重要性进行了重申，这些事件不仅有其自身发展的需要，而且还预示了《新约》中的事件。在《喻象》中，奥尔巴赫首先追溯了figura这一词语从古罗马到中世纪的历史变化，他强调，奥古斯丁认为《旧约》是“现象预言”（phenomenal prophecy），借喻式地将基督教与犹太教之间的关系与纳粹企图掠夺犹太法律和神学联系在一起，既捍卫了《旧约》在宗教系统中的权威地位，又抨击了纳粹借宗教来抵制犹太人的系列举措，反映了奥尔巴赫对犹太传统在西方文化中的重要性的肯定与赞扬。

同时，奥尔巴赫将《旧约》与《新约》置于当下的社会语境，以探求二者的现实意义。奥尔巴赫在创作《喻象》期间，德国种族的排他性力量的上涨也使他意识到自己的犹太人身份。因此，他在《喻象》中对犹太人在德国的身份角色的探讨也是一个重要的主题，并加强了他这部作品的政治意味。1941年12月，他给伊斯坦布尔的同事亚历山大·鲁斯托写信，明确表达了他对犹太教过时的看法：犹太人

① Erich Auerbach, “Figura”, *Scenes from the Drama of European Literature* (Theory and History of Literature), University of Minnesota, 1984: 34.

的生活早已具体化，他们过着“幽灵般的生活”[①]。

> 犹太教唤起了神秘的感觉，它充满了诅咒，通过犹太人在基督教崛起中所扮演的角色，它变得具体起来。基督教起源于犹太人，但他们拒绝它，因此使命回到了外邦人，形成了犹太律法［现在只是一个影子和幽灵］和基督恩典［剥夺了律法的权力］之间的对比。[②]

从现实的角度来看，奥尔巴赫的《喻象》通过凸显犹太教和基督教的共同传统来重新协商犹太人在德国欧洲文化中的地位，显然是失败的。但他在流亡期间，通过对神学著作的研究，不仅找到了精神上的安慰和鼓励，更为之后《摹仿论》的创作奠定了基础。可以说，“《喻象》构成了奥尔巴赫在土耳其流亡的精神世界和情感世界”[③]。奥尔巴赫的《喻象》通过对喻象词源学的梳理与宗教文本的解读相结合，是对德国宗教意识形态的回应，也是奥尔巴赫初到伊斯坦布尔所进行的一项宏大的计划。他试图通过《喻象》来定义由圣保罗、奥古斯丁、阿奎那和但丁所衍生出的人文主义形象及其后果。在奥尔巴赫的笔下，在生成于“犹太教和基督教之间”的《喻象》体现了他“西方文学计划的条件之一”（one of the conditions of the literary project of the West），也是他通过喻象解释来对抗纳粹宗教的意识形态的有力武器。他还警示他的欧洲同僚，“在加入福尔哈伯和他的对手的行列中，他们直接违背了他们作为基督徒的身份，因此也违背了他们作为欧洲人的身份。奥尔巴赫的论点是微妙而独特

① Martin Vialon, “Helle und Trost für eine ‘neue Menschlichkeit’ -Erich Auerbachs türkisches Exilbriefwerk”, In Deutsche Akademie für Sprache und Dichtung. Jahrbuch 2010, Göttingen: Wallstein Verlag, 2011: 38 –40.

② Martin Vialon, “Helle und Trost für eine ‘neue Menschlichkeit’ -Erich Auerbachs türkisches Exilbriefwerk”, In Deutsche Akademie für Sprache und Dichtung. Jahrbuch 2010, Göttingen: Wallstein Verlag, 2011: 38.

③ Malachi Haim Hacohen, Typology and the Holocaust: Erich Auerbach and Judeo-Christian Europe, *Religions*, 2012 (3): 610.

的：世俗的欧洲文化的统一是根植于一种代表现实的独特的宗教模式——基督教对圣经的形象解释的传统。欧洲已不再承认这一传统的真正性质，也不再承认它对传统的亏欠。其结果是对文本和彼此之间的可怕背叛。”①

可见，深受欧洲传统文化熏陶，又被迫流亡，这种丰富的人生经历不仅成为埃里希·奥尔巴赫创作与研究的重要动因，而且促使他在研究中注入其对欧洲语文学学术传统及思想体系的思考，并在此基础上对德国古典传统语文学进行了超越与开拓。因此，《喻象》不仅是奥尔巴赫的一项文学研究著作，而且还是他通过语文学来应对德国语文学危机的一个关键著作，反映了他对雅利安语文学及纳粹种族主义的否定，也表达了他对欧洲传统失落发出的警示与呐喊。

① John David Dawson, Figural Reading and the Fashioning of Christian Identity in Boyarin, Auerbach and Frei, *Modern Theology*, 1998 (2): 186.

跨媒介文化：作为跨学科方法论的理论建构*

陈泳桦**

摘　要　本文从跨学科研究出发，以跨媒介研究为范例，对跨媒介研究三个重要的研究范畴，即跨媒介叙事、跨媒介艺术和跨媒介文化进行比较，分析跨媒介研究三种范畴的特定特征和交叉融合；并对跨媒介文化研究的现有文化现象和现有研究成果作梳理。在此基础上，从构建传播过程全要素整合，构建跨媒介传播视域下文化生产、文化消费和文化接受全链条式机制融合，构建跨媒介文化研究的理论范式三个层面进一步完善跨媒介文化研究的理论建构。

关键词　跨学科研究　跨媒介叙事　跨媒介艺术　跨媒介文化　理论构建

随着新时期新兴技术和新兴业态的发展，形成了新的文化现象和文化形态。近几年跨媒介研究也逐渐得到学术界的关注和推动，跨媒介文化是跨媒介研究的重要内容，跨学科研究成为发展态势。为寻求不同媒介变革所引发的新的文化现象，以跨学科方法论为推力的跨媒介文化亟须构建新的理论体系。

---

* 项目来源：深圳大学创新发展基金项目“理论与范式：新文科背景下跨媒介文化的整合与创新”（项目编号：315－0000470717）、深圳市建设中国特色社会主义先行示范区研究中心2021年重大课题“社会主义现代化强国城市文明典范研究”阶段性成果。

** 作者简介：陈泳桦，女，重庆市人，深圳大学文化产业研究院博士研究生，研究方向：文化产业与文化创新。

一 新文科背景下的跨学科研究

2019年8月26日，教育部倡导大力发展“新工科、新医科、新农科、新文科”。“新文科”的提出是时代的大势所趋，也是学科内部发展到一定程度所呈现出的新规律和新形态。“新文科”的提出和讨论引发了教育界和学术界众多学者的讨论，比如学者李凤亮就从“新文科”与传统文科在范围、指向和模式的差异出发，提出“新文科”建设要重新找准定位，才能体现新担当和新使命，并强调建设“新文科”应该坚持以人为本、突出跨界融合、强化实践导向、探索范式创新。[①] 可以明确的是，“新文科”的提出正好契合了跨学科研究的背景。

全球经济一体化和新技术的快速发展，孕育了“新文科”发展的外部环境，以人工智能、大数据、生命科学、量子力学、虚拟现实等新技术催生了新兴产业和新兴业态的发展，由新技术、新产业和新业态所引发的生活方式、思维范式和学习模式的转变呼唤学科的内在改造、升级和转型。[②] 社会外部环境推动学科内部更迭，跨学科态势越来越明显。一方面，跨学科本身作为一种已有的方法论，奠定了比较文学等学科的研究范式，另一方面，全球化与新一轮技术的变革则加速了跨学科的生成与转换，并形成新兴的学科范式和文化形态。这表现在：在新时代的发展中，一些传统学科（如艺术学）发展出新的学科观念、表达形式和表现形态，无法再用旧有的术语或者体系去阐述，而另一些新兴的学科或者研究视角（如科技人文、跨媒介研究）应运而生，却找不到对应的学科归属和学科范式，跨学科研究就成为一种很好的研究方法和研究视角，以问题为导向，打通学科边界。跨媒介研究不仅作为一种研究对象，也是作为一种研究方法，这种研究方法是基于跨学科的研究方法。

① 李凤亮：《新文科：定义·定位·定向》，《探索与争鸣》2020年第1期。

② 李凤亮、陈泳桦：《新文科视野下的大学通识教育》，《山东大学学报》（哲学社会科学版）2021年第4期。

二 跨媒介研究范畴

作为一种跨学科研究方法，跨媒介研究从文学、艺术学、传播学/文化研究的角度出发，聚焦于跨媒介叙事、跨媒介艺术和跨媒介文化三种范畴。三者既具有特定的研究范畴，也有交叉的内容。

（一）跨媒介叙事

从文学的角度而言，跨媒介叙事是文学叙事学理论的一个分支，其形成、发展和研究都由来已久。无论是苏轼评价王维“味摩诘之诗，诗中有画；观摩诘之画，画中有诗”，还是莱辛《拉奥孔：论诗与画的界限》，都是跨媒介叙事的经典之作。在中国，古代文人对叙事媒介边界的弱化，一方面来源于古代文人并不将诗歌和绘画这两种叙事媒介严格区分，它们本身就是共生共存的；另一方面，在绘画作品中作诗、题词，本身就成为一种文人传统，是一种独特的汉文化现象。在西方，“诗画之争”由来已久，诗歌和绘画作为不同的叙事文本，在表达方式和呈现方式上有所差异，就像莱辛所指出的那样，诗歌和绘画在表现语言媒介和色彩、线条媒介上都呈现出差异性。如果说，早期跨媒介叙事研究的是不同叙事文本的本质和特征所呈现的不同表达方式，其重要性还聚焦在作为叙事媒介的文本之上，那么随着20世纪中后期大众媒介的兴起，尤其是信息技术和电子技术的空前发展，涌现出网络文学、电影文学、新媒体文学等文学样式，以媒介技术为推力的跨媒介叙事又重新被提及，其研究重心开始向新兴的媒介叙事范式转变，不仅研究不同媒介叙事的差异性，也研究不同媒介叙事的互动和融合。

学者蒋述卓、李凤亮在《传媒时代的文学存在方式》中探讨了文学与传播媒介的关系，他们借用希利斯·米勒“文学性”这一术语，将一系列由媒介发挥作用的新形态的“混合体”，作为认识文学与媒介发生关联的一个重要视角，一方面，文学媒介的变化引发了文学本身的裂变，另一方面，思考“文学性”比思考“文学”可能更具学理意义。他们从图像与文学、影视与文学等八对范畴出发，通过对其的形式机制、艺术伦理、社会效用、价值取向、发展走向进行界说，揭示出“文学性”在当下存在的多元化现实，及其中隐含的时代文化本质。[①] 值得一提的是，他们在结语部分提到“消费时代文学的意义”，不仅是对八对范畴所揭示的“消费时代的文学究竟是什么”的一种升华，也是接着这个问题，试图回答文学在技术时代所产生的新的标准和意义，彰显出一种观照现实、回归现实的人文关怀。学者龙迪勇《“出位之思”与跨媒介叙事》借用“出位之思”的观点表达媒介所引发的新的美学体验，即一种媒介通过模仿另一种媒介，从而达到一种独特的美学效果。这种跨媒介叙事理论的独特之处在于：它创造出第三种意义范畴上的跨媒介叙事研究，既与自身不同，也与他者不同，而是两者或多者的融合，是一种主动的尝试，贴近现实生活中的艺术表达和文学实践。除此之外，还有部分学者提倡要重建当下文学理论。杨春忠《论跨媒介文学理论》通过传统文学理论的欠缺及其重建、跨媒介文学理论的建构及其观念、跨媒介文学理论建构的意义三个维度[②]，进行先破后立，对当下的文学理论进行了重新的界定、厘清和建构。

如果说国内学者对跨媒介叙事的研究主要是从新时代由媒介引发的社会和文化的变革出发，涉及文学的学科建构和理论建构，那么国外学者则大多从叙事内部的自身规律进行研究。国外学者玛丽－劳尔·瑞安（Marie-Laure Ryan）的《跨媒介叙事》从符号学的角度出发，将媒介作为信息的方式与内容的物质支撑的研究称为符号学媒介研究（semiotic media studies）。她认为，支撑媒介的内在属性，既塑造了叙事形式又影响了叙事体验。她通过论述面对面叙述、静态图片、动态图片、音乐和数字媒介五种媒介，探讨媒介作为表达手段的比较研究，关注的是具身性（embodiment），即叙事传播的特定符号材质和技术模式。[③] 对玛丽－

① 蒋述卓、李凤亮主编：《传媒时代的文学存在方式》，广西师范大学出版社 2010 年版，第 1—4 页。

② 杨春忠：《论跨媒介文学理论》，《中国文学批评》2015 年第 2 期。

③ ［美］玛丽－劳尔·瑞安编：《跨媒介叙事》，张新军、林文娟等译，四川大学出版社 2017 年版，第 1 页。

劳尔·瑞安而言，“何谓媒介”是不确定的，这主要取决于研究对象以及研究者的目的。德国学者温弗里德·诺特（Winfried Nöth）、宁娜·毕莎娜（Nina Bishara）主编的《媒介的自我指涉》也从符号学的视角出发，通过论述后现代中与媒介中的自我指涉，他们沿袭了马歇尔·麦克卢汉“媒介即讯息”的观点，提出一种悖论，即“媒介今天越是相互作用和转向媒介交互，它们在自我指涉循环中就越是指向媒介”①，“媒介中的每个信息都既能指向它自身的媒介，又指向其他媒介”②。他们的观点对于理解“媒介交互性”“再媒介化”“媒介融合”等概念的产生和实践具有很好的指导作用。温弗里德·诺特和宁娜·毕莎娜通过论述自我指涉的印刷广告、自我指涉的摄影、自我指涉的电影、自我指涉的电视、自我指涉的游戏等其他自我指涉的艺术等几个子章节，对几个重要而典型的媒介展开论述，其中所涉及的“自我指涉”，更接近于利奥塔的“宏大叙事”或者“元叙事”。这种“元叙事”与当前流行的“元小说”“元艺术”“元图像”“元建筑”等各种有关“元”的研究有异曲同工之妙。国外学者对跨媒介叙事的研究重心多集中在关注媒介的内在属性，按照玛丽－劳尔·瑞安的说法，就是关注媒介的“自指”，而媒介的“他指”又形成了对“自指”的相互映照和补充。

总体而言，国外学者更加注重媒介在文学叙事中的自律性变化，由自律性再推及他律性的变化，形成一种对照和补充说明。国内学者的研究更倾向于由他律性向自律性的转变。两种不同的研究范式的目的，都在于揭示文学叙事的普遍规律和动态发展，只是所采用的方法、手段和视角不一样。

（二）跨媒介艺术

从艺术学的角度而言，跨媒介艺术体现出媒介变革对艺术创作、艺术作品及艺术传播的影响，跨媒介艺术研究导向了两个方面，一是

① ［德］温弗里德·诺特、宁娜·毕莎娜编：《媒介的自我指涉》，周劲松译，社会科学文献出版社 2019 年版，第 12 页。

② ［德］温弗里德·诺特、宁娜·毕莎娜编：《媒介的自我指涉》，周劲松译，社会科学文献出版社 2019 年版，第 12 页。

艺术媒介化，二是媒介艺术化。

所谓艺术媒介化“是指19世纪工业革命后，伴随着技术的发展，传媒艺术和受媒介技术进步影响而变化的传统艺术，在大众艺术和社会媒介化以及现代艺术观念不断演化的影响下与媒介互动形成的艺术现象”①。一言以蔽之，艺术媒介化是将媒介作为艺术形成和呈现的重要载体，通过媒介表现艺术形态，通过媒介与艺术的融合派生出新的艺术形式和艺术现象，艺术与技术的融合是艺术得以发展的一个重要推动力。“媒介艺术化”对应于北京大学学者唐宏峰教授所提出的“作为媒介的艺术”，思考的是艺术的传播问题，艺术经由媒介材料呈现后，还需要各种大众传媒进行传播。“艺术媒介化”聚焦于艺术对象和艺术文本，而“媒介艺术化”聚焦的则是艺术传播的问题。但究其根本，两者很难剥离开来去谈，“艺术媒介化”和“媒介艺术化”是艺术品从生产、流通到接受等必不可少的环节，是艺术与技术的融合，并得以传播和接受的重要推动力。随着社会的发展，艺术与技术的联系越来越紧密。现代艺术的艺术媒介的呈现方式由物质媒介转向数字媒介，其传播媒介也逐渐向数字化转变。

国内学者近几年对于跨媒介艺术的关注引发了一个新的热点，比较具有标志性的几个重要事件有：第一是随着艺术学升格为门类学科第十年所做的一些学术推动，比如深圳大学文化产业研究院在2020年6月以“艺术学升门十年：未来的展望”为主题召开的学术论坛，邀请第七届国务院学位委员会艺术学理论学科评议组进行研讨，李凤亮、李心峰、仲呈祥、王一川、周宪、王廷信、夏燕靖等专家学者对艺术学升门十年来该学科尤其是其中的艺术学理论一级学科建构发展历程进行学术回顾、总结和对未来发展前景的展望；第二是2020年10月由南京大学艺术学院周计武教授担任首席专家召开2020年度国家社科基金艺术学重大项目“艺术学理论的跨媒介建构及其知识学研究”开题会议，周计武、何成洲、周宪、高建平、李心峰等学者围绕“跨媒介艺术”作讨论。课题负责人周计武《艺术学理论的跨媒介建构》

① 王方：《数字时代的艺术媒介化》，中国传媒大学出版社2020年版，第4页。

《艺术的跨媒介性与艺术学理论的跨媒介建构》等文章通过对国内外艺术学理论的研究进行梳理，从艺术的跨媒介出发，旨在重新构建艺术学理论的知识谱系。周宪教授《作为艺术理论方法论的跨媒介性》《艺术跨媒介性与艺术统一性——艺术理论学科知识建构方法论》、李健教授《跨媒介艺术研究的基本问题及其知识学建构》等文章也将跨媒介性作为艺术学理论的研究方法和研究范式，为艺术学理论研究提供知识学建构。除此之外，还有一大批学者也在致力于推动跨媒介艺术的发展，如深圳大学李心峰教授等作《2020 年艺术学理论学科发展报告》，将 2020 年艺术学升门十年作为一个重要的时间节点，对艺术理论、艺术史、艺术批评、艺术交叉学科、艺术学学科建设做了比较详细的梳理。在艺术学科建设的讨论中，尤其是对媒介与艺术关系的探讨、媒介对艺术传播和接受的影响，从媒介角度对艺术理论学科建构途径的思考、从媒介角度思考艺术研究、艺术批评、艺术人才培养等问题四个方面，将艺术的跨媒介性置于艺术理论、艺术史和艺术批评的宏观环境下，既将艺术的跨媒介性作为研究方法，又将艺术的跨媒介性用来描述艺术实践中的跨媒介现象。[①] 北京大学唐宏峰教授《通向跨媒介间性艺术史》、南京大学赵奎英教授《当代跨媒介艺术的复杂共感知与具身空时性》等也致力于通过艺术跨媒介性认识艺术史和艺术理论。

可以说，近些年来，跨媒介艺术成为国内外学者极其关注的话题。无论是从跨媒介性出发构建艺术学理论的知识谱系，还是在实践中对艺术和媒介的融合应用和传播，都在很大程度上推动了跨媒介艺术的发展，拓宽了跨媒介艺术的理论话语和实践话语。

（三）跨媒介文化

从传播学或者文化研究的角度而言，跨媒介文化研究不同媒介在传播过程中所形成的文化现象。中国学者在讨论“媒介文化”（或“跨媒介文化”）概念时强调媒介文化（或跨媒介文化）出现的重要意

① 李心峰、秦佩、张新科：《2020 年艺术学理论学科发展报告》，《艺术百家》2021 年第 3 期。

义，也就是从文化研究转向大众文化，再从大众文化转向媒介文化的趋势[①]。这样一个重要的研判将对媒介文化（或跨媒介文化）的研究同时聚焦在传播学和文化研究中。从传播学的角度看，对跨媒介文化的研究主要关注不同文化在传播过程中所派生的新的现象和体验。从文化研究的角度看，跨媒介文化也是文化研究的分支。20世纪末，文化研究关注的重点逐渐转向对媒介文化（或跨媒介文化）的研究，成为文化研究在新的历史语境下所呈现出的新的研究方向。

在文化研究的范畴中，对媒介文化的研究大体上要追溯到法兰克福学派批评理论。马克斯·霍克海默（Max Horkheimer）和西奥多·阿多诺（Theodor Wiesengrund Adorno）用"文化工业"的概念对现代大众传媒及其文化展开了批判。瓦尔特·本雅明（Walter Bendix Schoenflies Benjamin）用"震惊美学"、赫伯特·马尔库塞（Herbert Marcuse）用"单向度的人"等概念形容新技术和大众媒介整合下的人及其状态。法兰克福学派对西方造成了很大的影响，美国传播政治经济学派与英国文化研究学派等都吸收了法兰克福学派的思想。在传播学领域，产生深远影响的有哈罗德·英尼斯、马歇尔·麦克卢汉、马克·波斯特等人。哈罗德·英尼斯（Harold Adams Innis）开创了"媒介决定论"，他提出由于媒介的自身属性，有的媒介偏时间性，有的媒介偏空间性。这些论断对麦克卢汉关注媒介自身属性提供了很重要的借鉴作用。在他的代表作《理解媒介——论人的延伸》中，他提出了一个重要的观点，即"媒介即讯息"。这一重要观点为后来的学者提供了两个启示：一是拓宽了媒介的属性和容量，不再仅仅把媒介作为传播的中介，而代表着一种新的认识方式和思维方式，同时也倡导关注媒介自身，而不仅仅关注传播内容；二是新媒介不会取代旧媒介，而是会相互塑造，这也为"再媒介化"奠定了理论基础。国外学者马克·波斯特（Mark Poster）在《第二媒介时代》中，将信息制作者少而信息消费者众多的播放模型占主导地位的时期称为"第一媒介时代"[②]，相对应的就是"第二

① 曾一果：《媒介文化论》，暨南大学出版社2020年版，第37页。

② ［美］马克·波斯特：《第二媒介时代》，范静哗译，南京大学出版社2000年版，第5页。

媒介时代”。“第一媒介时代”的核心内容对应于法兰克福学派批判理论，他认为“第一媒介时代”中媒介是一种单向性、中心化的传播工具，“第二媒介时代”则对应后现代时代，实现了双向的去中心化的交流。波斯特对“第二媒介时代”的突出贡献在于他更聚焦现实，关注信息、人类主体性、机械身体、赛博空间等话题。

研究跨媒介文化主要有两个方向，一是新媒介的产生催生出新的文化现象。随着电子信息革命的发展，媒介的延伸生成了重要的命题，比如人机结合、人工智能、赛博格等新的媒介形态，使机器与人类的关系被置于一个新的语境，人类主体性是否会被消解有待思考；另一方面，哈拉维在《赛博格宣言》中提出“人人都是赛博格”，旨在打破人与人所创造的事物之间的二元对立①，从这个程度上，赛博格不仅仅是一种媒介，也是一种新的认知。二是新媒介文化对既有媒介文化的影响。麦克卢汉为理解一切新技术提供了一条新的道路，他指出，不是理解新技术本身，而是理解新技术间的相互关系与旧有技术的关系，尤其理解新技术与我们的关系——与我们的身体、感官和心理平衡的关系。② 根据麦克卢汉的媒介理论，新的媒介不会使旧有的媒介消失，但在时代和媒介的更迭中，旧有媒介会发生一些变化，比如20世纪八九十年代是电视媒介发展的高峰，波兹曼甚至在1985年通过《娱乐至死》揭示出电视政治对人们思想认知和社会文化发展的影响，由此可见当时电视媒介对社会影响力之大。21世纪以后，电子媒介的快速发展使电视媒介的发展滞后，但电视媒介并没有消亡，而是在时代的更迭中实现新的形态和价值。已有媒介不会消亡，而是与新技术媒介并存，并衍生出新的媒介文化，这也是跨媒介文化关注的重点。

值得注意的是，跨媒介叙事、跨媒介艺术和跨媒介文化虽然有很明显的区分，但是由于文学、艺术学和传播学、文化研究本身有交集，所以跨媒介叙事、跨媒介艺术和跨媒介文化也存在交叉点。比如跨媒

① 吴岩：《科幻文学论纲》，重庆大学出版社2021年版，第95页。

② ［加拿大］米歇尔·麦克卢汉：《理解媒介——论人的延伸》，何道宽译，译林出版社2019年版。

介叙事与跨媒介艺术在诗歌、绘画和音乐等的艺术媒介和叙事媒介上有交集，究其原因一是诗歌、绘画、音乐既是艺术门类，也是文学叙事的重要范畴，形成了诗歌绘画性、诗歌音乐性等叙事样式；二是在早期诗、乐、舞三位一体不分家，形成了紧密的联系。再比如跨媒介艺术与跨媒介文化也存在交叉点，艺术媒介经由主体创作传播给受众，需要大众媒介的传播。大众媒介作为一种传播媒介，为跨媒介艺术的传播提供了重要的传播载体，其衍生的文化和艺术是两者所共有的。

三 跨媒介文化研究的理论构建

随着当代文化和艺术自律性和他律性发生改变，跨媒介研究需要构建新的理论体系。对跨媒介文化的研究要考虑到两方面，一是对跨媒介文化现象的梳理和研究，二是对已有跨媒介文化研究的研究。一方面，随着新媒介的不断涌现，生成了新的文化现象和文化体验，新技术与旧技术之间的交互所形成的文化，以及消费文化的共生共存增添了跨媒介文化的丰富性。已经有很多学者对跨媒介文化现象进行了梳理，但还没有形成完整的体系。另一方面，对已有跨媒介文化研究的研究还处于浅尝辄止的状态，跨媒介文化的理论话语、研究范式和研究方法等还处于一个探索的阶段。

一是要构建传播过程全要素整合。哈罗德·拉斯韦尔“5W 传播模式”提出了传播过程及其五个基本要素，即谁（Who），说了什么（Says What），通过什么渠道（In Which Channel），对谁说（To Whom），取得了什么效果（With What Effect）。根据拉斯韦尔的定义，传播学是一个由五个环节有序构成的动态过程，也即是传播者、信息、媒介、受众和效果，并形成了五大研究领域，即是控制研究、内容分析、媒介分析、受众分析和效果研究。虽然跨媒介文化重点在于对媒介和媒介产生的文化现象的分析，但是其他四个环节作为传播过程不可忽视和不可分割的因素，也要囊括在媒介分析的范畴中。比如研究大众媒介在互联网上的传播，如果研究对象只是大众媒介，那么研究内容是静态的，只有将其他四个要素考虑其中，才能构成一个有机互动的整体。大众媒介的传播者和接受者构成传播的两个源头，信息则是大众媒介传播的内容，至于传播的效果如何，则是一个复杂而综合的结果。借助“5W 传播模式”，可以将媒介传播的五要素和传播过程作为跨媒介文化研究的一个基本范畴，将其作为传播的一个普遍的共性问题，但是就跨媒介文化研究而言，则要将其作为一个特殊的研究命题，创设新的研究语境，开辟新的研究范式。一是要挖掘出跨媒介文化研究与其他文化研究在研究对象、研究方法、研究范畴等方面有什么差异。二是要提炼出单一媒介传播与多种媒介交互在“5W 传播模式”全链条上有什么差异，尤其是在传播效果上形成的巨大差异是跨媒介文化研究关注的重点。三是要对“再媒介化”现象作一种客观的论述，按照麦克卢汉的观点，每个时代都有一种主导的传播媒介，并且旧有的媒介不会被新媒介所取代，那么新媒介从旧媒介中获取的形式和内容，以及新旧媒介相互交互形成的交叉范畴等，都是“再媒介化”所派生的内容。在当前数字媒介占主导的时代，社会呈现高度媒介化的特点，数字媒介综合和吸收了很多旧有媒介，必将数字媒介研究推向另一个高潮。对于研究旧有媒介为何不会消亡，数字媒介为何如此兴盛，以及未来将由何种媒介代替数字媒介的地位成为时代的主导，都是亟须思考的问题。

二是要构建跨媒介传播视域下文化生产、文化消费和文化接受全链条式机制融合。对媒介变革引发的新的文化现象，媒介提供了传播的渠道和方式，文化的派生则是重中之重。从文化生产、文化消费到文化接受，它们构成了全链条式的融合机制。与哈罗德·拉斯韦尔“5W 传播模式”相同的是，它们都强调传播者/生产者、接受者，这两者构成传播的重要源头；与哈罗德·拉斯韦尔“5W 传播模式”有所不同的是，跨媒介文化研究更关注文化消费。首先是当中国处于“百年未有之大变局”，面临着逆全球化与全球化博弈加剧、文明的冲突与文化通约并存、疫情防控进入常态化阶段、供给侧与需求侧加速变革[①]等历史语境中，文化消费迎来一个巨大的拐点，文化消费在打通中国发展与全球发展

① 李凤亮、刘晓菲：《新发展格局中的文化消费》，《中国社会科学报》2021 年 4 月 16 日。

之间起着很重要的作用，跨媒介传播对文化软实力的输出、对科技创新和制度创新的推动、对文化创造和文化创新转化的形成都起到了推波助澜的作用。其次是随着新兴资本和新兴产业的迅速崛起，传统的资本观和消费观很难去解释当前的现象。比如在《资本论》中，马克思将商品作为哲学的起点，他对商品的定义更多是偏向物质性的，是可触摸的。可是新时代出现了很多无法用传统的商品观去定义和诠释的现象，虚拟货币、虚拟偶像、AI 主播、饭圈文化、游戏产业等新兴的文化现象，就脱离了资本定义和资本运转的常态，脱离了传统的文化语境和文化阐释空间，这也需要一套新兴的话语来重新定义文化和消费。

三是要构建跨媒介文化研究的理论范式。首先要构建跨媒介文化研究的话语体系。按照安妮·达勒瓦的说法，“理论是一个话语”（或是许多话语交叉而成的网络）[①]，话语是构建理论的重要组成部分。构建跨媒介文化研究的话语体系，一是要厘清核心概念，并对新产生的概念进行辨析和归类。随着新媒介的生成和由新媒介变革所引发的新的文化现象和文化形态，原有的话语体系很难再去阐释，因此要进一步重塑阐释系统和话语体系。秦兴华在《论新媒介的形式与规则及其对当代艺术的影响》中区分了媒介、媒体、新媒介艺术和新媒体艺术等概念，但对于跨媒介、跨媒介性、媒介间性等概念的界定还需要进一步探析。除此以外，针对以上传播过程中所涉及的全要素以及在跨媒介传播中文化生产、文化消费和文化接受的全链条机制中，会衍生出一些新兴的话语和现象。近些年出现了很多关于“关键词”的文献，比如雷蒙·威廉斯《关键词　文化与社会的词汇》、丹尼·卡瓦拉罗《文化理论关键词》、汪民安《文化研究关键词》等，就是对文化领域已有和新派生的关键词和核心概念作进一步界定。跨媒介文化是一个新兴的、交叉的研究领域，研究的范围又极其广泛，除此之外，它还紧跟社会现实和热点，具有很强的时效性和动态性，因此对跨媒

① ［美］安妮·达勒瓦：《艺术史方法与理论》，徐佳译，人民美术出版社 2017 年版，第 17 页。

介文化研究的核心概念的厘清迫在眉睫。其次要建立跨媒介文化研究的理论研究范畴，一方面，要重视媒介的历史性维度，挖掘不同时期不同媒介的发展轨迹，尤其是要挖掘特定时期主流媒介与其他媒介的互动关系，以及新媒介对旧媒介并存、交互和影响；另一方面，要重视媒介的横向比较，比较单一媒介与多种媒介交互产生的差异，体现出“跨”字，区分跨媒介文化研究与已有文化研究有什么区别和联系等。除此以外，如上述对媒介传播全要素和全过程，以及跨媒介语境下文化生产、文化消费和文化接受等全链条式机制研究等，都是跨媒介文化研究的重要范畴。

对跨媒介文化研究的理论建构要建立在历史和现实维度的交叉之上，要建立在媒介传播的普遍和特殊关系之上，要建立在文化运行机制的闭环内，更要以新的理论话语、理论范式和理论方法等对跨媒介文化研究的范畴进行重新定义、规范和运用。

人工智能翻译视域下的“世界大同”论

赵全伟*

摘　要　人类正向强人工智能进发，技术正改变人类的生活。在技术不断嵌进生活的背景下，人工智能翻译的介入，将直接影响人们对世界和“他者”的认知，以往作为知识化程度较高的翻译活动，逐步进入“寻常百姓家”，成为一种普遍性活动。翻译的即时性、主动性和便捷性使不同文化之间的交流、互鉴成为可能，有助于消除偏见和误解，创造出接纳“他者”的整体氛围，最终成就“大同世界”。

关键词　他者　普遍性　互鉴　大同世界

进入21世纪，新一代人工智能技术成为全球关注的焦点，发展日新月异。在计算模型分类上，出现了非图灵计算和数据集群处理方式上的新型图灵计算；从计算工具和材料上看，人机融合计算已现雏形。① 以往弱人工智能学派和非还原论者所坚守的阵地正逐步被渗透，人工智能与天然智能之间的碰撞愈演愈烈，并牵涉到生活的方方面面。人工智能拥有从巨大的、复杂的信息源中提取、识别和建构体系的能力，在那些任务目标明确且相关数据丰富的领域，以深度学习为代表的算法能够让机器具备远超于人类的分析能力和综合能力。② 这种能

* 作者简介：赵全伟，亳州市人，深圳大学文化产业研究院在读博士研究生，研究方向：文化产业与文化创新。

① 张寅生：《新一代人工智能计算模型的创新及其哲学意义》，《学术界》2021年第5期。

② 方师师、郑亚楠：《计算知识：人工智能参与知识生产的逻辑与反思》，《新闻与写作》2018年第12期。

力正是社会和学界所共同关注的内容。从较为感性的角度来看，人工智能所展现的巨大计算能力，会凸显人类的渺小；从较为理性的角度来看，人工智能就是一堆算法的集合，其出自人类之手，天然带有明显受制于人的内在逻辑。

但是，随着强人工智能的不断推进，这种人工智能受制于人类的内在逻辑被逐渐模糊。人工智能所展现的学习能力，让人惊诧的同时又陷入疑虑之中。继以微软小冰为代表人工智能机器人“创作”的“文学作品”引起大众的围观之后，人工智能在文学领域的应用也越来越受到人们的关注。不得不承认，人工智能技术已经来到了公众身边。其中，人工智能翻译也已经作为一个较为成熟的产业链走进了全球社会，从传统的辅助角色逐步走向以人工智能学习为特色的翻译主体的角色。从人工智能翻译的视角来观察全球各个国家和民族之间的沟通与交流，并以人工智能技术的变革为契机，让“世界大同”的理想有了一个支撑点和突破口。

一　翻译活动与思想传播

人类如要沟通、交流，首先要冲破语言的“巴别塔”。翻译作为一个媒介，具有承载信息的能力，信息的有效传播是促进不同文化之间交流的基础。从当今联合国框架下的国际关系来看，缺乏翻译作为沟通媒介是不可想象的。好的翻译能增加了解与增强互信，能让不同国家和民族的优秀文化全球共享，有利于增强全球的凝聚力。如马丁·路德·金的演讲《我有一个梦想》，让全世界看到黑人寻求自由、平等的愿望，这也是人类所共有的愿望。不好的翻译，产生的曲解和偏见令人遗憾。如中国在全世界展出兵马俑，有人将之理解成中国人好战、不爱好和平。这里笔者扩大了翻译的指涉范围，翻译可以是一种对异质文化的理解和解读，翻译不限于文学翻译，翻译是一种理解的媒介。

上述对马丁·路德·金的翻译，使明目张胆的种族歧视成为过去，“我有一个梦想”成为全世界爱好自由、平等的民众共同尊崇的理想，并成为其后社会持续关注的焦点。他的演讲被翻译成多种文字，激励着一代又一代人同种族歧视作斗争。由此可见，翻译对全球思潮的影响十分深远。这种影响也可以从马克思主义思想译介到中国看出，马列思想进入中国，让积贫积弱的中国看到了曙光，正是在马列思想的影响下，中国开展了轰轰烈烈的五四青年运动，开启了一场将人们从封建思想束缚即愚昧状态中解放出来的启蒙运动。马列思想不仅指导了中国的革命，这些思想通过译介传播到许多国家，如古巴等国，成为指导这些国家革命的思想源泉。

二　翻译活动与文化传播

翻译是文化交流的桥梁。以中国为例，作为一个有着悠久历史的国度，审视、记录周边民族的历史、文化，尤其在汉唐盛世，东极滨海、西涉流沙的广袤国土，对外交流更是频繁，所以自周以降，翻译人员被赋予“传王声，柔远人”的重任，在贸易往来、文化交流等方面扮演着不可或缺的角色。[①] 通过翻译，文化可以越过千山万水在异质文化中生根发芽。这里翻译可以指向对外的翻译和对古的翻译。

对外的翻译可以让异质文化与本土文化相互碰撞、融合，产生出具有生命力的新型文化。比较典型的例子是中国佛经翻译促进中国儒、释、道合流与中国近现代对欧洲文化的引进与传播，打破以往中国人天朝上国的美梦，迫使中国人睁眼看世界。对古翻译，可以重新认识古代文化中的创造力，继承和发扬这种创造力，可以冲破当下的思想桎梏，从而解放人的思想（这里比较典型的是欧洲的文艺复兴运动），重新认识古希腊、古罗马的文化，并将之作为涤荡欧洲中世纪思想的有力武器。翻译的“向外看”，具有空间性，中国和欧洲物理空间何止万里，文化中的他者是域外的、异质的；翻译的“向古看”，具有时间性，是一种回溯，隐含着一种时间的线性，古的文化对“我”来说不是“他者文化”，是一种被忽视的“我”，或者说是隐藏的“我”，

① 张政、冉蔓：《清代翻译科钩沉》，《中国翻译》2020 年第 4 期。

"我"通过回溯重新认识"我"。当然，这两种行为都需要借助翻译活动作为媒介才能获得成功。

（一）翻译促进文化融合

中国的文化发展与翻译息息相关，中国千年的佛经翻译史就是最好的例证。佛经翻译，除却对佛学思想的译介，还带来了大量关于文学、天文学知识等内容，充实了当时中国人对世界的认识。如大同十二年（公元546年）西天竺优禅尼国人真谛翻译的《佛说立世阿毗昙论》中就包含大量的天文学知识，对印度古代的宇宙学、日月之运行规律等皆有详细的定量描述。[①] 中国的佛经翻译是一个漫长的系统工程，时间绵延千年，在漫长的译介、吸收之后，佛教、道教和儒家合流，成为一种文化上的奇观。中国的学者和有知识的人士对儒、释、道的理解和接受成为中国文化的重要组成部分。如北宋的苏轼就是集儒、释、道为一体的大家。苏轼早年深受儒家学说的影响，贬谪时期又接受佛老思想的熏陶。苏轼融通三家思想，构建了自己独有的哲学思想、人生态度和审美范式。由此观之，中国的文人在儒、释、道三种思想之间转换自由，达者兼济，穷以独身，这里的出世、入世思想受这种合流思想的影响颇深。

历经千年的佛经翻译活动，也产生了大量的翻译理论，有些翻译理论至今依然影响着中国的翻译实践。佛教的翻译有着个人与政府的双重色彩，佛经翻译开始是外来佛教基于传播的目的小规模地翻译。之后，由于统治阶级的参与，翻译便以国家专设机构的形式大规模译介佛经，尤其以不空、鸠摩罗什、道安、玄奘等最为出名。这些著名的译者都有着明显的官方背景或者得到了官方的资助，更有甚者，为了得到翻译的高僧，统治阶级不惜发动战争，历史上那个著名的襄阳之战，居然是前秦世祖宣昭皇帝苻坚为迎请道安而发动的一场战争(378年2月至379年2月)，这算是暴力"倾城"的一个案例。上述，可以看出统治阶级对佛经翻译的重视。此后佛经翻译成为一个系统性工程对后来中国文化的演进起着重要的作用。

① 钮卫星：《唐代域外天文学》，上海交通大学出版社2019年版，第53页。

（二）翻译增强对“他者”的了解

到了清末，国家积贫积弱，在帝国主义的坚船利炮的催逼之下，中国社会对异质文化有了更加清醒的认识。急切了解域外的冲动促进了近代中国翻译事业的高潮。政府更是以翻译科考的形式选拔专门的翻译人才。在政府组织的翻译之外，民间的翻译大家也纷纷贡献自己的才智。如晚清林纾以文言文的形式译介外国的小说，因其文学修养极高，译文雅致流畅，直接影响当时的国人对外国作品的观感，一时林译风靡，加速了外国小说在中国的传播和接受。尤其，在当时大的历史背景下，《黑奴吁天录》（《汤姆叔叔的小屋》）出版于国家民族危局之际，其主旨不在于抒写黑种之悲，而在于为“黄种一号”，为“爱国保种之一助”。[①] 这种有着亡国之忧的知识分子以翻译的形式表达着对亡国灭种的担忧。在当时清政府腐朽、守旧、不思进取的背景下，一大批有志之士“睁开眼看世界”，将国外的新文化、新思想引入中国。清末持续不断的翻译，让中国人认识到与发达国家之差距，也为中国后来奋起直追奠定了基础。

其后，中华人民共和国改革开放亟须了解世界，对于翻译生材的重视与培养更是不遗余力。但是，随着中国发展的不断推进，对翻译的需求也在不断加大，中国成为全球工厂，中国生产的产品行销全球，翻译活动也随着载满中国产品的集装箱走向了国际。一个新的中国，一个具有世界影响力的大国，通过翻译这一媒介被越来越多的国家和民族了解、认识。准确的翻译已经成为有效沟通的基础，世界也从“我”与“他者”的对视，走向了“我”与“他者”的对话，翻译在其间的作用和分量不言而喻。

（三）翻译对文化的“再体认”

上述，欧洲对古希腊、古罗马文化再认识，让西方冲破了中世纪的樊篱。中国汉代的新儒学促进了汉武帝边疆思想体系的形成。董仲舒改造的新儒学为其提供了思想基础、理论框架以及建构范式，汉武

---

① 王卫平：《〈黑奴吁天录〉中的翻译话语与晚清国族话语传播》，《复旦外国语言文学论丛》2019 年第 2 期。

帝的边疆思想也因此处处彰显着公羊学的大一统观念。[①] 中国古代文坛、画坛开展的复古运动，无不是接着“旧”去阐发“新”，是用旧有的精神去反拨当下的轩轾，以打开对创新认识的遮蔽，形成一种新的活力。这种对旧有文化、思想的“再体认”，能明显增强文化的创新力。

要想体认这些旧有的文化，必须借助翻译这一媒介。西方的文艺复兴就是在大量翻译的基础上形成的。柏拉图、亚里士多德等先贤的作品和思想被大量译介到欧洲，欧洲的思想为之一变。欧洲冠之以文化“复兴”二字作为对这场思想解放运动的总结，无疑是恰当的，“复”是重新体认，“兴”是继承和发扬。但是，“复兴”发轫于翻译活动。

三　人工智能翻译的特征

进入新时代，由于互联网的普及，拓展了大众了解异域文化的渠道，尤其新媒介的出现，延伸了人获取信息的方式。与此同时，人们对翻译的需求也呈现几何式增长。传统的人工翻译已经远远满足不了人们对信息内容的需求，大规模、即时性和准确性的翻译需求已经刻不容缓。

传统的翻译人员进行的人工翻译对于信息爆炸时代的人来说已经存在明显的滞后。人们对直接获取第一手资料的心理需求逐步增强。可以预见的是“全民翻译、大众翻译”的时代已经到来。随着人工智能技术与翻译活动的融合，对于形成“大众翻译、全民翻译”起着技术支撑作用，也预示着人工智能翻译可以作为一种消弭文化隔阂的新型数字媒介的希望。这一点从以下人工智能翻译所具备的特性可以看出。

（一）人工智能翻译的即时性

真正改变翻译传统的是智能翻译设备的出现，借助于语音识别技术和扫描技术的发展，即时翻译成为一种可能，避免了请专门翻译的高昂费用，大众对智能翻译的可消费性打破了原有翻译的生态，使翻

① 袁宝龙：《秦汉新儒学转向与汉武帝边疆思想体系的构建》，《求是学刊》2020 年第 1 期。

译成为一种大众消费活动。

智能翻译设备已经从原来的简单的电子词典功能变成了一个集语音输入和智能扫描为一体的翻译设备。以扫描翻译笔为例，由于操作简单，只需将扫描笔对准需要翻译的文字，就能即时翻译成目标语言，这样即使没有学过外语的普通人也能快速获得所需要的信息。智能翻译设备给外语传播带来了新的范式。由于读者接触的是第一手资料，类似于原来翻译中出现的“归化”“异化”等情况将稍减。

读者不用借助不同水平译者的创造性翻译，而以人工智能翻译设备内含的巨大语料库和知识储备，完成大众自由选择的翻译客体，并基于读者自身理解对作品进行“创造性”解读。其后，可以依托人工智能大数据统计此类多元化的解读，形成具有“共性”的解读，并将之作为理解的普遍参照，有助于人类对同一个问题达成基本的共识，如同人类对于自由、平等共识一样，形成一种具有真正普适的价值观。这区别于文化资本强国的文化侵入，是非被动的“看齐”。

（二）人工智能翻译的主动性

主动的“看齐”意识是借助强人工智能之后，人们能有效去除社会对事实的遮蔽，主动进入一种理性的抉择。由于各方面原因，各国民众所接触到的翻译作品是经过层层筛选的内容。一是对翻译作品要进行选择，选择权在译者手里，受限于译者的水平、兴趣、认知等情况，读者所能看到的是一个相对封闭的内容。如上述美国斯托夫人的长篇小说有几个译本，有的译成《汤姆叔叔的小屋》，有的译成《黑奴吁天录》等，不同译者有不同的选择，译者的学识、教育等对于选择的范围有很大的局限和束缚。二是对译作形式的选择，出于不同的考虑，译者选择译作的文体也不相同，同一部作品，有的译者偏爱韵体，有的译员倾向于无韵体。这在多大程度上对译作进行“叛逆”不得而知，有多少创造也不得而知，偶有借助专业的批评人员的文章参看，又由于学术素养的局限，未必能清楚批评者的意图和目的。三是受市场的影响。资本逐利的本质决定了市场对翻译作品的选择有一套严格的筛选机制，市场偏爱受欢迎的译作，这种受欢迎也是相对的，并不能形成对翻译领域的整体覆盖。这些情况的遮蔽也造成了全球文化始终处于缓慢融合的境地，尤其全球保守主义、保护主义市场抬头，对于全球融合发展十分不利。

目前，我们还处于弱人工智能阶段，随着科技的不断进步，人们不断探索强人工智能之路，人工智能的深度学习，其对翻译活动的理解将对传统翻译实践发出挑战。在传统翻译活动中，人们碍于各自民族文化的伦理、道德等束缚，对于“他者”文化的引进与传播会进行筛选与甄别，不利于全球文化的互识，容易造成对源材料的破坏甚至造成误解。这种筛选与甄别的权力长期把持在译者手中，真正流入大众的译作一般都会经过精心的“打扮”，与原作内涵的实际有一定的距离。

强人工智能翻译设备将不带入自身的感情色彩，可以预见，其对源语言的翻译不会采取“删减”“拼接”“改编”的形式，呈现于读者面前的译作是不带有偏见的“纯粹”传播。这样的译作对于不同的读者有着不同的吸引力，也可以根据不同读者的多元解读加深对译作的理解。同时，还能对译作进行数据化的“影响研究”，其流传的脉络清晰、影响的程度也具有统计学上的意义。这样对于同一文本在不同地域的接受程度，可以看出各地文化的差异，这种差异化的研究，有助于加深人类对自身的理解。

（三）人工智能翻译的便捷高效性

人工智能翻译设备凭借技术手段，如网络爬虫（web crawler）积累了巨大的数据库，这些语料库能让人工智能翻译设备迅速成长，具备一般译作的水平。以乌拉圭作家马里奥·贝内德蒂的小说作品《休战》的中文译作者遭到嘲讽为例，文学爱好者在对比另一个译者的作品和韩烨以及人工智能翻译软件 DeepL 的译作之后，认为机器翻译的比韩烨要好。这固然是因为不同的人对译作要求不一样，但是也从侧面证明了人工智能翻译已经发展到了一定水准。尤其人工智能翻译设备的效率高出人类译者一大截，其执行的操作就是粘贴、复制、人工智能翻译、结果这几个操作步骤，人工智能翻译设备最费时间的节点是建构在巨大的数据库和算法之下的智能运算，在时间的层面看，人类翻译只能望机器而叹了。尤其，便携式移动智能设备的普及，也让人工智能翻译活动的操作便捷性极大增加。

智能翻译设备的便携性与易操作性将加快信息的传播速度。以往跨国出差需要带专业的翻译，不但成本高昂，而且效率低下。有时，如果涉及专业技术领域的翻译，而翻译缺乏相应的知识储备，还会造成极大的人力浪费。目前，智能翻译设备能基本满足所有的日常交流场景，尤其是语音识别技术的成熟，使交流的顺畅性大大加强。

四　世界大同思想的渊薮

中国人的“世界大同”思想肇始于《礼记》中的《礼运》篇，孔子的这个大同思想可以从其《春秋》看出，他在《春秋》中将其心目中的理想社会勾勒成三个层次，即衰乱世（所与闻世）、升平世（所闻世）、太平世（孔子亲历时期）三个阶段，此三个阶段是渐进的，从衰乱到太平是一个完整的过程。这也符合孔子在其社会实践中所遵循的路径，孔子治鲁国，为政三月，途不拾遗，这个时期相当于孔子所说的升平世和太平世的过渡期。孔子有志于将治理鲁国的经验推广于整个华夏和蛮夷之地，实现“天下远近大小若一”的大同之境。[①] 这种“天下远近大小若一”的理想与中国在当下宣扬的“人类命运共同体”，大国不欺小国，强国不凌弱国，以平等、互爱作为国际关系准则一脉相承。

中国人常把“民族”观念消融在“人类”观念里，也常把“国家”观念消融在“天下”或“世界”的观念里，他们只把民族和国家当作一个文化机体，并不存有狭义的民族观与狭义的国家观，“民族”与“国家”都只为文化而存在。……就西方而言，希腊人是有了民族而不能融凝成国家的；罗马人是有了国家而不能融凝为民族的。直到现在的西方人，民族与国家始终未能融和一致。[②] 欧洲人与中国人对于世界的认识存在很大差别。中国人很早就有了“天下”的概念，这

① 冯友兰：《中国哲学简史》，赵复三译，译林出版社 2018 年版，第 207 页。

② 李建一：《看人的艺术》，江苏凤凰文艺出版社 2020 年版，第 77 页。

个天下所包孕的内涵十分丰富，但均是以文化作为判断的标准，并非以血统而论，这也保证了中国文明得以绵延的活力和精气。“夷狄入中国，则中国之，中国入夷狄，则夷狄之”的思想让中国文化更加具有开放性和变通性。例如，《史记·秦本纪》记载：“秦僻在雍州，不与中国诸侯之会盟，夷翟（狄）遇之。”可是等到战国时期，楚、秦等国已经融入华夏文化圈。[①] 先秦时期，秦国华夷身份的转变正是这种思想的最好证明。其后，秦统华夏，中国人的大一统观念业已成为中国人的集体无意识。所以，鉴于全球云诡波谲形势，中国倡导“世界命运共同体”，也是基于这种“天下”观念的继承和发扬。

“人类命运共同体”所形成的关键就是解决如何“共处”的问题。“共处”一定涉及交流，这样才不会将对方的存在当成一种“未知”的威胁。此时，翻译作为沟通的媒介成了一盏可以手持的“明灯”，彼此接近时，在照亮“我”的形体的同时，可以看到对方的轮廓，这样双方才有了对彼此的基本认知。如果没有翻译媒介作为沟通，就会产生对抗。这有点类似人类免疫球蛋白的生存方式，在没有经过防御系统蛋白质的识别时，异源物将会被视为“入侵”而被吞噬。这样的例子在人类社会发展中出现了不止一次。如西班牙征服美洲异质文明，手段之残忍，根本没有将对方当成和自己一样的文明人，而是以征服者自居。据可靠资料显示，在1519年至1523年的4年间，墨西哥中部地区人口数量减少了近40%；在1519年至1605年的数十年间，这一比例增长到近95%。[②] 征服者根本没有了解异质文化的愿望，取而代之的是一种类似于动物的丛林法则，所有的沟通建立在武力的基础上，只有刀剑穿过美洲原住民的身体后流下的红色的血液才能唤起征服者的一丝认同，被杀死的对象不是完全不能理解的存在。

以武力和野蛮的方式带来的是更大的误解和仇恨，欧洲人在被西迁的匈奴人入侵时内心的恐惧和不安，导致“黄祸论”成为欧洲国家

① 华东师范大学历史学系历史教育比较研究中心编：《历史读本（中国史）》，上海人民出版社2020年版，第18页。

② ［美］弗兰克·萨克雷、约翰·芬德林编：《世界大历史（62个大事件塑造700年世界文明）》（上），严匡正译，中国画报出版社2021年版，第145页。

的集体无意识，并不时会被唤起这方面的记忆。欧洲历史上三次所谓的"黄祸"记忆，积淀成一种对异质文化的戒备与防御。这也可以解释，上述欧洲人认为中国人展出兵马俑是一种好战的表现，这明显是一种基于集体无意识的误读和偏见，也是"黄祸论"的一个变种。

五　人工智能翻译是走向"世界大同"的方向

人工智能技术的发展让我们看到一种希望，一种可以将中国人对"天下"概念传诸世界的可能。同时，人工智能翻译也为人类走向"世界大同"的理想世界指明了一个方向，人类如要成为紧密的"共同体"，需要增强主动掌握世界的"话语"，终结人类彼此的认知偏见，才能接纳"他者"，最后才有可能成就"大同世界"的理想。如果说这一思想过去还是一个类"乌托邦"的幻想，那么现在以及以后人工智能技术的不断发展，为冲破各个国家和民族间的认知樊篱提供了一个看得见的突破口。

（一）终结偏见

智能翻译设备的不断进步正悄悄地改变着人们对世界的了解，这种了解是借助工具的主动探寻而非通过具有感情色彩加工后的被动接受。这种新的"解码"手段不依赖于少数知识精英的供给，对于了解他者的本真具有十分重要的作用。只有在通过不断地主动学习与对外部的了解，才不会成为缺乏理性的"乌合之众"，同时在不断的自我拓展之后，对于世界的本真的认识将不再囿于各种学说的偏见，而是直抵源头。

世界文化的发展史就是一部交流史。翻开史书，没有希腊、罗马文化的再发现就没有后来的文艺复兴；没有无产阶级革命思想的传入，就不会造就中华人民共和国。交流是人类进步的巨大推动力，没有交流会造成误解、误读，形成固有的偏见。比如"黄祸"这一几近消失的名词，在世界摩擦日益加剧下又出现于人们的视野，这种带有强烈集体无意识的偏见是长期对他者文化缺乏认知的表现。由于不了解或者说缺乏沟通的渠道，这种旧的政治偏见将持续存在于其文化中，一旦和他者文化产生碰撞，这类语词将反复出现，每一次的出现都是对前一次的强化，这种强化的偏见会随着代际进行传播。

所以智能翻译设备的出现，尤其是未来强人工智能翻译设备的出现将彻底改变这一现状。由于脱离了本国“文化精英”对他者文化的控制，民众直接面对他者文化。以文学为例，本国民众借助智能翻译设备，直接阅读他国作品，欣赏与批评将变得更加开放和多元，不会形成一种被肢解或者经过精心修饰的观点。

（二）掌握“话语”

智能翻译设备通过新型的传播结构，将有利于文化与文学的比较。原来需要经过译者这个中间层的过滤，许多原初的真实被过滤，剩下的是译者选择所留下的东西。由于群众长期接触的是经过过滤的材料，所以造成了某种认知偏差，所以古斯塔夫·勒庞才会在《乌合之众》里说：“让观念”在群众的头脑里扎根需要很长的时间，而根除他们所需要的时间也短不了多少。因此就观念而言，群众总是落后于博学之士和哲学家好几代人。[①] 而智能翻译设备会改变“我”—译者—他者这种传统的传播媒介，成为一种新的翻译模式，智能翻译设备会成为“我”的一种工具，变成“我”理解他者的一个解码器，这时的“我”是主动的，并非经过译者这一环节筛选的被动接受。这样可以扭转传统知识精英对话语权的控制。这种对知识的把控一直是古代社会对人的巨大禁锢，在印刷术没有普及的时候，对知识的垄断成为政治生活的主要部分。尤其，西方就是利用印刷术打破知识的垄断之后才引发宗教改革的。印刷术使知识以文本形式的大规模复制得以实现。终结了智识资源只能为少数人所掌握的时代，使新知识与新思想能够在更为广大的范围内传播。印刷术的出现推动了宗教改革，但是对于底层民众来说，话语权依然掌握在宗教改革领袖或者说知识精英手中，对《圣经》的翻译也是有极强的政治目的，这种政治考虑通常把群众作为一种筹码或者棋子，说明对知识的或者说话语权的垄断造成了人

① ［法］古斯塔夫·勒庞：《乌合之众：大众心理研究》，冯克利译，中央编译出版社 2014 年版，第 39 页。

与人之间的巨大不平等，引申到国际文化交流中，就很容易因为政治性的考量而造成人为的曲解和误读。

随着信息革命的不断推进，信息的爆炸或者说信息的冗余使传统的知识精英逐步丧失权威的话语权，因为群众获得信息的渠道将变得不再单一，而是有可能借助智能翻译机器具有直接解读目的国文本的能力，这种能力在过去通常掌握在少数人手中。尤其在不久的将来，强人工智能的推进，民族语言的壁垒将会被打破，人们将在不断的翻译实践中寻求到一种理解的平衡，这种平衡会逐步摆脱各种翻译理论的桎梏，直接进行组码—解码，不再进行时间上的延宕，因为时间的延宕必定造成文本与现实的割裂。借助强人工智能翻译将使诸如世界文学、整体文学的目标向前迈进一步。这一点在以前是不可以想象的，如一部作品的产生，如果不进行译介这一必需的过程，很难传播到他国，尤其是那些处于文化边缘地带的国家和地区。这种译介是带有强烈的审美倾向的，比如文艺作品，在他国的流传必定是经过甄选的，而且必须经过译者的努力才能和本国读者见面，这种时间上的错位，以及译者和作者场域的不同，导致了相当的误解和偏差。这种偏差在智能翻译出现之后将发生极大的改变，在作者发表作品之后，第一时间通过智能翻译设备进行翻译，会缩短读者与作者之间的距离。这样他国作家的作品将直面读者，读者经过长时间的浸润，过去陈旧的观念将受到极大的挑战。这样群众的声音会呈现出较为多元的趋势，知识精英的权威性将受到打击。

（三）接纳“他者”

读者的接受会影响作者的创作，接受理论的要义并不只是在于肯定，文学接受使文学创作得以完成，并且通过反馈作用使文学创作得以完善和提升，更在于突破那种从创作到接受、再从接受回馈创作的封闭式的轮回，将文学接受进一步转换为新的“艺术生产”。[①] 智能翻译设备将强化这一艺术生产的良性循环，使之成为一种常态化模式，将彻底改变话语权由少数“精英分子”和政客把控的历史。

① 姚文放：《重审接受美学：生产性批评范式的凝练》，《社会科学战线》2020 年第 5 期。

随着智能翻译设备逐步流向西方的大众，有别于知识精英的筛选与偏见，西方的民众将直接接触他者文化，并且这种接触将不带有明显的界限，将大大拓宽西方底层民众对他者文化的认识与了解。

只有在不断的交流中，世界才能以一种和谐的方式共存，人类通过智能翻译设备摆脱内心的“巴别塔”之后，才能去真诚地接纳他者，这样“我”与彼和他者的关系将变得统一，这种认识的统一不但是文学所追求的世界文学，也是文化的大同。

六　余论

由于各国文化的差异，加上近代西方文化的强势“话语权”，其针对他国文化的长期忽略，导致对他国的解读呈现出巨大的认知障碍。一方面，因为国外一直较为崇拜精英，翻译界长期把持在所谓的“精英”手中，普通民众很难直接接触到他国的第一手资料，大众被本国的精英或者政客进行歪曲丑化的宣传没有甄别能力；另一方面，西方长期的文化优越性，导致“西方中心主义”的泛滥，他者文化成为一种“调剂品”，缺乏对他者文化的重视与互照，极少数的学者会注意到他者文化。人工智能翻译技术的出现将打破这种割裂，将交流和互鉴作为人类活动的中心。可以想象，未来人工智能，尤其是强人工智能时代的来临，将形成一股巨大的势能，直达人类大同之境。

人工智能与文学的“新异化”

李一雷[*]

摘　要　人工智能正以一种革命性、颠覆性的技术方式深刻地改变着社会与文学。智能科技在现实层面或隐或显地宰制着作家和文学的本质，文学出现了明显的“新异化”。智能写作机器人的写作打破了人机界限，成为时代文学最重要的难题。论文充分正视文学的“新异化”问题，并从人工智能的宰制与文学的“新异化”、智能写作机器人对作家及文学本质的冲击、消除人工智能所导致的文学“新异化”的可能途径三个方面论析和阐释，试图为智能时代文学的发展提供可资借鉴的学理思考。

关键词　人工智能　文学　“新异化”　智能写作机器人

人工智能作为一种尚未成熟的革命性、极具颠覆性的高新科学技术，正以其强大推动力促进社会各方面的发展，前所未有地改变了人类的生存方式与活动方式，在促进新型的技术社会形态——智能社会、新型的文明形态——智能文明到来的同时，它于社会各领域的广泛应用也为当今社会带来许多难以预估的风险和冲击，这些风险和冲击若不加以控制和合理规划，最终便有可能突破界限，与社会及人类发展形成完全敌对的关系，变为一种阻碍文明进步、冲击人的“本真性”

* 作者简介：李一雷，女，山西大同人，西安外国语大学中国语言文学学院2020级硕士研究生，研究方向：中国现当代文学与文化。

的异己力量。在人工智能与社会意识形态已显现出的种种冲突中，文学首当其冲，智能科技在现实层面已或隐或显地宰制着作家和文学的本质，文学出现了明显的“新异化”。就目前而言，随着人工智能和赛博格（Cyborg）的深度结合，未来社会中，文学产生的异化现象必会自觉加剧。不难发现，审视当下文学的“新异化”现象，运用现有理论知识并不能完全解决甚至消除它，直面文学的“新异化”现象已然刻不容缓，因此，立足于当代马克思主义文艺理论的文学立场，全面剖析人工智能所导致的文学“新异化”的表现、本质，探索消除人工智能所导致的文学“新异化”的可能途径，将会作为一种人类自我警醒、自我完善的有效方式，使我们在智能时代仍然可以积极地面对——文学的新发展，这一重大且长久的课题。

一　人工智能的宰制与文学的“新异化”

异化概念的提出最早可追溯至17、18世纪的英法哲学家和启蒙学者，原指人的一种“全神贯注或自我迷失状态”。马克思在广泛吸收和超越黑格尔异化思想与费尔巴哈的人本主义异化理论思想的基础上，逐步形成了“劳动异化”思想，即异化的本质是“劳动异化”。工业革命时期，人类实现了大规模机器生产，大大提高了资本主义大生产和生活效率，人类文明得以向前迈进一大步。大规模的机器生产也令机器成了“他者”，成为异己的统治力量，人已牢牢地被机器控制，受机器所宰制，卓别林《摩登时代》展现的大生产流水线便是资本主义大生产阶段最早的人的异化例证。

人工智能（Artificial Intelligence），简称AI，是继蒸汽技术革命、电气技术革命、计算机及信息技术革命后的又一科技革命。由于人工智能的先进程度远超人类现有的想象，全球科技迅猛发展境况下“后人类”（The Posthuman）生存与生活图景的勾勒显然已难逃AI技术的掌控。人工智能在极大造福人类、变革社会的同时，也实质性地加剧了人的物化和异化，并赋予了异化新的内涵和形式，使异化正在向

“新异化”转变。[①]

智能科技作为人工智能领域最为基础性的一环，是人工智能的技术性支持，是人类自主活动的产物，纵观人工智能的发展史，智能技术持续性地突破既有的阈值，确实令人忧虑。“作为工具的技术”——智能科技正以其类人的智能、特有且快速更迭的技术范式与逻辑，承担着人类的社会结构、生活秩序中不可或缺的技术重任。几乎所有现实生活中的“时空缝隙”都与智能科技紧密相连，身边处处可见被智能信息洪流裹挟着的“赛博人”，人类已在不知不觉间被高效又便捷的智能技术所深刻宰制。“微信”俨然变成“人”的本质的“第二个意义象征”，它不仅成为“低头族”们人际交往的“正面战场”，也是购物消费、查询出行、消磨时光的“第二战场”；现代人运用各种智能技术设备将自己包裹成“套子里的人”，欲罢不能的智能科技依赖令人的“自由意识”被剥离，人的“独立精神”在 AI 主导的泛消费主义化、泛娱乐化的大众文化中被日益消解。《克拉拉与太阳》的作者石黑一雄怀疑，既然人类已然生存于充满着人工智能和大数据算法的时代，未来人类是否会将自己当作一台可处理数据的机器？人工智能大大加深了“人”的自我异化危机，一旦此种怀疑成为现实，人类最终可能会沦为繁杂的 AI 技术系统的一个“零件”，自身的前途命运便无力掌控。

对当今的文学而言，人工智能的革命性影响及冲击有甚于以往任何一次思潮或运动。文学作为作家的“知识智能”和“情感智能”的审美综合体，人工智能于文学中的运用自然比以往任何时候显得更为重要，整个文学生产——消费链都因智能技术的介入从而催生出观念更新、内涵扩容、边界延伸、学科整合等诸多变化，并由此引发文学新变。[②] 同时不可忽视的是，随着全社会智能化建设加速推进，文学逐步沦为 AI 技术的“附庸”和“奴隶”等异化状况也在不断升级。智能技术媒介对“人”的精神主体性的不断僭越，一定程度上更反映

---

① 孙伟平：《人工智能与人的“新异化”》，《中国社会科学》2020 年第 12 期。

② 杨丹丹：《人工智能写作与文学新变》，《艺术评论》2019 年第 10 期。

出“后人类”对“人”的主体统一性的深刻质疑，文学作为“人学”的审美基调被不断消解。文学写作、阅读和消费的形式正逐步由电子媒介完全取代传统纸质媒介，新冠疫情出现后，网络课程播放量、下载量急剧增加，“对媒介影响潜意识的温顺的接受，使媒介成为囚禁其使用者的无墙的监狱”①。图像、声音成为当下时代文学表征的新兴符号，“读图”成为大众在“赛博空间”中接受文学传播最喜闻乐见的方式，智能技术的裹挟使网民更倾向并且渴望建立那些“友好”的公共认同。与此同时，实际网民用户和产品的商品性、消费性需求，带给诸多碎片化、娱乐化信息可乘之机，无节制增长的快节奏化生活令人的心灵难以沉淀，终日不安且浮躁。面对那些极具思辨性、哲理性的知识，便立刻和“晦涩难懂”“长篇大论”画上等号，读来自然“味同嚼蜡”“煎熬难耐”。“在文学创作中，报章等大众传媒不仅仅是工具，而是已深深嵌入写作者的思维与表达。”② 媒介的物化介入一定程度上消解了传统文学的历史在场，也极大程度上改变了作家创作的主体性意识，文学在方方面面深刻领悟到人工智能对其的宰制。

数据分析、数据洞察汇集成的智能算法正无孔不入地入侵人类各社会化场景，基于大数据驱动的个性化算法，挖掘着读者的合理需求，智能技术不仅在日益阉割人独立的创造力与思考力，也在形塑着主体的同质化。大数据分析搜寻到事物间的高度关联性，智能算法推送的狂轰滥炸，使文学的即时性快餐文化和景观式暴力泛滥成灾，“青春文学”“盛大文学”抑或是其他文学目不暇接；智能算法总比人类“更懂”自身的心意，终成被人工智能所宰制和挟持的又一重要表象。若数据不慎被科技寡头或别有用心之人所利用，形成行业垄断，加剧算法滥用，必然加重文学的“新异化”现象。智能技术，作为一种人类能动创造活动的产物，是人类能够合理有效改造世界的工具，人工智能带来的种种“新异化”，其本质上是源于智能技术在高速发展中

① ［加］赫伯特·马歇尔·麦克卢汉：《理解媒介：论人的延伸》，何道宽译，商务印书馆2000年版，第49页。

② ［日］山口守、陈平原主编：《大众传媒与现代文学》，新世界出版社2003年版，第562页。

对于技术理性和价值理性的背离。智能技术对文学的冲击已经不是文学可以自主选择拒绝还是接受的问题，而是接受便可得以生存，拒绝则迅速被历史淘汰的问题，当文学察觉到这种异化时，已深深陷入智能技术的泥沼中无法脱身。

二　智能写作机器人对作家及文学本质的冲击

人工智能如今深刻改变着文学的生产形式和生存境遇，新的文学语境和新的文学节点得以形成，文学正在理解时代、表述时代的进程中被人工智能时代重新阐释，文学的“新异化”加剧演变。以生物技术、智能技术作为基础支持的智能机器人正“飞入寻常百姓家”，其更新、升级速度之快令人咋舌。“机器人越来越像人”，人机之间的传统界限已被模糊化，智能机器人写作对当下文学生产主体的“属人性”进行不断挑战，“人机关系”成为时代文学的首要难题。智能机器人无限接近人类时，人类曾引以为傲的思维，与之相比显得力不从心，异常“笨拙”“迟钝”。

智能写作机器人微软小冰继2017年出版诗集《阳光失了玻璃窗》后，不断进行着以情感计算为核心的“类人化”算法支持更新，并在《华西都市报》开设专栏“小冰的诗”，发布她的新作。“雪花中的一点颜色/是开启我生命的象征/我的心儿像冰雪后的水/一滴一滴翻到最后/给我生命的上帝/把它吹到缥缈的长空”[①]，微软小冰通过对徐志摩、胡适、戴望舒等诗人的诗歌语言、韵律、情感进行学习和模仿，一旦接收到人类发送的图片指令输入，微软小冰们便可以进行无限、快速且高效的文学创作，长此以往，文学生产的中心——作家，由于创作精力和才思的不足逐渐居于下风，人工智能时代关于文学生产主体性的认知便真正成为“一些基本假定发生了意义重大的转变”。[②]

① 小冰：《全世界就在那里（外二首）》，《华西都市报》2017年8月19日。

② ［美］凯瑟琳·海勒：《我们何以成为后人类：文学、信息科学和控制论中的虚拟身体》，刘宇清译，北京大学出版社2017年版，第4页。

智能写作机器人正攻陷传统文学工作岗位，“大作家”等超级写作软件的面世，带给用户强大的文学描写数据库支持，只需选定种种要素组合之后，故事梗概模板立等可取。尽管“大作家”等智能写作机器并非传统意义上历史或现实生活中的“作者”，但其所拥有的“类人性”的特征，可接续模仿人的思维、意识和情感，使文学的生产主体逐步由“人”置换为“机器”，人类作家在不知不觉间沦为智能写作机器的“附庸”，存在的价值也在人与客体世界的畸形关系中被逐步消解。不仅如此，超级写作软件还将此种“替换”“拼贴”的写作逻辑传递给人类，人类只沉浸在海量“写作需求”得到急速满足的快感与成就中，丧失对于写作的反思，不知自身已被裹挟至个性化算法推荐、数据库消费时代的泥沼中无法脱身。人类为了实现美好生活目标创造了智能写作机器人，却亲手打开“潘多拉魔盒”，人类将面临自诞生以来最魔幻的“新异化”。

智能写作机器对人的创作主体地位的极大冲击，令人类陷入集体焦虑，这些无意识、无语言生产能力的“主体”，并不能为文学带来主客观世界间相互契合的境界，也并不能让创作“主体”本身，实现从“本我”“自我”再到“超我”的飞越。人工智能写作没有实际存在的价值或意义，只是AI时代人机之间的一场文学游戏，而人工智能文学则是一种“自反性”① 文学。罗兰·巴特笔下的“作者已死”景象或将真的出现。

若“作者已死”，随之而来的将是“文学之死”，不可否认，“文学之死”乃当今人类迫在眉睫且必须直面思考的重要问题。作者会死去，文学也必将死去。文学真的会死吗？目前而言，答案似乎是否定的。不能否认的却是，文学同人工智能的融合是大势所趋，离开人工智能，文学现在将寸步难行。智能技术“核爆式”的发展在文学中的广泛运用某种程度上已反哺文学创作、文学传播、文学阅读及文学理论与批评的革命。文学的历代发展必将经过历史的洗礼，因此所谓的“文学之死”实际所指并不是文学本身的死亡，而是某些被历史淘汰

① 杨俊蕾：《机器，技术与AI写作的自反性》，《学术论坛》2018年第2期。

的传统形式的文学的死亡。

第三次科技革命——计算机问世后，人类再也没有跟计算机比乘数运算速度这样不明智的举动。或许对于广大诗人读者而言，并不一定必须与“大作家”们去比谁更聪明，谁更会进行文学创作。无论如何，文学作为人类实践活动的产物，作为一种审美意识形态，其实质是对生活做出诗意的反映。智能写作机器人表现趋向接近人的审美判断力和创造性，而人的主体意识，对审美意识形态能动的认识与反映，并不会随着智能机器人的模仿而消亡。特别是，作为文学受众的读者不可能会死亡，文学生产—文学消费链将会以加入智能技术等新的文学形式而长久存在，写作软件也在某种程度上为人类反思当下网络文学中的传统创作范式提供了契机，数据库消费时代语境下读者对于“细节的真实”到“想看的真实”的反哺，更要求当下网络文学持续探索其可能性，提供全新的先锋性想象。[①] 合理利用人工智能挖掘出更深层次的审美价值属性，创造出更多有价值的文学作品，才是人类与智能机器人真正需要一较高下的事情。

三　消除人工智能所导致的文学“新异化”的可能途径

在人工智能“核爆式”发展、智能机器人步步紧逼、社会智能化程度日益加深的时代背景下，人类显然已到直面人工智能影响的关键节点。首先，人工智能所不断加剧的既有的异化现象，赋予其新的内涵和形式，产生的“新异化”现象加剧对文学的宰制，使文学、作家陷入对其欲罢不能的依赖。其次，由于掌握信息资源不平衡导致的“贫者愈贫，富者愈富”情况日趋明显，“数字鸿沟”被越挖越深，“信息穷人”越来越多，皆会造成人的本质的离散形态。处于智能技术不发达甚至极其受限的国家和地区、文化接受程度较

① 李强：《从“超文本”到“数据库”：重新想象网络文学的先锋性》，《文艺理论与批评》2017 年第 3 期。

低的网民，将被“来势汹汹”的智能技术自动分隔，而智能写作机器人对于作家及文学本质的冲击，也导致大量数据库智能社会中“人”的边缘化、离散化及“技术性失业潮”情况的出现。种种情况都迫使人类亟须正视“人机关系”，正视人工智能对文学产生的“新异化”，人类应当站在更高层次采用新的视角、新的方法构建解决途径。

一方面，人工智能正逐步转变为智能社会发展的基本性技术支撑，大数据信息化、智能化将注定是人类社会发展的必然结果。面对智能技术对文学的宰制，人类必须居安思危，必须审慎地、具有前瞻性地确立智能技术，包括AI算法、智能写作机器人的研发和应用的价值尺度，让人工智能在合情、合理、合法的伦理原则下，找寻到人类的真正需要，理性、友好地为人类社会与文学服务，使其能够敬畏文学、尊重作家的人格、尊严和辛勤付出，尊重作品的内在价值，让文学形式在传统和创新中双向构建、携手共赢。

另一方面，应当立足于智能技术发展的特点，完善智能社会的顶层设计，使智能社会构建中的形态，特别是文学形态，依然是鲜明的“以人为本”立场。同时，对人工智能写作的关注，应放在智能写作机器本身为当下信息化时代带来的变动、机遇以及挑战。在面对此种时代情境时，人的创作得以真正做到“文以载道”，人类能够以一种解放的、自主的姿态从事日常生活和文学创作并享受其中，而智能写作机器也能成为帮助作者创作优质文字的贴心助理。

综上所述，应当看到，面对人工智能冲击带来的各种文学的“新异化”现象，人类无须惊慌失措，更不必绝望悲观、惶惶不可终日。无论人工智能发展多么日新月异，文学的创作主体和管理者依然是作家本身，人类若能够居安思危、不断解放思想，正视已经到来或正在到来的“新异化”风险，那么此将会作为一种人类自我警醒、自我完善的有效方式，使我们在智能时代仍然可以积极地与人工智能一起双向建构，创造以人为本、人机协同、人机和谐的新型文明社会。

西方科学与东方艺术的对峙

——20世纪上半叶中国的英文报刊对印度绳技的报道*

王春景**

摘　要　古老的印度绳技作为“一带一路”区域文化交流的案例进入当下研究者的视野。20世纪上半叶已有大量对印度绳技的探讨，从1914年一直到中华人民共和国成立前后，中国的外文报刊上对印度绳技的报道有30多篇。对印度绳技的报道表现出西方人对印度的好奇，他们对这一神奇魔幻的民间艺术进行了持续关注。这些报刊文章在内容上具有质疑印度绳技真实性的共同特征，它们运用科学方法力图验证印度绳技的欺骗性。民国时期中国的英文报刊对印度绳技的探讨，表现出上世纪甚至一直到今天东西方交流中西方人普遍的文化立场和心态，他们用西方启蒙时代以来的科学和理性来认识、阐释甚至解构东方古老的文化，并未进入东方文化的内部试图去理解东方精神文化内在的丰富性和复杂性。

关键词　印度绳技　英文报刊　文化交流

神奇的印度绳技曾经在世界上引起广泛争论，21世纪以来，随着

* 基金项目：国家社会科学基金一般项目“20世纪上半叶汉译印度题材作品研究”（编号：21BWW031）。

** 作者简介：王春景，深圳大学人文学院教授，博士生导师。研究方向：印度英语文学、民国印度学。

“一带一路”建设对于人文学科研究的影响，印度绳技作为“一带一路”区域文化交流的案例重新进入研究者的视野。2000年以来，在中国出版的图书和发表的文章中，涉及印度绳技的有几十种。这些文献有的从魔术、杂技的领域探讨绳技的技巧，有的从文化交流的角度梳理印度绳技的跨文化流传。从文献收集的范围来看，研究者主要是对20世纪之前的古代文献以及中华人民共和国成立之后的当代文献进行分析，未涉及20世纪上半期中国的相关文献。本文主要梳理民国时期中国的外文报刊对印度绳技的描述，以期对印度绳技在世界范围内的文本流传及交流过程中反映出的东西方观念差异做一补充性的探讨。

一　民国时期中国的英文报刊上的印度绳技

绳技（Rope Trick）作为杂技之一具有悠久的演出历史，也深受观众喜爱。印度绳技（Indian Rope Trick）与走钢索、玩绳子等一般的绳技有很大不同，它不仅是技巧性的表演，而且充满了难以解释的神秘色彩。其中表演者/托钵僧抛出绳索、绳索笔直升入空中、小童循绳而上、被肢解的小童复活等环节都给人以惊奇甚至恐怖之感。在世界范围内有很多文本详细记载了印度绳技，王永平的《伊本·白图泰眼中的杭州绳技——一种从海上丝绸之路传来的印度魔术》[①] 一文，详细梳理了作为故事的印度绳技跨文化的传播路径，总结了北非、中国、印度文本中的印度绳技故事的结构类型：缘绳上天—肢解—复活，大概呈现出这一传奇绳技在亚洲地区的传播情况。对此本文不再赘述。在20世纪上半叶，中国的外文报刊上出现了不少对印度绳技的讨论，但是被研究者忽视了，至今并没有人进行梳理和分析。

民国时期中国境内有几种英文报刊流通，这些英文报刊成为中国人了解世界的窗口。当时的英文报纸比较有名的有：*The North-China Daily News*（《字林西报》）、*The Shanghai Times*（《上海泰晤士报》）、

① 王永平：《伊本·白图泰眼中的杭州绳技——一种从海上丝绸之路传来的印度魔术》，《山西大学学报》2016年第3期。

The Shanghai Evening Post and Mercury（《大美晚报》）、*The China Press*（《大陆报》）等。据民国报刊数据库的介绍，这些外文期刊在促进中外文化交流方面都起到了重要作用，对于今天的研究具有重要的史料价值。

The North-China Daily News（《字林西报》）是近代中国创办时间最早、办刊时间最长、影响最大的英文报纸。其前身是英国人创办的《北华捷报》（*North-China Herald*），1864 年单独出刊。其主要为在华英国人服务，有在华英国官报之称。*The Shanghai Times*（《上海泰晤士报》）于 1901 年 3 月创刊，由美国人创办，主要为在华美国侨民服务。该报是中国较早创办的英文报纸之一，在国外侨民中影响很大。The China Press（《大陆报》）于 1911 年 8 月 29 日在上海创刊，由孙中山、伍廷芳、唐绍仪等人集资发起，他们授权美国人密勒（Thomas F. Millard）创办。之后，该报几次易主。1930 年，《大陆报》转卖给华商，此后由著名报人董显光出任主笔。《大陆报》以“致力于中国进步”为口号，重点报道国内外新闻、中外贸易、内地风土人情、中国社会问题、华人意见等。The Shanghai Evening Post and Mercury（《大美晚报》）由美国人创办于 1929 年，主要为在中国的美国人服务，后来也创办了中文版。

有关印度绳技的英文报道有 30 多篇，主要出现在以上这几份英文报纸上，现统计为表 1。

表 1　　20 世纪上半叶中国英文报纸中的印度绳技报道

序号	年份	题名	报刊名	时间
1	1914	Indian Trick Mere Yarn Says Illusionist Jansen	*The China Press*（《大陆报》）	10 月 18 日第 2 版
2	1919	Indian Rope Trick	*The North-China Daily News*（《字林西报》）	5 月 27 日第 4 版
3	1920	The Indian Rope Trick: Another Explanation-Wonders of Sound Hypnotism	*The North-China Daily News*（《字林西报》）	2 月 19 日第 11 版
4	1923	The Rope Trick	*The North-China Daily News*（《字林西报》）	1 月 25 日

续表

序号	年份	题名	报刊名	时间
5	1923	The Indian Rope Trick: Mesmerism or Smoke?	*The China Press* (《大陆报》)	4月15日第18版
6	1924	The Indian Rope Trick: A Withdraw at Wembley	*The North-China Daily News* (《字林西报》)	10月16日第6版
7	1924	The Truth Behind the Rope Trick	*The North-China Daily News* (《字林西报》)	11月7日
8	1931	Famous Indian Rope Trick is Performed at Cheltenham	*The Shanghai Times* (《上海泰晤士报》)	7月21日第15版
9	1931	The Indian Rope Trick: English Version of the Vanishing Girl	*The North-China Daily News* (《字林西报》)	8月9日第5版
10	1932	Indian Rope Trick	*The Shanghai Times* (《上海泰晤士报》)	8月28日第5版
11	1933	Indian Rope Trick Declared a Myth	*The China Press* (《大陆报》)	1月24日
12	1933	Indian Rope Trick is Branded Myth Before Magician's Club	*The Shanghai Evening Post and Mercury* (《大美晚报》)	1月19日第8版
13	1933	The Indian Rope Trick	*The Shanghai Evening Post and Mercury* (《大美晚报》)	1月31日第6版
14	1934	Indian Rope Trick Impossible	*The North-China Daily News* (《字林西报》)	4月28日第14版
15	1934	For and Against the Rope Trick	*The North-China Daily News* (《字林西报》)	6月10日第8版
16	1934	The Rope Trick	*The North-China Daily News* (《字林西报》)	7月20日第4版
17	1934	The Indian Rope Trick Mystery	*The North-China Daily News* (《字林西报》)	7月21日第13版
18	1934	Famous Indian Rope Trick Again in Public Eye	*The Shanghai Times* (《上海泰晤士报》)	7月6日
19	1934	American Magician Speaks On The Indian Rope Trick	*The Shanghai Times* (《上海泰晤士报》)	7月16日第15版
20	1934	Experts Declare Indian Rope Trick An Ancient Myth	*The Shanghai Times* (《上海泰晤士报》)	7月28日
21	1934	Indian Rope Trick for Only MYM50	*The Shanghai Times* (《上海泰晤士报》)	8月6日第15版

续表

序号	年份	题名	报刊名	时间
22	1934	Yogi Magician Claims He Can Do Rope Trick	*The Shanghai Sunday Times*（《上海泰晤士报周刊》）	8月19日第13版
23	1934	U. S. Magician Claims Secret of Rope Trick	*The China Press*（《大陆报》）	12月24日第7版
24	1935	The Rope Trick in the Chamber	*The Shanghai Sunday Times*（《上海泰晤士报周刊》）	7月28日第10版
25	1937	Indian Rope Trick：Illusionist's Claim	*The North-China Daily News*（《字林西报》）	6月5日第2版
26	1937	The Indian Rope Trick	*The North-China Daily News*（《字林西报》）	6月13日第5版
27	1938	Rope Trick	*The Shanghai Times*（《上海泰晤士报》）	8月17日第11版
28	1939	Rope Trick	*The North-China Daily News*（《字林西报》）	3月3日第6版
29	1939	Rope Trick	*The North-China Herald*（《北华捷报》）	3月8日
30	1939	Rope Trick Televised	*The Shanghai Times*（《上海泰晤士报》）	6月15日第11版
31	1947	The Indian Rope Trick	*The North-China Daily News*（《字林西报》）	12月18日第11版
32	1949	Hypnotized Students see Rope Trick	*The North-China Daily News*（《字林西报》）	12月17日
33	1949	Indian Rope Trick Shown in Film	*The North-China Daily News*（《字林西报》）	12月22日

从表1来看，英文报刊第一次报道印度绳技是在1914年。探讨一般的绳子戏法儿（rope trick）的文章早在1884年的英文报刊就已出现，本文主要关注的是印度绳技，所以不再统计一般的绳子戏法儿的报道。从1914年一直到中华人民共和国成立前后，对印度绳技的报道共有33篇，这一数量大大高于同一阶段中文报刊对印度绳技的报道和描述。从时间上来看，相关报道几乎每年都有，并集中于30年代，特别是1934年，这一年就有十篇英文文章，几乎占了总量的1/3。从体裁上来看，大部分都是新闻报道，此外还有读者来信、笑话、格言等，

主要都是纪实性文体。

总而言之，民国时期英文报刊对印度绳技的报道表现出当时西方人对印度的好奇，他们对这一神奇魔幻的民间艺术进行了持续关注。对照中英文的相关报道，也可以看出这些来自西方的信息影响了中文报道的内容，这说明当时的英文报刊成为中国人了解世界包括东方世界的重要媒介。

二　揭穿东方绳技神奇的光环

综合分析报道印度绳技的英文文章，探讨这一绳技的真伪是一个普遍而明显的动机。印度绳技的真实性受到了广泛质疑，大部分文章都描述了西方魔术师和学者如何揭穿印度绳技的虚假，认为印度绳技中的绳子抛出变硬，小童缘绳而上，以及被肢解后死而复活都是违背科学规律的，是不可能发生的。这些质疑性的文章都有一个科学的标准，用科学手段验证印度绳技的欺骗性。

首先是对印度绳技虚假不实的定位。很多魔术师或者记者把印度绳技定义为故事、神话、传说，认为这个神奇的故事不是真实发生过的，而是由文本虚构而成。最早发表的一篇文章题目是《幻术家詹森指出印度绳技只是故事》（Indian Trick Mere Yarn Says Illusionist Jansen），文章通过一个幻术师詹森的口吻，讲述了他在印度四处搜求绳技艺人，最终一无所获的故事。其他的文章也用到了传奇（Legend）、寓言（Fable）、神话（Myth）这些词语来形容印度绳技。

> 在波特拉姆（Bertram）及其他专家看来，广受关注和讨论的印度绳戏，只是个寓言（fable）。1902 年，朗斯戴勒爵士（Lord Lonsdale）悬赏 1 万英镑征求会表演印度绳技的人，没有人前来应征。还有其他人也提出谁能表演绳技可提供赏金，但一直没有人出面。①

① Anon, Indian Rope Trick, *The North-China Daily News*, 1919-05-27 (4).

著名的东方学家丹尼森（Denison）是魔术俱乐部技艺精湛的魔术师，他认为印度绳技从未公开表演过。因为没有找到目击者，基本上叙述这个魔术的都是道听途说，因此印度绳技属于印度乡间流传的故事。根本谈不上催眠术。他指出，科尔森爵士悬赏75英镑给能够表演印度绳技的人，这对于那些衣衫褴褛的声称能表演绳技的人来说是笔大数目。但是在过去的7年里，没有人来领赏。最早对印度绳技的记录可追溯到1350年，是一个叫伊本·白图泰的北非人写的，他是个伟大的旅行家，但是他描写的这个绳技的表演场景是在中国，一个他没有访问过的国家。[①]

1934年The North-China Daily News（《字林西报》）上的一篇文章更是声称："世界魔术委员会通过长时期的调查认为，过去没有人公开表演过印度绳技，它不能表演，未来也无法表演。"[②]

以上文章都否定了印度绳技的存在，认为它只存在于古老的文本中，无法在现实中搬演，是不可能在舞台上演出的魔术。

然而对印度绳技的否定并没有消除人们对这一神奇绳技的兴趣，从报纸上刊登的文章可以看出，对绳技的相关报道引起了很多读者的争鸣，读者信件纷至沓来，描述自己所了解的印度绳技。如《上海泰晤士报》1932年8月28日第5版刊登了署名为N. E. D. 的读者来信，讲述一个英国殖民官员18年前在印度看到的绳技：那是在山间一个小车站的表演，大概有80多人围观。变戏法的艺人表演了芒果戏法（种芒果核，眼看发芽，长高，结出芒果），然后说钱如果足够的话可以表演绳技。他把孩子放到筐子里，用剑从不同的角度刺进筐子，孩子并没有死。然后他往空中扔出绳子，绳子直立起来升上高空，而后孩子爬上去，最后孩子出现在旁边的筐子里。大家都困惑不解，不知道变戏法的是如何做到的。

虽然有不少读者来信声称亲眼见到了神奇的印度绳技，但总体而

① Anon, Indian Rope Trick Declared a Myth, *The China Press*, 1933-01-24 (insurance page).

② Anon, Indian Rope Trick Impossible, *The North-China Daily News*, 1934-04-28 (14).

言这些英文文章对这一神奇的东方魔术都采取了质疑和否定的态度。否定的最好方式莫过于描写它的失败。1924 年《字林西报》刊出了一则新闻，印度绳技在温布利的印度剧院首次公开演出。表演者要求剧院的屋顶和舞台都用色彩艳丽、金光闪闪的东方布料装饰起来。到表演的时候，印度人拿出一个线球而不是绳子，他先让人们检查一遍，然后就把线球抛向屋顶，线球在屋顶悬挂的装饰物中不见了，线的末端还在他的手里。然后就看到有人爬上去，消失了。这时一个巫师拿着一个袋子走过来，砰的一声，像模型一样的胳膊、腿以及其他东西落进袋子，变戏法的把它们放在一起，盖上布，一会儿，爬绳子的人站起来了。观众看完这个表演并不买账，要求退钱。从此之后这个节目再没有在温布利表演过。来自幻术世家的贾思博·马斯克林恩(Jasper Maskelyne)说这个戏法不可能变出来，他说曾悬赏 1000 英镑都无人前来表演。①

除此之外，这些文章还表现出西方人如何运用科学手段质疑印度绳技的存在，他们运用现代技术——照相机来拍摄神奇的绳技，但在照片冲洗出来之后，神奇的儿童爬绳、肢解都无法显现。虽然很多在场的人声称看到了这些神奇又恐怖的景象，但照相机并未拍出这些场景，这成为否定印度绳技的有力证据。

除了质疑绳技的存在，还有些文章介绍了西方的魔术师如何分析印度绳技的可能性，寻求可信的解释，并希望可以重现印度绳技。如猜想变戏法用的绳子是用特殊材料制成的，类似于鱼竿那样的可伸缩的金属套管；或者认为印度绳技运用了催眠术，这成为一种主流的认识，不止一篇文章持有此观点。其中最详细的一篇文章是《印度绳技的另一种解释——声音催眠术的奥秘》(The Indian Rope Trick: Another Explanation——Wonders of Sound Hypnotism)。这篇文章首先指出了印度绳技的三个不可能：绳子没有支撑不可能直立、孩子不可能沿着绳子爬上天、被卸掉四肢的孩子也不可能死而复活，这都违反科学规

① Anon, The Indian Rope Trick: A Withdraw at Wembley, *The North-China Daily News*, 1924-10-16 (6).

律。但是还是有很多人声称亲眼见到了这些神奇的景象，对此唯一的解释就是他们被催眠了。文章详细介绍了催眠术的几个步骤，同时认为，“印度绳技运用的催眠术不是西方人熟悉的一般的催眠术，而是另外的效力更强的催眠术，能够影响所有的观众，是大众催眠术。……变戏法的人要表演绳技，会把自己的声音调整到特定的音调，一直保持着，直到所有的听众进入能够听从他的建议的状态，他也运用手势、语言讲述等手段。真正发生的其实是，所有的观众都被催眠了，他们想象他们看见了变戏法的人讲述的情景”①。

为了证明表演者运用了声音催眠术，文章描述了非常详细的验证过程。1905 年，世界顶级的魔术师瑟斯顿（Thurston），在贝拿勒斯、德里、孟买聚集了几百人，悬赏 5000—10000 卢比征赏会表演绳技的人，同时组织了很多魔术师观看。在德里，一个印度人表演了绳技，在场的每个人都说看到了神奇的整个过程（缘绳上天、肢解、复活），但瑟斯顿和他的助手及文章的作者看到的只是变戏法的人站着滔滔不绝，小男孩静静地坐了一会儿，然后站起来走到远处。他们拍了很多照片，但没有一张照片显示有爬绳升天、肢解的场面。变戏法的人来索要赏金，他们提出证据不足拒绝支付，最后陷入与印度人的争执当中，最后还是相信相机的警察来解了围。几天之后，在孟买的泰姬·玛哈尔酒店，他们又观看了同样的绳技表演，这次他们三个和所有的观察者都看到了，但是相机也只是记录下了一个男人手里往上扔绳子的动作，其余的部分，如男孩向上爬、变戏法的紧随其后，这些在照片上都没有体现，只拍到了变戏法的人静静地站着，只有嘴巴在动。

作者分析为什么在德里看不见在孟买却看见了，是因为德里的表演者用的不是英语，他们当时不明白表演者在说什么，而孟买的表演者用的是英语。作者以此证明表演者运用了声音对所有的观众进行了催眠。文章认为这并不神秘，“在印度，几百年来，人们已经知道可

① Anon，The Indian Rope Trick：Another Explanation—Wonders of Sound Hypnotism，*The North-China Daily News*，1920－02－19（11）.

以用声音催眠所有的观众。很多人做过类似的实验。我提请大家注意这个事实，那就是很多牧师都无意识地实践了这门艺术”①。

这些英文文章表明，西方魔术界对印度绳技非常感兴趣，虽然他们认为印度绳技令人匪夷所思，但还是有些魔术师进行了尝试。1931年，*The Shanghai Times*（《上海泰晤士报》）刊登了一则新闻《著名的印度绳技在切尔滕纳姆表演》(Famous Indian Rope Trick is Performed at Cheltenham)：

> 伦敦6月30日电
>
> 世界上最受争议的幻术，著名的印度绳技，最近在切尔滕纳姆在专业的魔术师面前表演。这是国际魔术师同人会在英国的第一次年会。绳技由博飞思教授（Professor Bofeys）表演，年会在他的家中举办。
>
> 博飞思教授向空中扔出一条绳索，令人惊讶的是，绳子变得坚硬并升到15英尺的高度，但它的顶端看起来没有连着任何东西。然后一个7岁的女孩，一个会议代表的女儿，向上爬，或者说看起来是在爬，她爬到顶部，就消失了。然后在绳子底下的柳条筐里，小女孩从里面站了起来，她宣称对刚才发生的事一无所知。在场的一位摄影师进行了拍照，但是当他洗出底片，只能看见绳子，并没有女孩的踪影。
>
> 博飞思教授声称，六个月前他就知悉了绳技的秘密，他说："过去的几个月我表演了很多次这个魔术，但还不完美，我也不打算公开表演，这个绳技纯粹是幻术——对观众和我的助手都施行幻术。"②

对绳技的质疑和否定也衍生出一些调侃的滑稽段子，以笑话或格

① Anon, The Indian Rope Trick: Another Explanation—Wonders of Sound Hypnotism, *The North-China Daily News*, 1920-02-19 (11).

② Anon, Famous Indian Rope Trick is Performed at Cheltenham, *The Shanghai Times*, 1931-07-21 (15).

言的形式在报纸刊出。如“印度绳技之谜没有解开，我们对这个世界就有所期待”（The Hindu Rope Trick remains unsolved, and the world still has something to look forward to.），还有如“两个飞行员驾机飞行，突然发现云彩上有个小男孩，原来是他爸爸变魔术忘了他”。

总体而言，民国时期西方的报道倾向于认为印度绳技是虚构的，这种认识一直持续到当下。历史学家皮特·拉蒙特在2005年出版了专著《印度绳技的兴起：一个伟大的骗局如何成为历史》，作者对印度绳技的认识并没有脱出20世纪上半叶那些英文文章中的观点，依然认为印度绳技是不存在的。作者把研究的重点从绳技的真伪转向有关绳技的讨论这整个事件，把围绕绳技的众多争论看作深入认识西方历史和文化的镜子。这表现出西方学者在历史、文化研究中，不再只注目于西方如何影响了东方，而是在东西方文化交流中观察两者的互动。2009年，研究印度历史的学者温蒂·杜尼格尔（Wendy Doniger）也在书中指出了印度绳技的虚妄不实。她描述了印度绳技在西方是如何被虚构出来的：1890年《芝加哥每日论坛报》上刊登了有关印度绳技的文章，但是四个月之后，报纸又承认这只是一场恶作剧，作者约翰·埃尔伯特·维基（John Elbert Wilkie）承认自己编造了一切，包括讲故事的人弗雷德·S. 埃尔默（Fred S. Ellmore）（稍作改变就是 sell more）也是他编造的。作者指出：“这是印度绳技的起源——这证明没有印度人，或者绳子，或者戏法（它从来没有发生过）。”① 在跨越时空对印度绳技的信与不信之间，是科学与信仰、实证与感悟之间的对弈与错位，其中东西方之间的文化差异和误读至今依然引人深思。

三　西方科学与东方观念的碰撞

印度绳技在民国时期的英文报纸上成为一个非常有趣的话题，吸引了众多魔术师和读者参与讨论。这一东方古老的技艺成为东西方交流的微型场域，东西方观念在其中发生了不同维度的碰撞和呼应。今

---

① Wendy Doniger, *The Hindus: An Alternative History*, New York: Penguin Books, 2009: 638.

天我们在文化交流的开放视域中思考当时外文报刊对印度绳技的报道，重点并非揭开印度绳技的奥秘，而是要反思文化交流中的问题和值得借鉴的规律。

首先，对印度绳技的探讨不仅仅围绕于绳技本身，交流产生的效应会扩大到文化的各个方面，建构出丰富的、立体的交流场域。当人们讨论这一东方传统的魔术、杂技和幻术糅合的民间艺术形式时，也关注了描写这一魔术的文学文本。1933 年的一篇文章就指出，最早记录绳技的是北非人伊本·白图泰，他在 1350 年出版的中国游记中记录了表演绳技的场景。但是文章认为伊本·白图泰并没有到过中国。1947 年，*The North-China Daily News*（《字林西报》）上的一篇文章指出马可·波罗、伊本·白图泰和中国作家蒲松龄都曾经写到印度绳技，作者把《偷桃》中的第一人称叙事人当作蒲松龄，认为文本中神奇的绳技是作者亲眼所见，文章还全文照录了《偷桃》这一短篇的英文译文［选自翟理思（H. A. Giles）翻译的版本《Strange Stories from a Chinese Studio》］。[①] 在这些讨论中，我们看到印度绳技成为人们审视东西方交流的起点，让研究者看到东西方的文化交流在漫长的历史中有着丰富的细节。如有的西方人认识到，“欧洲很多顶级的魔术都发源于东方，但是东方人在最近的两个世纪甚至两千年从未发明新的魔术”(皮尔森)。虽然其中有一定的西方优越感，但对东方古老传统的肯定也是不容置疑的。

其次，文化交流中最重要的是相互间的对话，而不是用自我的知识结构和价值立场建立固化的阐释框架强制阐释对方。英文报刊对印度绳技的报道呈现出鲜明的科学精神，用科学解构这一东方魔术的神秘，甚至不把它看作魔术，而是当作具有欺骗性的把戏。他们用现代科技手段破解东方的神秘，以图证明神秘与欺骗仅一步之遥。同时完全淡化了印度绳技中包含的宗教和文化内涵，使其完全成为一个戏法儿。在这一考察的立场上，东方的古老魔术只留下了形式，内在的文化观念被弱化。

① Anon, The Indian Rope Trick, *The North-China Daily News*, 1947 - 12 - 18 (11).

这些文章中的科学考察立场与当时中国人追求科学精神的潮流也是非常吻合的。在魔术表演和探究中，利用科学技术重视科学规律已经成为一个趋势。对绳技是否源于催眠术或者运用了特殊材料的讨论，其基础都是认为完成这个魔术需要一定的科学的、可信的原理。比如对于催眠术的讨论就是循着科学的精神而来。民国时期催眠术的讨论不仅针对印度绳技这一具体的魔术种类，还针对其他多种魔术、幻术，甚至扩展到文学、医学、心理学等领域。催眠术是作为科学之一被讨论的，曾经产生了重要的影响。1913 年，北京成立了催眠术讲习所，很多掌握了催眠术的艺人在舞台上表演催眠术，如 1914 年万国幻术家滕根在张园表演催眠术，报纸上刊登了广告。民国时期研究幻术的人也强调从中掌握科学精神，如《幻术月刊》的创刊号上有王丰镐写的导言：

> 溯自欧化东渐，科学昌隆，物质文明，日渐发达。声光电化，变幻靡穷。忆余自束发受书，漫游泰东西各国，旋以考察政治，参列会议，道历诸邦。先后阅十余载，足迹已遍全球。尝谓泰西文化，导源科学，而科学应用，端绪纷繁，姑无论深邃之学理，穷毕生精力以研究之。蕴蓄其深，奚窥堂奥。即以幻术一门而论，格致渊源，意似催迷，人心不同如其面，而心理学之精理，表现于灵魂之手术者，竟有莫可思议之现象。……邓生欣廉，书及蟹行，尤精德语，有三廉学社之设正课。旁参幻术。以科学原理为经，以技术方法为纬。易曰：穷则变，变则通，大学开宗有格物致知之义，中西参证，融会贯通，足享嘉宾。尤资消遣。邓君书来，有幻术月刊之发起。译署鲜暇，为导言以赠。[①]

《幻术》的创刊宣言与上面的宣言大同小异，也着重强调了其中的科学精神，此处不再赘述。

然而科学虽然可以解释一些魔术的技巧，却不能传达在东方古老

① 王丰镐：《导言》，《幻术月刊》1922 年第 2 期。

文明的语境中魔术本身所具有的精神内涵。比如对印度绳技的探讨中，托钵僧角色在逐渐淡化而至消失。托钵僧的角色完全变为魔术师的角色，这其中被替换的不仅仅是一个名称。那些用科学道理解释绳技并打算表演这一神奇魔术的西方魔术师，已完全摆脱了托钵僧的文化色彩，只使其成为一个大型的魔术。在保留托钵僧角色的叙述中，又着意突出了其在表演前后敛钱的行为，强化了托钵僧的欺骗色彩。而在印度人看来，托钵僧是具有特殊意义的群体，是受民众敬重的群体，从印度教的背景来看，多称为瑜伽师。这些瑜伽师通过长期的训练，有的成为在民间表演戏法的人，这在印度也具有悠久的历史。“瑜伽被设想通过不断实行复杂的精神修炼能产生神秘的和魔术般的成就，也与治病和其他超自然力量相联系。”① 比如在16世纪到印度旅行的西方人有记载，“很有声望的瑜伽师确实将自己与神结为一体，……其他较为普通的瑜伽师常行走于乡间，并声称拥有一些最重要的神通。人们相信这些人会炼金术，还会用水银来帮助消化和滋补身体。有些则是会变戏法的魔术师，还有一些既是魔术师又可以洞悉人的思想”②。当然表演戏法的人并不是印度教瑜伽修行者的主流，但在国际交流中他们的形象会影响到人们对瑜伽师整体的看法。

讨论印度绳技的文章中也有印度人的观点，他们的认识与西方人存在差异。《字林西报》1924年11月7日发表了一篇印度人毗湿奴·R. 卡兰笛卡尔的文章《绳技背后的真理》，他在文章中着重说明了这一技巧的精神性，认为瑜伽师是经过特殊的精神训练而获得了控制外物的能力。

> 我们印度人相信，通过多年长时间的瑜伽习练，遵从严格的行为准则，就可以获得这种力量。并不是任何人都可以获得这种力量，就像不是任何人都可以成为称职的医生。根据古老的印度

① ［印］德·恰托巴底亚耶：《印度哲学》，黄宝生、郭良鋆译，商务印书馆1980年版，第124页。

② ［美］唐纳德·F. 拉赫、埃德温·J. 范克雷：《欧洲形成中的亚洲·第三卷·第二册：南亚》，王梅、张春晓译，人民出版社2013年版，第185页。

> 雕塑来看，魔术分为三种类型——白色，黑色和技术的。第三种类似于马斯克林恩那种类型，在诸多装置的帮助下创造出幻觉。……白色魔术是一种神圣的，只为了对别人有利而运用的，而不是为了获得商业利益或者作为可以示范的事物。……为了创造出控制动作的合适条件，身体与精神的力量都是必要的。印度的瑜伽哲学提供了创造这些条件的方法。……只有极少数人能够掌握这种艺术。①

在此之后，1933 年 *The Shanghai Evening Post and Mercury*（《大美晚报》）刊登的一则读者来信中，一个印度邦加罗尔的读者也讲述了亲眼所见的绳技，他认为，“我说的也许是视觉上的幻觉，但是他们确实是真实地表演出来的。毫无疑问，真正的印度托钵僧可以表演一些非常真实的魔术”②。

这两则印度人的文章代表了印度人的看法，在他们的观念中，托钵僧的行为是具有精神意义的，其神秘的色彩被看作经过多年的瑜伽修行获得的超自然能力。其中强调了瑜伽师的个性色彩，认为这种特殊的表演是少数瑜伽师经过刻苦修炼所得，不是所有人可以掌握的技术。20 世纪著名的宗教学学者米尔恰·伊利亚德在其《宗教思想史（第一卷）》中研究了印度教徒中的苦行者，在“苦行：禁欲生活的技术与辩证法”一节中指出，苦行者就是对最高精神的内在献祭，“苦行会彻底改变修行者的存在模式，因为它赋予修行者超人的力量”③。对于那些西方的所谓揭秘者来说，印度绳技的表演者是骗子，对于印度人来说，他们是经过严格的苦行和禁欲并因此获得了巨大力量的宗教信徒。就像那些木偶石像，在有些西方人看来是荒诞的迷信，但在印度教徒看来，甚至在一些印度知识分子（如把印度教传播到美国的辨喜）看来，是令人凝神静气梵我合一的凭借。这提醒我们，在不同

① The Truth Behind the Rope Trick, *The North-China Daily News*, 1924－11－11（7）.

② Anon, The Indian Rope Trick, *The Shanghai Evening Post and Mercury*, 1933－01－31（6）.

③ ［美］米尔恰·伊利亚德：《宗教思想史（第一卷）》，吴晓群、晏可佳译，上海社会科学院出版社 2011 年版，第 199 页。

民族之间的文化交流中，要正确对待文化差异，充分尊重差异，提倡“和而不同”，才能使多元丰富的民族文化共存。

四 结语

民国时期中国的英文报刊对印度绳技的探讨，表现出20世纪甚至一直到今天，东西方交流中西方人普遍的文化立场和心态，他们用西方启蒙时代以来的科学和理性来认识、阐释甚至解构东方古老的文化，并未进入东方文化的内部试图去理解其内在的丰富性和复杂性。有关印度绳技的文学文本的流传，说明文学如何将现实和想象结合起来，使它蕴含的神秘奇诡拥有了跨越时空的艺术魅力，这不是简单的“骗局”二字能够抹杀的。

海明威《老人与海》中的身份认同与审美乌托邦[*]

于冬云[**]

摘　要　海明威在《老人与海》中讲述古巴渔夫圣地亚哥钓到大鱼又失去大鱼的悲壮故事。与此同时，在叙事进程中又插入他每晚都在重复的梦境——西北非海岸的和谐美景。古巴和西北非海岸两个叙事空间一实一虚，彰显出西班牙移民圣地亚哥身份认同的复杂多重性，也透视出海明威本人在前现代与现代、“美国性”与“他者性”之间的身份认同的多元复杂性。圣地亚哥梦中的西北非海岸，是海明威通过文学书写建构的审美乌托邦，借以寓托他内心深处对前现代世界的眷恋，抵制美国现代化、都市化对个体的同一性操控和异化。

关键词　海明威　《老人与海》　身份认同　审美乌托邦

《老人与海》（*The Old Man and the Sea*，1952）是海明威的代表作，叙述了古巴老渔夫圣地亚哥经历 84 天钓不到鱼的失败后，第 85 天钓到大鱼又失去大鱼的悲壮故事。一般读者感动于圣地亚哥败而不

---

* 基金项目：本文为国家社会科学基金项目“海明威与美国的现代性问题研究”（编号：17BWW051）的阶段性成果。

** 作者简介：于冬云，女，文学博士，山东师范大学文学院教授，博士生导师，比较文学与世界文学学科学术带头人，山东师范大学文学与跨文化研究中心主任。研究方向：英语文学、中西文学关系、现当代西方文论。

馁钓大鱼、失去大鱼仍不失人的尊严的硬汉精神，少有人追问：古巴老渔夫圣地亚哥的故乡在哪里？为何他每天晚上都在做同一个梦，梦乡都在西北非海岸？作家海明威本人与老渔夫捕鱼为生的古巴、他的故乡西班牙加那利群岛、西北非海岸之间又有一番怎样的深层纠缠？笔者翻遍《老人与海》[①] 文本内外的相关叙述细节、书信、传记、史料，发现古巴和西北非海岸两个叙事空间一实一虚，彰显出西班牙移民圣地亚哥身份认同的多重性，也透视出海明威本人在前现代与现代、“美国性”与“他者性”之间的身份认同的多元复杂性。圣地亚哥梦中的西北非海岸，是海明威通过文学书写建构的审美乌托邦，借以寓托他内心深处对前现代世界的眷恋，抵制美国现代化、都市化对个体的同一性操控和异化。

一　圣地亚哥的西班牙移民身份与海明威的西班牙情结

在美国学者于连·沃尔夫莱《批评关键词：文学与文化理论》一书中，关于身份的关键词是以“我/身份”（I/DENTITY）作标题的。沃尔夫莱以“我”和“身份”之间插入的斜杠表明，身份是一个复杂的集合体：“包括个人和非个人的历史、文本、话语、信仰、文化前提和意识形态的召唤。”[②] 在沃尔夫莱看来，身份从来都不是自洽完整的，“是一个流动的过程，但却又有无数的踪迹令人感到身份是稳定的……一个人的身份并不是每天都发生巨大的变化，所以必然有一个变化缓慢的包裹，包含着（而且抑制着）交替变化的自律。这个包裹

① 《老人与海》的不同中译本对主人公老渔夫的名字有不同译法。香港中一出版社1952年版范思平（张爱玲笔名）译本译作“山蒂埃戈”，《译文》1956年12期海观译本译作“桑提亚哥”，台湾重光文艺出版社1957年余光中译本译作“桑地雅哥”，天津人民出版社2013年版李继宏译本译作“圣迭戈”，商务印书馆2015年张炽恒译本译作“桑地亚哥”。考虑到小说的叙事空间为西班牙语国家，英文中的男子名 Santiago 源自西班牙语，笔者根据新华通讯社译名室编的《西班牙语姓名译名手册》（商务印书馆2015年版，第378页），在行文中取其西班牙语译名“圣地亚哥”，中译本引文则采用该译本的译名。

② ［美］于连·沃尔夫莱：《批评关键词：文学与文化理论》，陈永国译，北京大学出版社2015年版，第122页。

就是叙事。身份叙事的出现需要独特身份的记号和踪迹的某些重复"[①]。以沃尔夫莱的身份建构性特质和身份叙事理论为进路，重新阅读海明威的经典文本《老人与海》。笔者以为，圣地亚哥的身份叙事与海明威本人身份认同之间的关系绝非止于钓鱼"冠军"与文学"冠军"的身份重合，而是有着更为复杂的个人与历史、时代、文化、政治、信仰等意识形态话语之间的多重纠缠。只有潜入海明威关于钓鱼"冠军"圣地亚哥84天钓不到鱼—第85天钓到大鱼—第87天失去大鱼的故事深处，才能洞见那停留在文本表层不易察觉的八分之七深意，[②] 即古巴渔夫圣地亚哥的西班牙移民身份、海明威的身份认同以及二者之间的复杂关联。

《老人与海》于1952年9月出版后大获成功。1953年2月20日，海明威在从古巴哈瓦那附近的瞭望山庄写给《纽约客》记者莉莲·罗斯（Lillian Ross，1918—2017）的信中特意提到圣地亚哥的身份问题："在我的小说中，老人是个出生在加那利群岛中的兰扎罗塔岛的天主教徒。当然，除了天主教，他还相信很多别的东西。我认为，福克纳并没有读懂我的书。老人说话时像一个改换了信仰的人，或者说像一个惧怕死亡的人。"[③]海明威的信件涉及了圣地亚哥的故乡、信仰，为笔者辨识圣地亚哥的身份记号、身份变化踪迹提供了线索。

与圣地亚哥身份有关的另一条线索是其主人公生活原型的西班牙移民身份。根据著名传记作家杰弗里·迈耶斯在《海明威传》中的叙述，《老人与海》中圣地亚哥的生活原型是古巴渔夫格雷戈里奥·富恩特斯。1930年，海明威出海钓鱼时遭遇风暴，被困在德赖托图格斯附近的海域，遇上驾船技术了得的古巴渔夫格雷戈里奥，被其搭救才幸免于难。之后，两人成为一生的朋友。1938年，海明威邀请他接替

---

① ［美］于连·沃尔夫莱：《批评关键词：文学与文化理论》，陈永国译，北京大学出版社2015年版，第125页。

② 海明威称自己根据冰山原理去写作，只有八分之一露出水面，八分之七是藏在水面之下的。参见海明威《死在午后》，金绍禹译，上海译文出版社1999年版，第193页。

③ Carlos Baker, ed., *Ernest Hemingway: Selected Letters, 1917—1961*, New York: Charles Scribner's Sons, 1981: 807.

另一个古巴渔夫卡洛斯，做了“比拉尔号”的船长。而格雷戈里奥于1888年出生于加那利群岛的兰扎罗塔岛，与《老人与海》中圣地亚哥的家乡一致。①

对照上述两条线索，细读小说文本就会发现，海明威在多处细节中嵌入了圣地亚哥的身份记号和身份建构踪迹。比如，在《老人与海》开头，有一段关于圣地亚哥的外貌描写：

> 他这人处处显老，唯独两只眼睛跟海水一个颜色，透出挺开朗，打不垮的神气。②

海明威特别强调圣地亚哥的眼睛是蓝色的，而蓝色眼睛的古巴人主要来自欧洲。接下来，在圣地亚哥与马诺林关于美国棒球职业联赛的对话中，海明威暗示读者，老渔夫22岁时离开故乡做了水手，跟一艘船到了非洲海岸：

> 大球星西斯勒的爸爸从来都不穷，他爸爸像我这么大时就参加职业大联盟比赛了。
>
> 我像你这么大时当上了水手，跟着一艘横帆船到了非洲。傍晚时，我还看到了海滩上那些狮子。③

19世纪中后期以来，棒球成为美国最受欢迎的体育运动，职业大联盟的大球星在美国更是家喻户晓。海明威依据冰山叙事原理，省略了他和读者都熟稔于心的棒球明星常识，以大球星的年龄暗示小说人物的年龄。上述对话中提到的“大球星西斯勒”是指狄克·西斯勒

① ［美］杰弗里·迈耶斯：《海明威传》，萧耀先等译，中国卓越出版公司1990年版，第277页。

② ［美］海明威：《老人与海》，董衡巽译，百花文艺出版社2014年版，第8页。本文《老人与海》中译本引文皆出自董衡巽译本，只在行文中加括号标注页码，不再一一作注。

③ Ernest Hemingway, *The Old Man and the Sea*, Illustrated Edition, New York: Charles Scribner's Sons, 1952: 25，本文《老人与海》英文本引文皆出自斯克里布纳出版公司1952年插图本，只在行文中加括号标注页码，不再一一作注。

(Dick Sisler, 1920—1998), 他的爸爸是乔治·哈罗德·西斯勒 (George Harold Sisler, 1893—1973), 父子都是美国棒球运动史上著名的大球星。1915 年, 美国圣路易斯联盟队的老板巴尼·德莱弗斯 (Barney Dreyfuss, 1865—1932) 以 700 美元的月薪与乔治·西斯勒签约, 由此开启了他的职业大联盟运动生涯。[①] 这一年, 乔治·西斯勒的年龄是 22 岁。据此来推算, 在《老人与海》中, 马诺林的年龄是 22 岁, 圣地亚哥则是在 22 岁时离开故乡做了水手。他先是跟一艘船到了非洲, 后又到中美洲尼加拉瓜东海岸的莫斯基托 (Mosquito) 捉了很多年海龟 (英文插图本 p. 16), 之后才移民并定居古巴以打鱼为生。

海明威还以重复手段先后三次叙述圣地亚哥的梦, 描述他第一次离开故乡乘船到达西北非海岸时所见到的情景。而在小说开头部分, 第一次写圣地亚哥的梦境时, 就提到"他梦见加那利群岛那些港口和锚地"(英文插图本 p. 29), 暗示他的故乡正是与西北非海岸隔海相望的西班牙加那利群岛。海明威虽然没有明确交代圣地亚哥具体是哪一年移民到古巴做了渔夫, 但是, 上述记号和痕迹足以表明老人是 22 岁成年后移民古巴的西班牙裔古巴人。巧合的是, 海明威告别美国赴法国巴黎追求文学梦时的年龄也是 22 岁。为何小说主人公圣地亚哥与作家本人告别故乡时的年龄完全一致, 这一设计想必是一种别有用心的身份缝合。

20 世纪 20 年代, 从第一次世界大战中获利的美国进入工商业繁华兴盛的"爵士时代"。"商业消费风尚导致包括艺术在内的美国文化也染上了商业化色彩。尽管参战作家在欧洲培养起了与消费时尚相合的消费道德, 但他们鄙视庸俗的、没有灵魂的商业文化。再加上他们快乐的消费自由总是受到清教徒父母的束缚, 于是, 他们在失意和伤感中, 做出了个性化反叛和艺术拯救的选择。"[②] 马尔科姆·考利在《流放者的归来——二十年代的文学流浪生活》一书中对 20 世纪 20 年

① Rick Huhn, *The Sizzler*: *George Sisler*, *Baseball's Forgotten Great*, Columbia: University of Missouri Press, 2004: 45, 46.

② 于冬云:《海明威与现代性的悖论》, 齐鲁书社 2019 年版, 第 14 页。

代美国知识青年的巴黎流放寻梦之旅做出了解释。他说，在那个时代，知识分子普遍认为，“艺术家只要离开本国，去住在巴黎、卡普里岛和法国南部，就能打碎清教主义的枷锁，就能畅饮，就能自由地生活，就能充满创造力”①。正是在这样的背景下，22 岁的海明威于 1921 年 12 月告别芝加哥附近的家乡橡树园，奔赴艺术之都巴黎，开启了他的文学追梦之旅。

海明威与第一任妻子哈德莉旅居巴黎期间，曾多次去西班牙看斗牛、钓鱼，并爱上了西班牙，甚至以自己喜欢的斗牛士的名字给自己的儿子取名约翰·哈德莉·尼卡诺。在他看来，内战之前的西班牙与现代化的美国是截然不同的世界。这里有原始美丽的自然风光，有将生与死完美地融为一体的生命艺术——斗牛，他声称，“除了我的祖国外，没有任何其他国家比这一个更叫我热爱了”②。海明威将他对西班牙风景、西班牙斗牛的热爱写进了包括成名作《太阳照常升起》（1926）在内的多部小说中，还出版过一部有关西班牙斗牛的专著——《死在午后》（1932）。1936 年 7 月西班牙内战爆发后，海明威前往西班牙报道内战进展情况，支持共和政府和西班牙人民。1939 年 4 月，西班牙内战以弗朗哥军事独裁统治告终，海明威连续 15 年没有进入西班牙。直到 1953 年美国和西班牙恢复外交关系，他才得以再赴西班牙看斗牛。1951 年，海明威在西班牙前殖民地古巴开始写作《老人与海》时，西班牙正是他内心深处魂牵梦绕的诗意栖居地，是他回不去的文学乡愁。或许，正是源于这一西班牙情结，海明威才在文本的世界中安排圣地亚哥在 22 岁时告别家乡西班牙加那利群岛，跨过大西洋到前西班牙殖民地古巴打造自己的“冠军”形象。③ 而在文本外的现实世界中，海明威本人自从 22 岁告别家乡橡树园，始终选择与现代化、商业化的美国保持距离，在异国他乡或美国大都市以外的边缘空

① ［美］马尔科姆·考利：《流放者的归来——二十年代的文学流浪生涯》，张承谟译，上海外语教育出版社 1996 年版，第 54 页。

② ［美］海明威：《海明威文集：危险的夏天》，主万译，上海译文出版社 1999 年版，第 3 页。

③ 圣地亚哥与大马林鱼在海上相持较量的第二个夜晚，回忆起他与黑人大汉扳手腕相持一天一夜获胜的情景，从此以后，人人都叫他“冠军”。见英文插图本（pp. 77 - 78）。

间中生活和写作，并将自己富有传奇色彩的生活经历转化为文学作品。

二　移民圣地亚哥的身份认同

致力于日裔美国移民文学研究的日本学者日比嘉高曾经指出，“从跨越国界时开始，跨越者的身份认同也逐渐开始发生变化。在迁出国的社会文化中所构建的身份认同在异国他乡的社会文化中开始重组”。“移民并非完全是从旧关系跨越到新关系的行为。相反移民是在以某种形式保留了旧关系的基础上叠加了新的关系。”① 圣地亚哥成年后移民古巴，在职业生存、文化认同、信仰等多个层面都陷入与西班牙、古巴、美国不同程度的或认同或疏离或无奈甚至幻灭的纠缠中，身份归属呈现出复杂的多重性叠加与内部撕裂特质。圣地亚哥身份认同的复杂多重性背后是古巴与西班牙、与美国关系的历史与现实。

从古巴的历史来看，1511 年西班牙殖民者进入古巴，随后，古巴成为西班牙殖民地，西班牙语成为古巴的官方语言，天主教也进入古巴。从地理位置来看，古巴与美国隔海相望，扼守加勒比海门户，是美国从大西洋经由巴拿马运河进入太平洋的必经之路。在资本主义经济羽翼未丰时，美国宁愿让古巴继续留在西班牙的海外殖民地版图上，而不愿让英法占领古巴。随着美国经济、军事力量的上升，侵吞古巴成为美国全球扩张战略的重要一环。1823 年4 月23 日，美国国务卿约翰·昆西·亚当斯（John Quincy Adams）在写给美国驻马德里公使休·尼尔森（Hugh Nelson）的信中，毫不掩饰地明确了美国取代西班牙占领古巴的霸权扩张目标：“在该岛和我们这个国家的利益之间，无论是地理的、商业的、道德的和政治的关系都是自然形成的，历经了一段时间，现在趋于成熟。毋庸置疑的是，大约再有半个世纪的时间，吞并古巴就会成为联邦继续发展和维持完整性的必要措施……这里，政治上的规律和现实的吸引力同时存在。如果一个苹果被暴风雨

① ［日］日比嘉高：《日裔美国移民日语文学研究的现状与课题》，魏晨译，《日语学习与研究》2022 年第 2 期。

从它原来的树上打下来，它别无选择，只能落地。古巴通过武力脱离它同西班牙并非天然的关系，是无法自立的，只能投向北美联邦，因为按照同样的自然规律，古巴也无法摆脱它赖以生存的空间。”① 这就是美国侵吞古巴依据的所谓“熟果论”的出处。1898 年美西战争之后，美国取得了对古巴的控制权。1901 年 3 月，美国总统麦金莱签署通过了“普拉特修正案”（*the Platt Amendment*），② 把古巴变成了美国的保护国。同年 6 月，古巴政府被迫通过该修正案，并将其作为附录写入古巴宪法。1934 年，罗斯福总统虽然废止了“普拉特修正案”，根据该法案租借的关塔那摩却一直是美国的军事基地。1901 年，美国操纵古巴选举并扶持傀儡组织政府，1902 年，古巴在美国扶植下成立共和国。古巴共和国的第一任总统是埃斯特拉达·帕尔马（Estrada Palma，1832—1908），一个在美国生活达 30 年的美籍古巴人。此后，美国一直保留对古巴内政的干涉权，直到 1959 年卡斯特罗率领革命军在古巴建立社会主义政权。将《老人与海》置于上述古巴、西班牙和美国的关系史中，就会理解西班牙移民圣地亚哥到古巴以后身份认同的复杂性、多重性和孤独感。

首先，圣地亚哥的渔夫职业角色与 20 世纪 50 年代古巴的政治经济现实密切相关。从现实政治经济层面看，关于圣地亚哥的钓鱼职业叙事在两个维度展开，一个是深陷贫困的钓鱼生计，另一个是凸显男子汉英雄气概的钓大鱼竞技。在美国现代化工业经济、旅游产业全面操控古巴的现实语境中，很显然，这两种钓鱼活动本应分属于两个不同的阶层。据史料记载，在 20 世纪 50 年代，美国“控制了古巴蔗糖业的 40%，铁路的 50%，电力的 90%，外贸的 70%，100% 的镍矿和 90% 铁矿”。③ 除此之外，包括金融、电话、烟草、罐头等工业也都在美国资本的掌控下。美国游客也纷纷到古巴休闲度假，成为旅游产业的支撑。上述背景折射在《老人与海》有关圣地亚哥的钓鱼职业叙事

---

① ［英］理查德·戈特：《古巴史》，徐家玲译，中国大百科全书出版社 2013 年版，第 441—442 页。

② 徐世澄、贺钦编著：《列国志·古巴》，社会科学文献出版社 2018 年版，第 63—64 页。

③ 徐世澄：《美国和古巴关系史纲》，中国社会科学出版社 2021 年版，第 3 页。

中，呈现为两种截然不同的钓鱼境遇。

圣地亚哥的钓鱼生计无法与美国资本操控的现代化经济产业对接，只能在社会边缘处艰难求生。根据小说中提到的餐馆名称 Terrace，圣地亚哥居住的村子就是海明威居住在古巴时经常光顾的渔村柯希玛尔（Cojimar），他的渔船“比拉尔号”就停泊在那里。在海明威写作《老人与海》的 20 世纪 50 年代初期，柯希玛尔渔村处处可见美国经济的影响。小说开篇写道：

> 他是独个儿摇只小船在湾流打鱼的老汉，已经八十四天没钓着一条鱼了。头四十天，有个男孩跟他一块儿。可是过了四十天一条鱼都没捞着，孩子的爸妈便对他说，老汉现在准是彻底 Salao，就是说倒霉透了，所以孩子照爸妈吩咐跟了另外一只船，它第一个星期就捉了三条好鱼。（中译本第 7 页）他的船帆用面口袋补过，看上去“像一面老打败仗的旗子”。

与圣地亚哥的钓鱼困境截然不同，那些捕捞顺利的渔民们捕鱼用汽艇和现代化浮标。他们捕到的大马林鱼由现代化的冷藏运输车运到哈瓦那市场，鲨鱼则运到现代化鲨鱼加工厂。他们的生计之顺利令笔者联想到美国资本操控下的罐头加工厂和鱼油产业。相比之下，坚持以传统钓鱼方式讨生计的圣地亚哥却生活得越来越贫困。他的住处是简陋的小屋，只有一张床，一张桌子，一把椅子，泥地上有个用炭火烧饭的地方，晚上没有灯。他每天都跟马诺林重复的食物“一锅黄米饭就鱼吃”是虚构的：

> “您有什么吃的呢”？孩子问。
> “一锅黄米饭就鱼吃，给你来点儿好吗？”
> “不用，我回家吃。要不要我生火？”
> “不用，回头我来生，不然我吃冷饭也行。”
> “我可以用一下快网吗？”
> “当然可以。”

其实根本没有什么快网，孩子还记得他们俩是几时卖了网的呢。但两人天天都要这么胡诌一遍。什么一锅黄米饭啦，鱼啦，其实都没有，孩子也知道。(中译本第12—13页)

小说中还提到，圣地亚哥的衬衣就像他那缀满补丁的船帆，缝补次数已经数不清，风吹日晒，补丁的颜色也看不清。美国北卡罗来纳大学的帕特里夏·邓拉维·瓦伦蒂教授（Patricia Dunlavy Valenti）在《〈老人与海〉解读》（Understanding *The Old Man and the Sea*）一书中，引用了她对阿林·穆勒（Arlyn Moeller）医生的一段访谈来讨论圣地亚哥的贫困生活和身体状况之间的关系。穆勒是一名专治老年病的内科医生，他本人不仅在加勒比海和墨西哥湾流中钓过鱼，还阅读过海明威的《老人与海》。他以医生检查病人身体病症的眼光来审视小说中圣地亚哥的身体状况。穆勒指出，根据小说中对圣地亚哥身体的描述，可以做出判断，他是一位因长期食物摄入不足而营养不良的老年人。他在海上与大马林鱼相持期间的身体不良反应，像左手剧烈抽筋，是因为严重缺钙。到第三天，在大马林鱼浮出水面后，圣地亚哥眼前发黑，一再眩晕。他调动全身力气叉死大鱼后，更是晕得难受，眼睛看不清东西。穆勒医生认为，这是身体脱水症状。[①] 因此，瓦伦蒂教授质疑：一个营养不良的老人，在海上没有任何人帮助他，也没有任何遮阳措施（时值九月份），只带了一瓶水，吞吃难以下咽的生鱼补充体能，他的身体能与大马林鱼相持三天，还是他早就昏迷过去了，哪一种说法更令人信服？穆勒医生对瓦伦蒂教授的质疑做出的医学解答是，圣地亚哥只是在肾上腺素的冲劲作用下短暂发力，但不可能连续用力。看到鲨鱼吃掉他的大马林鱼肉后，他的真实感受应该是愤怒、沮丧和崩溃。小说结尾处，完全虚脱的他回到窝棚中，除了昏睡，再也没有力气做任何事情。如果是在真实的生活中，医生认为，此时的圣地亚哥应该输液治疗。但是，在小说中，古巴渔夫圣地亚哥醒来后，

① ［美］帕特里夏·邓拉维·瓦伦蒂（Patricia Dunlavy Valenti）：《〈老人与海〉解读》（Understanding *The Old Man and the Sea*），中国人民大学出版社2008年版，第64—65页。

只有马诺林为他送上放了足够多牛奶和糖的一罐热咖啡。回顾小说开头，圣地亚哥连续84天没有钓到一条鱼，也是马诺林为他送来黑豆、米饭、炸香蕉、炖菜和两瓶啤酒，还说只要他在就不能让他饿着肚子出海钓鱼。问题是，一位经常食物匮乏、身体营养不良的穷困渔夫，以何来维系他屡败困境中钓鱼技艺过人的自信？以何来支持他独自征服一条足够大、足够漂亮、足够高尚的大马林鱼的自豪感？以超出常人的钓鱼技艺征服大马林鱼的骄傲自豪感觉，叠加在一位吃不饱、穿不暖、连续84天没有钓到一条鱼、身体状况糟糕的古巴老渔夫身上，两种钓鱼感受的现实错位不言而喻。前者是穷苦的钓鱼生计，后者是海洋上钓大鱼的酷炫快乐竞技。海明威以缝合政治经济现实差异的文学叙事，将存在难以弥合裂隙的两种钓鱼境遇整合在一个“老人”与“大海”的文学文本中，打造出一个屡败不馁、技艺过人、意志坚韧的圣地亚哥形象。

但是，笔者细读文本，发现海明威对贫困的钓鱼生计与自豪的海上钓鱼竞技的叙事篇幅分配是极不均衡的，他把绝大部分笔墨分给了后者。以1952年斯克里布纳出版公司的第一版为统计依据，[①] 全书总计140页，其中，第30—133页叙述圣地亚哥独自一人在海上钓大马林鱼的过程，总计104个页码。这种篇幅分配充分表明，海明威更关注圣地亚哥在海上钓大鱼、斗鲨鱼的过程，无意以文学叙事深度介入古巴贫穷渔夫艰难的钓鱼讨生计日常生活细节。海明威对圣地亚哥钓大鱼故事生活素材的文学加工和典型化过程也证明了这一点。

在海明威研究领域卓有建树的董衡巽先生于1980年编选出版了一本资料汇编《海明威研究》，他为第一篇译文《海明威的生平》加了一条注释，介绍《老人与海》中圣地亚哥钓大鱼故事的素材：

> 一个老人独自在加巴尼斯港口外的海面上打鱼，他钓到一条马林鱼，那条鱼拽着沉重的钓丝把小船拖到很远的海上。两天以后，渔民们在朝东方向六十哩的地方找到了这个老人，马林鱼的

---

① Ernest Hemingway, *The Old Man and the Sea*, New York: Charles Scribner's Sons, 1952.

头和上半身绑在船边上。剩下的鱼肉还不到一半，有八百磅重。鱼在深水里游，拖着船，老人跟着它一天、一夜、又一天、又一夜。鱼泛到海面上，老人驾船过去钩住它。鲨鱼游到船边袭击那条鱼，老人一个人在湾流的小船上对付鲨鱼，用浆打、戳、刺，累得他精疲力尽，鲨鱼却把能吃到的鱼肉统统吃掉。渔民们找到他的时候，老人正在船上哭，损失了鱼，他快气疯了，鲨鱼还在船的周围打转。①

在董衡巽先生编选的《海明威研究》出版后，国内众多研究者一致认为，海明威在《老人与海》中将通讯中钓大鱼的普通老渔夫塑造成了一个打不垮的硬汉形象。笔者利用知网数据库高级搜索中的句子搜索功能，将“《老人与海》”和“硬汉”设定为同一段话中同时出现的关键词，搜索结果显示1981—2022年间有3976篇文章、13本图书讨论《老人与海》中的硬汉形象、硬汉精神或硬汉性格等问题。②有别于学界和一般读者对圣地亚哥硬汉形象的肯定和赞美，陆建德先生在《大写的渔夫与“做作的男子气概”——读海明威的〈老人与海〉》一文中对硬汉形象持不同观点。他指出，“现实生活中的渔夫与小说中的主人公圣地亚哥是截然不同的人物”。“通讯中的渔夫以捕鱼为业……当这故事被海明威提炼成小说后，捕鱼的谋生目的已经淡出。”“圣地亚哥一贫如洗，海明威却让他生活在比通讯中的渔夫高得多的层面上。”③ 陆先生认为，从现实中的普通渔夫到小说中带有“做作的男子气概”（self-conscious virility）④ 的“大写的渔夫”，其个中奥秘是海明威式英雄的自信与骄傲。其实，如果将《老人与海》中圣地亚哥的钓鱼活动追溯到董衡巽先生注释中提到的那篇通讯全文，而非

① 董衡巽编选：《海明威研究》，中国社会科学出版社1980年版，第14页。

② https：//yc10. sdnu. edu. cn/s/net/cnki/kns/G. https/kns8/AdvSearch，2022年5月4日。

③ 陆建德：《大写的渔夫与“做作的男子气概”——读海明威的〈老人与海〉》，《英美文学研究论丛》2001年第1期。

④ Virginia Woolf，New York Herald Tribune Books，Jeffrey Meyers ed，*Hemingway*：*The Critical Heritage*，London：Routledge & Kegan Paul Ltd.，1982：105.

限定在从一篇长文中摘出的一小段文字，再联系海明威本人从20世纪30年代直至《老人与海》发表之前的生活与写作状况，就能理解“硬汉形象”“大写的渔夫”的生活原型另有阶层归属，而非古巴现实社会中钓鱼讨生计的贫困渔夫。

董先生注释中提到的通讯《在蓝色的大海上》（On the Blue Water）于1936年4月1日发表在美国杂志《时尚先生》（*Esquire*）上。[①]《时尚先生》预设的读者群体是成熟男人。根据该期杂志封面底端的文字，所设栏目主要包括“小说”“体育”“幽默”“服装”“艺术”“漫画”等。除了虚构性写作“小说”，其余内容都是成熟男人感兴趣的时尚话题，在文类划分上大多归入“articles”，接近中国新闻界所说的特稿。1934—1936年，海明威除了在该杂志上发表过小说，还发表了23篇叙述、谈论狩猎和钓鱼的特稿，《在蓝色的大海上》就是其中的一篇。[②] 这篇特稿有一个副标题“一封墨西哥湾流来信”，全文有3424个单词，叙述老渔夫钓到大鱼失去大鱼而哭泣的那一段只有185个单词。这篇文章的主题是海明威与朋友谈论在墨西哥湾流中钓大鱼的海上冒险征服之乐，而非贫穷渔夫的钓鱼生计。文章以海明威的朋友谈论在非洲追猎大象的冒险刺激之乐切入话题，继而，海明威本人谈论为何由非洲猎大象转场到墨西哥湾流深海处钓大鱼。他写道：

> 因为墨西哥湾流是一片尚未开发的海域，渔民只在靠近海岸线区域捕鱼，而在数千英里的洋流中至少有十几处水域，没有人知道那里生活着什么鱼，它们有多大，甚至不知道在不同深度生活着什么样的鱼和海洋生物。当你漂流在看不见陆地的大海上，

① *Esquire*，董衡巽译作《绅士》，也有人译作《君子》。1999年中国《时尚先生》与*Esquire*版权合作，发行中文版《时尚先生 Esquire》。*Esquire*第一期1933年10月在芝加哥发行，后总部迁至纽约。至今，该杂志已经在包括德国、英国、西班牙、意大利、希腊、墨西哥、日本、新加坡、新西兰等30多个国家和地区发行。中文版《时尚先生 Esquire》官方网站的介绍如下：“时尚先生网引导中国精英男士生活方式，描述男性理想、兴趣、好奇心以及热情，为有品位和渴望品位的男人们提供全球最前沿的时尚资讯和最具实用价值的生活消费指导。”引自网址http：//www. esquire. com. cn。

② 董衡巽编选：《海明威研究》，中国社会科学出版社1980年版，第10页。

投下六十英寻、八十英寻、一百英寻和一百五十英寻四根钓绳，在七百英寻深的水下，你永远不知道会是什么来咬住你的金枪鱼钓饵。……在大海上，在一条大鱼未知的野性中，潜藏着一种巨大的快乐；在一个小时内，大鱼的生死由你的力量所掌控。大鱼统治着它生活的海洋，征服大鱼的过程有一种满足感。①

在这篇文章中，还插入了海明威与他的“比拉尔号”船长古巴渔夫卡洛斯·古铁雷斯的对话：

“渔夫总是很穷。”

“不。看看你。你很有钱。”

“见鬼，”你说。“我钓鱼的时间越长，我就越穷。我最终会和你一起划一艘小船去钓鱼卖鱼为生。”②

通读全文就会发现，海明威的特稿《在蓝色的大海上》提到了两类钓鱼活动：第一类是有钱的绅士到人迹罕至的深海处征服大鱼的竞技之乐，就像他们到非洲去追猎大象的冒险之乐一样；第二类是以钓鱼讨生计。而以钓鱼讨生计的渔夫也分为两类，一类是因钓鱼技艺高超而受雇于有钱人的古巴渔夫卡洛斯们，他们给享受消遣性钓鱼之乐的美国人当船长，并向他们传授钓鱼技巧。海明威于 1934 年 5 月购买了一艘专门为深海钓鱼设计的渔船“比拉尔号”，先是雇用古巴渔夫卡洛斯做船长，1938 年后由格雷戈里奥·富恩特斯接替。卡洛斯、富恩特斯受雇于享受钓鱼征服之乐的美国人后，再也不必靠钓鱼讨生计过穷日子。在美国操控古巴政治经济的 20 世纪上半叶，古巴成为美国人度假休闲的天堂，卡洛斯、富恩特斯们也得以跻身旅游服务行业而摆脱贫困。富恩特斯更是因邂逅海明威，先是受聘做“比拉尔号”船

① Ernest Hemingway, “On the Blue Water”, https: //classic. esquire. com/article/1936/4/1/on-the-blue-water/.

② Ernest Hemingway, “On the Blue Water”, https: //classic. esquire. com/article/1936/4/1/on-the-blue-water/.

长，后又在海明威离开古巴后管理瞭望山庄，直至104岁去世。[①] 另一类是完全靠钓鱼、卖鱼讨生计的古巴渔夫，他们是生活在社会底层的穷人，钓到大鱼却又失去大鱼后会沮丧地哭泣。

以上述目标迥异的钓鱼活动为参照，再来读《老人与海》中的两种钓鱼叙事，就会有不一样的理解。独自驾小船到看不到陆地的大海深处，"寻求大鱼，寻求征服，寻求自我"[②] 的圣地亚哥，更像是热衷于在墨西哥湾流深海水域追逐征服大鱼之乐的海明威及其美国朋友们的文学代言人。他们到深海处钓鱼无关生计，而是专注于征服大鱼的冒险娱乐和满足感。只有跟足够大的大鱼较量，才能凸显圣地亚哥的男子汉气概。"兄弟，我从来没见过什么东西比你更大、更漂亮、更沉着、更高尚了，快来弄死我吧。究竟是谁弄死谁，我不在乎。"（中译本第63页）在这段独白之后，圣地亚哥叉死大马林鱼的胜利才显得英雄气概十足。

总之，从现实政治、经济维度来读《老人与海》，在美国操控下的古巴现代化捕鱼产业、旅游产业背景中，西班牙移民老渔夫圣地亚哥无法融入古巴主流生活，独居于渔村Cojimar村头，其社会身份是一个极度贫困的底层人。海明威将在墨西哥湾流深海处钓大鱼、征服大鱼、与大鲨鱼搏斗最终失去大鱼仍不失"重压下的优雅"（grace under pressure）风度的英雄与贫穷的底层人圣地亚哥缝合在同一个渔夫形象中，两者现实身份难以弥合的阶层裂隙注定了人物身份的内部撕裂及其文学叙事细微处的生拉硬扯、做作矫情。比如，关于圣地亚哥年轻时与身体最棒的黑人码头工扳手腕的叙述就过度夸张。比赛从星期天早上开始，到星期一早上才决出胜负。比赛进行了八个小时之后，每隔四个钟头就换一个裁判，好让裁判睡觉，而两个扳手腕者却一直彼此盯着对方的手和前臂，连手指甲都出了血，最终结果是圣地亚哥为自己赢得了"冠军"称号。在这次一天一夜的大战之后，圣地亚哥拿

① ［美］希拉里·海明威、卡伦娜·布伦南：《海明威在古巴》，王增澄、唐孝先译，宁夏人民出版社2008年版，第159—161页。

② 陆建德：《大写的渔夫与"做作的男子气概"——读海明威的〈老人与海〉》，《英美文学研究论丛》2001年第1期。

稳“只要他真的想胜，不管是谁他都能打败”（中译本第49页）。如此打不败的男子汉气概，由一个衣食无着的穷困渔夫来承载，其身份内部的撕裂与夸张矫情不言而喻。

其次，就小说中与圣地亚哥的文化认同相关的叙述来看，也隐含着移民跨界重构过程中的文化身份复杂性。耐人寻味的是，海明威对圣地亚哥移民身份的交代极为模糊，整个文本中只有一次提到他“梦见群岛上那些白色山峰宛然拔海而起，又梦见加那利群岛的大小港口和锚地”（英文本p. 29），至于说他对家乡加那利群岛有哪些文化记忆，小说中只字未提。圣地亚哥在古巴的家庭关系叙事则压缩进妻子的遗物——一幅耶稣圣心的彩图和一幅科夫雷童贞圣母像，以及棚屋角落里一张搁在架子上的妻子的照片。他与村子里其他人的交往叙事仅限于与马诺林的对话，而他们交流最多的话题是棒球。

何以美国的棒球文化会成为圣地亚哥与古巴年轻人马诺林之间的共同话题？笔者在前文提到，19世纪中后期以来，棒球成为美国最受欢迎的体育运动。而在西班牙殖民地古巴，则盛行斗牛运动。据说，在古巴反抗西班牙殖民者的独立运动中，一位领导人认为斗牛太血腥，且与西班牙殖民历史有密切关联，力主以美国的棒球运动取而代之。在古巴脱离西班牙殖民统治斗争的历史进程中，来自美国的棒球运动与美国的军事、政治、经济干预力量几乎是一同进入古巴的。古巴人对棒球的热情与反抗西班牙殖民者的民族激情是合体的，而古巴的棒球文化与美国对古巴的操控也难脱干系。在《老人与海》中，圣地亚哥和马诺林聊起美国棒球队、棒球明星、棒球教练如数家珍。他们在聊天中提到洋基队、底特律的猛虎队、克利夫兰的印第安人队、辛辛那提的红队、芝加哥的白短袜队，大球星狄马吉欧、狄克·西斯勒、约翰·J. 麦格罗，著名棒球教练德洛歇、卢克、迈克·贡萨雷斯等人。两人谈及大球星时更是表现出一种粉丝对偶像的崇拜之情：

> “你还记得有一阵子他（狄克·西斯勒）常上餐馆来吗？当时我很想陪他去打鱼，可是我胆子小，不敢开口。后来我让你去邀他，你也怕生。”

“我知道。那可太错啦。他本来或许会跟咱们一起去的。那咱们就会一辈子记得了。”

“我很想陪大明星狄马吉欧去打鱼”老汉说，“人家讲他爹是个打鱼的，说不定他从前跟咱们一样穷，所以会懂得咱们的。”(中译本第17、18页)

圣地亚哥和马诺林崇拜的狄马吉欧更是美国的棒球巨星，其棒球生涯中三次荣膺MVP。1952年，狄马吉欧退休一年后与好莱坞明星梦露一见钟情，并于1954年缔结了一段维系9个月的婚姻。狄马吉欧对梦露的爱情终生未改。1962年梦露去世后，狄马吉欧以前夫身份主持葬礼。海明威让美国体育文化巨星狄马吉欧作为精神榜样深度介入圣地亚哥的文化身份认同中，以至于他在海上与大马林鱼较量的艰难孤独中呼唤狄马吉欧给自己鼓劲，他叉死大马林鱼后，想到的第一个人也是狄马吉欧：“大棒球明星狄马吉欧今儿想必会为我得意的。”（中译本第67页）这些细节表明，在强势的美国文化面前，西班牙移民圣地亚哥不过是一个以美国文化为身份归化参照的他者，而文本中的这些细节出处则是海明威的美国性文化立场。

如果说海明威与他塑造的人物圣地亚哥在政治经济、文化维度的身份认同存在着不同程度的体认错位，那么，在职业劳动信仰的维度，二者却高度契合。在小说开头，马诺林到海滩上来迎接连续84天没有钓到鱼的圣地亚哥，他们两人之间有这样一段对话：

“还记得吧，你曾经连续87天没有钓到一条鱼，接下来，咱们俩一连三个星期，天天都钓到大鱼。”

“我记着呢，”老人说：“我知道你不是因为怀疑我（doubted）离开的。”

“是爸爸让我离开的，我还年轻，得服从他。”

“我知道，”老人说，“这很正常。”

“他不太有信念（faith）。”

“是的，”老人说，“但是，我们有。是吗?”（英文插图本pp. 12，13）

海明威在圣地亚哥与马诺林的对话中使用了“faith”和“doubted”这两个词，将圣地亚哥和普通人对渔夫职业的理解区分开来。普通人关注捕鱼的世俗收益，圣地亚哥对渔夫职业的理解关乎信仰，且不容怀疑。他对渔夫职业劳动的理解契合马克斯·韦伯阐述的“天职”劳动救赎观念。韦伯在《新教伦理与资本主义精神》中讨论路德的“职业”概念时指出，“在英语的 calling（职业、神召）一词中，至少含有一个宗教的概念：上帝安排的任务”，“上帝应许的惟一生存方式，不是要人们以苦修的禁欲主义超越世俗道德，而是要人完成个人在现世里所处地位所赋予他的任务和义务。这是他的天职”[①]。以韦伯讨论的“天职”劳动观念为依据来审视圣地亚哥对渔夫职业的坚守就会发现，他对自己的渔夫角色责任的理解，与美国前现代社会中新教徒恪守的劳动救赎伦理有内在的一致性。正是在此意义上，圣地亚哥钓鱼的最终目的不在于世俗利益的获得还是失去，而是信仰维度的劳动救赎。无论是遭遇连续 87 天钓不到一条鱼还是连续 84 天钓不到一条鱼，无论是钓到大马林鱼还是大马林鱼被鲨鱼吃掉，圣地亚哥的渔夫职业劳动信仰都始终如一，从未动摇过。

在职业劳动信仰维度，圣地亚哥与海明威此前小说中塑造的“准则英雄”们观念一致。致力于海明威研究的美国学者菲利普·扬教授在评价海明威的成名作《太阳照常升起》（*The Sun Also Rises*，1926）时，以是否坚守新教劳动伦理准则为依据来评估、划分小说中男性形象的类属。他认为，小说中的美国记者杰克·巴恩斯和西班牙斗牛士罗梅罗是有准则的人，“他们懂得有些事情要遵循既有的准则，也有一些事情的准则还没有固定下来。是否懂得这个道理，是区分小说人物类属的依据”[②]。扬教授把遵循既有准则的男性形象称作“准则英雄”(code hero)，他们对职业角色责任的理解，与新教徒应神召、尽“天职”的劳动美德是一致的。也就是说，一般读者认定的海明威小说男主

---

① ［美］马克斯·韦伯：《新教伦理与资本主义精神》，于晓、陈维纲等译，生活·读书·新知三联书店 1996 年版，第 58—59 页。

② Philip Young, *Ernest Hemingway*, Minneapolis: University of Minnesota Press, 1973: 13.

人公的所谓硬汉精神，其内核正是前现代美国社会中新教徒信奉的职业劳动伦理。海明威自从 1921 年告别现代化大都市芝加哥附近的橡树园，一直旅居在美国主流社会以外的异域或边缘，并以异域或边缘为叙事空间，通过颂扬某一种前现代职业技艺（skill）了得、忠于职业角色责任的“准则英雄”，对抗现代技术（technique）所导致的劳动异化，找回被现代化、都市化淹没的劳动愉悦和指向救赎的心灵宁静。

圣地亚哥虽然延续了海明威此前小说中的“准则英雄”特质，但是，与《太阳照常升起》中在巴黎做记者、到西班牙看斗牛找到心灵净土的杰克不同，与斗牛技艺高超、内心意志坚定、为人民所喜爱的西班牙斗牛英雄罗梅罗不同；与《丧钟为谁而鸣》（*For Whom the Bell Tolls*，1940）中为西班牙共和国完成炸桥任务并从容迎接死亡的美国志愿者乔丹不同，他们在远离美国现代化侵染的空间中坚守自己认同的职业角色责任，老渔夫圣地亚哥却生活在美国现代政治、经济、文化全面操控下的古巴。作为来自西班牙加那利群岛的移民，他对前现代特质的渔夫职业的坚守，在被美国式现代化操控下的古巴，注定是边缘化的、孤独的、失败的。马诺林说：“您还记得吧，您曾经连续 87 天没有钓到一条鱼，接下来，咱们俩一连三个星期，天天都钓到大鱼。”（英文插图本 p. 12）圣地亚哥却清楚，“那样的事不会有第二回的”。他在第 85 天钓到大鱼后，第 87 天失去大鱼，无人见证他与大马林鱼相持、较量最终获胜的高超技艺。夜晚，他带着一条大鱼骨架返回港湾，村里人已经入睡，无人分担他与大鲨鱼艰苦搏斗最终失去胜利果实的痛惜无奈。在小说结尾处，渔民们丈量了大鱼骨架有十八英尺长后，对胜者无所得的老渔夫满怀同情。一位美国女游客指着一堆垃圾中等待潮水冲走的大鱼骨架，问餐馆侍者“那是什么”，侍者先是以西班牙语回答说“Tiburon”，紧接着又用带古巴口音的英语说“Eshark”，美国游客则用英语回应：“我此前不知道 sharks 有这么漂亮、迷人的尾巴。”① 海明威

---

① “Tiburon”是鲨鱼的西班牙语叫法，“Eshark”则是讲西班牙语的侍者说英语“shark”时，在前面加了一个“e”。美国女游客的回应将“shark”后加了一个“s”，将此处被误解的这一条大马林鱼骨架泛化为普通鲨鱼骨架之一，而非圣地亚哥打不败的“重压下的优雅”精神气质的见证。

在此处巧妙地运用“Tiburon”、“Eshark”和“sharks”三种不同的词语形式来指代大马林鱼骨架，表明普通古巴人、美国游客都是观看者，圣地亚哥则是一个被看的陌生“他者”。他们不理解他的钓鱼方式、他的职业准则、他的钓大鱼斗鲨鱼故事。从结尾处的这段叙述来看，圣地亚哥在被美国操控下的古巴坚守前现代劳动“天职”信仰，不仅孤独、失败，而且有一种幻灭、悲凉的色彩。

一直认定圣地亚哥是了不起的渔夫的，只有马诺林。在小说开篇时，马诺林说他 5 岁时就跟随圣地亚哥出海学习钓鱼技艺。推算下来，马诺林与老渔夫的师徒关系已经有 17 年了。但在小说的整个叙事进程中，这种师徒关系更倾向于一种心理层面的情感认同，既不能改写圣地亚哥职业生存现实中的孤独境遇，也不能传承发扬他在现代化世界中坚守的传统钓鱼技艺。就像小说开头，师徒二人谈论钓鱼职业信仰时，圣地亚哥先是说马诺林的爸爸没有，继而说“我们有”时，又追加了一个问号。圣地亚哥的疑问源自他和古巴青年人马诺林缺少深层的“天职”劳动共识，他们之间的师徒关系十分脆弱。当圣地亚哥连续40 天没有捕到一条鱼时，马诺林就顺从父母的命令（orders）离开了师傅，去追随另一条能捕到很多鱼的船。圣地亚哥在海上与大马林鱼相持过程中，海明威让他先后以虚拟语气重复念叨了 9 次“要是小伙子在这里就好了”（见英文插图本 pp. 52，55，57，59，64，69，91）。这种重复出现了 9 次的殷殷召唤，更凸显出圣地亚哥的孤独。圣地亚哥失去大马林鱼回到岸上后，马诺林来看他。海明威在这段叙述中先后 5 次运用哭泣（cry，crying）来表达马诺林对老人的感情。尽管马诺林表示自己还要向他学习很多东西，还要和他一起去钓鱼，但他情感脆弱，哭哭啼啼，并非能够传承圣地亚哥传统钓鱼技艺的好徒弟，更无力改写圣地亚哥的传统钓鱼技艺在美国操控下的古巴不再走运的现实。圣地亚哥的传统渔夫职业的挫败困境和情感孤独，折射出海明威本人写作《老人与海》时盛名之下的身份焦虑。

三　海明威的作家身份焦虑与审美乌托邦

1939 年，海明威来到古巴哈瓦那，在那里开始写作西班牙内战题材的长篇小说《丧钟为谁而鸣》。1940 年 10 月，小说出版后销路非常好。同年 12 月，海明威买下哈瓦那郊区的瞭望山庄，在这里一直住到去世前一年。在出版《丧钟为谁而鸣》后，海明威连续 10 年没有发表作品。1950 年，《过河入林》（*Across the River and into the Trees*，1950）出版。小说叙述了经历过两次世界大战的美国陆军老上校坎特韦尔重访意大利，在威尼斯猎野鸭，对年轻美貌的干女儿伯爵小姐雷娜塔讲述自己在战争中的英勇经历。海明威借用美国内战时期著名的南方将军斯通沃尔·杰克逊临死前说的一句话“让我们蹚水过河，到树荫下休息”，给小说取名为《过河入林》，试图表达一种男子汉坦然接受死亡，视死亡如树荫下休息的无畏精神。但是，在小说的整个叙事进程中，读者看到的却是一位廉颇老矣的硬汉吃着该死的救心药丸，品味着葡萄酒，酒后躺在床上，如情人般将干女儿年轻美丽的身体拥在怀中，梦呓般地述说着如今不再的昔日勇猛。小说结尾处，当坎特韦尔上校心脏病突然发作，在死亡来临前仍奋力背诵杰克逊的名言“让我们蹚水过河，到树荫下休息”。小说出版后，美国文学界对海明威十年磨一剑锤炼出的《过河入林》大失所望，评论家更是频频摇头。著名批评家莫顿·道温·扎贝尔（Morton Dauwen Zabel，1901—1964）在最具影响力的杂志之一《国家》（*Nation*）发表书评，犀利地指出《过河入林》表明海明威正在走下坡路。他在文章最后写道：“尽管无法抹杀海明威在至少两部长篇小说和一系列精彩的短篇小说中所取得的成就，但我们只能得出这样的结论：在未来几年里，他的文学才能将要遭遇一些严苛的重新评判……《过河入林》（标题严重破坏了斯通沃尔·杰克逊临终遗言的优美节奏）令人极度沮丧。但是，作者承诺我们很快就会读到另一本小说。我们得等等。走着瞧吧。”①

20 世纪 50 年代初，美国文学评论界赞同扎贝尔观点的大有人在。海明威自从以《太阳照常升起》一书成名后，越来越专注于在边缘异域的文学叙事空间中打造西班牙斗牛士罗梅罗式的“准则英雄”：

---

① Morton Dauwen Zabel. Nation, Jeffrey Meyers, ed., *Hemingway*: *The Critical Heritage*, London: Routledge & Kegan Paul Ltd., 1982: 377.

一个体能强大、职业技艺了得、意志坚定、忠于职业角色责任的硬汉子，他们在远离美国工业化、都市化商业文明污染的前现代空间中，在打猎、斗牛、钓鱼、拳击、战争等行动中，勇敢地直面一切重压，以自己强有力的生命能量和职业技艺书写一个又一个传奇故事，兑现个体生命的主体意义。而海明威本人也人如其书，在现实生活中，将自己打造成一个行走在美国的主流商业文明世界之外的边缘异域空间中，集猎猛兽、钓大鱼、斗牛迷、拳击冠军、战争英雄、情场酷男、独树一帜的现代叙事技巧等诸多现代技艺为一身的美国英雄。就 1940 年以后创作的总体情况来看，一方面他那种融男性气概与简洁、凝练、含蓄的叙事技艺为一体的自我建构与文学书写与复杂的美国现代社会之间的裂隙越来越突出，另一方面他又始终不放弃在远离现代社会的边缘或异域为他的自我建构和文学书写寻求理想的表达空间。《过河入林》表明，他独创的文学话语已经渐趋僵硬，不仅不能应对不断变化的美国现实，即使是在介入外国的文化空间时，读者看到的也是一个越来越执着于自己的男性气概，陶醉于纯粹的现代散文叙事技巧和钓鱼、打猎、斗牛技艺的海明威式英雄。无论是西班牙，还是意大利、非洲，都不过是他打造自我、打造海明威式文学话语的理想空间而已。毋庸讳言，海明威的文学话语是一种伟大的艺术创造，但是，这种伟大的艺术独创长于表现“准则英雄”的行动技艺和外部生活体验，拙于装载现代生活的复杂构成和人性的丰富多样性。因此，海明威越是以宗教般的虔诚来坚守他独创的文学话语，他的文学话语与变幻复杂的现实世界之间的裂隙越大。文学批评界对《过河入林》的一致差评，使海明威陷入“廉颇老矣、尚能饭否”的作家身份焦虑中。这种焦虑，与圣地亚哥在海上的孤独是一致的。

或许，正是上述作家身份焦虑催生出《老人与海》中圣地亚哥每晚都要独自重温的梦境：

> 不多久他便入睡了，梦见他年轻时的非洲，梦见那长长的金海滩、银海滩，银海滩亮得晃眼。梦见那高高的岬角和褐色的群

山。现在每个夜晚他都回到那一带海岸，梦里还听见一阵阵浪潮咆哮，看见一只只当地小船穿浪驶来。就那样睡着，他闻到甲板上沥青和麻絮的气味，闻到清晨陆上微风吹来的非洲气息……梦见群岛上那些白色山峰宛然拔海而起，又梦见加那利群岛的大小港口和锚地。

他再也不会梦见风暴，女人，大事，大鱼，搏斗，竞赛。再也没有梦见他的妻子。他现在只梦见他去过的那些地方和沙滩上那些狮子。在暮色中，它们像小猫一样地玩耍，他爱它们，就像他爱那个小伙子。他从来没有梦见过那个小伙子。（英文插图本 pp. 28，29）

同样的梦景还出现在老人独自在海上与大马林鱼较量的第二个夜晚：

过后，他开始梦见那长长的黄沙滩。在薄暮中，他看到第一群狮子来到沙滩上，后面还有狮子接二连三地来。从岸上来的晚风轻轻地吹拂着停在那里的大船，他把下巴颏搁在船头的木板上，等着看还有没有更多的狮子要来。他觉得很开心。（英文插图本 pp. 89，90）

在小说结尾处，最后一句话是“老人正梦见那些狮子”（英文插图本 p. 138）。

海明威给圣地亚哥的梦设计了两个地理空间，远处的家乡加那利群岛和他 22 岁时第一次抵达的西北非海岸，而梦里的风景总是定格停留在西北非海岸：长长的金海滩、银海滩，暖暖的暮色中像小猫一样玩耍的狮群，还有下巴颏搁在船头木板上满心快乐的青年圣地亚哥。细究圣地亚哥梦里的两处风景，其意义指涉还是有区别的。加那利群岛是他再也回不去的故乡。即使是在梦里，群岛上那些宛然拔海而起的白色山峰，那些大小港口和锚地，他也是与她隔海相望。美国人文主义地理学学者段义孚曾经指出，“对故乡的依恋是人类的一种共同情感……人们之所以会出现潜意识性质的却深沉的依恋是因为熟悉和放心，是因为抚育和安全的保证，是因为对声音和味道的记忆，是因为对随时间积累起来的公共活动和家庭欢乐的记忆。这种恬淡类型的依恋是难以阐释清楚的"[①]。以此来看，圣地亚哥梦中的加那利群岛源自他深刻在潜意识里的故乡依恋。海明威是否借此寓托他对故乡密歇根湖畔橡树园的依恋?

更值得深究的是圣地亚哥梦里西北非海岸的和谐美景，"现在每个夜晚他都回到那一带海岸"。海明威将圣地亚哥梦中的风景与他在古巴的现实生活画上了一道分界线。风暴、女人、大事、大鱼、搏斗、竞赛、他的妻子、马诺林，这一切都是圣地亚哥告别故乡加那利群岛后的现实生活内容，包括他的渔夫职业角色、家庭关系、师徒关系，这一切都不曾进入他的梦乡，他的梦境总是定格在风景、动物、人和谐共处的西北非海岸。也就是说，移民圣地亚哥在美国操控下的古巴现实社会中遭遇到的多重身份困扰、撕裂都被屏蔽在梦境之外，梦里的西北非海岸是属于他个人心灵的诗化栖居地。就此而言，海明威对圣地亚哥心灵的审美救赎书写，与德国学者威廉·沃斯坎普在《论文学乌托邦的诗学》一文中所持的观点高度契合。沃斯坎普认为，从空间和时间的维度来看，"所有文学乌托邦最核心和最主要的诗学性质，就是其否定性"[②]。这种关于文学乌托邦的历史现实否定性原则以及由此产生的反向性艺术话语建构诗学，是对法兰克福学派的审美现代性否定性美学原则及艺术的救赎功能主张的传承发扬。以此来审视海明威在《老人与海》中为圣地亚哥设计的西北非海岸和谐梦境，不难发现，西北非海岸不仅是圣地亚哥规避古巴现实困境、弥合多重身份撕裂的心灵栖居地，也是海明威本人以文学书写建构的审美乌托邦。欧洲乌托邦研究会前任主席露丝·莱维塔斯（Ruth Levitas）在《乌托邦概念》一书中指出，"乌托邦作为一个以想象建构出来的世界，在不

① ［美］段义孚：《空间与地方：经验的视角》，王志标译，中国人民大学出版社 2017 年版，第 130—131 页。

② ［德］威廉·沃斯坎普：《论文学乌托邦的诗学》，［德］约恩·吕森主编：《思考乌托邦》，张文涛、甄小东、王邵励译，山东大学出版社 2010 年版，第 227 页。

同的文化中以不同的方式把我们从现实困境中解脱出来”[①]。海明威在《老人与海》中将文学乌托邦的地理空间设置在圣地亚哥22岁时第一次抵达的诗和远方西北非海岸，同时又能远望故乡加那利群岛上拔海而起的白色山峰，借此寓托他内心深处对西班牙“白象似的群山”、[②]巴斯克农民、斗牛士等文学意象或文学形象所代表的前现代世界的眷恋，抵制美国现代化、都市化对个体自由的同一性操控和异化。

然而，以西北非的殖民历史与民族独立后国家和地区边界领土争端仍频的现实为参照，[③] 再来细品圣地亚哥睡梦中的西北非海岸和谐美景，是不是还要进一步思考：海明威在《老人与海》中建构的文学审美乌托邦，在屏蔽现代社会中个体身份多重性、复杂性和内部撕裂性的同时，这种背向复杂历史与现实的审美救赎是否有一种虚无悲凉的怀旧意味？作为身处现代化、全球化时代的现代人，在“享受怀旧乌托邦美梦，憧憬未来乌托邦愿景”[④] 的同时，是不是还要对形态各异、逃避现实的前现代或后现代审美乌托邦幻象诱惑保持审慎的态度？

[原文刊载于《山东师范大学学报》（社会科学版）2022年第4期]

---

① Ruth Levitas, *The Concept of Utopia*, Bern: Peter Lang AG, International academic Publishers, 2010: 1.

② 海明威发表过一篇西班牙题材的短篇小说，题目是《白象似的群山》。见海明威《海明威文集·短篇小说全集（上）》，陈良廷等译，上海译文出版社1995年版，第306—312页。

③ 杨勉、田斌：《影响西北非地区和平与安全的边界领土争端因素》，《扬州大学学报》（人文社会科学版）2016年第3期。

④ Ruth Levitas, *The Concept of Utopia*, Bern: Peter Lang AG, International academic Publishers, 2010: 1.

比较的幽灵：梁启超《新大陆游记》国民性批判的话语策略

廖心茗*

摘　要　1903年梁启超从日本前往美洲游历，返回后整理笔记并将其结集为《新大陆游记》出版。此次游历是梁启超1903年转型的推动力之一，文本中的国民性话语呈现出复杂的图景。首先，该文本通过表述印第安人、黑人等弱势民族的境况，使中国人民感到救亡图存的迫切性，并评述其国民性优劣以为中华民族复兴提供依据和证明。其次，通过对美国的表述，该文本既巩固了国民性话语，同时又逆写殖民话语以为中华民族提供扩张的空间和意义。将比较作为国族建构的话语策略，梁启超的国民性话语虽逆写了殖民话语但又重复了其本质化逻辑。该文本的困境既体现了个人—国家连续性逻辑结构的深层张力，也显示出了晚清民初中国现代知识分子的文化无意识。

关键词　国民性　比较　《新大陆游记》　梁启超

梁启超是国民性思潮的早期奠基人之一，“在中国接受西方和日本近代思想影响，建立改造国民性理论的过程中，梁启超是一个极其重要的环节”①。他明确提出并系统阐述了国民性问题，尤见于由

* 作者简介：廖心茗，女，福建师范大学硕士研究生，研究方向：跨文化形象学。

① 杨联芬：《晚清与五四文学的国民性焦虑（一）——梁启超及晚清启蒙论者的国民性批判》，《鲁迅研究月刊》2003年第10期。

1902—1906年发表于《新民丛报》一系列文章结集而成的《新民说》。“新民为今日中国第一急务”[①]，国民和民族国家建构密切相关，其背后是个人—国家连续性的逻辑结构。1903年，梁启超应美洲维新会之邀到新大陆游历，返回日本后以两旬之力整理随笔所记，结集为《新大陆游记》出版。《新大陆游记》以比较作为话语策略，如其所说：“内地无外人之比较，不足以见我之长短，故在内地不如在外洋”[②]，这种表征的语法一方面有助于巩固其国民性话语和个人—国家的黏结关系，另一方面也彰显了个人—国家的连续性逻辑结构的断裂。本文试图探讨《新大陆游记》中比较作为一种建构国民性的话语策略，以及其具体运作和遭遇的困境。

一 “不适之种”——引以为鉴的他者

“今日民族帝国主义正跋扈，俎肉者弱食者强”[③]，“民族”“帝国主义”以及弱肉强食的进化论，如本尼迪克特·安德森所说，这些新造词为政治而生，其诞生日通常接近于民族主义的诞生日，而要使政治变得可以设想，进而达到制度性的实现，条件是世界必须被理解为一个整体，处处都有一种不言自明的、同时发生的共同活动，即政治[④]。也就是说，民族国家的本土建构必须依赖于一种比较的语法，才能建立起某种集体主体性的框架。在《新大陆游记》中，梁启超以构建国族为鹄的，着重表征了美国的红印度人、黑人和犹太人的处境，他者的形象及其与我者的比较是其建构国民性话语的关键策略。

梁启超说道，美国本土的印第安人总数原有三四百万以上，其数量之庞大从殖民时代与欧洲人种的血战便可见一斑，如今印第安人数

---

① 梁启超：《饮冰室合集·专集：第4册》，中华书局1989年版，第1页。

② 梁启超：《新大陆游记》，商务印书馆2014年版，第127页。

③ 梁启超：《汗漫录》，钟叔河编《走向世界丛书·康有为：欧洲十一国游记二种·梁启超：新大陆游记及其他·钱单士厘：癸卯旅行记·归潜记》，岳麓书社2008年版，第602页。

④ ［美］本尼迪克特·安德森：《比较的幽灵：民族主义、东南亚与世界》，甘会斌译，译林出版社2012年版，第39页。

量锐减，以至于他游历万里都没能见到印第安人遗民，可以想见，若三十年后再次游历美国，“欲见红印度人之状态，惟索诸博物馆中之绘塑而已”。“优胜劣败之现象，其酷烈乃至是耶？君子观此，肤栗股栗矣”[①]。在进化论的视野下，其他民族的遭遇是警示中国人民的反面例证，因此在晚清知识分子关于民族灭亡的文学表达中，关于其他亡国民族的叙述占据了重要地位[②]。各民族的悲惨经历预示了即将降临于中国的命运，从而显示出救亡图存的紧迫性，《汗漫录》中梁启超的强烈呼声：“自古之亡国，则国亡而已；今也不然，国亡而种即随之，殷鉴不远，即在夏威。咄彼白人，天之骄子！我东方国民可不儆惧耶?”[③]有鉴于此，中华人民若是再不觉醒，便将面临相同的亡国灭种之灾。

在物竞天择、弱肉强食的世界，梁启超却将夏威夷民族灭亡的命运归咎于弱者自身：“彼白人者，岂能亡夏威哉，亦夏威人之自亡而已”[④]，其逻辑同样适用于美国黑人。纽柯连是南部数个“奴隶省”的总镇，由于它是南部诸省的撮影，梁启超感到“其特别之趣味独多”，并考察了黑人和命运及其对美国前途的影响。他认为，近年来黑人之所以数量锐减，是由于美国从农业国转变为工商业国，而黑人不能胜任工商业的生产工作，“故其生计复日悴一日，而生殖力随之”。黑人为何“一落千丈，至于如是也?”，梁启超发出慨叹：“嘻！不适之种，未有不灭，此岂独黑人哉”？黑人遭受的“灵治”的酷刑，揭示了美国人种的成见以及平等和文明的虚假性，但是梁启超同时更着墨于黑人自身的缺陷。他认为“黑人之举动，亦诚有足以愤恨者”，不该以私刑处理，而应受到法律的制裁。而黑人最可笑的是，共和党将其解放之后，却把选票全部投给自己以前的主人，即合众党。在此，黑人

---

① 梁启超：《新大陆游记》，商务印书馆2014年版，第121页。

② Jing Tsu, *Failure, Nationalism and Literature: The Making of Modern Chinese Identity, 1895—1937*, Stanford: Stanford University Press, 2005: 56.

③ 梁启超：《汗漫录》，钟叔河编《走向世界丛书·康有为：欧洲十一国游记二种·梁启超：新大陆游记及其他·钱单士厘：癸卯旅行记·归潜记》，岳麓书社2008年版，第610页。

④ 梁启超：《汗漫录》，钟叔河编《走向世界丛书·康有为：欧洲十一国游记二种·梁启超：新大陆游记及其他·钱单士厘：癸卯旅行记·归潜记》，岳麓书社2008年版，第610页。

的“奴性终古不改，可见一斑”[①]。黑人奴性使然，即使有选举自由都无法享受自由。那么，不适之种所遭受的不平等待遇，更应该归咎于自身的国民性。“此独岂黑人哉？”的疑问，意味着该逻辑也决定了梁启超对中国的思考：同样面对强者的侵略，美国波士顿倾茶事件和虎门销烟相似，但结果却截然不同，其根本原因是国民实力的强弱之分[②]。因此，面对美国排华运动，梁启超转而反思和批判中国国民：“华人以如彼凌乱秽浊之国民，毋怪为彼等所厌”[③]。国民性成了民族耻辱的根本原因，同样也将决定民族的未来：在自由的美国，文明程度高于内地的华人尚且如此混乱，可见中国人“无当于享受自由之资格”，“只可以受专制，不可以享自由”，要是实行共和制度，“无以异于自杀其国”[④]。可见，国民性是民族受辱的根源，同时也是决定民族命运走向的关键。

相对而言，梁启超对犹太人的态度较为复杂。在进化论的种族话语中，中国人和犹太人都处于劣势地位。梁启超认为，犹太人和美国华人一样“不洁”，居住于有妨于卫生、有害于道德的秽湫的房屋，而其所属党派也常常将二者相提并论：“中国将为犹太将为犹太”，但如今看来，这种言论“其亦不惭也已矣”。因为犹太人亡国千年，却能团结一心以立足于世界，而中国号称有国家，不仅在内自相残杀，而且在外受人欺凌却无力抵抗，可见“中国人之生命，贱于犹太人远矣”[⑤]。但是，中国人的生命现在“贱于犹太人”的逆境，使梁启超相信，在国家有名无实且缺乏统一的情况下，美国华侨的生存和扩张显示出了救亡图存和民族复兴的希望。在旧金山这一最适合观察华人性质之地，梁启超认为，不肯同化于外人这一长处，是一种国粹主义、独立自尊之特性，更是建国之元气所在[⑥]。中华民族国民性仍在，建

① 梁启超：《新大陆游记》，商务印书馆2014年版，第102—104页。

② 梁启超：《新大陆游记》，商务印书馆2014年版，第61页。

③ 梁启超：《新大陆游记》，商务印书馆2014年版，第148页。

④ 梁启超：《新大陆游记》，商务印书馆2014年版，第145—146页。

⑤ 梁启超：《新大陆游记》，商务印书馆2014年版，第42—43页。

⑥ 梁启超：《新大陆游记》，商务印书馆2014年版，第128页。

国元气便在，何况国家仍在，只要掌握机遇就可以利用太平洋，成为太平洋之主人翁以左右世界。稍知时局者，都能看到世界大势日集于中国。可见，“努力造世界，此责舍我谁?”[①] 由此，梁启超在承认中华民族的艰苦境况和劣根性的同时，更力图证明建国元气之所在，从而将中华民族表述为未来可与美国逐鹿太平洋的民族。

梁启超对其他民族的历史和人口数据的理解[②]，关键在于将其境遇归咎于国民性而使之合理化，以此构建中华民族的想象的共同体。但是，中华民族因积弱所致的逆境不是被国民性所决定的悲惨命运，而是被理解为建国元气的证明，其最终指向是《新中国未来记》中的霸权图景。在此过程中，“国民性”话语既是一种与殖民者的合谋，又是一种自觉的抵抗。这种胶着而暧昧的话语及主体位置，是因为比较的天平是由文明等级论构成的。在这一天平上的国民性话语，野蛮将“西方殖民者的殖民行为正当化，也将殖民地人们落后挨打的处境合理化”，而文明则为“殖民地人民提供了奋起直追的动力和目标”[③]，但是这一世界感知模式及其所内含的“歧视和宰制他者的机制”，使其必须“不断地发现别的‘野蛮’从而忘却自己的‘野蛮状态’”[④]。梁启超虽将中国从劣汰的处境中拯救出来，但却是以对文明等级的承认和对他者的消费为代价的。

二　谁为太平洋之主人翁——“文明”的他者

“凡游野蛮地为游记易，游文明地为游记难”[⑤]，友人徐勤如是劝

---

① 梁启超：《汗漫录》，钟叔河编《走向世界丛书·康有为：欧洲十一国游记二种·梁启超：新大陆游记及其他·钱单士厘：癸卯旅行记·归潜记》，岳麓书社2008年版，第611页。

② 黑人人口的数据，见梁启超《新大陆游记》，商务印书馆2014年版，第103页；印第安人人口数据，见梁启超《新大陆游记》，商务印书馆2014年版，第120—121页。

③ 刘禾主编：《世界秩序与文明等级：全球史研究的新路径》，生活·读书·新知三联书店2016年版，第315页。

④ 刘禾主编：《世界秩序与文明等级：全球史研究的新路径》，生活·读书·新知三联书店2016年版，第219页。

⑤ 梁启超：《新大陆游记》，商务印书馆2014年版，第1页。

阻道，梁启超点头同意，几欲放弃整理出版《新大陆游记》。可见，北美之行的预设便是来自野蛮民族的士人“适彼共和体之祖国，问政求学观其光”[①]。在西方的文明“大叙事”中，中国作为野蛮或半野蛮的帝国，确证了西方现代性的整体身份和意义，并为殖民和帝国主义扩张提供了权力的合法性[②]。而随着西方殖民势力的扩张，其文明/野蛮的二元对立世界观念秩序也行使着话语霸权，使近代中国知识分子“自我野蛮化”。中国的“野番”地位是游记书写的前提，也是确定自我身份的参照点，但其话语运作的终点却是中华民族的崛起和扩张。

晚清知识分子欧美游记中的西方形象，是对本国历史和现状进行深度自我反思的一个重要思想途径[③]。同时，西方也作为参照物参与了国民性话语的建构，使梁启超得以以二元对立的方式直接指认国民性。例如，西方拥有发达的精神文明，是因为西方人有三种重要的高尚之目的：好美心、社会之名誉心、宗教之未来观念。与之相对，无高尚之目的是中国人根本的缺点，积个人以为国民，其结果便是国家的凝滞和堕落。梁启超还列举并对比了中西的生活习惯，认为“中国人性质不及西方人多端”，并赞同徐勤的说法：“中国人未曾会行路，未曾会讲话”，“其事虽小，可以喻大也”[④]。正如东方是一个虚构的概念，西方、欧美人及其高尚的目的也是一种话语建构，其重点不在于是否具有真实性，而在于话语背后的逻辑：个人的衣食住行，说话和行走等小事，都是东西人种强弱优劣的证据，都与国家民族的兴亡密切相关。在梁启超选录的新闻报道中，美国总统罗斯福的话语也遵循着个人—国家的逻辑。例如，门罗主义“能实行与否，全视吾美国人之远志与实力何如，而其为国际法上原则与否殆余事耳，此则我国民所一日不可忘者也”[⑤]。又如，当今战争的胜败取决于海军的优劣，美

① 梁启超：《汗漫录》，钟叔河编《走向世界丛书·康有为：欧洲十一国游记二种·梁启超：新大陆游记及其他·钱单士厘：癸卯旅行记·归潜记》，岳麓书社2008年版，第600页。

② 周宁：《跨文化研究：以中国形象为方法》，商务印书馆2011年版，第96—104页。

③ 曹颖龙：《晚清维新士人眼中的“西方”——以康、梁的欧美游记为中心》，《全球史评论》2010年第1期。

④ 梁启超：《新大陆游记》，商务印书馆2014年版，第146—149页。

⑤ 梁启超：《新大陆游记》，商务印书馆2014年版，第72页。

国若是建立了强大的海军，“我国将来之国难，必永远销息”，因此“扩张海军者，我今日爱国之国民，所当每饭不忘也”[①]。国家大事理所应当地渗入日常生活中，美国尚且如此，若想中国国难得以销息，匹夫必然有责。

美国扩张海军，主要是为了实行帝国主义的扩张，而这正对中华民族构成了威胁，从而发挥了其形象的另一作用：显示中华民族和国民觉醒的可能性，并加剧其迫切性。“今者万国比邻，外竞日剧”[②]，是民族国家生存竞争最为剧烈的时代，而竞争舞台东渐，世界大势集中于太平洋，如罗斯福所言：“惟能在太平洋上占优胜权者，为能于世界历史上占优胜权”，“此最后之大规模，非以文明之力，不能开拓之”。美国即将执行世界舞台之大役、实行其怀抱之壮图，梁启超见之，“怵怵焉累日，三复不能去焉”。但他相信，“可以利用此太平洋，以左右世界者，宜莫如中国”，只怕“中国不能自为太平洋之主人翁，而拱手以让他人”[③]。为了成为太平洋之主人翁，建立强大的现代海军须是中国国民应“每饭不忘”之事。

原处于野蛮地位的中华民族，梁启超却认为她可以利用太平洋以左右世界，从而潜在地赋予她以开拓太平洋的文明之力。在话语实践过程中，进化论视野下“文明”与“野蛮”国家的位置发生了变化和位移。从美国黑人所遭受的“灵治”中，梁启超看到了美国“文明”背后的野蛮，也在最繁华的纽约中看到最黑暗的纽约，从而认识到了美国存在的问题和弊端。在最后一章“归途”中，梁启超进一步诠释了美国社会问题的原因，他认为问题并不来源于民主政治制度，而“实缘美国之地理上习惯上而生者”，因此“使美国易他种政体，其腐败亦当若是。使民主政体而行于他国，其腐败或亦不至若是”[④]。可见，根据中国民族救亡和复兴的现实需要，梁启超在国民性话语框架中对进化论、文明/野蛮二元对立等“舶来”话语进行了跨语际的

---

① 梁启超:《新大陆游记》，商务印书馆 2014 年版，第 90—91 页。

② 梁启超:《新大陆游记》，商务印书馆 2014 年版，第 79 页。

③ 梁启超:《新大陆游记》，商务印书馆 2014 年版，第 15—20 页。

④ 梁启超:《新大陆游记》，商务印书馆 2014 年版，第 166 页。

“翻译”和书写，将美国的腐败现象表述为国民性的性质问题，以建构中国的复兴和殖民的可能性和合法性。

有学者认为，《新大陆游记》读来可以“当作不经意间写成的人类学田野记录，当作以西方为对象的民族志（ethnography）”[①]，然而这种民族志的书写并非不经意之作。普拉特（Mary Louise Pratt）从批判人类学视角出发，认为欧洲人对土著民族的人种志书写，包括将其成员固定在永恒的现在，将其与自己社会的差别编码等话语实践，是博物学的全球计划之一，其目的是确立一种其疆土和视觉形态都属于现代国家的话语秩序[②]。在此意义上《新大陆游记》的话语实践，将美国国民被均质化为一个集体的“他们”并作为陈述句动词的主语，这些“客观”的陈述将“他们”作为某些美国先在的“地理上习惯上”的特质的范例。通过一种“根据不可见之物阐释可见之物”（即以地理、风俗习惯阐释腐败现象）的因果关系阐述性模式，腐败便成了永恒现在时的民族特征。于是，在梁启超的“帝国之眼”的观照下，中华民族的崛起和扩张便获得了空间和意义。梁启超同意其友徐勤的观点，却最终并未放弃出版《新大陆游记》，或许是因为该文本本身正是呼应其“国权堕落嗟何及”“想见同胞尚武魂”[③]号召的政治实践。

三 “比较的幽灵”：国民性话语的困境

将比较作为国族建构的话语策略，为了构筑想象的共同体的“时代主义”（格尔茨语）面向，国民性不得不被用于逆写殖民话语，但其未曾更改的本质化逻辑，使个人—国家连续性逻辑结构发生了动摇和断裂。文本中最明显的自相矛盾之处在于，美国强盛的原因是自上

---

① 李书磊：《作为异文化体验的“梁启超游美”——重读〈新大陆游记〉》，《中国现代文学研究丛刊》2014 年第 3 期。

② ［美］玛丽·路易斯·普拉特：《帝国之眼——旅行书写与文化互化》，方杰、方宸译，译林出版社 2017 年版，第 83 页。

③ 梁启超：《新大陆游记》，商务印书馆 2014 年版，第 126 页。

而下的制度，还是自下而上的新民？梁启超认为，这一最文明、最自治的国民，其国家并非全体人民合力而成，实际上是由伟人强制而成，其国民性实际上无法改变：“使美国易他种政体，其腐败亦当若是。使民主政体而行于他国，其腐败或亦不至若是”①。梁启超最终赞同了法儒李般（即古斯塔夫·勒庞，Gustave Le Bon）的观点：“国民之心理，无论置诸何地，皆为同一之发现，演同一之式”②，新民作为救亡图存的途径值得怀疑，“国也者，积民而成”③ 背后的个人—国家连续性逻辑结构④发生了动摇和断裂，而制度逐渐成为其政治思想的重点。梁启超的思想以“善变”著称，学者一般以《新民说》为轴心，将其思想分为四个阶段：前《新民说》、《新民说》时期、后《新民说》时期和民国时期。梁启超对美国的考察推动了他从《新民说》时期向后《新民说》时期的转型，“个人—国家”连续性逻辑发生了断裂，逐渐建立了制度导向的现代国家建设的政治思想，从而逐步踏入“政治现代性”的世界⑤。

《新大陆游记》的意义不仅在于促进了梁启超个人思想结构的断裂和转变，也在于其参与了中国现代国族话语的建构。以比较为话语策略，梁启超将个人从传统的家庭、宗族纽带中解放出来，定义个人的国民身份，使其直接面对国家的所有权。在这一为国族建构而创造个人的过程中，比较一方面能够缔造个人和民族的黏结关系，并定义了国民主体的位置和具体含义。如“中国人的缺点”⑥一节，通过与西方的对比，梁启超不仅列举了“无高尚之目的”等导致中国凝滞堕

---

① 梁启超:《新大陆游记》，商务印书馆2014年版，第166页。

② 梁启超:《新大陆游记》，商务印书馆2014年版，第140页。

③ 例见梁启超:《爱国论》，《饮冰室合集·文集之三》，中华书局1989年版，第73页；梁启超:《中国积弱溯源论》，《饮冰室合集·文集之五》，中华书局1989年版，第16页；梁启超:《论独立》，《饮冰室合集·文集之十四》，中华书局1989年版，第166页，等多处论述。

④ 赖骏楠:《梁启超政治思想中的“个人”与“国家”——以“1903年转型”为核心考察对象》，《清华法学》2016年第3期。

⑤ 赖骏楠:《梁启超政治思想中的“个人”与“国家”——以“1903年转型”为核心考察对象》，《清华法学》2016年第3期。

⑥ 梁启超:《新大陆游记》，商务印书馆2014年版，第142—149页。

落的国民性质问题，还具体到了个人的日常言行习惯，从而对国民主体进行了全方面的规训。另一方面，比较又暴露了个人和民族话语之间的冲突和矛盾。在借助他者话语和形象来摸索民族国家和国民的主体位置时，梁启超重新将中国国家定位为“文明之国”并“创造”了相应的国民形象，使二者之间构成嵌入式的因果关系。但是，现代的自我观念无法简约为民族身份，也无法完全受到国民性话语的规约，个人观和民族观“长久存在着互斥、争斗以及互相依存互相渗透的张力”①，国民性话语始终需要不断修补个人—国家的逻辑结构。梁启超作为“国民性”话语的先驱之一，其思想结构的断裂便是现代个人—民族关系的张力的初步显现。继他之后，现代知识分子对个人的不同诠释不断地在民族国家建构的话语场中发生冲突和争夺。

有学者认为，梁启超的国民性批判“代表了中国文化界对西方文明观的简单接受”，受殖民倾向影响而偏于“虚无与峻急”②。或许，该结论回避了梁启超的话语实践中更为复杂的问题：西方形象和话语又如何参与本土语言的建构并为其提供合法性证明？“主方语言”在服务于自己的实践需要时，在接受、抵抗和挪用他者话语并建构新词语的复杂过程中，发生了什么？③“主方语言”提示着我们一种新的视角和研究立场，即关注国民性话语的旅行和本土化。在这一立场上看待《新大陆游记》，可以发现西方在进化论以及文明/野蛮的二元对立话语基础上构建的自我形象固然有其知识霸权，但“主方语言”以比较的方法将其挪用为“创造”国族共同体的话语资源。同时，不可否认的是，以文明论和种族主义为逻辑前提的国民性话语，一方面体认弱势他者的悲惨命运以构建想象的共同体，另一方面在建构民族崛起的图景时又不得不以消费他者为代价。

---

① 刘禾：《跨语际实践——文学，民族文化与被译介的现代性（中国，1900—1937）》，宋伟杰等译，生活·读书·新知三联书店2002年版，第119页。

② 于相风：《论晚清时期梁启超文明观的半殖民性》，《山东社会科学》2017年第3期。

③ 主方语言和客方语言的概念以及研究思路，见刘禾《跨语际实践——文学，民族文化与被译介的现代性（中国，1900—1937）》，宋伟杰等译，生活·读书·新知三联书店2002年版，第35—38页。

经过意识形态的不断再生产，中国国民性话语成为具有非历史性、真理性的“国民性神话”[①]。这一历史债务或遗产，与之相伴的是社会达尔文主义和种族主义的沉疴，以及一种以自卑而自大为特征的“文化无意识”[②]：“一方面以白种人的生物学和文化学的标准即是否适合竞争这一普遍性来自我衡量，另一方面又相信黄种终将战胜白种统治全世界”[③]。文化无意识的去殖民化，可能需要一种“加倍反思运动”，彻底放弃东西方二元对立的文明论和种族等各方面的“比较”，不再把我者和他者设定为本质性存在，才能摆脱如影随形的幽灵，把自身“预设为绝对的主体”[④]。

① “国民性神话”，见刘禾《跨语际实践——文学，民族文化与被译介的现代性（中国，1900—1937）》，宋伟杰等译，生活·读书·新知三联书店2002年版，第76—79页。

② “文化无意识”概念，见顾明栋《什么是“去殖民性”？一种后殖民批评》，《海峡人文学刊》2021年第2期。

③ 许纪霖：《家国天下：现代中国的个人、国家与世界认同》，上海人民出版社2017年版，第62页。

④ ［斯洛文尼亚］斯拉沃热·齐泽克：《意识形态的崇高客体》，季方茂译，中央编译出版社2017年版，第331页。

蒲宁在中国的译介与传播述评

——兼议“诺贝尔文学奖”在中国的接受*

谢荣萍　袁学敏**

摘　要　1921 年《小说月报》第 12 卷“号外”《俄国文学研究》上刊登了《旧金山来的先生》(沈泽民译)，这是蒲宁的作品第一次被译介到中国。1933 年蒲宁获诺贝尔文学奖，他的译介在中国出现了激增，这表明诺贝尔文学奖在当时影响巨大。但也同样有作家对蒲宁的获奖感到不屑，如茅盾在 1933 年就曾发表文章表达对蒲宁获奖的不满，认为蒲宁获奖是因为政治原因，诺贝尔文学奖基金委员会选择保持旧有作风的蒲宁，是因为蒲宁的作品符合“理想主义”，善于给这个破烂的世界装金。本文将蒲宁在中国的译介与传播经历总结为“初露端倪”—“备受关注”—“少有问津”—“再度繁荣”四个阶段，并借对蒲宁在中国的译介情况的介绍，以蒲宁为讨论对象，兼议诺贝尔文学奖在中国的接受情况。

关键词　蒲宁　译介　诺贝尔文学奖

1999 年，在莫斯科大学举办的“俄罗斯文学回顾与展望”国际研

* 基金项目：成都文理学院 2021 年度校级项目“蒲宁在中国的传播流变研究”（项目编号：WLYB2021010）。

** 作者简介：谢荣萍，讲师，研究方向：外国文学，比较文学。
袁学敏，教授，研究方向：中西文学与中国传统文化。

讨会上，俄罗斯学术界提出了一个“21 世纪最具研究价值的五位作家”名单，其中蒲宁[①]位居榜首。刘小枫在《这一代的人的怕和爱》中开篇就谈《蒲宁的“故园”》。伊凡·亚历克塞维奇·蒲宁（1870—1953）出生于俄国贵族世家，因不满俄国十月革命于 1918 年逃亡国外，1920 年定居巴黎，直到去世再未能回到祖国俄罗斯。蒲宁的小说具有极高的艺术成就，其带有自传性的小说《阿尔谢尼耶夫的一生》，通过抒情般的文字追忆作家的童年和青年时代，抒发浓浓的离乡愁绪，使“俄罗斯古典传统在散文中得到继承”[②] 而获得 1933 年诺贝尔文学奖，成为第一位获得诺贝尔文学奖的俄罗斯作家。

一　蒲宁的作品在中国的译介

回顾蒲宁在中国百年的译介与传播历程，可大致分为以下四个阶段。

（一）1921—1933 年，初露端倪的“蒲宁”

这一时期蒲宁在中国初露端倪，只有少量作品被译介到中国。1921 年 9 月，《小说月报》第 12 卷“号外”《俄国文学研究》上刊登的短篇小说《旧金山来的先生》（沈泽民译），是译介到中国的第一篇蒲宁的作品。接着 1926 年《小说月报》第 17 卷第 10 期上发表了蒲宁的《柴霍甫》（赵景深译），并在该期的扉页上首次刊登了蒲宁的肖像。1928 年《现代小说》第 1 卷第 1 期刊登了蒲宁的《温雅的呼吸》（秋生译）。1929 年 3 月，上海北新书局出版了由韦丛芜翻译的单行本《张的梦》（包括三部短篇小说：《张的梦》《轻微的欷歔》《儿子》），这是中国最早发行的蒲宁作品的单行本。1930 年《交大月刊》第 2 卷第 1 期，刊登了蒲宁的《中暑》（郭文骥译）。1933 年《大中国周报》第 2 卷第 9 期刊登了君冶翻译的《中暑》，同年《现代儿童》在“名

① 在译介时有蒲英、布宁、蒲宁的译名，现在通用的是蒲宁、布宁。本文在论述时采用“蒲宁”，引文中出现的译名，采用原译名。

② 蒲宁获诺贝尔文学奖的颁奖词。

著选读”栏目刊载了蒲宁的诗歌《不要用雷电来骇我》（韦丛芜译，依云注释），这两篇均在蒲宁获得诺贝尔文学奖之前发表。

（二）1933年至20世纪40年代，备受关注的“蒲宁”

这一阶段蒲宁的作品在中国的译介因蒲宁获诺贝尔文学奖而激增，在蒲宁获得了1933年的诺贝尔文学奖之后，杂志上刊登的有关蒲宁的介绍文章以及作品的译文就有33篇[①]之多，还不包括专辟的特辑与小说集的出版。如1933年《新中华》第1卷第24期发表了桐君翻译的《日射病》（即《中暑》）；1934年《清华周刊》上刊载了郑桂泉译的《儿子》；1934年《南大半月刊》第18期上刊登了王思曾翻译的《轻柔的呼吸》；1934年《珞珈月刊》在第2卷第4期上刊载了质全翻译的《回忆托尔斯泰》；1935年《世界文学》第1卷第3期特辟了“Bunin[②]特辑”，刊登了《中暑》（陶印霞译）、《托尔斯泰会晤记》（毕树棠译）；1935年《世界文库》第6期上发表了茅盾译自英文的《忆契诃夫》；1935年新中华书局出版了小说集《日射病》（该集收录八篇欧美短篇小说，且以桐君译的《日射病》为书名），等等。

（三）20世纪40—70年代，少有问津的“蒲宁”

20世纪40年代，正值中国抗战的关键时期，这一时期中国对俄罗斯文学的译介转向了反法西斯文学，对蒲宁作品的译介变得稀少。50—70年代因当时中国特殊的政治环境，对外国文学作品的译介几乎进入停滞状态。

（四）20世纪70年代（新时期）以来，再度繁荣的“蒲宁”

新时期改革开放后，中国对国外作家的译介开始进入繁荣时期，对蒲宁的译介也进入了一个繁荣时期。1979年、1980年就有多部蒲宁的小说译作得到发表，比如1979年6月，《外国文艺》第3期发表了戴骢翻译的蒲宁的六篇短篇小说，分别是《完了》《中暑》《幽暗的林间小径》《乌鸦》《在巴黎》《三个卢布》；同年8月，《百花洲》第1期发表了《从旧金山来的先生》（戴骢译）；1980年，《苏联文学》杂

① 根据全国报刊索引数据库统计出的数据。

② 即蒲宁。

志第3期发表了蒲宁的短篇小说《末日》(陈馥译)和《忧虑》(冯春译),等等。1981年对蒲宁的译介更是达到了高峰,这一年中国翻译蒲宁的作品共计35篇(不计重复的译作),这一年的翻译数量直接超过了过去60年的翻译总量。1985年3月,四川文艺出版社推出了蒲宁在中国的第一本译诗集《夏夜集:蒲宁抒情诗选》(赵洵译);1991年漓江出版社出版了译文集《米佳的爱情》(王庚年等译);1997年人民日报出版社出版了《蒲宁散文精选》(戴骢译);1997年辽宁教育出版社出版了《最后一次幽会:伊万·布宁散文集》(陈馥译);2002年,东方出版社推出了《蒲宁回忆录》(李辉凡译);同年,译林出版社出版了《阿尔谢尼耶夫的一生》(靳戈译),其他散见于各类报刊上的译文数量则更多。2016年安徽文艺出版社出版了由戴骢主编的《蒲宁文集》,包括蒲宁的诗歌、散文、游记、短篇小说、长篇小说五卷,可以算是囊括蒲宁作品数量最多的出版物。至此,蒲宁最重要的、最有代表性的一些作品基本上都被译介到了中国。

二 中国对蒲宁的评价

从蒲宁最初被译介到中国开始,中国学界对蒲宁的评价也经历了由最初的满含争议(特别是在蒲宁是否应获得诺贝尔文学奖方面),再到最后对蒲宁进行公正的、多层次、深入研究的一个曲折历程。

1921年9月,沈泽民翻译的《旧金山来的先生》刊登在《小说月报》第12卷“号外”《俄国文学研究》上,同期也刊登了茅盾的《近代俄国文学家三十八人合传》,文中茅盾对蒲宁做了简单的介绍。茅盾认为蒲宁在现代俄国诸作家中,是个特异的存在,他的散文就是诗,诗就是散文。茅盾肯定了蒲宁在短篇小说、诗歌和纪事体短篇方面的创作,但认为蒲宁的小说主要是描写旧日的繁华和现代的寂寞与悲哀。在写农民小说方面,蒲宁只是一个游历者,因为他不是农民中人,写下的只是旅行人所见的印象,不是身受者的喊声。

茅盾指出了蒲宁创作中的最重要的特点即“散文就是诗,诗就是散文”,但对蒲宁的评价却不高,茅盾的评价直接影响到了此后其他学者对蒲宁的认识。如在1924年郑振铎编写的《俄国文学史略》中有关蒲宁的介绍就基本重复了茅盾的观点，1927年蒋光慈编撰的《俄罗斯文学》中认为“蒲宁还爱着好心肠的俄国乡下人”[①]，同样突出了蒲宁的旧俄作家的身份。

作为最早的蒲宁作品单行本的译者韦丛芜对蒲宁也是持不完全赞同的态度。在《张的梦》的书前小引中，韦丛芜提到：“在技术上讲，这三篇不失为上品，尤其是前两篇，在内容上讲，我自己觉得性的色彩太重了一点，但大体我都是很爱的，尤其是第二篇。”[②] 这是韦丛芜对蒲宁作品艺术风格的肯定，但小引中又提到：“他的作品充满了回忆的魅力与凄凉，他是旧的斯拉夫灵魂的恋慕者，但也是不得已于情的恋慕而已。”[③] 这表明韦丛芜对蒲宁的思想倾向是不赞同的，并且韦丛芜还认为蒲宁在离开俄国流亡法国后就鲜有创作力的作品出现。

1930年《交大月刊》第2卷第1期，刊登了蒲宁的《中暑》，译者郭文骥在文中认为《中暑》这篇作品心理描写方面非常动人，算是蒲宁具有艺术价值的一篇作品，但是蒲宁是一位古旧的作家，立场是布尔乔亚（即资产阶级）的。

不过值得注意的是，1930年8月，现代书局出版了日本学者升曙梦[④]的《俄国现代思潮及文学》[⑤]，在这本书中有专门论述蒲宁的两章，分别是“为诗人的蒲宁之特色”与“为叙景诗人的蒲宁”。书中引用蒲宁的诗歌，详细地论述了蒲宁诗歌的创作特色，认为蒲宁诗歌中虽然有很多想象、幻影以及神秘，但是，这种想象却是根植于现实之中的，这些现实来自他游历各国的经历，对各地自然与历史的融合。因此在蒲宁的诗中“客观的美”与“主观的情绪”成为一个协调的整体。升曙梦还进一步分析了蒲宁作为叙景诗人的特色，认为蒲宁在写

---

① 蒋光慈：《俄罗斯文学》，创造社出版社1927年版，第228—229页。

② ［俄］蒲宁：《张的梦》，韦丛芜译，北新书局1929年版，第3—4页。

③ ［俄］蒲宁：《张的梦》，韦丛芜译，北新书局1929年版，第2页。

④ 升曙梦是日本俄苏文学的重要翻译家，又是俄苏文学的重要研究者，他当时对俄苏文学的介绍与认识，对中国学界当时对俄苏文学的接受与影响都很大。如鲁迅对俄苏文学的了解与翻译，在很大程度上都借助了升曙梦的翻译与介绍，冯雪峰本人更是翻译了多部升曙梦的作品。

⑤ ［日］升曙梦：《俄国现代思潮及文学》，许亦非译，现代书局1933年版，第505—529页。

景方面具有一种难以效仿的自然再现力，这也是蒲宁之前获得俄国诗歌最高奖项普希金奖的原因之一。蒲宁的可贵还在于他是在当时注重情绪和象征的都市诗人围绕中，始终坚持描写田园的一位诗人，坚持对旷野、乡村、冬日等意象的歌颂与描写。这部作品对于蒲宁在诗歌创作方面的认识可以说非常详尽与深刻，对当时中国其他学者对蒲宁的认识有很大的影响。如 1934 年《现代出版界》第 20 期上就直接刊载了这部作品中讨论蒲宁的部分，题目是《作为诗人底蒲宁——一九三三年诺贝尔文学奖金之获得者》，以此表达对蒲宁获得诺贝尔文学奖的回应。

对蒲宁的评价出现强烈争论的时期是在蒲宁获得 1933 年诺贝尔文学奖之后，当时中国学者对蒲宁是否应该获得诺贝尔文学奖有着两种不同的声音。

一种是认为蒲宁不应该获得诺贝尔文学奖，对蒲宁的获奖感到不满；一种则相反，认为蒲宁在文学上的成就值得肯定，应该获得诺贝尔文学奖。第一种看法以茅盾、马力为代表。1933 年 11 月、12 月，茅盾分别在《申报·自由谈》和《文学》杂志上发表了《蒲宁与诺贝尔文艺奖》[①] 与《本年的诺贝尔文艺奖金》[②] 两篇文章，在这两篇文章中茅盾表达了对这次授奖的不屑，认为贵族身份的蒲宁能够获奖是因为政治原因，因为蒲宁“拒不采用俄国文学中的新趋势，能保持旧有作风”[③]。茅盾还认为诺贝尔文学奖之前所奖励的作家中没有一位自然主义或者写实主义的作家，而诺贝尔奖金委员会的所谓“理想主义”其实是粉饰主义或者装金主义，蒲宁在 1925 年后可能创作了一些“理想主义”的作品，但这些作品也只是在这破烂的旧世界脸上装金而已。

1933 年 12 月，马力在《平明杂志》发表的题为《1933 年诺贝尔文学奖奖金获得者布宁》一文中也表达了同样的观点，马力甚至认为，以往的诺贝尔文学奖获得者都不值得获奖，“如果你细想一想瑞

① 仲芳：《蒲宁与诺贝尔文艺奖》，茅盾：《茅盾全集·第三十三卷·外国文论五集》，《外国文学 5 辑》，人民文学出版社 2001 年版。

② 茅盾：《本年的诺贝尔文艺奖金》，《文学》1933 年第 1 版第 6 期。

③ 茅盾：《本年的诺贝尔文艺奖金》，《文学》1933 年第 1 版第 6 期。

典文学院每年所干的是些什么勾当，以往得到这份‘奖金’的，多半都是些什么作家，那这次也就无须惊异了！”[①] 还提到“布宁的大才也弄坏了，只在装饰着侨民的愚蠢，所以他终于得奖，使一般糊涂者以为在俄国现存作家中，只有他一人是最伟大的！”[②]。

第二种看法以钱歌川、向北、艾锢、郑林宽等人为代表。1933 年 12 月《新中华》杂志上发表了钱歌川的文章《本年度诺贝尔文学奖金的得主布宁》，文中钱歌川认为：“我们不能因为他不那样著名，就认为他不应该得此，其实他在俄国的文学史上自然也有很重要的地位的。……以贵族阶级最后一个作家的资格，布宁得到诺贝尔奖金，也许不为没有理由。何况撇开思想说话，他的作品确是充满着艺术气味，也正合诺贝尔给奖的条件呢。”[③]，文中钱歌川还总结了蒲宁的写作特点是既有描写社会世态及心理的写实主义又有强烈的个人主义与唯美主义特征，综合起来便形成了蒲宁所特有的“新写实主义”。钱歌川是一位重视诺贝尔文学奖的编辑，在他主编《新中华》时，将诺贝尔文学奖作为引进国外作家的一项重要指标，而蒲宁是《新中华》上译介的第一位诺贝尔文学奖得奖作家。

1934 年 3 月《矛盾月刊》《文化与教育》先后刊登了美国学者马斯克劳尼的同一篇文章《伊凡 · 蒲宁》用来介绍蒲宁，只是译者不同。其中在《文化与教育》所刊载的文章中，译者向北一开篇便说：“他的伟大处，乃上承屠格涅夫，托尔斯泰之绪余，在侨民派文学家中是最为伟大的一个。”[④] 紧接着向北对自己翻译这篇文章的意图做了说明：“去年诺贝尔的文学奖金就赠与他了。关于他，文学现代等杂志，和申报自由谈都有过评论，这篇是从本年一月号美国现世纪杂志特别译的，却代表另外一种看法与平衡。”[⑤] 说明当时对蒲宁获得诺贝尔文学奖的不同看法比较普遍，而翻译这篇文章的目的是帮助大家从

① 马力：《1933 年诺贝尔文学奖奖金获得者布宁》，《平明杂志》1933 年第 23 期。
② 马力：《1933 年诺贝尔文学奖奖金获得者布宁》，《平明杂志》1933 年第 23 期。
③ 钱歌川：《本年度诺贝尔文学奖金的得主布宁》，《新中华》1933 年第 24 期。
④ ［美］马斯克劳尼：《伊凡 · 蒲宁》，向北译，《文化与教育》1934 年第 14 期
⑤ ［美］马斯克劳尼：《伊凡 · 蒲宁》，向北译，《文化与教育》1934 年第 14 期。

另一个角度来认识与评价蒲宁。这篇译文高度赞扬了蒲宁文学创作的艺术水准，并且还分析了蒲宁不关心道德与政治的原因，认为蒲宁是一位渴求纯粹的艺术家。

1934 年 9 月，艾锢在《清华副刊》杂志上发表了《伊凡·布宁的自传式小说》[①] 一文。文中艾锢讨论了蒲宁小说《阿尔谢尼耶夫的一生》中的自传性色彩，认为蒲宁的自传性描写比托尔斯泰的《童年》《少年》《壮年》还要成功，因为托尔斯泰在创作这“自传三部曲”时还属于早期创作阶段，混杂了很多幻想。除此之外艾锢还认为在蒲宁的这部小说中能窥见俄国革命前后的思想动向，这是肯定了蒲宁作品中的写实色彩。最后在文末还粗略提及了蒲宁的作品中所流露出的“生命意识”“死亡主题”的特点。

1934 年 10 月，《清华周刊》第 42 卷第 1 期上发表了郑林宽的长篇文章《伊凡·蒲宁论》。在这篇文章中郑林宽以蒲宁的多部作品为例证，详细分析了蒲宁的创作特色及创作价值。首先在文章的开头郑林宽便肯定了蒲宁的文学贡献与地位，他说：“伊凡·蒲宁被多数人认为是现存俄罗斯小说家中最伟大的一人了，并且似乎他将来身后的名誉也是定而不移的。”[②] 接着郑林宽反驳了之前认为蒲宁的小说是流水账式的写实主义的观点，认为蒲宁区别于屠格涅夫、托尔斯泰、陀思妥耶夫斯基、契诃夫等作家的最大特征便是主观主义（特别带有自传式的情调）与写实主义（对客观世界的逼真呈现）相结合。然后作者在行文中进一步分析了蒲宁这种创作特征的具体表现，最后引用文本详细论述了蒲宁作品中所体现出的“世界神秘不可知”的哲学思想以及“死亡意识”，认为蒲宁的“死亡意识”是生之喜悦与死之恐怖的混合品。

到了七八十年代，中国对蒲宁的译介虽然进入了繁荣时期，但这一时期对蒲宁的评价却大多持否定态度。这一时期大多数研究者都是肯定蒲宁作品的艺术特色和十月革命前创作的作品的社会价值，否定作家世

① 艾锢：《伊凡·布宁的自传式小说》，《清华副刊》1934 年第 41 卷第 3 期。

② 郑林宽：《伊凡·蒲宁论》，《清华周刊》1934 年第 42 卷第 1 期。

界观和流亡期间作品的思想价值。当时大多数研究者在研究的文章中都强调蒲宁的贵族身份，认为蒲宁的贵族身份及贵族思想是蒲宁思想没落、反动的主要原因。如有的研究者认为蒲宁的世界观保守，是因为“老爷式的神经衰弱症”限制了他的视野，看不到“新人”“新事物”[①]。有的研究者认为蒲宁的后期作品比前期逊色得多，思想上苍白无力，是“带着贵族老爷的偏见，从贵族老爷的角度去观察和感受生活，怀着痛惜的心情去描写贵族的腐败与无可挽回的没落的”[②]，等等。

这种评价观点一直持续到90年代。20世纪90年代，中国学者对蒲宁的评价开始客观、公正，以真正的文学价值为标准，至此中国对蒲宁的研究与评价进入多层次、丰富与深刻的阶段。如1998年上海外语教育出版社出版的研究蒲宁的专著《跨越与回归——论伊凡·蒲宁》，作者冯玉律通过细致地梳理蒲宁不同时期的创作特点，总结出了蒲宁不以流派作茧自缚的复杂且极具特色的美学原则，以及其风格特征的演化过程。

三　小结

纵观蒲宁在中国的译介与传播过程，能够总结出以下几点结论。

第一，蒲宁的短篇小说《旧金山来的先生》能够成为其最初被译介的作品，大概率是因为这部作品中所描绘的贫富差距，对资本主义罪恶的揭露，表露了作者对资本主义与殖民主义的憎恨。在符·维·阿格诺索夫主编的《20世纪俄罗斯文学》中这样评价这部小说：“蒲宁这篇小说，很长时间以来他的同时代人与后来人都从社会批判的角度来理解。这样读者视野中首先看到的，是作家笔下的贫富对照，因此宣布作者的主要目的在于对资本主义世界秩序的‘讽刺性揭露’。”[③]

① 钱善行：《一部具有“头等的艺术价值”的中篇小说——评蒲宁的早期代表作〈乡村〉的艺术技巧》，《外国文学研究》1986年第3期。

② 郑海凌：《蒲宁和他的散文体小说》，《苏联文学》1988年第6期。

③ ［俄］符·维·阿格诺索夫主编：《20世纪俄罗斯文学》，凌建侯等译，中国人民大学出版社2001年版，第134页。

这样的作品正好契合当时正处于新民主主义革命时期的中国文学反抗“三座大山”压迫的需求，因此能够通过当时的接受屏幕而进入中国作家与读者的视野中。

第二，以茅盾为代表的一些作家与评论家对蒲宁评价不高的主要原因在于蒲宁本人作为旧俄贵族作家，对俄国贵族阶级的没落表现出深切同情的阶级立场以及蒲宁对十月革命的抵制态度。1930 年《中国左翼作家联盟理论纲领》中明确提出：“我们的艺术不能不呈献给‘胜利不然就死’的血腥的斗争。艺术如果以人类之悲喜哀乐为内容，我们的艺术不能不以无产阶级在这黑暗的阶级社会中‘中世纪’里面所感觉的感情为内容。因此我们的艺术是反封建阶级的，反资产阶级的，又反对‘稳固社会地位’的小资产阶级的倾向。”[①] 茅盾作为左翼作家的代表，对“具有布尔乔亚立场”的蒲宁的获奖的不屑便是不言而喻的了。

第三，纵观蒲宁的作品在中国的译介以及中国学界对蒲宁的评价与批评过程能够发现，大致在 1933 年之前即蒲宁在获得诺贝尔文学奖之前，蒲宁的作品在中国的接受并不广泛，且大多数的中国作家对蒲宁的态度是肯定其艺术成就但反对蒲宁的思想与政治立场，总体而言对蒲宁持贬斥态度。这说明当时外国作家在中国的传播与译介和政治、思想因素息息相关。但在蒲宁获得了 1933 年的诺贝尔文学奖之后，不仅引发了蒲宁的作品在中国译介的激增，同时中国学界对蒲宁文学创作的认识也进入了更为深入、更为全面、更为客观的一个阶段。这表明诺贝尔文学奖在当时是影响外国作家在中国的译介与研究的重要因素之一。当时非常有影响力的杂志几乎都会争相报道诺贝尔奖的相关情况，并且以诺贝尔文学奖为标准，翻译与介绍获奖作家的思想与著作。

以中华人民共和国成立前持续报道诺贝尔文学奖时间最长、影响力最大的刊物——《东方杂志》为例，《东方杂志》从 1919 年开始报

① 中共北京市委党史研究室、中共天津市党史资料征集委员会编：《北方左翼文化运动资料汇编》，北京出版社 1991 年版，第 44 页。

道诺贝尔奖直至1947年，不仅介绍获得诺贝尔奖的科学家与作家，随即还会在杂志上刊载获诺贝尔文学奖作家的作品。有趣的是，笔者发现由于当时通信不畅，《东方杂志》又想要及时地报道有关诺贝尔奖的获奖信息，致使一些报道出现了错误。如在1920年第17卷第18期的“世界新潮”栏目中，刊载了一篇作者为W的文章，文中介绍1920年的诺贝尔文学奖获得者为西班牙戏剧家贝纳文德，并附了照片，但实际上1920年诺贝尔文学奖的获得者是挪威的汉姆生，贝纳文德在1922年才获得的诺贝尔文学奖。在1947年第43卷第6期的《诺贝尔文学奖金的获奖作者》一文中总结整理了从1901年至1946年的获奖作家姓名与国籍，将1928年的获奖者温赛特（挪威）的国籍错刊为瑞典。1935年因瑞典学院的院士们无法形成决议而停发，但该文将1935年与1936年的获奖者都记录为奥尼尔。在1947年第43卷第18期的文章《诺贝尔奖金》中提及1946年的获奖者黑塞，但将其国籍误刊为瑞士。这些都表明当时中国文学界迫切想要了解世界文学的心情与想要融入世界文学的愿望。

第四，在七八十年代正是我国文艺界受苏联评论界的影响而呈现出极强政治倾向的时期，在评价作家时常常从思想政治、阶级地位等社会分析的角度出发，因此对蒲宁这类因反对十月革命而逃亡，且作品中表现出对俄国贵族阶层的追忆与惋惜的旧俄作家持否定的态度。

总之，蒲宁在中国的传播与译介是一个非常复杂的文学现象，值得我们进一步深入探讨与研究。

陈惇教授访谈录

陈惇，北京师范大学文学院比较文学与世界文学专业教授，中国比较文学教学研究会创会会长，曾任中国比较文学学会常务理事。长期从事西方古典文学的教学和研究，对莎士比亚、莫里哀、歌德等作家有深入研究，写有《莎士比亚和他的戏剧》《莫里哀和他的喜剧》等著作及大量论文，主编《西方文学史》《外国文学名著精解》《外国文学史纲要》《外国文学》《外国文学作品选》等，参编《欧洲文学史》《外国文学史》《外国文学简编》等全国通用教材。20 世纪 80 年代以来，又攻比较文学，与人合写及主编多种有关比较文学原理的著作，如《比较文学概论》《比较文学》《比较世界文学史》等，并多次获得全国性优秀教材奖。另著有论文集《陈惇自选集》等。

访谈人：田华昕，北京师范大学汉语言文学专业本科生

胡广润，北京师范大学文学院研究生

访谈时间：2022 年 4 月 25 日

问：尊敬的陈惇教授，您好！我们从您的《比较文学概论》就感受到您的研究成果对中国比较文学学科的奠基作用，学科如今兴盛的发展现状离不开您的研究成果。今天我们的访谈内容就主要围绕大会议题相关的“学科教材的继承与创新”，以及“比较文学的方法和中小学教材中经典作品解读”展开。首先，结合各高校的学科建设，硕士、博士点的建设情况，您如何评价比较文学学科的发展现状，如您

在文章中提到的，它是否算是达到了“一个新的热潮”？

答：比较文学的教学是随着比较文学在中国的兴起而兴起的。它经过了一个长时期的发展过程。据我了解，中国最早开设比较文学课程，是在20世纪的30年代。那时，有个别学校，例如清华大学，开设有比较文学课程。我们学校也有。我从历史材料中看到，当时有一位老师从哈佛大学毕业后就来到北京师范大学，在外语系工作，同时也在国文系兼课，教比较文学。这个老师叫杨宗翰。所以我们北京师范大学在比较文学教学的开展方面还算比较早。但是，后来由于种种原因。比较文学学科没有在我国得到发展，比较文学教学也就无从谈起。一直到七八十年代，在改革开放的年代，随着我国比较文学学科的崛起，比较文学教学作为这个学科的急先锋和排头兵，也兴旺起来。发展到现在，大概经历了这么几个阶段。

1979年，华东师范大学施蛰存教授率先开设比较文学讲座，开启了中华人民共和国比较文学教学的历史。从那时起，到20世纪90年代，是比较文学教学的开发时期。几年之间，像“雨后春笋”一般，全国各地许多学校都开展比较文学方面的教学活动，先是讲座、学术报告，接着是招收研究生，开选修课。同学们对于这样一门新兴学科也特别欢迎。一时间，在全国形成了一股热潮。不过，那都是各个学校的自发的行动，而且经常是老师们的自发的行动。

到90年代，比较文学教学进入了一个新的时期——体制化的时期。由于比较文学在前一个时期的蓬勃发展，到了90年代，这个学科受到国家的重视，把它正式列入了研究生的培养目录。也就是说，比较文学学科正式进入国家的教学体制里面来了。那时，在研究生培养的学科分类中，比较文学列在外国语言文学大类里，属于这个大类的二级学科。这个时期，比较文学教学也受到许多学校领导的重视。一些过去没有开设比较文学课程的学校，主要是这些学校的中文系，在教学计划、教师安排等方面，都开始重视比较文学。因此，开设比较文学课程的学校已经相当普遍。这个时期的另一个特点是出现了编写比较文学教材的热潮。全国至少涌现出二十多种教材。这是比较文学教学从打开局面到走向兴旺的阶段。

90 年代末期，国家对学科分类进行调整，把比较文学和世界文学合并成一个学科，列为中国语言文学类下面的二级学科。同时，在师范类中文系的教学计划中，把比较文学列为必修课。这两项决定，都是对比较文学教学的发展有利的，是一大进步。比较文学教学不再是初期那种自发的无序的状态，进入正常发展的状态，一直延续到现在。经过这几十年的发展，比较文学的教学逐渐成熟，走向规范化。但是，比较文学和世界文学虽然有密切联系，合在一起不是没有道理，然而它们终究是两门学科，合并起来还是会带来一些问题，至少是带来一些麻烦，需要加以解决。再说，在新的形势下如何更好地进行教学，也需要不断探索。所以，在常态之下还是需要不断地进行改革。这是比较文学教学面临的现状。特别在当前，中国进入社会主义发展新时期，国家提出构建“人类命运共同体”的目标，这就对比较文学教学提出了新要求。比较文学对于培养时代需要的新型人才有着特殊的优势。因此，比较文学教学应该有进一步的改革，更好地发挥自己的作用。我 1997 年就退休了，离开讲台已有多年，所以对于当前的比较文学教学的进展情况就了解得比较少了，很抱歉!

问：谢谢教授的回答，非常具有启发意义！那么第二个问题是，您曾提出“比较文学教学的多层次系统”，您认为现在的高校教学对这一系统的落实情况如何？针对目前的教学现状，您能否提出新的指导方法？

答：我说的多层次系统是这样的：许多学校的比较文学教学开始往往是讲座、学术报告等，也有的后来开比较文学选修课，再后来才开设正规的比较文学课程，也有的先招研究生，后在本科生开设比较文学概论课。那时没有一定的设想，后来经过几年的发展，逐渐地形成了这样几个层次：有研究生教学和本科生教学，研究生教学包括博士专业也有硕士专业，这三个层次是不一样的。如果更广泛地说，还包括中小学教师或者其他教师对比较文学的教学工作。概括说来，这个体系的形成包括研究生（硕士生、博士生）、本科生，以及中小学与其他教学，这样三个层次。这是我们这几十年来逐渐形成的系统。这个系统在 90 年代已经基本上形成，现在越来越完备，是一个体制化的过程。之所以要分层次，是因为不同层次的教学对象基础不同、要求不同，不能像当初开发时期那样混沌一片，应该各有各的教学目的、教学内容和教学方法。特别在考虑到编教材时，必须有针对性，有区别。分层次的教学是为了我们的工作更有目的性、更有成效。

问：谢谢您。下一个问题有关教材编写。1999 年，您提出要编写"水平更高，更能反映中国学者观点、具有中国特色的教材"，从我们学生的角度，您后来参与编写、出版的教材确实发挥了这样的作用。那么，20 多年后，比较文学教材取得了哪些成就，又有哪些革新和发展的空间呢？

答：在 1995 年中国比较文学教学研究会成立的时候，教学对象的三个层次已经基本形成，所以，会上大家决定编写新教材的时候就明确，应当根据教学对象的不同而区分开来，把教材应该分成三类：一类是属于研究生用，一类是属于本科生用，还有一类应适合校外教学或中小学教学用。在后来的编写过程中发现，这三种教材，比较好写的是第二类，即本科生需要的教材。因为这方面工作有基础、有经验，我们有编好本科生用的教材的信心。编写研究生教材不是很容易，因为研究生的学习重点进入了一个更深入的阶段。这个阶段更多是学生进行个性化的研究，很难写规范化的教材。现在有些教材可以供研究生使用，但不一定完备。比如说高等教育出版社出的两本教材，一本是我和孙景尧老师、谢天振老师三人合编的《比较文学》的后半部分。另一本是教育部组织集体编写的《比较文学概论》，可供研究生阅读。另外还有乐黛云教授牵头编写的《比较文学原理》和乐先生、王福和与我三人合编的《中外比较文学名著导读》，也可以参考。

本科生的教材相对比较多，很多学校有自己编写的教材。对本科生来讲，要求不能太深、理论性不能太强，否则读起来有困难。这类教材有两种写法，一种是以理论介绍为主，适当配合具体的案例分析。一种是把内容分成两大部分，一部分讲基本原理，另一部分是中外文学比较研究实例。

比较文学学科处在发展的过程当中，它随着整个文学研究甚至文化研究的变化而变化，尤其是文学理论，想要搞一个固定的、标准的、模范性的教材很难。再说，中国对比较文学的研究有自己的特色。有人认为，除了美国学派、法国学派以外，还有“中国学派”。那么“中国学派”的特点是什么？这个问题还正在研究的过程当中。当然，这是一个很令人感兴趣、鼓舞人心的工作。中国学派的建设是中国对国际比较文学的贡献，中国编写的教材也应该有自己的特色，能够体现中国学派的特点，这是我们的奋斗目标，希望我们大家一起努力来实现这个目标。

问：在读您的论文《论可比性——比较文学的一个重要理论问题》的时候，其中有“一般来讲，无亲缘关系和因果联系的文学现象之间的可比性，并不是很容易辨认，更不是很容易掌握的”。这点我们在比较中外文学作品的时候深有感觉，谁和谁能比较，比较的范围和标准如何确定，确定后在比较的过程中又发现不那么好比。所以能不能请您结合具体的作品，谈谈无亲缘关系和因果联系的文学现象和文学作品在比较中应该注意的问题呢？

答：无亲缘关系和因果联系的文学现象进行比较，确实是比较难的。要进行这样的工作，首先一个问题是它们要具有共同性，然后才有比较的可能。没有一点共同性，怎么进行比较？要提出和发现可比较的问题是不容易的。这不仅需要眼光，还需要对两种文化、两种文学相当熟悉，没有这个基础便很难发现。

进入比较文学研究，入门的往往是相似性，就是有可比的地方。可比性是什么呢？二者有关系、有相似，从这里就可以进入研究了。相似性是比较的入门，不相似就很难比较，但相似不一定就有可比性。从相似性到可比性，这个阶段是最难的，这是第一步。如果确实有相似性，但又没有因缘关系，那就不能从那方面去寻找可比性。必须把它放在一定范围、一个前提之下，才可以发现其中的可比性，再进行深入的比较研究。如果没有范围、没有前提，也就没办法找到可比性。所以，关键是这个前提和范围。有很多例子可以说明这个问题，王熙凤和福斯塔夫之所以能比较，是从次要人物在作品中的重要作用这个角度比较的。阿 Q 和堂・吉诃德的比较研究，是从他们的精神世界中发现可比性，然后进行比较的。确立一个范围和前提，才能发现可比性，这是许多平行研究成功的经验。如果确定了范围，它们是可以比较的。下一步，更难的一点，就是继续回到它们本身，它们在哪儿发生、从属于哪个国家、从哪个文化根源上出现，明确了这些问题再来进行比较，这个问题就又深入一步。步步深入，最后才能得到有价值的结论，否则，有一步进行不好，下一步就没法进行，甚至进行下去也没什么意义，甚至于得出一些荒谬的结论。所以，对无亲缘关系和因果联系的文学现象进行比较，必须满足上面所说条件和要求，否则无法进行，甚至走入歧途。

问：这的确对我们比较两种文学现象有很大帮助。我的下一个问题是“比较文学是一种具有宏观视野和世界文学眼光，打破民族、语言、文化体系、学科门类的界限，以各种跨越性的文学现象为研究对象的开放性的文学研究”。比较文学的四种跨越，要求有宏观视野和世界文学的眼光，需要良好而深厚的文化背景和积淀。您刚才也已经提到这点了，在中小学的教学中，学生甚至老师也很难达到这样的水平，这是不是意味着中小学的教育只能借用比较文学已经取得的研究成果，而非比较文学的方法？

答：首先我们需要明确在中小学开展比较文学方面的教学活动的目的。这和本科生、研究生大不相同。我们把比较文学引入中小学语文教学当中，是为了引导中小学生开阔眼界，培养一种国际的眼光，打开他们的思路，也可以提高他们学习语文的兴趣，提供一种新的学习方法。我们对中小学生不可能要求太高。

关于这个问题，1995 年中国比较文学研究会成立时，就非常重视。把比较文学引进中小学语文教学当中，对于中小学语文教学的改革和引发学生的学习兴趣是很有意义和价值的。有老师专门对这个问题进行研究，还发表了不少文章，出版过一本书，这本书叫作《比较文学视野里的中外名篇》。这本书结合语文教材里的选文，从比较的角度为教学提供视角。它不讲那么多道理，就讲中国的这篇小说和外国的那篇小说之间的共同点，它们是用什么手段呈现这种特点的，以及它们的特点的文化背景。这本书的中外比较研究，不只引起学生的学习兴趣，也使他们形成一种比较的眼光——国际的眼光。不过，也就到此为止了，不可能要求太高。如果个别的学生有兴趣，将来有新发展，那是另外一个问题。对于大部分的学生，整体来讲，我们不可能提出更高的要求。

答：明白了，这样看来，我的最后一个问题也就不用再提了。非常感谢老师，您刚才提到的比较文学视野里的中外名篇，还有您的著作，对我们理解中外作品，对我们以后在中小学就职是很有指导意义的。那么接下来就期待与您在教学年会中再次相遇，谢谢老师。

杨慧林教授访谈录

杨慧林教授，中国人民大学大华讲席教授，曾任中国比较文学学会会长、国际比较文学学会副主席、中国宗教学会副会长等。主要从事比较文学与宗教学领域的研究，中文著作有《在文学与神学的边界》(2012)、《神学诠释学：圣言·人言》(2018 年增订版)、《意义》(2018 年修订版)、《西方文论概览》(2022 年修订版) 等，并在美国出版英文论文集 *Christianity in China*: *the Work of Yang Huilin* (2004) 以及 *China*, *Christianity and the Questions of Culture* (2014)。耶鲁大学 Chloë Starr 的 *Chinese Theology*: *Text and Context* (Yale University Press, 2016) 一书有专章 "Yang Huilin: Academic Searching for the Meaning" 介绍杨慧林的学术研究工作。

访谈人：肖可言，北京师范大学 2021 级学科教学（语文）研究生

李想，北京师范大学 2020 级汉语言文学专业本科生

访谈时间：2022 年 4 月 13 日

问：如何借助具有解释力的概念工具，进入深层的思想对话和文化间的互释？

答：近些年常有西方学者质疑"中国中心主义"正在取代"西方中心主义"，比如：既然不能用西方的概念解释中国，那么是否可以"用中国概念来理解西方"？既然西方思想并非"普适模式"，是否可

以“从中国传统发现普遍的法则”?乃至本来“无问西东”的文明对话往往是错位的。

这一类批评可能以“中国化”这一关键概念以及相关问题的不同读解最为典型。荷兰博睿出版社的 *Sinicizing Christianity* 一书(Leiden: Brill, 2017)由十位作者分别撰写十个章节,其中所涉及的“中国化”本来可能各自对应于 enculturation(濡化)、acculturation(涵化)、inculturation(本土化)、adaptation(适应化)、redefinition(再定义)等;然而为该书作跋的美国学者赵文祠(Richard Madsen)干脆将“中国化”定义为“强制适应统一国家严控下的单一中国文化”(forcing the adaptation to a unitary Chinese culture under the supreme control of a unified state),同时又从“多重的中国化”(Multiple Sinicizations)揣测“上层”与“民间”的针锋相对。右派如此,左派亦然,比如齐泽克(Slavoj Žižek)也曾在 *London Review of Books*(2015, Vol. 37, No. 14)发表“Sinicisation”一文。一方面剖析西方的“民主拜物教”(democracy as fetish),另一方面则批评“中国化”不过是“另类现代性的翻版”(another version of “alternative modernity”)。

然而按照柯娇燕(Pamela Kyle Crossley)《孤军:满人一家三代与清帝国的终结》(*Orphan Warriors: Three Manchu Generations and the End of the Qing World*, Princeton: Princeton University Press, 1990)的说法,sinicization(多译“汉化”)其实是费正清(John King Fairbank)等美国学者的“发明”,用来描述满族被汉族同化、清代却绵延两百多年的权力悖论;这仅仅“是一个西方的特定概念,不能从字面上理解”。与之相应,党的十九届六中全会通过的《中共中央关于党的百年奋斗重大成就和历史经验的决议》,在英译本中有关“中国化”的用词有 adapting to, compatible with, creative application, 却从来不用 sinicization;据此亦可理解为什么“全人类共同价值”被用作 the shared values(共享的价值)却并未沿用西方的 universal values(普遍价值)。由此或可说:如果将颇为暧昧的 sinicization 默认为“中国化”问题的“话语能指”(discursive signifier),则根本不可能展开真正的对话。另一方面,文明对话中最具解释力的思想工具,并非“描述性的”(descriptive），而是“生成性的”（productive），并非指称某些理念的名词，而是这些理念之“所以然”的深层逻辑。

针对这样的问题，学理上的厘清应该比辩白性的回应更为重要，其中的关键，是在中西之间的文明对话中提取最具解释力的概念工具，贯串最具相关性的思想线索，透析最具针对性的核心问题，进而形成中西思想之间的“互参”和“互释”。

近些年来，“中外人文交流机制”推动了一系列文明对话，“世界汉学大会”（2007— ）和“尼山世界文明论坛”（2010— ）也已分别举办了七届，在国际上产生了广泛影响。其中最重要的议题都首先延展于中西之间，并特别强调由对话而增进理解，因理解而尊重差异，从差异而达致和谐。由此涉及的基本文献在国内外均有大量研究，上述对话和论坛也持续整理了相关成果。然而，如何梳理中西思想“互参”与“互释”中的概念工具、思想线索、核心问题和历史经验，尚属明显的缺项。正如上述的“中国化”问题，这一可能的梳理将使文明对话的思想工具得以重置、重述和重构。

再以“同一性”（identity）与“相关性”（correlation）的中西逻辑为例。英国汉学家葛瑞汉（Angus Charles Graham）曾详解印欧语系的 Being 或者“主谓句法”（subject-predicate proposition）与中国古代的“是非”和“有无”，并从蓝公武翻译康德、贺麟翻译黑格尔特别观察到：德文的 Sein 和英文的 Being 在汉语中与“为”“在”“有”三个字分别对应。这并非汉语的缺陷，却恰恰说明“汉语不可能产生康德所揭露的那种错误”（葛瑞汉《西方哲学中的 Being 与中国哲学中“是非”“有无”之比较》见宋继杰主编《Being 与西方哲学传统》，广东人民出版社 2011 年版，390—392 页）；而当西方传统形而上学成为一个需要克服的问题时，又正是“异质的语言方式”提供了全新的逻辑，于是有“阴—阳”与“相关性”在西方引发的论说（A. C. Graham, *Yin-Yang and the Nature of Correlative Thinking*, Singapore：Institute of East Asian Philosophies，1986）。

这一思想传统亦可溯及古希腊：“从巴门尼德开始，identity（同一）就是基本的哲学问题”（Joan Stambaugh，“Introduction”，see Martin Heidegger, *Identity and Difference*, New York: Harper & Row, 1969, p. 7)；之所以“越是‘一’就越是‘是’、越是‘是’就越是‘一’”[the more “one” something is the more of a being it is. (*Routledge History of Philosophy*, *volume 2*, *From Aristotle to Augustine*, edited by David Furley, London: Routledge, 1999, p. 366)]，正是因为作为“是动词”的being与它所表达的Being相互“同一”。在这样的背景下，海德格尔思考“同一与差异”注定要“追究‘关系’本身”(the very “relation” itself)，追究“仅仅作为关系的关系”(the relation as a relation. Ibid., pp. 7 -8)。而区别于“一”的“关系”究竟何来？这就不能不去梳理中西之间的思想关联。

马丁·布伯（Martin Buber)《我与你》(1923年）的关键概念便是“关系”(Beziehung)，但是，此书出版的13年前，布伯翻译了《庄子的论说和寓言》(*Reden und Gleichnisse des Tschuang-Tse*, 1910)。布伯不懂汉语，其德文翻译是依据三种《庄子》的英译本。其中《庄子·秋水》的“是非—有无”之论，布伯基本上随英译本亦步亦趋，唯“以功观之”一句，显然有特别的感悟：“知东西相反而不可以相无，则功分定矣”，英文作If we know that east and west are convertible and yet necessary terms in relation to each other, then such functions may be determined（如果我们知道东西是相反的、却又是处于相互关系之中的必要概念，其作用就被确定下来了)；布伯所据的三个英译本，“功”分别是function（翟里斯，Giles)、efficacy（巴尔福，Frederic H. Balfour）和services they render（理雅各，James Legge)，均取“作用”“功效”之义，布伯却选用了“关系”(Beziehung）一词，从而借助“东西相反而不可以相无”特别凸显并非“同一”的“相关性”。缘此可能才有了马丁·布伯的名言：“我在与你的关系中成为我；当我成为我，我才说你”(I become through my relation to the Thou; as I become I, I say Thou)。

进而言之，这一“相关性”的思想线索还通向克里斯蒂娃（Julia Kristeva）和坦纳（Kathryn Tanner)。前者从中看到了“取代上帝的‘阴—阳’对话”(Yin-Yang “dialogue”... in place of God. see Julia

Kristeva, *Desire in Language*: *A Semiotic Approach to Literature and Art*, edited by Leon S. Roudiez, translated by Thomas Gora, Alice Jardine and Leon S. Roudiez, New York: Columbia University Press, 1980, p. 70);后者则将西方传统中的“神人二性”解释为“通过与‘非己’所结成的关系成为自己”(coming to be oneself in relation to what one is not. See “In the Image of the Invisible”, in Apopahtic Bodies, eds. Chris Boesel and Catherine Keller, New York: Fordham University Press, 2010, p. 122)

这样的“互参”与“互释”构成了有趣的思想链条,更为深入的系统研究是非常值得期待的。

问:请您谈谈比较研究对“文明形态”和“文明史观”的价值和启发?

答:习近平总书记提出的“人类命运共同体”“全人类共同价值”和“人类文明新形态”等核心命题,当成为构建学科体系、学术体系、话语体系并实现传统文化创造性转化和创新性发展的根本思路。对中国学者而言,其中一以贯之的思想线索当打通有关中华文明的整体叙述,使“中国道路”的历史依据、“中国特色”的文化根基、中华民族的融合性特征和中国传统的现代转化得以厘清。

如果说从法国大革命到19世纪30年代的“普遍历史”观念是在历史的叙述中“创制一个时代”(参阅兰克的遗稿《论普遍历史》),西方式“人类共同体”(human community)所勾勒的“世界体系”(world-system)已然预示出“让位于后继体系”的可能(见沃伦斯坦为《现代世界体系》中译本所写的序言)。在“文明形态”和“文明史观”的意义上重新梳理中华文明的发展历程,既是针对西方话语的叙述模式,也是在比较中重述中华文明的独特肌理。比较研究的观念和方法,将撬动“以西解中”或者“族裔特性”两种极端的概念固化和理解惯性,其意义将远远超出比较文学本身。

问:现代信息科技为人文学研究工作创造了哪些新的可能?

答:大约在1949—1958年,一位耶稣会士与IBM合作编制托马斯·阿奎那著作及相关文献的索引,这被视为“人文计算”(Humanities Computing)的起点。2000年莫瑞蒂(Franco Moretti)在《世界文学的猜想》（“Conjectures on World Literature”）一文提出“远读”(distant reading）的概念，2003 年又发表文章《更多的猜想》（“More Conjectures”），随后出版《远读》一书（*Distant Reading*，London：Verso，2013)。这本来是相对于“文本细读”(close reading）所无法穷尽的文学文献，将一个文类（genre）置于整体性的脉络关系中进行分析；不过一经提出便得到“数字人文”(Digital Humanities）研究的特别关注，从而成为比较文学与“数字人文”的天然联系。

根据中央民族大学宋旭红教授的梳理，近些年的西方学界将计算机视为人类的“第二自我”（S. Turkle，*The Second Self*：*Computer and the Human Spirit*，1984)，不仅有“认知诗学”(Peter Stockwell，*Cognitive Poetics*，2002)、“数字诗学”(James O'sullivan，*Towards a Digital Poetics*，2019)，甚至还有“人工智能与叙事理论”(Marie-Laure Ryan，*Possible Worlds*，*Artificial Intelligence and Narrative Theory*，1991)。

现代信息科技当是人工智能（AI)、信息化（informatization)、数字化（digitization）的组合，而人文学术不仅可以从中获得新的可能性，也将会通过积极的介入有所反馈。因此，这一方面可能意味着一种新的学术形态得以创制（比如 Aidi Humanities)；另一方面则恰恰需要人文学直面 AI 带来的问题，比如：如何才不至于 makes us more artificial and less intelligent。

曹顺庆教授访谈录

曹顺庆，四川大学杰出教授，中国比较文学学会前会长，欧洲科学与艺术院院士，国批博士生导师（1993），四川大学文学与新闻学院学术院长，教育部长江学者特聘教授（2005），国家级教学名师（2008），教育部马工程教材《比较文学概论》首席专家，教育部教学指导委员会中文学科副主任委员，比较文学国家级精品课程负责人，主持国家社科基金重大招标项目、教育部重大攻关项目等多个项目，多次获国家级优秀教学成果奖、教育部人文社科奖及四川省政府社科奖等奖项。CSSCI 集刊《中外文化与文论》主编、国际英文刊物 *Comparative Literature*：*East & West*（published by Routledge）主编。

访谈人：刘婷，北京师范大学文学院学科教学（语文）专业学生
　　　　张文颖，北京师范大学文理学院中文系学生
访谈时间：2022 年 4 月 24 日

问：曹老师好！

答：你好。

问：曹老师，您好！非常感谢您能接受我们的采访。我是北京师范大学文学院学科语文专业的教育硕士，您叫我小刘就好了。

答：好的。

问：老师，您现在人是在北京还是在成都啊？

答：我现在人在成都。我已经很久没去北京了。

问：确实啊，疫情限制了我们的出行。之前知道有机会采访您，我特别激动，以为可以面对面与您交流。但也是疫情的缘故，我们现在以这样一种特殊的方式交流。

问题一：变异学理论对文化冲突以及误读中的异国形象的意义

问：老师，说起疫情呢，它确实给我们的生活带来了很多的影响。封闭和隔离似乎已经成了我们的一种生存的状态，那在这样一种生存的状态之下，不同文化之间的隔阂和冲突似乎也变得更加明显了。那我们说这种隔阂和冲突呢，它一部分是来源于不同国家、不同文化，它们之间本身就存在的差异，但还有一部分其实是来源于对于异国形象的误读。您之前也提到过，要从变异学的视角去重新审视这样一种异国形象，那您认为变异学的理论对处理这样一种文化冲突以及误读中的异国形象，有哪些意义呢?

答：嗯，好的。你很会设计题目嘛！哎呀！这个疫情一搞几年啊！我们都没有料到，全世界也没有料到。疫情有时候它会放大一些事情啊，还会加剧一些事情。就像你所说，大家之间交往少了，可能相互误解。还有对美国的形象，这些事情都会受到影响。关于不同国家的异国形象啊，虽然说是比较文学提出来的，巴柔等人提出来。最早是法国讲。这个异国形象的问题，很多学者都注意到。比如说，赛义德。你知道赛义德吗?

问：嗯，我知道。

答：他是美国哥伦比亚大学的英文及比较文学教授。很多人都不知道他是比较文学教授，以为他只是个文化学者。人家的正份职业就是英文与比较文学（教授）。你上来我们那儿看就知道了。他跟斯皮瓦克，还有夏志清他们三个都是英文及比较文学教授，夏志清主要搞（研究）东亚，斯皮瓦克跟他是一起。

你知道赛义德写了一个《东方学》。他这个“东方学”或者说“东方主义”，从某种意义上说，是从更深的层次，从文化学的层次，从文明的角度来看东方的。他的《东方学》中有一句名言叫作：西方的整个东方学研究中的“东方”不是东方。当然他这个东方更多是指中东、近东，因为他是巴勒斯坦人嘛！当然我们也可以理解为包括整个东方。他认为，西方学者呢，（虽然）他们是用很严谨的方式来研究，比如用考据的方式啊，当然也有印象式的研究。种种研究，总归起来，全部都是误解。他们由于一种文化的模式——西方的话语方式，来理解中国、巴勒斯坦、阿拉伯、印度。由于用了这样一种文化的话语模式来看，所以就会出现偏差。所以他们的研究，不是真正的东方。这就是异国形象的差异。

这个差异是一个深层次的文明的问题。所谓深层次的文明的问题，从我们日常生活到我们的学术研究都有。赛义德说，西方有它自身一整套的文化观、哲学观、人生观等。那么（他们）来看别的文明或文化的时候，就会有这样、那样的一些，所谓的偏见也好，或者是不正确的看法也好，或者叫“变异”。

比如说，从哲学来看，黑格尔认为，东方是没有哲学的，（称）印度没有哲学，中国也没有哲学。他说，你们都称赞你们大孔子很厉害。他说他去读了《论语》。他说《论语》很差嘛，就是一个普通的伦理学的东西，谁都写得出来。西塞罗也比他写得好，在《论语》里面一点思辨都没有。他甚至用挖苦的口吻讲，为了保持孔子的声誉，他的书籍还是不要翻译过来，翻译过来让我黑格尔看穿了。你们认为，他是“大拇指”，在我黑格尔看来就是“小拇指”！

黑格尔代表了典型的西方哲学的偏见。但是，我们有很多学者，竟然认同这个看法。因为长期以来我们受到西方文化的影响，认为黑格尔说得对，（认为）中国真的没有哲学。比如说我们有一个著名学者叫朱光潜。你知道朱光潜吗？朱光潜当过四川大学的文学院院长，也当过武汉大学的教务长，最后在北京大学（任教）。朱光潜在他的《文艺心理学》中就说，中国没有悲剧，为什么中国没有悲剧呢？因为中国没有哲学。我看到是大为惊讶，我说，朱光潜你怎么这样讲呢？中国没有哲学吗？那我们的康宏逵先生、冯友兰先生，还有很多古代哲学家们，他们怎么办呢？他们就是研究古代中国哲学的，那中国哲学都没有？他们研究什么呢？所以这就是文化的偏见和变异。当我们把一种文化当作元话语，或者是我们的基本的一种看法的时候，我们就会趋近于它，或者说会变异。

不同的文明，它们相遇了以后可能会有不同的看法。日常生活中，我们讲一只猫啊，一只狗啊，小到这种事情，都是有文化差异的。比如说，在中国，“狗”通常是不好的词语。我们骂人的时候经常是“狗嘴吐不出象牙”啊，“狗腿子”啊！反正讲到“狗”的时候都不好。但是在西方，你说哪个人是一条狗，you are a lucky dog（你是一条幸运的狗），人家认为你是称赞他。关于狗啊，西方很喜欢狗。但在我们中国，狗既是朋友，同时呢，我们也把狗当作一般的生物，就像对待普通的动物来对待它。西方对中国产生的一个重要偏见就是和狗有关，他们想不通：中国人竟然吃狗！到国外去，他们会问，你们真的会吃狗啊？在他们看来这简直难以想象，但我们生活中还是见得到的。比如说徐州现在吃狗，广西梧州还吃狗肉。现在有很多人受西方观念影响啊，要去阻拦，要把这些狗抢救出来。但这个吃狗，和西方人吃牛吃羊，它们也是一样的嘛！你看看我们古代人，狗有狩猎的狗，看家的狗，也有专门养来吃的狗，就像我们专门养羊来吃肉一样的。他们西方人一样杀羊吃羊。但是，他们就觉得这（吃狗）不得了。(啊，你要吃狗，你这个人，不好惹!）这就是不同文化的不同看法。包括说猫，我们中国人说哪个女生像一只猫，哎，女生会很高兴，这是说你很温柔嘛！你去西方你说哪个女人是一只猫就麻烦了（she is a cat），你说她是一只猫，人家会恨你。为什么呢?（在西方文化里），说哪个女生是一只猫，意思是这个女人是个心怀叵测的人。还有那个“龙”就更是这样了。我们中国人认为，我们是龙的传人，我们都是龙。龙是吉祥的，“飞龙在天”“龙腾虎跃”，好得很！但是，我们这个“龙”一翻译成英文的 dragon 就不一样了。西方人就说：“中国人怎么喜欢当龙呢?”西方文化中龙是邪恶的。他们骂人都骂“龙”：you mother is a dragon（你妈妈就是一条龙)！那个人是这里的恶霸，就说“那个人就是这里的 dragon”。这些都是不同文明，他们有差异就会引起不同的形象。

由于隔阂，这种形象还会固化，就总认为，你们就是那种人。凡是固化了以后就会形成我们讲的“形象学”。形象它是一种共同形成的印象，形象中反复使用、约定俗成用来指异国形象的词语就叫“套话”，所以“套话”就是我们经常讲的话。比如说，我们对外国人，中国人有中国的偏见，叫他们“鬼子”“洋鬼子”，叫日本人“日本鬼子”。有一次，我们开学术大会，会上有一位中国学者上去发言。他就说：“哎呀，前几天我到日本鬼子那里去……”下面的日本人就不高兴了：我们怎么是鬼子？这个“鬼子”的说法就是一种隔阂、偏见。这个就是形象，我们称日本人“鬼子”也好，外国人称我们“支那人”也好，都是由于文明隔膜形成的不同的形象。那这种形象从某种意义上来说也是一种变异。因为它不是真实反映，不是原来的样子，它走样了。

赛义德讲“东方不是东方”，换句话说，西方人研究东方的形象它走样了。猫猫狗狗啊、龙啊，到我们这里的形象学的“套话”，它都走样了。这种“走样”有人只描绘出“走样怎么走”，但是这种走样，它的正面意义、负面意义、文明交流、文明互鉴的意义，没有人讲。变异学其实就是在这个基础上的进一步提升。这些所谓的形象变异，这些套语，这些隔阂、差异，为什么会形成？这是关于变异学的第一点。第二点，存在了以后，它起到什么效果？第三，这些变异有没有可能、是不是一种文化交往的规律和常态？后来我们发现，这就是一种规律性的常态。文化和文明，只要横向发展，流到别的地方去以后，一定会变异。没有哪一种文化，从一种语言到另一种语言，从一个文化到另外一个文化，从一种文明到另一种文明，而不发生变异。从学术的角度来讲，我们要正确看待这种变异。同时呢，要从变异中找规律。

我们关于异国形象总是说“人家老是看不起我们中国人”或者“我们中国人老是说人家是‘洋鬼子’”，这背后，存在着文明的差异。当跨越文明的时候，这种差异产生了，而差异既有负面意义，也有正面意义。很多人没有注意到，说：“啊，这东西还有正面意义吗?”变异学，一方面讲到这种变异，另一方面也要讲到正面意义。所有不同的文化或文明，它们交往所产生的变异，既有负面的，也有正面。甚至，我们很多文明交往，看上去是负面的，但实际上，它是交往的客观存在，甚至是文化创新、文明创新的起点。

变异学这样一提就很新颖了，很多人就觉得："哇，这还是文明的创新的起点!"你看，比如我们以翻译为例。我们谈到翻译，通常认为"信、达、雅"就是翻得好，但是其实我们做不到完全的"信、达、雅"。不可能做到的，再厉害的翻译家都做不到。我记得原来有个讲相声的说："我什么都可以翻，你讲中文，我翻英文。你讲'爸爸妈妈'我可以翻，你讲'我到哪里去吃饭'可以翻。"结果人家讲了一句"狗撵鸭子呱呱叫"。你用英语翻译"狗追鸭子呱呱叫"，英语母语者听不懂呀。"呱呱叫"在中文里是夸人的，这是歇后语，没办法翻呀。

在我们的翻译中，有很多"歪曲"的现象。比如说，西方有个著名的诗人叫埃兹拉·庞德。庞德不懂中文，他是从别人那里了解一点。后来他看到汉字，觉得每一个字都像图画一样。所以他说，汉字就是浸泡在意象中的。他算是误读。但是，这种误读很新颖，形象性很强。我们整个中国文学、中华文化也很讲究形象性。但是他这样就敢翻译，他让人家把意思讲给他听，他就来翻。翻过《论语》，翻过唐诗……他怎么翻?《论语》第一章是《学而》，《学而》第一句是"学而时习之，不亦乐乎"。他怎么翻呢?他看到"学习"的"習"字是上面有"羽毛"，再加白色，他说那是意象。"学习，然而白色的羽毛却飞走了，那这不也是很愉快的吗?"这不就是乱翻嘛。这种"乱翻"，我们很多人批评过他。但是正是在这种负面形象中、负面的印象中，他把中国文化的一种内涵，我们称之为"意象性"的给翻译过去了。他发明了一种词，叫作"意象词"，后来成为美国意象派的重要学术概念。我们国家也有这个例子啊，有一个翻译家叫林纾（林琴南)。林纾的翻译跟他一样，林纾也不会英文，他就让人家把外文的意思念给他听，他又用文言文写下来，也就是"林译小说"。钱钟书从小就喜欢看林译小说，但是钱钟书说里面有好多地方搞错了，他还专门写过文章谈林纾的翻译。尽管如此（很多都是"乱"翻的)，但林纾翻译的小说还是成为我们中国翻译史上的一个路标，一个绕不过去的学术高峰、翻译高峰。你说这不是很奇怪吗?为什么呢?因为这种"乱翻"，从某种意义上说，它在翻译中出现了某种创新。什么叫创新呢?就是变异性创新。

我们总以为忠实的翻译才是好的，最近我们有一个重要的案例，比如说《红楼梦》的翻译，翻译得最忠实的是杨宪益的译本。杨宪益的妻子是外国人，他们翻译的《红楼梦》我看过，就是翻译得很忠实，应该是最好的译本。但是杨宪益的译本在英语世界没有传播很广。据调查，流传最广的是一个英国人叫霍克斯（David Hawkes）翻译的。我就把这个译本找来看。结果才发现，他也是乱翻。他怎么乱翻法？西方文化和中国文化有一个不同的地方，中国人是喜欢“红”的，“红”对我们来说是喜庆、是吉祥。所以我们要挂红灯笼啊、贴红对联啊、戴大红花啊，（还有）红旗，这是光荣的。但是西方人认为“红”不好，红色代表流血、残忍。所以他们不喜欢“红”。所以霍克斯翻译《红楼梦》不可能用“红”，他宁肯用“金”（golden），或者干脆用“石头”（stone）。后来迫不得已要翻呀，该怎么办呢？比如说，《红楼梦》中，有一个“怡红院”，“怡红院”住着一个“怡红公子”，也就是贾宝玉。霍克斯碰到“红”就必须要翻呀，但是他不翻“red”，而是翻“green”。这个“怡红公子”就成了“green boy”，就是“绿公子”。哎呀我看到这里我都无语了啊，你怎么不翻译成“绿帽子”呢。翻译成“绿公子”，他是明知故犯。但是这种翻译给我们什么启发呢？就是一个文化，它到别的国家去，如果不变异，人家就不接受，或者接受度不好。他翻译的“绿公子”人家外国人看了觉得很好啊。还有个更典型的，他翻译其中一句，比如说，贾母第一次看见林黛玉的时候，抱着她就说，“我的心啊肝啊”。中国人叫小孩子“心肝”我们很能理解，但是如果直接用英语翻译成“心和肝”，这西方人看了就会觉得不舒服。于是霍克斯就把“心”和“肝”改了，翻译成“宠物”（pets），“羔羊”（lamb），变成“my pet lamb”。“宠物”“羔羊”，西方就能接受了。不然他们不理解，小孩子怎么是心和肝呢。这个就是一个典型的，不同文化、不同文明交流变异而形成的。霍克斯有什么优势？他明目张胆地把我们的东西变了，但是他的传播效果好。还有林纾明明搞错了，但是林纾翻译的小说，比好多人翻译的小说流传得广。这就是我们文明交往中必然发生的变异。

但我们这里不是在说一味迎合他族文化给我们塑造的异国形象。比如西方人，用他们的目光来看中国文化，说“中国文化没有哲学”，我们中国人就认为这种说法就是对的，非也。我们要看到，他们的这些看法，是从他们的文明来看。那反过来，用我们的文明来看，他们可能也有好多东西没有，这就叫“文明互鉴”。我们从文明互鉴中了解彼此，了解到我们的看法和他们的想法原来是不一样的，我们才可以通过互相的了解，来加强沟通，来加强交流。在这种交流过程中，会触碰出火花，产生新的东西。

法国有个学者叫朱利安（Francois Jullien)，他就提出，他说不同文化的意义在什么？在于我们可以拉开距离看，互相看对方。他学过中文，他是汉学家。他就强调文化的“间距”。那有了间距以后，我们看着就比较冷静、客观，可以通过别的文化来反思我们自己的文化。比如说黑格尔说我们没有哲学，我们可以通过他的话来反思我们到底有没有哲学，我们的哲学是什么？通过这样一种反思呢，就发现，原来中国有哲学，只是中国没有西方式的哲学。说中国没有悲剧，我们通过反思就会发现，中国有悲剧，只是没有西方式的悲剧。西方也没有中国式的哲学。没有怎么办呢？互相学习。比如说，西方的哲学家，一边是黑格尔说中国没有哲学，一边是很多西方的哲学家向中国学习。虽然现在我们很多人都觉得是西方哲学影响中国，其实他们完全没有想过，中国很多哲学思想都被西方哲学采用，而且产生了很大的创新性效果。我举一个例子，现在大家都喜欢讲海德格尔，很多学生也很崇拜海德格尔，经常讲那句话——“诗意地栖居”。海德格尔说这是他在哲学上的最大贡献，是重新打开了“存在”问题，用英文来讲，就是“reopen the question of the being”。在西方哲学中，最重要的就是“the being”，也就是这个“存在”。长期以来，人们都一再重复这个问题：存在的意义是什么？无非就是两派，一派是物质的，一派是精神的，也可以说唯物主义和唯心主义。那海德格尔是怎么重新打开这个问题的呢？和与中国的交流有关系。很可惜学术界没有人谈论这个问题。有什么关系呢？你去看看海德格尔的创新性在哪里。他的创新性在于，西方长期以来认为的“存在”是“有”，即“有”客观的物质或者主观的精神。他说，这是有局限的，要改过来。怎么改过来呢？他认为，“存在”既是“有”，又是“无”。是“有”和“无”共同构成“the being”。你发现了没有？他这个看法就是一个中国的讲法。而且从实证的角度来讲，他真的是从中国学习的。海德格尔从哪里学过来的？海德格尔和一个华裔学者，共同翻译了《老子》。《老子》就是讲“虚无相生”，中国的哲学就是讲，我们的存在是“有”和“无”共同存在的。比如说，老子讲，天地万物生于“有”，“有”生于“无”，“有”和“无”共同构成了我们的存在。然后，海德格尔在他的书里面，直接引用了《老子》的一章，讲“有无相生”。这一章的内容是：“三十辐共一毂，当其无，有车之用。埏埴以为器，当其无，有器之用。凿户牖以为室，当其无，有室之用。”我们来讲讲最后一句，“户”就是门，“牖”就是窗，我们做一个房子，如果没有门没有窗，那不能用。所以要把门凿开，把窗打开，有门有窗，这就是“无”了。“无”和“有”共同构成人类可以栖居的房子。所以他说，“有”就是“无”和“有”共同构成的“being”。他在书中直接引用了老子的看法。我们中国古代的诗歌就是虚实相生的，既要有写实的语言，又要有超越的语言，要有“言外之意”，“象外之象”。好的诗是由超越的“象”和实际的“象”——即直接的文字和超越字面的言语共同组成。这不就是文明互鉴吗？这给变异促进异国文明的创新提供了一个典型的案例。我们讲西方怎么样让我们中国创新，这个不稀罕。但我们中国的哲学同时也让海德格尔的哲学发展创新，而且是根本的立足点创新。这种创新，在海德格尔看来，肯定和我们的老子的解释是不一样的，但是毕竟给了他启发，这就是变异。由变异到创新，到推动我们的文化前行。我刚才讲，林琴南（林纾）的翻译是“乱”翻的，但是推动了中国的翻译学；庞德的翻译有其不正确的一面，但是他推动了中国文化向世界传播；霍克斯的翻译把“红”翻成“绿”，推动了《红楼梦》在西方的传播。这就是变异学。我们讲变异学，不从正面来认识这一现象，光是骂那些说“你们都是乱搞乱翻”，那是没有看到我们学术的规律和学术发展的重要意义。

问题二：新文科建设背景之下，变异学理论的挑战和机遇

问：是的。从您刚才的论述中我们能够认识到，或者说我们都应该认识到这种差异带来的正面价值，包括您提出变异学这样一个理论，它在某种程度上，可以算是继之前的法国学派和美国学派之后，继他们的所谓的“求同”，即追求那种类同性和同源性之后，为比较文学学科重新打开了一个新的天地，给当时几乎已经陷入这种算作是西方中心主义秩序下的比较文学学科的研究有了一个更加广阔的天地。在这里想要问一下您，现在“新文科”建设的背景，它同样也是要求我们去建设一个具有中国特色的人才、学科、学派。我们惊喜地看到您的变异学理论和这种学科建设之间似乎存在着某种契合点和共同之处。您觉得在这样一种新文科建设背景之下，变异学理论又能迎来怎样的挑战和机遇呢?

答：比较文学变异学国外现在已经开始研究起来了。原来我写这个“比较文学变异学”的时候只是单篇论文用中文发表。后来我写成书以后准备用中文发表，但是，国外一个学者叫佛克玛（Douwe W. Fokkema)。他要求我说，你最好用英文写。(虽然）你用中文写很多书，（但）国外的学者不了解你们中国比较文学的新发展。你用英文写，我给你作序。他是国际比较文学协会前任主席，是荷兰乌德勒支大学教授、著名学者。有他写序做担保，我就胆子大些，用英文写。书名叫*The Variation Theory of Comparative Literature*，翻译过来就是《比较文学变异学》。这本书 2013 年由 Springer 出版，出版以后在国外引起很大的反响，我倒没有预料到。从欧洲、美国、西班牙、印度等，都传来了他们的反馈，有书评，有他们的评价。比如说美国科学院院士、芝加哥大学的 Haun Saussy（苏源熙)。他跟一个叫 Cesar Dominguez（多明哥）的人，还有 Darío Villanueva，他们三个学者写了一本书，叫《比较文学的新发展与应用》(*Introducing Comparative Literature: New Trends and Applications*)，就把我这个理论给写进去，用了些很偏颇的语言。上一任国际比较文学协会主席 Hans Bertens（汉斯·伯顿斯)，他写信告诉我，他说你知不知道，他这个书里专门讲你这个（理论)，（这个时候）我才发现。然后我从他们那里要来了一本，他拿来我看。那么不光是他的书，法国学派产生地——法国索邦大学，它的比较文学系系主任 Bernard Franco，也写了一本书叫《比较文学》。然后里面也引用了比较文学变异学的观点，认为这是一个新的推进。他们的评价有些我都不敢当啊。比如说，荷兰鲁汶大学教授，也是欧洲科学院院士、欧洲科学院的院刊——《欧洲评论》（*European Review*）的主编。他给我的比较文学变异学做了一个评价。他说比较文学变异学的提出，标志着比较文学的一个新阶段的开始，他说 mark an important stage（标志着一个重要的阶段的开始）。我看到后我说怎么能这样子讲，我都不敢当！美国比较文学学会会长（2001—2003）、哈佛大学比较文学系主任（2009—2012）David Damrosch（大卫·达姆罗什），他说的就更精彩了，我也不敢当他的评论。他说你的比较文学变异学，超越了 Samuel Huntington（塞缪尔·亨廷顿）的文明冲突论。大家都知道亨廷顿是大学者。他说我超越了亨廷顿的文明冲突论，摆脱了那种同质性。

我觉得他后一句讲得很好啊，说“表明我们摆脱了一种同质性”。那就跟现在讲的新文科相通。长期以来啊，我们中国的人文科学（其实自然科学也这样，但相对人文科学稍微好一点），基本上是跟着西方话语走的，我们没有自己的话语。所以新文科首先就是建设我们自己的话语，建设中国自己的观念。怎么建设呢？照教育部的说法，新文科要弘扬我们中华优秀传统文化。要在中华优秀传统文化的基础上有文化自信。我们四个自信：理论自信，道路自信，制度自信，文化自信，其中文化自信最深刻。这个文化自信，为什么要提出？当然我们今天是从学术角度来讲。我们比较文学长期以来，都是跟着西方理论走。这就是“老文科”。

那“新文科”怎么样？新文科就是应该有中国自己的学术话语。这并不是说要跟西方一争雌雄，说你们有话语我们也要话语。而是说，西方那套话语下的比较文学不是真正的世界性的比较文学。为什么这样讲？因为长期以来西方的比较文学学科理论，他们认为，比较文学要有一个可比性。比如法国学派说，我们比较文学不能乱比。怎么才可以比？就是必须有实证的关系才可以。必须有同源的，比如就是从法国这里出发流传到英国、俄国去，有这种实证的流传的同源性，我们才可以比。他们是不要平行研究的。因为（他们认为）平行比较，随便看上一眼就比，那是乱比。所以他们提出个很奇怪的观点，叫比较文学不是文学比较。好多人今天搞不懂为什么比较文学不是文学比较。比较文学不就是要“比较”吗？不！法国学派砍掉了“比较”。因为他们认为，平行比较是乱比，他们强调影响的、实证的、科学的文学比较研究。他们这样做建立起了法国的影响学派。这个影响学派的一个根本规律是，同源性的才可以比较。后来美国学派批判法国学派。1958 年，韦勒克在教堂山第二届国际比较文学学术会议上提出比较文学的危机，认为法国学派这样搞不行，应该恢复没有影响关系的比较。这是一大进步，他开拓了比较文学的眼界。（他说）即使没有影响关系，我们也可以比较，这就叫平行研究、跨学科研究。

有很多学者认为，有了平行研究、有了跨学科研究，再加上原来的影响研究，比较文学就完满了。但是其实是不完满的，而且很不完满。为什么这样讲呢？因为他们认为，可比性都是“同”。比如说美国学者说怎样才可以比呢？要有类同的东西。要有类同的，否则你就是乱比。法国学者也认为必须要有同源性。在这种理论指导下，西方文明以外的文学比较就成了一个问题。为什么呢？因为很多人认为，比如说中国文明和西方文明，他们是不通的文明。由于他们文明不同，很多观念也不同，所以他们不可以比较。比如说美国著名比较文学家韦斯坦因，他写过一本书叫《比较文学与文学理论》，这本书被我们北京师范大学的陈惇教授、刘象愚教授翻译过来。这是中国翻译的第一本国外的比较文学著作。韦斯坦因就公然宣称，西方的文学和中东的、远东的文学，和东方的文学是不可以比较的。因为，我们在西方的诗歌和中国的诗歌中找不到共同点，所以我们就不能比。从学科理论上，他讲不能比，好像很有理由啊，不同就不可比啊！但是如果我们赞同他这个观点，就完蛋了。为什么呢？因为我们中国人，大部分都是搞东西比较的。比如说钱钟书，他就是搞中西比较的啊！季羡林，他也是搞中印比较，也是跨越文明比较的啊。还有王国维的《人间词话》，是中西比较，我本人也是（研究）中西比较。照韦斯坦因的看法来说，那我们的“中西比较”从学理上讲都不对。为什么呢？（他认为）不同文明不可以比，（说）你们怎么乱比呢？

有时候开国际会议，人家问我说，曹先生你研究什么的？我说我研究中西诗学比较。他们眼光就不对了。有人说，中西的诗学可以比吗？我理解啊，他们一听说你搞中西比较，他们心里肯定就说，哦，这个都可以比吗？你们都是乱比的吧。我强烈感受到西方理论这种不正确，甚至是傲慢的态度。那么，怎么样从学理上，而不是从情绪上、情感上来打破这个成见？现在我们好多学者没有办法。要么跟着西方讲，用西方的理论，要么承认我们搞的是错的，我们这么承认就坏了。从王国维到钱钟书到我到你们刘洪涛老师，我们都是乱比，我们都是瞎比，那完了。所以我一直在想方设法，从学理上驳倒它。从学理上恢复应该有的真理。那变异学就是我为此做出的努力。从学理上来讲，讲清楚，差异是可以比较的。差异不仅可以比较，而且差异是我们文化创新、文明创新的一个重要契机。只有（承认）差异也可以比较，我们才是真正全球性的、世界性的学科。我们不同文明才可以真正联起手来，进行比较文学研究。

怎么样讲差异可以比呢？我马上说，法国学派搞影响研究，你只讲同不讲差异，其实你这是瘸腿的。为什么是瘸腿的？我们知道任何一个文化，只要跨越了语言，跨越了国家，跨越了文化，它必然会产生变异。法国人也认识到这一点啊，但是他们不敢说啊！哎。这个你想想，为什么会产生形象学？法国学派后来讲形象学。那个形象学其实就是变异学的一种，我刚才讲的形象变异。法国人也讲接受学。接受肯定要变异嘛，每个人认识都不一样。中国人读《红楼梦》跟西方人是不一样的。假如一个从来没见过东方人长什么样的人去看《红楼梦》，他想象的林黛玉一定是金发碧眼的。他只能根据他自己的想象来。那这种接受学、形象学其实也是变异，但是他们理论上不承认。所以我提出来，只要是文学传播，必然是同源和变异共同存在。有这种变异，我们才有很多文明的创新。包括我讲的，《老子》的思想影响了海德格尔，也包括印度文明影响中国。佛教传到中国来，我们也有一个文明的差异和冲突，但最后是文明的交汇，形成了印度佛教文化的中国化，形成了我们自己的宗教——禅宗。禅宗不是印度的宗教，而是中国的。那么中国的宗教，它怎么变异的呢？佛教它讲究因明学，讲逻辑学，强调语言学，它的语言是印欧语系嘛！但是到我们中国来以后慢慢地异化，慢慢把我们老庄这一套糅合进去。最后我们叫“不立文字以心传心”。讲文字的不要文字了，以心传心，讲逻辑分析的、讲因明学的成为不讲因明学的顿悟！但是，禅宗不仅是中国人的文化财富，也是世界人的文化财富。这文化财富怎么来的？变异来的。没有这个变异，没有这个文明交往，就没有这个文化创新。没有这个变异也就没有海德格尔的“reopen the question of the being”。所以，变异是打破西方原来的只求同不准求异的这样一个不合理的理论。

从学理上讲清楚为什么不同文明可以变异、可以比较。刚才讲了影响研究、平行研究也是这样。不同文明的文学看上去是不同的，好像不可以作比较，其实不是这样的。不同文明的文学的互相阐释早就存在了。西方人研究东方学，不是都有吗？他们都设了什么汉学系，什么东亚系、近东系。他们用什么研究？他们用他们西方的理论来研究东方。这就是一种变异，也是一种可比性、差异性，差异性不但可比，而且恰恰可以给不同文化、文明带来启发、创新。

变异学提出来的差异性，第一，它是客观的规律。为什么讲是客观规律？因为我们文学发展，是两条线。第一条是纵向发展。就从古到今，比如说中国文学从先秦两汉到魏晋南北朝到唐宋元明清。西方文学也是这样，从古希腊到罗马帝国到现在的国家。这就是纵向发展。纵向发展中，它有一条规律就是“通”和“变”。《文心雕龙》中是“通”和“变”，我们讲它是继承与革新。通变论就是讲它既要通又要变。那横向发展呢？我们原来只讲通不讲变。我们只讲同，同的才可以比。没有讲我们横向发展中的变。比较文学是研究横向发展的，文学怎么样跨国、跨文化。比较文学变异学总结出了文学横向发展中变异的规律。这种变异不仅仅是传播的变异，也包括阐释的变异。平行研究从某种意义上讲它是一种阐释。包括我们用浪漫主义，现实主义来研究中国文学，也包括海德格尔这些西方学者用中国的东西来阐释他们的东西。发现这个规律，其实就打破了西方文明的一家独霸。发现的不仅仅是中国话语，而且是一种普遍性、客观性的话语。西方人也可以用啊。这种客观规律被发现以后，我们新文科才真正有我们自己的主体性，有我们中国的文化自信。你有开阔的心胸，把世界的财富拿来，拿来以后还不是照葫芦画瓢，而是要把它中国化。

所以西方文化、西方文论怎么样中国化，是我们新文科的一个重要方面。我现在是新文科的学科负责人。新文科在我看来，首先大家要学好中国的典籍。你们学不好，你就没有中国话语。同时你们要用英文，用外文学好西方的典籍。在学好的基础上，我们才能进行创新。我们既有充分的文化自信，又有开阔的胸怀，才能培养真正的学术大师。培养像钱学森、钱钟书、季羡林，以及我的老师杨明照那样的学术大师。新文科为什么提出来？就是因为我们今天的文科不能承担培养学术大师的重任，不能培养能够承担起我们中国未来、挑起文化重担的学者。那这是新文科的第一个要义。

当然新文科还有其他，比如说我们要加强文理交叉和学科交叉。文科的要懂工理科，理工科的要懂文科。我觉得我们现在新文科其实还要跟他们理工科讲讲我们新文科的重要性，为什么呢？现在我们理工科的语文水平啊，差得一塌糊涂！人文水平啊，差得一塌糊涂。你看我们抗疫中的中医和西医之争。有好多学西医的，你要他承认中医的疗效，打死他都不承认。这个成见之深啊！所以要让西医真正认识到中医和他们西医一样都是科学的。我们文科要学他们理工科，要学计算机，要学自然科学知识。学习自然科学的更需要学习文科知识。不懂中国经典你根本就不懂医学，我们中国原来的中医叫作儒医。这次抗疫充分证明了中医很行嘛！怎么不行？有好多（例子）就是中医拯救了人的生命，而且副作用很小。理工科倒要好好学习中国文化。到什么时候你理工科的人再也不歧视中医，恐怕我们就才有文化自信啊！我们文科能够有自己的话语、有自己的自信、有自己的眼光。勇敢地在世界站出来，用世界通行的英语也好，用世界通行的汉语也好，讲我们自己的理论，跟世界平行地、自由地交流，共同创造我们学术界的未来，这才是新文科最终要达到的。我们要有学贯中西的学子，能够真正让中国文化在世界上站起来，能够真正把西方文化学好。当世界认识中国文化的伟大的时候，那就是我们有文化自信的时候，也就是我们这种理论有搞头的时候了。

问题三：新文科建设的背景下对青年学生的建议

问：谢谢老师，其实刚才通过您的描述我也看到了，相比于现在西方学界，可能还会有的一些相对封闭或者是自大的一种状态。您所代表的中国学派和变异学理论，相对来说是站在一个更包容的视角去看待这一切的。然后刚才您也说到，在新文科建设之下，我们后辈要能够做到学贯中西，既要对自己的文化有非常认真的研究和了解，同时也要去了解西方的一些文化和思想。所以在这里就想再问您最后一个问题，您认为，我们学生在这样一种新文科建设的背景之下，要如何提升自己的综合素养？尤其是学术素养。希望老师您能给我们一些建议。

答：这个也是一个重要问题。我们讲新文科，现在很多人理解就是，所谓新文科，就是你学了文科，也应该学学理工科的知识。学学计算机啊、物理啊、化学啊、医学啊这些学科，也要学学新闻学啊、传播学啊这些科目。总之就是什么都学一点，这种看法是有问题的。我还没有正式发表过文章，但我想写一篇文章来讲这个问题。因为早些年啊，在90年代的时候，教育部就搞过一个基地班，当时很多学校做了试点，比如复旦大学。他们把基地班的同学——有哲学的、历史的、文学的嘛。他们先不打通，就（让学生）哲学学一点，历史学一点，文字学也学一点，然后再学一点经济学、计算机的知识啊，结果发现没有什么好效果。我们的学生都成了一些拼盘，只学了一些皮毛。你学了计算机，也只是学到一些常识。我们学点科学知识，这是有必要的，比如说我们起码要知道牛顿和爱因斯坦的差别，知道量子力学搞什么名堂，这都是作为一种常识来学习。这在国外是常见的，比如说哈佛大学，他们一二年级就是学这些常识，比如说科学史、历史、文学史、美术史、心理学，都要学，都是常识。但是真正深入自己的学科去的时候，学生一定要建立有关自己学科的深厚基础，这是我们“新文科”要学习和注意的。

对我们文科学生来说，包括一些理工科学生也是如此，我们的

“新文科”要真正立足在国家希望我们培养的“杰出人才”上。现在不是叫拔尖人才吗？怎么才拔得了尖？我曾经反思过为什么我们那么多年来没有出现过像“三钱”——钱三强、钱学森、钱伟长（这样的大师）？我们很多学术大师，在钱钟书那个时代，是一批一批产生的，比如说我们文学上的“鲁郭茅巴老曹”，那个时候的学界，什么陈寅恪啦，王国维啦，一大批都是很厉害的学者。为什么在此之后不能再产生这样的学者？

1949年以来，我们大学里面基本上没有走出来像他们这样的人才，说明我们的教育制度是有它的问题的。问题在哪里呢？我认为最重要的一方面就是，我们的学生没有真正学好自己的文化，也没有真正学好西方的文化，没有真正做到学贯中西、博古通今。新文科最重要的是要学。举个例子，比如说，我们中国所有的文人、知识分子，没有哪一个不知道我们的“十三经”，或者至少没有哪一个不知道“五经”，后来又改成“四书五经”。比如“十三经”里《周易》我们也知道，但是你读过吗？“易有三名”是什么你说得清楚吗？说不清楚。还有《尔雅》，有人听都没听说过。我们传统经典的学习，传统文化的根底，是今天最缺乏的。我们中文系的学生，如果不把传统文化学好，不把文史哲的课程学好，就没有学好“新文科”。如果我们的同学们把大量的时间拿来先把我们的传统经典底子打好，这才是中国文化的莫大的幸运。

为什么我们没有文化自信？我们懂都不懂，怎么自信？这是第一点。第二点，我们西方的文化也没有真正学好。你看看钱钟书懂多少种外语？季羡林先生不仅英文好，人家印度的梵语等这些语言人家都有学。我们今天好多搞西方研究的学者，英语是不好的。我们曾经做外国文学教研的好多老师不懂英文，只懂用中文教外国文学。这个情况不是很可笑吗？你不会人家的语言，还去教人家的文学。现在我们的很多研究生，写外国的东西，他不懂这个语言他就敢去写。这是一个大忌。怎么样学好西方的？我们今天很多写教材的人，他都不懂这国的语言。换句话说，他没有真正“通西”。学中国的要把中国的经典学好，学西方的一定要通西方的语言，同时也要把西方的经典读好，学贯中西，或者至少是要学通中西，这才是我们新文科的第一要义。

学通中西以后，我们也要文理皆通。理工科的也好，文科的也好，都是这样。曾经有人问我："我们理工科的就不用学你们中华文化了吗?"我说："你们理工科恰恰要学。"不学好中国文化，你理工科的同学、理工科的老师要怎么提高文化自信？你们现在根本就没有做到嘛。比如说，你们学医的，你们知不知道我们《周礼》上有五大医官。有医师，起统领作用的；有疾医，相当于内科；有疡医，相当于外科；还有食医、兽医。在没有西医以前，中国人就死光光了吗？我们中医还可以开刀呢，关公刮骨疗毒不是吗？我们有麻沸散，还有开刀的工具。但是现在都失传了嘛。都说中国古代没有科学，没有数学、没有哲学，是没有去看嘛！今天我们有计算机，叫"九章"。"九章"是什么？是中国古代的算术。我们的圆周率，当时在南北朝是全世界最先进的，怎么能说我们没有科学?《墨子》里面，有很多自然科学的，有数学的、有物理的、有光学的、有杠杆原理……让理工科的同学来学这些，他们才有文化自信，才会说："原来我们中国有这些。"学医学的同学也就不会歧视中医了。

培养出有文化自信的、有丰厚的扎实的文化功底的，又有宽广的胸怀和能力的人才，我们的新文科才能搞好。"学贯中西"其实就是我们比较文学的基本要求。因为比较文学逼得你必须学贯中西，否则你就不要搞比较文学。比较文学是新文科的前沿。好多国内的重要问题，都是比较文学的学者提出来的。为什么？因为他眼观六路、耳听八方，他能够学贯中西、融古汇今，他就能提出新观点，这才是我们要的人才。这也才是我们比较文学学科的重要性。

问：谢谢老师！今天从老师这里收获了很多！非常感谢老师能够在百忙之中抽出时间来接受我们的采访，也期待今后能与老师有更多交流的机会！老师再见！

答：好的好的！再见！

王宁教授访谈录

王宁，1955 年 7 月生于江苏省南京市，1989 年获北京大学英文和比较文学博士学位，1990—1991 年获荷兰皇家科学院博士后基金，在乌德勒支大学从事学术研究，回国后任职于北京大学英语系、北京语言大学比较文学研究所等。现任上海交通大学人文学院院长和文科资深教授，清华大学外文系“长江学者”特聘教授。2011 年入选教育部“长江学者”，2013 年当选为欧洲科学院外籍院士。主要著作有《比较文学与中国当代文学》（1992）、《后现代主义之后》（1998，2018）、《比较文学与当代文化批评》（2000）、《二十世纪西方文学比较研究》（2000）、《全球化和文化研究》（2003）、《比较文学、世界文学与翻译研究》（2014）、《翻译与国家形象的建构及海外传播》（2022）等；编、译理论著作和文学作品四十余种。

访谈人：张郡，北京师范大学 2019 级汉语言文学专业

冯欣颖，北京师范大学 2021 级学科教学（语文）专业

访谈时间：2022 年 4 月 14 日

问：王老师，您好！非常高兴邀请到您来接受我们的访谈。我们知道您在文化研究、身份认同的问题上有着深入研究，尤其是爱德华·萨义德、斯皮瓦克、霍米·巴巴等一众后殖民批评家的理论。可以首先请您谈谈您进入这个领域的契机吗，其中什么样的核心问题意识在吸引着您？想听您分享一些自己的学术研究经历，从中获取一些理念借鉴。

答：我在20世纪80年代末和90年代初，花了很大的精力将西方的后现代主义文学和理论引入中国，并在这方面发表了许多论文。后来我去欧洲从事博士后研究期间又继续从事后现代主义研究，但这时我已经从一些英语文献资料以及研讨会论文中接触到了后殖民主义理论，尤其是萨义德、斯皮瓦克和霍米·巴巴的后殖民批评理论。但当时我还尚未深入地进入后殖民理论研究领域。后来回国工作了一两年后，1993年我又去加拿大和美国访问研究了半年，其间我和一些在美国大学任教的中国学者聊天时谈到后殖民理论，他们说，没想到这几个中东和印度裔学者竟然在欧美学界掀起了一股新思潮。而我们中国学者为什么不能也提出一种理论独领风骚呢？我想这需要长期的积累，但一开始还是要对后殖民主义进行深入的了解和研究。于是我就逐步关注这方面的著述和期刊，及时地用中文写成论文向国内学界介绍，并在国内组织一些相关的研讨会。再后来，我觉得应该直接与这些理论家进行对话。于是我分别于2002年和2006年邀请了巴巴和斯皮瓦克来中国访问讲学，与他们建立了较为密切的学术交流关系。巴巴也邀请我去哈佛大学人文中心作公开演讲，斯皮瓦克也分别于2005年和2007年两次邀请我去哥伦比亚大学演讲。我发现，如果说，斯皮瓦克的后殖民主义理论带有明显的女权主义和解构色彩，那么爱德华·萨义德的理论则有着强烈的意识形态和政治批判色彩，其批判的锋芒直指西方的文化霸权主义和强权政治，其明显的理论基石就是"东方主义"。我针对东方主义也专门在国际文学理论顶级期刊《新文学史》发表了一篇论文，对他的东方主义进行了批判性讨论。和斯皮瓦克一样，巴巴的理论背景也是后结构主义，但他的后结构主义批评实践中戏拟的成分大大多于严肃的成分，用巴巴自己的话来说，这实际上也是一种将矛盾性和模拟性糅为一体的独特话语方式和策略。总之，在后现代主义和后结构主义大潮衰落后的西方学界，后殖民主义异军突起，给了我们东方学者以极大的启示。他们之所以在美国学界崛起与他们的双重身份不无关系，而在欧洲则很难有这样的多元文化氛围。

问：您在《翻译研究的文化转向》中提到了20世纪七八十年代

发生的国际翻译学界的文化转向和文化研究的翻译学转向，以解构主义为基干，包括了后殖民主义、新历史主义、女性主义等不同流派，涉及多种学科，关心的是政治、权力、民族、种族、帝国主义等问题。您认为这种转向在今天的趋势是什么，它将走向一种什么样的方向，是否将变得更为激进呢?

答：你提到我出版于2009年的《翻译研究的文化转向》，今年正值我这本书由清华大学出版社出版了修订版，此外，中华学术外译项目也以此立项，拟由英国劳特里奇出版社出版英文版。确实，我的这本书不同于国内那些从语言学视角介入的翻译研究著作，该书的一个突出特色和主要理论建树就体现在，我从多学科的理论视角，凭借我在比较文学和文化研究领域内的造诣和大量的文学和理论翻译实践，并结合中国的翻译研究现状，实际上将20世纪90年代初出现在西方后来逐步进入中国的翻译及翻译研究的文化转向进行了历史梳理和理论分析，在西方学者看来我的中国视角也颇有新意。我那本书的部分章节曾以英文的形式发表在国际期刊上引起了国际文化研究和翻译学界的瞩目。我试图从文化的角度对翻译学这门尚不成熟的学科进行理论建构，提出了翻译学的文化转向，从而为使翻译学走出传统的语言的囚笼作出贡献。我认为在文化转向之后，翻译研究并未沿着激进的意识形态批判之路走下去，倒是在一定程度上又返回了经验研究和跨学科研究，并针对当今的读图时代的图像翻译，或我称为语像翻译对文字的冲击有所研究，我在这方面也在国际刊物上发表了一些论文。此外，针对机器和人工智能翻译对传统翻译提出的挑战也应作出回应。我现在正在应邀为国际翻译研究期刊 *Babel* 编辑这方面的一个主题专辑，希望在国际翻译学界提出中国学者的翻译研究成果。

问：有人认为，当一种理论被庸俗地滥用，将造成理论接管文本本身，从而抹杀了其中的差异性和多样性。老师您是如何理解这个问题的呢，它是不是文化研究、文学批评所必然面临的困境，如何使文本不再成为被理论统治的工具，以实现文化与文本之间真正平等理性的交往行为?

答：确实，正如你所说的，国内一些学者对西方的理论一知半解，凭借自己读了几本翻译过来的理论著作就将其用于文学作品的阐释和批评，造成了文学理论界出现“没有文学的文学批评和理论”的怪现象。张江称为“强制阐释”，他在这方面发表了大量的论文，有些译成英文在国际上发表后也产生了一定的反响。近几年在国内外学界兴起的世界文学研究至少是对这方面的一个反拨，也即呼吁文学理论和批评仍应该回归文学。我所倡导的“超学科比较文学研究”虽然也提倡跨越学科的界限对不同民族/国别的文学进行比较研究，但最后的归宿仍应该是文学，否则就不称其为比较文学了。

问：后殖民身份可以被表述为 hybrid（混杂），in- between（居间），ambiguous（模棱两可），是一种 métissage cultural 式的文化杂交。我们作为中国人，在受到中国文化熏陶的同时，也受到了大量西方文化的影响，获得了一种双重的文化身份。在阅读、研究相关西方文学作品时，似乎也不免带着一种“东方学”式的“西方学”视角，您如何看待这样一种悖论性的问题呢?

答：萨义德、斯皮瓦克和巴巴等后殖民理论家之所以能够在具有多元文化特征的美国学界异军突起，在很大程度上确实也是因为他们所具有的双重混杂身份，在西方的一些华裔学者也充分利用了这一双重身份取得了一些成就。但对国内学生或学者而言，我们更应该立足中国的文化土壤，即使研究外国文学也要具有中国的立场和视角，这样我们才有可能取得成绩。否则总是跟在别人后面是没有出路的，别人也会看不起你的。可以说，我之所以能够得到西方学者的尊重在很大程度上也由于我是一个中国人，我的研究有自己的独特视角，提出的理论建构也有自己的特征，我想这就是从事比较文学研究的优势。

问：在全球化和本土化的问题上，这种混杂性在世界文学、“理论旅行”以及文学在不同国别的传播中得到了充分的体现。例如随着中国古典文论现代化解读浪潮的兴起，海外汉学热潮使中国古典文学和文论受到了更大的关注，又或是美国汉学界对中国现代文学史的重写，其对国内学者产生了重要的影响。您认为中国文化和文学如何更好地走向世界，而中国本身如何更好地接受外国的文学文化，使异域文化才能在新的文化语境中获得新生呢?这种双方的公平良好的对话的关键是什么？

答：不容否认，全球化进入中国使中国已经全方位地融入了国际社会，并在全球化的进程中逐步承担领军者的角色，我想这也应该体现在人文学术上。在过去的一百多年里，我们中国的人文学者在大量引进国外，主要是西方的学术思想和文化理论方面做了大量的翻译工作，以至于一些西方的二、三流汉学家的著作都可以在中国见到中译本。相比之下，中国的绝大多数一流人文学者的著作都没有被译介到英语世界，只有极少数可以直接用英文著述的优秀的中国人文学者在经过严格的评审和多次修改之后才勉强跻身国际学界，但发出的声音却是十分微弱的。

有人主张依赖国外的汉学家来传播中国文化，我认为这是不切实际的，汉学家自然作出了很大的贡献，但毕竟他们在学界处于边缘的位置，而且不掌握话语权，我们应该加强与他们的合作。今天的一个可喜现象是，近二十多年来，一大批来自中国的留学生获得人文学科的博士学位后在一些世界一流大学任教，他们中的不少人加盟西方的中国研究学界，从而给这一边缘的学科增添了许多生机，同时也加强了西方的中国学与中国国内学界的联系。他们同时在自己工作的国家用外语和在中国用汉语发表著述，其中一些有着传播中国文化历史使命的学者还在自己著述的同时，将中国的一些优秀人文学者的著作译介到西方世界。

这批赴国外著名大学攻读学位的研究生大多来自中国一流大学的文、史、哲和外语学科，受过国内人文学术的严格训练，同时又经过严格的出国外语水平考试。经过几年的学习，这批学者，尤其是在美国著名高校任教的学者，既有着深厚的国学功底，同时又受到西方汉学的严格训练，其中一些佼佼者的英语水平几乎达到母语的水平，因此他们很快就能进入国际学术前沿，并在人文学科的顶尖学术期刊上发表论文，或在国际权威的出版社出版专著。因此，我们与这些学者合作必定更有成效。此外，我们的人文学科现在也处于一个重要的转折时期，抓住机遇谋求发展我们就可以迅速地走出封闭的小圈子，进入国际人文学科的前沿。因此，我们在大力译介中国的人文学术著作的同时，也应鼓励掌握外语这个工具的学者直接用外语著述，也即尽可能用道地的外语，尤其是世界上的通用语英语，来发出中国学者的声音，阐述中国的理论观点，讲述中国的故事。此外，我们也可以利用目前在国际学界有着很高学术声誉和广泛影响的权威期刊和出版社，发表我们中国学者的著作和论文，进而有效地传播中国文化和人文学术。

问：最后还想请您谈谈，在新时代的今天，比较文学这个学科面临许多机遇与挑战，对于中国比较文学研究者而言，如何把握好这份时代脉搏，传递这份人文学术的使命？这种比较文学的视角，如何在教学工作以及比较文学之外的领域中体现出来呢？

答：确实，长期以来具有西方中心主义特征的比较文学学科陷入了危机，而世界文学的兴起则在一定程度上使其走出了危机的境地。一些比较文学学者从中国的理论视角出发，对长期以来占据国际比较文学界的西方中心主义提出了尖锐的批判，并致力于建构一种新的比较文学学科。从中国的视角出发建立的新的比较文学学科的特色就体现在下面几个方面。第一，新的比较文学学科进一步凸显了比较文学的特征，既具有广泛的世界性，同时也带有鲜明的民族性特征。它一方面注重各民族/国别文学的交流和对话，同时也强调各民族/国别文学的民族特征。第二，新的比较文学学科更注重跨文化和跨学科的比较文学研究，并且更注重对文学现象的理论阐释。但是这种理论的阐释绝不应是一种理论先行的“强制性阐释”，而更应该是一种从文学的本体出发，经过一个理论阐释的循环又回到文学的归宿，但是这种回归已经不是简单的回归，而更是一种螺旋式的升华。第三，新的比较文学学科应更注重世界文学的宏观研究和理论建构，因此在这方面它也更注重对翻译的研究。同时，由于当下的国际学界对世界文学的研究，尚缺乏自觉的理论建构，因而由中国学者提出的一些理论建构将产生较大的国际影响。过去我们常说，越是民族的就越是世界的，现在我要加以修改和调整：越是具有民族特色的东西，越是有可能走向世界，但是必须有翻译作为中介。因此翻译便为世界文学的建构起到了重要的桥梁作用。第四，新的比较文学学科不仅应注重世界各民族文学的文心相通，同时也要关注不同民族的文学之间的差异。在这方面，世界文学不仅是一个单数，同时也可以用复数来表达：前者作为一个整体而具有总体文学的特征，后者则强调各民族文学的差异。总之，在建构一种新的比较文学学科的过程中，中国学者正在努力著述，并活跃在国际比较文学的舞台上发出愈益强劲的声音。他们的努力改变了习来已久的西方中心主义的既定格局，使中国学者在其中扮演越来越明显的领军者角色。

叶舒宪教授访谈录

叶舒宪，文学博士，上海交通大学文科资深教授，文学人类学研究中心主任，中国社会科学院文学所研究员，中国比较文学学会会长，文学人类学研究分会荣誉理事长。曾任美国耶鲁大学、新西兰奥塔哥大学、荷兰莱顿大学等校客座教授。著作有《图说中华文明发生史》《诗经的文化阐释》《庄子的文化解析》《中国神话哲学》《玉石神话信仰与华夏精神》《金枝玉叶——比较神话学的中国视角》等60种。后三书分别入选中华外译项目，在英、法、俄、韩、日等国出版。中国知网收录文章600余篇。开创文学人类学新兴交叉学科。倡导新文科方法论四重证据法。

访谈人：田华昕，北京师范大学文理学院中文系本科生

蒋瑞，北京师范大学文理学院中文系本科生

访谈时间：2022年4月14日

问：作为中国比较文学学会的会长，您对中国高校的比较文学教学现状有何评价？结合您丰富的研究与教学经验，您能否在学科设置教材与具体的教学方法等方面给出一些启示与展望？什么样的教学才能真正提高本科生在比较文学领域的研究能力？

答：比较文学与世界文学作为二级学科，目前主要在中国高校的中文专业和外文专业有教学课程。在中文系，比较文学的教学实际上是把中国文学、外国文学二者沟通交融，它有“建构人类总体文学”

这样一个大的背景，所以在今天的文科教学中像这样性质的课，特别是在中文系还很少。所以我们认为，比较文学最重要的作用就是引领文科的国际化视野。不论你是研究古代文学还是现代文学，都要放在全球背景中去重新定位，比较文学的意义主要在这方面，它是民族文学、国别文学通向人类总体文学的津梁。

同时，占据比较文学半壁江山的，是跨学科研究（或称交叉学科研究），也就是文、史、哲、艺术、宗教、心理学等多学科和文学之间的互动，其空间非常广阔。在今天的各种教学课程设置中，我看也只有比较文学是特别强调跨学科研究，而且它发挥的功能就是文学和非文学学科的交叉融合。以我们中国比较文学学会的文学人类学研究分会来说，它就是把文化人类学和文学打通，所以跟咱们的教学研究分会一样，也是几十年坚持到今天的。打破学科界限，说起来容易做起来很难。因为教育制度本身是分学科培养的。在这个意义上，比较文学的教学始终坚持倡导跨学科知识的必要性，这实际上先于国家当下推出的新文科改革战略决策。比较文学的跨学科研究，已将新文科的改革宗旨纳入教学科研和实践几十年了。这是第二点。

除此之外，比较文学早期的传播特别注重文学和文化理论方面，诸如译介学、形象学、后殖民理论、后现代主义、全球化等，这些国际前沿的理论，大都是在比较文学界的倡导或直接参与下，形成国内热点研究领域。这对更新我们的理论体系和人文研究的方法论探索，都起到了重要作用，为全面建构中国理论和中国话语体系作出了突出贡献。

伴随中国比较文学的当代复兴进程，比较文学的教学在整个文科教育中充分发挥了引领国际化视野、沟通融合中国文学与外国文学、沟通融合文、史、哲、艺等多学科互动的积极作用。此外，比较文学界对国际前沿的文学理论与人文研究方法的译介与探索，也对培育学生的理论素养和研究方法起到积极作用。

问：我们了解到您有在国外多所高校做访问学者和座谈客座教授的经历，请问您是否了解数字人文这一新兴领域？它在比较文学的教学创新中，是否能够发挥一定的作用？在全球化的背景下，世界文学的教学是否还有其他革新的空间?在比较文学与世界文学两个学科的教学方面,您觉得国内高校在哪些方面还可以向国外大学进行借鉴?

答: 数字人文是21世纪以来的新兴学术领域。但目前在比较文学领域中的具体运用还没有形成规模和气候。本人于20世纪90年代在美国、加拿大等国访学,那时数字人文还没有发挥作用。在21世纪初的英国和欧洲,数字人文开始发挥作用。我在2014年访问了比利时的布鲁塞尔鲁汶大学,该校的数字人文方面是比较领先的。那么,就国内的比较文学界来说,2021年底新成立的中国比较学学会的跨学科研究分会中,有一部分学者不光关注数字人文,还关注科幻、元宇宙等,这是本学会中最新潮的发展趋势,国内在这一方面也是刚刚起步。

数字人文在比较文学领域中的运用发展还需要大家共同努力,特别要注意吸收大数据方面的专业人士,特别是青年学者加入比较文学队伍中来,比较文学教学研究分会在这方面可以尝试重点培育。

除了学习借鉴国际上的成功经验,国内目前的文科大数据建设也是值得关注的。例如我所参与的中国民间文艺家协会主持项目“中国口头文学遗产数字化工程”,目前已经录入56个民族的口头文学作品近万册,总字数超过12亿字的电子文本,在篇幅上大大超过著名的书面文本集成的《四库全书》。国家在此基础上正在组织出版《中国民间文学大系》1000卷的浩大工程。中国比较文学如能将50多个少数民族的文学纳入比较研究视野,将是一笔海量的新知识、新财富。这项工作的意义就在于,全世界没有任何一个国家拥有这样丰富的口头文学遗产。它一旦数字化,对研究者有如虎添翼的作用。比如研究女娲造人的神话,只要把“女娲”两个字打进去,它就会提示在中国的31个省区,50多个民族中所有相关神话以地图的方式全部显现出来,跟过去大海捞针一般的手工操作相比,这个数据库将大大提高研究的效率。因为有钟敬文、万建中等民间文学专家的存在,民间文学在北京师范大学是强项,这一领域的发展需要比较文学师生与民间文学师生的互动。因此,我们不光要向国际学习,也要向自己本土的数字化资源重新挖掘、重新学习。中国作为多民族国家的比较文学,也应关注不同民族文学的新知识。

问：您的研究领域中还有一方面是关于文化人类学，比较神话学等研究方向也属于比较文学研究的一部分。那么想请教您对于这部分的研究和教学，你有什么方法指导和展望可以分享给我们？

答：在 19 世纪中期，作为一个新学科的比较神话学先于比较文学兴起，对于研究印欧语系民族的文学和文化，形成印欧民族共同体意识发挥了奠基性作用。在 1851 年一位德国籍在英国任教的学者麦克斯·缪勒出版了一本《比较神话学》。我们都知道，比较文学最早的英文教科书是 19 世纪 70 年代问世的，所以在 1851 年比较文学还没诞生的时候，比较神话学就起到引领作用。

《比较神话学》主要是拿印度梵语文学神话中的字和词，与古希腊语、拉丁语神话做语言学和神话学的比较，所以它真正跨越了文化和地理的界限，发现了一个印欧语系民族的整体存在。它带来的比较视野，打开了整个欧洲人的思维空间。因为印度在地理上跟欧洲相距非常遥远，中间还隔着中亚，但是史前时代的文化大迁徙把同一个母语分化成各种子语，然后分别演变成了各自的文学传统。这样一来把国别文学的眼界大大地拓宽，特别是在印欧大陆上，那么后来发现的波斯语也是印欧母语中分化的结果，它们同属于印欧语系。这样一来，比较神话学，实际上是没有叫比较文学的“比较文学”。而且它的意义不仅仅是分析文学创作，它把一个失落的文化共同体意识重建起来，对从事比较文学的学者来说，这也提供了一个更广的文化源流背景。

为了将比较神话学从 1851 年到今天这一百七十余年的阶段性的重要成果集合起来，让我们国内的学者所了解，我在上海交通大学成立神话学研究院，主编了国家出版基金项目“神话学文库”，已经出版 38 种书（陕西师范大学出版社）；还有“神话历史丛书”12 种（南方日报出版社；上海交通大学出版社），把东西方重要的比较神话学研究成果，通过翻译介绍进来。其中包括一批国际领先的著作的中译本，如《萨满之声：梦幻叙事概览》《希腊神话与美索不达米亚》《希腊神话的迈锡尼源头》《日本神话的考古学》，还有中国学者撰写的《苏美尔神话历史》《韩国神话历史》等。还有属于比较文学跨学科研究的代表著作，如《从前苏格拉底到柏拉图的神话和哲学》《神话的哲学思考》《心理学与神话》《神话动物园》《神圣的创造：神话的生物学踪迹》等。这些著述分别从交叉学科视角展开研究，能够在教学方面起到很好借鉴作用。这样的交叉学科知识培育也完全符合国家教育主管部门目前正在发起的新文科教育的大方向。实践表明，最容易实现学术创新的领域就是交叉领域。《神圣的创造》主要讲神话中的生物学原理，这是文理交叉的新视角，目前在国内基本上没有。我们希望通过这几套丛书把比较神话学的主要进展介绍过来，特别是比较神话学在发现文化共同体方面所产生的重要先导作用。

在人文学术的方法论创新方面，比较神话学也有突出成就。在苏格拉底、柏拉图之前的时期，神话与哲学具有关联性，文学与哲学、文学与思想史本来是不分家的。具体来说，在苏格拉底以前的神话讲述，要说明“万物是哪儿来的”“上帝是怎么造人的”。这实际上是哲学中的宇宙起源论的雏形。神话不是用抽象的三段论推理，而是用故事、用象征来表述的。所以神话和哲学是一种母子关系。但是对于一般从事比较文学的学者来说，对哲学和思想方面关注得就少一些。可以说打破学科界限的比较神话学，对我们在学术视野和研究方法上都有启发。

问：我们关注到您现在兼任中山大学中国非物质文化遗产研究中心的研究员，此次大会会址也是在广东珠海。那么，您认为粤港澳大湾区的人文价值何在？如何去提升这种价值？以及它对比较文学学科发展的作用何在？期待您的见解。

答：“非物质文化遗产”这个词在我们上学做研究生的时候都还没有，它是20世纪90年代联合国教科文组织开辟出的全球文化项目。主要的原因，就是有文化人类学家在联合国教科文组织提出了这样一个概念，英文的原文 Oral and Intangible Heritage，译成汉语是“口传与非物质文化遗产”。后来因为太啰嗦了，就把 Oral 去掉了，所以现在简称“非遗”。我们刚才说的“民间文学”，它不是作家文学，它来自每一个民族——不管有没有文字——都有自己的民间传承，所以“非遗”的提出，主要针对无文字民族的文化传统。而学院派看重的是有文字记载的、书面文学/书面文本的传统。那我要问，荷马史诗，荷马能读希腊文、能写希腊文吗？我这个问题提出来，你自己就明白了。荷马是盲人，没有视力，所以他的口传文学作品是后人用希腊文追忆记录下来的。这样我们会看到，文学真正的源头全都在“口传与非遗”之中，在还没有署名的作家作品的时候，人类的文学全部是口传文学的浩瀚海洋，而在书面文学兴起后，口传文化大部分被知识界所遗忘掉了。

所以“非遗”的提出对于我们从事文学教学、文学研究，也是一个全新的空间。这一方面，中山大学走在了前列。中山大学中文系过去有个强项是戏曲研究，但因为受到国际方面（包括日本学者）的影响，其当下研究的不再是关汉卿、王实甫写作的剧本了，而是真正的到民间地方去考察地方戏。在广东就是研究粤剧。

日本著名学者田仲一成，他也是中山大学非遗中心的特聘教授，就是到中国民间去调查各个地方民间戏剧的细节。过去的中文专业是不研究这个的。所以他跟人类学、民俗学的这个研究模式比较接近，他最后提出了一个“中国不存在西方意义上的悲剧、喜剧”的观点，因为“悲剧”“喜剧”是古希腊文化特有的、西方特有的剧种。比如说，元杂剧《窦娥冤》，一般都认为是中国古代的悲剧。田仲一成则重新命名为“冤鬼镇魂剧”。他说为什么要演这个戏？就是因为他在中国民间看到有孝女庙，自古及今香火不断。老百姓为什么要祭祀孝女，因为民间相信被冤屈而死的孝女会冤魂不散，引起天下大旱，所以有祭祀禳灾的需要，这和《俄狄浦斯王》的开头是一样的，希腊的忒拜城邦遭遇了瘟疫，需要找出引起天灾的原因——有人犯下杀父娶母罪孽。所以，如果不能通过演戏的活动为孝女窦娥昭雪平反、不让她的冤魂得到超度，天下是不能太平的。《窦娥冤》这样的戏剧起源于中国民间的信仰，就是“自有公道、有公理在”。所以这样的民间调研知识，不是从剧本中得来的，而是来自民间的生活实践。

通过非遗民俗的这个视角，找到文学发生的奥妙，你就看清了中国的戏剧跟古希腊戏剧的区别在哪里：中国戏剧是跟民间信仰联系在一起的，跟民间的祭祀礼仪、地方民俗结合在一起。所以田仲一成的《中国戏剧史》，虽然出自外国学者之手，但是他长年在中国各地民间考察，他的视角比过去纯粹研究元杂剧是别开生面的。中山大学非遗中心的研究路数大致如此。以《文化遗产》这个学术刊物为代表，与社会科学院的《文学遗产》形成鲜明对照。

回到我们的问题，要怎样研究和利用粤港澳大湾区的人文资源？走出大城市，走出学院的象牙塔，一定要到岭南大地的村落、部落、山区移民、少数民族、客家人中去，这些都体现着中国文化内部的多样性。你必须到田野中去认知，这是咱们珠海校区将来也可以做的一些探索方向。因为广东的文化，古代叫岭南文化，也叫粤语文化，它的内部构成也很复杂，南方有多种民族混居在那里，特别是从北方迁徙过去的族群，叫客家人，大约相当于古代的“离散族群”。有些中原民族的古老的习俗，就完整地保留在客家人之中。这个也给我们比较文学研究，提供了一个更加接地气的训练机缘。

问：接下来我们想向您请教两个关于中小学教育的问题。现行的《普通高中语文课程标准》中设置了一个“跨文化专题研讨”的学习任务群，我们对此想请教一下您，以您长期从事比较文学教育教学领域的经验来看，您觉得修读过《比较文学概论》课程的中文系的学生如果走上了高中语文教师的岗位，该如何给高中生上好“跨文化研讨”这一课呢？又如何解决在教学过程中可能出现的审美差异、文化差异与译注差异等教学困境呢？

答：这也是一个比较紧迫的问题。过去的高等教育中基本上都没有什么跨文化认知的内容。那么，现在既然中学甚至小学都开始有这个方向的学术引导内容，这就会倒逼高等教育的改革步伐，同时也更凸显出比较文学研究的重要性：应该把一个国别的、一个民族的文学传统放在世界文学——或者我们叫“人类总体文学”的视野里。这样一来，跨文化本身就变成了一个必然的参照。

过去，一个民族、一个国家只讲自己的文学传统，今天看来，这不符合“知识全球化”的时代需求。跨文化的认知，是从文化人类学中发展而来的。因为人类学研究的就是不同的民族，特别是原住民族。所以这里面有很多文化认知的原理叫“跨文化交流”。跨文化认知、跨文化交际这方面的内容，比较文学的课程里是没有的。比较文学只是把中外融通而已，所以需要咱们的老师、同学们主动地向文化人类学方面——特别是近年来的跨文化心理学这样的课程靠近。要把比较文学的作家、作品研究的视野向更大的多学科的方面去拓展。

当下的《比较文学概论》一类教科书还不足以完全承担这样的任务，只能起到通过文学比较而达成的一种穿针引线的作用。如今的教学必须诉诸跨文化认知和跨文化交流的新知识。因此我们的师资需要适当补习文化人类学的内容。这样有利于融通比较文学和比较文化的知识。文化人类学的一个别名即“比较文化”，这一点可以为中学教育做引领。未来中文系学生想做高中语文老师的话，可以自己找一本文化人类学的教科书、基本读物，然后自觉地培养一下跨文化认知的传统。

在咱们国家的比较文学界，从北京大学的费孝通，到咱们比较文学学会的前任会长乐黛云先生都强调过这样一个原理，就是叫“美人之美，美美与共”。不同的民族传统的认知，基本上都是以自我为中心的。我们为什么叫“中国”？就是说谁在中央，谁就是统治者，那中国的名字就是自我中心定位的。为什么古罗马以罗马帝国时期的都城为世界的中心，在它西边的叫 west，在它东边的叫 east，离它比较近的叫“近东”。离它比较远的、像咱们这儿就叫“Far East”，这都是文化自我中心的表现。这种根深蒂固的传统，以自我为中心建构起来的文化和意识形态呢？就要学会欣赏差异、欣赏原住民、欣赏他者文化、欣赏跟你完全不一样的语言风俗习惯。这才叫“美人之美，美美与共”，所以这一方面的教育在中学实施，我觉得非常必要。

我们面临的是一个全球化的时代，我们过去闭关锁国，在改革开放之前跟外边交往的很少。现在已经出现一个新的全球化、全球秩序，一个构建人类命运共同体的时代。所以，在这方面培养人类意识，首先就要从跨文化认知做起，这也是比较文学学者责无旁贷的。

问：在刚刚问题的基础上继续请教一下，如果说限定一下学段，您觉得对儿童的成长发展来说，比较文学的视野和意识，又可以为他提供哪样具体的价值呢？同时，如果小学语文教师要做好儿童的比较文学的启蒙教育，又可以从哪些方面去入手呢？

答：这个问题我是这样想的。儿童接触的最初的文学作品中，一般是分为中国的、外国的。那么，谁在这两者之间像架起一个桥梁那样联系起来呢？那就是“比较文学”。儿童学习了中国文学和外国文学作品，能够将二者联结为一个整体，就是比较文学。

比较文学既讲中国的，又讲外国的，所以比较文学的这个联结的作用对中学，特别是小学来说，不可能用高深的学理去教育孩子们。但是老师在讲一中一外两个作品的时候，就告诉他这个作品不是孤立存在的。所以，我们只要能够适当指导学生培育建立一种有关人类文学总体的意识，对未来的学习就很有利了。

如何具体通过文学作品让孩子积淀自己的人类总体意识呢？从哪里入手比较容易呢？那我的建议就是讲神话故事，非常适合儿童和中小学生。

怎么讲神话故事？不能只讲女娲造人故事或亚当、夏娃故事，要讲五大洲的各个民族的同类故事。对此，我推荐人类学大师弗雷泽的《〈旧约〉中的民间传说》。这本书的特点就是，讲完任何一个希伯来圣经里边的叙事，下面就链接出五大洲的同类故事。这样的宏大知识视野，国内学者暂时还是没有的。

比较神话学提供的故事讲述，就是通过对中国的、外国的、多民族的这个神话作品的介绍，给学生建立起一个文化共同体、人类共同体的意识，而且能够非常明显地看出不同文化传统下的神话讲述的特色。

作为老师，自己先读一遍人类学大师弗雷泽的《〈旧约〉中的民间传说》，就知道如何通过比较文学为小学生从小就培育人类命运共同体意识了。把那些生动的故事讲述给小学生，我觉得这是非常好的。对学生未来的成长、培养比较的意识，可以打下很好的基础，这就是我的回答。

问：最后，我们了解到您对于《庄子》《山海经》《西游记》等国学经典有深入的研究，您觉得比较文学的知识与视野为您在研究中国传统文化时提供了哪些支持呢？另外，在比较文学的视野下，我们又该如何看待中华传统文化在当代的教育教学价值呢？

答：我在《文学与人类学：知识全球化时代的文学研究》（社会科学文献出版社 2003 年版）书中提出，从国别文学到比较文学，再到文学人类学或人类总体文学，是 19 世纪以来国际学术界在文学研究方面发生的巨大变革。

文学的教育，从民族的、国别的走向比较的，再从比较的走向总体的和人类的。这是一个三段式的必经之路，所以“比较”不是为了比较而比较，也不是说比较完就到头了，“比”的结果就是要达到一个关于人类文学总体的这样一个知识高度，这是未来的必然趋势。

这样看，中国文学的孤立的研究早已经结束了。从鲁迅、闻一多、郑振铎这些受了西方知识熏陶的学者，跟清朝以前的国学教育下的学者已经完全不一样了，所以我们把这整个的过程叫作“知识的全球化”。那么，“知识的全球化”给我们带来的，必然有对本土文化的重新认知。它的道理就是“不识庐山真面目”，你有些东西过去看不清，现在可以看清楚。

我是当下变革的受益者，也是积极参与者。我中青年时期当教师，教的课是外国文学和比较文学，后来进入社会科学院做专职科研，研究的对象全在中国文化方面。这样一来，我本来是受的比较文学的、外国文学的训练比较多，但是我研究的对象全部是中国文学方面的。这样跨界的知识经历最后引向的是一种对本土文化再自觉的过程。世界眼光和中国学问的相遇，必然同时带来新的问题和机遇。

我只独立撰写过一次教材，即《文学人类学教程》（中国社会科学出版社 2010 年版）。其中的道理都是国际化的，分析的案例对象都是中国本土化的。像“神圣言说：汉语文学发生考”（第六章标题）这样的内容，如果要告诉大家，这个中国文学作为书面文学来看，它是怎么来的，光有国学素养或仅凭熟悉外国文论都是难以完成的任务。

为什么是“言说”呢？唯一被认为孔子著作的、或者在咱们文学史上被称作先秦诸子散文的《论语》，你把这两个字看一看，“论”是什么意思，“语”是什么意思？——就是言说的意思，两个字都是言说的意思。孔圣人一个字也没写，《论语》是哪儿来的？从“子曰”“诗云”找答案，这跟荷马的情况是一样的。孔圣人不是一个拿着教科书、在黑板上板书的老师，孔子的言论基本上就是口传的记录。就像荷马自己是个盲人，他不可能写希腊史诗《伊利亚特》，情况是一样的。所以《汉语文学发生考》就是在追问“文学从哪儿来的”。如果你没弄清楚，就把《论语》当成散文来讲，这是一个极大的错误，这就是拿着西学的模子来套国学。因为春秋的时代，不存在教科书，不存在书写的条件。这样的讲述，实际上不仅不利于对本土文化的认知，反而把本土的真相遮蔽住了。

所以我说，有了比较文学，有了世界文学的眼光——特别是有了人类文学总体的认知，有了人类总体的文学全部来自口传文学的认知，再去看我们的汉语文学的发生，你就会自己有一个觉悟：原来有些东西，虽然是教科书这么写的、这么教的，但是却不完全正确。我们需要达到一个本土文化的重新自觉，这就是我们要做的。

至于中国传统文化的教学价值问题，窃以为：由于有了比较文学的熏陶和人类总体意识的参照，过去“只缘身在此山中”而看不到的东西，终究会显现出来。每个人，只有完成这样一种领悟过程，才得以实现本土文化的再自觉。这个问题非常重要，就是因为有些东西是似是而非、张冠李戴的。怎样回到本土文学的真实性上重新认知？没有国际的、没有全球化的知识背景、没有比较的视野，是做不到的。

陈跃红教授访谈录

陈跃红，现任中国比较文学学会副会长，南方科技大学讲席教授、人文社会科学学院院长、人文中心主任。曾任北京大学比较文学与世界文学人文特聘教授、博士生导师（比较诗学与比较文学理论方向），北大中文系主任，北大校务委员，北大本科教育改革战略小组召集人，自主招生专家委员会委员，北大跨文化研究中心副主任，北大中国诗歌研究院副院长，等等。先后担任澳门大学短期讲座教授，韩国国立忠南大学交换教授，台湾实践大学客座教授，香港大学访问学者，荷兰莱顿大学访问学者，国家图书馆文津讲坛教授，等等。

主要研究方向为比较文学理论、比较诗学、中国古代文学批评理论的跨文化研究、20世纪西方中国文学研究的理论与方法、中西文化关系研究等。主要专著：《文学研究的现代性与跨文化比较宿命》、《比较诗学导论》、《比较文学原理新编》（合著）、《同异之间：陈跃红教授讲比较诗学方法论》、《欧洲田野笔记》、《中国傩文化》（合著）、《文学的现状与构想》（合著）等。

访谈人：苏明明，北京师范大学文理学院中文系学生

曹牧春，北京师范大学文理学院中文系学生

访谈时间：2022年4月24日

问：陈教授好！非常感谢您出席第七届中国比较文学学会教学研究年会暨学术研讨会！也非常感谢您愿意接受我们的采访，我们感到

非常荣幸！我们大致了解了您走向学术道路的经历，知道您多年从事跨文化研究，目前也正在南方科技大学进行跨学科的教学实践，致力于建设文理交融的新文科教育。我们很好奇当年您在北京大学求学的时候是抱着怎样的初衷选择了比较文学这个研究方向，在这些年的研究探索与实践中，又对这门学科有了什么新认识呢?

答：了解一下我的知识背景和工作背景，你们就知道我为什么会情不自禁地走上比较文学教学和研究的道路了。我今年68岁，16岁参加工作，如今已经工作52年了。我最早的工作是矿工，后来又学习了地质专业，是工科。工科毕业后在地质队工作了一些年，还做过地质队的技术员、专职团干部等。1977年恢复高考的时候，我考上了中文系，由于读了两个专业，理工科的地质专业和文科的中文专业——知识结构天然就有点跨学科的味道，这两个毫不相干的专业，后来对我的学术人生影响颇大。

中文系毕业以后，一开始从事中文系的外国文学教学工作。在工作当中，我发现从事外国文学教学的老师或者学习外国文学的同学，如果没有很好的中国文学的功底，将很难教好或学好，意识到自己应该既学好中国文学，也学好外国文学，还要学好外语，所以在大学期间我就对比较文学和外语很感兴趣。虽然当时的中文系对英文要求很低，会200个单词就可以过关，但是我还是愿意花比较多的时间学习外语。

我在进大学以前已有8年的工作经历，后来到中文系学习，本科毕业后因为成绩是年级第一名，于是留校当了老师，那个时代大学还没有研究生，可一个本科生再优秀，要做大学老师这知识也是远远不够的。为了提高自己的知识结构，我又在上海读了大学助教进修班，就是在那里开始学习了比较文学的课程。

从上海回到老家的大学后，开始独自尝试做比较文学研究，发现这是一个很有意思的学科，于是就到处联系，参加了很多20世纪80年代中国比较文学的活动，譬如1985年秋天到深圳大学出席中国比较文学成立大会和第一届年会，参加比较文学讲习班的学习，并在深圳认识了我后来在北大的导师乐黛云先生，从此走上了比较文学研究的道路，回去后在贵州与一群共同的爱好者一起成立了贵州文学学会。

1988 年，已经是学院中文系领导的我，舍弃已有的岗位报考了北京大学的研究生，考上了北京大学中文系的比较文学专业，跟随中国比较文学学科的创始人乐黛云教授学习，毕业后留校成为北京大学比较文学与比较文化研究所的老师，主要教比较诗学、比较文学概论这一类的课程，也主要从事比较诗学和比较文学基本理论的研究。在大学教书期间还先后去过香港大学、欧洲荷兰莱顿大学做访问学者，还去过中国台湾、韩国、中国澳门等地做老师，在这个过程中发现比较文学知识结构和视野，对于自己走向世界以及从事文学研究帮助很大。

在北京大学中文系比较文学与比较文化研究所 28 年的学习和工作中，我对比较诗学和跨学科研究领域有了一些心得，也得到了同事们的认可，但是感觉自己离一个名副其实的比较文学研究者始终有不小距离。就像简历中介绍的，后来我做过两届北大中文系的副系主任，到 2012 年又做了一届北大中文系的系主任，比较文学的专业经历对我的教育管理和学科改革有颇多启发。

后来南方科技大学需要一个文学院的院长，但是他们对这个院长的要求有些特别，既要求院长有较好的中国文学修养和国内影响力，又要求他有外语工作的能力，同时，南方科技大学作为理工偏重的科技大学，这个院长最好懂点理工科，最后发现我比较合适，我也觉得很对胃口，于是就到南科大来了，一晃已经六年了，眼看着亲手把一片荔枝林变成了一座具有新文科特色的人文学院，还是有些成就感的。

说实话，比较文学的专业修养和跨学科的知识结构，对于我今天在南方科技大学建设新文科的工作真是有很大的帮助。2021 年我们在南科大还发起成立了中国比较文学学会的跨学科分会，秘书处的牌子现在就挂在我们学院的大门上，呵呵，这也算是一种学术人生的缘分吧。所以我也希望你们将来学习的时候不仅仅是学习中文和比较文学的知识，还要多了解一下人文学科以外的理工科的知识，比如人工智能、经济学、法学的知识，这对于你们将来成为新一代的人才，尤其是在大湾区发展和成长是非常重要的。

我们南方科技大学是一所国际化、创新型的大学，建立才十年就成为双一流大学阵营里新的一员，在泰晤士等四大国际学术排名位置都很高，这与它的发展理念以及教学和科研活动的跨学科和国际化特色很有关系。我们本科生三年级以后的理工科课程基本都是全英文教学的。这个大学90%的老师都来自世界前100的大学，他们工作的语言是中文和英文双语并用。院系之间学科交叉整合很普遍，所以说跨学科、跨文化、跨语言的知识结构和方法意识，对于未来的创新型人才培养和学校的发展非常重要。

问：谢谢老师！我们的第二个问题是，比较文学的学科理论建构对于世界各个文化之间的对话、交流、沟通、融合具有一定的指导意义，它在未来或许可以成为一种文化交流最有效的桥梁。但是在比较文学学科的研究上中西方话语选择了不同的学术道路，这本身就是文化差异导致的结果。虽然我们正在努力整合中西方话语、建构具有世界意义而非西方中心主义的学术理论体系，但是受到各种意识形态、国家利益纷争影响，世界比较文学学科建构的努力似乎被话语权争夺所束缚，这违背了我们的初衷，那么受到异质文化底层逻辑壁垒困扰的中国，到底如何才能与西方文明形成真正平等的对话呢?

答：文化的对话和发展问题是比较文学学者没法回避的问题，比较文学的研究必须要建立在跨文化交流的基础上。人类的各种文化产生于不同的历史文化语境当中，早期它们各自在交流很少的情况下发展了自己独特的文化。比如说古代中国，从最早的口头文学、神话，发展到先秦时代的《诗经》《楚辞》等各种各样的文学，它们都是在东亚中国的文化语境当中成长起来的，这种文化的特点和语言就决定了它的文学发展特点。

西方文化也是如此。它们早期基于古代希腊甚至比希腊更早的时代的文化，发展出了它的神话、悲剧、喜剧等。我们还可以列举出更多早期与外界交流少的古老文明，比如说印度文化和印度文学，古埃及文化和古埃及文学，我们还可以追溯到早期南美印第安人的文学。这些文学都在他们各自所处的土地、环境、文化背景下生长起来，所以让这些文学实现交流是一个很大的话题。要理解其文学，就必须理解其文化，更必须要了解其语言、历史、思想、宗教等。例如不了解圣经，就很难了解西方文化；不了解古兰经，就很难了解伊斯兰的文化；不了解中国的易经，就很难了解中国文化。

这些文化在长期的发展中形成了独特的文化特征、文化符号体系和独特的文化关键词，各文化之间的交流要克服文化的障碍、语言的障碍、族群的障碍，到了后期还出现了意识形态的障碍。这种文化交流的困难和误读，在世界上有时还会导致文明的冲突，今天发生在世界上所有纷争的背后都有其文化和文明的深刻原因。

从比较文学学科的角度讲，它发轫于西方，从18、19世纪的法国慢慢发展到今天。如果学习了比较文学的历史就会知道，严格来说在比较文学的早期和中期，也就是50年以前，它基本上是一个独属于西方的学科，它的文化背景和学科体制都来自西方。而我们要把它借鉴、转化、应用到中国、用到东方、用到我们的需求上，所以在各自的文化需求、文化动因，以及文化理解上都会有许多需要克服的问题。

我们有大量语言理解上的问题、文学话语理解上的问题、文学理论上的问题等。比如在语言上，中文作为象形发端而绵延至今的文字，和西方今日符号性的文字两者表达同一个意思时，看上去相似，实际上存在很大差别，因为中西方对语言的理解不一样。比如英语的“悲剧”为“tragedy”，其内涵主要来自古希腊的悲剧，可中国的悲剧不是。中西方悲剧的内涵之间并不整合，所以要实现交流，就需要大量的沟通、对话，要互相学会理解对方、认识对方。所以，即使是在文学理论和翻译学的意义上，这两种文化的交流都非常的困难，如何克服这些问题是我们比较文学学者的使命——我们要找到不同文化的文学之间能够共通、能够交流的东西。

比如说小说，中国的小说没有争议的是《红楼梦》《金瓶梅》《水浒传》《三国演义》这一类书，可这些被我们称作“小说”的东西和西方的“novel”（小说）不是一个概念。中国的小说来自历史，来自作家对历史的发挥和解释，西方的小说则来自个体编撰的故事和想象，这两者之间有许多差别。所以中国的小说如演义、传奇，都和历史关联在一起，如三国的故事、水浒的故事。而西方的小说则主要基于个体想象，我们很难说西方小说创作是基于历史，除非所谓历史小说。

“小说”在西方有很多表达，比如 fiction，story，tales，等等，每个词语在英文里的意义各不相同，更不必说在中国被称为“小说”的文本在西方不一定被这样称呼。但是这两种文体之间有共性，那就是叙事，而不像诗歌只用简短的词句表现一种情绪，也不像戏剧靠对话实现人物性格的塑造。中西方在“叙事”这一特点上找到了小说的共性——这就是比较文学可以研究的内容。

到了近代，尤其是现代以来，文明之间的对话出现了很多的问题。比如近代文明之间的对话就受到了殖民主义的影响。西方文化从文艺复兴以来一直到近代社会，文学获得了很大的近现代发展，但是中国在缓慢走向近代社会的过程中，由于封建国家体制的影响，近代新型的文学逐渐落伍了。文艺复兴以来，西方创立了很多现代的学科体制、学科逻辑以及学科方法论，所以我们在与西方对话的时候，它们有一种学科建制居高临下的自信，这本身就构成了一种不平等的对话。

中国的学者们，就是要通过对于我们中国文学自身的跨文化研究、中国文学理论、中国史学理论的跨文化研究来提高我们的话语权。我们要告诉世界，在文学、诗学、文化发展的历史中，跟西方相比，我们是在不同的方向上发展，有我们自己的特色，有些地方我们还做得更好。如果对方没有意识到我们的意义，那我们用他们听得懂的语言去跟他们对话，形成一种平等的交流。所以在对话中最重要的一点是克服殖民主义、东方主义、部落主义等文明的优越感——其实很多西方学者也意识到了这一点。

可是到了当代，许多文明的冲突演化成了政治的冲突，甚至演化成战争。就像今天发生在乌克兰、叙利亚、以色列、巴勒斯坦的冲突一样，政治的冲突介入文化的冲突当中，所以在价值判断上出现了多重纠缠不清的矛盾。不同文明在现代性发展中存在着文明的、学科的、文化的、意识形态的差异，这就构成了文化对话之间的四重困难。要实现平等对话，中国、西方以及全世界的比较文学学者都要努力克服各自文化的中心主义，克服那种“超越自信”的骄傲，以及意识形态的居高临下，然后进行对话。世界文化应该是多元的、丰富的，如果全世界都按照一个文化模式发展，世界文化就缺乏了丰富性、完善性和发展性。

在这一意义上看，跨文化的对话是个艰难的过程，跨文明的对话更加艰难，跨学科的对话相对容易一些。我们中国学者如果从事自身单一文化研究，就很难具备这样的对话能力，很难避免文化的误读。而中国以及世界的比较文学学者一开始就秉持一种多元文化论的观点：认为世界由多元文化建构，在各个文明的发展中谁也离不开谁。古希腊的文学看似原创的，但它其实与古代的非洲文学、克里特文学和埃及文学等都有关系；中国文学在发展中也受到外来文化的影响，比如诗歌里的声调、音韵，就与印度的佛教文化有关；中国现当代文学的发展，也和西方的古代文学、西方19世纪的现实主义文学有很大的关系；今天年轻人喜欢的前卫的先锋派文学，也与西方现代派文学有关。可见各文化是“你中有我，我中有你”的关系——这是比较文学的一个概念。而将来人类的文明要建设一种文化对话的平等机制，就是要让各个文化各美其美、各自繁荣、平等对话——这也是比较文学的使命。从这个意义上来讲，我认为未来的文学、未来的学者、未来的学科发展，都是跨文化的，所以比较文学的学科方法论具有普遍的效应。

问：谢谢老师！第三个问题，在全球化趋势和科学技术迅速发展的今天，现代社会大众文化似乎是一种打通文化壁垒的新途径，您也曾提到过“我们迫切需要从当下国际化的文化现实出发，超越经典和文学史撰写、超越课程学科的樊篱，从更宏观的视野去追问所谓世界文学的命题。”但问题在于无论是传媒还是互联网只帮助我们做到了“信息共享”，没有指导多元文化背景的人们如何认识“自我”与“他者”。国际当代文化中依旧存在难以调和的内在矛盾，加之现代大众文化因“求同”大有忽视差异的趋势，理想化的跨文化“输出”与“接受”因为文化底层逻辑的冲突，在现实传播中确实受到很大阻力，那么比较文学所追求的“多元文化共生共存的当代世界文学”样貌到底应该是什么样的呢？

答：对于共生、共存、共同发展，各美其美的平等的世界文学的追求，是比较文学学者，乃至当代所有真正追求世界文学的学者的共同理想。但是我们知道，每一个文学的生产者、读者、批评者和研究者，都有自己的文化背景，每个人不同的文化背景就决定了他看问题的角度和别人不一样，也决定了他理解文学的价值观不一样。这样一来，他们之间实施对话的时候，就有历史文化背景的差异，到了当代，大众文化，尤其是网络文化和网络文学崛起，还有大量现代的跨界文学，以及新的文化表达形式的出现，就让问题变得更加复杂了。

所以我们需要站在当代智能网络、人工智能语境下的文学现实来重新理解文学、认识文学、了解文学、分析文学。从这个意义上来讲，无论是从事经典文学研究的，还是研究今天时尚的、流行的、网络的、视频的文学的人，都应该用比较文学学者、比较文化研究者兼容并包的心态去看别人的文学，看待自己的文学；看传统的文学，也看现代时尚的文学。去认知他们、了解他们，然后在文学历史发展当中看到文学在各自的淘洗过程中，如何形成自己新的经典、新的体制、新的发展。

从这一意义上来讲，今天这样一个几乎是改变三观的颠覆性科技发展时代——正在改变我们对于文化、文学和价值意义的看法。一些新的文学类型、新的作者、新的文本生产方式，还有新的文本的形成方式，需要重新认识它们。比如说以前就是一个人在那里构思，想到一个主题、一个故事，然后一个人把它写出来修改完善，交给出版社，印刷成书，然后很多读者来学习。文学的生产是一个“个体人”的过程，是人的主体的过程，文本的生产是一个时间的过程，文学文本的呈现和阅读要借助出版社和纸质书。可是今天情况发生变化了，网络文学在很大的意义上，其生产不完全是一个个体的行为，而具有非常强烈的智能化、类型化、复制化的特征。因此这个时候，一个文学文本的生产往往不归功于一个作者，而可能是一个工作室来生产的；还有可能进一步发展，成为工程，成为机器写作。

由于有了新的语言识别技术、图形图像识别技术，新的算法、新的数据处理和深度学习技术，人工智能也开始初步学会写诗、写小说、写剧本，甚至做文学评论——这就和我们传统的文学评论的理解方式不一样了。我们说的文学的主体性，这个主体是“人”还是机器？抑或是人和机器的合作呢？写文学文本，一个人要从开头大纲，第一章、

第二章直到最后写完了，交给出版社出版。但是机器写作不是这样，机器写作就是通过电脑芯片算法一瞬间就出来了，于是我们就要改变关于文学的观念。今天的阅读也已经不仅仅是依靠纸质书的阅读，我们有电子阅读，我们都是拿着手机、拿着平板在阅读，我们的文学批评也面临这样的问题。

而且文学的类型在智能网络空间里面，已经被年轻人分成千奇百怪的圈层。传统文学的写作和网络文学的写作大有差异，你也要重新来理解它。面对一个个新的文学类型的出现，我们不能一概地讽刺批评，我们也要看见它的大浪淘沙——形成经典的过程从来都不是太容易的，所以你不能拿莎士比亚、乔伊斯去和南派三叔做简单的比较，不能拿人类历史上形成的那么几百部、几千部经典和今天网络文学上面形成的成千上万的那些文本去做简单的比较。同样对机器写作也要持这样的看法，要看到它的生长性、发展性。

就是说，我们在以前文学生产的社会政治经济背景基础上，又多了一个更重要的智能科技的社会背景，这就导致我们要重新理解和认识文学。这一点非常重要，也是我们当代比较文学教学要关注的。数字人文、数字文学、云计算文学、机器写作、机器评论和将来智能多媒体的文学，甚至关于"元宇宙"的文学表达形式都需要我们进一步加强关注，文学的各种类型也会有新的生产。我觉得这个问题很好。

问：嗯嗯，也就像您说的那样，即使是机器写作，也需要大数据支持机器的智能化，而这个数据也是技术人员输入给机器的，所以这个机器也有一个来自程序员的文化背景。它生产出来的文学仍然存在着属于一个具体的国家和文化的问题。那么这样的文学是否就能打通国界、文化界，能让世界上不同文化背景的人都能理解呢?

答：这个问题你问得非常好。首先我们说机器写作叫人工智能写作，英语叫 AI writing 是吧？我们不要把它看成机器在写作，而是像我刚才说的，它是一种作为主体的"人"与机器合作的结果。因为任何一个人工智能的写作，不管是写诗、写小说、写剧本、写电影等，和过去不一样，他们都已经被看作一个工程了。人们首先要确定文学的类型、范畴，然后进行机器的设计和算法的研究，在这个基础上再塑造一个生产的平台。这个平台上生产出的文本一开始是很可笑、很幼稚的，我们用深度学习、各种各样优化的方法让它变得越来越好，就像那个下围棋的Alpha Go的凝练、演化、成长一样。

从这个意义上来讲，人工智能写作，实际上是“人工+智能”的写作，是人加机器。在这个过程中间，作为主体的人会影响到机器的生产方式。既然有一个人，他就可能是一个中国人，也可能是个印度人、美国人、法国人，一个法国人按照自己理解的文学，通过机器的算法去实现写作的时候，自然就会把他的文化传统和文化风格带进去。所以从这个角度理解，我们生产出来的机器人所生产的文本可能就是用中文写的，有中国的文化背景和表达方式；一位美国作家写出来的就是英文的，带着西方文化背景和表达方式。所以网络文学也罢，机器写作的文本也罢，同样带着它各自不同的文化属性。

所以人工智能写作同样是跨文化的，将不同文化背景下的人工智能写作进行比较研究也将是比较文学跨文化研究的一个重要话题，将是你们这些年轻比较文学学习者本科论文、硕士论文、博士论文很好的选题，建议你们好好研究。

问：目前文学面临着市场化、通俗化、边缘化的困境，而文学研究也因“任何学科都可以插足”被诟病，研究者们呼吁文学研究应该回归文学经典文本自身及其历史语境。但是比较文学的跨学科恰恰开辟了文化研究的更大视野，现代社会的人文研究者也必须适应社会发展趋势，人工智能、数字化、大数据乃至于最近很流行的“元宇宙”都将成为未来的研究对象。

这意味着对“文学”概念认知的突破：传统意义上文学是思想、意识形态、审美、情感和伦理道德教化的载体，而如今它似乎成为一种思考、阐释、解读世界的方式，文学本身和比较文学学科都有被抽象成科学思维方法体系的发展趋势。面对未来科技，人文工作者对于人和审美的焦点逐渐丧失，转型服务于科技伦理和AI智能化，或者成为一种未来学家或者是科学幻想家，那对于人文工作者的这样一种转型，您有什么认识和考虑吗？

答：关于这个问题，你可以说它是个问题，但也可以不是个问题。

我们首先要理解“经典”的形成过程。举个例子，古希腊人在古代剧场表演的那些戏剧都是当时大众喜欢的，那个时候没有经典和通俗、现实主义文学、网络文学的分类。所以说所谓“经典”是在历史中形成的，不同知识水平的人进行创作，大量的人阅读、观看这些作品，经过时代的淘洗一些作品慢慢沉淀下来才被称作“经典”。比如你用英文去读莎士比亚的剧本，会发现其语言在当时是非常通俗和大众化的。诗经、唐诗、宋词、传奇小说，在产生之时也往往在勾栏瓦肆这种民间场所流行。用这种文学史的观点看今天的文学，就会发现文学的类型、品种和表达方式都是在历史的发展过程中动态形成的。中国历史上，五四运动以前，小说这一文类上不了大雅之堂；但是在今天，小说是中国文学研究的一个大类。这说明文学的类型变化和消费都有一个从大众化走向经典化的过程。经典和大众不是天然对立，经典来自大众，大众孕育着经典，再经过历史的淘洗才形成了今天教科书式的经典。

可以说一个经典可能在其产生时代是通俗的，在其他时代则变成了经典。比如柳永写的词当年供一般老百姓欣赏、给歌女演唱、在青楼中传播。它在当时就相当于今天的通俗文学、网络文学。所以我们对于当代通俗文学、网络文学的流行使文学成为大众消费、导致文学消亡和经典性丧失的这种担忧是多余的。今天的网络文学、类型化的文学以及电影传媒文学成为大众普遍消费的文化基本上是一件好事。随着它生产规模的扩大、产出作品的增加以及时间的积淀，经典自然会产生。

我认为智能科技也不会摧毁文学，反而会让文学得到发展。今天每一个在火车、飞机、大巴车、菜市场里拿着手机低头看的人，不是看新闻，就是看网络文学、短视频，大家看的是那些作为大众文化消费品的文学和故事，就是文学发展的基础，而这一现状给我们开辟了认知文学的广阔空间。我们不能死死捆在几本经典上面，以之为全世界的文学；但离开了经典，文学也会失去方向和指导。所以经典应该被当作旗帜和灯塔，人们创作时应以之为标杆不断接近经典，从而在新的文学类型当中创造出新的经典。所以我想今后会出现网络文学、网络视频，甚至网络短歌剧的世界经典。经典的长和短、大和小、多和少，是由大众来进行选择的。

至于大家对于人文工作者在未来科技发展中扮演的角色的疑惑，可能是因为对人工智能写作生产过程不了解导致的。人工智能写作的这个设计者、创造者是多学科的，他们既是文学的写作者，也是文学类型的了解者和研究者，他们在人工智能写作中时首先需要设计一种文学创意。比如要设计一个写诗的机器人，首先要确定让它写古诗还是写现代诗，因为这背后的算法、给机器人输入的大数据及其学习的标签是不一样的。如果要让它写现代诗，就要把现代诗歌的数据库、韵律规则数据输入进去；如果要让它写古诗，就要把古诗的格律规则输入进去。所以将来文学中的机器写作、网络文学，甚至将来有网络文化、网络影视所产生的文学类型都离不开今天的人对历史上文学经典的理解，离不开经典作品本身的规则、要素、故事，等等。所以人工智能写作中，不论是机器作者还是人工作者，都无法割断文学发展的历史，无法让某种文学变成一个和以前文学毫不相干的独立门类。

技术的发展史建立在文明的基础上。机器写作也罢，人工智能的人文研究也罢，人工智能的伦理研究也罢，都和我们认识世界的思想、美学认识和价值观念有关系。在无人驾驶、无人车、无人船、无人机、无人售货的书店、无人管理的写作等发明中，所谓的“无人”是指具体的人“不在场”，但是文化的“人”永远都是存在的。就此而言，人的伦理问题、价值问题，在机器里也会呈现出来。今天的高科技，比如量子科学、基因科学、合成生物学和人工智能所带来的伦理问题，归根结底不是机器的问题，而仍然是人的问题。既然是人的问题，也就要由人解决。

所以人工智能伦理的研究仍旧离不开人，人还是会在其中扮演着非常重要的角色，人在科技的发展过程中并不只是起到审查作用，也起到参与作用。举一个例子，这几天疫情封闭中在上海有无人机往居民的阳台上送货，看起来很便利、很美好，可是如果每一个家庭都有一台无人机送货，几百万台无人机在上海上空飞行，那将会是上海的灾难，城市会变得混乱不堪。所以高科技的发展表面上看可以给人类带来很好的价值，但是它也有许多弊端。这种发展在逻辑上是不可选择的，所以我们就要在快捷便利的表面之下看见其存在的问题，让它使人们的生活变得更加有价值，而不是把人变成只会享受的蛆虫。

问：那这是否意味着未来我们对于传统意义上“文学”的研究将会转向对社会层面更广义的“文学”研究呢？

答：说得很对。未来高科技社会的发展给人类带来的福祉和挑战是共存的。在20世纪以前，世界科技发展的大计划里从不涉及对人文的关心。可是今天要做新的科技，就一定要对其伦理和人文价值进行考量。且不说人工智能的文学创作，就是人工智能的应用都要考虑这些东西给人类带来的是福音还是危害。我们曾经试图拥抱无人机，认为无人机带来了许多方便，可是最近两个月发生在乌克兰的战争中，无人机又快又便捷地杀害了多少老百姓和士兵，对待这种现象，我们是否要对无人机发展的伦理进行考量呢？这种伦理的批判会展现在文学中，而文学要描写它，就要用新的伦理观去看待它。

假定说50年前文学批判法西斯的重点是他们用科学和技术在集中营杀害犹太人、杀害全世界的仁人志士和老百姓。而在今天，我们则要重新审查这些高科技的工具、武器、生活方式会给整个人类带来的危害，这将成为新的文学伦理学、新的文学诗学、新的跨文化比较的重要话题。

也希望出席比较文学教学年会的学者和参与学习的同学，注意到这个问题。这样我们的研究才不是只关注历史，而更加具有当下性、现实性和未来性，这样的文学才更有意思。这也是今天这个比较文学教学研究会上，所谓的新文科时代、数字人文时代的文学教学和研究的新的理解方向。

问：那么在高科技时代，是否未来的人才都会变成跨学科的人才呢？

答：是的，一定是往这个方向发展。现在高中教育改革已经打破了文理分科，整体教育发展趋势就是要打破文理之间的对立。真正的未来的人才应该是跨学科且有跨文化视野的，我自己，既是工科出身，又是文科出身，既会说一点点外语，也会研究一点《文心雕龙》，有点未来人才味道。所以南方科技大学作为一所新型的创新型大学，他们需要具有跨学科知识结构和语言结构的文科老师，即使我已经超过了退休的年龄，还能受到欢迎。文学院要求引进任教的老师本硕博至少有一段学历不属于本学科，所以我们招聘的老师有的是物理学博士，有的是管理学博士，我们有一个年轻的科幻作家叫刘洋，他的科幻小说创作在中国引起很大的轰动，在人民文学出版社出版很受欢迎，而且已经被拍成了电视连续剧和电影，马上就要播出了。我们另外一个老师写的儿童科幻小说获得了全国儿童文学大奖，他也是跨学科背景，我们的科学历史和传播的教授是物理和科学史双博士。我觉得就是这些多学科的知识人才才能适应未来社会对人文学科的需求，在人文科学技术的发展上大有用武之地。

你刚刚提到的文学和人文学科日益边缘化的现象，其实是从学科史角度看的。但是从大众的需求来看，人们每天在玩的游戏里有故事，读的网络文学、通俗文学、类型化文学，看的电影电视剧都是大众文化的一部分。我们身处在一个通俗文化大流行的时代，经典文学看似有些边缘化，实际上在经历一个新的时代淘洗过程。所以一方面文艺派的文学看似不流行、经典文学看似不受关注；另一方面，新的文学形式、文学类型、文学的表达方式和接受方式正在发展和转型。

我们以前只强调阅读纸质书，而如今我在南科大人文社会科学学院建了一个小小的智能文科图书馆，只有 100 平方米却装得下 100 万册书，因为这些书绝大多数全是电子书。电子书可以在手机、平板和大屏幕上阅读，甚至在 3D 裸眼的视野下阅读。所以我们应该带着一种与时俱进的态度，带着比较文学和比较文化的修养，去看待今天文学与过去文学之间的关系，看待经典与通俗之间的关系；进一步用前瞻性的、包容的观点看待当下和未来文学的发展，去帮助和推动它们，期待新的经典产生于其中。

这些年，网络文学、机器写作中的佳作越来越多。今天的经典文学来自先秦汉魏、唐宋明清、古希腊、文艺复兴，从古典主义到现实主义，它们发展了几千年，才出现几百、几千部经典。今天的网络文学、人工智能写作，以及现在流行的各种文学鉴赏和消费刚刚发展 10

年，那么很多年后它会发展成什么样子呢？今天的研究者应该站在人类历史发展和技术发明的前沿，拥抱这些全新的文学类型、文学方式和生产方式，这样才能把人文学科做大做强，做得发展。

以前有人说文学只能陶冶人的性情，无用之用，可是今天看，文学难道不是资本吗？一个英国的单亲妈妈失业后在咖啡厅里面每天写故事，最后这个故事一炮而红。它不仅陶冶了人们的性情，不仅讲了一个传奇故事，它还能给这个单亲妈妈和英国带来上百亿的收入。一个科幻作家写的科幻中篇小说拍成一部电影，票房达到了几十个亿，更不必说好莱坞了。通过文学带来巨大的文化产值，这难道不是生产力，不是资本？所以在这个意义上，我们要重新理解文学的所谓“无用之用”，文化和文学的消费比例越来越大，它应该也是资本和生产力，有时比许多机器、饭店、商场和公司的价值更大。能意识到这一点，改变文学无价值的观念，对文学的认识将有大发展。所以寄希望于你们这一代。

问：您曾在北京大学招生选拔和本科教育改革中担任重要工作，提出过对大学通识教育的看法，并且正在进行文理融合的新文科教育建设。随着 2020 年“新高考”的推行，第一批文理学科复合培养的学生进入了大学，各高校也正在推行文理融合的通识教育改革，但是当下大学通识教育与跨学科复合人才培养的方案存在很多不完善。对此，您是否看到教育改革后的新变化和新问题？这些现象对于比较文学学科教育的改革本身又有什么样的启示呢？

答：这个问题和我的一些工作有关系，通识教育不是通俗知识教育，而是未来型人才、创新型人才培养的方向。通识教育使学生具备多元、丰富的知识结构，具备完整的知识想象力而非单一学科的想象力。中国之所以不能产生更多世界意义的创新性的人才，就是因为我们的人才的知识结构片面、单一、不完善，我们的自由想象力没有调动起来。

所以必须打破文理科界限，文理兼招。如在南科大，大家进校以后主要学习通识教育，从数理化到文史哲、美育、语言等，在通识教育过程当中找到合乎自己具体特征的知识结构，1—2 年后找到喜欢的专业，再继续去做它，同时还要以开放的跨学科立场看待新的学科，这样我们才会有未来型的人才。

我觉得今天的通识教育最大的问题，不在学生该不该学通识课，而在于从事通识教育的老师本身是否具有通识的知识结构。说实话，今天的师资中，要想找到几个既懂文科又懂理科的老师，很难！讨论通识教育理念当然是问题，但是更重要的是师资的问题，所以现在我们需要大力培养新一代的师资。新一代的老师应该“上知天文地理，下知鸡毛蒜皮”，才能给学生提供真正的通识教育。如果一个教授诗歌的老师将人工智能写作视为敌人，觉得只有像贾岛那样一辈子苦吟，写一首诗就永恒了，那么这个老师就肯定没法从跨学科和通识教育的角度去启发学生。

通识教育和跨学科研究以及比较文学教学的关系很密切，我们比较文学就是要培养这种有跨学科视野的老师，不仅要懂得东方和西方，也懂得科学和技术，懂得人工智能也懂得人文和语言。这样的老师才能教好学生，使其走向跨学科之路。所以你这个问题也是对老师的一个挑战，也希望你们可以迎接这个挑战。

有的学生觉得自己的跨学科知识用不上，那是因为我们的通识教育还没达到一个共识的状态。而且跨学科知识并不意味着要马上使用，知识要用来改变自己看待世界和想象世界的方式。我学过地质学，后来改学文学，但地质学的知识并没有因此而变得没意义。比如研究鲁迅的时候，你会发现鲁迅也学过地质学和矿物学，他杂文中大量出现地质学的词汇，比如地火、岩浆、飞来峰、断层等这些词。有些文学研究者以为这是鲁迅的伟大的发明，说鲁迅会用词，却没看出鲁迅其实学了地质学。我们曾经认为眼见为实，但是从量子科学、宇宙学、结构生物学等学科的角度看，我们所看到的世界其实非常有限。这样一想你就会发现，用这些知识来理解和研究人类的文学真是太有意思了。

问：您是一位非常具有实干精神的学者，不仅学术造诣深厚，对未来社会和文学发展具有敏锐的眼光和独到的见解，还能将想法付诸教育实践，这令我们感到十分敬佩。当代社会对于人文学科人才的需求正在转型，对学术与实践的结合也有了更多要求，基于这种情况，您对未来有志于学习比较文学专业的同学，有什么学习方法、能力培养和职业规划方面的建议吗？

答：这个话题很重要。无论是学习单一的文、史、哲的同学，还是要做比较文学、想要往比较文化专业方向走的同学，第一，都要多学一两门外语。一个人一生如果会一门母语，两门外语，在这个时代就能应付自如。两门外语一门是东方语言，比如日语、韩语甚至泰国语；另一门语言是西方语言，如英语、法语、西班牙语。有了这些语言工具，人才能有多个看世界的窗户。

第二，文学的本科生、硕士生、博士生都要学一些科技知识，而且不要惧怕科技，要喜欢科技。因为这个世界是物质的世界，是物理的世界，整个物质生产的发展以及世界的变化决定了占据主体发展的显性学科还是数理化和理工医商。这些学科与我们文科密切相关，所以具备一定的科学知识，就能更好地解释文科自身的问题，就可以扩展和深化你的认知。

我期待比较文学学科的同学有比别人更多的跨学科的意识、多语种的意识和国际化的意识——非比较文学学科的同学也一样，这样才能更好地面向未来。

最后，也欢迎你们来南方科技大学看看，看看我们科技人文特色的新文科学院！

高旭东教授访谈录

高旭东，中国人民大学文学院杰出学者特聘教授，教育部首批21世纪优秀人才，国务院特殊津贴专家，“马工程”比较文学概论首席专家，长江学者特聘教授。兼任中国比较文学学会副会长、中国现代文学研究会副会长等。在AHCI检录期刊与《文学评论》《外国文学评论》《文艺研究》《外国文学研究》等中外报刊发表论文368篇，在人民文学出版社、中华书局、北京大学出版社等出版《生命之树与知识之树：中西文化专题比较》《中西文学与哲学宗教：兼评刘小枫以基督教对中国人的归化》《比较文学与中国文体的现代转型》等专著19部，在北京师范大学出版社出版独自撰写的教材《中国现代文学史》（上下册），并为北京大学出版社主编教材《比较文学实用教程》与文集多种，为中华书局主编“比较文学与文化新视野丛书”10种。

访谈人：朱雪媚，北京师范大学文学院学科教学（语文）专业研究生

徐若澜，北京师范大学文理学院汉语言文学专业本科生

访谈时间：2022年4月14日

问：对于教材中鲁迅作品的文本解读，语文教师如何实现“比较文学界”与“语文界”中鲁迅教学的转化与应用？在具体的实操中，教师又是否有相应的学习参照点？

答：对于中学老师怎么样才能将鲁迅的作品阐发清楚，举例来说，

因为鲁迅自己说他的《狂人日记》是受了尼采和果戈理同名小说的影响，如果语文老师对尼采、对果戈理都很有研究的话，那么在教授《狂人日记》的时候肯定能够给解释清楚，如果老师要缺少比较文学这方面的素养的话，就作品论作品我觉得很难说清楚，你不用说像《阿Q正传》这种似乎是没有明显的外来影响的痕迹的，但实际上外来文学的这个深层影响也是很大的。且不说阿Q本身就是中西文化交汇，就是用一种现代的甚至带有西方的那种现代视野来审视中国传统的一个灵魂，那么这个本身其实还是需要一种比较视野的，也可以说没有尼采那种愤世嫉俗的眼光的话，就是纯写实地描写一个中国农村的一个流民形象的话不至于写的那么夸张，但实际上阿Q这个形象里面也积淀了鲁迅那种强烈的愤世嫉俗的东西。所以我觉得中学老师还是要有相当的比较文学知识，这样在教学当中才能把鲁迅的作品阐发清楚。

问：莫言获得诺贝尔文学奖正是中国文学走向世界颇具意义的重要事件。您曾提到，莫言获得诺贝尔文学奖既体现了五四文学革命中开创的崇尚个人自由与人道的文学传统，也受到一些广告、影视等（比如张艺谋电影）的影响。而在这种背景下仍有不少对中国文学走向世界的担忧，莫言笔下东方人原始的野性与感性迎合了西方人对东方的他者想象，又如小说里的审丑现象较为突出。而在另一位与诺贝尔文学奖失之交臂的现代文学大师沈从文的笔下，其塑造的湘西以及乡下人、农民的形象从某种程度上正迎合了西方对文化、诗意中国的想象。请问您是如何看待这两位重要作家走向世界姿态的差别？您期待中国文学通过何种姿态走向世界？

答：首先，我觉得“迎合”这个话本身应该辩证地看。一方面如果西方人对东方作品产生共鸣，这是人类一种普遍的审美心理，这个也无所谓“迎合”，另一方面如果写一些古老中国荒诞、怪诞的东西故意去猎奇而迎合外国人就是不好的。

但是我个人认为莫言作品里你所提到的“审丑”现象，就现代艺术本身而言，“审丑”就是一个很重要的范畴。你不要以为这个美学就是审美的，实际上古典艺术，如希腊那儿通体都是美的。但在《浮士德》中的形象，甚至在浪漫主义文学作品《巴黎圣母院》中的形象，其中丑怪的形象就一直有意为之。其实现实主义、现代主义比古典主义的“审丑”的占比要大，在鲁迅作品中其实就有很明显的对立，甚至说故意将“审丑”纳入作品中，反对完全美化（就是把这个现实美化的东西），鲁迅自己也认为中国的绘画是缺乏“丑”的，而只有中国的诗歌里头还有一些审丑的东西，所以我们不要觉得“审丑”的东西不好。

又比如说沈从文的作品中“审丑”比较少，他写湘西写得很美，所以就作家而言“审丑”在不同的作家里面它的比重是不一样的，像瑞典皇家学院过去有一个评委特别喜欢像沈从文这种风格，那么这只是他本人的一种欣赏，这并不表明其他的什么东西，沈从文的作品有他特有的魅力。再如，像老舍把中国人那种国民性描绘的很到位，其中也有“审丑”的东西，但这个不能表明老舍的作品就比沈从文的作品弱和差。所以我个人认为，我们中国的作家要有自信，要秉笔直书现实的丑恶，也要将现实中美的东西拿出来，而不是设想过多西方是怎么认为的。我们无论是迎合他也好，或者说不迎合他也好，我觉得这都不是一个作家一个好的态度。

莫言是一个天才作家，他获得诺贝尔文学奖是有他作品本身艺术魅力，在早期的像《透明的红萝卜》还有《红高粱》里面就表现出了他那种非常敏锐的艺术感觉和艺术感性。后来他作品里对现实洞察的深度，主要体现在把西方的现代技巧和中国古老的传说神话结合在一起来洞察现实，而这是有他相当的艺术独创性的。对于有人认为他特别地迎合了什么，我个人认为是没有的。首先他的作品艺术成就比较高，如果没有这种艺术成就的话，他也很难获得诺贝尔奖金。这是我的一种看法。

所以我个人认为中国文学真正走向世界需要有一种洞察中国现实、广博的世界文学视野和对人性深入描绘的艺术深度，这样才能够获得世界的承认。

问：您提出将近代、现代与当代文学的分期进行重新划定。而在近现代文学中比较鲜明的一个特点是文学受到西方的影响，同时追求西化。诸如鲁迅写作中的悲剧精神对传统写作有颠覆作用，它受到西方文化的影响，并被后来的中国现当代作家所继承；钱钟书的《围城》中实现了存在主义现代意识与中国传统道家精神的融合，等等。现代中国文学的内部存在一种西化（西方影响）与传统文学、文化之间的冲撞与交融；而在当代文学中这种情况依然存在，您是如何看待这种复杂关系在现代文学与当代文学两个不同的文学分期中存在着的延续与变化？

答：对“现代”和“当代”的概念界定我可能跟别人很不一样。一般我们认为文学史从先秦到1840年是中国文学的古代；从1840年到五四运动是中国文学的近代；从五四运动到1949年全国解放是中国文学的现代三十年，所以有一个教材叫《中国现代文学三十年》。那么从1949年到现在是中国文学当代，我个人认为这个分析非常不合理。

第一，从平行的角度和西方比较的话，西方从文艺复兴到第二次世界大战就是它的现代。而我们的现代却只有三十年，当代反而比现代长，这个本身就很不合理。

第二，modern和tradition是对立的一个概念。然而却有一个怪现象：教近代文学的老师在古代文学教研室，而且人民大学的《复印报刊资料》把中国古近代文学是辑成一本的，本身这就说明没有近代modern。也就是说近代现代能够成立，是因为它是有modern，即有现代性。可是我个人认为从1840年到甲午海战这五十多年的文学由于没有现代性，所以这段文学既不如明代中叶李卓武、公安派的文学有现代性，也没有清代中叶《儒林外史》《红楼梦》等文本有现代性。因此我个人认为这段从1840年到甲午海战这五十多年的文学时期就应该交给古代文学去研究。

中国文学真正的现代是从甲午海战惊醒了中国人沉睡的酣梦开始。鸦片战争确实把中国拖入了modern world（即现代世界）。但像是说天冷了，我们换件衣裳就行了，我们不需要把这个内里的文化换血，所以在这个意义上讲，鸦片战争没有使中国人真正地觉醒。因为它仅仅是讲学习军事上的科技工艺上的东西来拥护清王朝，而未想在文化、文学上真正向西方学习。而甲午海战是中体西用文化让中国文化文学真正扬起了西化的风帆，所以五四所有新的东西都要追溯到甲午海战对中国人的震撼。

比如说五四的文学革命，就要追溯到梁启超诗歌里的文学革命，而且梁启超的文学革命还有四大革命支撑，具体包括诗界革命、文界革命、小说界革命和剧坛革命。如果说白话文是五四的白话文，可那却有黄遵宪的《日本国志》《学术志》里面讲究言文合一，这都在甲午海战、戊戌变法前后就把白话文革命提出来了，所以这根本不是五四的。因此，五四的前奏就是甲午海战对中国人的震撼。新诗也是有黄遵宪、梁启超、夏宗佑等人的新派诗，而小说呢，你看鲁迅的小说没经过论证就登上大雅之堂，这是鲁迅的功劳吗？不是。小说真正登上大雅之堂，是梁启超的功劳（《论小说与群治之关系》），甚至戏剧、话剧都应该追溯到春柳社的《二十世纪大舞台》以及梁启超的剧团革命。

所以我个人认为中国文学的现代应该从甲午海战对中国文坛的震撼开始划界。

但是从甲午海战到五四只有二十多年，所以作为一个断代是不合适的，所以我给它起个名字叫前五四的现代热身。这一时期的实验特别多，如政治小说、侦探小说、教育小说，而且实验的文体也特别多，都是一种热身。这是说中国文学的现代的开端，不应该从五四，应该从甲午海战。所以把它交给古典文学去研究最好。所以我个人认为中国文学的现代就应该从甲午海战这个时候开始，它的各个方面都要追溯到这个时期。

但是它又不是很成熟，所以叫前五四的现代热身，五四真正进入了现代，这是个多元共存的现代。后来中国文坛选择了自五四时期传入中国的一个分支，即马克思主义革命文学。这一点从 1927 年到左联时期表现得非常明确，后来在延安实现了。

我给它起了个名叫“一元超现代”，什么叫“一元超现代”呢？因为资本主义是现代社会主义，共产主义就是超现代。它比它还现代，就叫超现代。什么叫一元呢？也就是说其他那些思想文学潮流是互相兼容的，但是社会主义、共产主义左联是排斥其他的，就是强化着一元。所以我给这种模式起了个名字叫“一元超现代模式”。这个模式，随着 1927 年到左联到延安、随着 1949 年全国延安的大扩展，所以我个人认为 1949 年不能作为文学一个断代把它给截止。因为它是“延安文学”的扩大，所以它没有割断历史。那么 1955 年胡风和 1957 年右派们对这个“一元朝鲜”进行了挑战。

他们还是有一种多元主义，要挑战这个一元，但结果都给镇压了，然后就是解体，解体以后中国文学当代就出来了，所以我这个概念就是现在的概念往前拓展了 20 多年，往后拓展了 30 年，这是中国文学的现代。这样跟西方要是平均比较、类比的话，就有一点儿可比性了。

当代是同时代的。我觉得应该从改革开放开始，而且中国的现代和当代是有差异的，最大差异是什么呢？改革开放以后，中国文学第一批真正能站得住、立得住的好作品，就是寻根文学，包括莫言《红高粱》家族，甚至这种寻根文学的痕迹在《丰乳肥臀》里面也仍然保持着。中国文学第一批真正有成就的作品是寻根文学，早期伤痕文学、改革文学、反思文学作为思潮可以，但是不能作为文学艺术性。寻根文学与甲午海战以后那种西化的东西最大差别就是确立中国文明的主体性，要寻找中国传统文化的根。这个跟我们国家强化中国文化的主体性和遍布世界各地的孔子学院又联系在一起，这是揭开了中国当代文学的帷幕，我个人认为这是跟现代非常不同的。

当然西化并不表明没有中国传统的影响，甚至中国传统还制约着这种西化的选择。举个例子，为什么在中国和日本有这种大规模抛弃我们传统的信仰和文化而全盘西化的现象？像日本的脱亚入欧全面西化，包括中国五四的全盘西化，都是在儒家文明背景下实行的，而从世界文化的大格局放眼整个全世界，没有其他文化是这样。民族遇到侵略产生危机的时候抛弃自己已有的信仰文化而拿敌对方的文化，这个是只有儒家才有的。

我再举个例子，伊斯兰各国受到了十字军当中基督徒侵略，可是他们没有放弃他们的穆斯林信仰。再看美国打伊拉克两次海湾战争，其中第二次海湾战争把人家总统都抓起来审判，直接把人家国家给灭了，还有一个是打阿富汗，可是他让这些伊拉克不信基督教了吗？没有，人家还是信穆斯林对不对？也就是说这些国家没有因为民族危机、国家危亡而就对它的传统文化产生怀疑。其实最明显的一个文化个案是以色列，就是犹太人，犹太人历史上灾难深重。很早以前他有一个部落就被亚述给灭过，然后他当时有一个以色列王国，一个犹太王国，其中有王国就被整体虏到了巴比伦。可是这也没有因为国家灭了，被俘虏到巴比伦而就放弃了他们的犹太教，实际上《旧约》的一部分就是形成在巴比伦，他们坚信他们的神，坚信还有更大的灾难在等他们。那么在这个耶稣教中，纪元前后罗马大军横扫巴勒斯坦，但犹太人为罗马的一个省，在这个时候他们仍永远是相信他们的神，没有因为罗马是比较先进的文化，它继承了希腊的遗产。没有因为你是所谓先进文明的代表，我就相信你，我坚信我自己的神。那么坚信我自己的神最后的结果是什么呢？就是让罗马人把他们赶出巴勒斯坦地区，只好流浪在西方世界，但他们在西方世界也不信基督教。其实基督教是犹太教的儿子，也可以说犹太教是基督教的父亲，因为它最早应该就是犹太教的一个教派。也可以这么说，罗马在武力上征服了犹太人，犹太人用它的文化又征服了罗马。

犹太教和基督教的差异是什么呢？犹太人不相信耶稣是基督和耶稣复活。所以根据我的研究，在民族危急的时候，把自己的文化、信仰放弃仅在儒家背景，因为儒家把国家振兴比信仰看得更重要。所以管仲不治理还能使人民达到最高道德境界，是因为他给国家带来了实际利益，他使人民免于野蛮，走向文明。所以孔子一方面批判管仲，另一方面又给他很高的位置。所以从经济上来讲，五四先贤们尽管反传统，但是他们恨不得我们民族明天就好，五四强烈的使命感和忧患意识是来自传统，而反传统的动力、内驱力又是来自传统。因此，在这一点上我个人认为在现当代划界的问题上，我们一定要有复杂的眼光才能研究出他们的深度。也就是说和传统之间有一种对立冲突，往往表面上看是西化，但是实际上深层的分析他又来自传统，就是这么一个问题。所以我想说什么呢？我想说如果我们把现代和当代要划分的话，现代是以西化为特征的，当代以要确立中国文化的主体性寻根为特征，而现代阶段最西化的里边，传统也仍然在发挥着作用，并不是真像胡适那样的能够真正地全盘西化。就像鲁迅所说："你不可能拔起你的头发来离开地球"，你是中国人，你不可能真正脱离你的文化传统。

问：您在研究中（如《谁是世界文学：英语世界还是非英语世界?》《论比较文学在建构世界文学大厦中的作用》）提到区域文学、语言翻译以及跨文化的传统与审美取向等都会影响到世界文学的建构，您怎样看待当前世界文学研究中存在的问题？您能谈谈世界文学怎样建构以及中国文学怎样走向世界吗？

答：好，我先谈最后一个问题。其实最后一个问题很简单，中国文化走向世界这个努力我们是必须做的，但是归根到底如果中国经济、政治、军事各方面不真正强大，仅仅靠文化是不可能真正走向世界的。举个例子，北京是中国的文化中心，在北京发言是全国性，可是却不是全世界性的，因为什么呢？我们客观地说，就目前为止它的世界影响力还不如纽约，甚至还不如伦敦，而这主要是我们现在还不是文化的主导者。而我们现在要颠覆这种霸权，我们在政治上已经开始颠覆这个霸权，在文化上如果什么时候实现，中国文化也就真正走向世界了。

如同唐代万国来朝，他们主动学习汉语。我们现在经济已经是第二大国，当我们成为第一，甚至人均 GDP 成为第一，我们经济各方面成为主导时，他们就要来取中国的经验了。这个时候甚至说你不要给他，他都要主动来虚心地向你学习。我相信中国的发展按照现在这个速度，总有一天会达到这种地步。也就是说中国在汉唐的时候，曾经是这个世界的一个中心，至少是亚洲的一个中心，如唐代的长安，世界的各国学者都来朝就是例子。当然所谓来朝是建立在国家平等的基础上，而不是让你做奴仆，但是实际上现在有一些事儿美国做可以，别的国家做就不行，这个本身就是不平等。我们现在就是要消除这种不平等。为消除这种霸权，我们需要发展自己——中华民族发展到经济、军事、文化各方面是一个系统。我个人还有一个想法就是说因为西方这个思维总是要找一个对立面，你看它有上帝就要有魔鬼、有理性就要有感性、有灵魂就要有肉体，它总是有一个对立面。中国文化从古它是不讲对立面的，它这两个矛盾两方面是要中和的，比如说天地、阴阳、乾坤、男女、父子。因为我们古代讲协和万邦，所以我们是个爱好和平的民族。举个例子，他人对中国文化就有个最大的误解，他认为中国真强大了，就会像美国一样来向别的国家侵略，他完全是用他那种眼光来看你，而不知道我们的文化从古就是以和谐来讲协和万邦为最终目的，对不对？所以我个人认为，我们国家真正成为最伟大的国家，这样的话我们的文化自然就能走向世界，用季先生的话说，三十年河东，四十年河西。

另外怎么看待当前世界文学研究中存在的问题？所谓世界文学，我个人想法是它和比较文学几乎同时出现，都是20世纪20年代后期。一个是维尔曼提出了比较文学，一个是歌德提出了世界文学。但是这两个概念有不同的指代：比较文学一直就是局限在欧洲，它在法国形成了法国中心论、欧洲中心论。而世界文学从歌德到马克思，世界文学一开始就是全球眼光，就是放眼全球。你看歌德读了中国的家庭小说之后，说时至今日，民族文学有多大意义？当然歌德在那之前也谈过世界文学，甚至在歌德之前也有人谈过世界文学，但是歌德为世界所知，是他和他们谈话这一次，而这一次谈话就是在谈中国的一部传奇《好逑传》。所以他一开始就有一种全球的眼光，马克思就更明显了，他认为资本主义拓展世界市场，英国的工业加工就是来自很遥远的印度和中国的原料，而英国工厂产品又远销到印度和中国。这样资本主义开拓世界市场，就使原来闭关自守的各自过日子的民族被打通了，人类历史真正进入了世界历史，这个时候每个民族狭隘性和片面性都要被克服，于是由各个民族形成一种世界文学。马克思这个意思明显就是人类历史进入世界历史，于是文学也就变成世界文学。为什么今天世界文学又成为一个热门概念，其实这个热门概念从20世纪90年代就开始全球化，而这是因为我们现在信息太快了。你看看钱钟书去欧洲坐船，现在12个小时就到了欧洲了，地球变小了，尤其是互联网，把全球的人民团结在一起，地球变成了地球村。可是这个时候还没有真正的世界文学史，因为中国人比较时髦，世界文学这个过去我们都讲外国文学，现在大家都讲世界文学了，就说我发现有四五种《外国文学史》，本来叫外国文学史，现在改名了，改成叫《世界文学史》。世界文学不等于外国文艺，为什么呢？外国文学可以说就是英国文学、法国文学。而世界文学不等于英国文学加法国文学加美国文学加印度文学加日本文学，不等于世界文学与外国文学不能包括中国，而世界文学也不能把中国自外于世界。那么什么是世界文学呢？我个人认为应该是以这个世界，以影响研究厘清世界文学的发展脉络，我个人认为因为一个人的气力太小，应该有很多人分头来厘清。现在的世界文学往往从希腊讲起，举个例子，史诗要比希腊荷马史要早很多年，为什么要从荷马开始讲，这还是西方中心论。所以应该从时间的序列看后来的文学是怎么你影响我、我影响你的。然后就把世界文学这个互相影响、互相渗透的发展脉络给厘清了。

这个是一定要用比较文学的影响研究，把世界文学的发展脉络厘清楚，才能真正兼顾世界文明。

对于怎么来厘清，我觉得可以从区域文学入手，如一部分人去研究以中国为中心的东亚文学。举个例子，东亚文学是以中国为中心，中国文学影响了日本，影响了朝鲜半岛（韩国和朝鲜）、越南，而中国本身又受到了印度佛教的影响，尤其是下层信徒受佛教的影响非常大。所以中国的民俗小说，像《西游记》的主导意识形态应该是佛教，为什么呢？因为儒家的现实秩序。就这个天上的秩序让孙悟空打了个稀巴烂，没有人能拦着孙悟空，道教也不行。太上老君的炼丹炉，炼了孙悟空七七四十九天，炼就了他火眼金睛，只有佛祖能使孙悟空就是蹦不出他的手掌心儿去，这象征着佛法无边。最后在观世音菩萨的教导之下，孙悟空跟着唐僧西天取经，终成正果。所以这个书的主导是佛，而它本身也受印度的影响。因为孙悟空这个形象的原型就应是印度古诗的哈努曼。明清代很多小说甚至包括《金瓶梅》《红楼梦》的主导的形态都跟佛教有关系。也正因如此，禅宗在中国才变强的，中国一方面高雅、空灵、妙悟的诗学跟禅宗有关系，并影响了日本。日本的俳句，日本那种纯美的艺术追求，我觉得都与禅宗的影响有关系。所以整个东亚文学受中国的影响特别大，中国文化与文学还影响了欧洲。

比如说伏尔泰本身是中国文化的推崇者，在那个时代，传教士把中国的典籍翻译成西洋文字，对欧洲的启蒙运动前后的欧洲文化发生了很大的影响，那么我觉得这个区域文学要有比较文学的眼光——是别人影响我，还是我影响他，在影响的时候发生了什么变异。比如说印度的佛教到中国变化成的禅宗，佛教是讲彼岸世界，这在现实世界是很遥远的。可是中国禅宗是从天上拉下来，拉到地上来，再放到你的心中就是求佛求菩萨。佛就在你心中，知心知佛，见物成佛，所以这是中国禅宗的一种很独特的特点。

所以我个人认为，主要是从世界文学的这个角度，把东亚文学这个文学关系的发展脉络厘清了，再把南亚以印度为中心的南亚文学都梳理清楚，比如说阿拉丁与神灯里面就有中国皇帝，还有希腊罗马中世纪前受到的外来影响有限，中世纪受到东方基督教的这个犹太教的影响，这个传统的影响使西方文化发生了巨大的变化，以至于像希腊那种文明最后变成了基督教。

然后区域文学研究透了之后，用世界文学的眼光来对接，这样的话才能构成一部真正的世界文学史。这是从影响研究厘清世界文学的发展脉络，然后再用平行研究和翻译来遴选出能够进入世界文学殿堂的一个作品。比如说你写个《北京文学史》，所有的北京作家都要写进去，否则你根本写不了多少，对不对？所以我个人认为能够进入世界文学，什么样的作家能够进入世界文学这个里头，翻译是个重要指标。为什么呢？一个作品不经过翻译，那很难进入世界本源。比如说莫言如果不是葛浩文比较漂亮的英文翻译的话，他拿诺贝尔文学奖也比较难。这就是说为什么我们的作品要进入世界文学，肯定要经过翻译。最后我们在建构世界文学的时候，还要审视世界文学的整体特征，而这需要从跨学科的研究来比较，就是把世界史和世界哲学史、世界宗教史、世界音乐史、世界绘画史来比较。可是现在谈世界的人多，甚至很多人把外国文学当成世界文学本身。可我们也知道系统论、结构主义一个著名的定律是整体大于各部分相加之和。世界文学不等于美国文学加英国文学加法国文学加德国文学加俄罗斯文学加中国文学加日本文学。它不等于把这些国家的文学加起来，他是要从整体系统的角度来厘清世界文学的发展脉络，进入一种整体，建构整体特征进行比较，然后遴选出这个大作品来，最后我们才能真正建构一部世界史。

问：老师对梁实秋与白璧德、鲁迅与尼采进行过比较研究，老师提到过中西文化的沟通与交汇，还提出梁实秋尽管在许多方面以西方的观念为准绳，他终究是“穿着西装的孔子”。那么，对老师而言，中西文化之间是互相认同还是彼此异质的？

答：其实我在研究鲁迅、尼采和梁实秋、白璧德的时候，我发现鲁迅和梁漱溟两个人对中西文化的看法也非常不同。梁漱溟认为西方文化是少年和青年的文化，中国文化是成年的文化。也就是说西方文化从小时候走到青年再走到成年就走到中国的路上来了，所以梁漱溟在《东西文化及其哲学》里面充满信心地说世界最近文化之将来必是中国文化之复兴，而鲁迅就没有，鲁迅认为这是一种阿 Q 的东西。举个例子，我个人认为梁漱溟的《东西文化及其哲学》和阿 Q 的产生还是有联系的，因为梁漱溟先生那个书里面说虽然中国人的车不如西方人的车，中国人的船不如西洋人的船，可是我们的精神就是这个快乐要超过西方人。虽然对中西文化的特点概括不一样，但是总而言之，是因为异质。

复古与西化的激烈对立，但是他们都认为中西文化是一直对立。而清华的人几乎全部认为中西文化是大同小异。吴宓那一代就认为中西文化是大同小异，钱钟书也认为中西文化是大同小异的。钱钟书有一句很明显，大家都知道叫“东海西海，心理攸同，南学北学，道术为裂”。那么梁实秋也是，而且梁实秋和吴宓都是一个老师，就是美国那个白璧德老师。所以梁实秋本来在清华上学的时候还是个浪漫主义者，就是说他和创造社关系很好，可是到了这个哈佛大学以后，受了白璧德老师的教育之后，他幡然悔悟，变成了一个古典主义者、新人文主义者，但是他还是遵循了清华一个什么传统呢？就是认为中西文化大同小异。

西洋的浪漫派可以比中国的道家学说，道家一派的文学就是西洋的浪漫派，西方的古典主义就可以比孔子的儒家学说。所以孔子和亚里士多德这种古典理性架了一个沟通的桥梁，就是中西文化大同小异的。你看西洋有古典主义，中国有孔子差不多，西洋有浪漫主义，跟中国道家差不多，他是这么来寻找一种比较框架的。所以我认为不能这么说。中国现在这两种，就是相互认同。你看钱钟书，钱钟书这个相互认同，我刚才讲了他一句话叫东海西海，心理攸同，其实他很多文章都是讲这种。你比如说他那个《通感》的那篇文章，一开始就说“红杏枝头春意闹”，你看中国古代就有通感，西方现代尤其是乡村主义诗歌老是讲通感。所以全世界都一样。然后西洋有悲剧心理，从他要尼采说那个母鸡下蛋，然后从古希腊一直论到黑格尔，有些诗都是不朽的眼泪，悲剧比喜剧好。中国一样，在中国你看很早就是什么呢？诗可以怨到那个什么呢？那个发奋读书到诗必穷而后工，欢愉之词难工、愁苦之词易巧，为赋新词强说愁，所以东西方都一样。你看他都是寻找一种共同的审美心理和文化性。就是清华传统、北大的传统，分别认识到中西文化是一致的、不可通约的，然后来选择中国文化的路。所以这个我觉得是把他们加在一起比较接近真理，就是中西文化有共同的一面，也有差异的一面。我个人是这么一个看法。好，谢谢。

问：在比较文学研究日趋多元的文化对话中，东方文化在汲取西方文化元素的同时，呈现出中西融合的特征，中国文化也在谋求话语权与确立自身的主体性，纵览老师在比较文学与比较文化研究中的关注点也多集中在西方对中国文化的影响研究，但文化之间的交流是互相的，高老师是如何看待这一西方主导的影响研究趋势的？

答：好，这个问题很好。因为这涉及我们的文化选择的问题，在此我表明两个观点。

第一，我们是一个真正有出息的民族。一个真正走向现代的民族是要勇于承认自身的缺憾，也应该勇于拿来别人的优点。这么一种文化在正义上说，我充分肯定五四人物，包括鲁迅。但在另一种意义上来讲，中国文化确实具有非常大的优点。像我们中国人推崇“和为贵”，如“上兵伐谋”“不战而屈人之兵”，我觉得这是我们伟大的智慧，也是我们这个文明本身的优点。我个人在20世纪80年代的著述，包括《生命之树与知识之树》西化的倾向还是比较浓厚的，可是我到了21世纪如《中西比较文化讲稿》我明显地是更肯定了中国文化的特点。

中国文化有很多优点，我刚才讲了一个是国际关系的协和万邦，我再讲一个中国文化的优点。就是勤劳的中国人民善于积累，这个善于积累这是塑出一种我们孔夫子那个伦理，就是说为了后代、为了我们这个民族，就是把我们的不朽是建立在一种整体的伦理的基础上。你看西洋人他们相信上帝，可是上帝一死他们就荒诞了，可是我们呢？你们都学过《愚公移山》，要知道《列子》里面《愚公移山》有句话：“虽我之死，有子存焉。子又生孙，孙又生子；子又有子，子又有孙；子子孙孙无穷匮也。”虽然你个人死了，可是生命是一条长河，你个人也是个浪花，你浪花消失了，可是生命的长河还在奔流，为什么悲哀？所以为了我们整体生命的大树枝繁叶茂，我们宁可牺牲自己，浇水流汗。所以就在这一点上，中国的父母可以不吃不喝，留下钱来省着钱给孩子们受教育，西洋人很难做到把钱花到他孙子一辈儿上了。就现在如果中国和这个日本一下把这债抛了，美国会不会因为这个破产出问题？

而我们这个民族，今天我们发展现代化，我们没有当年资本主义那种圈地运动，那种海外掠夺发动战争，但是我们靠我们的给后代积累这种精神，我们积累了大量的财富，也创造了资本积累，创造了中国奇迹。你说这是不是中国文化的优点？所以我觉得我们还应该充分相信我们的中国梦，以使我们实现灿烂的未来。好，谢谢大家。

宋炳辉教授访谈录

宋炳辉，复旦大学比较文学博士。中国比较文学学会副会长，《中国比较文学》杂志主编，历任上海外国语大学比较文学研究所所长、上海外国语大学社会科学研究院副院长等职。主要从事比较文学、中外文学关系、中国现当代文学和翻译文学研究。《中国比较文学》主编，学术集刊《比较文学与世界文学》《国际比较文学》《文学》等集刊编委。著有《弱势民族文学在中国》《方法与实践：中外文学关系研究》《视界与方法：中外文学关系研究》《徐志摩传》《茅盾：都市子夜的呼号》《追忆与冥想的诱惑》《想象的旅程》等。

访谈人：韦鸿铃，北京师范大学文理学院中文系学生
　　　　连欣欣，北京师范大学文理学院中文系学生
访谈时间：2022 年 4 月 23 日

问：宋老师您好，本次年会的主题是新文科视域下的比较文学课程与教学，我们想请教您几个关于比较文学与新文科学习的问题。首先是关于高考改革与大学通识教育。通过精读您发表的一些文章，可以看出老师您的学术研究首先是从中国当代作家评论开始，渐次地走上比较文学大家道路。而对于“课改”与大学通识教育下的学生培育而言，学习的领域变得更为广泛，同时也带来时间分配不均、程度无法精深之类问题，因此该如何在课程设置与教育理念上培养比较文学的相关意识成为这一代教育者们尤其关心的问题。想听您分享一些自

己的学术研究经历，从中获取一些理念借鉴。

答：是通识化还是专业化，从来就困惑着现代学人。记得著名历史学家雷海宗在八十多年前写过一篇题为《专家与通人》的文章，就做过系统论述。无论是教还是学，到底是做个专家还是通才，在今天这个信息爆炸、媒体全息化的时代，尤其是在“新文科”建设的背景下，这个矛盾更加突出。从“专业”角度说，我是从中国现当代文学进入比较文学研究的，看起来“跨专业”了，但在我是非常自然的，因为中国现代文学在19世纪末开始逐步萌芽发展，是离不开外来文化与文学资源的激发和参与的，从文学观念、文学语言、文学体式到文学学术体系，都与中国文化与文学的古今转型紧密相关。而要真正理解中国现代文学的发生、发展和演变，就必须至少弄清近代以来的中外文化和文学关系，而这部分内容就是比较文学学科的基础或核心内涵之一。以这样的问题意识为引导，就逼着自己把阅读和思考从狭义的文学扩大到对近代以来世界格局中的中国历史、思想、文化与社会生活的方方面面，这样大致养成了我读书的两个方面的特点：一是阅读文学文本。我始终以为从事文学专业必须保持对文学文本的阅读兴趣和习惯，如果从事这个专业的人已经不读文学作品了，那么有关文学所发表的那些大大小小的观点，都失去了根基，这一面现在可能被认为是一种保守倾向；二是喜欢读杂书而不问学科。虽说读书总量还是有限，但范围则不仅超出了文学学科，甚至文史哲大类可能也不完全能包括。老话说，生也有涯书海无涯，书是读不完的。对于今天的读书人而言，数量的多少可能不是最重要的了，知识无限，百度超能；学习能力的养成，尤其是再学习的习惯养成，不断学习的兴趣与动力的养成，才是最重要的。有一个最“时髦”的说法是，“文盲”一词在今天有了新的定义，它不再是指绝对意义上的不识字不读书，而是指不再读新书，不再学习新知识，对专业之外的“未知之域”失去了了解、探索的兴趣与动力。

问：在我们国家，中外文学关系一直是比较文学研究者关注的重点之一。但是在中外文学关系研究中“中美、中俄、中法、中英、中德、中日都有许多卓越的研究成果，而弱势民族的文学则被严重地忽视了”。在这一学术研究背景下，您的专著《弱势民族文学在现代中国——以东欧文学为中心》(北京大学出版社2017年版）的问世，不仅填补了中国与弱势民族文学关系研究的空白，更进一步拓展了中外文学关系研究的范围。相对于2007年南京大学版《弱势民族文学在中国》，此次“重版”无异于一次“改写”，放弃了此前对日本、俄国、意大利等国家及整个南北欧地区的合论，选择聚焦中东欧地区。中东欧文学在中国现代文学的建构意义体现在哪些方面？

答：这次改写有两个目的：一方面是收缩论题，集中焦点；另一方面还是为了突出中东欧的典型性。但改写后的论述宗旨没有变化，仍然是探讨中国现代文学发生发展与“弱势民族文学”的关系，仍然是为了拓展中外文学关系研究的空间，即意图突破用“中西关系”替代“中外关系”，从而丰富中国文学资源的多元性。我认为，立足于中国文学主体立场，围绕东欧文学的意义回顾其在中国的百年历史，弱势民族文学与中国现代文学至少有四个方面的意义。第一，相同相似的现代化处境和经验，使东欧文学在中国有着特殊的意义。处于欧洲夹缝中的东欧，与现代中国在国际外部环境和内部变革方面拥有相似的经历。而作为历史文化映象的文学，现代中国文化中的东欧诸国及其文学，都是以中国/东欧之间相近的集体经验为前提，并在变化中呈现出明显的一致性。这也是东欧文学在现代中国得以持续译介并发挥影响的一个根本原因。

第二，中国与东欧文学的关系，是中国与东欧国家在社会意识形态、政治经济体制以及国际关系历史等基础和上层建筑各层面的异同和相互关联的一种反映和折射，正因为这样，在东欧与中国文学的百年关系中，政治意识形态成为各个时期的极其重要的一个制约因素。具体地说，就是在20世纪（特别是二战之后）的历史进程中，双方在民族关系的各个层面——当然包括文学关系方面与西欧和俄苏关系中所体现出来的同向、同构及其差异关系。而在这多重关系当中，中国与东欧文学的关系可以得到多层次的分析，东欧文学对于现代中国文学的意义也可以获得显现。

第三，东欧文学在现代中国的译介与影响接受，是中国主体有意识倡导和实践的结果。它是在民族面临危机的时代，伴随着现代民族意识的觉醒而出现。它在新文学演进中持续并扩大影响，也是先锋知识分子自发自觉的同声相应、同气相求的结果。正是在中国作家、翻译家和研究者有意识的倡导译介之下，东欧文学不仅在整体上作为一种民族文学的价值认同和主体投射，而且使诸如密茨凯维奇、显克维奇、裴多菲、恰佩克、伏契克、昆德拉等作家及其作品在中国深入人心。

第四，东欧文学在中国的意义凸显和接受程度，并不与译介数量的多少对应。文化交往、文学译介与影响接受，并不成正比例的对应关系。相反，接受主体出于主体文化建构和文学创作的需要，进行有意识的译介和评价，才会对本土文学发生实质性的影响，才会进入本土文化的创生实践，熔铸到民族文学的血液当中。总之，对中国文学而言，“东欧”不仅是一个单纯的认知对象，也是中国现代民族意识觉醒的伴生物。它与中国民族主体意识的生成和演变，有着不可分割的联系。东欧诸国并称，也不只是一种简单的指陈行为，同时也表明了中国主体对东欧诸国共同的历史命运、文化处境和民族性格的身份认同。东欧作为一种镜像，也折射了中华民族现代化历史境遇的认识。因此，居于中国主体立场讨论中国与东欧诸国文化和文学的关系，“东欧”不仅是对一种客观对象及其固有联系的认知，在文化价值上，更是一种借助他者的镜像对民族主体构成、性格特征的自我审视，是对民族文化的历史境遇和现代进程的反省，是对民族文学的现代转型及其内部特质（包括对汲取外来文学资源、传承与再创民族文学传统的内涵与方式）的辨正与探索。

问：关注您的著作，您不只在比较文学、中外文学关系等领域有所建树，也关注现当代作家如徐志摩、茅盾、老舍、王蒙、张承志等。中国现代及当代文学受外国文学，尤其是受“强国文学”影响乃是不争的事实，反之中国文学对世界文学产生了什么影响？中国文学在国外的传播与接受的情况是怎样的？

答：中国文学历史悠久，成果璀璨，不仅为世界文学提供了大批经典作家和作品，还为世界文学呈现了一种具有独特语言、文字、体式和风格的文学传统。自古至今，中国文学对世界文学也产生了重要的、不可替代的影响。如果以中国文化本土为立足点，这种影响大致分为两个部分讲，即中华文化圈内的影响和文化圈外的影响。在中华文化圈或汉字或儒家文化圈内的影响历史较长，自唐代开始，中国文化与文学对日本列岛、中南半岛和朝鲜半岛以及东南亚国家已经产生了深远的影响，从文字到文学、文化都有系统的体现；文化圈外的文学影响至少可以上溯到 18 世纪启蒙运动时期的欧洲，至 20 世纪还扩大至美洲，新时期以来的传播和影响面更加广泛，这是较为乐观的一面。但同时也不能回避这样一个事实，即相对于近代以来大量外国文学尤其是西方文学的译入，并且在中国产生重要的影响，中国文学的译出则无论在数量的多少还是影响力的大小方面，都不成比例。直至今天，西方普通读者对中国文学的了解还很有限，不仅如此，在有限的印象中，主要还是古典文学而非现代百花文学。不过这种状况正在改变，尤其是 21 世纪以来，当代中国文学的译介、接受和影响力正在以几百年来空前的规模和速度发生。莫言等作家获得国际性文学大奖只是一种标志性事件，以刘慈欣为代表的中国科幻文学的翻译、改变和接受则预示了一种新的发展势头。有关这一点，我曾写过一篇尝试性的文章，发表在《衡阳师范学院学报》[（社会科学版）2021 年第 4 期]，有兴趣的同学可以参考。

问：您非常关注网络文学，在 21 世纪初写了不少文章探讨网络媒介对当代文学转型的影响。如今又过去了 20 年，网络文化已经渗透到了我们生活的方方面面，而网络文学与传统纸质的文学在写作方式、传播途径和接受特征等方面逐渐融合，在二者的多元混杂中，如何应对网络文化，尤其是网络话语，对传统、规范的文学话语的侵蚀？

答：对网络文学的关注，可能就是我好奇心的一种体现，虽然也与文学与媒介的当代发展有关，而当代文学的跟踪与批评也是我学习过程中的一个兴趣点。当年所写的一些文字，包括做的一些访谈，其中表达的一些观点，包括一些兴奋和期待，一些疑惑和担忧，有些早已得到网络文学发展的证伪或证实，有些也已成为不言而喻的常识。20 多年下来，可以显见的是，网络文学的发展并没有替代，更没有吞没传统的纸质文学，但新的传媒又的确改变了原有的文学生产、传播、阅读及其效用呈现的方式。网络文学的规模空前壮大，也不乏好作品、好作家出现。各级作家协会还纷纷成立了网络作家协会；各地还设立了网络文学奖励和资助计划。网络文学与纸质文学融合并存已经成为当下事实，也是我们可见的将来事实。对于网络写作、网络话语的影响，我的看法还是比较乐观的，我并不把它看作单方面的对所谓“规范文学”的一种“侵蚀”或者威胁。我认为，新的传媒方式，必定适应着新的语用方式，在这种语用空间里，文学总有它的用武之地；另一方面，所谓“规范文学”或者“纯文学”也必须调整姿态，在新的文化空间、新的语用世界里体现对新的生活方式、生存状态、社会现实的多样化。现代文学观念和样态不是从来就有、固定不变的，而是生成性的存在。网络话语肯定是混杂的，但同时也是富于生命力的，只要在新媒体、新话语和文学经典方式之间保持一种良好的平衡和沟通，文学与艺术的系统就是充满生机和创造力的。

杨乃乔教授访谈录

杨乃乔，福建师范大学外国语学院特聘教授，复旦大学中文系教授，浙江大学传媒与国际文化学院兼职教授，中国台湾辅仁大学跨文化研究所客座教授，曾去中国香港、美国、日本、新西兰、加拿大、韩国、中国台湾、德国等高校讲学与访学。研究方向：比较文学、比较诗学、中西比较艺术研究、中国经学诠释学与西方诠释学研究、翻译研究。

访谈人：乔沄楷，北京师范大学文理学院中文系学生

李蓓蓓，北京师范大学文理学院中文系学生

访谈时间：2022 年 4 月 23 日

问：在您主编的教材《比较文学概论》（第四版）中，您提出不能把比较文学简单地理解为一种研究的方法，认为比较文学是一门完整的学科。而比较文学作为一门学科，其安身立命的本体——基点是研究主体的比较视域（comparative perspective），因此，比较文学是一门主体定位的学科。正是如此，您尝试着在这一理论基础上建构比较文学的学科理论体系，以此厘定比较文学的学科身份。您也多次提到学习比较文学或从事比较文学研究，首先要有清晰的学科意识与学科立场。那您觉得，在新文科的视域下，在培养学生树立比较文学学科意识的教学上，与以往的教学模式相比可能带来哪些方面的改变？

答：一位专业的比较文学研究者需要具有一种不同于国族文学研究者的眼光，即比较视域（comparative perspective）。因为“比较文

学”（comparative literature）这个概念在修辞上是一个语言陷阱，许多学者会把“比较”一词在日常用语上简单地理解为“比一比”，从而把两种文学现象给予硬性拉郎配的“比较”。

早在1921年，法国那位著名的比较文学研究者F. 巴尔登斯伯格（Fernand Baldensperger）曾就“comparaison”——“比较”给予不信任的质疑。他在法国的《比较文学评论》（*Revue de littérature comparée*）刊发过一篇文章《比较文学：名称与本质》（“Littérature comparée：le mot et la chose”），其中就“comparaison”——“比较”是给予这样质疑的：“但毫无疑问，这与真实的情况并不相符。假如说，用同一种眼光去同时看视两个对象就算得上是‘比较’（comparaison），假如说，凭着记忆和印象的游戏所产生的对‘相似性’的回忆就去做出‘比较’，并且这些相似性又很可能仅仅源于头脑中幼稚的‘奇想’（fantaisie），仅仅是若干不规则的点被临时拼凑在一起罢了，这样的‘比较’永远都不可能提供清晰的解释。”① 这是我从法语直接翻译为汉语的。事实上，陈寅恪在1932年撰写的一篇重要文章《与刘叔雅论国文试题书》，也曾就这种风马牛不相及之乱点鸳鸯谱的“比较”给出过嘲讽：“荷马可比屈原，孔子可比哥德，穿凿附会，怪诞百出，莫不追诘，更无谓研究之可言。”②

同时我也曾提出了国族文学（national literature）是客体定位，为什么？举例而言，中国古代文学、中国现当代文学、英国文学、法国文学、德国文学、俄苏文学与日本文学等国族文学研究，在学科边界上有着明确清晰的时空定位。如中国现代文学在时空边界上是指1919年至1949年发生在中国区域内的文学现象，即中国现代文学研究的时空边界是明确且给予客体限定的，突围于这个客体时空的限定，其就

① Fernand Baldensperger，“Littérature comparée：le mot et la chose”，*Revue de littérature comparée*，1921，No. 1，p. 7. 按：严格地讲，应该把“Littérature comparée：le mot et la chose”翻译为《比较文学：词与物》，但我们在这里还是引申一步，把其翻译为《比较文学：名称与本质》。

② 陈寅恪：《与刘叔雅论国文试题书》，陈寅恪：《金明馆丛稿二编》，生活·读书·新知三联书店2001年版，第252页。谙熟这段学案的学人都知道，当时受清华大学中文系主任刘文典之托，陈寅恪为国文科目命题，其出新以“对对子”的方法命题，周祖谟作为考生曾以“胡适之”对“孙行者”引起了当时学界颇为震动的议论，而陈寅恪心里的标准答案是“祖冲之”。

跨出了中国现代文学研究的边界。因此，我们把国族文学及其研究称为客体定位。

而比较文学研究恰然是一门在跨语言、跨民族、跨文化与跨学科之“四个跨越”中展开的跨界研究性学科，所以作为一门学科，比较文学研究的边界是敞开的，是不受国族文学客体时空边界限定的。如我们研究中国现代文学与西方文学之间影响与接受问题，研究主体必然突围于中国现代文学与西方文学各自所限定的客体时空界限，在两种文学及其文化背景敞开的交集中进行思考。关于这一点，请大家自己举一反三，如中日比较文学研究、中印比较文学研究等。

理解了这一点，也就理解了比较文学作为一门跨界研究性的学科，研究主体的知识结构与语言能力决定了比较文学研究者拥有不同于国族文学研究者的学科视域、学科身份与学科立场。

我经常强调性地声称，不同于国族文学研究者，比较文学研究者的眼光不一样。“眼光”是一个日常用语，倘若我们操用一个更为专业的术语来替换“眼光”这一日常用语的修辞性表达，也就是说，比较文学研究者所从事文学研究的“视域”不一样。我们把这一研究“视域”界定为“比较视域”。递进一步而言，不同于国族文学研究，构成比较文学研究主体其“比较视域”背后的本质性原因，即在于研究主体的知识结构与语言要求不一样。如从事中法比较文学研究，那么研究主体的知识结构与语言能力，必然是建基于中法文学与中法语言的双向打通中得以展开的。请注意，也因此中国文学与法国文学作为国族文学其双方原有的客体时空边界，在研究主体比较视域的双向透视中消失了。因为文学研究的跨界即必然意味着国族文学原有边界的消失。国族文学原有客体时空边界的消失，以此让渡给比较文学主体比较视域的成立，这是同步的。

恰然是比较文学研究主体的比较视域及其背后的知识结构与语言能力，成为比较文学这门学科得以成立的基点——本体。

本体论（ontology）是西方哲学思考存在及存在者何以安身立命之基点的哲学逻辑，我在这里借用过来，以本体论及其“本体”这个概念来思考比较文学作为一门学科及其安身立命的基点——本体的问题。

既然比较文学是突围于语言、民族、文化与学科之间边界的跨界研究，其本身就是突围于国族文学学科边界的消失中以成立自身。正是如此，我提出“比较视域”是比较文学作为一门学科在学科身份与学科理论上得以安身立命的本体——基点。因此，不同于国族文学研究是时空的客体定位，比较文学研究则是突围于时空边界的主体定位。说到底，较之于国族文学研究，因为构成比较视域背后的知识结构与语言能力不一样。如此一来，这样就可以在学科理论上把比较文学研究与国族文学研究在学科本质上区分开来，为比较文学作为一门独立的学科及其安身立命的本体构建其合法存在的学科理论。

正因为比较文学是一门建基于研究主体定位的学科，以凸显比较文学研究学者的比较视域，因此在跨界的研究中由于时空边界的消失，特别容易出现什么都可以拉来“比一比”的杂混现象。所以这门学科特别需要明确、清晰且完整的学科理论给予规范性与专业性的限定，否则“比较文学是个筐，乱七八糟往里装”，成为学术难民收容所。

美国希拉姆学院（Hiram College）在2017年提出“新文科”这个概念，进行学科教学的改革，其对学科教学与波及研究的改革于本质上的调整就在于人文学科的科际整合（Interdisciplinarity）。当下国内也在倡导“新文科”这个改革理念。而比较文学主张在“四个跨越”中的跨界研究，在学科的性质上恰然吻合于“新文科”这个改革理念的全部学理内涵，并且比“新文科”这个概念的提出早了几十年，甚至远远还不止如此。

在新文科的视域下，我强调培养本科生与研究生获取准确的比较文学学科意识，是为了推动学生与学者突围于传统文科的思维观念与陈旧模式，以在学科交叉跨界的深度融合中，重建人文学科研究的价值判断体系。这也吻合于全球化时代与全球化历史发展的主流走向。也正是在这个意义上，比较文学正是以其比较视域的跨界性及先锋性走在国际新文科改革崛起浪潮的前面。

问：您认为“当下的全球化是资本的全球化。资本已经成为一种意识形态。文学和艺术正在资本的推动下快速发展着。文学在资本操控的读图时代跌落，而艺术特别是视听艺术对文学正在形成了碾压的态势”。那么文学在资本与图像时代的退却性消亡是一种不可阻挡的趋势吗?比较文学在这一历史转型期又能获取怎样的机遇呢?

答: 我认为当下是一个“资本—图像”操控社会大众认知方式的历史时期。准确地讲，推动图像时代到来的是后工业文明的工具理性与全球化语境下的资本操控。不能把当下的全球化简单地认定为后现代高科技的全球化，其本质上是源于资本全球化的推动。资本在这个时代已经成了一种意识形态。中国当代文学创作与批评在20世纪90年代的历史转型期逐渐遭遇了毁灭性的冲击，完全失去了曾在伤痕文学、反思文学与寻根文学三大思潮名义下于“85新潮”前后所引发的轰动效应。我这里所言指的中国当代文学在20世纪90年代的退却性衰落，其也必然涉及中国当代文学研究这个群体从轰动效应中的失落。

我在这里不是专门来谈中国当代文学及其批评，我只是想借此把话题给出一个引导。近30年来，资本操控下的全球化推动后数码科技及互联网在铸造这个图像时代时，与文学的退却性衰落形成鲜明对比的是视觉艺术或视听艺术膨胀性的高位发展。因此从文学创作及批评的主潮向艺术创作及批评主潮的转型，这必然为比较文学研究带来在学科本质上自律性获有的新机遇。因为比较文学研究在主张“四个跨越”的其中一项就是跨学科研究。

早在20世纪60年代，美国比较文学学者亨利·H.H. 雷马克(Henri H. H. Remak)就曾在《比较文学的定义与功用》(“Comparative Literature, Its Definition and Function”)一文中阐明了比较文学跨学科研究的本质特性:“比较文学是超出一个特定国家(country)界限之外的文学研究，一方面研究文学与其他知识、信仰领域之间的种种关系(relationships)，另一方面包括艺术(绘画、雕塑、建筑、音乐)、哲学、历史、社会科学(如政治、经济、社会学)、科学、宗教等等。”[①] 文学的生成与发展不可能只是遵循纯粹的文学性而得以完成的，推动文学

① Henri H. H. Remak, “Comparative Literature, Its Definition and Function”, in Newton P. Stallknecht and Horst Frenz, *Comparative Literature: Method and Perspective*, Southern Illinois University Press, 1961, p. 3.

的生成与发展，其背后有着不可剥离的哲学、历史、宗教、伦理、民俗与艺术等诸种文化的原因，因此把上述背景原因与文学汇通在一起进行研究，这其实更加深化了关于文学研究的本质性思考。我在这里主要言谈文学与艺术之间的跨界研究。

文学与艺术本身就是姊妹关系。

从人类历史的源头反思，文学与艺术在发生的原初状态本然就禀有不可或缺的间性审美关系；到当代的全球化时期，文学与艺术的血脉交融更是如此。然而从近现代以来，学界为人类知识做学科门类的划分，此举多少是在精致的逻辑界分中表现出一种筑墙围堰的学术部落主义（tribalism）意识。无论怎样，在全球化时代，闭锁于学科既成的传统阴影下孤独思考的一个时代已经终结了。

我们注意到，多年来，在欧美比较文学系与东亚系等学科方向下，有一批学者把自己的学术研究视域跨界于文学之外，投向对美术、音乐、戏剧与电影等艺术现象的思考与研究。而比较文学的跨学科研究本来就是在学科理论的建构上明确提出的一个重要的研究方向。比较文学的跨学科研究为自身在资本—图像时代从事文学与艺术之间的跨界研究提供了一个时代性与机遇性的学科理由。

问：宇文所安教授在《什么是世界诗歌?》一文中指出文化交流的逻辑在往更恶劣的方向发展，全球资本控制全球文化生产、流通和消费的趋势愈演愈烈，它们不断瓦解了区域的及民族国家的文化完整性，您也曾提到文学在资本时代的失落问题，您觉得世界文学未来的出路在那里？如何才能避免达姆罗什所说的："世界文学研究很容易蜕变成文化的根除、语文学的破产和与全球资本主义中最恶劣同流"的倾向?

答：这个问题提得很精彩！接续我们上面讨论的资本全球化现象，我非常有兴趣回答这个问题，并且可以形成一篇长文，只是担心版面空间的有限，我就简言即兴地谈一下。

我还是接着上面的逻辑思考下去，我还是先来谈一点文学。在资本—图像时代，文学已经退潮走向了消亡。如梁晓生的《人世间》无论是怎样获得茅盾文学奖以支撑这部小说的应有门面，但是如果不转码进行符际翻译（intersemiotic translation）制作成电视连续剧，对于作为纸本小说的《人世间》而言，其读者是缺席且清冷的。请注意我在这里所使用的“转码—符际翻译”这个术语。这个术语是来源于罗曼·雅格布逊（Roman Jakobson）的文章：《闭幕陈词：语言学与诗学》(“Closing Statement：Linguistics and Poetics”)，这篇文章是罗曼·雅格布逊 1958 年在美国印第安纳大学召开的语言学学术会议上宣读的关于符号学与语言学讨论的会议论文。因为下面我还要谈到翻译的问题及其相关现象，所以我在这里提及一下罗曼·雅格布逊的翻译理论。

《人世间》分上、中、下三卷本，共 115 万字。如此宏大叙事的史诗性长篇巨作，在资本—图像时代无论是怎样深入骨髓地书写老百姓，但老百姓无论如何也不会手捧三部纸本《人世间》去废寝忘食的阅读。导演李路与编剧王海鸰、王大鸥正是遵循了电视连续剧的制作观念，重新调整视像叙事话语的策略，因此作为电视连续剧的《人世间》，则抓取了太多大众视像阅读的眼球，并同时赚取了电视与网络播放的不菲资本。每一部电视剧与电影的制作必须以获取投资后的高额剩余价值为行动策略。以此为例，我们可以在这个资本—图像的时代郑重地宣告：文学已经死亡了！其实也可以说，这一宣告也是一种碍于情面而滞后的判定了。

事情不是如此简单，我认为《人世间》是以超级写实主义（super realism）创作风格讲述那个特定历史时期底层贫民生存境遇的精品长篇小说。梁晓生在小说中也书写到了官僚阶层，那只是为了书写贫民老百姓作价值陪衬而已。是电视连续剧《人世间》让长篇小说《人世间》逃出了静默状态从而家喻户晓，让这部小说的精彩得以充分展现。

我在这里无意于拿出更多的文字来谈梁晓声及其《人世间》。我想表达的是，其实在这个时代文学已经死亡了。问题在于，文学中的主流体裁是小说，小说不仅遭遇了无人喝彩的无阅读性死亡，那么诗歌呢？小说还有其故事情节可以叙事得娓娓动听，而诗歌的抽象性意象只能是诗人自我精神的一种个人宣泄，又有多少读者或大众读者愿意分享诗人这种抽象且没有故事的自我精神宣泄呢？在我看来，在资本—图像时代，诗歌比小说死亡得更加迅速而彻底！关于这个问题，我有很多话想表达，但暂且先终止下来。让我们回过头来看看宇文所安（Stephen Owen）其人。

在《什么是世界诗歌?》（“What is World Poetry?”）一文中，宇文所安以偏概全地认为：从没有一首诗是只写给诗人自己看的，所有的诗歌都为读者而作。他列举了美国诗人艾米莉·狄金森（Emily Dickinson）来证明自己的如是说。准确地讲，宇文所安对诗歌创作述评的观念在逻辑上不周延。艾米莉·狄金森的大量诗歌是诗人自己在情绪宣泄中不可遏制的无意识书写，她没有自觉地意识到自己的诗写出来后是要给别人阅读的。倘若如此，那就没有艾米莉·狄金森了。如果一位诗人在写诗时还要控制自己的心绪，考虑到这首诗写到怎样的程度才可以适合怎样的读者去阅读，这一定是一位三流诗人，或者就是一位佯装的诗人。诗是诗人心绪及情感宣泄的记忆性书写，诗是一种非常个人化的审美表述文体。中国中唐诗鬼李贺的诗也是写给自己的，我们不妨去看一下李商隐的《李长吉小传》。李贺写诗不是命题而作，也不与他人凑合成篇，时有诗作也时而随弃之，用其母所言：“是儿当呕出心乃而已！”在我看来，诗是诗人心绪与情感的自我反刍。

宇文所安提出“世界诗歌”这样一个虚设的概念，又谈及诗歌因走向世界而必须面对的翻译问题。严格地讲，由一种民族语言书写的诗歌是不可以翻译为另外一种语言的。诗歌翻译在文体的本质上不同于小说翻译，小说无论怎样都有作者叙述的故事情节及人物的叙事声音，我们可以操用另外一种译入语转码源语小说中作者叙述的故事情节及人物的叙事声音；而诗歌以凝练的修辞在抽象思维中所营造的审美意象，其是一个民族语言及其背后负载的诸种文化元素的浓缩性呈现，所以是无法操用另外一种语言给予转码翻译的。诗歌翻译仅是胶着于诗歌字面意义的转码，那是一种隔靴搔痒的笨拙。尤其是诗歌在汉藏语系与印欧语系之间的两种不同民族语言的翻译，汉语诗歌是经由汉字意象呈现的，拼音语言不可以转码呈现。在这里，我想把美国著名诗人罗伯特·弗洛斯特（Robert Frost）那句著名的表达书写在这里："Poetry is what is lost in translation."（诗是翻译中丢失的东西。）略懂语言学的学者一定会坚持这样一种立场：诗歌是不可以翻译的，退后一步讲，但翻译又是必须，所以必须承认较之于源语诗歌，译入语诗歌是另外一首诗作。

我读过宇文所安翻译的杜诗。准确地评判，宇文所安把中国古代汉语书写的杜甫诗歌翻译为北美现代英语的译入语诗歌，那就是另外一首由他操用北美现代英语重新书写的诗歌，其中全无汉语杜甫源语诗歌的原初审美意象。如果我操用美国诗人罗伯特·弗洛斯特的表达评价宇文所安的英译杜诗，可以说："杜甫诗歌是在宇文所安翻译中丢失的东西，并且是丢失殆尽!"我这里不是批评宇文所安，他作为一位美国当代汉学家对中国古代诗歌的翻译与研究是有贡献的。我只想说，诗歌的翻译是一项极为困难且吃力不讨好的工作，应该持有一种准确的学术态度来理解译入语诗歌。因此，宇文所安提出"世界诗歌"这个概念，是一种美好的愿望，但也是一个非常危险的虚设性表达。宇文所安自己也认为这是一个"温和的异端说法"。

在《什么是世界诗歌?》这篇文章中，宇文所安反复在讨论诗歌翻译的问题，并且还提及了获诺贝尔文学奖的问题。我在这里暂且把"世界诗歌"与"世界文学"共置为同位语一并使用。就诺贝尔文学奖评奖语言及评奖原则来看，其实只有各个国家及区域的不同民族语言诗歌——文学全部由英语翻译，转码为评委看得懂的英语译入语的诗歌——文学，其才可能成为有机会获取诺贝尔文学奖，进入世界诗歌——世界文学的行列。当然，英语本土作家作品除外，可能还包括与英语有亲缘关系的几种语言。我在这里给出一个很有意思的设问：来自不同国家、民族与区域的文学都保持自己本土语言的书写形态，以持有对自己文学语言的尊重，那又应该怎样理解"世界文学"呢?

达姆罗什（David Damrosch）在《什么是世界文学?》（*What is World literature*?）一书中，就"世界文学"曾给出了一个三重意义的界定。其中第二重意义还是把翻译突兀地置放在"世界文学"定义的本质性表述上："World literature is a writing that gains in translation."（世界文学是一种在翻译中获益的书写)[1] 说到底，世界文学还是作为世界通用语言——英语的文学。

其实，我们仔细地阅读达姆罗什关于世界文学的讨论，仔细地阅读宇文所安关于世界诗歌的讨论等，不难感受到他们来自英语学界、美国学界及哈佛大学统揽全球的优越感。并且这种优越感潜移默化地隐藏在他们的书写及理论陈述中，或许他们自己并没有刻意地显露出自己谦卑的傲慢，而是中国学者在汉语学界追捧出来的。请细读几遍宇文所安英语源语的“What is World Poetry?”，这篇文章的修辞与姿态很有意思，即是我说的一种“谦卑的傲慢”或“傲慢的谦卑”。近年来，中国汉语学界关于世界诗歌与世界文学的讨论，无不是踏着从宇文所安和达姆罗什的理论足迹，一路跋涉过来的，并且显得特别前沿。太多关于世界诗歌与世界文学的模仿性言说的文章，只是对这两位学者思想的承继性和放大性书写。我想说的是，中国学者关于世界诗歌与世界文学的讨论，最终让自己在骨子里失去了世界性。

中国学界关于世界诗歌与世界文学在理论的臣服性接续讨论中，让中国学者显得很失魂落魄，中国学者能不能不紧跟宇文所安与达姆罗什的声音及其理论，站在中国学者的本土立场上独立自主地发出自己的具有世界性的声音。现下一些学者不是主张本土全球化（local globalization）吗?

我在这里拒绝学术研究的民族主义，也拒斥学术研究的部落主义，但是在国际学术平台上，世界主义与民族主义，世界文学与国族文学两者之间的逻辑关系，因国际化、全球化及多边学者话语的介入而特别地微妙了起来，也暧昧了起来。当下的全球化是资本的全球化，再说到底，是美国资本的全球化。很有意思，我们是在讨论世界诗歌与世界文学的问题，而思路走到这里，我们就突然会理解为什么要颠覆美元在国际货币系统中的霸权地位。文学艺术背后的问题是文化的问题，文化问题的背后是政治的问题，政治问题的背后是经济的问题，经济问题的背后就是资本的问题。因此，我们谈文学艺术与资本的逻

① David Damrosch, *What is World Literature*?, Princeton University Press, 2003, p. 281.

辑关系，其实距离一点都不远，反而因切近而非常本质化。说到这里，我们也可以理解为什么近年来出现抵抗全球化的浪潮与呼声，当然，其中的观点与立场也不尽相同。

我不知道汉语学界多年来注意到没有，其实后现代主义、后殖民主义、女权主义、性别研究与文化研究等思潮在汉语学界的掀动性弥漫，还有关于世界诗歌与世界文学的讨论，无论怎么都无法规避关于国际意识形态的那些问题，所以一切都复杂了起来，其中什么样的学者持什么样的心态及什么样立场的都有。

宇文所安的《什么是世界诗歌?》是一篇老旧的文章，是一篇在美国学界已然被遗忘已久的文章。这篇文章是1990年在美国的《新共和》(*The New Republic*) 新闻杂志上刊发的，而《新共和》本身就是一个创刊于1914年的政治评论杂志。达姆罗什的《什么是世界文学?》是于2003年由普林斯顿大学出版社出版的。对于宇文所安来说，关于“什么是世界诗歌?”的讨论，32年过去了。对于达姆罗什来说，关于“什么是世界文学?”的讨论，近20年过去了，中国学者依然持有一种相当滞后且生生不息的热情，在汉语语境下隔靴搔痒地讨论两个在西方学界已然遗忘久远的陈旧话题，并让自己在中国学界显得相当前沿且主流。其实，中国学者是在已然被瓦解了的本土学术文化完整性上拾人牙慧。我不认为把西方学者的老旧文章或新鲜文章在翻译后用汉语重组推送于中国学界，这就是一种与国际学界接轨的前沿性研究姿态，我也并不认为这就是学问，充其量就是翻译与介绍而已。

我特别注意到，在宇文所安的文章“What is World Poetry?”这个主标题上面，我说得特别确切，还冠有一个提示性的标题“The anxiety of global influence”(全球影响力的焦虑),[①] 请相关学者去看一下这篇文章的原文排版。遗憾的是相关学者没翻译过来，也没有引起中国学界的注意。我想说的是，1990年，宇文所安在太平洋彼岸的美国撰写了一篇关于言说全球影响力焦虑的文章，32年后，这篇文章终于让中国学者在2022年焦虑了起来。美国学者32年前在太平洋彼岸操用

① Stephen Owen, “What is World Poetry?”, *The New Republic*, November 19, 1990, p. 28.

英语打了一个喷嚏，让中国学者32年后在太平洋此岸的汉语语境下感冒了，这种理论滞后且模仿跟随的现象什么时候在中国学界才可以终结?!

你上述设问“世界文学未来的出路在那里?”这个问题很及时!我想应该这样回答：中国学界关于“什么是世界文学”的讨论，只有走出西方学者关于世界文学讨论的理论权力话语的窠臼，立足于中国本土文化与历史的立场，透过作为民族文学的中国文学去讨论世界文学，这才是公平的！一种现象很有意思，中国古代文学一定是世界文学中的一个重要组成部分，但中国古代文学研究者在辛劳地从事中国古代文学研究时，他们从来不关切世界文学的问题，也不焦虑中国古代文学在世界文学平台上的地位问题。倒是那些既不做中国文学作家作品研究的人，也不做世界文学作家作品研究的人，偏执地跟随拿来的西方理论上空泛地高谈阔论“什么是世界文学?”或“什么是世界诗歌?”这是一种学术文化在国际交流的不对等逻辑中往更为恶劣方向发展的迹象。

最后，我想说的是，一位学者认真地从事中国文学某一作家作品研究，或认真地从事世界文学某一作家作品研究，这还用得着你来告诫这位学者什么是“世界文学”，然后才可以进行一种或两种以上国家、民族与区域的作家作品研究吗?

我还是借用班固在《汉书·河间献王传》中的那句表达以给出一个结论式的言说：学问是“实事求是”做出来的，而不是跟风式地空谈出来的；但是在当下，我又不完全赞同班固在此句表达前的“修学好古”一句，因为我们正行走在历史的进程中以书写当代历史。这倒给我们一个警醒：我们应该关注后来的学者怎样评价我们这代学人的历史。

中国比较文学学会教学研究分会的学术薪火与未来展望*（代后记）

姚建彬

姚建彬 北京师范大学文学院比较文学与世界文学教授，博士生导师，北京师范大学文理学院中文系主任，中国比较文学学会教学研究分会副理事长兼秘书长，北京师范大学中国文学海外传播研究中心主任。研究方向：欧美文学、中西比较文学、乌托邦文学、中国文学海外传播等。

访谈人： 梁卓然，北京师范大学未来教育学院汉语言文学学生

李灵霄，北京师范大学汉语言文学研究生

访谈时间： 2022 年 4 月 13 日

梁卓然、李灵霄： 姚老师，您好。感谢您在百忙之中抽出时间来接受我们的采访。首先想请问您，作为此次会议的承办方主要代表，您认为举办此次会议的契机主要是什么？您是如何将会议的主题确定为“新文科视域下的比较文学课程与教学”？您希望达到的效果是什

* 本文是为了迎接于 2022 年 4 月 15—17 日在北京师范大学珠海校区举办的“中国比较文学学会教学研究分会第七届年会暨学术讨论会”而接受会议志愿者访谈的一部分，主要是为了简要介绍中国比较文学学会教学研究分会的历史传承，交代“中国比较文学学会教学研究分会第七届年会暨学术讨论会”的筹备缘起与过程，并对本届年会暨学术研讨会的预期效果、比较文学学科未来有所展望。

么？您对此次会议的期望以及未来的比较文学学科的发展主要有哪些展望?

姚建彬：好的，谢谢你们的提问。是这样的，这次会议举办的契机，首先是出于学术的传承和责任。因为中国比较文学学会教学研究分会（以下简称“中比教研分会”）秘书处设在北京师范大学文学院、设在我所在的比较文学与世界文学研究所，“中比教研分会”的创会会长陈惇先生，就是我们所的前辈。在他的领导下，“中比教研分会”做了非常多的学科建设、教学研究方面的工作，团结了全国比较文学界的很多同行，吸引了大批优秀青年学者加入这个学会。2021 年 7 月 26 到 28 号，在广西大学举行的中国比较文学学会第十三届年会（以下简称“南宁年会”）上，北京师范大学比较文学研究所与世界文学研究所的所长刘洪涛教授当选为新一届中国比较文学学会教学研究分会的理事长。为了做好“中比教研分会”的学术传承，我觉得有必要、有义务、有责任来举办这次会议。实际上，在“南宁年会”之前，刘洪涛教授就已经代表我们这个专业，当然也代表我本人，向中国比较文学学会提出了举办“中比教研分会”新一届年会的意愿；在“南宁年会”期间，经中国比较文学学会批准，“中比教研分会”举行了新一届理事会。在这次理事会上，我们正式向中国比较文学学会提出了举办本届年会的申请，得到了中国比较文学学会领导层全体成员的一致首肯、以及出席本届理事会的全体理事的积极响应和大力支持。以上所说，就是举办这次会议的一大契机。

第二就是这次会议的主题“新文科视域下的比较文学课程与教学”。我虽然是本次年会承办方的代表，但这次会议的主题并不是我个人提出来的，而是由我们“中比教研分会”领导层用心酝酿，并提交理事会反复讨论、商议之后才最终确定的。为什么会提出“新文科视域下”这个概念呢？这主要是为了积极响应教育部于 2018 年提出的“新文科”概念，及时探索如何有效地将比较文学教学与研究同国家需求结合起来而作的考量。2019 年 4 月 29 日，教育部、中央政法委、科技部、工信部等 13 个部门启动了“六卓越一拔尖”计划 2.0，标志着新文科建设正式启动。2020 年 11 月 3 日，教育部新文科建设工作组在山东威海召开的新文科建设工作会议上正式发布《新文科建设宣言》。作为高等教育学科群重要组成部分的比较文学与世界文学学科,有必要、有义务、有责任来回应国家层面提出的这种改革倡议,这是“中比教研分会”决定举办本届年会的大背景,也是我们当时酝酿这次会议主题的一个过程。形成这个动议之后,我们专门召开了至少两次理事会。我记得最清晰的就是2021年11月上旬举行的那一次。在赴云南昆明参加中国高等教育学会外国文学理事的年会期间,“中比教研分会”的常务理事们利用会议间隙,专门举行了一次工作会次,针对“中比教研分会”即将于2022年举行的年会的主题、分议题及其他相关事项进行了细致讨论,并作出了相应决定。为什么“中比教研分会”的常务理事们,在参加中国高等教育学会外国文学专业委员会(以下简称“高教外专委”)年会期间能够举行工作会议呢?这是因为我们“中比教研分会”的会员,大部分也是从事外国文学教学和研究的,也隶属于“高教外专委”。换言之,我们“中比教研分会”的理事们,大多数同时要么是“高教外专委”的会员,要么是其理事,这两个学会的成员本身具有明显重合、交叉的特点。也正因如此,“中比教研分会”有条件利用在昆明开会的空档召开工作会议,确定了“中比教研分会”2022年理事会暨学术研讨会的主题;而且在这次工作会议之后,又通过不同形式、召开不同规模的会议,陆续对分议题等事项做了更详细的讨论,最终确定“中国比较文学学会教学研究分会第七届年会暨学术研讨会”一共设12个分议题,意在充分体现这个会议本身的开放性与多元性,同时也尽可能从不同角度发掘大会主题的丰富内涵。

刚才你们问到想通过举办这个会议来达到什么效果,我想尝试从四个方面来回答。第一,无论是“中比教研分会”全体常务理事、全体会员代表,以及所有关注中国比较文学教学研究的学界的同行,都有一个共同的心愿,这就是希望借此进一步扩大比较文学这个学科在中国的高等教育学科体系中的影响,提升其地位,特别是进一步扩大其在中国语言文学和外国语言文学这两个一级学科中的地位,从而为在“新文科”语境中培养更多、更好的人才作出本学会的贡献。

第二，我们当然希望通过举办这次年会和学术研讨会，把北京师范大学比较文学与世界文学这个学科的学术薪火传承，向学界同行与同道们做一个完整清晰的展示，以此表明我们这个学科本身的建设是具有内在的历史延续性的，我们学科的每个学者，对这个学科的建设都是有自觉的使命担当的。当然，我们也希望通过这样的工作，向学界同仁们、同道们，表明我们对坚定推进比较文学教学研究和在课程建设方面的探索的自觉性、勇气和信心。

第三，我们也希望通过举办这样的年会和学术研讨会，激发或者吸引更多的新生力量投身从事比较文学教学与研究的兴趣和热情，并吸引更多在读的青年学生，包括本科生、硕士研究生和博士研究生加入“中比教研分会”这个大家庭里面，因为我们的学会是一个开放的群众性组织，不仅需要学术传承，而且需要持续注入新生力量。很高兴的是，从我们发布举办“中比教研分会”第七届年会暨学术讨论会的通知之后，就陆续收到了来自全国许多高校及科研机构的各种年龄段专家、学者和在读青年学生投稿。由此可见，大家对举办这次年会暨学术研讨会是充满期待与支持的。经专家委员会审阅，从近 300 篇投稿中挑选了符合大会主题和分议题的论文全文或论文摘要进行汇编。就我自己的经历来看，我们这一次推出的论文集和摘要汇编，恐怕是我所参加过的同类会议，特别是“中比教研分会”组织的学术会议所收到的论文和摘要之最。仅仅从篇幅上来说，我们为本届年会暨学术研讨会准备的论文汇编就超出了一千多页，入选作者超出了 200 人。虽然这些数字本身是枯燥而冰冷的，但是它们也从侧面部分地显现了本次年会暨学术研讨会的学术效果，这应该是大家为之感到非常高兴的。

第四，作为本届年会暨学术研讨会的举办者，我们有一个非常直接、非常现实的期望，那就是希望整个会议顺利的进行，达到预期的效果。为什么这样讲呢？因为在昆明参加“高教外专委”年会期间，我代表“中比教研分会”宣布举办第七届年会暨学术研讨会的决定时，我们原本是期望以线下的方式，面对面的交流来举行这次年会暨学术研讨会的。自会议通知发布出去之后，我们当然也考虑到了相关的一些变数，其中最重要的变数就是新冠疫情的防控可能导致的不确定性因素。因为2021年全国的疫情的防控还是非常到位、非常有效的，所以我们就有理由一直期待能够以线下的方式来举行这次年会暨学术研讨会。在会议通知正式对外发布之后，我们一边认真筹备相关的各项工作，一边也密切关注着国内国际的疫情防控变化。2022年三月底、四月初，我们注意到疫情防控已经出现了一些新的变化。根据这些新的情况研判，我和学会的领导层就考虑可能得调整这次会议的举办形式，提出了两条腿来走路，也就是说要考虑采用线上和线下相结合的方式来举办这次年会暨学术研讨会的工作思路。4月5号左右，上海的疫情防控形势面临着比较严峻的挑战，对全国的疫情防控产生了不容小觑的连带影响。经综合考虑珠海市教育局和北京师范大学珠海校区相关领导、相关部门的建议，出于安全考虑，特别是出于要保护报名并已确认拟参会全体会议代表的身体健康的考虑，“中比教研分会”最终决定以线上、线下相结合的形式来举办这次年会暨学术研讨会。虽然我们对不得不作出这样的变动感到遗憾，觉得对不起积极选择了拟“线下”方式参会的各位代表的热切期待。但是，因为疫情防控是全国一盘棋，所以我们不得不耐心地向各位代表做好解释工作。很高兴的是，我们所作的这种不得已的决定，得到了拟参会代表们的充分理解和大力支持。

自“中比教研分会”最终作出以线上、线下相结合的形式举办这次年会暨学术研讨会的决定以后，我们通过“北京师范大学珠海校区中文系”“中国比较文学杂志”等微信公众号及时发布了新的会议通告，除了在珠海校区的老师和学生志愿者之外，其他代表都只能通过线上的方式来参会、在线发表论文，并在云端交流、切磋。我们诚挚希望这种适应新冠疫情防控常态化而采用的这种会议形式，不会对会议的交流质量、学术质量产生明显的不利影响。我们希望各个环节都能够顺利顺畅，从而确保这次年会暨学术研讨会能够达到我们的预期，把它开成一次在疫情防控形势之下的有质量、有高度，当然也有温度的学术盛会。

至于我们期望这样的会议，尤其是本届年会暨学术研讨会对比较文学学科的发展会产生什么样的影响，这是一个很大、很具有挑战性的话题，也不是短时间能够回答得好的。我想到的大概有这样两点。其一，可以从我们这个学会的性质来考量。中国比较文学学会教学研究分会这个名称所揭示的性质其实很明确，就是专注比较文学的教学与研究。换句话说，“中比教研分会”特别关注比较文学的教学与教学研究。本会关注的比较文学教学，至少涉及两个重要的方面：一方面就是人才培养；另一方面就是教材体系的建设。或许还有一个方面。

或许还有一个方面，那就是对教学方法、教学策略、教学手段的研讨与探究。接下来，我想从三个方面就比较文学的未来谈一点我个人的展望。第一，比较文学对培养当代大学生的国际视野具有不可替代的作用。我们都知道，对于大学来讲，最重要的工作就是培养人才。在这项培养人才的工作之中，比较文学应该当仁不让地发挥自己的作用。置身当今这样一个文明互鉴时代，我们的大学生应该具有非常明确而开阔的国际化视野、国际化眼光。我觉得比较文学这一学科，能够对培养当代大学生的国际视野发挥其他的学科不可替代的一些作用。我相信，热爱这个学科的同行们、同道们，都会以“中比教研分会”这个学会为平台，以这次年会为契机，进一步加强彼此的联系与交流，尤其是通过具体的课程建设，来对比较文学这一学科的育人功能做更多契合新时代发展要求的探讨。第二就是对教材体系建设的展望。我们在这次年会暨学术研讨会的分议题中，就专门设置了一个题为“比较文学教材的继承与创新”的分议题来探讨教材建设方面的相关问题。经过几十年的积累，中国已经出版了超过 100 种比较文学教材。我相信在这次学会进行期间，一些参会代表将会围绕教材建设的历史、现状等前沿问题，以及比较文学教材建设中的最新课题进行探讨、切磋与交流，提出最新的思考，从而更好地推动比较文学教材和课程建设。第三是对教学方法、教学手段、教学策略和教学形式方面的讨论将发挥积极推动作用。众所周知，有了好的教材，有了急切希望获得比较文学学科初步训练的学生之外，还得要通过优秀的老师，用合适的教学方法、合适的教学形式，把比较文学的学科理论和方法的精髓，以契合当代大学生需求的方式传授给学生们。从中国人的认识来讲，这些方面，属于“技”的问题，它与“道”相对待。“技”的问题在今天也非常重要。比如说，在人文社会科学领域里面，已经出现的数字人文研究方法正日渐受到关注。那么，如何将数字人文的方法应用到比较文学这个学科的教学之中，也是很多学者和大学老师们特别感兴趣的问题。从我们这次年会收到的论文来看，就有学者针对数字人文方法在比较文学教学中的运用，提出了自己的思考，这是特别值得关注的。第三，如何在比较文学课堂上和课程之中来践行课程思政，也是学者们非常关注的热点话题。对这一问题的思考，有助于我们进一步在大学的课堂上把比较文学这门课建设好，把比较文学的课堂建设好，让主讲老师和同学在达成有效共识的前提下，获得“教”与“学”的最大收获，从而实现“教”与“学”双主体实质性互动，并以此共同去推动比较文学课程建设、教材的建设，把比较文学的教学育人的功能发挥到极致。

梁卓然、李灵霄：感谢姚老师的精彩回答。在这次愉快的访谈中，我们了解了您对中国比较文学学会教学研究分会的历史与宗旨的看法，以及您对比较文学学科的许多思考，受益匪浅。谢谢您！